PATRICK GRAHAM

L'APOCALYPSE SELON MARIE

ÉDITIONS ANNE CARRIÈRE

Le papier de cet ouvrage est composé de fibres naturelles, renouvelables, recyclables et fabriquées à partir de bois provenant de forêts plantées et cultivées durablement pour la fabrication du papier.

ISBN : 978-2-266-18429-8

À Charlotte Marie Graham, ma môme de douze ans,
qui m'a amplement inspiré le personnage d'Holly.

« Maintenant je suis Shiva, le destructeur des mondes. »

Professeur Robert Oppenheimer,
directeur du projet Manhattan,
le 16 juillet 1945, juste après l'explosion
de la première bombe au plutonium
dans le désert du Nouveau-Mexique.

« À partir de maintenant, nous sommes tous des fils de pute. »

Kenneth Brainbridge,
directeur adjoint du projet Manhattan,
répondant à Oppenheimer.

Note de l'auteur

Dans les pages qui vont suivre, certains croiront reconnaître l'ouragan Katrina qui ravagea La Nouvelle-Orléans en 2005. Il n'en est rien. Ma tempête à moi ne s'appelle pas Katrina mais Holly. Elle n'a pas frappé La Nouvelle-Orléans il y a trois ans. Elle s'en approche. Il y a encore quelques jours, elle n'était qu'une simple dépression tropicale au large des Bahamas. Mais depuis quelques heures, elle enfle, elle creuse ses premières vagues dans la peau de l'océan, elle accélère. Des murs d'eau se déversent déjà sur les côtes. L'apocalypse commence.

I

DADDY

1

— Marie ?

— Je ne dors pas. Je rêve que je ne dors pas.

L'agent spécial Marie Parks a les yeux fermés. Elle est étendue sur un large divan et respire les odeurs de bois et de cigare qui imprègnent la pièce. Dehors, derrière la baie vitrée recouverte d'un film occultant, des enfants jouent au ballon sur la terrasse de la villa. Plus bas, Marie entend résonner des klaxons, quelques sirènes dévalant les avenues. Les rumeurs plus lointaines de Rio de Janeiro, le grand bourdonnement des hommes. La lente respiration de la ville.

— Je peux fumer ?

— Non, Marie. Vous ne pouvez pas fumer. Vous ne fumez pas dans votre lit quand vous vous endormez, n'est-ce pas ?

— Si. Ça fait partie des dangers que je maîtrise. J'aime ça.

Froissement de papier. Le docteur Cooper compulse ses notes. Sa voix est rocailleuse. Une voix de fumeur.

— Si j'en crois votre dossier, vous passez votre vie à traquer des tueurs en série. Fumer en vous endormant est quelque chose qui relève de votre seule responsabilité. Cela doit vous changer.

— Vous voulez dire comme me balader les yeux fermés au sommet d'une falaise ?

Marie esquisse un sourire.

— Lorsque j'étais petite, je marchais au bord des trottoirs en imaginant que je longeais un précipice. J'adorais faire ça.

— Vous vous en souvenez ?

Marie écoute les enfants qui jouent derrière la baie vitrée. Le ballon claque contre le verre. Le docteur Cooper sursaute légèrement. Une voix féminine retentit sur la terrasse, prononce quelques mots en portugais. Les enfants ramassent le ballon et s'éloignent.

— Non, c'est une vision. Une vision qui revient souvent. Mais elle est tellement réelle que j'ai parfois l'impression que c'est un souvenir. Comme ces odeurs de crème à bronzer et de sable chaud qui flottent dans votre mémoire. Des odeurs de vacances, de soleil et de bonheur.

— C'est l'amnésie résiduelle. Votre cerveau a oublié qu'il se souvient. Alors, il comble les vides avec des odeurs et des bruits. Il fait appel aux autres sens pour tenter de rétablir le contact avec la mémoire. Vous avez toujours les yeux fermés ?

— Oui.

— La fillette a quel âge dans votre vision ?

— Huit ans. Peut-être dix. Tout ce que je sais, c'est que c'est le jour de son anniversaire.

— Elle marche au bord du trottoir ?

— Oui. Elle avance les bras levés en balancier. C'est l'hiver. L'air froid lui brûle les poumons. Elle porte des moufles et un gros bonnet de laine qui lui gratte la tête. Elle sent son haleine glisser sur ses lèvres, c'est tiède dans sa bouche et glacé quand ça effleure son nez.

— Où est-elle ?

— Boston, Massachusetts. Vous connaissez l'hiver à Boston, doc ?

— Non.

— C'est froid et silencieux.

Marie entend le docteur Cooper remuer dans son fauteuil. Le coton léger de son costume râpe contre le cuir. Il griffonne quelques mots.

— Ça sent quoi ?

— Le goudron, les feuilles mortes et les vapeurs d'égouts. Cette brume tiède qui s'échappe des bouches en pierre. Une odeur de vomi et de sac plastique humide.

Les narines de Marie s'arrondissent.

— De kérosène aussi.

— De kérosène ?

— Oui. Un 747 vient de passer au-dessus des immeubles en brique d'East Somerville. Il est aligné sur l'aéroport international de Logan. Il est sur le point d'atterrir.

— Qu'est-ce qui s'est passé ce jour-là ?

— Des cross-killers.

— Pardon ?

— Vous avez dit tout à l'heure que je traquais des tueurs en série. Je traque des cross-killers.

— Quelle différence ?

— Le tueur en série est un pulsionnel qui tue pour ne plus souffrir, pour apaiser la formidable tension qui le pousse au meurtre. Le cross, lui, ne tue pas par besoin mais par envie. Il n'entend pas de voix et n'obéit pas à Dieu. Il est très bien inséré, il a un bon boulot qui le fait beaucoup voyager. Il en profite pour tuer. C'est ce qu'il aime faire et il le fait bien.

Le stylo du docteur Cooper accroche le papier.

— Pourquoi pourchassez-vous ces tueurs-là en particulier ?

— Parce que je les sens. Je sais comment ils fonctionnent.

— C'est ce qui vous fait peur ?

— Quoi donc ?

— L'idée d'être comme eux ?

— Ça vous ferait peur, à vous ?

— Je crois que je serais mort de trouille.

2

Une mouche bourdonne, se cogne contre les vitres et reprend sa course à l'aveuglette. Le docteur Cooper la suit du regard. Il cherche ses mots.

— Si nous revenions à cette fillette qui joue à se faire peur au bord du trottoir, à Boston ?

— Au bord du précipice, vous voulez dire ?

— Si vous préférez.

— Elle avance. Une voiture la frôle. Elle roule très doucement. Une odeur de cigare s'échappe par la vitre entrouverte. Un parfum de réglisse et de paille fumée. Comme du jambon cuit mais sans l'odeur de la viande. Vous voyez ?

— L'odeur du bois, mais pas de la viande.

— Oui, c'est exactement ça. Une odeur de fumoir. Du hêtre, de la réglisse et de la paille. La machine à cancer.

— Ça aussi, ça vous effraie ?

— Quoi donc ?

— Le cancer.

— Oui, mais j'aime ça. J'aime avoir peur de quelque chose que je ne peux pas combattre. Je voudrais crever avec la respiration qui siffle et mes poumons qui se remplissent de pus dans ma poitrine. Je détesterais mourir en bonne santé. Je trouverais ça immoral.

Le docteur Cooper tourne les pages du dossier.

— Comment vos visions ont-elles commencé ?

— Un choc frontal à cent soixante à l'heure entre un trente tonnes chargé de troncs d'arbres et un camping-car. J'étais dans le camping-car.

— Qui conduisait ?

— Mark, mon mec. Mort.

— Qui d'autre était à bord ?

— Notre fille. Je crois qu'elle s'appelait Rebecca.

— Vous n'en êtes pas sûre ?

— C'est ce qu'on m'a dit quand j'ai émergé du coma. On m'a dit qu'elle s'appelait Rebecca. On m'a montré sa photo ainsi que celle de Mark. Je ne les ai pas reconnus.

— Ça s'appelle la prosopagnosie.

— La quoi ?

— La perte de reconnaissance des visages. Ça arrive fréquemment chez les grands traumatisés qui ont subi un choc violent dans la région du cortex temporal. Pourtant, vous savez que c'est eux, non ?

— Doc, comment savez-vous que votre père est bien votre père ?

— Je ne sais pas.

— Parce que c'est votre mère qui vous l'a dit.

— Une mère ne ment pas sur ces choses-là.

— Non. Mais elle peut se tromper.

Marie écoute les murmures de Rio de Janeiro écrasée par la chaleur moite de l'été. Le ronronnement des climatiseurs. Le souffle de l'air glacé enveloppant son visage. Au loin, tout en bas, des bruits de musique et des éclats de voix. La rumeur des plages de Copacabana et d'Ipanema. Les Cariocas ont envahi le sable blanc et dégustent des brochettes de crevettes rehaussées d'un trait de piment et d'un filet de citron vert. Marie salive en repensant au goût des gambas. Quatre jours plus tôt, en débarquant d'un vol en provenance de Berlin, elle avait fait un crochet par son hôtel pour enfiler son maillot de bain, puis elle avait gagné la plage d'Ipanema à pied. Le Pain de Sucre à gauche, la baie de Rio, les favelas derrière elle, des grappes de bidonvilles accrochées aux Morros comme une lèpre de tôle ondulée et de ciment. Les mille collines de Rio.

Marie avait posé son sac sous l'œil amusé d'un groupe de Cariocas à la peau cuivrée qui lui avaient expliqué qu'il fallait enfouir ses affaires dans le sable si on ne voulait pas se les faire voler. Elle en avait sorti une serviette et un pot de crème solaire bon marché qu'elle avait étalée sur sa peau blanche. Puis, savourant la brûlure du sable sous ses pieds, elle avait marché jusqu'à l'océan dont les eaux fraîches avaient enveloppé ses chevilles et ses mollets. Elle se souvenait de cette eau se refermant autour de sa taille comme une caresse. Elle avait joué des coudes dans la foule des baigneurs et avait ri avec eux en sentant les rouleaux claquer contre ses seins et ses épaules. Ça sentait le sel et le poisson.

— À mon réveil, après six mois de coma, j'ai commencé à être envahie par des visions de meurtres. Des gamines disparues et des tueurs. Un psy de Santa Monica m'a expliqué que ça arrivait parfois. Le syndrome médiumnique réactionnel. Pas de bol.

— Vous voulez dire que vous revivez les scènes de meurtre sur lesquelles vous enquêtez ?

— Je veux dire que j'ai commencé à développer cette capacité à prendre la place des victimes des cross-killers dans les secondes précédant leur mort. C'est toujours ce qui m'arrive sur une scène de crime. Je ferme les yeux, je perds le contact et je me réveille dans le corps de la victime.

— Jamais dans celui du tueur ?

— Non. Je vous l'ai dit. Les tueurs, je les sens.

— Vous les sentez ?

— En les effleurant, je les sens. Rien qu'en respirant le sillage d'une personne dans une foule, je peux vous dire si cette personne est un assassin. Je peux vous dire si elle a déjà tué ou si elle s'apprête à le faire.

— Comment ?

— Je ne sais pas. Ce n'est pas important. Je peux le faire, c'est tout.

— Et sur les scènes de crime ?

— C'est différent. Je sens leur plaisir. Je prends mon pied avec eux quand ils tuent, et, en même temps, je suis dans la peau de la victime qu'ils assassinent. La terreur pure, la douleur absolue, et la jouissance. Vous devriez essayer, doc, ça vaut toutes les montagnes russes du monde.

3

Depuis qu'elle est dans un état second, Marie parvient à capter les pulsations du silence. Les craquements ténus du parquet, le tic-tac de la montre-bracelet du docteur Cooper, le léger bourdonnement de la mouche. Elle a l'impression d'être à l'intérieur d'une bulle et de ne plus percevoir les rumeurs de Rio. À l'abri derrière son bouclier mental, exactement comme quand elle se bourre de somnifères et de gin pour pouvoir dormir, elle écoute le psychiatre feuilleter son dossier. Il annote une page puis repose son stylo.

— Marie ?

— Oui ?

— Revenons au tueur de vos visions, si vous le voulez bien.

— Lequel ?

— Celui de Boston.

— Vous voulez savoir quoi ?

— Il est dans sa voiture et regarde la fillette marcher au bord du trottoir, c'est ça ?

— Oui.

— Comment savez-vous que c'est un tueur ?

— À cause de son odeur.

— L'odeur de son cigare ?

— Non, l'autre. Son odeur de tueur. C'est violent, agressif, très concentré. Si je devais établir une comparaison, je dirais que les tueurs d'enfants sentent l'ammoniaque. Vous savez, cette flèche lumineuse qui vous transperce l'esprit quand vous respirez de l'ammoniaque. Les tueurs d'enfants, c'est un peu ça.

— Et les autres tueurs, ils sentent quoi ?

— Les violeurs sentent les canalisations engorgées. Les écorcheurs, les chairs putréfiées. Les assassins mystiques, la crasse, la sueur et l'urine. Parfois, certains tueurs regroupent toutes ces odeurs.

Le docteur Cooper renifle. Il se racle à nouveau la gorge.

— Que se passe-t-il ensuite dans votre vision ?

— La voiture dépasse la fillette et se range un peu plus loin. L'homme éteint les phares et coupe le moteur.

— Qu'est-ce que c'est comme voiture ?
— Une Oldsmobile vert olive.
Bruit du stylo du docteur Cooper.
— La fillette avance. Elle n'a plus que quelques mètres à parcourir jusqu'à la rambarde de son perron. Elle habite East Somerville, une petite maison en brique coincée entre la voie ferrée et l'Interstate 93. Vous connaissez East Somerville, doc ?
— Non.
— Un buisson d'immeubles et quelques maisons tristes avec des jardinets envahis par les ronces. Les vapeurs de gasoil et le vacarme de l'autoroute d'un côté, le raffut des interminables convois de marchandises en partance pour l'Ouest de l'autre. Il y a un aiguillage juste en face de la maison, et chaque roue de wagon fait un vacarme d'enfer en heurtant les rails. C'est ça, les monstres du précipice. Des bruits et des odeurs.
— La fillette voit toujours le tueur ?
— Oui. Elle l'aperçoit à travers la fente de ses paupières.
— Qu'est-ce qu'il fait ?
— Il fume derrière son volant et la regarde approcher dans son rétroviseur. Il porte un chapeau. Il a remonté le col de sa parka. Une écharpe est entortillée autour de son cou. De temps en temps, sa main gantée de cuir s'échappe par la vitre et tapote son cigare. Des cercles de cendre tombent sur le trottoir. On dirait des morceaux d'ongles.
— Et la fillette ?
— Elle a atteint le perron. Elle est sauvée. Le précipice est derrière elle.
— Il s'est refermé ?
— Il ne se referme jamais. Elle est en sécurité uniquement dans sa maison. Tout autour, il n'y a que des

gouffres, des gaz empoisonnés et la désolation. Les trottoirs d'East Somerville sont des passerelles au-dessus de ces gouffres. Tout le monde croit que ce sont des trottoirs, des rues et des impasses, mais ce sont des passerelles, et le reste, les autres maisons, les terrains vagues, l'autoroute et la voie ferrée, ce sont des gouffres.

— Calmez-vous, Marie. Essayez de vous détendre.

Marie a la gorge sèche. Elle ressent la tristesse de la petite fille qui traîne les pieds en grimpant les marches du perron. Elle ne sait pas encore qu'elle va mourir. Elle pense à son père, rentré la veille d'un de ses interminables déplacements à travers les États-Unis. Il est routier et alcoolique. Souvent, il cogne maman. Ça s'entend à travers les cloisons épaisses comme du papier. Des coups qui claquent contre la peau, des injures à voix basse et des sanglots. Mais hier soir, ils ont fait l'amour. Des gémissements différents. Une douleur différente. La fillette sait que c'est bon signe et que, peut-être, papa ne cognera pas maman le jour de son anniversaire.

— Marie, vous êtes toujours là ?

— Oui.

— Qu'est-ce que vous voyez ?

— La fillette vient de s'immobiliser devant la porte. Elle ouvre les yeux. Une marquise en fer forgé abrite une ampoule nue que sa mère vient d'allumer. Une nuée de moucherons recouvre le verre brûlant. Leurs ailes se carbonisent en une spirale de fumée. Ça grésille dans l'air froid. La nuit tombe. Le doigt de la petite fille s'approche de la sonnette. Elle appuie.

— Elle n'a pas les clés ?

— Elle les perd tout le temps. Elle les perd dans les gouffres.

Marie respire de plus en plus difficilement.

— Ça y est. Elle entend un frottement de chaussons sur le linoléum de l'entrée. La serrure claque, la porte s'ouvre. Il fait sombre. Ça sent le pain d'épice et le pop-corn. La fillette entre, elle enlève son bonnet et ses gants. Elle sent les lèvres froides de maman se poser sur son front. Son haleine sent le mauvais bourbon et les cacahuètes grillées. Maman a encore pris du Valium. Ça s'entend à sa voix quand elle demande à la fillette où elle était.

— Qu'est-ce qu'elle répond ?

— Ce n'est pas une question. Dans l'état où elle se trouve, maman s'en moque éperdument. Une fois, la fillette a essayé de lui parler des gouffres. Une fois seulement. Elle s'est arrêtée en voyant les lèvres pincées de surprise et les yeux ronds de sa mère. Des yeux aussi vides et froids que des gouffres.

— Ensuite ?

— La fillette monte l'escalier. Ça grince sous ses pieds. La porte de sa chambre est entrouverte. Ça sent la poussière et les meubles en faux bois. Elle s'allonge sur son lit. Il est encore trop tôt pour son anniversaire. Une heure à attendre. Le temps que l'oncle Walt et la tante Bessie arrivent.

— Calmez-vous, Marie. Vous êtes en sécurité ici.

— Pour le moment. Ensuite, quand l'oncle Walt arrivera, quand ils auront dîné, quand elle aura ouvert ses cadeaux, qu'elle se sera brossé les dents et qu'elle sera allée se coucher, je sais qu'elle ne dormira pas. Elle écoutera le silence et le tic-tac de la pendule au rez-de-chaussée. Le grincement de la porte de la chambre de l'oncle Walt. Il poussera la sienne, sa bedaine blanchâtre remplissant l'embrasure. Puis il entrera et refermera la porte derrière lui et je sais qu'elle aura peur. Elle aura mal aussi. Elle aura envie de mourir. Elle vomira quand il sera reparti. Elle ira se laver et elle vomira. Mais, pour le moment, elle n'a rien à craindre. Elle a sommeil. Elle regarde la lueur froide des réverbères se faufiler entre les lamelles des stores. Elle cligne des yeux. Elle s'endort.

4

La petite fille avait recommencé à hanter les nuits de Marie quelques semaines auparavant. Elle n'avait pas rêvé d'elle depuis deux ans. Or, Marie était sûre d'être à nouveau sur la piste d'un tueur lorsque ses victimes réapparaissaient dans ses visions. Elle savait que leur bourreau n'était pas loin et qu'elle n'avait jamais été aussi près de l'attraper. Elle ressortait alors le dossier et reprenait l'enquête à zéro.

Une semaine plus tôt, un nouveau meurtre portant la mention *« border crime »* était tombé sur les écrans des laboratoires sentinelles du FBI où les polices du monde entier expédiaient les rapports sur les crimes particulièrement violents qu'elles ne parvenaient pas à élucider. Là, la crème des profiteurs passaient au crible les modes opératoires. C'est de cette façon que Marie avait retrouvé la trace de celui que le Bureau surnommait Daddy. « Papa ». Un drôle de nom pour un type qui massacrait des parents avant d'enlever leurs enfants.

— Marie ? Vous êtes toujours là ?

D'après le dossier, Daddy avait commencé à tuer en décembre 1987, à Boston. La famille de la petite fille de la vision. C'est sans doute pour cette raison que cette môme était la seule à revenir hanter les nuits de Marie. En dix-huit ans de chasse à l'homme, Daddy avait toujours échappé à la police. Il avait cessé de tuer en 1989, puis les meurtres avaient repris dès 1992 dans d'autres pays. Marie le traquait depuis plus de dix ans. Chaque fois que ses visions revenaient, elle se remettait en chasse et, à chaque fois, Daddy lui échappait. Il se déplaçait beaucoup, prenait d'infinies précautions et changeait fréquemment d'identité et de pays. Après une pause de quelques mois, il avait recommencé à tuer à Berlin. C'est ce dernier crime qui avait relancé la traque. Toujours le même rituel. Marie avait remonté sa piste jusqu'à Rio. Cette fois, elle en était persuadée, la chasse à l'homme touchait à sa fin.

— Marie, vous m'entendez ?

— Oui.

— Dites-moi ce qui s'est passé ce soir-là, quand vous vous êtes endormie en attendant l'heure de votre anniversaire.

Marie sent une giclée de terreur inonder ses artères. Elle s'enfonce dans sa vision. Le tic-tac de la pendule de l'entrée. Les craquements de l'escalier gorgé d'humidité. Les senteurs de vieux papier peint, de rouille et de poussière.

— Quand j'ouvre les yeux, la maison est étrangement silencieuse. Mon réveil indique quatre heures du matin. Mon anniversaire est passé.

— Qu'est-ce que vous ressentez ?

— Je suis furieuse. J'ai envie de pleurer. J'ai mal au ventre.

— Vous êtes en colère contre votre mère ?

— Oui.

— Vous avez envie de la tuer ?

— J'ai l'impression qu'elle est déjà morte. J'ai peur qu'elle soit déjà morte.

— Ensuite ?

— Je suis allongée sur mon lit. Je regarde les filaments de poussière qui pendent du plafond. Il n'y a pas un souffle d'air, et pourtant, ils bougent comme des algues dans l'eau. J'écoute le silence de la maison. C'est curieux, le silence. Les vrais silences, je veux dire. On dirait que c'est plein de tous les bruits qui ne sont pas là. Cette nuit-là, je me souviens qu'il manquait un son. Il en manquait beaucoup mais celui-là surtout. Les ronflements de mon père. Des ronflements d'alcoolique.

— Et après ?

— Je me lève. Je me souviens du contact râpeux de la moquette sous mes pieds nus. J'ouvre la porte. Le couloir est sombre et désert. J'avance en frôlant les murs. La chambre de mes parents est vide. Il y a une flaque de lumière au pied de l'escalier, une lumière qui s'allume et s'éteint : les guirlandes du sapin de Noël. Nous sommes deux jours après le jour de l'an, mais maman n'a toujours pas jeté le sapin. Ça sent encore un peu la sève, les aiguilles sèches et la neige chimique. C'est étrange.

— Quoi donc ?

— Même tout à fait ivre, maman n'oublie jamais de débrancher les guirlandes électriques du sapin avant d'aller se coucher. Elle ne l'oublie jamais depuis qu'elle a lu dans un journal qu'un simple court-circuit peut enflammer un sapin quand ses aiguilles sont sèches.

— Vous entendez quelque chose ?

— Non.

— Et l'horloge de l'entrée ?

— Elle vient de s'arrêter.

Le docteur Cooper joue avec le capuchon de son stylo. Il écoute.

— Je descends très lentement l'escalier. Ma main frôle la rambarde. Je m'arrête. Il y a quelque chose de mouillé sous mes pieds. Quelque chose de poisseux sur la marche où je me tiens. Je me baisse et je pose mes doigts dans la flaque. C'est épais, gluant, tiède. Je lève mes doigts devant mes yeux : ils sont rouges, comme si je les avais trempés dans du vernis à ongles. Il y a aussi du sang sur la rambarde, il mouille la paume de ma main tandis que je descends les dernières marches. Une large traînée de sang recouvre le linoléum de l'entrée. Une flaque et une large bande poisseuse qui s'en éloigne en direction du salon.

— Où êtes-vous à présent ?

— Je longe le mur pour ne pas marcher dans le sang. J'ai atteint le salon. Les guirlandes du sapin clignotent. J'ai les yeux fermés. J'ai peur de les ouvrir.

— Pourtant, vous savez.

— Quoi donc ?

— Qu'ils sont morts.

— Oui.

— Ouvrez les yeux maintenant. Qu'est-ce que vous voyez ?

— J'attends que les guirlandes s'éteignent. Ça y est. J'ouvre les yeux dans l'obscurité. La lumière blanche de la télé éclabousse le salon. L'écran est plein de neige. Ça grésille et ça crachote.

— Ce n'est pas la télé que je veux que vous regardiez.

— J'aperçois des formes sur les fauteuils et le canapé. Deux silhouettes, effondrées l'une sur l'autre. D'autres formes se découpent sur les fauteuils, un homme et une femme qui se font face. On dirait qu'ils se regardent. Des petits points lumineux grossissent dans l'obscurité. Les guirlandes du sapin sont en train de se rallumer.

— Je veux que vous gardiez les yeux ouverts.

— Je ne peux pas.

— Vous n'avez rien à craindre. Si vous préférez, vous n'avez qu'à contempler la scène à travers la fente de vos paupières, exactement comme quand vous marchiez au bord des gouffres.

— La lumière grandit. Elle repousse l'obscurité. J'aperçois le visage de l'oncle Walt. Il se tient très droit sur le fauteuil le plus proche de la télévision. Il a les yeux grands ouverts… Quelque chose ne va pas.

— Quoi donc ?

— Ses yeux sont ouverts mais il manque quelque chose. Oui, c'est ça, il n'a plus de paupières. Elles ont été découpées. L'une d'elles pend encore par un filament de peau. Le tueur lui a découpé les paupières pour le forcer à regarder.

— Quoi d'autre ?

— L'oncle Walt a les bras posés sur les accoudoirs. Les plaids qui recouvrent le tissu sont gorgés de sang. Sa chemise aussi. Sa gorge est ouverte. Une seule plaie, d'une oreille à l'autre. On dirait qu'il sourit. Oh, Seigneur, il y a tellement de sang sur sa chemise et son pantalon !

— Il a fini de vous faire souffrir. Qu'est-ce que vous voyez d'autre ?

— Tante Bessie. Elle est avachie sur le fauteuil d'en face. Elle me tourne le dos mais sa tête est tellement renversée en arrière que j'aperçois son visage. Elle me fixe dans l'obscurité.

— Elle aussi a les paupières découpées ?

— Je ne sais pas.

— Approchez-vous un peu.

— S'il vous plaît, ne me demandez pas ça.

— Vous n'avez pas le choix, Marie. Vous voulez savoir. Vous êtes venue me voir pour ça, non ? Elle a les paupières découpées ?

— Non. Le tueur les a cousues avec du fil épais et noir, du fil câblé. Deux points en croix pour chaque paupière. Des larmes de sang ont dégouliné le long de ses joues comme un maquillage de clown. Le tueur l'a égorgée si profondément que j'aperçois le croissant des cervicales au milieu des chairs. On dirait de l'ivoire. Les guirlandes se sont éteintes.

— Nous allons attendre qu'elles se rallument. Vous vous demandez pourquoi notre tueur n'a pas découpé les paupières de Bessie, c'est ça ?

— C'est un tueur-miroir. Il a peur de son reflet dans le regard des autres. Il a découpé les paupières d'oncle Walt pour le forcer à regarder, mais il a cousu celles de Bessie pour l'empêcher de voir.

— Non, Marie. Ce n'est pas un tueur-miroir. C'est un rédempteur.

— Un quoi ?

— Un purificateur, si vous préférez.

— Je ne comprends pas.

— C'est normal : vous n'avez pas encore franchi la frontière. Vous sentez les tueurs mais vous n'êtes pas encore une tueuse. Pourtant, ça fait longtemps que vous ressentez l'envie de tuer, n'est-ce pas, Marie ?

— J'ai déjà tué. En service, je veux dire.

— Ça ne compte pas. Je parle de meurtre, d'assassinat, je parle de découper des chairs, d'éventrer et d'ôter la vie. Je parle d'envie. Vous n'en êtes pas encore au stade de la pulsion mais toutes ces peurs et toutes ces colères accumulées ne tarderont pas à vous faire franchir la limite.

— Oui, parfois j'ai peur de ça. J'en ai peur et en même temps ça m'attire.

— Comme quelque chose d'interdit ?

— Non. Plutôt comme quelque chose de… possible.

Marie écoute la respiration du docteur Cooper.

— Les guirlandes se rallument. La lumière rampe le long des fauteuils.

— Très bien. À présent, regardez le canapé. Que voyez-vous ?

— Mes parents adoptifs. Ils sont enlacés.

— Qu'est-ce que le tueur leur a fait ?

— Il les a égorgés. Il les a éventrés aussi. J'aperçois des chapelets d'entrailles répandus sur la moquette.

— Quoi d'autre ?

— Il leur a cousu les mains. Il a joint leurs paumes et il les a cousues en les transperçant entre les phalanges. Le même fil câblé que pour tante Bessie. On dirait qu'ils dansent sur le canapé.

— Regardez leurs yeux. Pour ce genre de tueur, ce sont les yeux qui comptent.

— Il leur a évidé les orbites. Comme s'il en avait raclé l'intérieur avec un couteau ou une petite cuiller. Ça veut dire que…

— Ça veut dire qu'ils savaient.

5

— Marie ?

— Oui ?

— Ne restez pas au milieu du salon.

— Je recule lentement. Il faut à tout prix que je m'éloigne des cadavres de mes parents.

— Pourquoi ?

— Pour échapper aux gouffres qui viennent de s'ouvrir.

— Les yeux de vos parents ?

— Oui. Des gouffres profonds et sanglants. Des larmes de sang sur des joues blanches comme de la porcelaine.

— Dites-moi ce qui se passe.

— Je continue à reculer sans cesser de regarder les orbites vides de ma mère. J'ai l'impression qu'elle va mordre les coutures qui la retiennent aux paumes de mon père, puis qu'elle va se jeter sur moi pour me dévorer.

— C'est pour ça que vous ne voyez pas le tueur ?

— Oui. Il est derrière moi. Il a toujours été derrière moi. Il me regarde depuis que je suis entrée dans le salon. Il m'a laissé le temps de contempler son œuvre. Moi, je recule en posant mes pieds nus dans les flaques de sang. J'ai peur de glisser. Et puis les guirlandes s'éteignent et ne se rallument pas. Une ombre immense m'enveloppe. Une odeur de cigare et d'ammoniaque assaille mes sinus. Une main gantée se referme sur ma bouche et me serre de toutes ses forces contre un manteau en laine. Je sens le contact d'une écharpe contre mes cheveux. Une plaque de muscles et d'os contre mon dos.

— C'est tout ?

— Oui. C'est toujours comme ça que la vision s'arrête.

— Ce n'est pas une vision, Marie.

Marie sursaute. Elle ne parvient pas à rouvrir les yeux. Un étrange engourdissement se répand dans son organisme. Ses muscles sont mous. Un goût de thé tapisse le fond de sa gorge. Elle se souvient de la tasse fumante que le docteur Cooper lui a proposée avant de débuter la séance. Elle avait essoré le sachet, libérant un thé noir et poivré dans l'eau chaude. Tenant la tasse à deux mains, elle avait ensuite bu le breuvage à petites gorgées.

— Qu'est-ce que vous m'avez fait boire ?

— Quelque chose qui va vous aider à vous détendre.

— Je voudrais me réveiller à présent.

— Pas tout de suite, Marie. Si je vous abandonne au milieu du salon, vous risquez de ne plus jamais en sortir. C'est pour cela qu'il est très important que vous vous souveniez de ce qui s'est réellement passé.

— Ce n'est pas moi qui suis morte ce soir-là. C'est la petite fille de la vision. Les gouffres, le bord du trottoir, la marquise métallique et le grésillement des moucherons, les odeurs de poussière dans ma chambre. C'est toujours la même vision. Ça s'arrête durant des mois et puis ça reprend.

— Non, Marie. C'est un souvenir.

— C'est faux.

— Alors dites-moi comment s'appelle cette petite fille.

— Je ne sais plus.

— Est-ce que vous l'avez déjà su ? Est-ce que vous avez déjà consulté son dossier dans les archives des meurtres non élucidés ?

— J'ai essayé mais il avait disparu.

— Non. Il n'a jamais existé, et tout au fond de vous, vous le savez. Comment vous appelez-vous ?

— Je m'appelle Marie. Marie Megan Parks. Je suis née le 12 septembre 1975 à Hattiesburg, dans le Maine. Mes parents s'appelaient Janet Cowl et Paul Parks. Ils habitaient au…

— Vous me décevez beaucoup, Marie.

— Seigneur, je ne me souviens pas.

— Bien sûr que si. Vos souvenirs sont juste derrière la plaque de verre dépoli que votre accident a dressé entre votre cerveau et vous. C'est comme une muraille qui se lézarde.

— Je ne comprends pas.

— Ce que vous appelez les gouffres, ces ravins rougeoyants dans lesquels vous avez si peur de tomber, c'est votre mémoire en ruine après le grand chaos provoqué par votre accident. C'est ainsi que votre cerveau tente désespérément de recomposer les images perdues. Tout ce qu'il ne peut pas remplir, il le visualise comme un gouffre. Il vous envoie des odeurs et des bruits mais il ne sait plus faire la différence entre vos visions et vos souvenirs morts.

Marie respire péniblement. Elle cherche son oxygène.

— Je voudrais à présent que vous visualisiez une lourde porte en chêne. Vos souvenirs sont derrière. Vous avez la clé dans la main droite. Une grosse clé en acier. Elle est lourde et froide dans votre paume. Vous la sentez ?

— Oui.

— Je voudrais que vous placiez cette clé dans la serrure. Vous y êtes ?

— Oui.

— À présent, je voudrais que vous tourniez lentement cette clé vers la gauche.

— Je ne peux pas.

— Vous avez peur de quoi ?

— Des monstres derrière la porte. J'entends leurs griffes gratter le bois. Ils grondent, ils sont furieux. Ils vont me dévorer.

— Il n'y a pas de monstres derrière cette porte. Il n'y a que des souvenirs. Tournez la clé, Marie.

— Ça y est. Je la tourne. Un claquement métallique. Un grincement. Un courant d'air glacial. Oh, mon Dieu, il fait si noir.

— Ouvrez les yeux à présent.

Marie se recroqueville sur le divan. Elle a huit ans. Le jour de son anniversaire. Il s'est passé autre chose ce soir-là. Autre chose qu'elle aperçoit à mesure qu'elle entrouvre les yeux dans les ténèbres de cette partie de son cerveau laissée à l'abandon. Elle promène son regard dans le noir. Elle a l'impression qu'une lueur s'échappe de ses yeux, éclairant faiblement les endroits où elle regarde. Elle aperçoit un écran de télé allumée, deux fauteuils qui se font face et un vieux canapé au tissu déchiré. Tout est recouvert d'une épaisse couche de poussière grise comme la cendre. Des cadavres desséchés sont assis dans les fauteuils. Deux autres, enlacés sur le canapé, la contemplent de leurs orbites creuses. Marie distingue des morceaux de fil câblé entre les os de leurs phalanges. Les guirlandes lumineuses clignotent. Elle recule en portant ses mains à sa bouche.

— Allez-y, Marie, dites-moi ce qui s'est *vraiment* passé ce soir-là.

— L'ombre du tueur m'enveloppe. Je sens les muscles de ses bras contre ma peau. Un pan de ma chemise de nuit est relevé. J'essaie de me débattre. Le tueur se penche à mon oreille et me fait *chuuut*. Son odeur de cigare enveloppe mon visage. Une autre odeur envahit ma gorge tandis qu'il presse un mouchoir contre mes lèvres. Une odeur chimique, à la fois très forte et très douce. Une odeur presque liquide, cotonneuse. J'ai envie de dormir. J'ai très froid.

J'essaie de hurler mais le mouchoir étouffe mes cris. Puis une douleur terrible éclate dans le bas de mon dos. Comme un poignard qui s'enfonce entre mes reins. Le coin de la table du salon. J'ai heurté le coin de la table du salon. Oh mon Dieu, vous ne m'avez pas tuée ce soir-là.

— Bien sûr que non, Marie, je n'en avais jamais eu l'intention.

6

Daddy se tient immobile dans son fauteuil. Il a joint les doigts devant ses lèvres. Sa voix a changé, son visage aussi, mais pas le reste. Pas son odeur ni sa respiration. La puanteur de l'ammoniaque et le souffle lent de sa respiration lorsqu'il serrait Marie ce soir-là contre son manteau.

— Comment t'appelles-tu, Marie ? Quel est ton vrai nom ? Quel est le vrai nom de cette fillette de Boston ?

— Kransky.

— Non. Ça, c'est le nom des morceaux de viande sur le canapé. Mais avant que cette famille de dégénérés ne t'accueille à Boston, tu t'appelais comment ?

— Gardener. Je m'appelais Marie Gardener.

— Tu te souviens maintenant ?

— Oui.

— Je suis fier de toi, Marie. Nous avons bien progressé.

Marie sent de grosses larmes glisser sur ses joues.

— Ce soir-là, après m'avoir endormie avec un tampon de chloroforme, vous m'avez enveloppée dans une couverture et vous m'avez enfermée dans le coffre de votre Oldsmobile. Je me souviens que ça sentait le plastique et l'essence et qu'une odeur d'urine flottait dans l'habitacle. Une odeur étouffée par le désodorisant en spray que vous aviez pulvérisé sur la moquette du coffre.

— Oui, ça ne sait pas se retenir, un enfant.

Marie frissonne en entendant les vibrations qui envahissent la voix de Daddy. Il n'est plus du tout bienveillant, il est plein de haine et de mépris. Une voix de prédateur. Il se calme, respire. Il redevient un peu le docteur Cooper.

— Quoi d'autre, Marie ?

— Je me souviens de m'être réveillée la bouche pâteuse. J'étais allongée dans les ténèbres, emmaillotée dans la couverture. Vous aviez placé un coussin sous ma nuque. J'ai ouvert les yeux mais je ne voyais rien. Ça remuait. Le bruit assourdi du moteur. Les vapeurs d'huile et de carburant. J'ai tourné la tête vers la droite. J'apercevais un filet de lumière à travers les joints usés du coffre. Un rai de lumière vive puis une flaque d'obscurité, puis à nouveau un rai de lumière vive.

— Des réverbères d'autoroute. Nous avons roulé pendant trois jours sur l'Interstate 95 en remontant vers le nord. Je m'arrêtais toutes les quatre heures pour te droguer. Pour que tu dormes et que tu n'aies pas peur. Lorsque j'étais trop fatigué malgré les amphétamines, je rangeais la voiture sur un chemin de terre et je dormais quelques heures avant de repartir. Jamais je ne t'ai laissée seule. Jamais je ne t'ai abandonnée. Tu es celle qui a le moins pleuré pendant le voyage. À peine quelques coups de genoux contre la paroi du coffre. Je n'ai pas eu besoin de te punir.

— Je me souviens que la voiture s'est arrêtée une dernière fois. Cela faisait des heures que nous roulions sur un chemin de terre. Les pneus tapaient dans les ornières. Les suspensions grinçaient et faisaient vibrer dans tout l'habitacle. J'avais tellement peur.

Le docteur Cooper sourit.

— L'express de Seboomook.

— Le quoi ?

— Seboomook, un patelin paumé au fin fond du Maine, dans le comté de Somerset. Quelques cahutes perdues sur la rive nord du lac Moosehead, à une cinquantaine de kilomètres de la frontière canadienne. J'avais hérité d'une maison de pêcheur là-bas. Un coin sympa, plein de poissons, de glace et de silence. Le premier voisin à quarante kilomètres, la première gare à deux cents. Juste un chemin défoncé et bloqué huit mois sur douze par la neige et les arbres abattus par les tempêtes. L'express de Seboomook, c'est comme ça que j'appelais ce chemin que j'avais parcouru des milliers de fois à bord de la jeep de mon grand-père. Soixante kilomètres d'ornières et de nids-de-poule à travers une des forêts les plus profondes du Maine. Une forêt si épaisse que certains endroits n'ont jamais été visités par l'homme. Je crois à ça. Aux endroits vides, comme des zones mortes dans le grand cerveau de l'humanité. C'est là-bas que j'avais installé la Crèche où je recueillais mes enfants après les avoir sauvés de leur famille d'accueil.

— Vous travailliez à l'époque en tant que psy pour les services sociaux de l'État du Massachusetts. C'est comme ça que vous aviez accès aux dossiers des enfants placés et victimes de maltraitances.

— L'État ne faisait rien. Moi, j'agissais. Je sauvais les enfants malheureux et je leur offrais une grande maison pleine de poupées et de jouets. Ma famille.

Les yeux de Marie s'emplissent de larmes. Elle revoit la bâtisse au bord du lac et son ponton, la lueur du soleil qu'elle avait le droit de contempler dix minutes par jour à travers la fenêtre grillagée de la cave.

— La voiture s'est immobilisée dans un dernier grincement d'essieux. Je me souviens du silence quand le moteur s'est arrêté. Le silence de l'hiver. J'entends la portière claquer. Vos pas crissent dans la neige. Je me souviens de la lueur aveuglante du soleil quand vous avez ouvert le coffre. Vous m'avez prise dans vos bras et donné une gorgée d'eau au goût de médicament. Quand je me suis à nouveau réveillée, j'étais allongée sur un lit de princesse au milieu d'une montagne de poupées et de peluches. La pièce était très froide, uniquement éclairée par un néon qui me blessait les yeux. Les murs étaient voûtés, comme des souterrains ou des murs de cave. Il y avait des toilettes, de quoi se laver, un pupitre d'écolier avec de vieux livres de classe et une lourde porte de cachot. Le genre de porte qui ne tremble même pas quand on cogne dessus à coups d'épaule.

— Quoi d'autre ?

— Un soupirail laissait échapper des bouffées d'air frais, au ras du sol. Ça sentait le salpêtre et la mousse. Combien de temps suis-je restée enfermée ?

— Un peu moins de deux ans.

Marie sent sa gorge se serrer.

— Oh, mon Dieu, toujours les mêmes jours et les mêmes nuits, le temps rythmé par l'extinction et le rallumage des néons. Vous veniez nous donner des cours et jouer avec nous à la poupée. Parfois, vous nous laissiez de l'eau et de la nourriture en quantité et vous nous abandonniez des jours entiers avant de réapparaître soudain avec un autre pensionnaire de votre crèche de dingue. Je me souviens de ces sanglots qui retentissaient le long des soupiraux. C'est comme ça que j'ai compris que je n'étais pas seule.

— Il y avait toujours au moins une vingtaine d'enfants. Certains mouraient quand je les privais de nourriture parce qu'ils avaient été méchants. D'autres succombaient de maladie ou d'infection, comme la petite Laura à qui j'avais été obligé d'arracher les dents une à une à cause des bonbons.

— Je me souviens de ses cris. Je me souviens de tout maintenant. Et de ce jour où vous aviez oublié de refermer la porte de ma chambre. Un gigantesque couloir éclairé par des ampoules nues serpentait sous la maison. Et des cellules. Oh, mon Dieu, il y avait tellement de cellules ! Je suis sortie en chemise de nuit dans le couloir. Le sol était gelé. J'ai essayé d'ouvrir quelques portes mais elles étaient verrouillées. Je me suis hissée sur la pointe des pieds et j'ai regardé par le judas. Des petites filles, des petits garçons, des bébés aussi. Et puis, dans les cellules du fond, j'ai vu des grandes filles et des adolescents.

— Presque des adultes. La plus âgée avait dix-sept ans. Elle était arrivée à la Crèche à l'âge de neuf ans. Le jour de leur dix-huitième anniversaire, je leur préparais un gâteau bourré de drogues, puis je les découpais avant de jeter leurs morceaux dans le lac. Les plongeurs du FBI y ont retrouvé quelques omoplates et quelques fémurs.

— Pourquoi ?

— Parce qu'elles seraient devenues des mères dénaturées et des broyeuses d'esprits. Parce qu'ils seraient devenus des pères incestueux, des violeurs et des alcooliques.

— Vous les avez terrorisés et privés de lumière. Combien d'enfants sont devenus fous quand vous leur supprimiez la nourriture ou l'eau pendant des jours ? Combien d'entre eux avez-vous étranglés en pleine nuit quand ils étaient trop faibles ou trop agités ? Quand ils hurlaient depuis des heures en appelant leurs parents ? Combien en avez-vous jeté dans le lac ?

— Chut, Marie. Calme-toi.

7

Marie avance dans le couloir au milieu des cellules de la Crèche. Un escalier au bout. Les marches vermoulues craquent sous ses pas. Une porte tout en haut. Le premier sous-sol de la maison du pêcheur.

— Je vois une vaste salle avec des tables en bois au plateau usé.

— C'est là que mon grand-père vidait le poisson et écorchait le gibier. Des truites, des tanches, des lièvres, des caribous et des sangliers. Je le regardais fendre les abdomens et libérer des paquets d'entrailles fumantes sur les tables à découper. J'ai compris qu'il était devenu fou quand il a commencé à enlever des chasseurs ou des campeurs, et à les enfermer dans les anciens saloirs du sous-sol pour les faire maigrir. Ensuite, il les amputait, les désossait et les vidait sous mes yeux.

Marie frissonne. Elle traverse la pièce et gravit d'autres marches. Une trappe qu'elle pousse d'un coup d'épaule. Elle vient de déboucher dans la baraque du pêcheur. Daddy n'est pas là. Il est en chasse. Cela fait quatre jours qu'il n'a pas reparu. Il est sans doute sur le chemin du retour. Peut-être roule-t-il déjà sur l'express de Seboomook. Marie grelotte de faim et de peur. Il fait nuit. Il fait froid. Ça sent le poisson. Des filets sont accrochés aux murs.

— Marie ?

— Oui.

— Dis-moi ce dont tu te souviens ou je te tue.

— J'ai fouillé la maison. J'ai trouvé de la viande séchée, un gros pull qui sentait la charogne et une paire de godillots que j'ai bourrés de toile de jute. Après, je suis sortie. L'air était gelé. Les dernières étoiles commençaient à pâlir. C'est à ce moment que j'ai vu les phares déchirer l'obscurité au loin.

— Un accident si stupide. Je n'avais pas dormi depuis quarante-huit heures. J'arrivais d'Agawam, un patelin paumé à la frontière du Massachusetts et du Connecticut où j'avais chargé deux mômes, des jumeaux qui remuaient et hurlaient dans le coffre. Je les avais tellement shootés que l'un d'eux est mort asphyxié sous le poids de l'autre. Je suis remonté aussi vite que j'ai pu à travers le Vermont et le New Hampshire. J'aurais dû m'arrêter quelques heures comme je le faisais d'habitude avant de quitter les grands axes, mais j'avais peur que vous manquiez d'eau et de nourriture. L'accident a eu lieu à la hauteur de Littleton, dans le Vermont. J'ai dû m'endormir quelques secondes. Je n'avais pas vu l'auto-stoppeuse au croisement quand mes pneus ont mordu le bord de la chaussée. Je n'avais pas vu non plus la voiture de flics rangée quelques mètres plus loin. Ses gyrophares se sont immédiatement allumés quand le corps disloqué de la fille a atterri dans son pare-brise. Ma voiture est partie en toupie et a tapé un pylône. J'avais envie de vomir. J'ai réussi à m'extirper des tôles et à m'enfoncer sous le couvert des arbres avant que le flic n'ait eu le temps de réagir. Je savais qu'il ne tarderait pas à découvrir mon chargement et que, après avoir effectué une enquête rapide à partir de ma plaque minéralogique, il enverrait une voiture de patrouille sur l'express de Seboomook pour s'assurer qu'il n'y avait pas d'autres enfants prisonniers là-bas. Alors, j'ai marché pendant des heures vers la frontière canadienne. J'étais persuadé que les flics ne découvriraient jamais la trappe conduisant aux sous-sols. Si tu ne t'étais pas échappée, ils ne vous auraient jamais retrouvés.

— Je me suis agenouillée dans la neige tandis que la voiture approchait. J'étais persuadée que c'était vous. Je ne pouvais plus bouger. Et puis d'étranges flaques de lumière bleue ont accompagné le pinceau des phares. Quelques tons de sirène. Deux flics dans des parkas à fourrure en sont sortis. Ils m'ont prise dans leurs bras et m'ont enveloppée dans des couvertures.

— C'est à cause de toi qu'ils ont volé mes enfants. Ils les ont placés dans de nouvelles familles d'accueil dispersées dans plusieurs États pour brouiller les pistes. Ils m'ont traqué, diffusant mon signalement à toutes les polices de la planète. J'ai changé pour la première fois de visage et d'identité dans une petite clinique vétérinaire d'Unalakleet, en Alaska. J'adore les coins paumés. L'opération, menée sous anesthésie locale par le vétérinaire dont j'avais enfermé la famille en lieu sûr, a été une vraie boucherie. Cet enculé m'a tellement saboté la gueule que je suis resté une semaine à grelotter dans un cagibi en croquant des poignées de tranquillisants, le temps que ma caboche dégonfle. À l'arrivée, je ressemblais à ce qui reste de Mickey Rourke. Alors j'ai tué le vétérinaire et sa famille et j'ai continué ma route vers le nord jusqu'à Point Hope, un port de brise-glace où j'ai passé le reste de l'hiver à écouter hurler le vent et à penser à toi, Marie. À toi et à mes autres enfants. Au printemps, j'ai embarqué pour le Japon et l'Australie, où un chirurgien de Melbourne m'a réopéré.

— C'est à ce moment-là que vous avez recommencé à tuer ?

— Je me suis d'abord installé en tant que psychiatre à Buenos Aires, puis à Rio. De là, j'ai pris le temps de vous localiser et j'ai patiemment attendu que vous grandissiez. Quand vous êtes devenus adultes et que, la vie faisant, certains d'entre vous se sont dispersés aux quatre coins du monde, je me suis remis en mouvement. J'ai commencé par massacrer les familles qui vous avaient élevés à ma place. Elles étaient tellement éparpillées qu'aucun flic n'a fait le rapprochement. J'ai fait ça bien, en prenant mon temps et en changeant de cérémonial. J'ai étalé tous ces meurtres sur une dizaine d'années. J'ai fait ça de toutes mes forces, leur arrachant les tripes et les membres. Tu aurais été fière de moi, Marie : j'avais retrouvé le goût de tuer. Ensuite, je vous ai pointés les uns après les autres sur une carte. Los Angeles, San Francisco, Chicago, Paris, Sydney, Hong-Kong. Un vrai bonheur pour un voyageur. Alors, je me suis lancé corps et âme sur la trace de mes enfants perdus. Ils avaient beaucoup grandi. Il était temps qu'ils meurent.

8

Marie a l'impression de s'enfoncer dans une mer de coton dont les vagues douces et légères se referment sur elle. La voix de Daddy résonne dans son esprit.

— J'ai commencé par Cassy Trippman dans l'Ohio. Fragilisée par son expérience à Seboomook, elle avait fini par échouer dans un patelin au sud de Cincinnati. Quand je l'ai retrouvée, elle vivait des aides sociales et végétait dans un état alcoolique quasi permanent. Elle avait tenté de retrouver une vie normale, un petit boulot de serveuse et un mec pas trop bête, mais ses vices l'avaient rattrapée et, multipliant les cures de désintoxication aux frais de l'État, elle s'enfonçait inexorablement. La petite fille aux allumettes façon sale vieille ivrogne paumée… Je n'ai pas ressenti grand-chose quand sa bouche a cessé d'aspirer l'air à travers le sac plastique qui m'a servi à l'étouffer. J'ai mutilé son cadavre mais je l'ai fait sans joie. Au fond de moi, je crois que j'étais un peu triste et déçu de ce qu'elle était devenue malgré tout ce que j'avais fait pour elle.

— Vous êtes fou à lier.

— Je t'épargnerai la liste fastidieuse de mes victimes. J'ai interrompu leur existence au moment où elles s'y attendaient le moins. J'ai réuni leur famille, leur conjoint et leurs enfants. J'ai tué les parents et enlevé les petits. Des crèches de huit pensionnaires maximum. Chaque fois qu'une crèche était pleine, j'en ouvrais une autre ailleurs, dans un autre coin paumé, dans un autre pays.

— Que sont-ils devenus ?

— Je ne sais pas.

Marie sent un frisson glacé parcourir son échine en songeant à ces pauvres gamins. Comme elle autrefois, ils avaient dû attendre le retour de Daddy. Sauf que, prisonnier de sa folie meurtrière qui s'accélérait à mesure qu'il rassemblait ses enfants dispersés, Daddy n'était jamais revenu.

— Ces six dernières années, j'ai tué ceux qui avaient mieux réussi que les autres. Des médecins, des avocats, des hommes d'affaires renommés qui voyageaient comme moi. Tandis qu'ils me racontaient leur vie avant que je ne les éventre, je me suis rendu compte qu'ils se souvenaient de la Crèche plus que de tout autre moment de leur existence. C'est moi qui les avais rendus vivants et c'est moi qui leur reprenais cette vie qui m'appartenait un peu.

Daddy allume un cigare et souffle un nuage de fumée.

— La dernière s'appelait Melissa Granger-Heim. Elle habitait Berlin. Je l'ai massacrée à l'occasion d'un séminaire qui se tenait dans les salons d'un grand hôtel. Le dernier soir, je me suis introduit chez elle pendant qu'elle dînait avec son époux et ses trois enfants. Une fois son mari égorgé, et tandis que je la ficelais sur un fauteuil, elle m'a raconté qu'elle avait entrepris une très longue thérapie qui l'avait aidée à retrouver goût à la vie. Puis, s'étant prise au jeu, elle était devenue psychiatre comme moi. Au tout dernier moment, elle m'a reconnu. Tu aurais dû voir l'expression dans ses yeux. Une terreur pareille, c'est comme du diamant.

— Sa cellule était juste à côté de la mienne dans la Crèche de Seboomook. Souvent, la nuit, je l'entendais pleurer. Elle était si jeune, si effrayée. Alors je m'allongeais sur le sol et je lui parlais à travers le soupirail. Je lui parlais parfois toute la nuit jusqu'à ce qu'elle s'endorme sur le sol gelé.

— Elle aussi se souvenait de toi. C'est ce qu'elle m'a dit en sanglotant, juste avant que je ne la tue. Elle n'avait jamais oublié tes chuchotements à travers le soupirail, cette voix sans visage qui la réconfortait et la berçait tandis qu'elle s'endormait en serrant son ours en peluche contre son visage.

— Qu'avez-vous fait de ses enfants ?

— Tu les as entendus tout à l'heure jouer au ballon contre la vitre. Je les ai empoisonnés au petit déjeuner avec un poison lent. Ils doivent être morts à présent.

— Pourquoi ?

— Parce que je savais que tu allais venir. J'ai tué Melissa pour t'attirer à Berlin et j'ai laissé assez d'indices pour que tu me rattrapes à Rio. Tu m'as beaucoup amusé, ces derniers jours, en me suivant dans les rues tandis que je me promenais avec ma petite famille.

— Ce n'est pas votre famille.

— Je t'ai repérée tout de suite. Je t'ai vu me regarder sur cette plage quand je me baignais avec les enfants de Melissa. Je t'ai même laissé un verre vide de caipirinha à la terrasse d'un bar pour que tu puisses le récupérer et l'expédier au FBI afin qu'ils vérifient mes empreintes. Quand tu as reçu les résultats, tu as pris rendez-vous à mon cabinet en disant à ma secrétaire que c'était urgent, que tu allais très mal. Tu lui as fait faxer ton dossier. Tu aurais pu m'arrêter tout de suite mais tu avais d'abord besoin de réponses. Tu avais besoin de savoir qui tu es vraiment. Et te voilà devant moi, Marie chérie, te voilà persuadée d'avoir gagné et que la cinquantaine de flics maladroitement planqués autour de ma villa réussiront à te sauver.

Marie essaie d'atteindre le localiseur à ondes courtes fixé à sa ceinture. Sa main glisse et tombe dans le vide. Elle a l'impression que son bras s'étire à l'infini et que sa main n'en finira jamais de tomber. Le docteur Cooper sourit :

— C'est inutile, Marie. Cette pièce est conçue pour être imperméable aux ondes. Même la télé et la radio ne fonctionnent pas : des cylindres de métal dans les murs.

Marie s'accroche au peu de réalité qui lui parvient encore à mesure qu'elle s'enfonce dans la mer de coton.

— Et les autres enfants, ceux des meurtres que vous avez commis ces derniers mois ?

— Ils sont enfermés quelque part dans les favelas. À l'heure qu'il est, mes nourrices s'apprêtent à leur donner un verre de cette potion amazonienne que j'ai fait boire ce matin aux petits anges de Melissa Granger-Heim. La même qui coule à présent dans mes veines et dans les tiennes.

— Et moi ?

— Quoi toi ?

— Pourquoi vous ne m'avez pas tuée avec les autres ? Parce que je suis parvenue à m'échapper de Seboomook, c'est ça ?

— Oui, je voulais te tuer la dernière, ou peut-être te laisser vivre avec le souvenir de tout ça. J'ai beaucoup enquêté sur toi, tu sais ? Je t'ai toujours suivie. C'est comme ça que j'ai fait la connaissance des Parks, ces braves gens qui avaient bien voulu te recueillir après la Crèche. De bons parents adoptifs, ceux-là, pas comme les Kransky. Eux t'aimaient vraiment. Je les ai tués un soir de novembre.

— Vous mentez. Ils sont morts dans un accident de voiture.

— C'est ce qu'on t'a raconté parce que tu avais été suffisamment meurtrie par la vie. En novembre de cette année-là, tu étais partie camper avec ta classe sur les rives du lac Tahoe. Quinze jours loin des tiens. J'en ai profité pour m'occuper de Paul et Janet Parks, un soir où il pleuvait à Hattiesburg. J'ai fait ça très lentement, pour les punir d'avoir élevé à ma place la meilleure de mes filles.

Marie ravale ses larmes.

— Je vous tuerai pour ça.

— Oui, tueuse, je suis sûr que si tu en avais la possibilité, tu le ferais. C'est aussi pour cela que j'ai voulu te garder en vie. Parce que tu es du même bois que moi.

— C'est faux.

— Bien sûr que si, Marie. De mémoire d'homme, seules deux personnes sont parvenues à s'échapper des cellules de Seboomook. Toi, et moi. J'avais quatorze ans à l'époque. Mon grand-père était déjà fou à lier et passait le plus clair de son temps à écorcher vifs les malheureux qu'il kidnappait dans la forêt. Le jour de mon anniversaire, il m'a forcé à dépecer mon premier humain, un campeur d'une trentaine d'années qu'il avait drogué avec des calmants. La même nuit, il m'a enfermé dans une cellule et j'ai su que ce serait bientôt mon tour. Alors, j'ai crocheté la serrure et j'ai assommé ce vieux salaud pendant son sommeil. Quand il s'est réveillé, il était sanglé à une des tables de découpe. Il a mis plus de quatre heures à mourir. Et tu sais quoi ?

— Je m'en fous.

— Je vais te le dire quand même. Pendant que je le charcutais et que son sang s'écoulait en larges rigoles sur la table, il me prédisait que je resterais à Seboomook et que je poursuivrais son œuvre. Il avait raison.

Marie frissonne. Cela fait plusieurs secondes que la voix de Daddy se charge de graillons et de caillots sous l'effet du poison. Il s'essouffle. Son débit est de plus en plus lent. Marie l'entend tousser à fendre l'âme. Elle parvient à entrouvrir les yeux. Daddy se tient droit dans son fauteuil. Son menton maculé de sang tranche sur son visage blême. Il respire difficilement. Il regarde Marie. Ses yeux deviennent vitreux. Sa poitrine s'immobilise.

9

Marie ignore depuis combien de temps Daddy est mort. Coincée entre la réalité et sa vision, elle écoute le profond silence qui s'est abattu sur la villa. Elle s'efforce de se concentrer. Elle a l'impression d'oublier quelque chose d'important.

Un nom flotte dans sa mémoire, celui de l'officier qui commande aux autres flics planqués dehors. Elle se souvient qu'il attend son signal pour investir la maison. Elle a bien insisté sur le fait qu'il lui fallait à tout prix des aveux. Le gars de la police militaire avait fait signe qu'il avait compris. Un brave type, honnête et courageux. Tout à fait le genre à attendre un signal pendant des heures.

Marie n'en peut plus. Elle sent le poison progresser dans son organisme. Ses jambes et son ventre sont gelés. Peu à peu, la substance toxique est en train de coaguler son sang. Elle expédie un puissant message mental dans toutes les directions. La souffrance vrille son crâne. Elle dit qu'elle s'appelle Marie Megan Parks, qu'elle est agent au FBI et qu'elle est prisonnière dans une villa des hauteurs de Rio. Elle ajoute qu'elle a été droguée et qu'elle ne peut plus bouger. Elle supplie ceux qui l'entendront d'appeler de toute urgence tous les commissariats de la ville.

Au fond de son esprit, des voix de plus en plus nombreuses commencent à lui répondre. Comme quand elle était môme et qu'elle s'amusait à appuyer du plat de la main sur les boutons d'un interphone d'immeuble. Les voix demandent qui parle. Marie répète inlassablement son message. Elle entend des téléphones relayer son appel au secours. Une voix plus claire se détache dans son esprit. Elle s'appelle Esperanza. Un véritable médium. Elle a compris. Elle murmure à Marie que les secours arrivent. Des coups au loin. Quelqu'un défonce les portes. La voix d'Esperanza lui demande dans quelle pièce elle se trouve. Marie comprend que la médium guide la police au téléphone. D'autres coups sourds résonnent contre la porte du cabinet. Des bruits de pas. Elle sent vaguement l'ombre d'un flic se pencher sur elle en baragouinant quelque chose. Esperanza lui demande quel poison on lui a injecté. Un poison amazonien, c'est tout ce qu'elle sait. Le flic braille un ordre aux infirmiers qui viennent d'entrer. Marie sent un garrot de caoutchouc comprimer son avant-bras. Une aiguille transperce sa peau. Esperanza lui explique que les secours sont en train de lui injecter un cocktail d'antidotes contre tous les poisons amazoniens connus. Marie la remercie du bout des lèvres. Esperanza la supplie de continuer à lui parler mais Marie n'en peut plus. Elle a si froid. Le message mental s'affaiblit à mesure que les ténèbres se referment sur elle.

II

LA TEMPÊTE

10

La Nouvelle-Orléans.

Ses vieilles mains effleurant le bois râpeux de la rambarde, Debbie Cole se penche au-dessus des eaux scintillantes du Mississippi. Le courant qui fait mousser sa surface dessine des sillons argentés dans le crépuscule. C'est l'heure où les moustiques et les libellules rasent l'écume pour chercher un peu de fraîcheur. Tombant comme une pierre du ciel orange, un pélican passe au ras des flots en brassant l'air chaud. Son bec s'entrouvre et fend la surface, enfournant un énorme poisson-chat dont les écailles brillantes ont trahi la présence. Debbie Cole regarde le volatile remonter lourdement vers l'azur en renversant son cou pour déglutir sa proie. Le grand cycle. Mourir pour nourrir. Ainsi l'avait voulu Gaïa dans son infinie sagesse.

Accompagnant le vol saccadé d'une libellule, le regard malicieux de la vieille femme redescend vers le fleuve. Le Père des Eaux. C'est lui qui abreuve Terre-Mère depuis le commencement du monde, qui fertilise les vallées et nourrit les hommes. La fin de la course. Trois mille cinq cents kilomètres de courant impétueux et de méandres immenses à travers les États-Unis avant de se perdre en autant de bras aux eaux croupies, de marécages empêtrés de racines noueuses, de terre meuble et de pourriture sucrée. Le bayou. Mais avant de se diluer dans la grande mer, le Père des Eaux lisse son cours à La Nouvelle-Orléans en traversant le dernier Sanctuaire. C'est ici que la vieille Debbie a rendez-vous. Cela fait si longtemps qu'elle attend. Comme chaque fois que les descendantes de la lignée de Gaïa doivent se rencontrer dans le plus grand secret, c'est elle qui a été envoyée en éclaireur.

La vieille dame respire l'air épais qui remonte du fleuve. Des senteurs de vanille, de cannelle et de sucre. De pollution aussi. Mais aucun signe de l'Ennemi. Pourtant, elle n'est pas tranquille. Elle ferme les yeux et inspire plus profondément. Au milieu des parfums qui flottent sur la ville, de la puanteur du gasoil et des vapeurs réfrigérées qui s'échappent des climatiseurs, une note liquide et salée grandit : une odeur d'océan, de chaleur brûlante et de vent. La grande tempête approche. Elle s'est formée quatre jours plus tôt au large des Bahamas et avance lentement au-dessus de l'Atlantique, se renforçant à mesure qu'elle remonte les eaux chaudes du golfe du Mexique.

Au début, ce n'étaient que quelques remous agitant les profondeurs. Mais, au bout de quelques jours, ces mouvements imperceptibles se sont transformés en une bête monstrueuse, une spirale de colère sculptant des creux de vingt mètres dans la masse de l'océan, une chose hurlante qui ne va plus tarder à projeter des murs d'eau sur le dernier grand Sanctuaire.

Debbie frémit à mesure que sa prédiction se précise. Elle sait que les digues qui protègent la ville ne résisteront pas. Elle voit les eaux de l'océan rejoindre celles du lac Pontchartrain. Elle aperçoit les rues inondées et les maisons emportées. Des cadavres flottent au milieu des sacs plastique et de la régurgitation des égouts. Des files interminables de véhicules tentent de fuir. Des milliers de gens pris au piège se regroupent dans un stade. Une adolescente se tient au milieu de la foule des réfugiés. Elle a peur. La pluie gronde contre le dôme géant du stade. Le vent hurle. Les mains de Debbie se crispent sur la rambarde. Des formes progressent au milieu de la foule, des choses qui cherchent la fillette en la humant. Une autre silhouette se précise. Une femme jeune et brune. Elle est armée. Elle prend la fillette dans ses bras et s'enfuit avec elle. Sa nouvelle mère.

Debbie sursaute et rouvre les yeux. Des cloches retentissent dans le lointain. Elle frémit en repensant à la fillette au milieu des corps crasseux. Sa vision était tellement réelle qu'elle a eu l'impression que c'était elle qui s'agrippait au bras de la jeune femme. Ou plutôt une partie d'elle-même. Des morceaux de sa conscience et de sa mémoire diluées dans l'esprit affolé de la fillette.

11

Debbie lève les yeux vers les buildings du centre-ville. Un vieux bateau à aubes franchit le pont du Greater dont la masse métallique, estompée par la brume, ressemble à une gigantesque araignée. Un filet de brise échappé du bayou apporte jusqu'aux narines de la vieille dame un soupir de vase. Malgré la tempête qui approche, un nuage de jazz, de poussière chaude et de rythmes cajuns vibrent dans la chaleur moite qui englue les ruelles du Quartier français. Debbie attend. Arrivée quelques heures plus tôt de Buenos Aires, elle a expédié ses sentinelles dans toutes les directions. Une armée de chats et de pigeons, les uns bondissant de toit en toit, les autres survolant le Sanctuaire pour essayer de repérer la présence de l'Ennemi.

Fichant avec précaution une cigarette colorée entre ses lèvres, Debbie l'allume avec un vieux briquet à couvercle. Le tabac grésille en s'enflammant. Du *fired-cured*, un tabac noir du Kentucky qu'elle se fait livrer en Argentine par Federal Express. Huit cents grammes par mois avec lesquels elle roule religieusement ses cigarettes à l'aide de tubes colorés prolongés par des filtres en carton. Debbie déteste les filtres. Ça chiffonne le goût du tabac. Mais, depuis qu'elle s'est fait gronder par son cardiologue de Buenos Aires, elle s'est résignée à leur utilité. Elle recrache une volute et toussote. Son cardiologue lui avait demandé depuis combien de temps elle fumait. Comment aurait-elle pu répondre à cela ?

Sans prêter attention aux regards désapprobateurs que lui jettent les joggeurs dont les semelles claquent le long du Moonwalk, la vieille dame essaie de se souvenir de la toute première fois où elle était venue à La Nouvelle-Orléans. Elle fronce les sourcils. Ça y est, elle a encore un trou de mémoire. C'est assommant d'avoir cette fichue date sur le bout de la langue. Elle s'agace, se traite de linotte en marmonnant à voix basse comme toutes les vieilles dames perdues dans leurs pensées.

— Voyons, ça ne remonte pourtant pas aussi loin que ça… Ah oui, tout de même…

La première fois que Debbie Cole était venue à La Nouvelle-Orléans, c'était un vendredi. Le 17 septembre 1807. Un sourire étirant ses lèvres ridées, la vieille dame laisse échapper un nouveau soupir de fumée. Oui, elle s'en souvient à présent. Il avait fait horriblement chaud ce jour-là.

12

Debbie Cole grimace. Ses pieds lui font un mal de chien. Cela fait des heures qu'elle marche en plantant sa canne dans la poussière, sa gorge desséchée aspirant l'air aussi épais et gluant que du sirop.

Chaque fois qu'elle s'accorde une pause sur un banc, ses pigeons sentinelles viennent se poser près d'elle. Elle leur jette des poignées de riz qu'elle pioche dans un sac en papier et répond à leur roucoulement. Puis, au signal mental qu'elle émet, les oiseaux repartent survoler la ville avant de la rejoindre un peu plus loin, au pied d'un autre banc. Parfois, ce sont des chats qui viennent se frotter contre ses bas. Parmi les joggeurs en sueur et les passants qui flânent, personne ne semble s'étonner que des chats frôlent des pigeons sans les attaquer. Ni qu'une vieille dame roucoule et ronronne. Il faut dire, et cela désespère la vieille Debbie, que personne ne s'étonne plus de rien.

Jusque-là, ses sentinelles n'ont rien repéré d'anormal. Le grouillement humain habituel. Les mêmes ondes musicales et les mêmes odeurs. Sauf que cela fait à présent plus d'une heure que pas un seul chat ni un seul pigeon n'est venu au rapport.

Elle lève les yeux et scrute encore une fois le ciel. La musique, les odeurs, les bruits. Le silence. Elle cherche un remous à la surface du pouvoir, une onde, un signe. Rien. Debbie sent un vertige s'emparer de son esprit. Elle sait que ce n'est pas la chaleur. Elle accepte le bras d'un jeune homme qui l'aide à s'asseoir sur un banc. Il lui demande si tout va bien mais elle ne l'entend pas. Elle sourit tandis que le jeune homme s'éloigne. Mentalement connectée à ses sœurs qui approchent de La Nouvelle-Orléans, elle écoute la vibration d'Akima lui demander si le Sanctuaire est libre. Ses lèvres remuant à peine, la vieille dame lui répond qu'elle n'en est pas sûre. Une autre voix prend le relais, celle d'Hanika, la plus puissante et la plus âgée des Révérendes :

— Mère Cole, vous connaissez les signes de la présence de l'Ennemi. Sont-ils ou non constitués ?

— Puissante Mère, les signes sont absents mais je ressens quelque chose d'anormal.

— La tempête qui approche doit sans doute perturber vos visions.

— Et si elle n'était qu'un contre-feu destiné à détourner notre attention ?

— Avez-vous des preuves de ce que vous avancez ?

Debbie se concentre. Elle retrouve en pensée un des chats qu'elle a expédiés une heure plus tôt dans le Quartier français, un gros matou au pelage roux. Il s'appelle Ayou. Personne ne connaît mieux La Nouvelle-Orléans que lui. Cela fait plus de dix ans qu'il en parcourt les ruelles et les toits. Ayou est en train de renifler une poubelle renversée lorsque l'esprit de la Révérende pénètre le sien. Son pelage se hérisse. Debbie sent ses bras se transformer en pattes velues et musclées, ses mains en coussinets usés et ses doigts en griffes qui se referment sur un sac-poubelle. Ayou a perçu une odeur de sardine à travers l'emballage. Il a aussi senti la présence de la Révérende, et Debbie sait qu'elle doit faire attention : c'est un chat presque sauvage. Elle fouille délicatement son esprit et passe en revue ses souvenirs les plus récents. Ayou feule tandis que de petits vaisseaux se mettent à saigner à la surface de ses méninges. Debbie lui demande où sont passés les autres chats. L'esprit de la bête se remplit d'images de détritus, de carcasses d'oiseaux et de boîtes de conserve embaumant le poisson. La vieille dame comprend. C'est l'heure de manger pour les félins, leur seul repas de la journée jusqu'à la nuit où ils circulent dans l'obscurité pour dévorer rats et orvets. Elle lui demande s'il sait ce que sont devenus les pigeons. Ayou secoue la tête. La douleur grandit en lui à mesure que son cerveau s'emplit de pensées qui ne sont plus les siennes. Ça n'a pas sa place dans un cerveau de chat. Debbie sent ses griffes déchiqueter le sac-poubelle tandis qu'elle scrute la ruelle à travers ses yeux. Aucun signe de vie, hormis un clochard assis sur un lit de cartons. Un homme barbu et crasseux qui observe le chat. Qui observe Debbie. La vieille dame se raidit. Quelque chose ne va pas dans les yeux du clochard. Ayou feule, ses griffes dispersent le contenu du sac. Il a très mal à présent. Il va mourir si Debbie continue à se concentrer aussi fort. L'esprit de la Révérende remonte les ruelles jusqu'au banc et réintègre son corps assoupi. Elle rouvre les yeux et repense à cette lueur amusée et cruelle dans le regard du sans-abri. Une pluie de messages mentaux retentit dans son esprit. La voix d'Hanika résonne plus fort que les autres.

— Mère Cole, je vous le demande une dernière fois : avez-vous détecté la présence de l'Ennemi ?

— J'ai eu une vision. Une petite fille au milieu d'une foule de réfugiés. Elle pensait comme nous et savait ce que nous savons. Vous devez demander aux Révérendes d'attendre, le temps que je vérifie cette prédiction.

— C'est impossible. Je donne l'ordre d'avancer vers le lieu de rendez-vous. Si les signes se constituent, alertez-nous immédiatement.

Debbie Cole frissonne. Une brise fraîche serpente le long du fleuve. Ça sent le métal rouillé et l'électricité. Les premières gouttes de pluie claquent sur le sol poussiéreux du Moonwalk et sur ses cheveux. La lumière du soleil est devenue rouge sang. Le socle nuageux est en train de se refermer : d'énormes cumulo-nimbus dont le sommet immaculé se perd dans l'azur et dont la base, noire, ne va pas tarder à libérer des cataractes. L'avant-garde de la tempête.

13

Debbie adresse un coup d'œil discret à ses trois gardes du corps qui se tiennent à distance. Ils portent de longs manteaux de coton blanc et de larges capuches dissimulent leur visage. L'un d'eux regarde le fleuve, les autres ont les yeux rivés au ciel. Leur chef rend son sourire silencieux à Debbie. Il s'appelle Cyal. C'est lui qui a accueilli la vieille dame à l'aéroport. Les Gardiens du Sanctuaire de La Nouvelle-Orléans. Cela fait des semaines qu'ils surveillent le fleuve. Eux aussi savent que les digues ne résisteront pas.

Debbie envoie une courte impulsion au Gardien le plus proche en lui disant qu'elle doit s'enfoncer dans les ruelles, seule. Se retournant vers ses compagnons, le Gardien leur expédie à son tour un message. L'un d'eux descend une volée de marches couvertes d'algues dont les dernières disparaissent sous la surface du fleuve. Il s'appelle Elikan. Il se penche et récolte un peu d'eau dans le creux de sa main. Elle sent le sel et la vase. Elikan se redresse et murmure mentalement qu'ils ne sont pas assez nombreux pour assurer la sécurité de la Révérende en cas d'agression. Pas assez nombreux et pas assez puissants. Le troisième gardien rétorque que le pouvoir de l'Ennemi est presque entièrement aspiré par les éléments et qu'il ne doit plus lui en rester suffisamment pour risquer une attaque frontale en plein jour. Elikan remonte les marches vers le Moonwalk en s'essuyant les mains.

— Tu serais prêt à miser combien sur cette hypothèse, Kano ?

Kano s'apprête à lui répondre mais la vibration de la Révérende l'interrompt. Sa décision est prise. Si les Gardiens sont avec elle, l'Ennemi n'osera pas se montrer. En revanche, si l'Ennemi la croit seule, il ne pourra pas se permettre de laisser passer cette occasion. La réponse du chef des Gardiens ne se fait pas attendre :

— C'est de la folie, Mère. Si l'Ennemi passe à l'offensive, nous ne pourrons jamais vous rejoindre à temps.

— C'est pourtant la seule chose à faire, Cyal.

Le chef regarde la vieille dame s'engager dans St. Ann Street. Les rafales de vent soulèvent des nuages de poussière. Des bruissements de coton derrière lui. Les autres Gardiens regardent la Révérende disparaître au coin de Jackson Square en échangeant des sentiments diffus que Kano résume à haute voix :

— S'il lui arrive quelque chose, les autres Révérendes vont nous découper en morceaux.

— Cole sait ce qu'elle fait.

— Espérons, chuchote Kano en rebasculant sur le mode mental.

La pluie redouble. De grosses gouttes noires et jaunes rebondissent sur le sol avant de s'immobiliser. Cyal sent quelque chose craquer sous ses semelles. Il baisse les yeux. Des guêpes. Des milliers de cadavres de guêpes recouvrent à présent le bitume.

— Oh, Gaïa, ils sont là…

Posant l'extrémité de ses doigts contre ses tempes, Cyal va expédier un puissant message d'alerte à la Révérende lorsqu'une brume noire et glacée envahit soudain son esprit. Il entend les autres Gardiens gémir et tomber à genoux. L'engourdissement qui se propage dans son organisme ne lui laisse pas la possibilité de lutter. Le Hem-Lak. Sa dernière pensée, tandis qu'un filet de sang gicle de ses narines jusque sur son menton. Il a encore le temps de se retourner vers les Gardiens effondrés sur le sol. Déjà leurs formes s'estompent. Leurs manteaux vides, gonflés par les rafales, se mettent à glisser le long du Moonwalk vers le Père des Eaux. On dirait de gigantesques ailes flottant au-dessus de la surface mouvante du fleuve. Cyal ferme les yeux. Son esprit se distend comme un nuage de poussière soulevé par le vent. Il s'efforce de lutter encore mais il sait qu'il n'y peut rien. Un dernier coup d'œil vers la ruelle où la Révérende a disparu. Puis il sent son manteau s'élever dans les airs en même temps que les molécules qui le constituent se dispersent comme un vol d'étourneaux.

14

Debbie s'enfonce à petits pas dans le Quartier français. Elle vient d'atteindre les murs blancs de la cathédrale St. Louis qu'elle longe en remontant vers l'intersection de Bourbon Street. Depuis quelques minutes, un silence profond a envahi le Vieux Carré. Tout est calme. Beaucoup trop calme.

Elle plisse les yeux vers une procession de bougies qui s'avance au milieu de la foule de Bourbon Street. Là, la cohue, ici, le désert. Au loin, elle aperçoit un gigantesque centre commercial dont les vitrines scintillantes annoncent une montagne de promotions. C'est dans cette direction que les touristes se pressent depuis que la pluie menace. Debbie a pris sa décision. Elle ira jusqu'au centre commercial et, si aucun signe ne s'est constitué d'ici là, elle rebroussera chemin.

Les rafales soulèvent de minuscules cailloux qui giflent ses mollets. La flèche d'un vol de pélicans passe en rang serré sous la couche nuageuse. Le volatile de tête tord son cou et la regarde en laissant échapper un long cri rauque. Debbie se fige. Elle a l'impression que le cri de l'animal est un signal. Non, elle en est persuadée.

La vieille dame est à présent toute proche de Bourbon Street. La procession a laissé place à un défilé de musiciens qui tapent sur leurs tambours et soufflent dans leurs trompettes. Chassée par le vent, la musique rebondit sur les murs de la cathédrale. Des gerbes de confettis tourbillonnent dans l'air froid. Les yeux de Debbie s'écarquillent. Il y a autre chose en suspension dans l'air. Des milliers d'ailes multicolores s'abattent sur le sol. Une pluie de papillons. Le cœur de la vieille dame se met à cogner dans sa poitrine. Elle marche à présent sur un épais tapis qui craque sous ses semelles. Elle essaie de se convaincre que les insectes ont été perturbés par l'orage et que ce sont les champs magnétiques qui les ont tués. Elle expédie une vibration très courte en direction des Gardiens. Pas de réponse. Debbie se raidit. Courbée sur sa canne au milieu du cimetière de papillons, elle vient d'apercevoir un groupe de clochards à l'angle de Bourbon Street. Ils boivent et parlent fort. L'un d'eux, un grand gaillard crasseux et barbu, lève sa bouteille et lui sourit.

Debbie s'engage dans un dédale de ruelles. Des odeurs de guimauve et de plats épicés s'échappent des fenêtres entrouvertes. Les maisons sont si proches que la vieille dame a l'impression de progresser dans un tunnel.

Tournant à gauche dans une rue plus large, elle sursaute en sentant un contact velu contre sa cheville. Elle plonge son regard dans les yeux fauves d'Ayou qui se frotte contre elle en ronronnant. Une odeur de sardine s'échappe de sa gueule. Debbie prend le chat dans ses bras et sourit en passant ses doigts dans la fourrure poussiéreuse.

— Alors, vilaine bestiole, tu étais où ?

Un grondement roule dans la gorge du félin. Son pelage se hérisse, ses muscles se tendent. Aucun animal ne perçoit mieux la présence de l'Ennemi qu'un chat. Debbie tourne la tête. Son sang se glace dans ses veines. Le clochard de Bourbon Street l'a suivie. Il est tout près. Il boit au goulot. Des rigoles de gin se perdent dans la broussaille de sa barbe. Il abaisse lentement sa bouteille. Son sourire dévoile le rose sale de ses gencives et une rangée de chicots noircis par le tabac.

— Belle soirée, Mère Cole.

Ayou feule. Ses griffes se plantent dans le bras de Debbie qui se retourne. Barrant la ruelle, une grosse clocharde vêtue d'un anorak orange crasseux pousse un caddie. Ses mollets sont couverts de varices dont certaines ont éclaté, ouvrant de larges plaies purulentes dans ses chairs molles. Derrière elle, d'autres sans-abri sortent des porches et des empilements de cartons qui bordent la ruelle. Debbie ne comprend pas comment l'Ennemi a pu prendre possession d'autant d'esprits au cœur d'un Sanctuaire. Ayou gronde dans ses bras. Il a compris ce que la vieille dame attend de lui. Il est prêt. Debbie lâche sa canne qui s'abat dans la poussière. Le criaillement des roues du caddie se rapproche. Elle regarde le chef des clochards avancer en boitant. Une lame courbe scintille dans sa main. Debbie frémit en apercevant un frelon qui sort de sa bouche et s'immobilise sur ses lèvres. La voix du sans-abri s'élève à nouveau au milieu des rafales :

— Il est temps de mourir, Mère Cole. Mais auparavant, j'aimerais que vous me remettiez vous-même votre pouvoir.

— Ça vous brûlerait. Ça vous consumerait et le vent se chargerait de disperser vos cendres.

— Sauf si je détiens aussi ceux des Révérendes qui approchent.

Debbie caresse la fourrure d'Ayou en injectant discrètement une partie de son pouvoir dans son esprit. Il est tout à fait détendu à présent, il n'a plus peur.

Le sans-abri s'est arrêté à quelques mètres. Il vient d'adresser un signe discret à la clocharde qui s'est immobilisée à son tour. Il pressent quelque chose. Debbie remarque les filets de sang qui s'écoulent de son nez et de ses oreilles. La pression que l'Ennemi exerce est beaucoup trop forte pour un esprit aussi endommagé. Le clochard se racle la gorge et crache un glaviot rougeâtre au milieu duquel luisent des morceaux de dents.

— Remettez-moi votre pouvoir et je vous promets que vous ne souffrirez pas.

— L'Éternelle est Gaïa. En moi est l'Éternelle. En Gaïa rien jamais ne meurt ni ne se termine. Car en Gaïa toute mort donne vie. Toute fin n'est que l'achèvement de ce qui précède. Tout achèvement, le commencement de ce qui suit.

Debbie regarde le clochard à travers les yeux jaunes du chat. Elle sent sa propre main caresser sa fourrure. Les molécules qui composent son corps se distendent. Le sans-abri hurle quelque chose. Elle sent les mains qui la retiennent se dissoudre, les bras qui la portent se disperser. Puis le reste du corps se transforme en un nuage invisible. Et, tandis que son vêtement s'aplatit lentement sur le sol, elle bondit sur un empilement de caisses et rejoint les toits, sans se soucier des cris de rage qui emplissent la ruelle.

15

Ayou a mal. Il saigne. Ça enfle et ça claque à la surface de ses méninges. Il est en train de mourir. Pourtant, il continue à bondir de toit en toit. Il sent l'esprit endormi de la vieille dame au creux du sien. Il sait qu'elle ne doit pas tomber entre les griffes de l'Ennemi. Il se retourne. Les choses qui le poursuivent sont en train de gagner du terrain. Ça ressemble à des chats. C'étaient des chats avant que l'Ennemi ne prenne possession de leur esprit. De grosses boursouflures pointent sous leur pelage comme des tumeurs. Tous saignent et abandonnent dans leur sillage un filet d'urine rougeâtre. Ils meurent au bout d'une centaine de mètres, aussitôt remplacés par d'autres qui surgissent des fenêtres et des soupiraux. Ça se propage de chat en chat. Ça contamine aussi les rats que les égouts vomissent et qui escaladent les murs en couinant pour rejoindre les toits. Toutes ces choses miaulent et couinent affreusement en griffant les tuiles de leurs pattes musclées. Elles sont aveugles. Elles se dirigent à l'odeur.

La pluie fait un bruit de tambour sur la tôle ondulée. Ayou apprécie la fraîcheur des gouttes sur sa fourrure. Il est fatigué mais il tient bon. Au loin se dessinent les contours du centre commercial. C'est là qu'il va. Mais il faut d'abord qu'il se débarrasse des choses qui le poursuivent. Un miaulement de soulagement s'échappe de sa gueule : l'esprit de la vieille dame émerge de sa torpeur. Elle envoie un message d'angoisse aux rats et de faim brûlante aux chats. Un concert de couinements et de feulements rageurs lui répond. Ayou se retourne : les choses-chats se sont jetées sur les choses-rats. Leurs dents pointues crèvent la peau des rongeurs et libèrent le contenu des tumeurs. Ayou accélère. Il sent une grosse veine enfler à la surface de son cerveau. Il sait que si elle lâche, la vieille dame mourra en même temps que lui. Alors il court. Il court comme il n'a jamais couru et comme il ne courra plus jamais. La dernière maraude d'Ayou le chat. Les vitrines du centre commercial se rapprochent. Au troisième étage, derrière les grandes baies vitrées battues par la pluie, il aperçoit une petite fille, le nez et les mains collés contre la vitre. Ayou aime les petites filles. Il accélère.

16

Ayou est à bout de forces. Ses yeux clignent dans la lueur blessante des néons. Il marche à présent sur les trottoirs trempés. Encore une rue à traverser. Les touristes et les habitants de La Nouvelle-Orléans font la queue devant le centre commercial pour échapper au déluge. Les dernières courses avant la tempête, les ultimes emplettes avant d'embarquer dans les derniers avions. Ils ne savent pas qu'il est déjà trop tard pour quitter la ville. C'est pour cette raison que les chats et les pigeons ont déserté la place : le véritable adversaire des humains, ce n'est ni le vent ni le tonnerre, mais l'eau.

Ayou se redresse péniblement. Ses pattes tremblent. Il n'en peut plus. Des gouttes de sang s'échappant de sa gueule, il traverse prudemment la rue et se faufile dans la forêt de jambes et de pieds. Personne ne le remarque tandis qu'il franchit les portes vitrées du centre commercial en râlant de douleur. Obéissant à la voix de la vieille dame, il pénètre dans une boutique de vêtements et se glisse dans une cabine d'essayage dont le rideau est resté tiré. Il sent le brouillard de molécules qui l'environnait se dilater et reprendre forme. L'esprit de la vieille dame s'extrait du sien comme on arrache un poignard d'une blessure. Il se sent brusquement seul, comme abandonné. Il n'a plus mal. La main de la vieille dame caresse son pelage. Elle lui murmure doucement à l'oreille des mots qu'il ne comprend plus. Elle le berce.

Ayou respire péniblement. Il se souvient des rues de La Nouvelle-Orléans, de toutes ces chasses nocturnes et ces maraudes qui ont composé sa vie de chat. Ses griffes s'entrouvrent et se rétractent. Le murmure de la vieille dame s'éloigne. Il sent quelque chose de doux et d'odorant sous ses pattes. Il renifle la brise qui chatouille son museau. C'est plein d'odeurs de fleurs, de terre et d'animaux. Ayou ouvre les yeux et contemple la plaine qui s'étend à perte de vue. Au loin, il aperçoit d'autres matous qui se chamaillent au bord de l'eau. Il reconnaît son vieil ami Ilyot, mort au printemps sous les roues d'une voiture. Plus bas, ce vieux Chawn se lisse le poil. Surgissant des buissons, Weemi et Lawan, les jumeaux du Moonwalk, morts ensemble en traversant la voie ferrée, se donnent des coups de patte. Tous ses copains de La Nouvelle-Orléans sont là, ses vieux camarades de maraude. Soudain, le regard d'Ayou est attiré par une belle siamoise qui s'approche en ronronnant. Respirant son parfum subtil de sardine et de feuilles mortes, il se sent envahi par une vague de bonheur. Miew n'est pas morte. Miew vit. Ayou laisse échapper un miaulement de joie en s'élançant vers elle. Il n'a plus mal. Il n'a plus peur.

17

Debbie Cole repose délicatement le cadavre du chat sur la banquette et passe une dernière fois la main dans le pelage roux. Puis elle fouille parmi les cintres que des clients ont oubliés là et pioche une robe à fleurs qu'elle enfile péniblement, ainsi qu'un manteau en skaï noir trop cintré pour son âge. Souriant à son reflet dans la glace, Debbie hausse les épaules. Quand on n'a plus que quelques minutes à vivre, on se moque éperdument de ce que les autres peuvent penser. Elle se rassied, épuisée. Sa hanche la fait souffrir. Elle se sent brusquement très vieille. Elle adresse un sourire sans joie à la vendeuse qui vient de tirer le rideau et qui s'excuse en rougissant. La jeune femme va s'en aller lorsque son regard se pose sur le chat mort. Debbie lui envoie un bref message mental. La vendeuse sursaute légèrement, son regard se trouble.

— Il dort ?

Debbie fait oui de la tête.

— Comment s'appelle-t-il ?

Nouvelle impulsion.

— C'est un joli nom.

Puis elle referme le rideau et laisse la vieille femme seule dans la pénombre.

Debbie se concentre. Malgré la migraine qui lui serre les tempes, elle parvient sans trop de peine à localiser les autres Révérendes. Elles approchent. Elles ne savent pas que l'Ennemi est là. Debbie va devoir les prévenir en lançant un puissant message d'alerte. C'est cela qui va signer son arrêt de mort, dévoilant sa présence aussi certainement que si elle allumait un feu en pleine nuit. Elle n'a pas le choix. L'Ennemi a déjà dû percevoir les premières impulsions qu'elle a infligées à la vendeuse : quelques remous infimes à la surface du pouvoir, une onde presque invisible en temps normal mais impossible à rater quand on traque une Révérende.

Debbie tire le rideau et se fraye péniblement un passage dans la cohue des clients jusqu'au rayon des chaussures où elle choisit une paire de sandales en corde avant de se diriger vers les portiques de détection. Une sonnerie retentit lorsqu'elle franchit le seuil. Un vigile pose une main sur son bras. Elle se concentre. L'homme lui demande si elle a besoin d'aide. Elle est sur le point de lui envoyer une nouvelle impulsion lorsqu'elle voit un clochard se retourner au milieu de la foule. Il a senti la vibration ; les yeux fermés, il renifle comme un chien. Debbie adresse un sourire au vigile qui s'éloigne. Juste avant de s'engager dans une autre allée, elle se retourne. Le sans-abri semble la fixer un instant puis détourne son regard. Debbie frémit : si l'impulsion avait duré une fraction de seconde de plus, elle était perdue. L'homme se remet en route en titubant. Il adresse un signe à d'autres sans-abri qui patrouillent dans les allées. Debbie commence à s'éloigner lorsqu'elle entend la voix d'Hanika résonner à travers sa migraine. Le clochard se fige et se retourne à nouveau, un sourire cruel sur les lèvres. Ses yeux sont blancs. Des yeux d'aveugle.

Debbie s'engage sur un escalator en grimaçant de douleur. Sa canne lui manque. Elle jette un coup d'œil derrière elle. Personne. Elle n'a pas une seconde à perdre. Elle mise sur le fait que les clochards du centre commercial ne vont pas l'attaquer tout de suite. Ils vont attendre que les autres sans-abri dispersés dans les rues les rejoignent. Ils feront ça à découvert, au milieu de la foule : un coup de lame dans le dos ou dans l'abdomen au détour d'une allée. Ils savent que Debbie ne peut pas s'échapper et qu'elle a usé une grande partie de son pouvoir en se transférant dans le corps d'Ayou.

Au sommet de l'escalator, Debbie avise une large baie vitrée. Elle s'arrête un moment et observe les rues en contrebas. Ils arrivent. Une quinzaine en tout. Ils remontent la foule, en se moquant des éléments déchaînés. Ils se connaissent à peine. Ils se haïssent. Ils n'ont pas besoin de se parler. Ils obéissent tous au même signal qui les guide et les tue à petit feu.

Debbie reconnaît la clocharde en anorak orange qui pousse toujours son caddie. La grosse femme s'immobilise et lève les yeux vers la baie vitrée. Un hoquet libère un flot de sang sur son menton et sa gorge. Du sang très rouge que la pluie dilue à mesure qu'il s'écoule. Elle pointe la main en direction de la baie vitrée comme si elle saluait Debbie. Les autres clochards suivent son geste. L'un d'eux remue les lèvres comme s'il aboyait. Il hume la pluie et le vent. Debbie se retourne. Elle sait que les clochards du centre commercial ne sont pas loin. Rejoints par ceux des parkings et des égouts qui s'étendent sous la gigantesque galerie, ils sont à présent une vingtaine à parcourir la foule en effectuant une large manœuvre d'encerclement. La vieille dame n'a pas l'intention de leur échapper. Elle est trop fatiguée.

Elle s'adosse à un pilier et écoute la voix d'Hanika emplir à nouveau son esprit. Sa sœur est assise à l'arrière d'une limousine qui remonte l'avenue Claiborne. Elle est inquiète. D'autres voix la rejoignent, des bourrasques de voix. Celle d'Akima dans sa chambre d'hôtel du quartier de Tulane. Celle d'Hezel à l'abri dans un café à l'angle de Canal Street et de Loyola. Celle de Salima assise en première classe dans l'express en provenance de Memphis qui vient tout juste de s'immobiliser en gare de La Nouvelle-Orléans. Toutes ces voix s'entrechoquent et arrachent à Debbie des gémissements de douleur. Elles ont compris que quelque chose ne va pas.

Debbie sent une grande tristesse envahir son âme. Elle sait qu'elle ne reverra plus ses amies de toujours et que le message qu'elle s'apprête à leur envoyer sera le dernier. Elle aurait tellement aimé les serrer encore une fois dans ses bras. Avant de passer aux choses sérieuses, elles auraient traîné en ville comme de vieilles gamines pour faire les boutiques et boire du thé dans un de ces salons de La Nouvelle-Orléans où l'on peut écouter de la musique jusqu'à l'aube. Debbie et Akima auraient dégusté une dernière cigarette en écoutant Hezel râler contre la fumée. Elles auraient chipoté des pâtisseries pour se donner la force de déambuler toute la nuit. Elles auraient prononcé quelques mots choisis que Debbie avait répétés durant des années en se demandant ce que l'on pouvait bien avoir à se dire quand tout avait déjà été dit. Puis, lorsque l'horizon aurait commencé à rosir, elles se seraient embrassées une dernière fois et seraient mortes ensemble pour mieux renaître dans l'esprit des prochaines Révérendes.

Debbie renifle l'air conditionné qui s'échappe des climatiseurs. Ça commence à sentir la crasse et l'urine. Elle rassemble toute l'énergie qui lui reste et émet un long signal continu chargé de détresse et de souffrance. Les Révérendes se sont tues. Elles écoutent Debbie leur dire que l'Ennemi est là et qu'elles doivent fuir. Elle les supplie de ne pas attendre et de rebrousser chemin sur-le-champ. La voix d'Hanika lui répond par un long message d'apaisement. Elle a compris. Les autres aussi. Debbie sent tout leur amour se déverser dans son esprit. Ses forces reviennent. Les Révérendes sont en train de lui transmettre une partie de leur pouvoir, juste assez pour terminer ce qu'elle a à faire.

Debbie rouvre les yeux. D'innombrables remous agitent à présent la surface du pouvoir. L'Ennemi est furieux. La vieille dame se dirige vers les escalators desservant les étages supérieurs. Elle se tourne vers les ascenseurs qui escaladent les murs du centre commercial. De grosses bulles de verre transparentes chargées de touristes. Deux d'entre elles abritent une dizaine de sans-abri qui la regardent en se pressant contre les parois. Ils montent tout en haut du centre pour lui barrer la route. Debbie se penche par-dessus la rambarde : les autres clochards ont atteint le premier niveau et reniflent le pilier contre lequel elle s'est adossée. Ils savent qu'elle est toute proche.

18

Parvenue au deuxième étage, Debbie fend la foule et emprunte un nouvel escalator en se tenant à la rambarde. Les yeux levés vers le gigantesque dôme qui coiffe le centre commercial, elle écoute la pluie cogner contre le plexiglas. Elle est si fatiguée. Les voix des Révérendes ne sont plus que des murmures à mesure qu'elles s'éloignent. Elles lui disent qu'elles l'aiment et qu'elles ne l'oublieront jamais. Debbie leur répond des pensées chargées de tendresse et de courage.

Les marches de l'escalator se résorbent sous ses pieds. Une nouvelle esplanade dessert un labyrinthe d'allées en arc de cercle qui conduisent à une sortie donnant sur les parkings aériens. Debbie avise une jeune Noire debout contre la baie vitrée. C'est elle qu'Ayou a repérée en approchant du centre commercial. Debbie soupire en pensant qu'une Révérende s'apprête à prendre la décision la plus difficile de sa vie en suivant l'instinct d'un vieux chat de gouttière. L'enfant ne sent pas encore sa présence. Elle porte un manteau gris et des bottes en caoutchouc. Debbie sourit. Elle vient de lire dans l'esprit de la jeune fille qu'elle se cache pour jouer un vilain tour à ses parents. Elle s'appelle Holly Amber Habscomb. Son nom retentit en boucle dans les haut-parleurs. Holly s'en moque : elle boude. Sa maman lui a refusé un sac à main, des boucles d'oreilles et un nécessaire de maquillage, sous prétexte qu'on n'en a pas besoin quand on a onze ans. Holly a vainement tenté de lui démontrer le contraire. Puis elle leur a faussé compagnie. Rien de méchant, juste de quoi leur flanquer une bonne frousse. Oui, Holly Habscomb n'est pas méchante, Debbie le sent. Elle est aussi particulièrement douée pour capter les pensées et voir des choses que les autres ne voient pas. Pas assez pour faire une future Révérende mais suffisamment pour contenir une partie du pouvoir.

Tu sais pourtant que ça va la tuer, Cole. Ça va consumer son esprit et son corps. Toutes ces tumeurs sur la peau des créatures qui poursuivaient Ayou, tu te souviens ?

Debbie serre les poings pour chasser cette pensée de son esprit. Elle adresse un message d'apaisement à la jeune fille en posant ses mains sur ses frêles épaules. La petite tente de se retourner mais les mains de Debbie l'en empêchent. Il ne faut pas qu'elle aperçoive son regard. Ça la brûlerait. Articulant à voix basse l'incantation du Transfert, la vieille dame se concentre.

19

Holly se mord les lèvres lorsque le pouvoir des Révérendes pénètre son esprit. C'est comme si des millions de souvenirs entraient d'un seul coup dans sa mémoire. Comme si des millions d'images inconnues se bousculaient dans son cerveau et qu'elle maîtrisait soudain des milliards de choses qu'elle ignorait jusque-là. La jeune fille laisse échapper un sanglot de douleur. Debbie murmure que tout va bien. Mais tout ne va pas bien : les cellules de la petite ne se régénèrent pas assez vite. Son organisme est sur le point d'exploser sous la formidable poussée du vieillissement qui l'envahit. Debbie pourrait arrêter le Transfert, il suffirait pour cela qu'elle desserre son étreinte. Pourtant, elle continue. Elle n'a pas le choix, elle est presque vide à présent. Ses derniers souvenirs basculent dans l'esprit de l'enfant. Elle voit par ses yeux, ressent sa souffrance et sa tristesse. Quatre siècles à faire tenir dans un organisme de onze ans. Un océan dans un vase.

Les mains d'Holly se crispent contre la baie vitrée. Elle sent les doigts de la vieille dame s'effriter sur ses épaules et son corps se réduire en poussière. Quelque chose lui intime l'ordre de s'éloigner au plus vite vers les parkings aériens. Lentement, Holly se met en marche. Elle a pratiquement atteint les portes lorsqu'elle aperçoit au-dehors trois hommes vêtus de manteaux blancs à large capuche. Elle ignore pourquoi mais elle sait qu'elle n'a rien à craindre d'eux.

Les portes vitrées viennent de s'ouvrir. Un vent glacé enveloppe Holly. Elle se tourne et frémit en voyant un groupe de clochards se précipiter sur les restes de la vieille dame. Elle croise leurs regards chargés de haine et entend les pensées de leur chef tandis qu'ils se précipitent vers elle. Il hurle que la vieille est dans le corps de la fille qui vient de sortir et qu'il faut la rattraper à tout prix. Terrifiée, Holly s'est mise à courir sur le bitume détrempé en direction des hommes en blanc. Elle se jette dans les bras du plus proche et lit dans son esprit qu'il s'appelle Elikan. C'est un chevalier. Il l'entraîne à travers le parking jusqu'à une grosse voiture dont le moteur tourne. Holly s'enfonce dans le cuir de la banquette. Un des hommes s'installe à ses côtés, lui boucle sa ceinture et dit :

— N'ayez pas peur, Mère. Nous sommes là.

Plaquée en arrière tandis que le bolide démarre dans un grondement, Holly a juste le temps d'apercevoir le chef des sans-abri dans la lueur des phares. Celui qui conduit s'appelle Kano. Lui aussi est bon mais il est furieux. Furieux et puissant. C'est un magicien. Au lieu de chercher à éviter le sans-abri, il écrase la pédale d'accélérateur et le percute sous les genoux. Holly étouffe un cri horrifié tandis que le corps du clochard rebondit contre le pare-brise et roule sur l'asphalte. D'autres sans-abri sortent du centre commercial en hurlant. Ils poursuivent un moment la voiture, puis ils abandonnent.

Holly claque des dents. L'homme à ses côtés s'appelle Cyal. Il la serre contre lui en lui murmurant des mots apaisants. Il sent bon le pain d'épice et la lavande. Il est le plus âgé. C'est un elfe. C'est à ça que pense Holly en fermant les yeux. Elle vient de se rendre compte qu'elle se souvient à peine de ses parents et de la maison qu'elle habitait dans les quartiers pauvres de La Nouvelle-Orléans. Elle a presque oublié le prénom et le visage de son petit frère, ainsi que l'odeur du vieux pneu et de la corde qu'elle utilisait pour se balancer sous le vieil orme du jardin. Elle cherche le nom de son école et de sa maîtresse, celui de sa poupée préférée et de cette vieille dame si gentille qui venait les garder quand maman rentrait tard du travail. Elle ne se rappelle même plus le parfum des champs de maïs à la fin des longues journées d'été.

Holly regarde les rues de La Nouvelle-Orléans à travers le pare-brise balayé par la pluie. Ils viennent de dépasser City Park et foncent à présent vers l'ouest. Le magicien pilote le bolide à toute vitesse en direction du gigantesque pont qui traverse le lac Pontchartrain. Elle lit dans les pensées du chevalier que la tempête a accéléré et que les digues viennent de lâcher. Elle songe à tous ces gens pris au piège dans le centre commercial.

L'entrée du pont se profile. Des policiers agitent des torches en hurlant à Kano de ralentir. Un sourire aux lèvres, le magicien percute les barrières de sécurité et s'engage à vive allure sur la rampe qui s'élance au-dessus du vide. Les eaux ont monté démesurément et des vagues furieuses se fracassent contre les piliers du pont qui gémissent sous la pression. Holly grelotte en sentant le tablier de béton tanguer. Elle a l'impression que le lac tente de les arrêter. Elle pleure à présent. L'elfe essaie de la consoler. Elle veut le repousser mais il la serre un peu plus fort contre lui. Il sent si bon. Une odeur chaude et reposante. L'odeur de son papa. Holly cesse de se débattre et pose sa tête contre l'épaule de l'elfe. Elle vient de se rendre compte qu'elle a oublié le nom de son papa. Alors, écrasant son visage contre le manteau blanc pour que personne ne l'entende, elle éclate en sanglots comme une gamine épuisée. Une gamine de quatre cents ans.

20

Installée à l'arrière de sa limousine, la Révérende Mère Hanika ravale ses larmes. Le signal de Debbie vient de s'éteindre. Lentement, la surface du pouvoir se referme sur elle comme l'océan sur le cadavre d'un noyé. Hanika se concentre sur les autres Révérendes qui sont en train de quitter la ville. Comme prévu, elles vont se rabattre dans des repaires secrets situés à quelques dizaines de kilomètres de La Nouvelle-Orléans pour essayer de former un cercle infranchissable autour du dernier Sanctuaire.

La limousine accélère le long d'une rampe éclairée par de puissants lampadaires. Son chauffeur vient de s'engager sur l'Interstate 10 en direction de Baton Rouge. Hanika plonge plus profondément dans sa transe. Des vagues aussi hautes que des immeubles sont en train de s'abattre sur les baies de Terre-bonne, de Timbalier et de Barataria, faisant déborder le bayou et le lac Salvador. Plus à l'est, de véritables murs d'eau ont submergé les îles Chandeleur et dévalent à présent dans l'estuaire de Lake Borgne qui déborde à son tour, interdisant au lac Pontchartrain d'évacuer son trop-plein d'eau. Hanika serre les poings. Son cours ne parvenant plus à s'évacuer, le Mississippi vient de quitter son lit, projetant ses eaux furieuses dans les quartiers bas de la ville. La Révérende visualise les digues submergées de tous côtés. Leurs parois se disloquent, leurs jointures se déchirent. Les eaux des lacs et du fleuve se rejoignent. Hanika est sur le point de rouvrir les yeux lorsqu'un puissant séisme ébranle son esprit. Son corps se glace. Les jeunes élues dans lesquelles les Révérendes Mères devaient transférer leurs pouvoirs sont en train d'appeler au secours. Elles avaient été dispersées dans des motels à la périphérie de La Nouvelle-Orléans en attendant l'heure du Transfert. Juste avant que les digues ne lâchent, les Gardiens auraient dû les rejoindre pour les évacuer. Hanika se concentre. L'armée des sans-abri… Ils étaient là depuis le début. Au signal expédié par leur chef juste avant qu'il ne soit percuté par Kano, ils ont profité de la tempête pour attaquer les élues. Deux d'entre elles sont parvenues à s'enfuir par les escaliers de secours. Hanika se projette dans l'esprit de la plus proche. Elle sent des cataractes d'eau se déverser sur ses cheveux trempées. Elle a peur. Elle sanglote. Elle est essoufflée. La jeune Aïkan s'appelle Ilya. Elle vient d'atteindre le toit du motel et essaie d'actionner l'échelle métallique. Elle gémit sous l'effort. Le mécanisme est coincé. Elle se retourne. Une dizaine de sans-abri approchent en brandissant des clés à molette, des couteaux ou de simples triques. Leurs mains et leurs avant-bras sont trempés de sang. Leurs yeux sont vides. Ils ne sont plus qu'à quelques mètres. Ilya titube jusqu'au bord du toit et se penche pour apercevoir le parking du motel balayé par la pluie. Détectant la présence de la Révérende, elle dit :

— Pardon, Mère.

La jeune femme ferme les yeux tandis que les sans-abri se précipitent vers elle en poussant des hurlements rauques. Ils l'ont presque atteinte lorsque Hanika sent le corps d'Ilya basculer dans le vide. Elle a juste le temps de lui dire que c'est elle qui s'excuse de n'avoir pas pu la protéger. Elle lui murmure aussi qu'elle l'aime. Hanika sursaute lorsque l'impact emplit son esprit. La lueur d'Ilya vient de s'éteindre.

L'autre survivante n'a pas eu le temps de se tuer. Hanika sent les poignards des sans-abri pénétrer sa chair. Elle se crispe. Elle retient sa respiration. Une larme glisse sur le visage vidé d'Hanika. La dernière Aïkan est morte. Désormais, personne ne peut plus recevoir le pouvoir des Révérendes. Hanika redresse la tête. Un signal très faible au-dessus du lac Pontchartrain vient d'attirer son attention. Il se déplace si vite que la Révérende a l'impression qu'il vole. À l'arrière du bolide piloté par Kano, il y a cette aberration à l'intérieur de laquelle Debbie a transféré ses pouvoirs. Elle s'appelle Holly. Elle a mal. Elle n'est pas prête. Hanika soupire.

— Oh, mon Dieu, Mère Cole, pourquoi avez-vous fait cela ?

Hanika suit encore un moment le signal qui remonte vers le nord. Elle connaît les gardes du corps d'Holly. Ce sont les meilleurs. Mais elle sait aussi qu'ils ne peuvent s'éloigner indéfiniment du grand fleuve. L'Ennemi aussi le sait. Mais, pour le moment, l'Ennemi lui-même est dépassé par la fureur des eaux. Il est en train de perdre le contact avec la jeune fille. Son armée de sans-abri ayant été en partie décimée par les flots, il est obligé de se replier.

Les yeux mi-clos, Hanika lance une vibration dans toutes les directions. Elle alerte les Gardiens des Fleuves que la Révérende Cole est morte, que les autres Révérendes sont en train de disparaître et que le pouvoir de Gaïa est sur le point de s'éteindre. Elle leur révèle qu'une partie des sept pouvoirs a été transmise par erreur à une mortelle qui doit être protégée à tout prix. Elle ajoute que cette enfant est la dernière chance de l'humanité. Les Gardiens dispersés à travers la planète lui répondent. Ils ont compris. Ils sont en train de refermer tous les sanctuaires.

Hanika va émerger de sa transe lorsqu'elle se rend compte que l'Ennemi a intercepté son signal et tente d'en repérer la source. Un froid glacial s'empare d'elle. Elle lutte pour se réveiller mais elle a perdu beaucoup de force. Une vision l'enveloppe. Elle est seule au milieu du désert. Un homme marche vers elle. Elle n'aperçoit pas encore son visage mais elle sait qu'il sourit. Il s'est arrêté à quelques mètres d'elle. À ses pieds, des dizaines de serpents sortent des buissons et se tordent en sifflant dans le sable. Une voix profonde et mélodieuse s'échappe de ses lèvres.

— Révérende Mère Hanika, quelle joie de vous avoir retrouvée. Et quelle imprudence d'avoir expédié ce message ! Vous avez perdu, alors soyez bonne joueuse et dites-moi où est l'enfant.

Hanika referme son esprit. Il faut à tout prix qu'elle se réveille avant que l'Ennemi ne voie ce qu'elle a vu. Elle sent vaguement la limousine se ranger sur le bas-côté. Un courant d'air soulève ses cheveux. Son chauffeur la secoue en hurlant. Hanika se cramponne de toutes ses forces à cette voix tandis que les serpents s'entortillent autour de ses chevilles. Elle gémit en sentant les premières morsures. Elle ouvre enfin les yeux. Son chauffeur essuie le sang sur son visage. Elle abaisse le miroir de courtoisie et tressaille en apercevant son reflet : comme les autres Révérendes de la lignée de Neera, elle est en train de vieillir. Elle comprend qu'Holly va avoir besoin du plus puissant des Gardiens pour la protéger. Un homme qui a depuis longtemps tourné le dos à son destin et qui a oublié ce qu'il est. Qu'il le veuille ou non, il est temps qu'il se souvienne.

Tandis que la limousine redémarre dans un crissement de pneus, Hanika décroche le téléphone qui orne l'accoudoir.

— Trouvez-moi le docteur Gordon Walls. C'est urgent.

21

Confortablement installé à l'arrière de son jet privé, Burgh Kassam s'essuie le nez et observe un instant la tache rubis qui commence à sécher sur son doigt. Il déteste par-dessus tout combattre l'esprit d'une Révérende : même affaibli, c'est beaucoup trop puissant. Il tourne son regard vers la flasque de whisky qui tressaute sur sa tablette. Le verre épais se lézarde et explose, libérant le liquide ambré. Kassam chasse d'un revers de la main le steward qui se précipite pour éponger le whisky. Lentement, les battements de son cœur reviennent à la normale et la chaleur afflue à nouveau dans ses membres. Par le hublot, il aperçoit l'océan dont la surface mouvante luit sous la lune. Le jet venait de dépasser les côtes du Groenland lorsque la transmission d'alerte avait explosé sous son crâne. Depuis qu'il avait décollé de Londres, il feuilletait distraitement les pages d'un épais dossier tout en pilotant l'assaut des sans-abri que les agents de la Fondation avaient contaminés en leur injectant une dose de Protocole 6 pour les lancer sur les traces de leur proie. Le produit fonctionnait à merveille : il accélérait les capacités mentales et libérait des pouvoirs insoupçonnés en activant les zones mortes du cerveau. L'ennui c'est que, comme tous les superdopants, cette enzyme carbonisait aussi les neurones et faisait claquer les méninges.

Quand Debbie s'était engagée dans la ruelle, Burgh était entré en fusion mentale avec le chef des clochards. Contrairement aux recommandations des agents de la Fondation, et malgré les cinq cents dollars de prime qui allaient avec l'injection, cet imbécile avait continué à se soûler copieusement en attendant sa cible. C'est cela que Burgh avait immédiatement détecté en entrant dans son esprit, ou plutôt dans la distillerie qui lui tenait lieu d'esprit. Or si l'alcool décuplait la puissance du Protocole, il accélérait aussi la destruction cérébrale du cobaye. C'est pour ça que la Révérende avait réussi à s'échapper par les toits.

Burgh sourit en apercevant la crête écumeuse des vagues qui défilent sous le fuselage. Un sourire sans joie. Comme toujours, cela s'était joué à quelques secondes. Occupé à piloter son armée de zombies, il n'avait pas prêté attention aux trois silhouettes en blanc sur le parking. Burgh s'en voulait d'autant plus qu'il était persuadé de leur avoir réglé leur compte lorsqu'il les avait évaporés au bord du Mississippi. Une impulsion de dispersion. Il adorait faire ça. Sauf que les Gardiens avaient contourné l'obstacle et s'étaient rematérialisés à la sortie du centre commercial.

L'autre erreur de Burgh avait été de se précipiter audehors sans réfléchir. Emporté par son élan, il s'était placé sur la trajectoire du bolide, et c'est en croisant le regard amusé de Kano qu'il avait compris. Il y avait eu un formidable choc, tandis que le chef des sans-abri faisait un vol plané au-dessus de la voiture dans un tourbillon de lumière et de pluie. Il avait réussi à s'extraire du corps juste avant que le clochard ne se désarticule sur le bitume. Puis le contact avait été rompu et Burgh s'était réveillé dans son jet au moment où une flopée de rapports se bousculait dans son esprit. Les premiers ressemblaient davantage à des hurlements : privés de leurs cibles et rendus à moitié fous par le Protocole, les sans-abri du centre commercial erraient sur les parkings en poussant des cris d'animaux. Burgh leur avait expédié à chacun une décharge mortelle qui avait fait claquer leurs méninges. Les autres provenaient des clochards chargés de traquer les Aïkans. Lorsque la dernière avait fait le grand saut, Burgh avait exécuté ses serviteurs afin de leur épargner des souffrances inutiles. Quant à ceux qui se terraient au milieu des immondices pour échapper à la formidable douleur qui leur vrillait le crâne, ils avaient succombé à la tempête. Restaient ces maudits Gardiens et, surtout, cette monstruosité que Burgh avait entraperçue à l'arrière du bolide avant de se faire renverser par Kano. Il avait tenté ensuite de prendre possession d'autres habitants de La Nouvelle-Orléans pour suivre la voiture, mais la plupart étaient tellement paniqués par la tempête que tout contact mental était impossible. C'est à ce moment que l'imprudence d'Hanika avait relancé les dés. Il fallait à tout prix qu'il récupère cette chose avant les Révérendes. C'était une question de vie ou de mort. Pas la sienne, celle de l'humanité.

III

MARIE

22

Portland, Maine.

Les portes vitrées de l'aéroport de Portland viennent de se refermer derrière l'agent spécial Marie Parks. Sa valise à ses pieds, elle examine les parkings déserts. Quelques sacs en plastique tournoient dans les bourrasques. Garé là depuis des jours, son vieux pick-up Chevrolet est recouvert d'une fine pellicule de poussière. Marie écrase sa cigarette et avance au milieu des allées vides. Des visions tentent de percer la carapace de son esprit mais elle les repousse obstinément. Elle ne s'est pas octroyé une minute de sommeil depuis que la police brésilienne l'a ramenée d'entre les morts. Et elle sait que les visions n'attendent que ça : quelques minutes de sommeil.

Marie a atteint son 4 × 4. Une pile de prospectus encombre les essuie-glaces. Une pizza gratuite pour deux achetées chez Ricetta's, dix minutes de voyance offertes en appelant un numéro surtaxé à cinq dollars la minute, comment avoir un ventre plat et musclé, bronzer sans soleil, ne plus vieillir seule… Les publicités se dispersent dans le vent. Marie actionne la télécommande électrique des portières. Rien. Elle tourne la clé dans la serrure. L'intérieur est saturé d'odeurs de tabac et de vieux cuir. Sa bagnole à elle. Sa vieille charrette dans laquelle elle dort, mange et fume lorsqu'elle disparaît durant des mois.

Elle met le contact et regarde le compteur : 125 000 miles avalés sur la trace des cross-killers américains. Des mois à sillonner les routes désertiques en écoutant les Doors en buvant du Pepsi régime et en fumant comme un cow-boy. Marie ne compte plus les nuits passées à dormir au bord des routes ou dans des motels crasseux, ni les restaurants où elle a avalé des chili ignobles arrosés de Budweiser tiède. Sa vie d'errance à la recherche de ses frères tueurs. Elle sent Daddy sourire dans un coin de son esprit.

— Allez, Marie, vas-y. Tu en meurs d'envie.

Marie allume la radio. KPCM, la voix de Portland. Elle reconnaît un vieux morceau des Country Orenox. Oui, elle doit bien l'admettre, elle meurt d'envie de reprendre la route, de humer une nouvelle piste et de se retrouver les cheveux dans le vent brûlant, au bord de Bryce Canyon ou de Monument Valley.

— Non, Marie, ça, c'est juste l'entrée. Allez, avoue, tu rêves d'en attraper un sur une route déserte et de le tuer. Non, tu as tout simplement besoin de tuer, c'est tout. Alors, on commence par quoi ? Une vieille dame ? Un voyageur de commerce ? Non, c'est encore trop tôt pour ça. Alors quoi ? Un bon gros salaud genre tabasseur de femmes ou pédophile ? Tous les tueurs commencent comme ça. En se donnant l'absolution. Oui, Marie, et si on tuait un bon gros salaud, hein ?

Marie pousse le volume de la radio. Les Orenox ont laissé la place à un vieux medley des Stones. La voix de Jagger grésille dans les haut-parleurs. Les visions cognent à la porte de son esprit. Elle quitte le parking et s'engage sur la quatre-voies en direction de Hattiesburg. Comme chaque fois qu'elle rentre de mission, elle est en manque. La grosse dépression qui approche. Elle regarde pensivement les panneaux verts annonçant l'Interstate 95. Auburn et Augusta tout droit. Plein nord jusqu'à Purgatory, dans le comté de Kennebec, puis prendre à gauche jusqu'à l'embranchement de Chase Corner et de Phillips. De là, tourner à droite en direction de Salem jusqu'à Hattiesburg. Trois cents kilomètres dans la machine à remonter le temps.

L'œil de Marie s'attarde sur les autres panneaux : Boston, Providence, New Haven, Philadelphie, Savannah et la Floride, ses palmiers, ses surfeurs, ses putes et ses tueurs. Elle meurt d'envie de mettre son clignotant et de dégager à gauche, vers l'ouest ou vers le sud. Surtout pas vers le nord. Au nord, il y a Salem et Hattiesburg, puis la frontière canadienne et la banquise. Alors que vers l'ouest et le sud, il y a les grandes plaines, les montagnes et le désert.

Marie dépasse le dernier panneau en direction de l'ouest. Concord par East Rochester. Comme une mère de famille qui renonce à rejoindre son amant, elle continue tout droit. Elle n'aime pas du tout ce qu'elle vient de ressentir. Bien qu'elle ait du mal à l'admettre, elle a brusquement eu envie de boire du whisky au goulot et de se faire sauter par un inconnu sur le sommier grinçant d'un motel. Elle sait que l'autre est en train de se réveiller. Marie Gardener, la cinglée, l'alcoolo, la…

— Tueuse.

— Va te faire foutre, Daddy.

Marie écrase la pédale d'accélérateur et regarde l'aiguille du compteur sautiller largement au-dessus de la limite des 50. Clapets ouverts à fond, le moteur de son pick-up crache de grosses volutes noires. Ça pue l'huile et l'essence. Marie serre les mains sur le volant. Elle sait qu'elle ne tiendra pas longtemps. Elle essuie une larme au coin de ses yeux. Ne pas craquer. Pas maintenant. Pas avant Hattiesburg et sa réserve de gin.

23

Son 4 × 4 immobilisé sur le bas-côté, Marie considère le chemin qui s'enfonce entre les arbres. Elle habite une petite maison perdue dans les collines, à une trentaine de kilomètres de Hattiesburg. 12, Milwaukee Drive. Ce nom qui sent bon l'asphalte et les panneaux lumineux fait toujours sourire Marie : avant d'emprunter Milwaukee Drive, il faut s'arrêter pour décadenasser la chaîne qui barre le passage, puis s'engager sur la route en pente et redescendre pour remettre le cadenas. Un vieux panneau en bois écaillé est attaché aux maillons à l'aide d'un bout de fil de fer.

MILWK. DR.
CHEMIN PRIVÉ !
LES DÉMARCHEURS ET LES TÉMOINS DE JÉHOVAH
SERONT JETÉS VIVANTS AUX CROTALES !
LES PÉDÉS DE NEW YORK QUI VOTENT CLINTON
AURONT AFFAIRE AUX CHIENS !

Une idée du vieux Cayley qui habite tout au bout de Milwaukee Drive, dans une ferme tellement paumée au bord de la rivière Yennooka que même les hiboux ne s'y aventurent pas. Le vieil homme avait perdu la boule un soir de décembre quand sa femme était morte d'une crise d'emphysème à l'hôpital de Bangor. La semaine suivante, il avait déterré son cadavre et l'avait rapporté chez lui. Avant de pousser jusque chez Cayley, le shérif Bannerman s'était arrêté chez Marie, parce qu'elle les connaissait bien, lui et Martha. Un de ces couples de vieux chats qui passent leur existence à se griffer mais que même la mort ne parvient pas à séparer.

Marie était soûle quand Bannerman était venu frapper à sa porte. Lorsqu'elle lui avait ouvert, elle était vêtue d'un short en toile et d'un débardeur saumon qui épousait à merveille le contour de ses seins. Elle tenait une bouteille de gin dans une main et un joint dans l'autre. Bannerman s'était senti gêné en plongeant le regard dans l'échancrure du débardeur. Puis ses yeux avaient effleuré la gorge de Marie tandis qu'elle avalait un long trait de gin au goulot en laissant échapper un peu de liquide sur son menton. Bannerman détestait quand elle faisait ça. Comme toujours quand elle allait aussi mal, elle l'avait enlacé et lui avait murmuré à l'oreille qu'elle mourait d'envie de baiser. Et, comme à chaque fois, Bannerman l'avait déshabillée en s'efforçant de ne pas la regarder, puis il l'avait traînée sous le jet glacé de la douche où il l'avait maintenue jusqu'à ce qu'elle cesse de se débattre.

Lorsqu'elle reprenait ses esprits, Marie s'excusait du bout des lèvres, comme une môme. Bannerman, lui, était en colère. Plus triste qu'en colère, en fait. Ce soir-là, en lui servant un café serré, il lui avait dit que le vieux Cayley était allé déterrer sa Martha et qu'il voulait qu'elle vienne avec lui au cas où il y aurait du grabuge. Parks lui avait répondu :

— C'est pas mon problème, Bannerman. Je bosse pour le FBI, pas pour les services sociaux.

Mais elle s'était quand même habillée afin d'aller raisonner Cayley qui avait éclaté en larmes dans ses bras tandis que les services municipaux venaient récupérer Martha. Personne n'avait porté plainte contre lui. Depuis, le vieux perdait lentement la tête. Le panneau attaché à la chaîne était l'une de ses dernières trouvailles. Rien de bien méchant. N'empêche, Marie le savait, les Témoins de Jéhovah et les pédés de New York avaient quand même intérêt à savoir lire.

Marie descend de voiture et allume une cigarette qu'elle fume en regardant la cime des arbres se courber dans le vent.

Elle n'était pas revenue à Hattiesburg depuis l'affaire des quatre disparues[1]. Des semaines à se réveiller en hurlant, à agripper les draps et à chercher sa respiration en zappant sur les trois cents chaînes du câble. Le *Letterman Show*, les flashs de CNN avec leur cortège de gyrophares et de cadavres, les reportages de Fox News sur les attentats à Bagdad, les talk show, les séries à la con, les dessins animés et les émissions de téléshopping en continu. Un flot ininterrompu d'images, de sons et de visages qui devenaient de plus en plus flou à mesure que les somnifères verrouillaient le cerveau de Marie. La bouche qui s'assèche et la langue qui devient pâteuse, puis la vue qui se brouille et les bruits qui s'éloignent. Clignant des yeux et se pinçant les avant-bras, elle luttait alors contre la réaction chimique pour mieux se laisser ter-

1. Voir *L'Évangile selon Satan*, du même auteur, Pocket, n° 13368, 2008.

rasser par elle. Ensuite, elle s'évanouissait jusqu'à l'aube.

Et puis les religieuses crucifiées avaient cédé la place à la fillette de Boston. C'est Stuart Crossman qui lui avait appris l'assassinat de Melissa Granger-Heim à Berlin. Le meurtrier avait laissé une scène de crime digne d'un musée de cire. D'après le directeur du FBI, on aurait dit la maquette d'un autre meurtre tellement les détails étaient soignés. Comme si le tueur était arrivé au bout de la route et qu'il achevait sa besogne par le même crime qui avait débuté sa folle randonnée. Marie avait sauté dans un avion pour l'Allemagne. La seule nuit où elle avait à peu près bien dormi, sans religieuses assassinées, sans hurlements, sans le *Letterman Show* non plus. Rien d'autre qu'elle-même avançant les bras en balancier au bord des trottoirs de Boston.

Marie écrase sa cigarette dans les feuilles mortes et frissonne dans le vent glacé. Le cliquetis de la chaîne. La morsure du métal contre sa paume. Elle observe un moment le gros cadenas à molette que Cayley avait acheté pour cinquante dollars au drugstore de Ross MacDougall à Hattiesburg. Elle était là quand il était entré dans la boutique avec son regard de vieux chien fou. MacDougall avait fermé son tiroir-caisse et murmuré à sa femme d'aller dans l'arrière-boutique. Puis il avait demandé au vieux :

— Tu cherches quoi à part des ennuis, Cayley ?

— Douze mètres de chaîne en véritable acier américain et un bon gros cadenas à molette.

Puis le vieux avait ajouté d'un air malicieux :

— Et essaie pas de me refourguer du métal chinetoque ou un cadenas de pédé, MacDougall. Je veux pas d'un truc qui rouille de l'intérieur comme ta femme ou qui te pète dans les doigts au premier gel, si tu vois ce que je veux dire, espèce de sale petit escroc de New York.

Marie avait été obligée de séparer Cayley et MacDougall avant que le commerçant ne lâche son rottweiler. Puis elle avait sermonné le vieux sur le trottoir en lui répétant pour la millième fois que MacDougall était de Newark, pas de New York.

— Ouais, c'est bien ce que je dis : Newark, à côté de New York.

— Non. Newark dans l'Arkansas.

— Bonté divine ! Sa femme est au courant ?

— De quoi ?

— Que MacDougall est un pédé de cow-boy.

— Tu fais chier, Cayley…

— Newark, New York, c'est quoi la différence, de toute façon ? Passé Milwaukee Drive, c'est tous des démocrates, tu m'entends, Marie ? Tous sauf toi et moi.

Elle l'avait remercié du compliment et l'avait embrassé sur la joue. Il s'était éloigné en bougonnant. C'était il y a six mois et, depuis, elle s'était arrangée pour ne jamais revenir à Hattiesburg. Le cliquetis de la chaîne. Le gros cadenas à molette se referme en claquant entre ses doigts.

24

Marie stoppe son pick-up devant le 12, Milwaukee Drive, une vieille maison en bois sur un hectare de friche perdu entre deux lacets du chemin. Au début, elle n'avait pas compris pourquoi elle habitait au 12 et Cayley au 56. Pas de numéro 1, pas de côté pair ou impair, rien que le 12 et le 56. Comme si, autrefois, il y avait eu ici un village entier, avec ses maisons, son école, son église. Marie avait cherché à se renseigner. C'était juste après son accident, quand elle était revenue s'installer dans le coin. Elle n'y était pas retournée depuis la mort des Parks et il avait fallu batailler ferme contre les rats, les araignées et les arbres pour récupérer le droit de vivre ici. À l'époque, la maison avait presque entièrement disparu derrière un massif de broussailles et de jeunes pins, si bien qu'elle avait d'abord dû se frayer un passage jusqu'au centre du terrain avant de défricher un premier cercle pour planter sa tente de montagne, un camping-gaz et une glacière. Le lendemain, elle avait allumé un grand feu qui avait brûlé pendant près d'une semaine, dévorant les taillis et les branches coupées.

Les premiers jours, son corps l'avait fait horriblement souffrir. Puis ses muscles s'étaient peu à peu habitués à la tâche et le cercle défriché s'était rapidement élargi. C'est au cours de la sixième nuit qu'elle avait commencé à faire de drôles de rêves. Elle venait juste de s'endormir à la belle étoile lorsqu'elle s'était réveillée en plein jour au milieu du bourdonnement des insectes et des odeurs de résine. C'était une chaude journée d'été. Les couleurs étaient étrangement claires et l'air extraordinairement pur, à tel point que Marie s'était surprise à le respirer à pleins poumons pour en extraire chaque particule de parfum. Dans son rêve, elle avançait pieds nus sur un chemin sablonneux qui serpentait entre les pins. Elle portait une longue robe de coton, un corset et un bonnet de laine qui enveloppait presque entièrement sa lourde chevelure brune. Elle s'appelait Hezel et pensait en hollandais. Elle s'était immédiatement sentie bien dans le corps de cette jeune femme d'un autre siècle. Heureuse aussi, tellement heureuse qu'elle s'était mise à sourire dans son sommeil. La jeune femme était amoureuse et revenait d'une clairière dans la forêt où elle avait retrouvé son amant. Une étreinte pleine de douceur et de passion à laquelle Hezel repensait en se dirigeant vers le village d'Old Haven dont les maisons se découpaient au loin.

Hezel avait quitté la forêt et s'était engagée dans la rue principale. Les maisons étaient toutes les mêmes : de jolies fermes en rondins à un étage qui rappelaient des chalets d'alpage. Au centre du village se dressait un vieux tilleul ombrageant une fontaine où des enfants torse nu s'amusaient à s'éclabousser. Hezel avait fait semblant de les gronder et ils s'étaient immédiatement levés de la margelle pour s'incliner presque craintivement sur son passage. C'est à ce moment que Marie s'était rendu compte qu'aucun mot n'avait franchi les lèvres de la jeune femme lorsqu'elle s'était adressée à eux, et qu'aucun son ne sortait de la bouche des enfants tandis qu'ils lui répondaient poliment :

— Pardon, Mère.

Hezel avait posé sa main sur la joue d'un garçon très blond aux yeux d'un bleu profond et lui avait dit en souriant :

— Ce n'est pas la première fois que je te demande d'arrêter de jouer avec l'eau, espèce de garnement.

— Mais, Mère, je vous assure que…

— Ça suffit, Kano. Rentrez tous à présent. Vos parents vous appellent.

S'agitant dans son sommeil, Marie avait alors entendu des voix retentir dans l'esprit d'Hezel. Des dizaines de voix douces qui se répondaient d'un bout à l'autre du village sans que personne ait besoin de parler. *J'entends leurs pensées.* C'est cela que s'était dit Marie en saluant les gens en robe blanche qui se courbaient sur son passage. Puis elle s'était réveillée et était restée un long moment allongée à regarder le ciel pâlir entre les branches. Et, pendant tout ce temps, elle n'avait pas cessé de sourire.

25

Marie pousse le portail du 12, Milwaukee Drive. Comme chaque fois qu'elle effectue ce geste, elle a l'impression que c'est la forêt tout entière qui est en train de s'ouvrir. Au-delà, une allée serpente jusqu'à une jolie cabane en rondins à un étage. Sans s'en rendre compte, c'est sous cet aspect que Marie avait retapé sa maison.

À mesure que les travaux progressaient, elle avait souvent rêvé de la jeune femme du passé. Si souvent, en fait, qu'elle avait eu l'impression d'entrer peu à peu dans sa peau : le jour, elle marchait comme elle, pensait comme elle et s'était mise à se vêtir comme elle. Elle s'était aussi aperçue qu'elle connaissait par cœur les chemins secrets qui sillonnaient les bois, ainsi que les sentiers depuis longtemps sortis de la mémoire des hommes.

Et puis, une nuit, tandis qu'elle se réveillait dans l'esprit d'Hezel, Marie s'était rendu compte qu'il faisait sombre et que la forêt était zébrée d'éclairs. La jeune femme était épuisée. Elle revenait de l'autre côté de la forêt. Elle avait marché jusqu'aux environs de Jericho pour trouver des plantes qui ne poussaient que là-bas. Jericho n'était encore qu'une petite colonie mais déjà ses habitants exploraient la région et Hezel savait qu'ils ne tarderaient pas à tomber sur ceux d'Old Haven. Elle était venue plusieurs fois en pleine nuit pour espionner leurs pensées. Elle y avait lu beaucoup de noirceur, de colère et de peur, beaucoup de souffrances aussi. Ceux de Jericho étaient venus conquérir le Nouveau Monde. Ils avaient chassé deux des leurs qu'ils avaient surpris en train de s'aimer et les avaient presque tués à coups de pierre. Depuis, Hezel avait recommandé aux enfants d'Old Haven de ne pas s'enfoncer trop loin dans la forêt et de se détourner s'ils commençaient à capter des pensées étrangères.

Ce jour-là, elle était en train de cueillir des plantes lorsqu'elle avait entendu des cris provenant d'une clairière. Elle s'était approchée. Un enfant, allongé dans l'herbe, pleurait. Une petite fille se tenait à ses côtés. Elle était terrorisée. Hezel avait repéré des choses qui rampaient dans les herbes. Des mocassins à tête cuivrée. Le garçon avait été mordu une première fois mais les serpents revenaient et la petite fille n'avait pas vu qu'ils étaient en train de les encercler. Ramassant un bâton, Hezel s'était avancée en laissant échapper de drôles de sons entre ses lèvres. Les serpents étaient en colère. Elle leur avait dit que les enfants ne leur voulaient aucun mal. Ils avaient compris et s'étaient éloignés. La petite fille lui avait souri lorsque Hezel s'était agenouillée auprès du garçon. La morsure était gonflée et dure. Le mocassin avait planté ses crochets le plus profondément possible, vidant entièrement ses poches à venin. Hezel avait entouré la plaie de ses mains et la petite fille avait demandé :

— Qu'est-ce que tu fais ?

— Tu sais garder un secret ?

— Oui.

— Ton grand frère est très malade. Je vais essayer de le soigner.

— Tu es une sorcière ?

Hezel avait frémi en captant les vibrations de haine dans la voix de l'enfant. Elle allait devoir effacer ses souvenirs mais elle devait d'abord s'occuper du garçon. Elle s'était concentrée de toutes ses forces et, ses yeux se révulsant, elle avait murmuré :

— L'Éternelle est Gaïa, en moi est l'Éternelle mais je ne suis pas Gaïa. Le bâton du marcheur mais pas le marcheur. La feuille qui frissonne au sommet de l'arbre mais pas l'arbre. La goutte d'eau qui compose l'océan mais pas l'océan. Car en Gaïa rien jamais ne meurt ni ne se termine. En Gaïa, toute mort donne vie. Toute fin n'est que l'achèvement de ce qui précède. Tout achèvement, le commencement de ce qui suit.

Les yeux de la fillette s'étaient arrondis en voyant des filets de venin s'écouler de la morsure. Puis les boursouflures bordant la plaie avaient commencé à se résorber. Quand Hezel avait ôté ses mains, il ne restait qu'une fine cicatrice brune. La voix de la petite avait de nouveau vibré :

— Oui, tu es une sorcière.

Hezel avait effleuré le front de l'enfant qui avait poussé un cri aigu en sentant la chaleur de ses doigts. C'est à cet instant que les hommes de Jericho avaient débouché de la forêt. Il y avait eu un coup de feu et la grosse balle de plomb avait frôlé l'épaule d'Hezel qui s'était mise à courir en relevant ses jupes. Le sifflement des mocassins. Les cris de la fillette. Les hurlements des hommes. Ils avaient lâché leurs chiens, des molosses presque sauvages qui l'avaient rattrapée dans les bois. Tandis qu'ils lui léchaient les mains en couinant, elle leur avait demandé de lancer leurs maîtres sur une fausse piste, puis elle avait quitté le territoire de la colonie.

La semaine suivante, Marie s'était de nouveau réveillée dans le corps de la jeune femme. Il faisait très sombre et très chaud. Hezel était accablée. Encadrée par des hommes en robe blanche, elle avançait au milieu des sapins. Old Haven était en feu et la plupart de ses habitants étaient morts sous les balles de l'ennemi. Armés de torches et de cordes, les hommes de Jericho avaient attaqué au coucher de la lune. Ceux qui n'avaient pas péri dans l'incendie de leurs maisons avaient été pendus aux branches du vieux tilleul. D'autres, qui tentaient de s'enfuir, avaient été jetés vivants dans les brasiers. Même les enfants n'avaient pas échappé au massacre, hormis une dizaine qui marchaient près d'Hezel en se relayant pour lui tenir la main. Il y avait là Kano et ses amis, Cyal et Elikan. Ils avançaient sans se plaindre, comme si ce qui était arrivé ce soir-là s'était déjà produit et se produirait encore.

Marie avait senti un courant d'air glacial lorsque la communion s'était interrompue. Elle s'était retrouvée seule au cœur de la forêt. Depuis, elle n'avait plus jamais rêvé d'Hezel.

26

Le lendemain, Parks avait mené sa petite enquête sur la communauté disparue. Elle avait commencé par interroger des anciens de Hattiesburg qui l'avaient regardée comme si elle débarquait d'une autre planète. Elle avait aussi questionné les commerçants et consulté le cadastre à l'hôtel de ville. En vain. C'est Cayley qui avait finalement éclairé sa lanterne. Deux mois après la mort de Martha, Marie était passée vider quelques bières avec lui. Il avait fait très chaud ce jour-là et l'air était encore poisseux lorsqu'ils s'étaient installés sous la véranda avec vue sur la rivière, devant un saladier de chips et deux packs de Bud. Le vieux s'était fait prier, pour la forme. Puis, il s'était mis à parler.

— C'était quelques années avant le massacre des sorcières de Salem. À l'époque, il y avait effectivement une petite colonie qui s'appelait Old Haven. Je crois que c'étaient des Hollandais. Une poignée de familles qui avaient débarqué en 1656 avec les survivants du *Cimetière*.

— Du quoi ?

— Misère, tu connais pas ça non plus ? Tu connais que dalle, en fait. T'es comme toutes les femmes. Tu connais par cœur tous les pédés d'Hollywood mais tu serais incapable de réciter la liste des Présidents même si on t'arrachait les ongles avec une pince.

Marie n'avait pas répondu. Elle avait regardé la glotte de Cayley monter et descendre comme une balle de ping-pong tandis qu'il vidait d'un trait sa canette de Bud avant d'en chiffonner le métal entre ses doigts. Puis le regard du vieux avait semblé se perdre au loin.

— Le *Cimetière* s'appelait en fait le *Master of the Seas*. Une goélette de trente mètres qui faisait la liaison entre Amsterdam et Boston. À l'époque, c'était une sacrée traversée et il fallait avoir des couilles de la taille d'une pastèque pour s'y risquer. Enfin, bref. On est en 1656. Fuyant l'intolérance et la famine, une trentaine de familles embarquent. Le *Master* fait escale à Cherbourg et à Plymouth, puis il croise la route d'un autre navire qui rentre de Boston et qui l'avertit que de gigantesques icebergs lui ont mené une vie d'enfer pendant les trois quarts du trajet. Le capitaine du navire en question – je crois me souvenir que c'était le *Chesapeake* – ajoute qu'ils sont partis en convoi de Cape Cod avec deux autres goélettes qui ont disparu en pleine mer par une nuit de brume. À l'entendre, il y aurait eu un énorme craquement de bois, des cris, le son lointain d'une cloche, des bruits d'eau s'engouffrant dans les cales, puis plus rien.

— Cayley, viens-en au fait !

— J'y viens, j'y viens. Donc, le commandant du *Master* décide de descendre d'abord plein sud en longeant les côtes de ces dégénérés de Français, puis d'attaquer la grande traversée à partir de Vigo en suivant le 42e parallèle jusqu'à Boston pour éviter les icebergs à la dérive.

— Le 42e parallèle ? C'est pas là que le *Titanic* s'est tapé son glaçon ?

— Si, mais j'imagine qu'à cette époque personne ne savait que ces saletés pouvaient descendre aussi bas. Bref, juste avant de s'élancer vers la haute mer, l'équipage du *Master* repêche des naufragés à la dérive sur une coquille de noix. Une femme enceinte, un pêcheur et un enfant mort. Des Portugais, d'après le journal de bord. Ou des Basques, je ne sais plus.

— Accouche, Cayley !

— Ok. Donc, avant de remonter les naufragés, il y a une bagarre à bord. Certains passagers exigent que les survivants aillent se faire cuire un œuf ; d'autres, plus humains, demandent au capitaine de les ramener à Vigo. En tout cas, tous s'entendent sur un point : hors de question de repêcher le corps du môme.

— Pourquoi ?

— Vieille superstition de marin. Pas de lapins ni de cadavres sur un navire. Donc le capitaine tranche : comme il est à la bourre sur son timing, il décide d'embarquer les naufragés jusqu'en Amérique, puis de les confier à une autre goélette en partance pour l'Europe. Mais il est d'accord avec les autres à propos du marmot que les Portugais balancent au jus avant de grimper l'échelle de corde avec le choléra qu'ils trimballent sans le savoir. C'est ça que le *Master* a embarqué avant de remonter le 42e parallèle : la mort noire.

Cayley marque une pause pour terminer sa neuvième bière dont la canette rejoint le petit tas de l'autre côté de la balustrade. Puis il reprend son récit d'une voix monocorde.

— À l'arrivée à Boston, il n'y avait plus qu'une quarantaine de survivants. Le capitaine, à moitié fou et mourant, deux hommes d'équipage qui ne valaient guère mieux, et les migrants hollandais qui, eux, pétaient la forme alors que tous les autres avaient crevé empoisonnés par la flotte et les miasmes. Je veux dire qu'ils n'étaient même pas un peu malades ou enrhumés, tu vois ? Au début, les habitants n'ont pas trouvé grand-chose à y redire, mais à force de débarquer les cadavres pour les faire cramer sur les quais, ça a commencé à rouspéter. D'autant que les Hollandais étaient tous vêtus à l'identique et qu'ils présentaient une particularité assez peu défendable à l'époque.

— Laquelle ?

— Ils ne se parlaient pas.

— Tu veux dire qu'ils étaient muets ?

— Non. Je veux dire qu'ils n'avaient pas besoin de parler pour se comprendre. Ils se regardaient dans les yeux et hop, ils se comprenaient.

— Comment les habitants de Boston s'en sont-ils rendu compte ?

— À force de les observer, j'imagine. Un môme qui tend une miche de pain à sa mère sans qu'un mot ait été prononcé, une femme qui s'écarte brusquement sur le passage d'un chariot et qui se retourne vers son mari pour le remercier du regard. Des détails qui, mis bout à bout, ont fait dire aux colons de Boston qu'ils avaient affaire à des sorciers.

— Qu'est-ce qui s'est passé ?

— Un mois après leur arrivée, les Hollandais ont quitté la colonie en pleine nuit. Ils avaient dû lire dans les pensées des colons de Boston que ça allait barder pour leur matricule. On sait qu'ils sont remontés vers le nord et qu'ils se sont installés ici. Ils ont construit Old Haven où ils ont prospéré à l'abri de tous jusqu'en 1690. C'est à cette période que les colons de Jericho sont venus incendier le village. Enfin, voilà, tu sais tout.

— Et que sont-ils devenus ?

Cayley étouffe un rot avant de répondre :

— On dit qu'ils ont retraversé l'océan. Certains prétendent qu'ils se sont enfoncés vers les terres sauvages à l'ouest. Mais moi, je sais qu'ils sont encore ici. Leur mémoire, en tout cas.

27

Marie attrape sa valise dans le coffre de la voiture. Comme chaque fois qu'elle s'absente longtemps, Cayley est venu remplacer quelques tuiles arrachées sur le toit. Le vieux yankee en a profité pour passer le râteau dans l'allée et chasser à la souffleuse les feuilles mortes accumulées sous les buissons de houx. Avant de partir, Cayley lui a également laissé deux bonbonnes de gaz sous la véranda, ainsi que quelques provisions. Elle s'amuse en détaillant les courses de vieux bonhomme : deux bouteilles de lait entier conditionné sous verre, des flocons d'avoine, des pétales de maïs du Dr Kellogg, deux bouteilles de gin, une de bourbon, des pistaches grillées, un pack de *root beer* et un autre de Doctor Pepper. Marie sourit en sortant les clés de sa poche : Cayley a raison quand il dit que ceux qui noient leur whisky dans le Coca méritent la corde.

Le loquet s'ouvre en grinçant. À l'intérieur, ça sent la colle à bois, la cire et la poussière. Des vieux draps blancs recouvrent les meubles. Marie pose les courses sur la table de l'entrée et descend à la cave pour remettre le courant. Les escaliers empestent le salpêtre et l'insecticide. Elle agite les mains pour déchirer les toiles d'araignée qui encombrent le passage et tâtonne derrière un présentoir à bouteilles. Clac. Tandis que la lumière jaillit de l'ampoule nue et que le congélateur se remet en route, Marie sursaute en entendant la voix d'Harry Belafonte déchirer le silence à l'étage. Elle a encore oublié d'éteindre son radio-réveil en partant. La respiration coupée, elle écoute la maison émerger du sommeil. Des milliers de craquements parcourent les murs comme si chaque pièce s'étirait à mesure que l'électricité revient dans les fils. Marie pousse un hurlement en sentant quelque chose de velu effleurer sa main. Elle lâche précipitamment le levier du compteur et regarde en frissonnant la bestiole disparaître dans un trou sombre. Puis elle s'accroupit devant la vieille chaudière et appuie plusieurs fois sur le bouton de la veilleuse. Une flammèche bleue surgit et danse le long du bec comme une âme morte. Wooof. Un courant d'air chaud agite les cheveux de Marie tandis que les rampes de chauffage s'allument. La pompe s'enclenche. On dirait que la maison aime quand l'eau brûlante circule de nouveau dans ses vieilles veines en fonte. C'est toujours le même cérémonial quand Marie rentre de déplacement. Une sorte de pacte avec la maison pour chasser les visages ensanglantés qu'elle croise dans les miroirs et les petites mains griffues qui essaient de l'agripper quand elle ouvre les placards.

Marie remonte lentement l'escalier et s'immobilise sur la dernière marche. La chaudière émet de drôles de bruits. Ça souffle, ça éternue, on dirait que ça respire. Un dernier clang. La chaudière s'est éteinte. Marie écoute la radio hurler au loin dans la chambre. Un frottement de pantoufles sur le plancher lui expédie une giclée d'acide dans l'estomac. Une odeur de cadavre provient de la cuisine. Des bruits de vaisselle et de casseroles. La bouilloire siffle. Le frottement reprend tandis que la chose passe à nouveau devant la porte de la cave qui grince dans les courants d'air. Elle va se refermer. Marie la franchit et entre dans le salon. Elle a les yeux fermés. Elle refuse de les ouvrir. Une vieille odeur de thé à la cannelle se mêle à celle des chairs putréfiées. Marie ouvre les yeux et découvre les cadavres de Paul et Janet Parks. Son père adoptif est effondré sur un vieux fauteuil à bascule. Les jambes croisées sur le canapé, sa mère pose la théière et se tourne vers Marie en lui souriant de ses gencives gercées de pus.

— Chut, Marie chérie, papa se repose.

Marie s'agenouille près du vieux poêle à bois qui trône au milieu du salon. Elle jette une allumette dans le foyer et écoute le journal et les brindilles qui s'enflamment en craquant. Elle respire l'odeur de soufre et d'encre qui s'échappe du grillage. La chose qui s'est levée de son fauteuil s'immobilise au centre de la pièce et demande d'une voix gluante :

— Alors, ma puce, tu t'es bien amusée au lac Tahoe ? Tu t'es bien amusée à te faire sauter sous la tente pendant que ton papa et ta maman se faisaient assassiner ?

— Je n'étais pas en train de me faire sauter, maman.

— N'empêche, tu aurais tout de même pu appeler pendant que ce sale monsieur nous ouvrait le ventre. Ça l'aurait peut-être arrêté. Tu as vu ce qu'il nous a fait ? Non, mais est-ce que tu as vu ça ?

Marie sent les larmes lui brûler les yeux. Il faut à tout prix qu'elle boive. Il n'y a que ça qui les fera partir. Les ronflements de son père et la voix gluante de sa mère. Elle sent la chose s'approcher dans son dos. Elle perçoit l'odeur de viande pourrie qui s'échappe de sa robe de chambre. Elle est en train de s'arracher les cheveux par poignées en essayant de se recoiffer.

— Il nous a fait si mal, Marie, tu sais. Oh, Seigneur, il nous a fait tellement maaaal.

Marie se raidit. Elle sait que sa mère va poser ses doigts gelés sur elle, abandonnant sur son épaule une substance graisseuse et puante. Le gras des morts. Elle se concentre pour ne pas sursauter quand la chose se penche à son oreille.

— Je te dégoûte, hein ?

— Non, maman. Tu me manques.

— Bien sûr que si, je te dégoûte. Mais tu ne crois pas que toi aussi tu me dégoûtes ? Tu ne crois pas que je trouve ça répugnant d'imaginer que tu étais en train de sucer des garçons sur les rives du lac Tahoe pendant que papa et moi on se faisait crever les yeux et ouvrir le ventre ? Tu crois que ça ne me dégoûte pas ?

Marie pose une main sur ses lèvres pour ne pas vomir. Sa mère marmonne en s'éloignant dans un frottement de pantoufles. Le fauteuil grince. Le silence. Ils sont partis mais ils vont revenir. Eux et les autres. Les morts de Marie. C'est pour ça qu'il faut qu'elle boive.

28

Marie va se servir un verre de gin à la cuisine. Un grand verre à moutarde plein à ras bord qu'elle sirotera avant de s'en servir un autre. Et puis encore un autre. Et ainsi de suite jusqu'à ce qu'elle s'effondre. Elle grimace en sentant la brûlure du liquide dans sa gorge. Elle se détend un peu. Elle pose le verre sur le plan de travail et range les commissions. Elle meurt d'envie d'aller vider quelques bières avec Cayley. Elle a tellement peur de la nuit qui approche. Elle s'enveloppe dans une couverture et attrape un sachet de chips. Elle s'apprête à sortir lorsqu'elle remarque le voyant qui clignote sur le répondeur téléphonique. Elle compose le numéro de sa messagerie vocale et écoute la voix de robot lui annoncer trois messages en attente. La troisième date du matin même. Elle sourit en entendant la voix du gros Bannerman. Il hésite, bredouille, cherche ses mots. Il n'a jamais aimé les répondeurs. Il dit qu'il sait qu'elle est revenue, que si elle veut parler, ou simplement ne pas rester seule ce soir, Abigaïl et lui l'attendent pour le dîner. Il a mis de la bière au frigo et

Abby a fait cuire un rôti. Marie avale une gorgée de gin et sélectionne le message suivant daté de la veille au soir. À cette heure-là, elle luttait contre le sommeil à onze mille mètres d'altitude dans l'avion en provenance de Rio. La voix du patron du FBI retentit dans le haut-parleur.

— Marie, c'est Stuart Crossman. Félicitations pour Daddy. Je sais que ça a été dur et qu'il vous a raconté pas mal de saloperies avant de mourir. J'ai à mes côtés un psy du Bureau. Vous avez rendez-vous la semaine prochaine à Boston avec le docteur Bloom qui vous aidera à passer le cap. Ce n'est pas une invitation, c'est un ordre.

Bruits de papier. La voix de Crossman reprend :

— J'ai besoin de votre avis sur une autre affaire qui vient de me tomber sur les bras. Des archéologues assassinés. Ils travaillaient tous pour des grands musées nationaux. Même mode opératoire. Pourtant, je n'ai pas l'impression qu'il s'agisse du même tueur. En fait, il *ne peut pas* s'agir du même tueur. Je ne sais pas... Je n'aime pas ça. Je vous ai faxé un double du dossier. Appelez-moi quand vous rentrez.

Nouvelle gorgée de gin. Du Crossman tout craché : il sait que son agent est au tapis et il s'en fout. Marie pioche la liasse de documents dans le bac. Un bip. Le dernier message date de deux jours plus tôt. Un souffle. Le claquement d'un briquet. Le grésillement du tabac qui s'embrase. Un soupir de fumée. La liasse de feuillets s'éparpille sur le sol tandis que la voix de Daddy s'échappe du téléphone.

— Bonsoir, ma chérie. À l'heure où je t'adresse ce message, tu fais semblant de feuilleter un magazine dans la salle d'attente de mon cabinet de Rio. Tu viens à peine d'arriver. Tu es nerveuse et très belle. Tes yeux sont si gris… Ça me rappelle ton arrivée à Seboomook quand je te lisais des histoires dans ta chambre. Tu regardais les images avec ces grands yeux gris qui voyaient tout. Dans quelques minutes, tu vas te souvenir de moi et des moments où je te serrais dans mes bras. De ces nuits où je venais te border dans ton lit et où je t'épongeais le front quand tu brûlais de fièvre.

Les dents de Marie claquent légèrement contre le verre qu'elle porte à ses lèvres. Un souffle. Daddy fume en feuilletant son dossier. Il griffonne des notes sur son bloc. Il se racle la gorge.

— Ton psychiatre est un imbécile, ma chérie. Si tu étais venue me voir plus tôt, je t'aurais expliqué ce que tu ressens. C'est ça que tu veux, au fond : comprendre. M'arrêter, te venger, me tuer, tout ça n'est pas important. L'ennui, c'est que ton psychiatre n'est pas seulement un imbécile, c'est également un menteur. Ton Crossman aussi, d'ailleurs. Ils savent tous les deux ce que j'ai fait à ta seconde famille adoptive à Hattiesburg et ils se servent de toi en espérant que tu ne retrouveras jamais la mémoire. Mais, un jour ou l'autre, ça ressort. D'une façon ou d'une autre, ça ressort toujours.

Nouveau silence. Daddy pose ses lunettes sur le dossier et tapote son cigare.

— Il est presque l'heure à présent. Tu ne vas pas tarder à entrer dans mon cabinet. J'entends tes pas dans le couloir. Je sens ta peur et ton excitation. Ton cerveau a oublié qui je suis mais pas ton âme, pas tes cellules ni ton cœur. À l'heure où tu écoutes ce message, si tu n'es pas morte, tu te souviens de tout. C'est moi qui t'ai donné la vie. N'oublie pas ça, Marie. Et n'oublie pas l'heure des crotales : il ne faut jamais dormir quand les crotales sortent de leurs trous.

Un bruit étouffé. Daddy appuie sur un bouton. La porte s'ouvre. Grincements de parquet. Marie se souvient qu'en entrant, Daddy était au téléphone et qu'il lui avait fait signe d'approcher. La voix du tueur grésille à nouveau dans l'écouteur. Il chuchote en regardant Marie. Il ne la perd pas des yeux.

— Une dernière question avant que je te quitte pour m'occuper de toi : est-ce que tu as réussi à sauver les enfants de l'orphelinat de Rio ? Non. Bien sûr que non.

La voix de Daddy s'éloigne. Il sourit en lui demandant de prendre place dans le fauteuil. Un clic. Il vient de raccrocher.

Marie se baisse pour ramasser les feuilles qu'elle a laissées tomber. Elle ferme les yeux de toutes ses forces mais elle aperçoit quand même les murs lépreux d'un taudis perdu dans les favelas de Rio. Elle pousse une porte. Il fait chaud. La pièce est si vaste qu'elle en distingue à peine le bout. Des soupiraux crasseux laissent passer la lueur du soleil, la découpant en pinceaux de lumière poussiéreuse. Marie avance entre les rangées de lits métalliques. Des petites mains entrouvertes émergent des draps. Des visages émaciés semblent lui sourire. Sur chaque table de nuit, un gobelet laisse échapper une odeur de pourriture et de soda. Marie s'assied sur le lit du fond et prend une petite fille dans ses bras, une petite môme toute blanche et si maigre. La môme du dernier lit. Elle a réussi à passer une jambe par-dessus les draps. Du soda a coulé le long de son menton et de sa gorge. Elle s'est débattue pour ne pas boire. Sa peau est encore tiède, presque molle. La vision s'arrête. Marie se courbe et vomit une gorgée de gin sur le plancher de son salon. Elle a perdu.

29

Marie se redresse. Une crampe à l'estomac la fait grimacer. Elle sait qu'elle devrait arrêter de boire. Elle en a marre de se réveiller chaque matin en refusant de se regarder dans la glace. Marre de rouvrir les yeux et de se retrouver maintenue sous la douche par son vieux pote le shérif. Ça ne la gêne même plus qu'il aperçoive ses seins ou son sexe. C'est mauvais signe et elle le sait. Pourtant, elle continue car elle a besoin de rejoindre au plus vite cet état cotonneux où plus rien ne peut l'atteindre. Un certain taux d'alcoolémie. Jamais au-dessus, surtout pas en dessous. Sauf quand elle est en mission. Là, elle ne boit jamais. C'est ce qui lui manque si cruellement lorsqu'elle se retrouve seule avec elle-même et ses souvenirs morts : le danger, la seule chose qui la maintienne encore en vie. Le danger et la peur.

Depuis son accident, elle a toujours la même impression de dédoublement. Marie la gnôle obligée de se défoncer pour pouvoir continuer à faire son boulot, et Marie la tueuse dont le sourire flotte quelque part dans son esprit. Grâce à Daddy, elle connaît enfin le nom de l'autre. Marie Gardener. C'est toujours elle qui prend son pied en traquant les tueurs en série. Pas Parks. Parks, elle, c'est l'enquêtrice dépressive qui recoupe les indices et remonte minutieusement les pistes ; la partie de Marie qui en a assez d'être seule et qui éclate en sanglots en mâchant du pop-corn devant un vieux film à l'eau de rose. Gardener, elle, salive en consultant les photos de scènes de crimes et en braquant son flingue sur une nuque chaque fois que l'occasion se présente. Les sommations, c'est Parks qui s'en charge. Gardener enrage quand le tueur s'agenouille, les mains sur la tête. Elle exulte quand il refuse de se rendre. Le doigt incurvé sur la détente, elle attend que Parks ait terminé de réciter son manuel du parfait petit agent.

Marie serre les poings. Elle vient d'admettre que ce ne sont pas les images de Rio qui la terrorisent mais les souvenirs de Gardener. C'est en train de remonter comme des eaux noires déferlant contre la muraille d'un barrage. Marie sait que les digues sont en train de lâcher. Elle tente de refermer son esprit mais Gardener vient de coincer son pied dans la porte. Jusqu'ici, elles étaient parvenues à s'ignorer comme deux sœurs jumelles qui se détestent, mais la mort de Daddy vient de les réunir pour toujours. Son cadeau d'adieu.

30

Marie ne s'est même pas rendu compte qu'elle est montée à l'étage et qu'elle se tient à présent devant la porte de la chambre de ses parents. Elle n'y est plus jamais entrée depuis leur mort. De nouvelles lézardes sont en train d'apparaître sur la muraille du barrage. Des souvenirs froids, figés.

Le retour du lac Tahoe. Elle a seize ans. Elle est bronzée, heureuse, amoureuse. Elle a fait l'amour pour la première fois avec Brett Chandler, un grand gars boutonneux et trop maigre. Une étreinte maladroite et douloureuse. Elle a même fumé comme une grande après avoir renfilé sa culotte et son tee-shirt. Son premier mec, sa première cigarette. Ses seize ans.

Quand le car qui les ramenait de l'aéroport de Portland avait passé la dernière côte avant Hattiesburg, Marie avait aperçu des gyrophares au loin. À cette époque, le shérif s'appelait Herb Sedgewick, un vieux bonhomme au regard bleu dont la moustache grise lui mangeait une partie du visage. Il attendait au milieu des autres parents. Ils avaient tous eu un air étrange quand Marie était descendue du car. Elle avait cherché des yeux les Parks, et puis, croisant le regard du shérif, elle avait compris qu'il était là pour elle. Elle avait senti la terre se dérober sous ses pieds. Il avait posé la main sur son bras et Marie se souvenait avoir dit, les yeux brouillés de larmes :

— Lâchez-moi tout de suite ou je vous tue.

Mais le shérif ne l'avait pas lâchée. Il l'avait serrée contre lui et avait dit des mots qu'elle avait oubliés. Elle se rappelait seulement qu'il s'agissait d'accident de voiture, de Dieu, d'espoir et de lumière. Puis elle était montée à l'arrière du 4 × 4 qui avait démarré dans un nuage de poussière en direction de Milwaukee Drive.

Après l'enterrement de ses parents, elle avait quitté Hattiesburg. On l'avait inscrite dans un pensionnat privé des environs de Boston où elle s'était réfugiée dans le travail, étudiant jusqu'à s'évanouir de fatigue. Elle était entrée en fac avec deux ans d'avance. Et puis, un matin, on l'avait retrouvée dans son lit, les poignets tailladés. Elle avait laissé un mot. Elle ne parlait plus. Une semaine plus tard, elle avait atterri dans un service spécialisé de l'hôpital de Green Plains : une gigantesque prison avec un gigantesque parc entouré de gigantesques murs. C'est là que les souvenirs de la

Crèche avaient resurgi. Là que le docteur Moore les avait exhumés pour mieux les enterrer. Peu à peu, Marie avait appris à mettre un nom sur ses colères. On l'avait aussi aidée à admettre qu'elle n'y pouvait rien. Alors, pour leur montrer qu'elle avait parfaitement compris, Marie avait commencé à se laisser mourir.

31

Marie revoit le parc de Green Plains, l'étang artificiel avec ses carpes d'élevage, l'herbe perpétuellement coupée à ras et les abeilles qui bourdonnent autour des massifs de géraniums. Elle revoit aussi les longs couloirs déserts et le sol glacé sous ses pieds nus tandis qu'elle avance les yeux fermés. Des allers-retours toute la journée en frôlant le mur de gauche, puis celui de droite. Elle se souvient de ce jour où les infirmières avaient été obligées de la placer sous perfusion de glucose. Elle ne pesait plus que quarante kilos. Ce soir-là, le docteur Moore était entré dans sa chambre et s'était assis à califourchon sur une chaise rose qu'elle avait construite en atelier d'éveil. Elle avait fait aussi du macramé, des cendriers en pâte à sel et des colliers indiens. Le docteur Moore l'avait regardée fixement durant quelques secondes, puis il lui avait dit :

— Marie, je voudrais que tu te mettes debout et que tu enlèves ta robe de chambre.

— Vous allez me violer ?

— Je ne viole jamais les squelettes.

C'était ça, l'humour du docteur : un ton tranchant et un sourire sans joie au coin des lèvres. Elle ne comptait plus le nombre de fois où elle avait essayé de lui griffer le visage ou de lui jeter un cendrier à la tête. Ni celui où elle avait éclaté en sanglots entre ses bras. Le plus souvent, ils restaient des heures entières à se regarder dans le blanc des yeux. Il ne l'avait jamais brusquée, jamais forcée. Sauf ce soir-là.

— Et si je refuse ?

— Si tu refuses, c'est moi qui te déshabille.

— Faites ça et je porte plainte pour agression sexuelle.

— Personne ne croit les gens comme toi, Marie. On les écoute mais on ne les croit pas. C'est ça qui est pratique avec les folles.

— Cassez-vous, doc.

— C'est le mot « folle » qui te choque ? Tu préfères quoi ? barjo ? cinglée ? pauvre dingue ? Attends, j'ai mieux. Qu'est-ce que tu penses de « petite chose trop lâche pour affronter la réalité » ?

— Foutez-moi le camp, espèce de ventre plein de merde. Allez sucer un clodo à genoux dans un parking et rentrez vous faire enculer par votre chien.

Elle avait hurlé ces mots en se redressant péniblement sur son lit. Puis, elle lui avait craché au visage et elle avait regardé la salive glisser sur sa joue sans qu'il fasse un geste pour l'essuyer. Elle se souvenait des grosses larmes de colère qui lui brûlaient les yeux pendant qu'elle essayait de soutenir le regard glacé de Moore. Une fois, il l'avait félicitée pour la formidable inventivité dont elle faisait preuve en matière d'insultes. Il lui arrivait même de noter ses injures les plus longues pour être sûr de ne pas les oublier. Mais pas ce soir-là. À bien y réfléchir, ce n'était pas cela qui avait rendu Marie si triste. Jusque-là, jamais il ne lui avait dit qu'elle était folle, jamais il ne l'avait jugée ni méprisée. Alors, tandis que les larmes jaillissaient de ses yeux, elle avait murmuré :

— J'ai peur.

— Oui, Marie, je sais, tu as toujours peur. C'est commode d'avoir peur. Ça donne le droit de lancer des cendriers contre les murs et de cracher au visage des gens. Ça donne le droit de se laisser mourir à petit feu en abandonnant ceux qui tiennent à vous.

— Je ne vous ai rien demandé, doc. Je peux vous sucer ou vous laisser me baiser si vous voulez que je vous rembourse vos soins. C'est ça que vous voulez ? Que je vous remercie en vous laissant jouir dans ma bouche ? Je ne sais pas si…

La gifle avait claqué comme un coup de fouet. Elle se rappelait que sa tête avait pivoté brutalement sous la puissance du choc, mais elle se souvenait surtout de l'éclair de douleur qu'elle avait lu dans les yeux du médecin juste avant que la gifle ne parte.

— Oui, c'est tellement commode d'avoir peur. Ça vous donne le droit d'humilier les gens et de tout salir.

— Foutez le camp, doc.

— Pas avant que tu ne te sois levée. Je veux que tu te déshabilles devant la glace et que tu me dises si tu aimes ce que tu vois. Après, je m'en irai et je te laisserai mourir si c'est vraiment ce que tu veux.

Alors, par défi, Marie s'était levée et avait fait rouler le pied de sa perfusion jusqu'au miroir qui tapissait la porte de la salle de bains. Laissant tomber sa robe de chambre, elle avait contemplé sa silhouette décharnée, son cul aplati, le pli de son sexe entre ses cuisses de grenouille, son ventre creux et ses côtes saillantes, ses seins amaigris et son visage. La moitié de son visage, en fait. Comme si le reste avait disparu.

Un amas d'ossements recouverts d'une pellicule de peau si fine qu'on aurait dit un film plastique.

— Quand est-ce que ça va finir, Marie ?

— À trente kilos.

— Tu n'atteindras jamais trente kilos, et tu le sais.

— Bien sûr que si.

— Non, Marie. Tes os à eux seuls pèsent plus que ça. Pour atteindre ce record dérisoire, il va donc falloir que tu meures. De toute façon, tu disais déjà ça à quarante-cinq, puis à quarante kilos. On avait même signé des contrats que tu n'as jamais respectés. Tu te souviens ?

— Je vous l'ai déjà dit, doc : je ne vous ai rien demandé.

Croisant le regard froid du médecin dans le miroir, Marie avait posé ses bras décharnés sur sa poitrine.

— Pourquoi tu caches tes seins ? Tu n'as plus de seins à cacher. Tu n'es pas une femme, tu n'es plus une fille, tu es presque un cadavre.

— S'il vous plaît, docteur Moore, est-ce que vous voulez bien partir maintenant ?

— Tu veux mourir, c'est ça ? Tu prends ton pied à sentir ton corps disparaître et tu crois vraiment que je vais rester là à te plaindre ?

Le regard brouillé de larmes, Marie avait contemplé ses hanches plates qui saillaient sous la peau. Il n'y avait plus rien de désirable dans cet amas d'ossements. Plus rien de vivant. Le docteur Moore s'était approché d'elle et s'était baissé pour ramasser la robe de chambre dont il avait recouvert ses épaules. Puis, il avait murmuré :

— Tu te dévores, Marie. Ton corps se nourrit de ton corps. Il ne se purifie pas. Il ne se sublime pas. Il se mange lui-même.

— Je m'en fous.

— Pas moi. Je t'ai laissé une barre de chocolat sur la table de nuit. Je veux que tu la manges. Je veux que tu la dévores comme une gamine normale.

— Sinon ?

— Sinon, je serai obligé de te faire transférer dans un autre établissement où tu pourras te laisser crever sans que personne vienne t'ennuyer. On passera juste de temps en temps changer ta perfusion pour continuer à t'arroser comme une plante morte. Et puis, un matin, on remontera le drap sur ton visage.

— Je veux rester ici.

— Non, Marie. Tu es jeune et triste. Ça te donne presque tous les droits, sauf celui de me demander de recouvrir ton visage avec un drap.

Marie avait fermé les yeux quand le docteur Moore était sorti. Finalement, elle avait continué à grandir et à vivre. Au début, c'était juste pour voir si elle était capable de supporter sa souffrance. Une sorte de pari avec elle-même : survivre un jour, puis deux, puis cent. Survivre en se disant qu'il suffira de se jeter d'un pont ou de se retenir de respirer si survivre n'était plus supportable.

Peu à peu, la douleur avait cédé du terrain. On avait soigné ses cauchemars et on l'avait sevrée de la plupart de ses médicaments. Et puis, un matin, elle avait quitté Green Plains et repris la fac. Elle avait connu les premières amours qui font vraiment mal. Les premiers étés que l'on voudrait ne jamais voir s'achever. Ses diplômes en poche, elle était entrée au FBI. C'est là qu'elle avait fait la connaissance de Mark. Ensuite, il y avait eu leur fille Rebecca et une courte plage de bonheur presque parfait comme une femme presque normale. Jusqu'à ce qu'un banal accident de la route remette tous les compteurs à zéro en effaçant ses rares souvenirs heureux. Le grand saut dans le néant, comme une sale blague cosmique.

Marie frissonne en sentant la poignée de la chambre de ses parents tourner dans sa main. Le vent souffle dehors dans les grands peupliers qui gardent le jardin. L'océan des sapins se courbe et se redresse. Marie voudrait ne penser qu'à ça mais elle ne peut pas s'empêcher de regarder la poignée de cuivre tourner toute seule dans sa main. Un grattement de l'autre côté de la porte. Un bruit de pantoufles. Une respiration rauque et sifflante. Elle lâche la poignée qui continue de tourner lentement sur elle-même. Un claquement. La porte s'entrouvre. Il fait si noir de l'autre côté. Marie aspire une gorgée d'air vicié. Elle n'a jamais eu aussi peur de toute sa vie. Elle sourit. Elle est vivante.

32

Ça y est, Marie est entrée dans la chambre. Elle s'approche de la malle poussiéreuse où sa mère adoptive entassait ses souvenirs. Elle se souvient des heures passées en sa compagnie à fouiller les milliers de photos qu'elle contenait. Comme quand elle était petite, elle s'assied en tailleur et pose les mains sur le couvercle. Elle n'avait jamais le droit de l'ouvrir seule. Elle avait essayé à de nombreuses reprises mais, à chaque fois, les gonds s'étaient mis à grincer. Un jour, entre deux bouchées de cookie dans la cuisine, Marie avait demandé à sa mère pourquoi elle n'avait pas le droit d'y toucher.

— Parce qu'elle est magique.
— Et alors ? Magique, c'est pas mal, si ?
— Non. Mais ça peut être dangereux.
— Dangereux comment ?
— Toutes les malles sont magiques. Plus ou moins, mais elles le sont toutes. Surtout les malles-cabines comme celle-ci qui ont beaucoup voyagé et appartenu à des tas de gens différents. Ce sont des malles qui ont contenu des milliers de secrets. Elles s'en souviennent et les protègent. Elles ont toutes un pouvoir particulier, plus ou moins bon en fonction des objets qu'elles ont contenus.
— Et celle-ci, elle a quoi comme pouvoir ?
— Elle dévore les enfants trop curieux.
Marie sourit en repensant à cette discussion terrifiante qu'elles avaient eue au milieu des odeurs de cookies qui s'échappaient du four. Ses doigts caressent les ferrures et le vieux cuir. Le couvercle s'ouvre en grinçant. L'haleine de la malle enveloppe son visage. Une odeur de vieux papiers et de parfum très ancien.

Marie pose la main sur des piles de documents retenus par de vieux rubans. Des clichés en noir et blanc et des photos en couleurs qui datent de son enfance. Les premières remontent à quelques mois après son évasion de la Crèche. La fillette qui pose a l'air triste et maigre. Elle est assise sur une balançoire immobile. Elle semble avoir peur de se balancer. Marie se souvient qu'elle était restée assise là des jours entiers à contempler le portail du jardin. Et puis, un matin, elle avait compris que le géant de la Crèche ne viendrait plus et elle avait recommencé à se balancer, de plus en plus haut, de plus en plus fort. Sur la photo suivante, Maman sèche les larmes de la petite fille qui s'est écorché les genoux. Marie parvient presque à ressentir la brûlure du gravier incrusté sous sa peau. C'est curieux, les souvenirs. Ça laisse de côté les événements importants pour se focaliser sur les choses insignifiantes. La gorge nouée, Marie passe au cliché suivant. Un petit garçon caresse les cheveux de la fillette. Il n'aime pas quand elle pleure. Les lèvres de Marie se remettent à trembler. Allan Parks, son petit frère adoptif. Elle sait que c'est lui mais elle ne reconnaît pas son visage. Elle s'en veut de l'avoir oublié. Elle effleure sa joue sur la photo et revoit en flash ces après-midi où ils jouaient ensemble au milieu de la forêt. Elle aurait tellement voulu retrouver l'odeur de sa peau et de ses cheveux. Marie sourit à travers ses larmes. Elle vient de se rappeler ces nuits où Allan la rejoignait dans son lit et où elle rouspétait lorsqu'il la réveillait en frottant ses pieds glacés contre les siens. Parfois, elle lui grognait de ficher le camp mais Allan se pelotonnait contre elle et lui murmurait à l'oreille :

— Allez, Marie, juste deux minutes. Deux minutes, et après je m'en irai.

— Juste deux minutes, Allan, c'est promis ?

— Pfiiou, oui, c'est promis.

À chaque fois, Marie se réveillait en frissonnant le matin parce que Allan lui avait piqué toute la couette. C'étaient ces moments qu'elle préférait : quand elle ouvrait les yeux et qu'elle regardait le visage de son petit frère dans les rayons ocre de l'aube. Il avait l'air si détendu et heureux. Comme s'il savait que la nuit était terminée et qu'une longue journée le séparait de la suivante.

D'autres souvenirs affluent. La douleur est là, tapie comme une couleuvre dans sa poitrine. Cette vieille tristesse qui ne séchera jamais.

Une nuit, Marie avait senti sa couette se soulever et le corps d'Allan se serrer contre elle. Il venait d'avoir neuf ans. Quelques secondes plus tard, un vêtement mouillé s'était collé contre sa chemise de nuit.

— Allan ?

— Oui ?

— Tu as fait pipi dans ton pyjama ?

— Oui.

— Tu plaisantes ?

— Non.

— Merde, Allan, tu ne penses pas que tu aurais pu changer de pyjama avant de venir dans mon lit ?

— Si.

— Pourquoi tu ne l'as pas fait alors ?

— Sais pas.

— Vas-y maintenant.

— Promis.

Marie s'était rendormie quelques secondes, puis elle avait rouvert les yeux et avait demandé d'une voix ensommeillée :

— Allan ?

— Oui ?

— Tu es allé changer de pyjama ?

— Oui.

Un silence, le temps que Marie effleure le pantalon de son frère.

— Allan ?

— Oui.

— Tu n'es pas allé changer de pyjama.

— Non.

— Pourquoi ?

— Sais pas.

— Allan, tu as neuf ans maintenant. Tu ne peux pas répondre systématiquement « sais pas » chaque fois qu'une question un peu difficile se présente. Tu piges ?

— Oui.

— Alors ?

— Alors quoi ?

— Pourquoi tu es toujours dans mon lit avec ton pyjama plein de pisse ?

— Parce que j'ai peur.

— Mais enfin, Allan, tu as peur de quoi au juste ?

Marie avait allumé la lumière et son regard s'était figé en découvrant le visage de son petit frère. De grands cernes noirs avaient creusé ses yeux. Il était si pâle. Un peu de sang s'écoulait de ses narines.

— Oh mon Dieu, Allan, qu'est-ce que tu as ?

— Sais pas.

Marie était allée chercher ses parents. On avait transporté Allan aux urgences. Quatre jours plus tard, le verdict était tombé : il souffrait d'une leucémie foudroyante. Les médecins de l'hôpital de Bangor avaient tout tenté. Trois semaines de chimiothérapie. Après ses cheveux, ses sourcils et ses ongles, Allan avait commencé à perdre ses dents. Alors, une nuit, son père était venu le chercher pour le ramener à la maison. Marie se souvenait de ce petit corps pelotonné dans les gros bras de Paul Parks. Il était mort au début du printemps.

La veille de son décès, Marie s'était glissée une dernière fois dans le lit de son petit frère : depuis qu'il n'avait plus la force de marcher, c'était elle qui venait le réchauffer. Ils n'avaient pas parlé. Sauf à la fin, lorsque Allan lui avait dit que c'était pour demain. Il avait ajouté qu'il allait mourir en plein jour et qu'il ne ferait plus jamais nuit. Marie avait fait semblant de tousser pour qu'il ne se rende pas compte qu'elle pleurait. Elle avait senti sa petite main glacée essuyer ses larmes.

— Pourquoi tu pleures, Marie ?

— Je ne sais pas.

— Pfffioou, allons, ma chérie, tu as presque douze ans. Tu ne peux pas répondre ça à chaque fois qu'une question te semble difficile.

— Je t'emmerde, Allan.

— Moi aussi.

Ils étaient restés un moment silencieux, et puis Marie avait enfoncé son visage dans l'oreiller avant d'éclater en sanglots. Sentant la main d'Allan lui caresser les cheveux, elle avait dit :

— Je ne veux pas que tu me laisses seule.

— Juste deux minutes. S'il te plaît, Marie, laisse-moi mourir juste deux minutes, ensuite je me réveillerai.

— Pisse dans ton pantalon, petit con.

Elle avait essuyé ses larmes et ils avaient ri. Puis elle l'avait serré dans ses bras et avait attendu qu'il s'endorme. Elle aurait voulu passer le reste de la nuit à écouter son cœur battre contre le sien mais elle avait fini par s'endormir. Au matin, il respirait encore. Et puis, juste après midi, il était mort.

33

Marie a reposé les photos. Elle ne veut plus se souvenir. Elle s'apprête à refermer la malle lorsqu'une pile de lettres posées sur une grosse enveloppe attire son attention : de vieilles cartes d'oncles âgés et de lointains cousins. Des lettres à l'encre délavée où s'entrechoquent des mots, des voix et des souvenirs qui ne sont pas les siens. Juste au-dessus de l'enveloppe, il y a la carte postale que Marie avait envoyée du lac Tahoe. Les eaux bleu sombre, les rives chargées de sapins et les sommets enneigés de la Sierra Nevada à l'arrière-plan. Elle avait tracé au stylo une grosse flèche dont elle avait pointé l'extrémité sur la rive ouest du lac. Au-dessus, elle avait écrit en majuscules :

ICI, C'EST MA TENTE ! ! !

Marie retourne la carte. Elle se souvient qu'elle en avait expédié la rédaction entre deux cuillerées de beurre de cacahuètes, juste avant de rejoindre ses copains. Elle avait sucé son stylo quelques instants à la recherche d'une phrase assez enlevée pour justifier un timbre. Puis, laissant échapper un soupir, elle avait écrit :

Chers tous,
Les vacances se passent bien.
Le lac est très beau.
Hier on a pêché des saumons kokanee.
J'en ai attrapé un énorme ! ! !
Je vous ai mis une flèche pour que vous sachiez à quel endroit nous avons installé le campement.
Moi, ça va super bien.
Et vous ? ? ? ? ?
Je vous aime fort.
Votre Marie.

Les lèvres de Marie se remettent à trembler. Elle ne peut s'empêcher de penser que c'est la dernière chose que sa mère avait reçue avant de mourir. Elle avait essayé de les appeler juste avant d'embarquer dans l'avion pour Portland. Le téléphone avait sonné plusieurs fois dans le vide, puis elle avait raccroché.

Marie repose la carte et soulève l'enveloppe kraft. Sa respiration se fait plus courte. En travers, sa mère a écrit :

POUR MARIE
NE PAS OUVRIR AVANT LE JOUR
DE SES 21 ANS.

Marie déchire le bord de l'enveloppe. Elle en exhume un dossier des services sociaux de l'État du Maine et une lettre. Quelques lignes maladroites où sa maman lui explique tout. Le papier craque entre ses doigts. Elle lui redit que si elle n'est pas leur fille au sens biologique du terme, papa et elle l'ont aimée dès qu'elle est arrivée chez eux. Ils l'ont aimée avant, même, puisqu'ils avaient déposé une demande d'adoption dix ans plus tôt. Dix ans durant lesquels ils avaient accumulé des montagnes d'amour. Elle lui explique qu'elle n'a pas le droit de tout lui dire, qu'elle-même ne sait pas tout. Un jour, ils avaient reçu la visite de quelqu'un du FBI qui avait une adolescente difficile à placer. Une gosse toute cabossée dont personne ne voulait parce qu'elle avait vécu quelque chose d'atroce. Le monsieur en costume avait ajouté que la gosse en question faisait partie du protocole de protection des témoins et que personne ne devait savoir qui elle était ni d'où elle venait. Les Parks avaient dit oui et, trois jours plus tard, la fillette était là.

Marie passe au feuillet suivant. Quelques mois plus tard, sa maman adoptive avait essayé d'en savoir plus.

À force de fouiller, elle avait fini par découvrir l'identité de son véritable père. Il s'appelait Anthony Gardener. À la naissance de Marie, il venait de terminer ses études de psychologie et habitait une maison isolée à la sortie de Phoenix où il avait installé son cabinet. On ne savait pas grand-chose d'autre, sinon qu'il avait assassiné sa femme quand Marie avait un an et qu'il avait disparu. La police l'avait recherché en vain et Marie avait été confiée aux Kransky.

Dernier feuillet. Janet Parks poursuit sa lettre en disant qu'elle s'en veut mais qu'elle ne se sent pas le droit de se taire. Elle a joint une photo de Gardener. Elle termine en ajoutant que le monsieur du FBI serait furieux s'il savait pour cette lettre, mais que personne n'y peut plus rien de toute façon.

Une vague de nausée submerge Marie. Elle revoit les gros visages tristes des Kransky. Boston, les gouffres, la petite maison coincée entre l'autoroute et la voie ferrée. Elle marche les bras en balancier au bord des trottoirs. La voiture de Daddy la frôle. Un arôme de cigare s'en échappe. Il y a quelque chose derrière cette odeur. Une autre odeur que Marie connaît. Une odeur intime, lointaine. Elle remonte le temps. Elle vient de retrouver son tout premier souvenir. Plus une sensation qu'un souvenir.

Une maison au bord du désert. Elle a un an. Elle est allongée dans son berceau. La fenêtre entrouverte laisse passer la lueur jaune paille du soleil. On dirait un œil ouvert dans la peau du mur. Marie contemple au-dessus d'elle le mobile dont les éléments gigotent dans l'air brûlant. Ses mains s'immobilisent. Elle vient d'apercevoir quelque chose qui se faufile à travers l'œil du mur. Elle l'a entendu tomber. Ça se tortille sur le sol et ça fait un bruit de crécelle en avançant. C'est quelque chose du dehors qui n'a rien à faire dedans. Le bruit de crécelle se rapproche du berceau. C'est long et musclé, ça s'entortille, ça grimpe lentement. Marie laisse échapper un hoquet de panique. La tête de la chose vient d'apparaître dans son champ de vision : un triangle d'écailles et des yeux morts qui la fixent. Ça laisse échapper un long sifflement en tombant sur le matelas. La chose cherche la fraîcheur. Sa petite langue méchante effleure les chevilles du bébé. Elle a faim. Elle aime les odeurs qui s'échappent du matelas. Marie essaie de ramener ses pieds le plus près possible de ses mains. La chose ouvre la gueule. Elle est sur le point de bondir lorsqu'une main immense passe à toute vitesse devant les yeux de Marie. Le géant est revenu. Le géant est là. Marie respire son odeur d'eau de Cologne tandis que ses doigts se referment autour du cou de la chose. Un craquement. La chose devient molle. Elle tombe sur le plancher. Le visage du géant apparaît. Marie ne voit pas ses yeux mais elle sent son odeur. Sa voix fait vibrer l'air :

— L'heure des crotales, Marie. Souviens-toi de ça : il ne faut jamais dormir à l'heure des crotales.

Agenouillée devant la malle ouverte, Marie extrait la photo de l'enveloppe. Un vieux cliché brûlé par les années. Anthony Gardener est assis sur le perron d'une jolie maison dont le jardin donne sur le désert. Il porte un costume de lin et tient à la main un crotale qu'il vient de tuer. Marie sent le plancher tanguer sous ses pieds. Le sourire du géant. Elle retourne la photo. Derrière, une main a écrit au stylo :

12 septembre 1976
365e jour au milieu des crotales.
Joyeux anniversaire, Marie !

Plus bas, la même main a ajouté :

Je t'aime,
Daddy.

34

Marie est descendue à la cuisine. En passant, elle a attrapé la bouteille de gin. Le verre ne suffit plus. Elle respire autour d'elle l'odeur du géant, l'odeur du crotale. C'est son venin qui lui brûle la gorge en même temps qu'elle avale de longues gorgées de gin au goulot. Le venin de Daddy qui coule dans ses veines. Elle pense à Crossman. À cet instant précis, si le patron du FBI sonnait à sa porte, elle lui viderait un chargeur dans le ventre.

Elle entre dans la salle de bains et pose son téléphone portable et son arme de service sur la machine à laver. Puis elle se déshabille entièrement et regarde le reflet de Gardener lui sourire dans la glace piquetée de rouille. Une adolescente nue et affreusement maigre qui ricane à travers ses doigts osseux. Marie lève sa bouteille et s'envoie une nouvelle rasade. Dans la glace, Gardener mâchonne un bâton de chocolat. Un filet noirâtre dégouline de ses lèvres. Elle en a plein le menton. Elle se régale. Elle a gagné. Sa voix éraillée résonne dans le silence :

— Alors, sœurette, on fait quoi maintenant ?

— Moi, je bois et toi, tu bouffes.

— T'es bourrée, Marie. T'es moche quand t'es bourrée.

Le regard de Marie descend le long du ventre creux de Gardener jusqu'au pli de son sexe. Elle cherche une parole bien vache pour lui clouer le bec. Un truc en rapport avec son anorexie. Elle avale une nouvelle gorgée de gin. Elle a l'intention de boire comme ça jusqu'à ce que le reflet de cette petite conne se dissolve dans le miroir.

— Il y a plus simple comme solution, tu ne crois pas ?

De grosses larmes glissent sur les joues de Marie. Elle hoche la tête en regardant Gardener qui se lèche les doigts dans la glace. Le sourire chocolat de l'adolescente s'élargit.

— Enfin, Marie, tu as vu dans quel état tu es ? Ça va durer comme ça jusqu'à quand, à ton avis ?

Marie ne répond pas. Elle boit. La bouteille est presque vide. Gardener ne sourit plus.

— Non, mais regarde-toi, ma pauvre vieille. Tu bois et tu chiales. T'as même pas le temps de pisser ce que tu bois tellement tu chiales. Qu'est-ce que te dirait ce petit pédé d'Allan, s'il était là ? « Allez, s'il te plaît, Marie, laisse-moi boire un peu de gin et ensuite je te baiserai sous la couette. Je mettrai ma petite quéquette toute dure dans ta fente et je te baiserai toute la nuit. »

— Mais nom de Dieu, est-ce que tu vas fermer ta gueule !

Les yeux de Gardener brillent de haine.

— Allons, Marie, un petit effort. Bois encore un coup et vas-y. Là, voilà, c'est bien.

Marie sent sa paume épouser la crosse de son arme. Elle ne s'est même pas rendu compte qu'elle a tendu le bras vers la machine à laver. Elle regarde le canon du Glock. Son vieux pote… Elle ramène la culasse en arrière pour engager une balle dans la chambre. Le projectile scintille un moment tandis que la culasse se referme.

— Tu vois, ce n'est pas si compliqué. Maintenant vas-y, sœurette chérie. Et ne ferme pas les yeux, surtout. Je veux tout voir.

Le goût métallique du canon dans la bouche de Marie. Son doigt s'arrondit autour de la détente. Elle appuie lentement… de plus en plus fort… Elle capte une drôle de vibration et tourne les yeux vers la machine à laver.

— T'occupe, Marie. Appuie sur la détente et envoie-moi tout ça sur les murs.

De nouvelles vibrations emplissent la salle de bains. Le téléphone bouge sur la machine à laver. Elle se raccroche à ça. Elle sort de sa bouche l'arme trempée de salive et tend la main vers le mobile. Le numéro de Bannerman s'affiche sur l'écran.

— T'es vraiment trop nulle ! T'as tout pris de notre mère, tu sais ça ?

Marie colle le téléphone contre son oreille en décochant un doigt d'honneur à Gardener dont le reflet est en train de disparaître. La voix de Bannerman résonne dans l'écouteur.

— Marie ?

— Oui ?

— Tu viens dîner ?

Marie regarde son propre reflet dans le miroir. Elle renifle.

— Le rôti qu'Abby est en train de massacrer au four, c'est quoi ?

— Du porc.

— Tu le sers avec quoi ?

— Des patates au jus.

— Tu peux venir me chercher ?

— J'arrive.

Marie raccroche. Avant de sortir, elle décharge son Glock qu'elle dépose à l'intérieur de la machine à laver. Si elle continue à boire chez les Bannerman et si Gardener repointe son nez à son retour, elle sera certainement trop soûle pour se rappeler où elle a planqué son arme. Elle gagne le salon et s'effondre sur le divan en zappant sur les chaînes d'infos qui passent en boucle des images de La Nouvelle-Orléans ravagée par l'ouragan. La tempête projette des montagnes liquides sur la ville. Aucun météorologue ne comprend pourquoi le cyclone a brutalement accéléré. Les gens étaient encore en train de clouer des planches sur les montants de leurs fenêtres quand les premières lames de fond avaient soulevé les eaux du lac Pontchartrain. Depuis, La Nouvelle-Orléans ne répond plus, comme si une partie des États-Unis avait disparu derrière une épaisse muraille de vent et de pluie. Les équipes de télévision relaient des images de désolation, de toits arrachés, de cadavres et de rues inondées. Marie est sur le point de s'endormir lorsqu'une sirène de police retentit en approchant de la maison. Elle soupire. Bannerman a toujours adoré faire sonner sa foutue sirène.

IV

LE SANCTUAIRE

35

La Mesa del Diablo, grand désert mexicain de Sonora.

Une rivière. Des poissons argentés remontent à la surface et gobent les insectes égarés avant de rejoindre les profondeurs. Juste avant de s'allonger sur l'herbe, le pêcheur a trempé sa ligne dans le courant. De grosses truites se débattent déjà dans son panier. Sans ouvrir les yeux, il tend la main vers la bouteille de bière posée à côté de lui. Il va la porter à ses lèvres lorsqu'il sent le verre se réduire en poudre entre ses doigts.

Gordon Walls ouvre les yeux et contemple la poignée de sable rouge sur laquelle sa main vient de se refermer. La rivière a disparu. À la place, un rio souterrain étend ses eaux noires sous les falaises de la Mesa del Diablo.

Frissonnant de fièvre et de soif, Walls passe la langue sur ses lèvres. Loin au-dessus de lui, il distingue l'entrée de la crevasse par laquelle la lumière du soleil tombe à la verticale. Un piège apache. Il était en train d'explorer le cirque de falaises à l'intérieur de la Mesa quand le sol s'était brusquement dérobé sous ses pieds. Un hurlement, un début de chute vertigineuse jusqu'au claquement des mousquetons le retenant aux autres membres de sa cordée. Walls revoit le rayon de sa torche disparaître en tourbillonnant.

Suspendu dans le vide, il avait entendu des frottements de semelles tandis que, dérapant dans la poussière de la Mesa, Cassy et Paddy tentaient de le retenir. Des cris. Des appels au secours. Puis le *wizzz* de la corde qui file entre les doigts. Trente mètres de chute libre jusqu'à ce que les mousquetons de freinage s'actionnent de nouveau. Un corps l'avait frôlé en hurlant dans le halo de sa lampe frontale : Paddy, le second de cordée, qui avait dû se détacher pour essayer d'assurer la corde à un rocher. Walls revoit son visage épouvanté et ses mains brassant l'air dans sa chute. Un craquement d'os, très loin en dessous. Des cris au-dessus. La voix de Cassy. Elle hurlait qu'elle s'était cassé les deux fémurs en se coinçant les cuisses dans une faille. La corde qu'elle avait entourée autour de ses poignets lui avait cisaillé deux doigts. Elle essayait de lâcher mais elle n'y parvenait pas. Elle criait à présent sans discontinuer tandis que le poids de Walls entamait ses chairs.

Walls avait balayé l'espace de sa lampe frontale. La crevasse avait la forme d'un gigantesque dôme. Impossible d'atteindre les parois incurvées, même en se balançant au bout de la corde. Alors, sans se soucier de Cassy qui hurlait de douleur à chacun de ses mouvements, il s'était tortillé pour défaire les boucles de son sac à dos qu'il avait laissé tomber après avoir récupéré un étui en caoutchouc dont il avait actionné la goupille. Un sifflement d'air comprimé s'était échappé dans les ténèbres. Les doigts arrimés aux cordages, Walls avait grimacé tandis que le canot pneumatique se dépliait dans une série de claquements. Il avait calé son dos à l'intérieur. Un dernier hurlement. Le sifflement de la chute. Walls s'était cramponné de toutes ses forces au canot et avait levé les yeux. La zébrure lumineuse qui marquait l'entrée de la crevasse s'éloignait en tourbillonnant. Le choc. Le néant.

Walls lutte pour apaiser les tremblements qui agitent son corps. Dehors, le soleil décline. L'archéologue le sent à l'intensité du pinceau lumineux qui faiblit. Depuis plusieurs minutes déjà, la lumière blanche du désert est en train de virer à l'ocre. Le faisceau éclaire à présent à l'oblique le corps disloqué de Paddy au fond de la crevasse. Les bras et les jambes brisées, son vieux copain semble scruter l'obscurité de ses yeux grands ouverts. Plus loin, Walls repère son propre sac à dos et les restes de l'équipement que Paddy a emporté dans sa chute. Il parvient aussi à localiser la trousse à pharmacie dont le contenu s'est éparpillé sur le sol, une sacoche de provisions contenant des rations lyophilisées et un réchaud, ainsi qu'un fusil automatique AR15 dont la crosse s'est fendue sous le choc. Les cartes, le matériel de cordée et les instruments radio sont restés là-haut. Là-haut, avec Cassy. Renversant la tête en arrière, Walls hurle :

— Caaaassssy ? Oh, mon Dieu, Cassy, est-ce que tu m'entends ?

Walls écoute l'écho de son cri rebondir le long des parois. Le silence. Un coassement lointain, très haut dans le ciel. Walls inspecte son baudrier. La corde est restée emmêlée à l'intérieur du mécanisme. Il tire dessus en comptant les mètres. Dix. Quinze. Trente. Quelque chose racle le sol tandis que l'extrémité de la corde se rapproche. Walls se raidit. Une chose dure et froide effleure son visage, y abandonnant une traînée humide. Soulevant sa prise dans la lueur de la faille, il étouffe un cri en apercevant une main fine et blanche tranchée net au niveau du poignet. Deux doigts ont été arrachés. Les autres, tordus et brisés, serrent toujours la corde. Une alliance, taillée dans un cercle de lapis-lazuli, luit faiblement à l'annulaire. Celle de Cassy.

36

Walls avait été recruté deux jours plus tôt dans une chambre d'hôtel de La Havane où il se remettait doucement de sa dernière expédition en Terre de Feu. Il sortait à peine de la douche quand le téléphone avait sonné. La voix grave et hautaine du conservateur du British Museum avait résonné désagréablement dans l'écouteur.

— Docteur Walls ?

— Comment allez-vous, Clayborne ?

— J'ai un service à vous demander.

— Rien de gratuit, j'espère ?

— J'ai fait virer deux cent mille dollars à la succursale de la Caiman Bank d'Albuquerque, au Nouveau-Mexique. La même somme sera transférée comme d'habitude à votre retour sur votre compte numéroté à Nassau.

Marchant jusqu'à la fenêtre dont les voilages ondulaient dans la brise, Walls avait contemplé un moment la foule sur les quais écrasés de chaleur. Un vieux cargo rouillé semblait avancer au milieu des voitures stationnées le long des berges.

— Pourquoi moi ?

— Pourquoi pas ?

— La dernière fois que vous avez fait appel à mes services, j'ai cru comprendre que vous appréciiez le résultat de mes actions mais pas forcément les actions que je devais entreprendre pour atteindre ce résultat.

— Cette fois, ce n'est pas pour le musée mais pour le compte d'une de mes vieilles amies.

— Quel est l'objectif ?

— La Mesa del Diablo, dans le grand désert mexicain de Sonora.

— Les terres sacrées apaches ? Elle cherche les ennuis, votre copine ?

Il y avait eu un silence à peine entamé par les documents que Clayborne feuilletait à l'autre bout de la ligne.

— Il y a plusieurs années, nous avons retrouvé des vestiges de villages précolombiens au milieu du désert. Des *pueblos* apaches qui semblaient alimentés en eau grâce à un rio souterrain provenant de la Mesa. Nous avons aussi exhumé des fresques étranges dans les tombes de ces pueblos. Il y a un mois, une expédition a été envoyée pour remonter à la source du rio en question. Nous sommes sans nouvelles. Nous voudrions que vous les retrouviez.

— Si vous me disiez ce qu'ils cherchaient vraiment, ce serait plus facile, vous ne croyez pas ?

— Je vous l'ai dit.

— Arrêtez de vous foutre de ma gueule, Clayborne. Je suis archéologue, pas secouriste. Si vous aviez voulu récupérer vos hommes vivants, vous n'auriez pas attendu un mois.

— Nous nous doutons bien qu'ils sont morts. Ce qui nous intéresse, c'est de savoir comment.

— Pour le comment, ce sera le double du tarif habituel.

— Mon amie a les moyens.

Walls avait raccroché. Deux heures plus tard, il décollait à bord d'un vol régulier à destination d'Albuquerque.

37

Walls grelotte dans la fraîcheur de la caverne. La brèche laisse entrevoir un pan de ciel rouge sang. Bientôt la nuit. L'archéologue lutte contre le sommeil. Il sait que quelque chose ne va pas, quelque chose qui aspire ses forces et le tue lentement. Il est en train de perdre du sang. Ça fait toujours cette impression quand on se vide. Une sensation de chute au ralenti et de froid qui vous engourdit à mesure que la vie s'échappe.

La gorge sèche, Walls tente de remuer les jambes. Un éclair de douleur fuse le long de ses cuisses. Il grimace mais c'est une bonne nouvelle : s'il a mal, cela signifie qu'en désespoir de cause il pourra toujours ramper jusqu'au fusil automatique et se tirer une rafale dans la bouche.

Walls savoure l'intolérable fourmillement qui remonte le long de ses mollets à mesure qu'il plie les genoux en raclant le sol de ses talons. Rien à signaler de ce côté. Il soulève ses vêtements et effleure ses côtes. Il se raidit. La douleur est tapie là, au niveau de cette bosse qui déforme sa cage thoracique. Il s'ausculte du bout des doigts, découvrant deux côtes fracturées. Il gonfle sa poitrine en guettant le bruit que produit sa respiration. Si ça se met à siffler en bout de course, cela voudra dire qu'un éclat d'os a perforé le poumon. Walls vide lentement sa poitrine. Rien à signaler non plus. C'est au moment où il tente de se redresser que le coup de poignard survient. Une lame glacée qui lui transperce l'abdomen. Rassemblant son courage, il palpe la région douloureuse. Son ventre est tellement tendu qu'il a l'impression d'effleurer une plaque de marbre abandonnée en plein soleil. Walls se mord les lèvres. Une hémorragie interne. Rien de mortel pour le moment mais ça ne va pas durer.

L'archéologue rampe vers la trousse de secours dont il défait les velcros. D'abord une injection pour soutenir le cœur. À la lueur de sa lampe frontale, il s'injecte une seringue de potassium directement à travers ses vêtements. Il grimace en sentant le liquide se répandre dans ses artères. Son cœur a retrouvé un rythme soutenu et régulier mais il sait qu'il n'a réglé qu'une partie du problème. Il faut à tout prix s'occuper à présent de sa tension artérielle qui ne cesse de chuter. Il fouille de nouveau dans la trousse de secours à la recherche des poches à sang et déballe un nécessaire à perfusion qu'il relie à un tuyau de plastique avant de s'enfoncer l'aiguille biseautée dans une veine. Puis il ouvre le régulateur de la perf au maximum et retombe sur le dos. Il est à bout de forces.

38

Walls avait rejoint El Paso à bord d'une Toyota de location. Là, il s'était rabattu sur un motel crasseux au bord du Rio Grande où l'avaient rejoint les membres de son équipe.

En les attendant, il avait étudié les documents expédiés par Clayborne. Un pavé ficelé par des élastiques dont l'archéologue avait feuilleté les pages en sirotant des litres de café. Il avait tiré les stores et avait punaisé aux murs des cartes du désert et des relevés satellites, ainsi qu'une série de croquis reproduisant les fresques découvertes dans les *kivas* apaches.

La première scène représentait un lac aux eaux profondes et glacées. Pour accentuer cette impression, les chamans avaient choisi un pigment d'un bleu très foncé. Au-delà, l'artiste avait enduit la roche avec un pigment noir comme du cirage. Walls avait reconnu une vieille technique néolithique suggérant que la scène décrite marquait le commencement du monde et qu'au-delà s'étendaient les ténèbres. Un concept que l'on retrouvait sur quantité de cartes maritimes datant de cette époque pas si lointaine où certains pensaient que la Terre était plate et que les océans bordant la vieille Europe s'achevaient par des gouffres sans fond.

Sur les croquis suivants, un torrent échappé du lac se transformait peu à peu en un large fleuve qui traversait des terres fertiles avant de se jeter dans la mer. À force de recoupements, Walls avait fini par identifier le tracé du Mississippi dont seules quelques portions avaient été explorées par le conquistador Francisco Vásquez de Coronado à l'époque où ces fresques avaient été dessinées. À cette nuance près que ce n'étaient pas seulement quelques boucles du fleuve que les chamans avaient reproduites, mais bien la totalité de son cours sur plus de trois mille kilomètres, depuis les chutes Saint-Antoine au centre de l'actuel Minneapolis, jusqu'au golfe du Mexique. Or si l'on savait que les Indiens précolombiens utilisaient déjà certaines parties du fleuve comme voie navigable, on n'en avait jamais découvert le moindre tracé.

Ayant déballé son ordinateur portable, Walls y avait entré les méandres reproduits sur les croquis pour les comparer à l'itinéraire actuel du Mississippi afin de dater l'époque que ces fresques décrivaient. Il avait regardé le fil bleu du fleuve se tordre sur l'écran à mesure que les processeurs remontaient le temps. Ses yeux s'étaient arrondis en découvrant la réponse. La position du delta, beaucoup plus à l'est de son emplacement actuel, la forme des *ox-bows*[1], ainsi que le tracé correspondaient à un dépôt alluvionnaire datant du paléolithique moyen, soit plus de 150 000 ans avant notre ère. Or les vestiges les plus anciens d'une occupation précolombienne des rives du Mississippi remontaient tout au plus à 11 000 ans. Ce qui ne pouvait signifier que deux choses : ou bien Walls était en face du plus grand canular scientifique du siècle, ou bien des êtres préhistoriques lointains avaient effectivement occupé les berges du fleuve sous la forme d'une civilisation suffisamment évoluée pour en remonter le cours sur plus de trois mille kilomètres afin d'en dresser un tracé le plus précis possible. Ce qui impliquait qu'ils en avaient une utilisation assez importante pour justifier ce travail de titan. À moins que le fleuve n'eût été pour eux une sorte de divinité comme c'était le cas pour les

1. Les *ox-bows* ou « bras morts » désignent des sortes de lacs en arc de cercle proches du Mississipi qui se sont formés à la fermeture naturelle d'un méandre, c'est-à-dire d'un virage du fleuve qui a disparu tandis que le lit se modifiait.

Indiens Algonkins qui lui avaient donné son nom, *Misi Sipi* signifiant « le grand fleuve » dans leur dialecte. Ou pour les Sioux qui l'appelaient *Ne Tongo*, « la grande rivière ». Ou, bien avant eux, les mystérieux Mound Builders[1], ces bâtisseurs de montagnes qui l'avaient baptisé *Meschacebe*, « le Père des Eaux »...

Plus troublant encore, tout le long du tracé, plusieurs lieux étaient indiqués par des pétroglyphes. Le premier désignait un endroit au sud de Minneapolis, au confluent du Mississippi et du fleuve Minnesota. Il représentait deux croissants de lune encadrant un ser-

1. La mystérieuse civilisation précolombienne des Mound Builders (littéralement « bâtisseurs de tumulus ») a vécu entre le bassin du Mississippi et la côte est des États-Unis et était essentiellement composée des Indiens Adenas et Hopewells. Ils avaient pour coutume d'élever de gigantesques tertres, soit en forme de tumulus funéraires, soit en forme de pyramides, soit encore en forme d'animaux. Certaines de ces « constructions » sont tellement immenses qu'il a fallu attendre la naissance de l'aviation pour se rendre compte qu'il ne s'agissait pas de collines naturelles mais bien de tertres érigés par la main de l'homme. Un exemple de ces ouvrages titanesques est le grand champ de tertres découvert à Newark, qui s'étend sur plus de onze kilomètres carrés et dont le plus grand, uniquement visible du ciel, représente un oiseau mesurant plus de 360 mètres de diamètre. Un autre exemple est la Great Hopewell Road, sorte de voie sacrée s'élevant vers les airs et bordée de deux murs. Elle mesurait pas moins de 100 kilomètres de long pour 60 mètres de large et s'achevait sur un tertre aussi grand que celui de Newark. On s'est beaucoup interrogé sur la fonction de ces tertres. Certains chercheurs y ont vu des lieux de culte, d'autres des observatoires célestes, d'autres encore des « lieux de transmission cosmique ». La brillante civilisation des Mound Builders a soudainement disparu bien avant l'arrivée des conquistadors, sans laisser de traces écrites ni de messages à la postérité, et surtout sans que personne ne comprenne pourquoi ils avaient entrepris de tels ouvrages.

pentin bleu que Walls avait reproduit à son tour sur un bloc.

Le pétroglyphe suivant se trouvait à trois cents kilomètres au sud du premier, à la jonction exacte du Mississippi et du fleuve Wisconsin. Plus au sud, au confluent du Père des Eaux et de la Rock River, un autre signe indiquait un lieu habité par le même peuple. Descendant le long des méandres, le doigt de Walls s'était encore arrêté à la rencontre avec le fleuve Iowa, à New Boston dans l'Illinois, puis, une centaine de kilomètres plus bas, au confluent du Mississippi et de la rivière Des Moines, à Keokuk. Walls avait ensuite relevé deux autres pétroglyphes très rapprochés au nord de l'actuelle ville de Saint Louis, à la jonction avec les fleuves géants Illinois et Missouri, là où, gonflé par leurs eaux glacées, le Père des Eaux s'élargissait à perte de vue. Et ainsi de suite : confluent du Mississippi et de l'Ohio à Fillmore dans le Kentucky. Jonction avec le fleuve Arkansas à Arkansas City, avec la Yazoo River à Vicksburg, et avec la rivière Ouachita juste avant Baton Rouge. Puis la Red River dans le comté de Concordia. Ensuite La Nouvelle-Orléans, le delta du Mississippi et le golfe du Mexique. À cet instant, un nom étrange s'était mis à clignoter quelque part au fond de l'esprit de Walls : les Gardiens des Fleuves.

Le dernier croquis semblait indiquer l'emplacement d'un lieu sacré au nord du Mexique : une Mesa frappée du même pétroglyphe en croissant de lune que ceux qui marquaient la rencontre du Mississippi avec ses principaux affluents, comme si les Gardiens des Fleuves avaient été obligés de se réfugier là. Allongé dans sa chambre à El Paso, Walls s'était demandé quel cataclysme des êtres en apparence aussi évolués avaient dû fuir pour accepter de s'éloigner à ce point du lit du fleuve et se perdre au milieu d'un des déserts les plus arides de la planète.

39

Walls se réveille en sursaut. Quelque chose de velu frétille sur son épaule. Il gifle la bestiole qui atterrit un peu plus loin. Une mygale géante du Mexique. Il tend l'oreille et capte des frottements soyeux qui se répandent dans la caverne. Braquant le pinceau de sa torche frontale, il inspecte la dune le long de laquelle il a glissé avant que le canot de sauvetage ne s'immobilise au bord du rio souterrain. Son sang se glace dans ses veines. D'innombrables cloques de sable sont en train d'éclore et de laisser échapper de grosses boulettes velues. Walls respire plusieurs fois à fond pour ne pas céder à la panique : la dune est un gigantesque nid de mygales qui se réveillent à la tombée de la nuit. Pour le moment, elles se regroupent et projettent de minces filets de toile corrosive dans l'obscurité afin d'emprisonner les insectes qui rampent sur le sable.

Sans quitter les araignées des yeux, Walls fouille dans la trousse à pharmacie et s'injecte deux doses de morphine. Les tout derniers rayons du soleil qui effleurent les falaises de la Mesa embrasent d'un seul coup la caverne, si bien qu'il en distingue à présent chaque recoin. Elle est beaucoup plus grande qu'il ne l'avait imaginé. Un gigantesque dôme pour une gigantesque tombe. Walls aperçoit des squelettes poudreux abandonnés sur le sable. Des cuirasses de conquistadors, des casques bosselés et des hallebardes rouillées. Plus loin, d'autres restes humains sont vêtus de lambeaux d'uniformes sudistes. D'autres encore arborent les sombreros et les tuniques crasseuses des soldats mexicains du XIXe siècle. À une cinquantaine de mètres de Paddy, un dernier groupe de cadavres vient d'attirer l'attention de Walls : une dizaine de corps désarticulés, reliés les uns aux autres par une corde et dont l'équipement ne laisse aucun doute sur ce qu'est devenue la première expédition envoyée par Clayborne. L'archéologue frémit en constatant que les malheureux ont été à moitié dévorés par les mygales. À force de scruter les parois de la grotte dans la lueur éclatante du crépuscule, il vient de se rendre compte que chaque trou rocheux abrite des grappes d'araignées. Il déglutit péniblement. Ce n'est pas seulement la dune qui sert de nid mais la caverne. Peut-être même la Mesa tout entière.

Walls renverse la tête et suit des yeux le rio qui traverse la grotte. Il vient de repérer une brèche à travers laquelle les eaux glacées se jettent dans les profondeurs de la Mesa.

40

Les mygales géantes se sont regroupées en boules compactes pour fuir la lumière. Les parois de la caverne brillent de mille feux mais l'archéologue sait que le phénomène crépusculaire ne va pas durer. Déjà, le soleil est en train de disparaître de l'autre côté des falaises.

Walls se redresse en grimaçant et se dirige vers l'équipement dispersé autour du cadavre de Paddy. Il trouve bientôt ce qu'il cherche. Un cylindre en fibre de carbone contenant trois cents mètres de câble de nylon renforcé et muni d'un harnais. C'est cet outillage de dernier recours que les alpinistes en difficulté utilisent pour descendre des parois après avoir jeté le reste de leur matériel. Walls boucle le harnais autour de sa taille. L'équipement pèse trente-cinq kilos, lui quatre-vingts. Il lui reste à choisir au maximum vingt kilos de matériel. Walls sélectionne une trousse de secours légère, un piolet et quelques rations de nourriture sous vide ainsi que deux batteries neuves destinées à sa torche frontale. Il ajoute une boîte de bâtons de signalisation au phosphore pour baliser sa descente, puis, surveillant du coin de l'œil les mygales qui recommencent à s'agiter, il se penche avec précaution au-dessus du vide.

Ça sent le froid et la glace. Ça semble si profond que la cascade ne fait aucun bruit en tombant. Walls tire sur la mèche d'un bâton de signalisation dont l'extrémité s'enflamme. Aveuglé par la lumière orangée, il le laisse tomber et regarde son sillage incandescent dessiner des arabesques lumineuses en tournoyant dans les ténèbres. Bientôt, la boule de flamme n'est plus qu'un point minuscule qui clignote et s'éteint.

Walls se retourne. Agitant furieusement leurs crochets, un petit groupe de mygales dressées sur leurs pattes arrière viennent de tomber sur les poches de sang qu'il s'est injectées. Elles savent à présent qu'un organisme plein de jus et de muscles est tombé dans la caverne pendant qu'elles dormaient. Elles gigotent en tous sens pour attirer leurs congénères. Les parois de la grotte vomissent des milliers d'araignées qui se laissent tomber sur le sable. Walls n'a plus le choix. Il enfonce un piton dans une veine rocheuse auquel il fixe l'extrémité du câble de nylon. Puis, ayant testé l'efficacité de son bloqueur, il bascule prudemment dans le vide et laisse filer une dizaine de mètres de câble. Il gifle fébrilement ses épaules pour se débarrasser des mygales qui se sont sacrifiées en se jetant dans le gouffre. Une pluie de corps velus le frôle. Puis les araignées semblent renoncer. La nuit est tombée sur la Mesa. Mais c'est une autre nuit, éternelle et profonde, qui se referme sur Walls à mesure qu'il s'enfonce dans les profondeurs de la terre.

41

Suspendu au câble de nylon qu'il déroule mètre après mètre en relâchant son mousqueton de freinage, Walls scrute les parois qui se découpent dans la lueur de sa lampe frontale. Cela avait commencé par un léger scintillement dans l'obscurité, comme si le faisceau rebondissait sur des veines de diamants emprisonnés dans la roche. Au fur et à mesure qu'il descendait, Walls avait senti le froid s'intensifier. Il avait d'abord mis cette sensation sur le compte de sa blessure, puis il avait aperçu d'étranges bouffées de brume qui s'entortillaient autour du pinceau lumineux de sa torche. Il lui avait fallu quelques secondes pour comprendre que c'était son propre souffle qui fumait dans l'air froid. Les parois du gouffre avaient ensuite semblé se rapprocher et les yeux de Walls s'étaient arrondis en découvrant le spectacle de ces immenses falaises de glace plongeant dans l'abîme.

Stoppant sa descente, l'archéologue s'immobilise dans un claquement de mousqueton. À côté de lui, la cascade semble s'être figée en dessinant de gigantesques spirales d'eau gelée dans les ténèbres. Il s'apprête à reprendre sa descente lorsqu'il réprime un cri en apercevant un visage grimaçant prisonnier de la paroi. Des morceaux de givre se sont pris dans la barbe du malheureux dont les doigts crispés semblent griffer la glace.

Walls règle la puissance de sa torche au maximum. Partout où se pose son regard, il aperçoit à présent des dizaines de visages et de corps immobilisés dans des positions étranges. Un vaste cimetière peuplé de fantômes flottant éternellement dans la glace. Des croix métalliques et de lourds médaillons luisent faiblement au milieu des sabres et des arquebuses dont l'acier s'est cristallisé sous l'effet du froid. Plus bas, l'archéologue croit distinguer des carcasses d'animaux et des cadavres d'Indiens. Des Apaches précolombiens, à en juger par leur tenue et leurs armes rudimentaires. On dirait qu'ils reposent là depuis des siècles. Leurs corps sont extrêmement déformés et leurs membres se sont incurvés en même temps que leur visage s'aplatissait sous le poids de la glace. D'autres cadavres d'Indiens émaillent la descente de Walls dans les profondeurs de la Mesa. Des corps de plus en plus tordus et noircis par le froid. Partout aussi, des araignées prises dans la muraille transparente, des milliers de petites boules noires tombées dans le gouffre au fil des siècles.

Un signal sonore s'échappe du dérouleur. Fébrile, Walls interroge le compteur relié au cylindre : plus que dix mètres de câble. Cinq. Deux. Le filin se bloque en butée. Walls braque le pinceau de sa lampe vers le bas.

Au loin, la lumière rebondit le long des falaises qui paraissent se rejoindre en un goulet étroit. Il laisse échapper un soupir qui se transforme instantanément en buée. Il ne peut pas remonter, la batterie entraînant le moteur du cylindre est pratiquement à plat. Il ne peut pas non plus continuer à descendre au piolet. Pas avec une hémorragie interne. Laissant échapper un rire clair, il songe un instant à la surprise qu'auront les archéologues du XXXVe siècle en découvrant son cadavre gelé suspendu dans le vide. Alors, comprenant qu'il n'a pas le choix, il fait claquer la sécurité de son baudrier et, sans un cri, il écarte les bras et se laisse tomber dans le gouffre.

42

Walls rouvre les yeux. Il vient de s'offrir la glissade la plus longue de toute sa vie. Il interroge sa montre dont l'altimètre est resté coincé sur une pression de 1 100 millibars. Il se souvient vaguement qu'au moment où il s'était décroché de son harnais, l'aiguille indiquait 1 037 millibars. Il doit donc se trouver à présent à plus d'un kilomètre sous la surface. Ce qui signifie qu'il a sans doute continué à glisser longtemps le long du goulet pendant qu'il était inconscient. Walls sent la douleur mordre son ventre et son bassin. La bonne nouvelle, c'est qu'il ne s'est rien cassé de plus. La mauvaise, c'est qu'il est toujours en train de se vider.

Walls se refait un shoot de morphine et se redresse péniblement. Le plafond de glace est si bas qu'il peut à peine se tenir debout. Au loin, il croit distinguer l'entrée d'une grotte. Il la franchit en se tenant aux aspérités et découvre une vaste salle dont les parois ont visiblement été taillées par la main de l'homme. Ça se voit aux arêtes tranchantes et régulières que les siècles ont progressivement émoussées. À l'autre bout de la salle, un nouveau passage dont le sommet est arrondi en linteau. Walls promène ses doigts sur les montants et croit distinguer des inscriptions très anciennes gravées dans la roche. Des lignes qui s'entrecroisent comme des veines.

La grotte suivante est tout en longueur, comme un couloir. Des niches à taille humaine ont été creusées dans les parois. Protégées par des rideaux en peau effilochés par le temps, elles ressemblent à des couchettes d'équipage disposées le long des coursives d'un sous-marin.

Promenant le pinceau de sa lampe à l'intérieur de l'une d'elles, Walls se fige en y découvrant un très vieux squelette allongé en chien de fusil. Les ossements ont été parfaitement conservés par le froid. Il examine les articulations. Les indices d'usure osseuse et la taille de ses os correspondent à une adolescente de douze ou treize ans. Elle était morte sans blessure ni fracture apparente. Walls avance la main et effleure le bassin de la jeune fille. Les os se désagrègent sous ses ongles comme s'il caressait une sculpture de sable. Apercevant un bol de terre cuite entre les mains du squelette, il le soulève et le porte à ses narines. Une couche de pâte bleu sombre, durcie et craquelée, recouvre le fond. L'archéologue en gratte la surface et renifle son doigt. Il grimace. Ça empeste le lys et le moisi. Une odeur de poison. Tout son organisme le lui hurle tandis qu'il s'apprête à le porter à ses lèvres.

Walls repose délicatement l'ustensile au milieu de la poudre d'ossements. Avançant le long du couloir, il constate que toutes les autres niches abritent au moins un squelette. Certaines contiennent des restes de corps enchevêtrés : des couples enlacés dans les ténèbres, des mères et des enfants dont les phalanges sont restées soudées dans la mort. L'archéologue frémit. Un suicide collectif. C'est ce qu'il vient de comprendre en apercevant partout le même bol contenant la même pâte bleutée et odorante. Des époux assassinant leur femme tout en l'embrassant sur les lèvres. Des mères donnant à leurs enfants une cuillerée de poison en les serrant contre elles. Les mains sur la bouche pour lutter contre la nausée, Walls allonge le pas. Il faut à tout prix qu'il quitte cet endroit au plus vite.

À mesure qu'il avance en se tenant au mur pour ne pas s'évanouir, il se rend compte qu'il est en train de perdre la notion du temps. D'après sa montre, cela fait un peu moins de vingt minutes qu'il est entré dans la première grotte. Pourtant, il a l'impression d'errer depuis des jours dans ce dédale rocheux. Il est persuadé à présent que ce complexe souterrain a été bâti à partir de cavités existant à l'état naturel que ces êtres préhistoriques ont élargies et reliées entre elles par un réseau de galeries percées de puits d'aération. Des grottes hyperprofondes qui devaient se situer, à l'époque, tout au fond d'un gigantesque canyon, et dont les entrées avaient ensuite été obstruées par les glissements de terrains successifs et la lente dérive des plaques continentales. Jusqu'à ce que rien ne subsiste de cet accès, hormis la crevasse qu'il avait empruntée.

Walls vient de déboucher dans une salle si vaste qu'il en distingue à peine les contours. Sentant quelque chose de râpeux agripper ses semelles, il baisse les yeux et constate que le sol est entièrement recouvert de plantes d'un bleu profond flottant à la surface d'un océan de feuilles lourdes et grises. Le même parfum entêtant de vieille roche, de lys et de terre humide emplit la caverne. L'arôme est si épais que Walls a l'impression de respirer un liquide. Mais là où il alertait ses sens dans le souterrain mortuaire, il semble ici apaiser son esprit et détendre ses muscles.

Walls constate qu'au fil des siècles les plantes ont entièrement recouvert les parois et colonisé le plafond. Seul un alignement de stèles rectangulaires semble avoir échappé à cette invasion de matière vivante. Écoutant les feuilles se briser comme du verre sous ses semelles, il marche jusqu'à la première dalle. Depuis qu'il respire les vapeurs minérales qui flottent autour de lui, la douleur est en train de céder du terrain.

43

Walls s'immobilise devant la première stèle dont le sommet le dépasse d'une tête. La dalle est parfaitement lisse. La froideur du marbre, le toucher poudreux du calcaire et la dureté du granit. La brillance du diamant aussi. Walls retire brusquement sa main. Un instant, il a eu l'impression que la dalle qu'il caressait s'était mise à respirer. Ou plutôt qu'elle devenait molle sous sa paume comme si sa propre chaleur avait commencé à la ranimer. Walls pose à nouveau le bout des doigts sur la pierre. On dirait de la peau. Plus étrange encore, il est bien obligé d'admettre qu'il est en train de sourire comme un môme et qu'il se sent non pas joyeux ou apaisé, mais heureux. Si heureux, en fait, qu'il ne se souvient pas de l'avoir été aussi pleinement depuis ses huit ans, sur les bords de la rivière Pearl. Ce jour-là, son grand-père lui avait fait manquer l'école et ils étaient partis tous les deux dans le vieux pick-up Ford cabossé. Le sourire de Walls s'élargit. Et puis soudain ses lèvres s'agitent et il se surprend à raconter à voix haute cette scène surgie de son passé.

— Gordon Tête de Bois, si tu vas tous les jours à l'école, tu vas devenir un crétin de la vie, nom de Dieu ! Moi, je vais t'apprendre les choses qui comptent vraiment, comme fumer du sureau ou pêcher la truite à la mouche.

— Ça mange des mouches, les truites, papy ?

— Oui, mais nous on va leur donner des mouches qui ne se mangent pas. C'est comme ça qu'on va les avoir. Et après, on les fera cuire sur une pierre chaude. Ça non plus, tu sais pas faire, hein ? C'est à cause de l'école. Ça fabrique des crétins en costume qui ne savent plus acheter que de la truite sous cellophane. C'est ça que tu veux pour toi plus tard, Gordie ? De la truite sous cellophane ?

— Non, papy.

— Promis ?

— Promis.

Walls essuie une larme. Une toute petite larme pleine de regrets. Il avait totalement occulté ce jour de bonheur parfait avec son grand-père. C'était une semaine avant que le vieil homme ne sombre dans le coma et depuis, il n'était jamais retourné au bord de la rivière. C'est cette image qui se dessine devant ses yeux à mesure que ses doigts effleurent la pierre molle et chaude : le pick-up escaladant la dernière côte et le ruban doré de la Pearl apparaissant à travers les arbres… Il entend la brise dans les aiguilles de pins, les clapotis de la rivière. À ses côtés, son grand-père déplie sa canne télescopique et fixe un vieux moulinet dont le mécanisme cliquette dans le silence. La silhouette du vieil homme est encore transparente mais ses contours et le paysage qui l'environne se remplissent peu à peu de couleurs.

— Hé ho, Gordie-boy, tu crois vraiment que les truites s'attrapent en rêvant ?

Les paupières de Gordon clignent dans les reflets chatoyants du soleil. Il a neuf ans. Il est nu sous son short et un de ses orteils pointe à travers le tissu déchiré de ses baskets.

Debout sur la berge, son grand-père dessine de drôles de huit dans les airs en donnant des petits coups de poignet pour imprimer le bon mouvement à la canne. Gordon suit des yeux la fausse mouche aux couleurs vives que le vieil homme a fixée au bout de la ligne. La bestiole en plastique frôle la surface sans jamais s'y poser. Elle la longe et la survole, semble s'arrêter un moment tout au bord de l'écume, puis redécolle et se repose plus loin, avant de reprendre ses cabrioles.

— Tu piges, Gordie ? C'est exactement comme quand tu racles la crème du lait à la surface de ton bol. Si tu racles trop fort, la crème s'effiloche et tu peux toujours courir pour la rattraper avant qu'elle ne coule au fond. Eh ben, la mouche, c'est pareil. Il ne faut pas effilocher l'écume parce que les mouches ne font jamais ça. Et si toi tu le fais, les truites, qui sont des malignes, vont savoir que t'es qu'un môme qui va perdre son temps à l'école au lieu d'apprendre les choses vraiment importantes.

— Et le cacao ?

— Quoi le cacao, Gordie ?

— Le cacao dans le lait, c'est la même chose ?

— Pardi oui ! Sinon, ça fait des grumeaux.

Le sourire du grand-père s'élargit comme s'il repensait soudain à une bonne blague.

— Nom de Dieu, bonhomme, c'est ça, t'as pigé ! Il ne faut jamais faire des grumeaux à la surface d'un fleuve, sinon les truites se tordent les arêtes de rire en te regardant agiter ta canne comme un charretier.

Le vieil homme plonge ses yeux noirs dans ceux de Gordon qui y surprend un éclair de fierté.

— Dis donc, Gordie, t'es beaucoup moins con que ton père, tu sais ça ? Il a fallu que je lui explique pendant des jours ce que toi, tu as compris en quelques secondes. Le cacao ? Sacré Gordie-boy ! Maintenant qu'on sait que tu as autre chose que du beurre de cacahuètes dans les méninges, il faut que tu me promettes de ne pas aller à l'école plus de deux jours par semaine.

— Promis, papy.

— Sinon, tu vas devenir un de ces crétins en costume qui pissent dans les fleuves.

Gordon déglutit sa salive. Son grand-père l'observe à la dérobée.

— Tu n'as jamais pissé dans les fleuves au moins ?

— Non, papy, jamais.

— Juré ?

— Euh… les rivières, ça compte ?

— Sacrebleu, Gordie, bien sûr que ça compte ! On ne pisse pas dans les fleuves ni dans les rivières !

— Pas même dans les ruisseaux ?

— Pas même dans les ruisseaux, bonhomme. Tu imagines un peu si les truites venaient chier dans ton lit ?

— Et cracher, on peut ?

— Ah ça oui, cracher, on peut.

Et tous deux se mettent à cracher en ricanant comme des gamins. Soudain le grand-père redevient sérieux et, reprenant les mouvements souples de son poignet, il dit d'un air mystérieux :

— Au fait, Gordie, tu as déjà bu l'eau des fleuves ?

— Non, papy, maman dit que c'est sale.

— J'aime bien ta mère. C'était une chic fille quand elle était petite mais depuis qu'elle vit avec ton père, elle dit des conneries. C'est la pisse qui est sale, pas l'eau des fleuves. Il faut que tu boives maintenant, fils. Il faut que tu laisses le fleuve entrer en toi.

Le grand-père pose sa canne et s'accroupit pour recueillir un peu d'eau dans le creux de ses mains. Il fait signe à Gordon de s'agenouiller à côté de lui.

— Sens-moi ça, Gordie.

44

Gordon approche ses narines des vieilles mains toutes ridées. Au fond du creuset qu'elles forment, un peu d'eau terreuse tente de s'échapper à travers les doigts serrés. Quelques gouttes claquent à la surface du fleuve tandis que l'enfant se penche pour renifler l'eau entre les mains de son grand-père. Une forte odeur de cuir et de résine envahit ses sinus. L'odeur du vieil homme. Gordon se penche encore pour capter les autres parfums.

— Alors, Gordie, tu sens ?

— Oui, papy. Ça sent l'eau.

— Mon cul, bonhomme, ça c'est une réponse d'écolier. C'est comme si tu me disais que la fleur, ça sent la fleur ou que la merde, ça sent la merde. L'eau, c'est seulement ce qui fixe et transporte les odeurs du fleuve. Pareil pour l'alcool dans un parfum. Sans l'alcool, les odeurs s'envolent. Avec l'alcool, elles restent et tu ne sens plus l'alcool. Tu piges ou t'es con ?

Piqué au vif, Gordon respire un peu plus fort les effluves qui s'échappent des mains de son grand-père. Il entend sa grosse voix danser dans la brise.

— L'odeur des fleuves, c'est la somme de toutes celles que l'eau emporte avec elle en longeant tous les endroits que le fleuve longe. Toutes les rives, tous les affluents, toutes les villes et les routes. C'est ça que tu dois sentir avant de boire, Gordie. Sinon, c'est comme si tu buvais de la pisse. Mais fais vite parce que les odeurs s'envolent et l'eau meurt si on la garde trop longtemps entre les doigts.

Gordon ferme les yeux et inspire de toutes ses forces. Ça sent la terre, les pierres chaudes, les algues et le limon. Peu à peu, les odeurs du fleuve que ses narines décomposent se transforment en images d'autres endroits que son cours a traversés avant d'arriver jusqu'ici. Des rives boisées qui embaument l'anis et le pignon de pin, des champs qui sentent le blé et le maïs, des rives bordées d'autoroutes qui empestent le bitume et les vapeurs de gasoil. Une rive brumeuse et inaccessible se dessine dans un bras mort du fleuve. Il fait nuit dans cette odeur-là. La lune brille. Gordon aperçoit un enchevêtrement de branches et de racines qui encombrent le rivage. Ça sent la mousse et les algues pourries mais une autre odeur flotte à la surface de cette image, une odeur métallique sur laquelle Gordon ne parvient pas à mettre un nom. Pourtant, il en connaît la saveur. Un goût de chair et de vieux clou rouillé.

Gordon sent les doigts râpeux de son grand-père se poser contre ses lèvres. L'eau du fleuve entre dans sa bouche. Il avale l'une après l'autre les odeurs et les images. Il grimace en sentant le lointain goût du gasoil envahir ses sinus. Arrive ensuite l'odeur métallique qu'il reconnaît enfin. Il l'a eue en bouche chaque fois qu'il s'est coupé avec un canif, chaque fois qu'il a sucé son doigt blessé pour laver la plaie avec sa salive. Le goût du sang. Alors, dans l'image de cette rive brumeuse qui accompagne cette odeur, Gordon aperçoit un corps prisonnier de l'enchevêtrement de branches mortes. Celui d'une fillette à la chair noire et décomposée qui flotte entre deux eaux. C'est là que celui qui l'a massacrée sur le chemin de l'école a dissimulé son cadavre.

La fillette regarde Gordon de ses yeux vitreux. Ses doigts mous comme des algues semblent lui faire signe de la rejoindre. Gordon laisse échapper un hurlement d'effroi. Il sent au loin les bras noueux de son grand-père qui le secoue. Il rouvre les yeux. Le bourdonnement des insectes. La rive. Les reflets du soleil à la surface mouvante du fleuve. Le cadavre de la fillette a disparu.

45

Les joues baignées de larmes, Walls continue d'effleurer la stèle au fond de la grotte remplie de fleurs. Il se souvient qu'en l'entendant crier, son grand-père avait goûté l'eau à son tour et que son visage était devenu blême. Après l'avoir réconforté, il avait ramassé sa canne et avait recommencé à balader sa mouche au-dessus du fleuve. Ils étaient restés un long moment silencieux, puis les larmes de l'enfant avaient séché. Sans quitter le fleuve des yeux, le vieil homme avait dit :

— Pardon, Gordon. Je ne savais pas qu'il y avait du sang dans cette eau-là.

— Cette fillette, elle est morte ?

— Pour sûr elle est morte, petit. Mais si ça se trouve, c'était il y a des années. L'eau des fleuves se souvient longtemps de ces choses-là. C'est ça aussi, les odeurs qu'elle transporte. Ce sont les souvenirs du fleuve. Tu crois que tu pourras garder tout ça dans un coin de ta tête, Gordie ?

— Tu veux dire comme un secret ?

— Oui, petit, c'est ça. À moins que tu ne veuilles qu'on t'enferme chez les fous et qu'on te sangle sur un lit pour te faire avaler des petites boules roses. Allez, fils, c'est à toi maintenant.

Le vieil homme s'était placé derrière Gordon et avait enveloppé les petites mains dans les siennes pour guider le mouvement de la canne. Ils étaient restés un long moment à regarder la mouche en plastique virevolter au-dessus de l'écume, puis Gordon avait vu des petites gueules pleines de dents acérées crever la surface.

— Les truites, papy ! Elles sont là !

— Je les vois.

— Pourquoi elles ne mordent pas ?

— Elles mordent, fils. Mais comme je n'ai pas mis d'hameçon, elles ne risquent rien.

Gordon s'était tourné vers son grand-père qui souriait derrière lui.

— Comment tu veux qu'on les attrape, alors ?

— Je ne veux pas qu'on les attrape. Je veux d'abord t'apprendre. Ensuite, quand tu auras le vrai bon mouvement, je mettrai un hameçon et on dégustera une de ces demoiselles sur une pierre chaude.

Un autre silence. Le clapotis du fleuve. Le parfum de l'herbe mouillée.

— Dis, papy, il y avait une autre odeur dans l'eau. Une odeur toute proche.

— Une odeur de soufre et de paille, hein ? Sacré Gordie. Ça, c'est parce que le fleuve longe sur des kilomètres les plantations du vieux Barney, de l'autre côté de la colline. Tu as aussi senti le goût de bonbon acidulé derrière ? (Il avait haussé le ton.) Ça c'est parce que ce vieil imbécile de Barney répand de l'engrais à base de sulfate d'arsenic sur sa paille ! Comme ça, il empoisonne les vaches, les hommes et les poissons en même temps. Tu piges, Gordie ? Barney est allé à l'école toute son enfance. C'est là qu'on lui a appris qu'une terre engraissée donne quatre fois plus de paille. C'est pour ça que c'est devenu une saleté d'empoisonneur. Mais crois-moi, bonhomme, il ne l'emportera pas dans la tombe, son foutu pognon de pollueur d'eau, foi de Gardien des Fleuves.

Walls tressaille dans la pénombre. Ses doigts griffent la chair molle de la stèle. Il vient brusquement de se rappeler le tatouage que son grand-père avait à l'avant-bras. Un très vieux tatouage à moitié effacé par le temps et les rides. Deux croissants de lune encadrant un serpentin d'eau bleue. Walls s'en souvient d'autant mieux qu'il avait toujours ce tatouage sous le nez quand le vieil homme guidait sa main pour imprimer le bon mouvement à la canne. Les

Gardiens des Fleuves. Ce n'était pas pour rien que ce nom avait resurgi dans sa mémoire lorsqu'il avait baptisé les membres de ce clan étrange qui avait creusé toutes ces grottes au bord du Mississippi. C'était inscrit en lui depuis son enfance. Depuis ce jour où son grand-père l'avait initié sur les rives de la rivière Pearl. Tout partait de ce jour et tout y revenait. Même le fait qu'il se retrouve ici, au fond de ce gouffre, en train d'effleurer cette stèle. Walls en était à présent persuadé, c'était ce lieu qui l'avait attiré à lui, réduisant peu à peu son existence à un ensemble de cercles de plus en plus serrés dont les Gardiens des Fleuves étaient le centre. Il se souvient qu'il s'était tourné vers son grand-père pour lui demander :

— Dis, papy, c'est quoi un Gardien des Fleuves ?

— Un quoi, tu dis ?

— Un Gardien des Fleuves. C'est ce que tu viens de dire.

Le grand-père avait regardé son petit-fils avec une drôle de lueur dans les yeux. Puis il lui avait ébouriffé les cheveux avant de répondre :

— Vraiment pas la moindre foutue idée de ce dont tu parles, Gordie. Arrête quand même le cacao dans le lait, si tu veux mon avis.

Puis il avait détourné le regard. Mais juste avant ça, Gordon avait capté la flammèche de malice qui s'était mise à briller dans les vieilles pupilles.

Les voix s'éloignent. L'image s'estompe. Le silence. Walls aspire les odeurs bleues qui l'environnent. Il n'a plus mal. Il ne saigne plus. À présent, il sait que, comme les fleuves se jettent dans la mer, il est au bout de la route. L'embouchure du fleuve Walls.

46

Walls vient d'atteindre la dernière salle. Une lueur spectrale imprègne l'atmosphère immobile et poussiéreuse. Il fouille des yeux la pénombre. La lueur semble provenir de partout. Puis il comprend que c'est la salle elle-même qui luit et que les êtres préhistoriques ont choisi cet endroit pour ses roches phosphorescentes. Un lieu de réunion. Ou plutôt un lieu de culte à en juger par les innombrables fresques qui ornent les murs. Des marches taillées dans les parois forment un gigantesque escalier circulaire qui escalade la grotte et se perd dans l'obscurité.

Walls avance avec précaution dans le sable mou qui tapisse le sol de la grotte. Depuis quelques secondes, le pinceau de sa lampe semble rebondir contre une sorte de prisme qui en réfléchit la lumière et la décompose de plus en plus fortement à mesure qu'il s'en rapproche. C'est gros, rectangulaire et transparent. Ça scintille de mille feux. Un monolithe de glace parfaitement taillé dont la surface renvoie la lumière comme les facettes d'un diamant.

Les roches phosphorescentes semblent s'éteindre progressivement à mesure que le monolithe se met à briller. On dirait que c'est vivant, que ça se réchauffe, que ça irradie de plus en plus fort. Walls n'est plus qu'à quelques mètres lorsqu'il croit distinguer une forme prisonnière de l'objet. Il reconnaît les contours d'une silhouette humaine assise en tailleur. Une très vieille femme momifiée dont le visage, figé par le froid, est resté parfaitement intact au fil des siècles. Elle est assise là depuis des temps immémoriaux, contemplant le vide et le noir de ses yeux entrouverts. Ceux qui l'ont murée dans ce tombeau de glace ont pris soin de lever ses mains, paumes tournées vers l'extérieur. Un pendentif orne son cou : une larme d'ambre scintillant telle une goutte d'or dans les reflets de la lampe.

Walls pose les doigts sur la surface glacée du monolithe. Des flaques de couleurs éclaboussent son esprit. De grands arbres moussus et odorants. Leur base est noyée dans une mer de fougères acérées de piquants. Très loin au-dessus, leur cime disparaît dans un enchevêtrement de branches si épais que le ciel semble être fait de bois. Une forêt aux premiers âges du monde. Un parfum d'écorce et de champignon flotte dans le filet d'air frais qui enveloppe le visage de Walls. Il sent les aiguilles de pins sous sa peau nue et sale. Une plaque de lichen sous son ventre. Il a l'impression que ses membres s'allongent, que ses muscles se recouvrent de chair et que sa peau devient dure comme du cuir. Les battements de son cœur ralentissent. Il respire mieux, plus profondément, plus librement. Un corps d'athlète, plein de vie et de force. Walls sourit en s'enfonçant dans les ténèbres : il vient de retrouver un souvenir dans cet esprit qui n'est pas le sien. Un souvenir tout frais qui date de quelques heures. Deux corps en sueur enlacés devant les flammes d'un feu de camp. Sa main se referme sur un sein presque adolescent. Une très jeune femme se serre contre lui. Elle vient tout juste de fêter son dix-septième hiver et porte en pendentif une larme d'ambre qui scintille à la lueur du foyer. Il sent ses doigts agiles guider son sexe dans le sien. Il s'enfonce doucement dans ce ventre chaud. La jeune femme gémit, elle a mal, il se calme. Ses mouvements se font plus lents, plus profonds. La jeune femme se cabre et s'arrondit. Il sent son sexe se resserrer autour du sien. Elle se redresse et lui mordille l'oreille. Posant une main sur les lèvres de sa compagne pour étouffer ses cris, il jouit en elle. Puis leurs deux corps retombent et roulent sur le côté. La jeune femme se love contre lui. Ses seins et ses aisselles exhalent un parfum d'anis. Elle murmure le prénom de son amant.

47

— *Eko ?*

Le chasseur endormi laisse échapper un grognement sourd. Il s'est assoupi à même le sol, le visage contre la terre humide pour éviter que la brume de son souffle ne trahisse sa présence. Ça sent la mousse, la résine et les cendres froides. L'aube aussi, cette odeur toute particulière qui accompagne chaque matin la mort des ténèbres. Une odeur sucrée faite de fleur qui s'ouvre, de pierre et de rosée. Père ne va plus tarder à se lever, sa lumière blanche embrasant les grandes plaines. Pour l'instant, il est encore de l'autre côté de la courbure de Mère, et seul un fin maillage de rayons argentés colore peu à peu l'obscurité. Eko va s'assoupir de nouveau lorsqu'il sent des ongles s'enfoncer dans la chair de son épaule. La voix qui murmure à son oreille est chargée de peur.

— *Eko ! Akiami nak akila ! Lekek slalom !*

Lekek slalom. Les loups approchent. Le chasseur sursaute, ses muscles se bandent. Il ouvre les yeux. Une lueur grise filtre à travers les arbres. Eko tend le bras et pose sa paume sur les braises qu'il a recouvertes de terre quelques heures plus tôt. Le feu est froid. Pourtant, ça sent encore le chaud, ou plutôt le grillé, la viande grillée et froide. C'est ce fumet que Neera a senti dans son sommeil. Elle s'est réveillée en sursaut quelques minutes avant lui. Quelques minutes trop tard.

Fouillant les cendres, les doigts d'Eko se referment sur un morceau d'os recouvert de viande terreuse. Il tente de l'enfouir plus profondément mais il sait que cela fait des heures que l'odeur s'élève au-dessus du campement avant de se diluer dans les courants d'air qui parcourent la forêt. Eko s'en veut. Ils se sont tellement aimés, Neera et lui, qu'ils se sont endormis sans même s'en rendre compte.

Cela faisait quatre jours qu'ils fuyaient sans relâche en remontant vers le nord avec d'autres chasseurs. Ils étaient les seuls survivants de la première tribu du clan de la Lune. La tribu de Neera.

Cela avait commencé, au dernier quart de la lune, par une pluie de fin du monde qui s'était abattue sur les grandes plaines. Un déluge si puissant qu'un chasseur se tenant dessous ne pouvait apercevoir sa main levée devant ses yeux. Il avait plu ainsi durant une semaine, puis la pluie s'était arrêtée aussi vite qu'elle avait commencé, et, sous l'épais couvercle de nuages noirs, les phénomènes étranges s'étaient multipliés.

Les chauves-souris qui partageaient les grottes de la tribu s'étaient mises à attaquer les femmes et les enfants, se prenant dans les tignasses et mordant les gorges. Si bien que, la mort dans l'âme, ceux de la Lune avaient dû se résoudre à les combattre par le feu et les flèches. Puis c'étaient les papillons qui avaient semblé perdre la raison un soir de festivités où l'on avait allumé de grands feux dans les défilés gardant les grottes de Neg. L'air s'était mis à vibrer comme si des millions d'ailes le battaient en même temps. Les gardes avaient fait rentrer les enfants. Les chasseurs de la tribu faisaient cercle autour des flammes en brandissant leur lance. L'armée des phalènes s'était jetée dans les brasiers comme pour les dévorer. Au matin, ceux de la Lune n'avaient retrouvé qu'un épais tapis d'ailes brûlées qui atteignait par endroits la taille des marcheurs.

Quelques heures avant le grand malheur, ce sont les abeilles qui avaient été touchées par le mal étrange. Peu après l'aube, ceux de la Lune étaient allés récolter le miel dans les troncs creux qui servaient de ruches aux insectes sacrés de Gaïa. Ils les avaient trouvés vides, hormis quelques cadavres de larves réduites en charpie par des ouvrières devenues folles. Sur le chemin du retour, ils avaient été attaqués par des essaims furieux.

Les survivants de l'expédition avaient rejoint les grottes que les sentinelles avaient calfeutrées, le temps que les nuées d'abeilles qui les poursuivaient se détournent de leurs proies. Terrifiés, ils avaient raconté aux membres du clan qu'ils n'avaient dû leur salut qu'à une harde de cerfs qui avait coupé la plaine, attirant sur eux les insectes affamés.

48

Le soir même, le clan avait été attaqué par une horde d'hommes sauvages venus du nord. Des chasseurs sans âme d'au-delà des brumes, au teint mat et au visage presque rond, qui avaient avancé à couvert derrière les artifices déployés par l'Ennemi. Ils portaient des cuirasses en peau d'ours et maniaient des massues taillées dans des ossements de mammouths. Ils ne parlaient pas la langue des hommes qui pensent. Ils avaient éventré les guetteurs et fendu sans pitié le crâne des enfants endormis. Puis ils avaient massacré les hommes et violé les femmes avant de leur marteler le visage à coups de pierre.

Neera et sa garde rapprochée avaient réussi à s'enfuir par les passages secrets qui serpentaient à travers les souterrains. Ils avaient émergé à une centaine de mètres du Grand Fleuve et, depuis, ils fuyaient en marchant au bord des ruisseaux et en brouillant leur piste comme seuls savent le faire ceux de la Lune. Ils ne s'étaient arrêtés que de brèves minutes, le temps d'apaiser les cognements de leur cœur et de soulager leurs muscles douloureux. Ils avaient pris garde de ne pas imprimer la boue ni de casser la moindre brindille. Ils avançaient vite, aussi vite que ceux de la Lune pouvaient le faire.

Au crépuscule du deuxième jour, lorsqu'ils avaient atteint la lisière de la forêt de Kaïrn, Neera et ses gardes avaient longuement reniflé les vents contraires et avaient compris que les hommes sauvages avaient définitivement perdu leur trace. Depuis, seul le hurlement lointain des loups déchirait le silence. La forêt était si épaisse qu'il n'y pleuvait jamais. Avançant au milieu des arbres géants et des murailles de ronces, ceux de la Lune en avaient scruté le sommet à la recherche de Père. Mais, ses rayons ne parvenant pas à percer le bouclier de branchages, Père était resté invisible.

Le lendemain, à l'aube, Eko avait interrogé dans leur langue un merle des bois et deux énormes chouettes qui rentraient de la chasse. Rien n'avait bougé depuis la veille aux lisières de la grande forêt, hormis un vol de corbeaux qui avait soudain décroché du ciel et une meute de grands loups qui remontaient vers le nord. Trop épuisée, Neera n'avait pas réagi tandis qu'Eko traduisait les trilles du merle. Maintenant, c'était trop tard.

Eko regarde les cendres froides. C'est lui qui avait eu cette idée stupide du feu pour essayer d'oublier la pluie, le froid et les hommes sauvages. Et pour mieux voir la peau cuivrée de Neera en lui faisant l'amour. Après, ils avaient dévoré quelques morceaux de viande dont l'odeur avait attiré les loups.

Son esprit s'échappant au-dessus des arbres, Neera était entrée dans la peau du chef au moment où la meute pénétrait dans la forêt. Elle avait senti ses pattes trempées se poser sur la mousse. C'était un grand loup noir, très maigre et très musclé. Levant sa gueule hérissée de crocs, il avait reniflé le mince fumet de viande en suspension dans l'air et détecté le parfum d'une autre chair, plus juteuse et plus tendre. Le grand loup connaissait cette odeur. Il y avait rarement goûté mais cette chair était si délicieuse qu'il ne se souvenait pas d'en avoir dévoré de meilleure. Cela tombait bien. La chasse de la nuit avait été maigre.

Neera avait tressailli en entendant gronder l'estomac du fauve. Reniflant la viande, il avait vidé sa vessie sur un tapis de mousse, un jet d'urine foncée et fumante qui avait fait gémir les autres loups. Les jarrets frémissants, le chef avait ensuite agité son fouet pour intimer l'ordre à la meute de se disperser. Les loups s'étaient remis en mouvement, glissant entre les arbres sans faire plus de bruit qu'une armée de fantômes. C'est à ce moment que Neera s'était réveillée en sursaut.

Un craquement de branche morte au loin. Neera se raidit et retient Eko qui tente de se redresser.

— *Eko ! Arkan kiel anlat siom !*

— *Kielo Neera, Eko kan.*

— *Nak kielo ! Eko nak kan !*

Neera est furieuse. Elle a peur. Eko plonge son regard dans les yeux de la jeune femme. Il a compris qu'elle doit retourner à l'intérieur d'elle-même pour essayer de savoir ce que veulent les loups. C'est à cet instant qu'une Aïkan est la plus vulnérable, quand son esprit s'envole et que son corps demeure seul et vide. Il ne faut pas alors que son cœur s'arrête, au risque que son esprit erre à jamais à la frontière des mondes.

Neera pose la tête sur l'épaule d'Eko qui lui parle doucement en lui caressant les cheveux. Elle grelotte et effleure la larme d'ambre de son pendentif. Ses yeux se révulsent et deviennent d'un noir profond. Son corps s'alourdit dans les bras du chasseur.

49

Neera est entrée de nouveau dans la carcasse du loup dont le pelage tremble d'excitation. La meute est dangereusement proche à présent. Écarquillant les naseaux de l'animal, la jeune femme repère facilement le parfum de sa propre chair lovée contre Eko. L'odeur de son amant emplit sa gueule de bave tandis que les mâchoires du grand loup claquent dans le vide. Fouillant l'esprit du fauve, Neera n'est pas surprise d'y découvrir des bribes de pensée et des éclats d'intelligence. Elle pénètre au plus profond de la mémoire instinctive de la bête. Le loup a commencé à se souvenir, à sélectionner des images et à les conserver. Il s'est déjà donné un nom. Il s'appelle Kra, un son de gorge qui désigne le feu dans le langage des loups. Pour mieux asseoir son autorité, il a aussi attribué des noms d'odeurs, de viande et de bruits aux membres de sa meute : Grom, Gral, Rumelk, Raan et Rak.

Rak est une femelle, la préférée du chef. Elle et Kra ont échangé de nombreux grognements et des ébauches de raisonnements. Ils réfléchissent, se concertent. Rak aime follement Kra. Elle porte sa progéniture. Elle est pleine mais pas encore ronde. C'est, de très loin, la plus cruelle de la meute. Neera la sent approcher et renifler le pelage de Kra. La femelle gronde en mordillant l'échine du chef qui la repousse d'un coup de mâchoire. Elle a repéré la présence de Neera. Elle n'est pas seulement rusée, elle est devenue intelligente. La peur s'empare de la jeune femme. Elle sait qu'il n'y a aucune pitié à attendre d'un tel mélange de méchanceté et de malice. Ne voulant pas déplaire à Kra, la femelle s'éloigne. Il lui a promis la première morsure, la première viande. Rak a choisi le filet de senteur bleue qui embaume l'urine claire et le sang de la reproduction : l'odeur de Neera. La louve a compris qu'en mordant le corps allongé qui répand cette odeur, elle libérera Kra de la chose qui est entrée en lui. Elle marche à présent à quelques centimètres du chef. Elle attend, elle est prête.

L'esprit de Neera s'enfonce toujours plus profondément dans celui du fauve. Elle franchit la masse compacte des émotions primitives, de la colère et de la peur. Loin en dessous, elle perçoit les souvenirs anciens de la bête. Des images qui datent de l'époque où il n'était encore qu'un loup. C'était il y a deux jours. Depuis, il est devenu autre chose. Neera se concentre. Pour espérer combattre ce qui approche, elle a besoin d'en connaître la nature exacte. Elle trie mentalement les images qui se bousculent dans la mémoire primitive du fauve. Elle se fige.

50

La mémoire du loup est pleine d'images grises et floues. Ce ne sont pas ses souvenirs. Les cavernes de Neg. Neera aperçoit les enfants de la tribu, leurs petits corps brisés sous les fourrures trempées de sang. Elle voit aussi des hommes égorgés, le visage défoncé à coups de massue. Partout, des femmes hurlent et se débattent. Neera gémit de douleur. Elle vient de reconnaître sa sœur triplée Ekla, une Aïkan comme elle. L'adolescente se débat de toute son âme contre un être beaucoup plus fort qui l'écrase et l'étouffe. Les yeux du sauvage fouillent ceux d'Ekla tandis qu'il plonge une lame dans ses chairs et l'éventre. Neera sent une forte odeur de sang et de tripes envahir ses narines. Elle essaie d'échapper à ce souvenir. Elle n'y parvient pas.

Se détournant du cadavre d'Ekla, le sauvage a levé les yeux. Dans les souterrains de ceux de la Lune, des torches éclairent d'autres sauvages étendus sur d'autres victimes. Une corne résonne dans les profondeurs de la grotte. Les assaillants viennent de se rendre compte qu'une jeune Aïkan et sa garde se sont enfuis par les souterrains. Le chef des sauvages se relève et s'élance dans les galeries en hurlant et en fendant l'air de sa masse. Il a peur.

Une autre image se profile dans l'esprit du loup. Les hommes sauvages ont débouché à l'air libre près du Grand Fleuve. Leur chef hume les courants d'air. Ses narines dilatées captent le parfum d'une femme et l'odeur musquée de plusieurs hommes adultes. Il décompose l'odeur de la femelle. Encadrée par ses gardes du corps, elle court. Le filet odorant qu'elle laisse dans son sillage sent la sueur, la peau et le sexe féminin. Le cœur du sauvage cogne dans sa poitrine. Il lève sa massue et désigne la direction qu'ont prise les fuyards.

Neera se cramponne à la mémoire du loup. Cela fait des heures que les sauvages essaient de rattraper les fugitifs. Ils savent qu'ils ont perdu. Furieux et terrifié, le chef est en train de renifler une touffe d'herbe lorsque retentissent les croassements d'une bande de corbeaux. L'assassin d'Ekla lève les yeux vers le ciel cotonneux. Une douleur épouvantable vrille son cerveau. Le sang gicle de sa bouche et de ses narines tandis qu'il tombe à genoux dans l'herbe humide. Autour de lui, les chasseurs de son clan s'effondrent les uns après les autres.

Neera voit le sol s'éloigner. Elle sent des excroissances cartilagineuses pousser aux extrémités de sa conscience et se recouvrir de plumes. Ses lèvres durcissent, s'allongent et se recourbent avant de s'entrouvrir et de laisser échapper un long croassement. Le vent effleure son plumage. Ça sent la charogne et la fiente. Partout, l'air vibre du froissement des ailes et du cri des oiseaux.

À travers les yeux du chef des corbeaux, Neera aperçoit au loin les corps des hommes sauvages étendus dans la plaine. Son instinct lui intime l'ordre de se jeter sur ces proies faciles mais quelque chose est entré dans son esprit qui le force à obliquer vers le nord. L'oiseau laisse échapper un nouveau croassement auquel répond un déluge de cris rauques. Il vire lentement, commandant la manœuvre à son armée dont l'orbe mouvante oblique avec lui dans la bonne direction. Très loin devant eux, des formes grises galopent dans la plaine. Plus loin encore, le corbeau aperçoit la muraille vivante de la grande forêt que les humains appellent Kaïrn. La chose qui a pris possession de son esprit lui ordonne de rattraper les formes avant qu'elles aient atteint les arbres. Le corbeau ne sait pas pourquoi. Son cerveau primaire s'est déjà mis à saigner. Il ne parvient pas à comprendre les images qui se bousculent dans son esprit. Les corbeaux sont des animaux trop simples. La chose qui s'est emparée de lui le sait mais elle n'a pas eu le choix : elle ne peut pas errer sans enveloppe sous la lumière de Père.

Un claquement humide dans les méninges du corbeau. Des grumeaux de sang s'échappent de son bec. Les muscles de ses ailes tendus à se rompre, il perd de l'altitude. La chose est furieuse. Elle s'est dispersée dans l'esprit des autres oiseaux pour multiplier ses chances de survie mais les moins résistants chutent déjà. Coupant la route des volatiles, une meute de loups vient de surgir d'un alignement de cavernes. Le corbeau agonisant vire sur l'aile, imprimant à la bande de volatiles un dernier mouvement dans leur direction. Puis la chose se détache de son esprit tandis que les corbeaux décrochent du ciel et rebondissent comme des pierres sur le sol.

51

Neera est arrivée au bout des images. Les souvenirs les plus récents sont si neufs qu'ils ne sont pas encore complets dans l'esprit du loup. Ils n'ont pas plus de quelques heures. Certains datent de quelques minutes. D'autres ont à peine quelques secondes d'existence. Ils se construisent peu à peu, difficilement, comme si le loup, ou plutôt la chose qui contrôle le loup, peinait à comprendre ce qui se passe. Mais les images se remplissent, c'est indéniable. Il faut que Neera fasse vite avant que, passant ces derniers souvenirs en revue, la chose ne comprenne que le loup et elle ne sont plus seuls.

Neera sursaute. Elle vient de repérer la chose tout au fond de l'esprit de l'animal. Ça palpite et grandit. On dirait une sphère orangée prise dans les méninges de la bête. C'est brûlant, sombre et lumineux comme une boule de lave. Neera se fige en sentant le mal absolu s'échapper de la sphère. Elle sait à présent que c'est l'Ennemi qui approche du campement et qu'elle ne doit pas combattre les loups comme des loups, mais comme les porteurs de cette force qui les anime et les tue à petit feu.

Le vieux chef s'est arrêté. Il hume l'air immobile. La louve s'avance et plonge son regard dans celui de Kra. Elle le renifle et lèche sa truffe. Un grognement roule le long de sa gorge. Neera capte ce son dont les vibrations passent à travers la sphère et se transforment en mots rudimentaires dans l'esprit du loup.

— Pourquoi Kra s'arrête ?

Kra couine de douleur. Chaque mot déclenche de nouveaux saignements à l'intérieur de son crâne. Sa gueule s'entrouvre pour laisser échapper un grondement de colère.

— Paix, Rak ! *Melk grom !* Méchants mots !

La sphère projette une grande flaque de lumière dans l'esprit du loup. La brûlure devient insupportable. Le fauve a tellement mal qu'il a parlé loup au milieu des mots-sons. La louve incline la tête et regarde Kra de ses grands yeux jaunes.

— *Melk grom, Kra ?*

Les nouvelles vibrations se propagent dans le cerveau du fauve. Le vieux chef essaie de répondre mais il n'y parvient pas. Il saigne. Il est en train de mourir. Neera envoie mentalement un message à la louve. Elle lui dit que les humains sont armés et qu'il faut rebrousser chemin avant qu'il ne soit trop tard. La louve renifle la fourrure de Kra. Son poil se hérisse. Un grondement sourd s'échappe de sa gueule.

— Qui est dans Kra ?

La chose qui a pris le contrôle du loup est inquiète. Elle ne comprend pas pourquoi elle ne parvient plus à communiquer directement avec son esprit. Elle analyse les senteurs que la louve vient à nouveau de capter à la surface de la fourrure du chef : une odeur humaine, une odeur de femme. Les babines de la louve se retroussent brusquement mais les puissantes mâchoires du loup se sont déjà refermées sur sa gorge. Les crocs du fauve s'enfoncent dans les cartilages et les tendons. Un filet de sang chaud se répand sur la truffe. Le reste de la meute se regroupe. Il faut faire vite. Tandis que Neera intime au mâle l'ordre d'achever sa femelle, elle capte fugitivement la peine qu'il ressent en égorgeant celle qu'il aime. Des bulles de souvenirs s'échappent de ses méninges. Des odeurs d'herbe trempée, de viande fumante et d'aube illuminant les grandes plaines. Des senteurs de tanières, d'urine et d'excréments. Leurs propres odeurs se mêlant tandis qu'ils s'unissaient. Des souvenirs de loup.

La femelle gémit. Elle supplie Kra d'épargner les louveteaux qu'elle porte. Les yeux baignés de larmes dans les bras d'Eko, Neera sent les crocs du vieux mâle se rejoindre à travers les chairs de la louve agonisante qui s'effondre sur un lit de feuilles mortes.

52

Les autres loups se sont regroupés et reniflent tour à tour le cadavre de la louve. Rumelk, le plus jeune et le plus musclé, lève des yeux brillants de haine vers le chef qui tremble d'épuisement.

— Rumelk tuer Kra, *melk grom shek tah !*

Shek tah. L'injure suprême dans la langue des loups. Les mots-sons qui désignent les loups mangeurs de loups. Le crime absolu. Le vieux fauve cherche une réponse dans le répertoire de son instinct. Il refuse d'utiliser les mots que la chose tente de lui faire prononcer. Il s'efforce de trouver les sons qui feront comprendre à Rumelk qu'il n'a pas voulu ça. De pauvres sons font vibrer sa gorge, évoquant des odeurs de larmes, de glace et de regrets. Il ne veut plus lutter, il veut mourir. Neera se concentre pour envoyer un ordre mental puissant et définitif dans l'esprit de Rumelk. Le jeune loup qui allait bondir recule en grondant comme s'il avait reçu un coup sur la truffe. Neera maintient sa poussée en introduisant dans son esprit des messages de menace et de stress. Elle redessine ses souvenirs, gomme l'image de Kra égorgeant la louve et la remplace par une autre dans laquelle le vieux loup défend sa femelle contre les trois derniers fauves de la meute. Rumelk laisse échapper un formidable hurlement de colère en se jetant sur eux. Surpris, le premier n'a même pas le temps de comprendre l'attaque : avant qu'il ait pu réagir, les mâchoires de Rumelk se sont refermées sur sa nuque qu'elles brisent d'un seul coup.

Le vieux chef se couche sur le sol. Le pelage trempé de sang, Rumelk vient d'égorger le dernier loup. Il hurle à la mort en bondissant dans les broussailles. Neera l'entend se perdre vers le cœur de la forêt. Le fauve n'a pas résisté à la pression. À moitié fou, totalement désorienté, il va se terrer dans un trou et se laisser mourir de faim et de soif.

Le vieux loup a rendu l'âme. La sphère n'est plus qu'une boule de cendres. Un filament s'en échappe et s'élève dans l'air humide. Neera la laisse faire. Elle sait qu'elle ne peut pas tuer la chose et que celle-ci ne tardera pas à se trouver un autre porteur au milieu de cette forêt pleine de vie. L'esprit de Neera se détache de celui du loup. Sa substance rampe entre les fougères odorantes et les branches basses, jusqu'à son propre corps qu'elle aperçoit, au loin, entre les bras d'Eko. Les autres chasseurs de sa garde ont été réveillés par les hurlements des loups. Formant un cercle de leurs lances, ils ont ranimé le feu qui éclabousse les arbres.

Neera reprend possession de son enveloppe. Elle rouvre les yeux. Eko la regarde. Il sourit.

— *Lekek mork, Eko.*

— *Hak saÿ Neera. Lekek mork.*

Eko passe la main sur le front de la jeune femme. Elle lâche le pendentif qui retombe sur sa peau.

— *Neera melk horm. Neera lek nor.*

Eko a raison. Neera est épuisée. Rassurée par les bras musclés du chasseur, la jeune femme ferme les yeux et sombre immédiatement dans un profond sommeil.

53

Les crépitements du feu s'estompent. Le parfum des grands arbres et des fougères se dilue. Walls émerge peu à peu de sa transe. À l'intérieur du monolithe, la momie le contemple de ses yeux couverts de givre. Tout au fond de lui s'est mise à enfler une tristesse plus immense encore que le chagrin qu'il avait ressenti lorsque sa mère était morte sous ses yeux, emportée par un cancer alors qu'il n'avait que treize ans. Un sentiment de tristesse aussi vieux que le monde, comme si toute la souffrance passée de l'humanité se répandait dans ses veines. Puis, d'un seul coup, sans qu'il cherche à les retenir, de grosses larmes pleines de sel et de regrets jaillissent de ses yeux. Ses lèvres tremblent. Le cœur d'Eko galope dans sa poitrine. Ses ongles griffent la glace tandis qu'une voix grave et mélodieuse roule dans sa gorge et se mêle à sa propre voix.

— *Neera nak melk horm. Neera mork. Eko em Neera.*

Ainsi Neera, la dernière Aïkan du clan de la Lune, reposait-elle ici depuis la nuit des temps. La mort l'avait trouvée là, figeant son souvenir dans la glace en même temps que celui de son amant.

À mesure que l'esprit d'Eko se réveille, Walls sent ses doigts franchir la surface du monolithe et entrer dans la masse pleine et gelée. Il a l'impression que des larmes brillent dans les yeux de la momie. Neera lui sourit, elle le reconnaît. Les doigts de Walls s'enfoncent plus profondément à l'intérieur du bloc qui se referme autour de ses poignets et de ses avant-bras. Ses mains entrent en contact avec celles de la momie. Sa peau est si chaude. Neera est heureuse. Elle a retrouvé Eko. Ils unissent leurs forces. Ils savent que le Grand Ravage qu'ils avaient combattu à l'époque se répand à nouveau comme un océan de brume. C'est pour cela que Walls a été envoyé dans les entrailles de la terre : pour se souvenir.

Neera a fermé les yeux. Elle n'est plus qu'une forme sombre assise au cœur de la glace. Walls contemple le pendentif en larme d'ambre qui scintille dans sa paume. S'éloignant du monolithe, il gravit marche après marche l'immense escalier de pierre qui s'élève le long des murs jusqu'au lointain sommet du dôme.

À mesure qu'il s'en approche, des courants d'air frais effleurent son visage. Il n'a plus peur. Il monte les milliers de marches qui le ramènent lentement à la surface. Dehors, il le sait, le Grand Ravage a commencé.

54

Walls a atteint le sommet de l'escalier. L'ambre de Neera semble respirer contre sa peau. C'est chaud, plein, puissant. Le vent tiède de la nuit l'enveloppe de ses parfums de pierre et de cactus. Il regarde le ciel étoilé. Une lueur rose se découpe au-dessus de l'horizon. Il se tient au centre du gigantesque cirque qui compose l'intérieur de la Mesa. Il s'assied sur le sable tiède. De seconde en seconde, le ciel s'éclaircit. Walls sourit. Il va attendre l'aube ici. Il a le temps. Un autre parfum emplit ses narines, une odeur de fleuve et de truites. Le clac-clac d'un moulinet. Un friselis d'air dans les buissons. Walls baisse les yeux. Son grand-père est assis en face de lui. Ce n'est qu'une silhouette translucide qui laisse passer les rayons de l'aube, mais il est là.

— Pardon, papy. Pardon de t'avoir abandonné.

— C'est pas grave, bonhomme. Ça n'a plus d'importance maintenant.

Walls sent la main de son grand-père se poser sur ses cheveux et aspirer les ondes qui circulent à la surface de son crâne.

— Tu as trouvé ton Gardien des Fleuves ? C'est bien.

— Il s'appelle Eko. Il est très puissant.

— Tu vas bientôt avoir besoin de lui.

— Pourquoi ?

— À cause des loups. Ils veulent ce que tu as trouvé dans le gouffre. Ils t'ont senti au moment où j'ai utilisé le pouvoir pour te parler.

— Je vais venir te chercher, papy.

— Alors, il faut que tu fasses vite.

Un mouvement. Des pas s'éloignent sur le sable. L'odeur des fleuves se dissipe. Walls rouvre les yeux. Il est seul. Le soleil se lève à présent au-dessus de la Mesa. Le cœur d'Eko bat lentement dans sa poitrine, son sang pulse dans ses artères. Il est heureux de revoir Père.

V

QUI NOUS TUE ?

55

Quatre heures du matin. Une odeur de boue et de sang envahit la gorge de Marie. Elle rouvre les yeux à l'arrière d'un bolide qui fonce sur un pont cerné de vagues immenses. Les gifles de la pluie sur le pare-brise, le battement des essuie-glaces, le rugissement du moteur. Marie tente de remuer mais un bras musclé la retient contre la banquette. Elle a onze ans, elle est triste et terrifiée. Elle tente de regarder par-dessus l'épaule du colosse en manteau blanc assis à ses côtés. Son visage est recouvert d'une capuche. Quand il se tourne vers elle pour la réconforter, Marie n'aperçoit que ses yeux brillant de malice et de gentillesse. Un elfe. C'est à cette conclusion qu'elle est arrivée en sentant son pouvoir et sa bonté. Elle s'apprête à parler lorsqu'elle se rend compte que l'elfe échange des pensées avec deux autres hommes installés à l'avant. Les mains crispées sur le volant, celui qui conduit a les yeux fermés. Pourtant il anticipe à la perfection les obstacles et les mouvements du pont. Le troisième se concentre de toutes ses forces. Il s'appelle Elikan. Ses yeux sont blancs tant la poussée qu'il expédie est puissante. Il enveloppe le bolide d'un épais brouillard mental, comme s'il cherchait à échapper à la vigilance de quelqu'un. Le pilote freine en sentant le gouffre qui est en train de s'ouvrir dans le tablier du pont. Cédant sous la furie des vagues, la structure lâche, projetant quarante mètres de béton dans le lac déchaîné. Le moteur rugit tandis que le pilote écrase puis relâche l'accélérateur au point mort. À ses côtés, Elikan demande en pensée :

— Qu'est-ce que tu glandes, Kano ?

— À ton avis ?

Les yeux révulsés d'Elikan redeviennent normaux. Il vient de comprendre la situation. Ceux de Kano sont toujours clos. Il n'a pas besoin de voir, juste de sentir les mouvements du pont sous les pneus du bolide. Il enclenche la marche arrière. La voiture patine un moment, puis ses pneus mordent à nouveau l'asphalte. Kano sourit. Il cherche à battre de vitesse les lézardes qui font craquer le tablier. Sans même se retourner, il fonce en arrière sous les rafales de pluie. L'elfe serre un peu plus Marie contre lui pour qu'elle n'aperçoive pas la crevasse qui bondit à la rencontre de la voiture. Ça gagne du terrain. Sans accorder une seconde d'attention à la nouvelle portion de pont qui s'effondre, Kano exécute un tête-à-queue et enfonce la pédale d'accélérateur. Marie se mord les lèvres. Les tronçons cèdent les uns après les autres au fur et à mesure que le bolide avance. On dirait que les vagues et le lac cherchent à anéantir la voiture et ses occupants. Le sourire de Kano s'élargit. Plus que quelques centaines de mètres. Le dernier tronçon se met à tanguer sous les roues. Des lanternes au loin. Une barrière fracassée et une ligne de gyrophares bleus. Kano relâche un poil les gaz, le temps de ramener un peu d'air dans les compresseurs, puis il écrase de nouveau la pédale. Le capot du bolide se soulève tandis que l'aiguille du compteur bondit. Cent mètres. Cinquante. Vingt. Marie étouffe un hurlement en entendant le pont craquer et les derniers piliers se tordre comme du plastique fondu. L'elfe se penche vers elle. Les yeux brillant de malice, il dit :

— N'ayez pas peur, Mère. Kano est un crétin mais il sait conduire.

Marie se réveille en sursaut et étouffe un gémissement de terreur. Le bruit du vent dans les arbres. Elle est assise sur la balancelle dans la véranda de sa maison, à Hattiesburg. Il fait nuit. Un mauvais goût de viande froide et de gin tapisse ses papilles. Elle frissonne en repensant aux hommes en blanc. Les enfants d'Old Haven. Elle n'a pas oublié leurs prénoms. Elle interroge les chiffres lumineux de sa montre. 4 h 10. Peu à peu, les battements de son cœur ralentissent. Elle regarde la lueur de la lune se refléter sur l'océan de sapins qui s'étend à perte de vue. Les branches oscillent sous la brise. On dirait des vagues avançant en bruissant à mesure que les arbres se courbent et se redressent. Marie boit une longue gorgée de café froid. La fin de la nuit. Pas besoin de boire le jour. Elle savoure cet état cotonneux qu'elle a entretenu toute la soirée chez les Bannerman, en sirotant son whisky et en écoutant Abby et le gros se chamailler sur la cuisson des patates. Bannerman ne lui avait posé aucune question, jusqu'à ce qu'il la dépose chez elle sur les coups de deux heures du matin. Juste avant qu'elle ne descende de voiture, il avait dit :

— Ça va ?

— Tant qu'on n'en parle pas.

Reniflant, il avait encore demandé :

— Comment tu as trouvé le rôti ?

— Sincèrement ?

— Sincèrement.

— Je ne connais aucun porc qui mérite ça.

Il avait souri en enclenchant la marche arrière. Marie avait regardé les phares s'éloigner, puis elle s'était emmitouflée dans plusieurs couvertures avant de s'installer sur la terrasse pour étudier le dossier faxé par Crossman. C'est à ce moment-là qu'elle avait piqué du nez et s'était retrouvée assise à l'arrière du bolide.

56

La nuit est en train de blanchir. La forêt est passée en sommeil paradoxal. Elle rêve. Marie se blottit sous les couvertures et commence à lire les rapports émanant des polices américaine et européenne.

Le premier archéologue assassiné avait été découvert trois mois plus tôt à New York au milieu d'un gigantesque embouteillage à la hauteur du Liberty State Park. Un vieillard retrouvé mort au volant d'un 4 × 4. C'est l'agent Stern, un flic de la police montée, qui avait fait la découverte macabre. Attiré par le concert de klaxons, il avait remonté la circulation avant de mettre pied à terre et de poser les mains contre la vitre fumée. Puis des témoins l'avaient vu blêmir et, après avoir crié quelque chose dans son talkie, il avait explosé une vitre avec la crosse de son arme.

Marie allume une cigarette en sautant plusieurs lignes concernant le bouclage du périmètre de sécurité et la déviation de la circulation. Un peu plus loin, elle tombe sur la déposition du flic. Le gars était salement choqué. D'après lui, le conducteur du 4 × 4 n'était pas encore mort quand il s'était approché. Il était assis au volant et portait ses mains à sa gorge comme s'il cherchait à desserrer le nœud de sa cravate. Pensant que l'homme était victime d'une crise cardiaque, l'agent Stern avait tenté de lui porter secours, mais, lorsqu'il était entré dans le véhicule, il avait eu l'impression que la victime avait vieilli, que les rides de son visage s'étaient creusées et que ses cheveux avaient blanchi. Les yeux de Marie s'arrondissent tandis qu'elle lit la suite de l'entretien entre Stern et un inspecteur du commissariat de la 52e.

— Attendez, je ne comprends pas. L'homme que nous avons retrouvé dans le 4 × 4 avait quoi ? Au bas mot, dans les quatre-vingt-dix ans. On s'est même étonnés de trouver une personne aussi âgée derrière un volant. Et vous dites que quand vous l'avez vu pour la première fois, il était plus… jeune ?

— Oui. Quand je l'ai vu à travers la vitre, le conducteur ressemblait à un mec de quarante ans, mais quand je suis entré dans le véhicule, j'ai eu l'impression qu'il avait pris dix ans en quelques secondes.

— Pardonnez-moi, agent Stern, mais je ne comprends toujours rien à ce que vous dites.

— Moi non plus mais je sais ce que j'ai vu : le gars étouffait et vieillissait à vue d'œil. Je sais que ça a l'air complètement fou mais c'est la stricte vérité : son visage, ses mains, son cou, toute sa peau se creusait, se froissait et se relâchait sous mes yeux.

— Et ensuite ?

— Ensuite il est mort. Ses mains sont retombées sur le volant et il est mort.

— De vieillesse ?

— Arrêtez de vous foutre de ma gueule, inspecteur Calloway. De toute façon, il avait sûrement des papiers. Un permis. Un passeport.

— Non. Par contre, son 4 × 4 est immatriculé à New York et les recherches sont en cours. J'attends les résultats. On a pris aussi les empreintes de votre vieillard. On les comparera avec celles du propriétaire quand on l'aura identifié.

Marie sent l'adrénaline lui picoter les artères. Elle sait qu'elle tient quelque chose de suffisamment costaud pour repousser les assauts de Gardener jusqu'à l'aube. Elle avale une nouvelle gorgée de café et se replonge dans sa lecture.

Intrigué par la déposition de l'agent Stern, l'inspecteur Calloway avait appelé la morgue en attendant les résultats du service des immatriculations. On lui avait passé le légiste de garde qui venait d'autopsier le cadavre. Le médecin avait l'air crevé. Calloway lui avait demandé s'il avait identifié les causes du décès.

— Il est mort de tout, votre vieillard.

— C'est-à-dire ?

— Vous voulez les résultats dans l'ordre ou vous vous en foutez ?

— Je m'en fous.

Il y avait eu un froissement de papiers, puis la voix du légiste avait de nouveau résonné dans l'écouteur.

— Ok. Pour faire simple, votre gars est mort d'un œdème pulmonaire, d'une embolie cérébrale, de plusieurs ruptures d'anévrisme localisées à l'aorte, la veine cave inférieure, l'artère pulmonaire et l'artère cérébrale antérieure. Ouais, partout en fait. Jamais vu autant d'anévrismes de toute ma vie.

— C'est tout ?

— Non. Il est mort aussi d'un cancer généralisé à un stade exponentiel.

— Pardon ?

— Quand je l'ai ouvert, je suis tombé sur des tumeurs grosses comme des melons qui lui ont fait exploser le foie, la partie inférieure des poumons, le lobe temporal gauche, le pancréas et les reins. Mise bout à bout, la masse tumorale de ce type devait avoisiner le tiers de son poids total.

— Vous aviez déjà vu un cas pareil ?

— Vous plaisantez ? À ma connaissance, personne n'a jamais survécu assez longtemps à un cancer pour que le cancer en question en arrive à un tel stade.

— Conclusion ?

— Vous lirez ça dans mon rapport. Gardez-le précieusement car je vais en expédier un double à toutes les communautés scientifiques de la planète. Ça va mettre un de ces bordels !

— Allez, soyez sympa, doc.

— Ok. Je n'ai pas de conclusions. Aucune conclusion scientifiquement raisonnable en tout cas. Par contre, j'ai un avis. Il vaut ce qu'il vaut, c'est-à-dire pas grand-chose.

— Je vous écoute.

— Pour qu'un cancer se généralise à ce point et atteigne un tel stade de lésions tumorales, il faut inverser le raisonnement.

— C'est-à-dire ?

— C'est-à-dire que votre gars ne souffrait d'aucun cancer avant que ce cancer n'apparaisse d'un seul coup et ne se mette à métastaser dans tous les sens en accéléré. Un crabe géant qui l'a dévoré en un temps record.

— Vous avez bu ?

— Non, mais j'y vais de ce pas.

— Donc quoi ? Ce type bossait dans une centrale nucléaire et il s'est fait irradier ?

— Pour arriver à un tel résultat, il aurait fallu qu'il se fasse accélérer les particules directement dans le cœur du réacteur. Non, mon avis, c'est que votre type s'est brusquement mis à vieillir à toute vitesse et qu'il est mort de toutes les raisons que l'humanité a de mourir : la vieillesse, le cancer, la dégénérescence cérébrale et toutes les pathologies associées. Sauf que là, ces pathologies n'ont pu apparaître qu'en quelques minutes. En conclusion, votre macchabée n'existe pas. Scientifiquement, je veux dire.

L'inspecteur Calloway avait jeté un coup d'œil sur l'agent Stern qui souriait de toutes ses dents. Il allait poser une autre question au légiste lorsqu'un fax était tombé en provenance du service des immatriculations. Le propriétaire du 4 × 4 s'appelait Conrad Bishop. Un paléontologue réputé qui travaillait pour l'American Museum of Natural History. Il était âgé de quarante-deux ans. D'après le dossier médical de son assurance, son dernier check-up était normal. Aucune pathologie cardiaque, pas de cancer, pas même un poil de cholestérol. Et, toujours selon le dossier dont le fax crachait les pages au fur et à mesure que Calloway les lisait, les empreintes digitales relevées sur le cadavre du 4 × 4 étaient bien celles de Bishop.

57

Marie lève les yeux du dossier. Elle ne sent même plus le vent frais sur son visage. Elle s'est souvent demandé pourquoi Crossman lui refilait toujours les pires dossiers. Des crimes dont personne ne voulait et qui atterrissaient immanquablement sur son bureau. Elle lui avait posé la question un jour, dans un bar de luxe de Washington à deux pas de la Maison Blanche, où le patron du FBI avait ses habitudes. Elle lui avait demandé pourquoi elle n'avait pas le droit, elle aussi, à un dossier pépère, de temps en temps avec un tueur en série normal, une scène de crime bien propre et des victimes à peine amochées. Crossman lui avait souri par-dessus son verre. Puis, se rendant compte qu'elle était sérieuse, il l'avait mise au défi de lui dire combien de clients étaient présents dans le bar et à quoi ils ressemblaient.

— Vous voulez dire comme dans un test de recrutement ?

— C'est ça, Marie. Je vous laisse trente secondes. Ensuite, vous fermez les yeux et vous me dites comment ils sont habillés, dans quelle position ils sont, à quel endroit ils se trouvent dans la salle. Tous les détails possibles.

Prise au jeu, Marie avait examiné attentivement la salle, puis, au top, elle avait fermé les yeux.

— Alors ?

— La salle est rectangulaire. Environ quarante mètres sur vingt. Plusieurs tables au centre, alignées sur deux rangées. Des tables basses et des fauteuils clubs posés sur des tapis épais. Un bar en acajou massif au fond. Des colonnades sur les côtés abritent des alcôves avec des banquettes à quatre places en vis-à-vis.

— Quoi d'autre ?

— Deux types sont installés au bar. Celui de gauche a la cinquantaine. Léger surpoids. Il porte des lunettes à monture d'écaille, un costume gris et il a mal au dos.

— Comment le savez-vous ?

— Il se tient crispé sur son tabouret. Il a une sciatique. Je m'en suis rendu compte à la façon dont il s'est baissé pour ramasser sa mallette. C'est très risqué comme geste quand on souffre du dos : il ne faut jamais ramasser un objet qui se trouve plus bas que vos pieds, sinon vous risquez de…

— Ensuite ?

— Le gars de droite est plus jeune. La quarantaine, cheveux bruns. Costaud. Il porte des lunettes noires, un costume bleu pâle et un automatique 9 mm sous son épaule gauche. Ça se voit aux plis de sa veste à cet endroit.

— Vous en déduisez quoi ?

— Services secrets. Protection rapprochée de la Présidence.

— N'extrapolez pas, Marie. Restez-en aux faits.

— Mais j'en reste aux faits, monsieur. J'ai couché avec ce con un soir de déprime. Je confirme : il fait bien partie de la garde rapprochée de la Présidence. Je peux même vous dire son prénom. Il s'appelle Ralph. Ou Ruppert, je ne sais plus.

— Ok, épargnez-moi les détails. Quoi d'autre ?

— La salle est vide, hormis une table occupée par un couple affalé dans les fauteuils clubs. L'homme porte un smoking blanc et un manteau de cachemire gris. La femme, une zibeline et plusieurs rangées de perles sur une robe de soirée. Lui boit un Martini avec une olive. Elle, une coupe de champagne clair comme de l'eau. Je me souviens que l'homme a posé son visage dans ses mains et que la femme fume nerveusement des cigarettes colorées. On dirait qu'ils attendent l'heure d'aller au spectacle. Et je pense qu'ils se sont disputés.

— Ok. Vous pouvez rouvrir les yeux à présent.

Marie s'était exécutée et avait avisé les deux hommes au bar. Celui de gauche se massait discrètement les reins en grimaçant. Elle avait adressé un petit signe de la main à celui de droite qui lui avait répondu par un sourire gêné. Le regard de Marie avait ensuite reculé le long de la salle.

— Je confirme pour les deux types au bar. Le couple n'est plus là.

— Vous en déduisez quoi ?

— Qu'ils ont dû partir pendant que j'avais les yeux fermés.

— Non, Marie. En fait, vous m'avez décrit à la perfection Larry et Elena Carthrell, les anciens propriétaires et fondateurs de ce bar. Un couple richissime qui a fait fortune dans les casinos et les magouilles politiciennes.

— Et alors ?

— Alors, ils sont morts assassinés en octobre 1925. Ça répond à votre question ou vous voulez qu'on aille poursuivre le test dans un cimetière ?

58

Marie se replonge dans la lecture du dossier. Dans les semaines qui avaient suivi le décès du professeur Bishop à New York, huit autres victimes avaient été retrouvées mortes dans les mêmes circonstances. Tous des archéologues ou des paléontologues renommés travaillant pour des grands musées nationaux, des universités prestigieuses ou des fondations privées. Certains d'entre eux avaient été découverts dans leurs bureaux, gisant dans des parkings, ou encore foudroyés en pleine rue. Les deux derniers revenaient d'un colloque en Thaïlande et avaient été retrouvés morts dans le compartiment première classe d'un long-courrier, les cheveux blanchis et les traits ravagés par la vieillesse. Lors des autopsies, les légistes avaient constaté les mêmes anévrismes, les mêmes cancers et les mêmes embolies que dans le cas de Bishop. Ils en étaient arrivés aux mêmes conclusions : mort inexpliquée par accélération brutale du processus de vieillissement. Un seul avait ajouté quelques lignes manuscrites sous sa signature : à la base du cou du vieillard qu'il avait autopsié, il avait repéré une petite plaie circulaire qui était progressivement apparue avec la rigidité cadavérique. Dans le doute, le légiste avait procédé à une analyse toxicologique à la recherche d'un poison ou d'une substance mortelle. Sans résultat.

Marie soupire. Rien de ce qu'elle lit ne ressemble à la signature d'un tueur en série. Pas de membre amputé, pas de carotide sectionnée, pas même une toute petite plaie. Hormis, peut-être, les pupilles des cadavres dilatées par l'effroi. Ça, c'était à la rigueur le signe d'un cross-killer. L'ennui, c'est que rien ne démontrait qu'il s'agissait de meurtres. Sauf que... Marie allume une nouvelle cigarette en pestant intérieurement contre les flics de New York. Sauf que des témoins avaient vu un homme en manteau noir descendre de la voiture de Bishop juste avant l'arrivée de la police montée. Les automobilistes en question ayant mis du temps à se manifester, ce détail n'avait été ajouté qu'en fin de dossier. Certains affirmaient que l'inconnu marchait sur le bas-côté et qu'il n'avait fait que se pencher quelques instants à la portière de Bishop. D'autres juraient leurs grands dieux qu'il était bien assis dans la voiture du professeur et qu'il en était descendu quelques secondes avant l'arrivée du policier. Tous s'accordaient en tout cas sur un point : après s'être éloigné de la voiture, l'inconnu en question avait enjambé la rambarde disparu dans Liberty State Park.

Marie revient en arrière et épluche à nouveau les dépositions. Une autre victime, le professeur Karl Christiansen, avait été retrouvée sur une péniche amarrée dans un canal d'Amsterdam. D'après son dossier, c'est dans cette garçonnière flottante que l'éminent paléontologue avait l'habitude de recevoir ses conquêtes. Dans les heures qui avaient suivi la découverte du cadavre, un policier avait recueilli la déposition d'un sans-abri ayant élu domicile sous un pont, à quelques mètres de la péniche. Ce dernier se souvenait d'avoir entendu un bruit de bottes sur la passerelle juste avant l'aube. Il avait émergé de son lit de cartons au moment où une silhouette quittait la péniche. Un homme vêtu d'un manteau noir.

— Vous comprenez, ça m'a intrigué parce que les visites du professeur, c'était surtout des poules de luxe. Pas vraiment des grands gars baraqués.

Marie s'agace. Sous prétexte que le témoin sentait la bière, le flic avait bâclé son interrogatoire. D'après le clodo, quelqu'un attendait l'inconnu. Un gars sur une moto, qui portait un casque, des gants et un blouson de cuir. Ils avaient démarré dans un sifflement de turbo et le sans-abri avait instinctivement baissé la tête quand le phare avait balayé l'obscurité sous le pont.

Marie fait claquer nerveusement le couvercle de son briquet.

Pose la question, nom de Dieu !

Intrigué par les détails que lui fournissait le sans-abri, le flic était revenu en arrière et lui avait enfin demandé s'il n'avait pas repéré quelque chose d'anormal au moment où le gars avait quitté la péniche.

— Anormal ? Vous voulez dire comme un truc qui cloche ?

— Quelque chose comme ça.

— Ouais, mais quand ?

— Comment ça, quand ?

— Avant qu'il monte sur la moto ou après ?

— Disons avant, pendant et après, ça vous va ?

Le sans-abri avait réfléchi un moment avant de se rappeler que l'homme à moto n'était pas arrivé tout de suite et que l'inconnu était d'abord descendu de la passerelle.

— Et alors ?

— Dans la lueur du phare qui approchait, j'ai bien vu le visage du gars en manteau noir. Je peux même vous dire que ça m'a flanqué la plus grosse frousse de toute ma vie.

— Pourquoi ?

— Parce que le visage en question semblait… mort. Oui, c'est ça. Un visage cireux avec des cernes noirs. Et vous voulez que je vous dise le pire ?

— Allez-y, ne vous gênez pas.

— Au moment où le gars allait monter sur la moto, il a levé les yeux et a regardé pile dans ma direction. C'était pas possible qu'il me voie sous mes cartons. Pourtant, je suis sûr qu'il m'a repéré.

— Et à votre avis, s'il vous a vu, pourquoi s'est-il contenté de vous regarder ?

— Parce que c'était pas mon heure.

— Votre heure ?

— T'as pas encore compris, gamin ? Ce gars-là, c'était la Mort en personne. La vieille Faucheuse qui venait chercher sa moisson d'âmes. Sûr que le professeur était sur la liste. Mais pas moi. C'est pour ça que la Mort s'est contentée de me sourire en s'éloignant sur sa moto.

Marie sent son cœur accélérer dans sa poitrine. Elle tient enfin une piste. Elle parcourt rapidement les dernières dépositions en se mordillant les lèvres. Un soupir. Aucun homme en noir n'avait été aperçu sur les autres scènes de crime. Elle allume son ordinateur portable et se connecte à la base de données du FBI. Puis elle entre ses codes d'identification et accède au système de surveillance vidéo de l'ensemble des sites sensibles sur le territoire américain. Elle sélectionne l'aéroport de Los Angeles et fouille les archives à la recherche du rapport de surveillance vidéo pour la soirée du 12 octobre à partir de 21 heures, heure à laquelle le vol Thaï Airways 6514 s'était posé en provenance de Bangkok.

Caméras de la passerelle de débarquement. Plan fixe sur la porte de l'avion. Marie fait défiler la bande en accéléré. Les derniers voyageurs débarquent. Quelques secondes de plan vide. Un mouvement à l'intérieur de l'avion, un ballet d'hôtesses et de stewards affolés. Quelqu'un décroche un téléphone. Le commandant quitte son cockpit et se dirige vers l'arrière : l'équipage vient de découvrir les deux cadavres. Marie imagine la panique des hôtesses en constatant que ce sont des vieillards alors que les deux passagers qu'elles ont vus monter à Bangkok étaient des quinquagénaires bronzés et en pleine forme. Rien d'autre. Elle passe aux enregistrements du hall de débarquement et scrute la foule des passagers épuisés.

Tu t'attends à quoi, Marie ? À voir la Mort récupérer son sac de sport avant de sortir pour aller fumer une clope ?

Marie s'apprête à accélérer le défilement lorsqu'elle repère un homme qui traverse le hall. Il est vêtu d'un manteau de cuir noir et d'une capuche de jogging. Elle stoppe l'image et zoome sur l'inconnu. Quelque chose scintille entre les pans de son manteau. On dirait un insigne officiel. Marie passe aux images suivantes. Comme elle s'y attendait, le type se dirige droit sur les douaniers auxquels il tend sa plaque. Le fonctionnaire lui fait signe de passer. L'homme disparaît derrière les vitres opaques du hall principal.

Mince alors, la Mort est un agent du gouvernement ! Quel scoop !

Passant aux rapports d'enregistrement des caméras du hall principal, Marie ouvre plusieurs fenêtres et lance les séquences captées par les différents objectifs. Elle regarde l'inconnu traverser le hall.

Allez, sois sympa, montre-moi ta gueule...

L'homme en noir franchit les portes vitrées de l'aéroport. Une dernière caméra l'accroche tandis qu'il monte dans une berline Cadillac modèle gouvernemental.

Et merde...

Marie referme l'écran de son portable et finit de lire le dossier.

Au fur et à mesure que les laboratoires-sentinelles avaient reçu ces différents rapports, les profilers avaient épluché la vie des victimes à la recherche d'un dénominateur commun. Ils avaient procédé à d'innombrables recoupements en remontant le plus loin possible dans leur passé. La plupart avaient suivi des cursus universitaires assez semblables et s'étaient spécialisés dans des périodes de la préhistoire relativement similaires. Certains étudiaient les ossements humains, d'autres les fossiles, d'autres encore les premières traces de civilisations ou certains virus préhistoriques qu'on avait retrouvés enfermés dans des blocs d'ambre. Certains même se connaissaient. Deux d'entre eux au moins se détestaient pour d'obscurs motifs de jalousie professionnelle. Aucun ne se tapait le conjoint d'un autre. Pas de dettes de jeu ni de lointains cousins dans la mafia. Aucun mobile apparent. Et puis, à force de fouiller, les limiers des labos-sentinelles avaient tout de même fini par trouver quelque chose. C'est le rapport expédié par la police allemande, après la découverte du sixième corps dans la banlieue de Hambourg, qui les avait mis sur la piste. Le cadavre était celui du docteur Hans Jurgenstein, professeur en immunologie et spécialiste de l'ADN préhistorique, dont la spécialité était l'étude des gènes responsables de la longévité humaine et du déclenchement des processus de vieillissement.

Selon lui, l'organisme humain était génétiquement programmé pour vivre un peu plus de trois cents ans. Sauf que, toujours d'après lui, notre ADN contenait un gène chargé de libérer une forme particulière de protéine qui déclenchait le vieillissement tissulaire. C'était cela, la thèse de Jurgenstein : si l'on parvenait à isoler le gène responsable de ce suicide de l'organisme, on pourrait éventuellement le reprogrammer pour qu'il ne libère pas son venin. Mieux, pour qu'il en libère un autre, chargé de rajeunir les tissus au lieu de les dégrader. La grande longévité. Pas encore la vie éternelle, mais pas loin.

On avait retrouvé le bon docteur effondré sur son bureau, le visage ravagé par les rides et l'organisme rongé par une dizaine de cancers. Juste avant de mourir, il était en train de travailler sur un dossier suffisamment sensible pour que ceux qui l'avaient exécuté aient pris le soin d'embarquer la totalité de ses notes. Ils avaient juste oublié un feuillet que le scientifique avait eu le réflexe d'avaler avant l'arrivée de ses agresseurs.

Le légiste avait récupéré le document en incisant la trachée du docteur. Puis il l'avait défroissé avec précaution et placé sous une plaque de verre afin de le photographier avant que la salive n'efface des éléments importants. Un excellent réflexe. Crossman avait joint un agrandissement de ces clichés. Jurgenstein avait écrit :

Projet Manhattan = Dossier Idaho Falls
Christiansen et Bishop avaient raison.
Qui nous tue ?

En dessous, le scientifique avait reproduit plusieurs signes étranges. On aurait dit une sorte de formule magique rédigée dans une langue obscure. Marie laisse tomber sa cigarette dans son mug et attaque la dernière partie du dossier.

59

Quatre ans plus tôt, une cordée de secours chargée de retrouver des spéléologues en perdition était tombée sur une grotte, tout au fond d'un gouffre, près d'Idaho Falls dans les montagnes Rocheuses. À l'intérieur, dans ce qui ressemblait à un sanctuaire préhistorique, ils avaient retrouvé le cadavre d'un alpiniste. D'après son équipement, sa mort remontait au début du XXe siècle. Cela se voyait aussi à l'aspect bleuâtre et aux gerçures profondes qui zébraient sa peau. La brûlure du froid.

Promenant le pinceau de son stylo lumineux, Marie examine les premiers clichés pris par la cordée. Un sol sablonneux, un lit de fleurs séchées aux reflets bleu sombre. Un des sauveteurs en cueille une dont les pétales se réduisent en poudre au creux de sa paume. Ce type est un pro, il ne se laisse pas obséder par la présence du cadavre. Il sait que les vrais indices sont ailleurs.

Sur le cliché suivant, l'homme désigne le corps de l'alpiniste agenouillé au fond de la grotte : son visage est recouvert par une croûte de givre, son bras droit est resté levé et tient un bloc-notes entre les doigts. La glace a recouvert la feuille sur laquelle il a réussi à écrire encore quelques lignes avant de mourir. Cliché suivant : le doigt du petit futé en gros plan désigne au photographe des encoches sur les parois. Marie attrape une loupe. Son regard se fige. Elle vient de repérer plusieurs lignes de signes analogues à ceux que Jurgenstein avait griffonnés sur son message. Des inscriptions préhistoriques. C'est ça que l'alpiniste avait recopié au fond du gouffre tandis que la mort s'emparait de lui. Tout avait été consigné dans un dossier qui avait été expédié aux meilleurs spécialistes de la planète, lesquels étaient tous morts d'une accélération brutale du processus de vieillissement. Le dossier Idaho Falls.

Marie achève de lire les dernières pages faxées par Crossman. Juste après que la police allemande eut découvert le corps du docteur Jurgenstein, l'original du dossier Idaho Falls avait été dérobé dans la chambre forte d'un musée avec les différents échantillons que les scientifiques avaient prélevés dans la grotte.

Marie revient aux clichés de l'homme qui guide l'objectif du photographe. Elle lit son nom sur sa combinaison : Blake Donovan, un ranger. Elle décroche son téléphone et demande son numéro privé à l'opératrice du FBI qui bascule automatiquement la ligne. Plusieurs sonneries dans le vide. Une voix ensommeillée décroche.

— Allô ?

— Ranger Blake Donovan ?

— Mmm, vous êtes qui ?

— Agent spécial Marie Parks, FBI. Je vous appelle de Hattiesburg, dans le Maine.

— Où ça ?

— Laissez tomber. Je suis en train d'étudier des photos prises il y a quatre ans dans la grotte d'Idaho Falls.

— Vous savez l'heure qu'il est ?

— C'est l'aube chez nous. Vous devriez voir toutes ces petites touches pastel dans le noir du ciel. On dirait qu'un peintre est en train de diluer ses couleurs sur sa palette. Ranger Donovan ?

— Mmm ?

— Rien à foutre que vous soyez en train de dormir.

— J'avais compris. Qu'est-ce que vous voulez ?

— Certains de ces clichés sont très intéressants. Ceux des parois de la grotte, en particulier. L'ennui, c'est que je n'arrive pas à lire les inscriptions que vous désignez au photographe. C'est trop flou à cause de la qualité fax. Futé comme vous l'êtes, je suis sûre que vous les avez recopiées quelque part.

— Une partie. Il y en avait beaucoup trop.

— J'ai besoin de savoir ce qu'elles disent.

— Les plus anciennes sont totalement incompréhensibles.

— Vous voulez dire comme une langue inconnue ?

— Oui.

— Et les autres ?

— Quelles autres ?

Marie soupire et se remet à parler lentement, comme à un débile :

— Les plus récentes.

— De l'anglais et des signes mathématiques.

— C'est l'alpiniste qui les a écrites ?

— Oui. Ce mec était un paléontologue amateur ou quelque chose dans le genre. Il avait traduit tout un pan de mur avant de mourir. En partie sur son bloc-notes et en partie gravé directement sur la paroi. Vous vous rendez compte ? Au lieu de chercher à sauver sa peau, ce mec a gaspillé ses dernières forces à traduire des inscriptions sur un mur.

— C'est de ça que j'ai besoin.

— De quoi donc ?

— Des notes que vous avez prises.

— Bougez pas, je dois avoir rangé ça dans mon bureau.

Marie l'entend fouiller ses tiroirs. Il râle, peste, puis pousse une exclamation de joie.

— Je savais bien que je les avais rangées là, mais ma femme me fout toujours un bordel pas possible et…

— Ranger Donovan ?

— Oui ?

— Les notes.

— Ah oui ! Voilà. Comme je vous le disais, je n'ai pas tout retranscrit mais j'ai tout de même conservé un passage qui m'a particulièrement frappé. On dirait une prophétie.

— Ça dit quoi ?

— « L'Éternelle est Gaïa. En moi est l'Éternelle. En Gaïa rien jamais ne meurt ni ne se termine… »

— « … Car en Gaïa toute mort donne vie. Toute fin n'est que l'achèvement de ce qui précède. Tout achèvement, le commencement de ce qui suit. »

— Mais alors pourquoi vous m'appelez en pleine nuit si vous avez déjà la réponse à vos questions ?

— Pour vérifier.

Marie raccroche et regarde le soleil qui émerge lentement au-dessus de l'océan des arbres. Les mêmes paroles que celles qu'Hezel avait prononcées en sauvant la vie du petit garçon de la colonie de Jericho. Tout s'emmêle dans son esprit. Elle a l'impression de flotter. La fatigue et l'alcool… Elle ferme les yeux. Elle lutte. Après ce qu'elle a lu, elle sait que si elle s'endort, elle va sans doute rêver de vieillards décomposés, de momies et d'inscriptions gravées sous la glace. Elle se trompe. Tandis qu'elle glisse lentement dans un sommeil agité, elle entre à nouveau dans le corps de la fillette qui se trouvait à l'arrière du bolide piloté par les hommes en blanc. Il fait sombre. La tempête gronde au loin. Une étrange rumeur emplit l'espace. La rumeur d'une foule. Marie ouvre les yeux dans l'obscurité. Les éclairs zèbrent le ciel au-dessus d'elle. Elle est assise au milieu d'une foule immense, dans une sorte de gigantesque terrain de football. La pluie bat la pelouse. Le Superdôme de La Nouvelle-Orléans. C'est là que des milliers de survivants se sont réfugiés pour échapper à l'ouragan. Ils sont pris au piège. Marie respire les odeurs de crasse et de sueur qui la submergent. Des corps puants la frôlent dans le noir. Elle est assise à côté de l'elfe et du magicien. Le chevalier se tient derrière elle. Il a posé les mains sur ses épaules et écoute le vent qui hurle au-dehors. Il scrute la foule. Son œil perçant vient de repérer un clochard en guenilles qui se fraie un passage dans la marée humaine. Il semble guider d'autres sans-abri qui inspectent les gradins de l'autre côté du Dôme. Marie a froid. Elle a peur. Le chevalier se penche et murmure à son oreille :

— Ne bougez pas, Mère. Ils ne peuvent pas renifler votre présence au milieu de tous ces corps.

60

Marie s'étire et sent des draps effleurer sa peau. Elle est dans son lit et ne se rappelle absolument pas comment elle est passée de la terrasse à sa chambre. Comme chaque fois qu'elle se réveille à un autre endroit que celui où elle s'est endormie, elle jure ses grands dieux qu'elle ne boira plus jamais.

Les chiffres lumineux de son réveil affichent 17 heures. Elle a dormi comme un bébé. Pourtant, les muscles de ses mollets et de ses épaules tirent sous sa peau comme si elle avait coupé du bois ou marché en forêt durant des kilomètres. Sa respiration se raccourcit. Outre la fillette enfermée dans le stade de La Nouvelle-Orléans, elle vient de se rappeler qu'elle a de nouveau rêvé d'Hezel pour la première fois depuis des années. Elle avait rendez-vous avec son amant. Marie pouffe comme une gamine en repensant à cette étreinte. Toujours la même clairière avec ses arbres couchés, ses bouquets de bruyère en fleur, son lit de mousse, ses grands rochers plats et son ruisseau qui murmure entre les herbes. Un décor de film à l'eau de rose dans lequel Marie se sentait bien : elle, aucun homme ne l'avait caressée aussi patiemment ni allongée aussi tendrement sur ce rocher plat qui ne lui avait même pas semblé dur. Et, bien sûr, aucun amant ne l'avait fait jouir aussi fort. Elle s'était mordu les lèvres en même temps qu'Hezel tandis qu'un orgasme extraordinairement peu puritain incendiait son bas-ventre et ses cuisses. Ensuite, ils étaient restés enlacés à regarder la lune et Marie se souvenait que le prince charmant qui respirait à côté d'elle arborait un tatouage à l'avant-bras : deux croissants de lune d'un beau jaune d'or encadrant un serpentin bleu. Marie sursaute. Son sourire meurt sur ses lèvres. Elle vient de se souvenir du visage de l'amant d'Hezel qu'elle avait aperçu dans un rayon de lune : celui de Cayley, en beaucoup plus jeune.

Un sifflement, des bruits de casseroles. Marie se fige. Quelqu'un chantonne dans la cuisine en faisant claquer les portes des placards. Elle se lève, attrape une culotte dans un tiroir et ouvre les autres à la volée. La plupart sont vides. Elle saisit son holster sur la table de nuit. Ses doigts se figent sur l'étui vide. Visualisant son Glock dans la machine à laver de la salle de bains, Marie fouille la penderie et en extrait un vieux .38 à crosse paychmar dont elle bascule le barillet. Les cartouches de 357 brillent dans leur logement. Elle tend l'oreille. Elle n'en revient pas : un mec siffle dans *sa* cuisine en fouillant *ses* placards ! Elle essaie désespérément de se rappeler si elle a ramené un amant de sa virée chez les Bannerman. Elle sort de la chambre sur la pointe des pieds. Les sifflements s'intensifient. Si ce gars l'a effectivement sautée sans qu'elle s'en souvienne, et si en plus elle le surprend en train de pisser sans avoir relevé la lunette, elle le butera sans sommation.

61

Marie entre dans la cuisine et braque son arme contre la nuque du type agenouillé devant le congélateur.

— Bouge et je te colle le cerveau dans le bac à glaçons.

— Marie ! Tu m'as foutu une de ces trouilles !

L'homme se redresse péniblement en se tenant à la porte du frigo.

— Cayley ? Qu'est-ce que tu fous ici ?

Marie abaisse son arme et plonge son regard dans les yeux brillants de Cayley qui se retourne lentement en levant les mains. Le vieil homme lorgne ostensiblement les seins nus de la jeune femme. Marie pose les mains en croix sur sa poitrine.

— Cayley ?

— Mmm ?

— Tu pourrais me regarder quand je te parle ?

Le regard du vieil homme remonte jusqu'à ses yeux.

— Alors ?

— Alors quoi ?

— Qu'est-ce que tu glandes dans ma cuisine ?

— J'ai vu de la lumière sous ta véranda en rentrant chez moi, hier soir. Je t'ai trouvée en train de roupiller sur la balancelle. Alors je t'ai prise dans mes bras et je suis monté te coucher dans ton lit.

— Tu m'as prise dans tes bras ? À ton âge ?

— Parfaitement. Tu dormais comme un ange. Un ange alcoolique, mais un ange quand même.

— Et c'est toi qui m'as déshabillée ?

— Ouaip.

— Entièrement ?

— Ouaip.

— Sans déconner, Cayley, faut surtout pas te gêner.

— Marie, tu pourrais être ma fille.

— C'est typiquement le genre de chose qu'il ne faut pas me dire en ce moment. Tu as dormi ici ou quoi ?

— Dans le canapé. Je voulais être là quand tu te réveillerais.

Marie respire l'arôme de café et de lard frit qui flotte dans la cuisine. Elle se tourne vers la table. Une pile de pancakes arrosés de beurre et de sirop d'érable, des muffins fumants, des crêpes dégoulinantes de confiture de myrtilles, des œufs brouillés et du lard, plein de lard.

— Tu attends le retour des sept nains ?

— C'est tout pour toi, Marie. Il faut que tu manges et que tu prennes des forces. Moi, je vais charger la voiture.

— Tu vas quoi ?

Le vieil homme traverse le salon et empoigne deux valises bourrées à craquer. Deux valises à elle, pleines de ses affaires à elle.

— Cayley, qu'est-ce que tu fais ? Cayley, réponds-moi ou je te flingue.

Sans cesser de siffloter, Cayley sort de la maison. Marie soupire. Elle se rend compte qu'elle meurt de faim. Elle s'attable et torpille les œufs et le bacon en se barbouillant les lèvres de confiture. Elle fait passer le tout d'un trait de jus d'orange et d'une gorgée de café, puis elle gagne la salle de bains et prend une douche brûlante. Dans le panier à linge, elle pioche quelques vêtements que le vieux n'a pas enfermés dans ses bagages. Puis elle se penche pour récupérer son automatique et constate qu'une mare s'est formée au pied de la machine à laver. Une mare qui sent la lessive.

— Cayley ! Nom de Dieu, c'est toi qui as mis la machine en route cette nuit ?

Pas de réponse. Marie farfouille au milieu des vêtements humides et récupère son arme dont la crosse et le canon ont déformé le tambour. Elle grimace en reniflant le Glock : ça pue l'assouplissant.

Marie se sèche les cheveux et ressort. Le salon est plongé dans le noir. Cayley a fermé les volets. Elle regagne la cuisine et constate que la table est déjà débarrassée. Furieuse, elle se sert une tasse de café et allume une cigarette. Un craquement. Elle se tourne vers la silhouette du vieux qui se tient dans l'entrée.

— Cayley, à quoi tu joues ?

— On va faire des courses à Hattiesburg, Marie.

— Et tu avais besoin de faire les valises pour ça ?

— C'est moi qui vais faire les courses. Toi, tu continues vers le sud.

— Qu'est-ce que tu veux que j'aille faire dans le Sud ?

— Allons, Marie, tu n'as toujours pas compris ?

— Compris quoi ?

Le vieux s'est avancé. La moitié de son visage se découpe dans un rayon de soleil poussiéreux qui filtre à travers les volets. Marie ouvre la bouche pour dire quelque chose mais les mots meurent sur ses lèvres. Elle regarde le visage de son vieil ami. Ses lèvres ridées tremblent. Il se tord les mains. De grosses larmes brillent dans ses yeux.

— Oh, mon Dieu, Cayley, est-ce que tu vas enfin me dire ce qui se passe ?

62

Assisse au volant, Marie tire sur sa cigarette en regardant Cayley remettre la chaîne qui barre l'entrée de Milwaukee Drive. Le vieux n'a pas prononcé un mot depuis qu'ils ont quitté la maison. Elle a juste eu le temps d'embarquer quelques boîtes de munitions et le dossier Crossman, puis le vieil homme a fermé la porte à clé et ils se sont mis en route. Elle sait qu'il ne va pas bien. Elle a décidé de le conduire jusqu'au dispensaire de Salem pour le faire soigner. Ensuite, elle prendra la direction d'Idaho Falls.

La portière arrière s'ouvre. Cayley monte et s'assied. Il boude. Marie relâche le frein à main. Le pick-up quitte le bas-côté et s'engage sur la route.

— Tu crois que je suis fou, c'est ça ?

— Non, Cayley. Je crois que tu ne t'es toujours pas remis de la mort de Martha et que tu as besoin d'aide.

— C'est la petite fille de La Nouvelle-Orléans qui a besoin d'aide, pas moi. Et puis, c'est toi qui me dis ça, Marie ? Toi qui te bourres la gueule tous les soirs pour échapper à tes visions ?

— Ce n'est pas la question, Cayley.

— Et tes rêves ?

— Des rêves, j'en fais tout le temps.

— C'est des conneries, Marie, et tu le sais.

Marie lève les yeux et essaie de croiser le regard du vieux dans le rétroviseur. Ils viennent de franchir le panneau d'entrée de la ville. *Hattiesburg vous salue*. Marie grimace. Un voyou a bombé quelques mots pour les remplacer par une prose plus personnelle : *Hattiesburg vous chie dessus.*

— Ils sont pénibles, ces mômes.

— C'est des fils de démocrates.

Marie sourit tristement. À mesure qu'ils s'éloignent de Milwaukee Drive, elle a l'impression que Cayley va de plus en plus mal. Il n'est pas seulement malheureux, il s'affaiblit. Elle s'engage dans la rue principale et cligne des yeux dans la lueur du crépuscule. Elle vient d'apercevoir les vélos des jumeaux Hanson, couchés sur le trottoir à l'angle de Cuney et de Hall. La roue arrière de l'un d'eux tourne encore dans le vide comme si les mômes les avaient abandonnés il y a quelques secondes. Elle roule à présent en direction de Salem. La route est déserte.

— Qu'est-ce qu'il te faut de plus, Marie ?

Marie frissonne en entendant la voix de Cayley. C'est bien sa voix, mais en beaucoup plus vieux. On dirait que son visage est en train de fondre et qu'il vieillit à toute vitesse. Sa respiration siffle. Il est fatigué. Il s'appuie contre le dossier et ferme les yeux.

— Qu'est-ce qui se passe, Cayley ? Nom de Dieu, est-ce que tu peux me dire ce qui se passe ?

— Rien, Marie. C'est juste une de tes visions. Conduis-moi chez les dingos et ensuite tu pourras te réveiller sur ta terrasse et continuer à faire comme si de rien n'était.

Marie observe Cayley dans le rétroviseur. Elle a l'impression qu'il a pris cinq ans en un kilomètre. Il est en train de mourir. À chaque tour de roue qui l'éloigne de Hattiesburg, il meurt un peu plus.

— Bon, ça suffit maintenant !

Marie pile sur le bas-côté et tend le bras pour attraper celui de Cayley. Elle défait le bouton de sa chemise dont elle remonte la manche jusqu'au coude.

— Et merde…

Là, perdu au milieu des rides juste au-dessus du poignet, elle vient d'apercevoir un tatouage en croissant de lune. Les couleurs sont passées mais c'est bien le même qui ornait l'avant-bras de l'amant d'Hezel. Marie exécute un demi-tour en dérapage et roule à toute vitesse en direction de Hattiesburg. Elle entend un filet de respiration s'échapper des lèvres de Cayley tandis qu'ils repassent devant les panneaux de la ville. Ce vieux salaud se marre. Un œil fixé sur le rétroviseur, elle constate que ses rides sont en train de se résorber. Marie pile de toutes ses forces pour éviter la camionnette qui déboule en face. Le pick-up part en travers. Un coup de klaxon rageur. Le vieux Kirby sort le bras par la vitre ouverte et agite le poing.

Marie se range devant le drugstore de MacDougall et pose la tête contre le volant pour calmer les battements de son cœur. Sa gorge est sèche. Elle a besoin d'un verre de gin. Un claquement de portière. Cayley est venu s'asseoir à côté d'elle et a posé une main sur sa cuisse.

— Vire ta main de là, Cayley. Tu m'as déjà vue à poil cette nuit, je crois que ça suffit.

Le vieux sourit.

— C'est là que je descends. Sois prudente.

— Cayley ?

— Ouais ?

— Qu'est-ce que je dois faire quand je serai à La Nouvelle-Orléans ? Pour la môme, je veux dire.

— Tu trouveras. Il y a des gens sur la route. Des gens qui te guideront.

Puis il pose sa casquette sur ses cheveux blancs et dit :

— Bon, allez, faut que j'aille acheter un ouvre-boîtes électrique chez MacDougall.

Marie le regarde s'éloigner. Puis elle redémarre et passe au ralenti devant la dernière station-service de la ville. Son pied effleure la pédale de frein, hésite un instant, puis revient sur l'accélérateur qu'elle écrase brusquement. Un panache de fumée noire s'échappe du pot tandis que le pick-up bondit en avant. Marie allume une cigarette. Le tabac lui brûle les bronches. Elle est de nouveau sur la route. Elle se sent bien.

VI

PUZZLE PALACE

63

Assis sur un promontoire rocheux, Burgh Kassam regarde l'aube illuminer le désert du Nevada. De l'ocre, de la poussière et des falaises rouges. Le jour n'est pas encore levé et il fait déjà presque trente degrés. Des nuées de charognards planant dans le ciel fouillent les buissons de leurs yeux acérés. C'est l'heure où les serpents à sonnette et les scorpions regagnent leur trou pour échapper à la brûlure du soleil.

À de rares endroits, quelques oasis de cactus percent la cuirasse brune du désert : de gros épineux aux aiguilles empoisonnées dont les racines filandreuses serpentent à quelques centimètres sous la surface pour recueillir les gouttelettes de rosée qui scintillent sur le sable. Plus loin se dressent des arbres de Josué dont le vent brûlant a courbé les branches épaisses. Là se trouvent des points d'eau profonds qu'eux seuls peuvent atteindre. Burgh aime ces arbres. Aussi loin que remonte sa mémoire, il a toujours été comme eux. Un être du désert.

Il était né vingt-huit ans plus tôt dans un petit village boueux perdu au milieu du delta du Gange. Il n'avait pas crié en venant au monde. Il avait grandi dans un berceau de branchages à l'abri des scorpions, au milieu d'une maison de torchis. C'est là, dans cette pièce unique où vivaient ses onze frères et sœurs, que son père violait sa mère après chaque accouchement, remplissant son ventre encore sanguinolent. Une portée de pauvres bouches dont Burgh avait été l'un des rares survivants. Il n'avait pas volé le lait de ses semblables ni inspiré plus d'air qu'eux. Il s'était simplement contenté de moins, avalant chaque gorgée sans rien en perdre et renforçant son organisme chaque fois qu'une infection emportait l'un des siens. En fait, Burgh ne l'avait admis que tardivement, plus ses frères et ses sœurs mouraient, plus lui-même devenait fort, comme s'il s'était nourri de leur propre substance. Si bien que ses parents avaient commencé à le haïr et à détourner le regard quand il s'approchait. Intouchable parmi les intouchables, il n'avait plus jamais senti la chaleur de leurs bras. Burgh s'en moquait. Il avait enduré les premières années de sa vie comme beaucoup d'autres enfants mal aimés, à cette différence près qu'il vivait dans une des régions les plus pauvres du globe et qu'il était doué d'une intelligence hors du commun.

Sentant la noirceur qui grandissait en lui, ses parents avaient secrètement espéré qu'il se blesse et que ses plaies s'infectent. Ils avaient prié pour qu'une épidémie l'emporte ou pour que, galopant avec ses amis sur les digues longeant le Gange, il glisse et se noie. Mais Burgh Kassam avait continué à grandir et à se développer. Il était bientôt devenu un beau jeune homme de quatorze ans, et, à la mort de ses parents, il avait été recueilli par un riche homme d'affaires qui l'avait envoyé dans les meilleures écoles américaines où ses maîtres avaient vite compris qu'il était un génie.

Kassam avait été placé dans un institut privé pour surdoués, puis il avait intégré le California Institute of

Technology à seize ans. Depuis, il avait collectionné les doctorats et était devenu l'un des esprits les plus brillants de sa génération. Une intelligence prodigieuse qui avait peu à peu asséché son âme et qu'il avait entièrement dédiée à la seule cause justifiant à ses yeux l'ascèse des grands penseurs : la recherche de la vérité.

Sentant une délicieuse brûlure envahir sa nuque, Kassam se penche pour offrir le plus de peau possible au soleil qui pointe au-dessus des falaises. Il a quitté Coyote au crépuscule et a marché droit devant sous les étoiles, à travers l'un des déserts les plus inhospitaliers du globe. Un désert si profond que, plus au sud, les bénévoles des associations humanitaires dispersent des fûts d'eau potable pour que les immigrés mexicains aient une chance d'atteindre les grandes villes. Burgh déteste les bénévoles. Il n'a jamais compris en quoi la vie d'un Chicano vaut plus que celle d'un crotale ou d'une fourmi rouge. Si ça ne tenait qu'à lui, ils seraient obligés de traverser le désert pieds nus avec une meute de tueurs lancée à leurs trousses. Burgh sourit à cette idée. Des ombres faméliques et épuisées courant sous la lune au milieu des *rattle-snakes* et des scorpions pour échapper à une centaine de gardes armés prêts à abattre les traînards et les blessés… Une dernière ligne de snipers avant la civilisation, avec une *green card* et une douche fraîche dans un palace pour les survivants.

Burgh Kassam repense à la nuit qu'il vient de passer au milieu du désert. Partout autour de lui, il avait senti la vie s'échapper en sifflant sous les caillasses à mesure que le soleil déclinait. Les dents du désert. Pensivement, il passe un doigt sur les plaies purulentes que ses frères crotales ont ouvertes dans ses mollets et ses chevilles. Il n'avait pas repéré ce fichu nid au milieu des hautes herbes. Une cinquantaine de serpents de belle taille étaient en train de sortir de leur crevasse lorsque Burgh avait posé le pied sur l'un d'eux. Il avait goûté la première morsure avec délice tandis que la douleur explosait au-dessus de son talon, là où le vieux crotale avait refermé sa gueule. Puis, à la quatrième attaque, ses lèvres avaient émis un étrange sifflement et les reptiles s'étaient tordus sur eux-mêmes avant de disparaître dans les buissons.

Se redressant, Kassam avait senti le poison se diluer dans ses veines où il avait livré un combat perdu d'avance contre les anticorps qui protégeaient son organisme. Une immunité qui datait de son enfance : alors qu'il jouait sur les bords du Gange, il avait été mordu par un serpent d'eau et il était resté une semaine à délirer entre la vie et la mort. Puis, alors que sa mère cousait son suaire en le veillant, l'enfant avait rouvert les yeux. Allongé sur sa couche, le temps de laisser son corps digérer le reste du poison, Kassam avait commencé à songer à l'immortalité. Pas en termes évolués ni conscients, mais plutôt sous la forme d'un concept qui s'était enfoncé comme un clou dans sa cervelle et avait gouverné le restant de sa vie.

64

Kassam avait repris sa route à travers le désert en savourant la douleur qui le faisait grimacer – la seule chose qui le maintenait en contact avec le monde. Jusqu'à ce qu'un psychiatre américain diagnostique chez lui une forme d'autisme particulièrement rare dont il souffrait depuis l'enfance, Kassam avait toujours eu l'impression d'être une sorte de monstre. Le syndrome du poisson rouge. Cela se caractérisait par cette sensation de vivre en permanence derrière les vitres épaisses d'un aquarium et de ne percevoir le monde qu'à travers elles. Mais le plus pénible dans ce syndrome, c'était cette sensation très présente chez le malade que l'aquarium en question n'était autre que lui-même et que les vitres étaient sa propre peau, ses propres yeux, ses propres doigts. Aucune sensation tactile, aucune impression corporelle, pas de froid ni de chaud, aucune compréhension sensible des choses qui vous entourent. Les odeurs réduites à leur plus simple expression, le goût des aliments qui ne varie jamais, chaque objet effleuré, les yeux fermés, ressemblant à du plastique mou. Rien, hormis la douleur. Une douleur très atténuée qui permettait à Burgh d'endurer des niveaux de souffrance inenvisageables pour le commun des mortels.

Enfant, il se souvenait d'avoir ramassé une braise qu'il avait serrée de toutes ses forces en entendant ses chairs grésiller et en respirant l'odeur de viande carbonisée provenant de sa paume. Puis, lorsque la douleur était vraiment devenue insupportable, il avait essayé de rouvrir sa main mais la braise s'était incrustée dans sa peau. Burgh avait retenu la leçon et mémorisé tous les objets dangereux ainsi que les situations qui terrorisaient les autres. Car c'est avant tout cela qui lui manquait : le goût métallique de la peur et le signal d'alarme que représentait la douleur. Comme un enfant dyslexique qui développe des stratégies élaborées pour comprendre ce qu'il lit, il avait alors compensé ce handicap par une intelligence hors du commun qui lui avait permis de passer inaperçu au milieu de ses semblables en mémorisant le grand répertoire des expressions humaines : le rictus de la colère ou le sourire détendu du bonheur, le dégoût, la haine, l'amour et la peur. S'entraînant sans relâche devant un miroir, il était parvenu à imiter tous ces sentiments à la perfection. Sauf la honte et la pitié. Surtout la pitié. C'était trop complexe, trop abstrait et presque trop beau. Alors, voyant que capter cette expression dans les yeux des autres ne suffisait pas, il s'était efforcé de l'éprouver en tuant des êtres sans défense, des oisillons, des chatons aveugles, des chiots tout juste nés. Il les étouffait le plus lentement possible pour tenter de ressentir un peu de chagrin et de regret. Mais cela n'avait pas suffi.

Il avait tué son premier être humain à l'âge de treize ans. Son amie d'enfance, presque sa sœur. Elle s'appelait Kyssa. Une intouchable, belle et sale comme un joyau enterré. Elle était promise à un adulte du village et Burgh, qui avait toujours été fasciné par sa beauté, savait que Kyssa perdrait cette lumière à l'instant où son mari la déflorerait. Il l'avait entraînée au crépuscule dans les broussailles bordant le Gange. Elle lui avait dit qu'ils ne pourraient plus se voir et qu'elle appartenait désormais à celui qu'elle devait épouser. Elle s'était mise à pleurer sans bruit. Au début, lorsque Burgh avait posé ses mains autour de son cou, Kyssa avait cru qu'il cherchait à la consoler. Affamée et terrifiée, elle s'était à peine débattue quand le jeune homme avait commencé à l'étrangler. Toute cette terreur et cette douleur dans ses yeux. Il avait essayé de les éprouver en même temps que l'horreur de son geste, mais le regard de Kyssa était rapidement devenu vitreux. Il avait alors jeté son corps dans les eaux brunes du Gange, puis, en proie à quelque chose qu'il ne comprenait pas, il s'était assis sur le talus et avait froncé les sourcils. C'était une sensation étrange, lancinante et diffuse comme un commencement de douleur. De la frustration. Oui, c'était ça : depuis qu'il avait été mordu par son premier serpent, Burgh était persuadé que l'immortalité qu'il convoitait passait par l'étude approfondie de son contraire. Il devait admettre qu'il s'était trompé mais que, tout compte fait, en arriver à cette conclusion justifiait amplement la mort de cette petite idiote de Kyssa. Ses lèvres s'étaient recourbées toutes seules en sentant ses premières larmes rafraîchir ses joues tandis que le fleuve se refermait sur le cadavre de son amie. À défaut de ressentir la pitié ou la honte, il savait sourire et pleurer.

Quelques années plus tard, il avait eu une seconde expérience mystique qui avait bouleversé son existence. Il venait de décrocher son deuxième doctorat et s'était offert une semaine de vacances dans le grand désert de l'Atacama. Quatre cent mille kilomètres carrés de montagnes et de terres désolées où il ne pleuvait qu'une ou deux fois par siècle. Burgh avait pris le minimum d'équipement pour cette expédition qu'il espérait sans retour. Débarqué à Arica, à l'extrême nord du Chili, il avait rejoint le plateau de l'Atacama à trois mille cinq cents mètres d'altitude. Là, il avait marché droit devant lui, se condamnant à une mort certaine à mesure qu'il s'éloignait des derniers points d'eau. Durant près d'une semaine, Burgh avait vécu sur ses maigres réserves. Puis, à mesure que son organisme se vidait de sa substance, il n'avait plus avancé que de quelques mètres par jour et passait le plus clair de son temps lové au milieu des rochers, à attendre la nuit. C'est dans cet état d'épuisement et d'exaltation extrême que la rencontre avait eu lieu. Un homme était apparu dans ces terres désolées, un homme de petite taille qui marchait vers lui, courbé et d'un pas sûr. Il s'était penché au-dessus du voyageur et avait semblé lui sourire. Burgh se souvenait du froid qui avait envahi son cœur quand l'Être avait posé sa main sur son front. C'était la première fois qu'il ressentait vraiment quelque chose. Et cette chose, brûlante et glacée à la fois, pleine et vide, belle et atroce, s'était déversée dans son âme comme un océan noir tandis que son esprit se remplissait de puissantes vibrations, de tempêtes, de tremblements de terre et d'images de charniers. Les hurlements de milliards d'organismes immatures expulsés par des milliards de ventres. Des milliards de cadavres engraissant la terre qui dévore.

Sentant peu à peu ses forces revenir à mesure que l'Être imposait ses mains en lui transférant une partie de sa noirceur et de son pouvoir, Burgh avait compris que ce n'était pas seulement la Mort qui était penchée au-dessus de lui, pas seulement le néant ou le vide, pas seulement la destruction, le chaos ou l'extinction. Non. L'expression charnelle qui était venue le visiter tandis qu'il se mourait sur les hauts plateaux de l'Atacama, c'était l'équilibre, la régulation suprême, la nuit de l'univers, le Dévoreur des mondes.

À son réveil, l'Être avait disparu. Et, tandis que ses poumons aspiraient l'air de l'aube, Burgh s'était senti plus brûlant que le soleil et plus vaste que ce qu'il éclairait. En l'espace d'une nuit d'agonie, il était devenu une parcelle de cette force qui commandait à l'astre de s'élever dans le ciel, une partie de la loi qui lui ordonnait d'illuminer le monde. À mesure qu'il redescendait vers la civilisation, son esprit s'était empli de toutes les pensées de cette humanité grouillante et crasseuse dont il allait bientôt éteindre la lueur, aussi certainement qu'il avait éteint celle de Kyssa sur les bords du Gange.

65

Burgh Kassam boit une gorgée d'eau à sa gourde et passe la main sur son front désespérément sec. Il se redresse et se remet en route en longeant la ligne de crête dans l'ombre du canyon. Il lui reste une dizaine de kilomètres à parcourir avant d'atteindre Puzzle Palace, la base secrète de la Fondation installée dans le sous-sol du désert. Quatre kilomètres jusqu'à la palissade électrifiée gardant le premier périmètre de sécurité, puis quatre de plus avant la ligne de bunkers abritant les snipers. Enfin, l'entrée du complexe lui-même : un tunnel creusé dans une falaise conduisant à une gigantesque porte étanche de plusieurs centaines de tonnes. C'était ça, Puzzle Palace : une ancienne base de missiles de l'Air Force qui déployait ses silos et ses salles-bunkers sur huit niveaux répartis sous la surface. Des installations à l'épreuve du feu nucléaire que la très puissante administration américaine avait transformées en laboratoire ultramoderne. C'est là que l'armée étudiait dans le plus grand secret l'arsenal des prochains siècles : les canons laser à grands rayons de frappe, les déclencheurs de séisme et de tsunami, les armes sonores, les virus synthétiques et autres bombes chimiques. Mais Puzzle Palace n'était pas que cela, et, si la présence de ces imbéciles de l'armée avait le don d'ulcérer Kassam, elle présentait l'avantage d'empêcher les curieux de venir fourrer leur nez dans ses affaires. Burgh avait ainsi compris l'intérêt de livrer à ces messieurs quelques joujoux de destruction chirurgicale ou massive qu'ils s'amusaient à tester sur les théâtres d'opérations au Proche ou au Moyen-Orient. D'autant que l'armée n'était là que pour assurer la sécurité du complexe et que les quatre derniers niveaux n'appartenaient qu'à la Fondation. C'était elle qui finançait les sommes exorbitantes que Burgh engouffrait chaque année. Pas seulement le salaire des ingénieurs ou le matériel high-tech mais aussi l'énergie. Des quantités d'électricité phénoménales qui avaient nécessité la construction d'une centrale au milieu du désert. La Fondation avait payé sans sourciller. En échange, elle se réservait quatre-vingts pour cent de tous les bénéfices que les découvertes de Burgh seraient amenées à générer au cours des quatre cents prochaines années. Burgh avait accepté sans rechigner dans la mesure où, si ses calculs s'avéraient exacts, l'humanité ne survivrait jamais aussi longtemps. Mais cela, même la Fondation l'ignorait.

Burgh se souvient de ce jour où les agents de la Fondation étaient venus le recruter. Il était en train de siroter un café à la terrasse d'un *Starbucks* de Los Angeles lorsqu'une limousine avait freiné à sa hauteur. Le chauffeur était descendu pour tenir la portière à un homme en costume et lunettes noires qui s'était dirigé vers sa table. Le gars s'appelait Ash. C'est du moins ce qu'il avait prétendu en tendant une main glacée à Burgh.

— Ash comment ?

— Ash tout court.

Tandis que l'inconnu s'asseyait en face de lui, Burgh avait tenté d'apercevoir son regard derrière ses verres miroirs.

— Qu'est-ce que vous voulez, monsieur Tout-Court ?

— Je représente les intérêts d'un groupe très puissant dont les ramifications se moquent des frontières et des lois.

— Une agence gouvernementale ?

— Non. Privée.

— Laquelle ?

— La Fondation. Une sorte de club d'investisseurs. Des milliardaires et des chefs d'entreprise dirigeant les plus gros consortiums pharmaceutiques et médicaux de la planète. Des hommes politiques aussi. Tout ce que vous avez besoin de savoir pour le moment, c'est que nous brassons énormément d'argent et qu'une partie de cet argent peut très facilement atterrir dans votre poche.

— Le prix de mon âme ?

Les lèvres d'Ash s'étaient retroussées en une sorte de sourire qui avait dévoilé des dents très blanches.

— Combien ?

— Yale me propose cent cinquante mille dollars par an pour un poste de chercheur. Stanford en est à cent soixante-dix mille, plus une mutuelle et une voiture de fonction.

— Quoi comme voiture ?

Burgh avait désigné le magazine qu'il feuilletait avant l'arrivée d'Ash.

— J'hésite entre une Cadillac et un coupé Chrysler.

— Très *middle-class*, monsieur Kassam. Quoi d'autre ?

— Le Caltech m'a fait une proposition ce matin. Deux cent mille dollars plus les avantages.

— C'est ce que nous allions vous proposer.

— Quoi donc ?

— Deux cent mille dollars.

— Il va falloir faire un peu mieux que ça.

— Par mois.

— Pardon ?

— Plus un appartement de fonction dans la ville de votre choix, une voiture de la couleur et du modèle de votre choix, ainsi qu'une villa au bord de la mer de votre choix.

— Je devrai tuer qui pour ce prix-là ?

— Beaucoup de gens. C'est un problème ?

— Pas vraiment.

Ash s'était levé et avait déposé une épaisse enveloppe sur la table. Une carte de visite au nom de la Fondation y était épinglée, avec un logo représentant un vieillard tenant un sablier. Avant de s'éloigner, il avait ajouté :

— Prenez le temps de réfléchir à notre proposition. Elle n'expire qu'à minuit. Tout ce que vous avez besoin de savoir est contenu dans cette enveloppe. J'y ai joint une proposition de contrat. Tout est négociable, bien sûr. Il vous suffit de composer le numéro inscrit sur la carte, à n'importe quelle heure. Un chauffeur viendra vous chercher pour vous conduire à nos locaux. Bonne journée à vous, monsieur Kassam.

Burgh avait regardé Ash prendre place à l'arrière de la limousine qui avait disparu dans la circulation de Sunset Boulevard. Il avait passé une partie de la soirée à faire semblant de réfléchir. Puis, juste avant minuit, il avait composé le numéro de la Fondation.

66

Burgh Kassam écoute le sable crisser sous ses semelles. Hormis ce léger bruit et le souffle du vent dans les anfractuosités de la falaise, un silence de mort règne sur le désert. Il s'immobilise devant la palissade électrifiée gardant le complexe de Puzzle Palace. Un pylône tous les vingt mètres avec rien d'autre que de la terre calcinée et des animaux morts. Des squelettes de rongeurs, des carapaces de scorpions, de grosses tarentules desséchées et des cadavres de coyotes carbonisés par les faisceaux à très haute tension reliés aux détecteurs de mouvements qui ornaient les pylônes et dont les ingénieurs de la Fondation avaient réglé la sensibilité pour ne laisser passer que les fourmis et le vent.

Burgh déclenche le neutraliseur qu'il porte à la ceinture. Les détecteurs gardant l'espace qu'il s'apprête à franchir clignotent et s'éteignent. Il ferme les yeux et avance. Un simple faux contact et l'air commencerait à grésiller tandis que les rayons mortels s'échapperaient des gueules de béton. Burgh adore cette impression de jouer avec la mort. À nouveau le sable sous ses pieds. L'air se remet à vibrer tandis que les détecteurs se rallument automatiquement derrière lui.

Au loin, il distingue la ligne ocre de la falaise abritant la base. Burgh se force à boire une gorgée à sa gourde. Il se souvient que, la nuit où il avait appelé Ash, la limousine de la Fondation avait mis moins de trois minutes à venir le chercher. Tandis qu'il s'enfonçait dans la banquette moelleuse, le chauffeur lui avait désigné le bar miniature, ainsi qu'une housse contenant un costume gris et des mocassins noirs. Considérant son jean élimé et ses baskets usées, Burgh s'était changé à l'abri de la vitre teintée. Puis il s'était servi un whisky qu'il avait siroté en regardant s'éloigner les lumières de Los Angeles. Quelques minutes plus tard, il s'était endormi.

À son réveil, la limousine roulait à tombeau ouvert sur une route bordée de pins. On aurait dit que la forêt saignait dans la lueur du crépuscule. Burgh allait ouvrir la bouche lorsqu'il avait aperçu un panneau annonçant « Crater Lake / Great Sandy Desert : 50 miles ». Il avait demandé où ils allaient. Le chauffeur avait répondu :

— Black Rock, Oregon.

— C'est le siège de la Fondation ?

— Un des sièges.

Ils avaient encore roulé pendant plus de trois heures à travers les pins, puis, juste avant Harrisburg, la limousine s'était engagée dans un chemin privé qui s'achevait quelques kilomètres plus loin devant un mur dont la couleur se confondait avec la forêt. Le chauffeur avait à peine ralenti en franchissant le portail blindé qui s'était ouvert automatiquement à leur approche. Au-delà, le paysage avait changé. D'immenses pelouses, des massifs de fleurs, des gardes armés pilotant des voitures électriques et des allées de gravier blanc serpentant jusqu'à une vaste demeure à colonnades cernée par un rideau de cèdres. Burgh avait également remarqué de vastes paraboles dissimulées par des filets militaires. Le chauffeur avait anticipé sa question :

— Dispositif de brouillage antisatellite. Comme ça, chaque fois que les joujoux de la Nasa passent au-dessus de la Fondation, ils n'aperçoivent qu'une grosse tache verte.

— La Fondation est une branche du gouvernement américain ?

— Ce serait plutôt l'inverse.

La limousine s'était rangée devant le perron. Hormis les nombreuses dépendances, le bâtiment principal s'étendait sur mille mètres carrés et quatre étages. Un dédale de pièces boisées et de salons luxueux que Burgh avait traversés en se laissant guider par deux gardes armés. Au bout d'un interminable couloir, il était entré dans un vaste bureau au mobilier nordiste et aux murs tapissés de livres. Une baie vitrée donnait sur les jardins qui ornaient l'autre côté du bâtiment. Au centre de la pièce, l'état-major de la Fondation était assis autour d'une table en acajou. Burgh y avait pris place en adressant un signe de tête à Ash. Howard Cabbott, un vieillard richement vêtu qui trônait à la place d'honneur, avait pris la parole.

— Monsieur Kassam, avez-vous entendu parler du projet Manhattan ?

— Les premiers tests nucléaires américains ? Oui, comme tout le monde.

— La toute première bombe de l'histoire a explosé le 16 juillet 1945 dans le désert du Nouveau-Mexique. Savez-vous ce que le professeur Oppenheimer, directeur du projet, a dit quand les derniers débris sont retombés ?

— « Maintenant je suis Shiva, le destructeur des mondes. »

— Ce à quoi son assistant, le professeur Brainbridge, a rétorqué : « À partir de maintenant, nous sommes tous des fils de pute. »

— Tout ça pour en venir où ?

— Lorsque le nuage radioactif s'est dissipé et que le sol a commencé à refroidir, les scientifiques ont repéré une brèche ouverte dans le ventre de la terre. Un gouffre qui descendait vers les couches hyperprofondes. Là, ils ont découvert une sorte de grotte-sanctuaire abritant une momie très ancienne que les scientifiques du projet Manhattan ont transférée dans leur laboratoire de Los Alamos afin de l'étudier. À première vue, cette momie datait de la préhistoire mais les techniques de datation au carbone 14 n'étant pas encore au point, cette estimation n'a pas pu être affinée. La momie a alors été enfermée dans la chambre forte d'un musée où on l'a abritée dans une cellule de verre à atmosphère pressurisée. Vingt ans plus tard, nos experts ont procédé à une nouvelle série d'analyses. Le soir même, elle quittait son musée à bord d'un fourgon blindé.

— Qu'est-ce que vous aviez découvert ?

— D'après les premiers résultats, lorsque la momie en question s'était enfin décidée à mourir de vieillesse, elle était âgée d'un peu plus de quatre cents ans. Quatre cent soixante, pour être précis.

Vaguement distrait jusque-là, Burgh Kassam avait senti une décharge électrique dans un recoin de son cerveau. Avant de poursuivre, le vieil homme avait jugé utile de préciser :

— Ce que je viens de vous révéler est secret, mais pas classé. Cela signifie que vous pouvez encore vous lever et quitter la pièce sans encombre. Nous vous raccompagnerons à Los Angeles et notre entrevue s'arrêtera là. Sauf, bien sûr, si vous commettez l'imprudence de parler de la Fondation ou de nos travaux à qui que ce soit. Mais dès que vous aurez entendu ce qui va suivre, nous ne pourrons plus prendre le risque de vous laisser partir sans vous avoir tiré une balle dans la tête. Vous avez besoin de temps pour y réfléchir ?

Burgh avait fait non de la tête. Cabbott avait poursuivi :

— Une fois la momie en lieu sûr, nous avons commencé par faire disparaître les survivants du projet Manhattan, ainsi que tous les documents relatifs à cette découverte. Après cela, nous avons fait combler la brèche dans le désert de Jornada del Muerto, puis nous avons transféré la momie dans une base de la Fondation où son ADN est à l'étude depuis une quinzaine d'années.

— Où est le problème ?

— Le problème, monsieur Kassam, c'est que si l'ADN de cette momie présente effectivement les caractéristiques humaines habituelles, il en présente aussi d'autres que nous ne comprenons pas.

— Vous voulez dire des aberrations génétiques ?

— Plutôt une autre histoire. Des séquences que nous ne parvenons pas à traduire. Comme si, en plus de l'évolution classique contenue dans le génome humain, cet ADN préhistorique renfermait d'autres informations provenant d'une autre évolution.

— C'est là-dessus que vous travaillez ?

— Là-dessus et sur autre chose.

— Quoi donc ?

— Nos ordinateurs à protéines tournent vingt-quatre heures sur vingt-quatre depuis dix ans pour tenter de décoder ces séquences anormales. Nous avons retrouvé la quasi-totalité des gènes humains, ainsi que d'autres gènes inconnus qui paraissent impliqués dans l'activation de certaines zones que notre cerveau n'utilise pas encore. Une séquence que nous n'avons toujours pas pu isoler semble aussi commander la production de protéines inconnues qui seraient capables de réparer les dégâts provoqués par les enzymes de vieillissement. C'est ce gène que nous recherchons. L'ennui, c'est que nous ne savons pas comment programmer les ordinateurs à protéines afin qu'ils puissent eux-mêmes comprendre les séquences ADN anormales.

— J'imagine que c'est là que j'interviens ?

— Dans un premier temps, nous voudrions parvenir à synthétiser les enzymes accélératrices des facultés mentales que cet organisme était capable de produire. Je vous laisse deviner les implications militaires de telles drogues si nous parvenions à les reproduire à grande échelle.

— Un contrat réservé à l'armée américaine, j'imagine ?

— Des milliards de dollars, monsieur Kassam.

— Quoi d'autre ?

— Nous voudrions ensuite que vous nous aidiez à percer le secret de l'extraordinaire longévité de cette momie.

— Pour en faire quoi ?

Les yeux du vieillard s'étaient mis à briller.

— S'il existe une molécule préhistorique capable de prolonger la vie, imaginez une seconde ce que nos laboratoires pourraient en faire en la synthétisant.

— L'immortalité ?

— Uniquement pour ceux qui pourront en payer le prix.

— Il va me falloir des cobayes. Des cobayes humains, je veux dire.

Cabbott avait laissé échapper un nuage de fumée.

— Ce n'est pas un problème.

67

Burgh avance dans la fraîcheur du tunnel. Au loin, la gigantesque porte blindée est en train de s'ouvrir. Il a toujours été fasciné par ces tonnes d'acier pivotant sur des gonds parfaitement huilés sans faire plus de bruit qu'un moteur électrique. Il franchit le sas. Un dernier courant d'air tiède puis la porte se referme derrière lui, et l'atmosphère conditionnée prend le relais. Burgh emprunte l'un des ascenseurs desservant les niveaux souterrains. La cabine semble décrocher en accélérant vers les profondeurs. Burgh se souvient.

Ce soir-là, à la Fondation, il avait dit oui au vieux Cabbott. Il avait accepté tout ce que le projet impliquait et s'était mis au travail dès le lendemain. Il se rappelait son premier contact avec la momie, son visage ravagé par le gel et le temps qui semblait sourire à travers les vitres de protection. Posant les mains contre la paroi du caisson pressurisé, il avait plongé son regard dans les yeux morts qui le fixaient. S'il parvenait à ses fins, il offrirait à la Fondation l'extrême longévité à laquelle l'humanité aspirait tant et qui signerait son arrêt de mort aussi certainement qu'une armée de virus préhistoriques déferlant sur le monde. La disparition du facteur mort, le grand chaos des religions et des sociétés. Mais, au-delà, l'immortalité marquerait une fin beaucoup plus insidieuse et irréversible : celle de l'évolution de l'espèce. Plus de mort, donc plus de transmission du patrimoine génétique ni de la connaissance. Et l'extinction progressive de ce stupide instinct de survie qui vous pousse à vous reproduire pour perpétuer l'espèce.

En fait, il n'existait sur terre que deux sortes d'êtres vivants : les organismes sexués et les organismes asexués. Les premiers, dont les hommes faisaient partie, étaient hyperperformants mais fragiles et mortels. Ils évoluaient en permanence et le prix de cette évolution était la transmission de la vie, et par conséquent la mort. Les autres, simples comme les algues, étaient immortels mais pas invulnérables, ce qui signifiait que le premier coup de gel ou le moindre changement climatique pouvaient les tuer. C'est ce qui s'était produit à chaque grand cataclysme : les organismes sexués, qui avaient pu s'adapter aux nouvelles conditions de vie, avaient transmis cette capacité à leur descendance. Les autres, ceux qui ne mouraient pas et donc n'évoluaient pas, avaient purement et simplement disparu de la surface de la Terre.

Burgh sourit tandis que l'ascenseur dévale les niveaux souterrains de Puzzle Palace. C'était ça, la mission que le Destructeur des mondes lui avait confiée : transformer les hommes en algues. Le problème était que, pour y parvenir, il fallait provoquer une mutation irréversible et transmissible à l'échelle d'une seule génération humaine. Or il n'y avait qu'un seul moyen de remplir ces conditions : un virus génétique renfermant cette partie de l'ADN de la momie qui contenait l'abolition du facteur mort. Un virus mutant qui aurait la simplicité meurtrière des êtres asexués et les systèmes d'autodéfense des êtres sexués. C'est à cela que Burgh Kassam travaillait dans le dernier sous-sol de Puzzle Palace, loin de la vigilance de la Fondation. Nul autre que lui n'avait le droit de pénétrer dans son laboratoire personnel. Et c'était tant mieux, car si la toute-puissante Fondation apprenait que son petit génie s'apprêtait à rendre irréversible cette longévité qu'ils comptaient vendre aux plus riches, Burgh ne donnait pas cher de sa peau.

Un signal sonore. La cabine s'ouvre sur une salle baignée de lumière artificielle. Au fond, derrière un sas de décontamination, des hommes en blanc s'affairent autour d'une cellule d'isolement. Burgh enfile sa combinaison étanche et les rejoint. Derrière les parois en plastique de la cellule, une femme sanglée semble somnoler sur un fauteuil. Des tuyaux transparents distillent dans ses veines le contenu de plusieurs fioles. Sur la plus grosse, Burgh lit « Protocole 13 », le nom de code des bouillons enzymatiques impliqués dans le rajeunissement cellulaire qu'il était parvenu à synthétiser à partir de l'ADN de la momie. Les autres poches reliées aux bras du cobaye étaient remplies d'un liquide d'un bleu presque phosphorescent. Des stabilisateurs chimiques destinés à réguler le processus. C'était ça le problème avec le Protocole 13 : au début, la réaction était stable, puis elle s'emballait.

Burgh interroge les consoles reliées aux paramètres vitaux de la femme. Une Mexicaine que les agents de la Fondation lui fournissaient en guise de cobaye, avec d'autres clandestins récupérés à demi morts de soif dans le désert.

Il se tourne vers l'un de ses assistants et lui demande depuis combien de temps l'injection a commencé. La voix étouffée par son masque de protection, ce dernier lui répond : « Quatre heures. » Burgh pianote sur son clavier. D'après la photo prise à son arrivée, la femme doit avoir dans les quarante ans. Il lève les yeux vers la vitre de protection. À présent, elle a l'air d'en avoir à peine trente. Le sourire de Burgh se fige sous son masque.

— Et merde…

— Quoi ?

— Ça accélère.

L'assistant pianote sur son clavier.

— Négatif, monsieur. Les paramètres sont stables.

Il vient à peine d'achever sa phrase lorsque plusieurs voyants se mettent à clignoter sur les panneaux de contrôle.

— Stables, hein ?

Sous les yeux des hommes masqués, une giclée de sang s'échappe de la bouche du cobaye. La femme est en train de vieillir à toute vitesse. Elle étouffe, se débat. Burgh interroge son chronomètre. Quelque chose s'est déclenché. Quelque chose qu'il n'est jamais parvenu à contrôler en dépit de dizaines de Mexicains qu'il avait sanglés sur ce fichu fauteuil. Le visage de la femme se déforme, son corps aussi. De grosses tumeurs enflent, grossissent, se résorbent. On dirait que des parasites géants rampent sous son épiderme. L'assistant demande :

— Les stabilisateurs chimiques se synthétisent. J'augmente les doses ?

— À un million de dollars le centilitre ? Balancez carrément le flacon dans les chiottes pendant que vous y êtes.

Sous les yeux de Burgh, le visage de la femme se flétrit à toute allure, chaque seconde creusant des rides plus profondes dans son épiderme. On dirait que sa peau est en train de fondre en même temps. Burgh regarde les chairs qui se relâchent, les cheveux qui blanchissent, les ongles qui s'allongent comme des griffes. Les yeux de la vieillarde deviennent vitreux. Elle se racornit comme un morceau de viande abandonné dans un four à micro-ondes. Elle gémit des mots inaudibles. Ses forces l'abandonnent. Puis elle se crispe une dernière fois et retombe de tout son poids sur le fauteuil.

Burgh soupire. C'est toujours la même chose, avec le Protocole 13 : au début ça fait rajeunir, puis ça lâche comme un mauvais lifting. Il arrache son masque de protection et jette ses gants dans la poubelle prévue à cet effet. Regardant une dernière fois le cadavre momifié qui le fixe à travers la vitre de protection, il grimace :

— Balancez-moi cette chose dans le désert.

68

Parvenu au dernier niveau de la base, Burgh Kassam se place sur la plate-forme de pesée située devant la porte blindée commandant l'accès à son laboratoire personnel. Le dispositif ronronne pendant que les caméras incrustées dans les murs le scannent sous toutes les coutures. La reconnaissance effectuée, la voix synthétique de l'ordinateur que Burgh a baptisé Cassandre s'échappe des haut-parleurs :

— Bonjour, monsieur Kassam. Vous avez perdu quatre cents grammes depuis votre dernière pesée. Votre taux de sucre est trop bas. Vous allez manquer de glucides avant onze heures. Les autres paramètres sont stables. En attente des derniers résultats.

— Essaie de m'annoncer des bonnes nouvelles, cette fois-ci.

Une bouffée d'air sec enveloppe le visage de Burgh lorsque la porte se referme derrière lui. À mesure que les néons s'allument, l'obscurité recule sur quatre cents mètres carrés d'un seul tenant. Son repaire secret. C'est là qu'il avait réussi à mettre au point son arsenal synthétique pour répondre aux pouvoirs des Révérendes.

Au début, les premières substances qu'il était parvenu à extraire de la momie étaient essentiellement des accélérateurs mentaux qui amélioraient la compréhension et la logique, ou des super-dopants qui décuplaient les forces et l'endurance. Des joujoux. En revanche, avec les substances de deuxième et de troisième génération, et en particulier avec les protocoles 7 et suivants, il avait enfin atteint les zones du cerveau qui gouvernaient les capacités surnaturelles des Révérendes. Les accélérateurs supra-cognitifs.

Burgh va ouvrir le caisson blindé contenant un échantillon de chaque protocole lorsque la voix de Cassandre s'échappe à nouveau des haut-parleurs.

— Résultats complets désormais accessibles. Sept tumeurs cérébrales repérées. Quatre en formation dans le lobe inférieur du poumon droit. Injection des protocoles correspondants requise. Les tumeurs temporales et frontales scannées hier sont en régression. Votre cancer du foie est guéri. Il vous reste six heures pour procéder à l'injection afin de neutraliser les tumeurs récentes.

Kassam grimace : l'ennui avec les protocoles, c'est qu'ils déclenchent des tumeurs en même temps qu'ils décuplent le potentiel de l'organisme. Ils les déclenchent et ils les accélèrent. Des grappes de tumeurs qui gonflent et éclatent comme des furoncles.

— Cassandre ?

— Oui ?

— Tu es sûre que les tumeurs cérébrales ne sont pas des métastases du cancer pulmonaire ?

— Tout à fait sûre, monsieur. Les lésions pulmonaires n'ont pas encore atteint le stade carcinome.

Kassam se prépare un booster immunitaire qu'il s'injecte en intraveineuse. Un tueur de cellules noires. Il grimace en sentant le liquide lui brûler les veines. La sale migraine qui lui vrillait les tempes depuis le matin est en train de céder du terrain à mesure que ses tumeurs se résorbent. Il avance entre les tables de laboratoire disposées sur deux rangées de part et d'autre de la pièce. Chaque table supporte une sorte de grosse carafe en plastique transpercée de fils électriques. Burgh en effleure une dont la paroi se déforme sous ses doigts – une paroi cellulaire, à la fois molle et incroyablement résistante. Il a toujours été fasciné par cette matière huileuse créée par la nature. Tout au fond des grandes fosses océaniques, là où la pression est si forte que la coque des bathyscaphes se déchire comme du papier, seuls les organismes unicellulaires parviennent à survivre grâce à la formidable résistance de leur membrane.

Burgh relâche la pression de ses doigts et regarde la paroi de la carafe reprendre lentement sa forme initiale. À l'intérieur, le scientifique est parvenu à reproduire un liquide intracellulaire dans lequel baignent des enzymes polymérases. C'est au cœur de cette solution qu'il a injecté l'ADN de la momie du projet Manhattan. Il a ensuite suffi de créer un champ magnétique à l'aide d'électrodes pour que l'activité de la pseudo-cellule se déclenche et que les protéines se mettent à lire les séquences génétiques. Comme dans un organisme vivant, chaque carafe contient des protéines qui ne lisent qu'une séquence spécifique. Des millions de braves filles qui multiplient les allers-retours entre les brins d'ADN et la chaîne de production cellulaire.

Un jour, lors d'une conférence imposée aux journées portes ouvertes du Caltech, Burgh avait tenté d'expliquer le mécanisme de la lecture ADN à un groupe d'enfants. Kassam détestait les enfants. Il les trouvait stupides, malodorants et relativement méchants. Mais il adorait leur raconter des histoires compliquées et capter ce moment où leurs yeux s'illuminaient et où leur cerveau primaire comprenait soudain le charabia qu'ils écoutaient. Ce n'était peut-être finalement que ça, l'intelligence : pas le fait de comprendre mais celui de pressentir qu'on a compris.

Ce jour-là, un morveux à binocles avait demandé à Burgh :

— Au fait, m'sieur, comment ça fonctionne une cellule ?

Désemparé par la bêtise de la question, Burgh s'était souvenu de cette réponse qu'Einstein avait faite à un journaliste de magazine pour enfants qui lui avait demandé d'expliquer la réaction atomique de telle sorte que ses jeunes lecteurs en comprennent le concept sans difficulté. Einstein avait réfléchi un moment, puis il avait demandé au journaliste de se figurer une salle de trente mètres carrés dont on aurait tapissé le sol avec des centaines de pièges à souris. Il lui avait ensuite proposé d'imaginer quelqu'un jetant une balle de golf dans la pièce avant de refermer la porte. À cet instant, le maître avait sans doute capté un début de lueur dans les yeux du journaliste visualisant la balle de golf tombant sur un premier piège, lequel se refermait en la propulsant vers un autre piège, et ainsi de suite. Einstein avait alors ajouté :

— Maintenant, imaginez que la pièce en question fasse un million de kilomètres carrés et que chaque piège qui se referme libère une formidable énergie destructrice. Une réaction nucléaire, c'est ça.

Burgh en était certain, c'est à ce moment précis que la lueur dans les yeux du crétin s'était mise à grandir, à mesure qu'il comprenait que déclencher une réaction en chaîne n'est rien, que tout le problème consiste à la contrôler, et donc à pouvoir l'arrêter. C'est à cela que

Burgh avait songé en regardant le petit morveux à lunettes qui reniflait en attendant la réponse. Sur le tableau, il avait commencé par dessiner un rond à l'intérieur duquel il avait représenté un bonhomme assis dans un fauteuil devant un écran. Puis il s'était tourné vers les enfants et avait dit :

— Voici l'intérieur d'une cellule. Une cellule est une usine. Imaginez un bonhomme qui travaille dans cette usine. Son seul boulot consiste à regarder un écran sur lequel défile un message que lui seul peut comprendre. Ce bonhomme s'appelle une protéine lectrice et les informations qui circulent sur l'écran s'appellent des séquences ADN. Ces séquences sont un peu comme des briques qui contiennent chacune une information différente. Ces briques sont lues trois par trois, et ces groupes de trois briques qui se suivent sont appelés des codons. Plusieurs codons à la suite forment ce que l'on appelle un gène. Le bonhomme en question est un spécialiste qui lit toujours les mêmes séquences et les traduit sur une feuille. Lorsque cette feuille est remplie, il se lève de son fauteuil, descend plusieurs escaliers et se rend dans la salle des ingénieurs de l'usine. La feuille sur laquelle il a traduit les séquences ADN s'appelle un ARN messager. Les ingénieurs de l'usine sont des ARN. Ils ne lisent que le messager. Lorsque c'est fait, ils expédient un signal appelé ARN trans qui part en direction du magasin de l'usine où sont stockées toutes les pièces détachées disponibles. Ces pièces sont ensuite acheminées vers la chaîne de production qui se met à construire l'objet dont la cellule a besoin. Ensuite, le premier monsieur retourne dans son fauteuil pour déchiffrer une autre séquence et rédiger un nouvel ARN messager qu'il ira remettre aux ingénieurs ARN. De cette façon, la chaîne de production fabrique sans cesse les matériaux dont la cellule ou le corps a besoin.

— Vous voulez dire, comme une chaîne de production de voitures ?

Burgh s'était retourné et avait capté la flammèche d'intelligence dans les yeux du morveux : le concept.

69

Burgh contrôle les dizaines de carafes-cellules disposées sur les paillasses. Chacune est reliée à un buisson d'écrans qui diffusent en permanence des millions d'images. Des ordinateurs qui se servaient de la protéine lectrice comme processeur. Rien ne lit plus vite ni mieux qu'une protéine. Jamais le moindre message d'erreur, jamais le moindre incident. Tout le problème consistant à retranscrire le résultat en un langage intelligible. Et c'est Burgh qui avait trouvé : alors que les ingénieurs de la Fondation s'échinaient depuis plus de dix ans à essayer de comprendre ce que lisait la protéine, lui avait eu l'idée de s'intéresser à l'ARN messager que le petit bonhomme de l'usine expédiait à la chaîne de production cellulaire. La traduction de la traduction, c'était ça le secret.

Une fois ses branchements terminés, les écrans de son labo, jusque-là aussi désespérément vides que ceux de la Fondation, s'étaient brusquement recouverts de formes et d'éclaboussures lumineuses. Puis, à mesure que Burgh avait affiné ses logiciels de traduction, il avait vu apparaître les premières images des différents milieux dans lesquels cet ADN avait vécu avant d'atteindre ce degré d'évolution. Pas seulement l'histoire de la momie mais aussi celle des millions de vies qui l'avaient précédée et dont les existences s'étaient additionnées et transmises à travers cet ADN. L'histoire de l'histoire de l'humanité.

Burgh était resté une semaine entière dans son laboratoire à observer ses écrans et à prendre des notes. Quand il en était ressorti, il avait enfin compris ce que contenait la partie inconnue de cet ADN préhistorique, celle qui correspondait à ce qui s'était produit avant l'apparition de l'ADN terrestre : quelque chose qui avait déjà eu lieu et qui allait se reproduire. La grande contamination, le virus humain. Il en était alors arrivé à la conclusion que le seul moyen de se débarrasser de l'humain était de s'en prendre à l'humain, et non au milieu dans lequel il évoluait. Il s'était alors mis au travail sur son virus génétique en le programmant pour qu'il s'attaque directement à l'ADN. Le protocole d'extermination était prêt depuis six mois. Reprenant l'idée d'Oppenheimer, Burgh l'avait baptisé du nom de Shiva, le Destructeur des mondes. Puis il avait fait enfermer des milliers de souches dans des caissons hermétiques dispersés à travers la planète. Depuis, une armée d'agents dormants n'attendait plus que son signal pour déclencher la propagation.

Burgh avait calculé que 99,8 pour cent de l'humanité ne survivrait pas à cette mutation immédiate. Restait 0,2 pour cent de survivants dont le nouvel ADN comporterait la grande longévité, laquelle anéantirait définitivement le potentiel virulent de l'espèce humaine. Burgh sourit en lisant les dernières estimations de ses ordinateurs : 99,8 pour cent de cadavres, 0,2 pour cent d'algues. Mais, pour y parvenir, il fallait à tout prix qu'il élimine cette abomination que la tempête et ses agents n'avaient pas réussi à neutraliser et qui détenait le seul antidote possible au Protocole Shiva. Une Révérende âgée de onze ans qui répondait au doux prénom d'Holly.

Burgh est sur le point de se replonger dans ses travaux lorsque son portable se met à bourdonner. Stoxx, un des agents qu'il a expédiés au Mexique pour intercepter le docteur Walls.

— Je vous écoute, Stoxx.

— Nous sommes sur les traces de l'archéologue. Nous n'allons pas tarder à le récupérer.

— Pardon, Stoxx, je vous entends mal. Vous venez de dire que vous étiez sur les traces de Walls et que vous l'avez attrapé, c'est ça ?

— Non, monsieur, je vous disais que…

— Stoxx ?

— Oui.

— Je veux parler à Doug.

En attendant que l'autre agent prenne la communication, Burgh expédie une vibration mortelle à Stoxx. Un gémissement, le bruit d'un corps qui tombe. La voix apeurée de Doug retentit dans l'écouteur.

— Monsieur ?

— Comment va Stoxx ?

— Je crois qu'il est mort, monsieur.

— Et vous, ça va ?

— Oui.

— Ok. Je vais essayer d'être clair pour que vous compreniez bien l'importance de votre mission : vous devez récupérer de toute urgence ce que cet archéologue a retrouvé dans la Mesa. Il ne faut surtout pas qu'il rapporte ça aux États-Unis, ni qu'il le remette à cette Holly Amber Habscomb qui a échappé à nos hommes à La Nouvelle-Orléans. C'est cette morveuse qui détient presque tous les pouvoirs des Révérendes depuis que la vieille Cole s'est transférée en elle dans ce foutu centre commercial. Elle ne le sait pas encore mais elle est en train de devenir extrêmement puissante. C'est elle que nous devons tuer car seul son ADN peut désormais arrêter la menace qui approche. Il est donc hors de question que ce Walls quitte le Mexique vivant, vous m'avez bien compris, Douggy ?

— Parfaitement, monsieur.

VII

HOLLY

70

— C’est pas possible, c’est un cauchemar…

L’agent spécial Marie Parks entend le moteur de son pick-up hoqueter une nouvelle fois. Un long coup de klaxon retentit derrière elle. Elle se range sur le bas-côté et adresse un doigt d’honneur au chauffeur du camion qui passe en faisant vibrer la cabine. Elle pompe sur l’accélérateur. Le moteur pétarade, projetant des bouffées de fumée huileuse dans l’air brûlant. Marie relâche la pédale et regarde les champs jaunis par le soleil : des hectares à perte de vue, l’horizon brouillé de chaleur au loin. Elle consulte sa carte. À vue de nez, elle est à des milliers de kilomètres de nulle part, paumée au fin fond du…

— Mississippi ? Misère, mais qu’est-ce que je fous dans le Mississippi ?

Forçant la clim à s’en geler les doigts, Marie pose la nuque contre l’appuie-tête. Pourtant, au début, tout s’était bien passé. Boston, New York, Philadelphie, Baltimore, Washington DC, et puis le Sud. Mille cinq cents kilomètres en suivant la langue d’asphalte de la 95. Elle avait prévu de descendre jusqu’à Savannah et Jacksonville en longeant la côte, puis d’obliquer à droite sur la route 10 vers Tallahassee, Mobile et La

Nouvelle-Orléans. Un sacré détour, mais ça valait mieux que de couper à travers le Sud profond.

Elle venait de dépasser Richmond quand le moteur avait eu ses premiers ratés juste avant l'embranchement de Petersburg. Tout droit, la 95 ; à droite, la 85 en direction de nulle part.

Marie s'était calée sur la voie du milieu et avait appuyé sur l'accélérateur. Un premier hoquet, un deuxième. Elle avait relâché la pédale avant de rappuyer plus doucement. Même scénario, en plus violent. Puis, à mesure que l'embranchement approchait, elle avait senti son volant tirer vers la droite, comme si un de ses pneus était en train de se dégonfler. Plusieurs voitures avaient pilé derrière elle tandis qu'elle mordait sur la voie de décélération. Marie s'était cramponnée pour redresser son pick-up. Puis, quand elle avait laissé la 85 sur sa droite, les culasses et la direction s'étaient brusquement remises à fonctionner normalement. Si brusquement, en fait, que le véhicule avait failli partir en travers. Nouveau concert de klaxons. Marie avait braillé une bordée d'injures, puis, après s'être arrêtée dans une station-service où le mécano n'avait rien découvert d'anormal, elle avait repris sa route vers le sud en suppliant sa vieille bagnole de ne pas la lâcher.

Tout s'était bien passé durant les cent cinquante kilomètres suivants et Marie commençait à se détendre lorsque les ennuis s'étaient répétés à proximité de l'embranchement de Rocky Mount, en pire. Sentant le pick-up dériver de nouveau vers la droite, Marie avait affiché son clignotant et s'était rendu compte que, plus elle laissait la voiture se déporter vers la voie en direction de Raleigh et du Sud profond, plus le moteur reprenait du poil de la bête.

— Tu te fous de ma gueule, dis ?

Piquée au vif, elle avait continué à appuyer doucement sur l'accélérateur en sifflotant un air de country. Au dernier moment, alors que le volant continuait à pivoter entre ses doigts, elle avait braqué à gauche en appuyant de toutes ses forces sur la pédale. Le moteur avait lâché des nuages de fumée noire mais Marie avait lutté jusqu'au bout, mordant sur le zébra pour forcer le pick-up à poursuivre vers le sud. Au moment où elle avait franchi le dernier panneau en direction de Raleigh, le moteur s'était remis à ronronner normalement et la direction était redevenue souple entre ses mains. Cela avait duré ainsi sur plusieurs kilomètres, le temps de franchir la frontière avec la Caroline du Sud, puis, à mesure que l'embranchement de Florence approchait, tous les symptômes étaient réapparus, avec en prime l'aiguille de température grimpant vers le rouge. Vaincue, Marie avait dit :

— Ok, ma vieille. Pour l'instant, c'est toi qui gagnes mais, si tu continues comme ça, je te fais broyer dans une casse et je m'achète une Japonaise.

Elle avait laissé le pick-up dériver vers la droite et s'engager sur la 20 en direction d'Atlanta où elle s'était arrêtée dans un motel crasseux. Le lendemain, vers midi, elle avait franchi la frontière de l'État du Mississippi. Et voilà que de nouveau, quelque part entre un patelin qui s'appelait Alligator et un autre qui n'avait même pas de nom, le pick-up venait de se mettre à hoqueter avant de la forcer à s'arrêter sur le bas-côté.

Marie tapote l'écran de son GPS. Elle lève la tête et regarde encore une fois le paysage écrasé de chaleur. Au loin, les bras du Mississippi miroitent sous le soleil. Rien d'autre que des kilomètres de champs de tabac dont les larges feuilles jaunies se balancent mollement dans le vent tiède. Du jaune, du vert, du vent et de la poussière rouge. Marie ouvre son paquet de cigarettes : il en reste deux. Elle en allume une.

— Ok, vieux tacot pourri. On fait quoi maintenant ? Tout droit ? À droite ? Ha ha, je t'ai bien eu ! Il y a que dalle à droite ! Même pas un chemin poussiéreux ! Bon, alors quoi ? À gauche ? Ha ha, je t'ai eu encore une fois, il y a que dalle à gau…

Le sang de Marie se glace tandis que le moteur se remet à ronronner normalement. Elle vient de repérer au loin un chemin qui s'enfonce entre deux champs de tabac jusqu'à une vieille bicoque coloniale avec des dépendances et une grange coiffée d'un toit rouge. Ses mains se crispent sur le volant.

— Stop, on arrête les conneries maintenant. Il est hors de question que je m'engage là-dedans. Voilà ce que je te propose : on remonte sur Memphis et on va se faire un petit pèlerinage sur la tombe du gros Elvis. T'auras même droit à une vidange complète et un lustrage des chromes. Ils font ça comme personne à Memphis. Tu m'entends ? Je veux foutre le camp d'ici et aller manger une assiette de crevettes au piment à Memphis, dans le Tennessee !

Des coups contre la vitre font sursauter Marie. Un vieux policier à la chemise trempée de sueur se tient devant la portière. Elle ne l'a pas vu venir. Elle dégaine lentement sa carte du FBI et baisse la vitre.

— Un problème, mâ'âm ?

Marie sursaute en entendant la voix du flic. Il se penche. Son visage ridé et ses mèches blanches emplissent son champ de vision. Il porte de grosses lunettes noires et mâche un morceau de chique. Elle sent son cœur cogner dans sa gorge.

— Cayley ?

Le flic crache un jus de tabac dans la poussière.

— Connais personne de ce nom-là dans le secteur, mâ'âm. À part un vieux maréchal-ferrant, mais il est mort de misère à cause des tracteurs qui ont remplacé les canassons dans les champs. C'était... pffiou... y a un bout de temps de ça. Si je me souviens bien, il vivait de l'autre côté du fleuve, à un tir de fusil de la frontière avec l'Arkansas. Un sacré pédé de démocrate en tout cas.

Marie sursaute.

— Cayley, c'est toi ?

— J'vous le répète, mâ'âm. Je ne connais aucun Cayley vivant dans tout le périmètre des Terres Rouges. Je m'appelle Grant, comme ce foutu salopard de général nordiste. Si c'est pas une honte de s'appeler comme ça par ici ! Mais mon prénom, c'est Sylvester. Sylvester Grant, adjoint du shérif du comté de Coahoma, État du Mississippi. C'est là que vous avez atterri, au cas où vous cherchez votre route.

— Merci, mais je crois que j'ai trouvé.

Le vieux flic fronce les sourcils.

— Vous croyez ? Vous allez où exactement ?

Marie pointe timidement le doigt vers le chemin qui s'enfonce à travers champs. Le visage du flic s'illumine.

— Vous allez à la plantation d'Ol'Man River voir la vieille Akima ? Ça va lui faire plaisir. Tout le monde la prend pour une folle par ici, mais si vous voulez mon avis eux aussi ce sont tous des saletés de démocrates. Tous, hormis elle et moi. Et vous, bien sûr. Je me trompe ?

— À propos de quoi ?

— De vous ?

— Euh... J'ai voté Kerry aux dernières élections.

— Personne n'est parfait, mâ'âm. Tant que vous n'êtes pas en plus une vermine communiste, ça me va.

Marie avale péniblement sa salive.

— Allez, Cayley, fais pas le salaud, je sais que c'est toi.

Le sourire du flic a disparu. Il paraît soucieux. Ses yeux bleus lorgnent Marie par-dessus ses lunettes.

— Mâ'âm, sauf votre respect, si vous continuez à m'appeler Cayley alors que je m'appelle Sylvester Grant, il va falloir que je vous coffre pour vous laisser dessoûler au frais. Remarquez, mon Helena fait un de ces thés glacés dont vous me direz des nouvelles. Elle met une rondelle de citron vert avec un morceau de cannelle et elle laisse refroidir le tout dans le bac à légumes. Ça nous a fait péter plus d'un frigo mais, qu'est-ce que vous voulez, on se refait pas. Vous voulez que je vous emmène y goûter, mâ'âm ?

Marie fait doucement non de la tête.

— Comme vous voulez. Alors bonne fin de route, et dites bonjour à la vieille pour moi.

71

La voix du commandant de bord annonce que le 737 amorce sa descente vers l'aéroport de Jackson, Mississippi. Il avertit que le cyclone est passé mais que ça risque de secouer à cause des cisaillements de vent. Walls soulève le volet de son hublot. Le crépuscule embrase l'horizon ravagé par la tempête. Une brume de chaleur flotte au-dessus des champs de coton et de soja inondés, comme une gigantesque toile d'araignée.

Walls tente de se concentrer. Il est bien obligé de l'admettre, il est en train d'oublier ce qui s'est passé dans la grotte-sanctuaire. Peu à peu, cela ressemble aux souvenirs que l'on conserve d'un rêve : des images très fraîches qui se dissipent au fur et à mesure que la journée avance.

Après avoir quitté la Mesa, il avait marché dans le grand désert de Sonora sans souffrir de la soif ni de la faim. De longues heures à retrouver des pans perdus de son passé sous le soleil cuisant. Parfois, il avait même eu l'impression que son grand-père avançait à ses côtés.

Il s'était d'abord rappelé la fin de cette journée où le vieux Gardien l'avait emmené pêcher au bord de la rivière Pearl. Après avoir bu l'eau des Fleuves, Walls avait eu l'impression que les couleurs avaient changé, qu'elles étaient devenues plus pures, plus savoureuses. Jamais la surface du fleuve ne lui avait paru si belle. Jamais l'écume n'avait ressemblé à ce point à du lait chaud. Jamais les arbres ne lui avaient semblé d'un vert aussi profond. Le goût des choses aussi s'était transformé : celui de l'air, d'un verre d'eau tirée au robinet, des céréales, du pain et des bonbons. Et puis, il s'était passé des choses plus inquiétantes. Cela avait commencé le lendemain, lorsqu'il s'était réveillé et qu'il avait ouvert les volets de sa chambre. Il avait d'abord entendu une rumeur lointaine et puissante. Au début, Gordon avait pensé que c'était le vent dans les arbres mais l'air était immobile et les branches ne remuaient pas d'un millimètre. En prêtant attention, il s'était rendu compte qu'il entendait des milliers de voix chuchotant ensemble. Plus troublant encore, il avait constaté que plus il se concentrait, plus le nombre de voix qu'il parvenait à capter augmentait.

Comme si son esprit était en train de se transformer en une sorte d'antenne, ou de parabole. Oui, c'était ça, l'image la plus précise. Et c'est à ce moment que Gordon avait compris que ce n'était pas la voix des gens qu'il entendait, mais leurs pensées. Un brouhaha qui s'élevait de partout et emplissait l'atmosphère comme le chant des cigales. Les pensées des passants et des commerçants, les pensées des enfants sur le chemin de l'école, les pensées du monde.

Ce jour-là, Gordon n'était pas allé à l'école. Il avait marché toute la journée dans les rues à écouter les pensées des gens, à capter leurs secrets, leurs injures, leurs prières et quantité d'autres choses qu'il était encore trop jeune pour comprendre. C'est de tout cela qu'il s'était souvenu en avançant dans le désert. De cela et de la disparition de son grand-père qui avait eu lieu une semaine après leur escapade. Ce soir-là, sa mère l'avait pris dans ses bras et avait murmuré que Papy avait sombré dans le coma et qu'on pensait qu'il ne se réveillerait jamais. Gordon avait essayé de pleurer mais les larmes n'étaient venues que beaucoup plus tard, lorsqu'il s'était retrouvé seul avec son chagrin.

Au matin, lorsqu'il avait ouvert ses volets pour écouter les pensées du monde, il s'était rendu compte qu'il n'entendait plus rien et que toutes les choses avaient repris leur couleur et leur goût d'avant. Alors, peu à peu, il avait oublié.

Ce sont tous ces souvenirs, ces goûts et ces couleurs, que Walls avait retrouvés dans les profondeurs de la Mesa. Son pouvoir aussi. Il s'en était rendu compte alors que le soleil était en train de passer de l'autre côté du ciel. Il marchait sur un chemin poussiéreux en direction de Camargo lorsqu'il avait entendu un bruit de moteur. Il s'était retourné et avait vu approcher une vieille fourgonnette cabossée qui avançait en soulevant un nuage de poussière. L'homme qui conduisait s'appelait Fernando. Un péon. Walls était monté à l'avant et avait commencé à capter ses pensées, Fernando disait qu'il allait rejoindre son cousin qui élevait des poules à San Estebán. En même temps, il pensait qu'il avait de la chance : *Madre de Dios, Fernando, c'est pas de la chance, c'est un miracle.* Il disait que son cousin Almeiro avait des problèmes avec ses poules : un virus. Fernando espérait que les années de galère étaient terminées, qu'il allait enfin pouvoir s'acheter une vraie ferme, loin de cette saleté de désert. Fini le pulque et les galettes de maïs, fini les filles sales aux seins mous. Il allait pouvoir se payer des Blanches avec des dessous transparents comme dans les magazines. Almeiro l'avait appelé en urgence pour tenter de circonscrire le mal qui ravageait ses poules ; il espérait que ce n'était pas la grippe aviaire. En fait, il en était persuadé et, tout en baratinant Walls, il se disait qu'il allait sûrement falloir en tuer plusieurs centaines et vendre les autres à la coopérative avant que ça se sache. Mais, pendant tout ce temps, Fernando avait surtout songé à ces hommes en noir qui sillonnaient le désert à la recherche d'un gringo du nom de Walls. Ils avaient des gueules de tueurs et offraient dix mille dollars à qui le repérerait le premier. Fernando leur avait demandé pour la forme si le fugitif était un assassin en fuite ou quelque chose comme ça. Le gars l'avait regardé intensément de ses grands yeux de camé et le péon avait senti une drôle de douleur lui vriller le crâne, comme si le type était en train de fouiller ses pensées avec les doigts. Ne surtout pas déplaire à ces gens-là, voilà ce que Fernando s'était juré. Il avait prévu de les appeler d'une cabine. Ils avaient laissé un numéro où ils étaient joignables à n'importe quelle heure. Fernando préférait leur téléphoner le jour. En réalité, il était littéralement terrorisé à l'idée de les appeler en pleine nuit. C'est pour ça qu'il conduisait aussi vite, sans se soucier des essieux qui claquaient dans les nids-de-poule et les ornières. S'il continuait comme ça, il allait péter un moyeu ou la direction. Mais il s'en moquait : il pensait à ses dix mille dollars.

Quelques heures plus tard, lorsque la fourgonnette s'était engagée sur la route en dur qui menait à San Estebán, Walls avait constaté que son pouvoir n'était pas seulement revenu mais qu'il s'était aussi transformé. Fernando avait avisé une station-service dont les panneaux poussiéreux se balançaient dans le vent du désert et Walls avait lu dans ses pensées que c'était là que le péon avait prévu de téléphoner aux hommes en noir. Ils étaient à douze kilomètres de San Estebán, juste le temps qu'il fallait pour se mettre en route et cueillir l'archéologue à sa descente de voiture. Le péon avait expliqué qu'il devait s'arrêter pour prendre de l'essence. Walls avait jeté un œil à la jauge. Elle était presque vide mais il restait assez de carburant pour atteindre San Estebán. C'est ce qu'il avait objecté à Fernando en accompagnant sa phrase d'une légère impulsion mentale. Le regard du péon s'était troublé. Il avait semblé réfléchir un moment, puis il avait dit qu'il fallait de toute façon qu'il s'arrête pour téléphoner. Walls lui avait demandé à qui. Une goutte de sang avait glissé de la narine de Fernando. Le péon avait répondu qu'il devait appeler des hommes en noir qui recherchaient un gringo du nom de Walls. Ce dernier lui avait fait remarquer qu'il n'avait croisé personne répondant à ce signalement. Fernando avait hoché la tête en disant :

— Moi non plus.

Ils avaient ainsi poursuivi leur route jusqu'à la ferme d'Almeiro, que Walls avait poussé à son tour pour qu'il l'emmène à Chihuahua. Tandis que le camion chargé de poules s'éloignait, il avait contemplé le reflet de Fernando dans le rétroviseur. Le péon était assis sur le trottoir et regardait dans le vide.

En milieu d'après-midi, Almeiro avait déposé Walls à quelques kilomètres de l'aéroport international de Chihuahua. Avant de descendre, l'archéologue lui avait expédié une impulsion d'oubli. Il était si fatigué que son message avait été trop puissant. Il avait lu dans les pensées d'Almeiro que celui-ci ne savait même plus où il allait ni comment il s'appelait. Walls lui avait alors dit qu'il devait alerter la police au sujet des poulets contaminés. Almeiro avait eu un drôle de sourire en hochant la tête. Il s'était frappé le front et s'était écrié :

— Bon sang, oui, c'est ça !

Walls l'avait regardé s'éloigner, puis il avait franchi les portes vitrées de l'aéroport et s'était dirigé vers le comptoir d'AeroLitoral. La préposée s'appelait Consuela. Elle avait de beaux cheveux bruns. Il lui avait demandé un billet sur le premier vol à destination des États-Unis. Elle lui avait répondu que le prochain était un direct pour Jackson et qu'il restait une place. La poussant juste ce qu'il fallait pour ne pas la faire saigner, Walls avait déposé sur le comptoir un vieux billet de cinq dollars tout chiffonné. Consuela lui avait dit avec un sourire gêné qu'elle n'avait pas la monnaie. Walls lui avait rendu son sourire et répondu que ce n'était pas grave.

72

Marie remonte lentement le chemin qui conduit chez la vieille Akima. Les feuilles de tabac frottent contre la carrosserie. Par endroits, les champs ravagés par le cyclone se sont presque refermés, à tel point qu'on a l'impression qu'aucun véhicule n'est passé par là depuis des années. La vieille demeure coloniale est une de ces plantations qui avaient été prospères jusqu'à la guerre de Sécession. Une ferme à esclaves, ainsi que Marie peut en juger par les alignements de baraquements plaqués contre la rive du Mississippi.

Le pick-up a presque atteint l'entrée du domaine. Une pancarte délavée annonce « Ol'Man River ». Plus loin, le chemin s'enfonce sous un tunnel de glycine si épais qu'il boit la lumière du soleil. Marie s'y engouffre en baissant instinctivement la tête. Elle entend les lianes griffer le toit. Une écœurante odeur de fleur sucrée se mêle à l'air glacé de la climatisation. Elle bâille. Ses paupières sont tellement lourdes. Le soleil recommence à percer à travers les branches. Une flaque de lumière inonde le pare-brise poussiéreux tandis que le pick-up émerge enfin à l'air libre. De l'autre côté, les couleurs semblent plus pures, plus anciennes. La vieille demeure est beaucoup moins délabrée que Marie ne l'avait imaginé. Et puis surtout, ici, rien ne semble avoir été ravagé par le cyclone. Pas d'arbre arraché, aucune branche morte.

Marie secoue la tête pour chasser la torpeur qui l'engourdit. La route l'a épuisée. Elle immobilise son pick-up au pied du perron et ouvre la portière. Des parfums de tabac et de fleur de coton flottent dans l'air. Elle examine la façade : quatre étages de style colonial avec balcons de bois et fenêtres à double vantail.

Marie vient d'atteindre une immense terrasse qui fait le tour de la demeure. La porte d'entrée, très ancienne et gardée par un large rideau de perles, est ouverte sur les ténèbres. Marie avance. Ça craque sous ses pieds. Certaines lattes ont joué sous l'effet conjugué de la chaleur et de l'humidité, arrachant presque les têtes de clous qui les retiennent aux tasseaux. Marie se fige en entendant un grincement. On dirait le bruit d'une balançoire. Elle passe le coin de la maison et découvre un salon extérieur encombré de gigantesques plantes. Une main sur la crosse de son automatique, elle avance à travers la forêt de pots. Des branches cotonneuses agrippent ses épaules. De l'autre côté, la terrasse en arc de cercle donne sur le Mississippi dont les flots brillent à une cinquantaine de mètres de la maison. Une carafe de citronnade est posée sur une table, à côté d'un sucrier et d'une assiette de cookies.

— Bienvenue à Ol'Man River, Marie.

Marie se retourne. Une très vieille Noire aux cheveux blancs la regarde en fumant un cigare et en se balançant sur son rocking-chair. Elle porte une robe à fleurs mauves et des sandales de corde. Ses yeux sont grands ouverts sur le vide. Des yeux d'aveugle. Pourtant, elle suit chaque geste de Marie comme si elle savait exactement où elle se trouvait.

— Approche, Marie. Tu veux un cookie ou une citronnade ? Ce sont des citrons du jardin. Tu m'en diras des nouvelles.

— Vous êtes Akima ?

Le sourire de la vieille dame semble se figer. On dirait qu'elle se concentre.

— C'est bien mon nom. Tu le prononces sans accent. C'est rare pour quelqu'un qui n'est pas d'ici. Mais viens donc t'asseoir près de moi. Mes yeux sont morts depuis longtemps et il va falloir que je touche ton visage comme le font les aveugles.

— Euh… sauf votre respect, madame, vous êtes aveugle.

La vieille dame sourit malicieusement. Il y a en elle quelque chose de profondément bon. De terriblement dangereux aussi. Ses vieilles mains quittent ses genoux et avancent vers le visage de Marie. De longs doigts usés à retourner la terre et à filer le coton.

— Vous êtes vraiment obligée de faire ça ?

— Ça te fait peur ? Ce serait mauvais signe. Ça voudrait dire que tu as quelque chose à cacher. Il ne faut rien cacher à la vieille Akima. Rien, tu m'entends ?

Marie se crispe tandis que les doigts râpeux parcourent son visage. On dirait de longues pattes d'araignée en train de courir sur sa peau. Akima commence par les pommettes, les joues et l'arrondi du menton. Puis, sans cesser de sourire, elle passe aux détails, les arcades sourcilières, les paupières, les cernes sous les yeux, le nez. Marie sent le goût terreux de ses doigts sur ses lèvres.

— Tu es très belle, Marie. Très belle et très triste. Pourquoi es-tu si triste alors que tu es si belle ?

Marie sent des larmes lui brûler les yeux. Sous les doigts d'Akima qui auscultent son visage, elle a l'impression de redevenir une toute petite fille. Son esprit se remplit d'odeurs anciennes. Des arômes de sucette à la menthe, de mercurochrome, de feuilles mortes et de cour d'école. Elle ferme les yeux. Des bruits de cordes à sauter, des grincements de balançoire, le vent dans les branches. Le temps défile. Les couloirs blancs d'un hôpital. Un goût de barre au chocolat et de vomi dans la bouche. La respiration de la vieille dame s'accélère. Elle retire brusquement les mains comme si elle venait de se brûler. Marie ouvre les yeux et croise son regard mort. Akima ne sourit plus.

— Laissez-moi deviner. Vous venez d'apercevoir le reflet d'une adolescente nue dans un miroir. Elle est maigre, décharnée, méchante comme la grippe, et elle vous a dit d'aller vous faire voir ou un truc comme ça. J'ai raison ?

— J'ai vu beaucoup de souffrance dans ce miroir. De la colère aussi.

— C'était quoi ça ? La consultation à cinquante dollars d'Akima la voyante ? Vous pensez vraiment que je me suis tapé la route depuis Boston pour avaler un jus de citron et me faire tirer les cartes par la grand-mère aveugle de Michael Jackson ?

— Tais-toi, Gardener. Je parle à Parks.

La voix d'Akima a claqué comme un fouet. Marie se force à respirer lentement. Elle vient d'apercevoir une vague de tristesse qui chiffonne le visage de la vieille Noire. Elle s'en veut terriblement.

— Je suis désolée pour Michael Jackson, madame. Je ne sais pas ce qui m'a pris.

Akima ne répond pas. Elle réfléchit. Puis, après avoir avalé une gorgée de citronnade, elle pose à nouveau son regard mort sur Marie.

— Pourquoi es-tu venue jusqu'ici ?

— C'est pas moi, c'est mon pick-up.

— Ce n'est pas la réponse que j'attendais.

— Ah ? C'est un test ?

— Oui, Marie. Si tu réussis, tu pourras poursuivre ta route.

— Et si j'échoue ?

— Alors, je serai obligée de te tuer.

La vieille dame est sérieuse. Elle en a le pouvoir. Avec la seule force de sa pensée, elle peut arrêter le cœur de Marie ou lui faire éclater le cerveau.

— Je suis venue parce que je n'arrête pas de rêver d'une fillette. Une Afro-Américaine comme vous. Elle est très jeune et très belle. Elle porte une robe blanche. Elle a mal. Elle a peur. Elle est à La Nouvelle-Orléans.

— Il ne reste malheureusement plus grand-chose de La Nouvelle-Orléans.

— Elle est réfugiée dans le Superdôme avec la plupart des habitants des quartiers pauvres.

— Quoi d'autre ?

— Dans mes visions, elle est assise sur les gradins et regarde la pluie tomber sur la pelouse. Des gens la recherchent au milieu de la foule. Des clochards. Elle est protégée par trois hommes en manteau blanc. Elle a besoin de moi.

— Elle s'appelle Holly Amber Habscomb. Ce qui lui arrive n'était pas prévu. Elle est très importante pour nous.

— Qui ça, nous ?

La vieille dame ne répond pas. Elle réfléchit.

— Tu m'as donné quelques bonnes réponses, Marie. Mais ce n'est pas suffisant. Pour que je te laisse passer, il va falloir que tu me dises qui je suis.

— Vous êtes une espèce de…

— Je pose la question à Parks.

— Vous êtes Akima. Une vieille dame aveugle qui boit de la citronnade. Vous habitez une grande baraque hantée qui doit vous coûter une fortune à entretenir.

Vous fumez des cigares qui puent mais j'aime bien cette odeur.

— Ok. Cessons de jouer à présent. J'ai besoin que tu me dises qui je suis vraiment.

— Vous êtes une Révérende ?

— Tu sais ce que ça signifie ?

— J'ai rêvé de l'une d'entre vous, Hezel, une rescapée du *Cimetière*. J'ai rêvé que j'étais elle, il y a deux siècles, dans la colonie d'Old Haven. Je crois que c'en était une. Une Révérende, je veux dire.

— Cela ne répond toujours pas à ma question.

Marie frémit. La brise tiède qui enveloppait son visage est en train de fraîchir. On dirait que quelque chose transforme lentement le visage d'Akima. Elle étend les bras et prend les mains de Parks dans les siennes. Ses doigts sont beaucoup plus fermes que tout à l'heure. Beaucoup plus forts aussi.

73

L'avion vient de se poser sur la piste de Jackson. Walls avance au milieu des passagers. Il écoute leurs pensées. Ils sont pressés, fatigués, agacés. Une femme en tailleur a hâte de retrouver les siens. À côté d'elle, un homme en manteau gris porte un attaché-case. Il est triste. Sa fille Rebecca le déteste à cause de ce qu'il lui a fait quand elle était jeune. Walls frissonne de dégoût. Il heurte une jeune femme très blonde et très belle. Il s'excuse. Elle se retourne et lui sourit. Walls la regarde s'éloigner en se concentrant sur elle. Il s'en veut un peu de cette effraction mentale mais il meurt d'envie de connaître les pensées d'une aussi jolie fille. Il grimace. Des grésillements s'échappent du cerveau de la jeune femme. Sa mémoire est très abîmée. Elle commence déjà à oublier des mots. Cela fait plusieurs semaines qu'elle a mal à la tête, qu'elle ressent des vertiges et des nausées. Au début, elle a cru qu'elle était enceinte ou qu'elle couvait une grippe, mais c'est à cause de cet amas de cellules noires qui grandit près de son hypothalamus. La tumeur est de la taille d'un noyau de cerise. Elle grossit. Bientôt la jeune femme va devenir aveugle. Ça arrivera d'un seul coup, comme des plombs qui sautent un soir d'orage, puis elle perdra la parole et l'usage de ses jambes. Walls joue des coudes dans la foule. Il essaie de la rattraper.

— Qu'est-ce que tu fais, Gordon ?

Walls sursaute en entendant la voix de son grand-père résonner dans son esprit.

— Comment ça, qu'est-ce que je fais ? Elle a un cancer, nom de Dieu !

— Chut, Gordon. Tu n'as pas besoin de parler aussi fort pour que je t'entende. Tu n'as même pas besoin de parler du tout.

Walls regarde la jeune femme s'éloigner. Il force le pas.

— Elle va mourir, Gordon. En fait, elle ne le sait pas mais elle est déjà presque morte.

— Raison de plus pour le lui dire.

— Tu veux savoir ce qui va se passer si tu fais ça ?

— Non.

— D'abord, elle va te prendre pour un fou. Ensuite, après être restée éveillée toute la nuit, elle ira consulter son médecin qui va lui faire passer un scanner et repérer la tumeur.

— Et alors ?

— Le traitement ne va pas marcher mais elle mettra quand même six mois à mourir. Elle sera aveugle, sourde, muette, à moitié folle, mais vivante. Alors que si tu ne lui dis rien, sa tumeur va continuer à grossir pendant deux mois au cours desquels elle va rencontrer un garçon nommé Brett. Elle va faire l'amour avec lui, elle va l'attendre tous les jours devant le même arrêt de bus en tremblant à l'idée qu'il ne vienne pas et, à chaque fois, elle sentira son cœur exploser de joie en l'apercevant et en se jetant dans ses bras.

— Et son cancer ?

— D'ici deux mois, elle va effectivement se réveiller aveugle. La veille, elle aura fait une dernière fois l'amour avec Brett. Elle sera allée une dernière fois au restaurant et aura vu son dernier film. Elle sera transportée aux urgences où on lui fera passer un scanner. Vu la taille de la tumeur, on ne tentera pas la moindre thérapie. On la gavera de morphine et on la transférera dans une unité de soins palliatifs où des gens adorables s'occuperont d'elle. Brett et les autres. Elle aura le temps d'apprendre à repérer leur présence, à les reconnaître à une odeur de crème à la camomille, une haleine chargée de nicotine ou à la caresse d'une main sur son front. Et puis, quinze jours après, elle fermera les yeux sans souffrir.

— Tu sais lire dans le futur en plus ?

— Tout ce que je sais, c'est que si tu rattrapes cette fille, tu ne vaudras pas mieux que la tumeur qui va la tuer.

Walls débouche dans le hall des arrivées. Il n'est plus qu'à quelques centimètres de la jeune femme. Il tend le bras pour toucher son épaule. Elle s'appelle Tracy. Il respire l'odeur de sa peau et de ses pensées. Elle est heureuse. Tout en marchant, elle compose un numéro sur son portable et ne voit pas un jeune homme en train de lire les panneaux d'affichage. Elle lui rentre dedans et laisse tomber son téléphone sous le choc. Il s'accroupit en même temps qu'elle. Leurs fronts se heurtent légèrement, leurs mains se referment sur le portable. Ils échangent un sourire. Walls les regarde. La voix de son grand-père résonne à nouveau dans son esprit :

— Gordon, laisse-moi te présenter Brett.

— Je crois que j'ai compris, papy.

— Non, foutue tête de bois. Tu n'as rien compris et tu n'as plus de temps pour comprendre.

— C'est-à-dire ?

— Tu t'es bien amusé depuis ton départ de la Mesa ?

— C'était nécessaire.

— Pas comme ça. Pas en effaçant les souvenirs des gens ou en influant sur le cours de leur destin. Tu penses que ton pouvoir est un jouet ? Tu crois qu'il t'obéit ? C'est toi qui l'utilises, donc c'est toi qui dépends de lui. N'oublie jamais ça. Un Gardien des Fleuves ne fait pas ce genre de choses, à moins d'y être absolument forcé.

— Désolé.

— Désolé ? Tu te crois dans un jeu télévisé ? Il faut que tu te dépêches à présent, Gordon. Les loups approchent, ils sont tout près.

— Où ?

Walls se retourne.

— Papy ?

Walls se tient devant le tapis roulant où les bagages commencent à arriver. Il tourne lentement sur lui-même pour écouter les pensées de la foule.

« Samantha, tu me manques. »

« Je serai jamais à l'heure pour la réunion ! »

« Des cadeaux pour les jumeaux. Penser aux cadeaux pour Thad et Elie. »

« Seigneur, quel cul ! »

« C'est lui. Je suis sûr que c'est lui ! »

Walls se fige. Il vient d'entendre quelqu'un penser plus fort, plus rapidement, plus nerveusement que les autres. Il ouvre les yeux. En face de lui, un homme chauve l'observe par-dessus son journal. Il se demande s'il s'est fait repérer. Ses yeux se vident de toute expression et se détournent lentement. Un pro. Walls le surveille du coin de l'œil en attrapant son sac à dos. Son portable collé à l'oreille, le chauve s'éloigne.

— Papy ? Papy, nom de Dieu, qu'est-ce que je suis censé faire ?

— Pense à Harold et Jake.

— À qui ?

— Gordon, au fait ?

— Oui ?

— Avant de venir me chercher, tu peux t'arrêter dans un drugstore et m'acheter un pack de Doctor Pepper ? Ça fait des années que je n'en ai pas bu et je crois que je tuerais pour ça.

— Du Doctor Pepper ? Tu te fiches de moi ou quoi ? Je vais peut-être me faire tuer et tu es en train de me dicter une liste de courses ?

— Je t'interdis de te faire tuer, Gordie. Pas avant d'être passé au drugstore. Pour le reste, tu trouveras la réponse en temps voulu.

— En temps voulu ? Mais c'est maintenant que j'ai besoin de savoir ! Papy ! Papy, tu m'entends ?

Le silence. Walls franchit les portes opaques. Le hall principal presque désert. Un gros flic le regarde avancer en mâchonnant un chewing-gum.

— Vous allez où, m'sieur ?

Walls désigne la porte vitrée qui donne sur l'extérieur.

— Elle est cassée. Prenez celle à l'autre bout du hall.

Walls va s'éloigner lorsqu'il aperçoit un voyageur entrer dans l'aéroport par la porte qu'il voulait emprunter. Le flic le regarde.

— Je croyais que la porte était hors service ?

— Elle s'ouvre seulement quand on veut entrer.

Walls grimace. Les pensées du flic puent la viande et le sang. Il n'arrête pas de songer à des cadavres d'animaux et à des mâchoires se refermant sur des gorges. Des pensées de loup.

74

À l'instant où les mains de la vieille Akima s'étaient refermées sur ses doigts, Marie avait eu l'impression que son esprit éclatait en mille morceaux. Jamais elle n'avait ressenti une telle force ni une telle noirceur. Elle avait flotté ainsi dans les ténèbres durant de longues minutes qui lui avaient paru des années. Puis sa conscience s'était reconstituée peu à peu et elle avait commencé à percevoir des mouvements. Des mouvements et des odeurs.

Marie rouvre les yeux. La lumière est si blanche qu'elle estompe les contours de la savane. Le vent chaud dans les cheveux d'Akima. Les épines et les cailloux de la brousse sous la corne de ses pieds nus. Elle porte un sac en peau rempli d'herbes et d'amulettes. Cela fait des semaines qu'elle marche à la tombée du jour et dort dans les arbres pour échapper aux fauves. Elle a enfin atteint l'autre mer.

La lueur dorée du soir enveloppe la savane. Les animaux sortent de leur torpeur. Ils ont faim. Ça sent le sel. Tout ce sel sur la peau d'Akima. Elle venait de se baigner dans l'océan quand elle avait vu les traces de pas sur le sable. Elle a rejoint le couvert de la savane. Elle est fatiguée, elle a froid. Elle vient de repérer un baobab qui étend ses branches noueuses au-dessus des hautes herbes. Elle sent son écorce sous ses paumes. C'est un bon arbre, solide et habité par des esprits bienveillants. Akima va se hisser sur la première branche lorsqu'un sifflement réveille immédiatement son instinct. Quelque chose de gris et de léger effleure ses épaules et l'enveloppe. Elle trébuche, resserrant les mailles du filet autour d'elle. La brûlure d'une fléchette au creux de sa nuque. Akima serre les dents en sentant le poison se répandre sous sa peau. Ses paupières s'alourdissent. Des formes surgissent des fourrés. Elle comprend pourquoi elle ne les a pas repérés : ce sont des Kimba, l'ethnie ennemie des Massaï, des êtres si primitifs qu'ils ne provoquent aucun remous à la surface du pouvoir. Elle serre instinctivement les cuisses. Elle a entendu dire que les Kimba violent et torturent les princesses Massaï en se relayant jusqu'à ce que leur prisonnière succombe. Les ténèbres obscurcissent son esprit. Elle sent l'haleine de celui qui se penche au-dessus d'elle. Elle ne peut plus bouger. Elle voit le sexe épais et sale de son agresseur à quelques centimètres de ses yeux tandis qu'il s'accroupit pour la libérer des mailles du filet. Ses paupières se ferment. Elle s'évanouit.

Marie sent les mains d'Akima serrer les siennes. D'autres odeurs éclaboussent son esprit. Ça empeste le goudron. La sueur et le sel. Les cales d'un navire. Le bois du plancher écorche son dos. Juste en dessous, les vagues tapent contre la coque. Elle tente de remuer mais des bracelets de métal entravent ses poignets et ses chevilles. Elle est nue. Elle saigne. Elle a chaud. Son estomac se soulève tandis qu'elle respire les odeurs de crasse qui imprègnent la cale. Des gémissements, des larmes, des râles d'agonie.

Marie scrute la pénombre. À travers les yeux d'Akima, elle distingue d'innombrables corps entravés côte à côte à une seule et même chaîne qui court d'anneau en anneau. Ils font leurs besoins sous eux. Ils baignent dans ces liquides corporels qui infectent leurs plaies. Marie respire avec Akima la formidable puanteur des corps. Elle a soif. Elle tourne la tête et constate qu'elle est allongée à côté d'une fillette très belle qui sanglote dans la pénombre. Elle porte un lambeau de robe qui couvre son ventre et le haut de ses cuisses. Les Kimba ont violé sa mère sous ses yeux mais ils n'ont pas touché à la fillette. Marie lui sourit dans la pénombre. À travers ses sanglots, l'enfant dit qu'elle s'appelle Akna, qu'elle fait partie du peuple des chasseurs de lions et que son père a tué au moins cent Kimba avant de mourir. Marie essaie d'émerger de sa vision. Elle sent les doigts d'Akima se refermer autour de ses poignets.

Un rai de lumière fend l'obscurité. Un courant d'air chargé d'embruns envahit la cale. Des hommes blancs viennent d'entrer. Ils ont recouvert leur visage d'un chiffon imprégné d'alcool et portent de grands baquets d'eau salée qu'ils jettent sur les corps. Les prisonniers les plus robustes tirent sur leurs chaînes pour se rapprocher de la lumière. Certains pleurent. D'autres hurlent tandis que l'eau salée ronge leurs plaies.

Les hommes blancs passent entre les rangées. À mesure qu'ils s'enfoncent dans la cale, les baquets sont de moins en moins remplis. Certains, hilares, crachent dans les bouches ouvertes qui réclament à boire. D'autres se penchent sur les corps immobiles et donnent des coups de pied dans les ventres. Quand ils n'obtiennent pas de réaction, ils font signe à deux gros marins qui évacuent les morts. Horrifiée, Marie entend les cadavres claquer à la surface de l'océan. Ils jettent les corps par-dessus bord, ils leur volent leur mort et les condamnent à l'errance éternelle.

Marie suffoque. D'autres odeurs, d'autres images. Après plusieurs semaines de traversée, le navire a jeté l'ancre près d'un autre continent. La longue marche commence. Les fouets déchirent les peaux nues. Akima tient la main d'Akna. La fillette n'en peut plus. Cela fait des jours à présent que la princesse Massaï l'aide à avancer. Parfois, elle la porte. Souvent, elle la console. La colonne vient de franchir les clôtures d'une plantation dont les champs de coton effleurent les bras d'un fleuve aux reflets scintillants. Akima se tourne vers la belle maison à la lisière du paysage. Elle vient de sentir la présence d'une de ses sœurs Révérendes.

Marie grimace sous les coups de fouet. Les cavaliers ont rangé les esclaves devant les baraquements au fond de la plantation. Ils séparent les blessés. Akima serre Akna de toutes ses forces dans ses bras. Cela fait plusieurs minutes que le cœur de la fillette a cessé de battre. Elle laisse les cavaliers l'emporter et les regarde jeter son petit corps dans le fleuve. Puis elle entre dans un baraquement et s'effondre sur le sol. Les heures passent. Akima rouvre les yeux. Une silhouette jeune et très belle s'avance au milieu des paillasses. Elle porte une longue robe de coton. Elle s'appelle Debbie Cole, la femme du planteur. Elle s'agenouille auprès d'Akima et la serre contre elle. La princesse massaï sent l'énergie de sa sœur se répandre dans son corps. Elle essaie de lutter. Elle veut rejoindre Akna. Elle est en colère contre les humains. Elle ne veut plus les protéger. Que l'Ennemi vienne et les livre au Grand Ravage, voilà ce qu'elle répète en sanglotant. Debbie pose la main sur le front brûlant d'Akima. Elle la berce en lui soufflant sur les paupières et en lui murmurant des mots pour endormir les enfants. Elle lui dit que les humains ne sont pas tous mauvais et que même ceux qui sont mauvais ont le droit de vivre. Elle lui rappelle aussi que des milliers d'autres Akna ont besoin d'elle.

Marie rouvre brusquement les yeux sur la terrasse d'Old Man River et aspire l'air comme une noyée. Son cœur cogne dans sa poitrine. Elle suffoque. Elle laisse les bras de la vieille Akima la serrer contre elle. Elle sent ses doigts dans ses cheveux, ses côtes contre son visage, ses vieux seins plats sous sa main. Elle éclate en sanglots. Elle pense à Akna. Elle revoit son visage dans la pénombre de la cale. Le visage d'Holly. Les yeux d'Holly.

75

Walls se retourne. Le flic a disparu. Les derniers voyageurs aussi. Tout au bout du terminal, les lumières des boutiques et des comptoirs d'embarquement clignotent et s'éteignent. L'obscurité avance lentement vers Walls qui allonge le pas. La voix de son grand-père flotte dans son esprit : *Pense à Harold et Jake...*

Walls sourit. Il se souvient à présent. C'était la veille de la disparition de son grand-père. Harold et Jake, deux brutes épaisses qui avaient pris l'habitude de l'attendre tous les matins devant l'école pour lui extorquer une poignée de bonbons. Un droit de passage, comme ils disaient. Ce matin-là, le ventre serré sous l'effet de la peur, Gordon avait regardé Harold tendre la main sur son passage. Il s'était approché et avait craché dans la paume de la brute. Harold et Jake étaient devenus pâles comme du marbre. Les autres mômes de l'école avaient déjà formé le cercle quand le premier coup avait atteint Gordon sous le menton. Une pêche de boxeur. Un goût de salive et de sang dans la bouche, il était tombé de tout son long sur le bitume. C'est à ce moment-là qu'une formidable vibration s'était échappée de lui et avait frappé les deux molosses. Un flot de sang avait giclé tandis qu'ils tombaient à genoux. Gordon s'était mis à sourire. Ça grandissait en lui, ça se frayait un passage à travers les pores de sa peau. C'était tellement puissant qu'il lui aurait suffi de pousser juste un peu plus pour les achever. C'est alors que la voix de son grand-père avait retenti dans son esprit.

— Non, Gordon ! Un Gardien des Fleuves ne fait jamais ces choses-là. Pas à moins d'y être absolument forcé.

Gordon avait relâché la pression et expédié la vibration vers les voitures en stationnement dont les capots s'étaient tordus sous le choc. Puis, tandis qu'une institutrice se précipitait au chevet d'Harold et Jake, il s'était évanoui.

Walls longe à présent les tapis roulants qui s'immobilisent à mesure qu'il les dépasse. Il se retourne : l'obscurité est en train de le rattraper, elle accélère, le dépasse, l'enveloppe. Les derniers néons s'éteignent à l'autre bout du terminal. Un claquement : contre le mur de gauche, un distributeur de café s'est mis à pisser un liquide brun et bouillant qui éclabousse le sol. Ça sent le cappuccino. Walls regarde devant lui. Seule la porte C est encore éclairée. Dehors, le parking et la nuit noire. Comme si tous les lampadaires et toutes les lumières de la ville avaient sauté en même temps.

Un bruit. Walls jette un coup d'œil par-dessus son épaule. Au loin, des silhouettes se rapprochent. Des visages crasseux luisent dans la lueur blafarde des veilleuses. Des sans-abri. Ils sourient de leurs dents cassées et sales. Certains boitent, d'autres traînent la patte. Leur odeur les précède. Celui qui marche devant semble être le chef. Un grand Noir vêtu d'une parka militaire et d'un bonnet de laine. Derrière, des vieillards encadrent une grosse bonne femme en survêtement à bandes fluo qui tire un cabas à roulettes chargé de sacs-poubelle. Walls écoute leurs pensées remplies d'alcool et de haine. La voix essoufflée de la femme rompt le silence. Une voix de folle :

— Walllsss ? Viens m'embrasser, Walllss chéri.

Les autres sans-abri éclatent de rire. Ils grognent. Ils gagnent du terrain. Les portes s'ouvrent dans un chuintement. Walls se précipite au-dehors et court en direction du parking désert vers le seul lampadaire allumé au loin. Tel un papillon de nuit, il se dirige vers cette flaque de lumière qui éclabousse le ciment entre les rangées de voitures. Il sait que c'est exactement ce que l'Ennemi cherche mais il veut s'éloigner le plus possible des sans-abri qui pressent leurs visages contre les vitres.

Ça y est, Walls a atteint le lampadaire. Une grosse berline remonte l'allée au ralenti et freine souplement au bord de la flaque de lumière. Walls sent le pendentif de Neera contre sa peau, de plus en plus lourd, de plus en plus chaud. La voix de son grand-père flotte à nouveau dans son esprit.

— Calme-toi, Gordon. Il ne faut pas que tu aies peur. Ceux qui approchent sont comme les trous noirs. Ils aspirent l'énergie. Plus tu trembles et plus ils sont puissants.

Walls se force à respirer calmement. Les portières de la berline s'ouvrent. Quatre hommes en descendent. Ils portent de longs manteaux de cuir noir. Une cagoule de survêtement gris dissimule leur visage. Walls voit scintiller à leur ceinture des plaques officielles ainsi que la crosse de leurs armes. Leurs pensées sont froides comme la pierre. Des images de désert, de champs de roches brûlantes et de cactus. Leur chef s'appelle Prescott. Son nom d'avant, quand il n'était encore qu'humain. Une voix grave et mélodieuse s'échappe de sa cagoule.

— Docteur Gordon Walls ? Nous sommes venus chercher ce que vous avez trouvé dans la Mesa. Donnez-le-nous et vous ne souffrirez pas.

Walls sent le pendentif de Neera brûler sa peau tandis qu'il s'approche lentement des hommes en noir. Il voit le chef tendre la main dans la pénombre. Raclant sa gorge, il se penche et crache un glaviot qui s'écrase dans la paume de Prescott. L'homme en noir soupire en essuyant lentement sa main contre son manteau.

— C'est puissant, docteur Walls. Beaucoup trop puissant pour vous.

Walls sourit. Il se souvient d'Harold et Jake. La même onde de chaleur et de puissance est en train de l'envelopper comme du courant s'échappant d'un câble à haute tension. Ça grésille autour de ses cheveux et de son visage. Ça fourmille autour de ses bras et de ses mains qu'il tend vers les hommes en noir. Une odeur de poils brûlés envahit ses narines. Un craquement. L'ampoule du lampadaire vient d'exploser. Walls ferme les yeux sous la pluie de verre brisé qui rebondit autour de lui. Son esprit se vide d'un seul coup tandis que la vibration quitte son corps. Il n'a plus peur. Il se sent bien. Il est le pouvoir.

76

Marie contemple le déluge qui s'abat sur son pare-brise. Il pleut tellement fort que les essuie-glaces peinent à chasser l'eau. Parfois, une bourrasque la force à ralentir. Elle serre les mains sur son volant. Cela fait des heures qu'elle roule sur la 55 en direction de La Nouvelle-Orléans. Les premières gouttes ont commencé à tomber au sud de Jackson et, depuis, il pleut sans arrêt. Marie scrute le ciel noir. D'énormes nuages semblent s'amasser au-dessus du delta. On dirait qu'ils pompent l'océan pour le déverser sur la ville. Elle se souvient des dernières paroles d'Akima. Elle avait essayé de lui poser un million de questions mais la vieille dame s'était contentée de sourire. Sa respiration s'était mise à siffler tandis que son visage se desséchait. Puis, la tête d'Akima était retombée et Marie se souvenait qu'au moment où elle s'était levée pour quitter la plantation, un étrange nuage de poussière s'était échappé de la robe de la vieille dame, comme si son corps était en train de se momifier.

Marie roule aussi vite que possible sur la voie de gauche. Dans l'autre sens, la 55 n'est plus qu'un long ruban de voitures qui tentent de fuir l'enfer. Certains automobilistes sont coincés là depuis quatre jours à cause des barrages que la Garde nationale a établis pour aiguiller le flot des réfugiés. Les soldats avaient laissé Marie passer. Elle avait tout de même aperçu un caporal de la Garde lever son talkie et transmettre sa plaque aux barrages de La Nouvelle-Orléans. La radio disait que c'étaient les gars de la 82e Airborne et ceux du 11e Marine de Miramar qui encerclaient la ville depuis que la loi martiale avait été décrétée.

Dans le flot des voitures, Marie remarque des vieilles américaines rouillées, des camping-cars et des camionnettes chargées de matelas et de cartons. Des voitures de sport aussi, ainsi que des limousines dont les puissants moteurs ne servaient plus à rien.

Des enfants en ciré jouent au bord de la route. Épuisés, leurs parents les surveillent du coin de l'œil en mordant dans des sandwichs ramollis par la pluie. Plus loin, des bandes à moto font pétarader leurs engins sous le regard froid d'une section de la 82e. Des Hells. L'un d'eux vient de sortir un 357 qu'il braque vers le ciel. Marie voit trois flammes s'échapper du canon. Le type a fait ça en narguant les soldats et en leur rappelant le deuxième amendement de la Constitution qui l'autorise à être armé. Les paras de la 82e ont épaulé leur M-16. Le gars béquille sa moto et pointe son majeur dans leur direction. Il n'a pas compris qu'on ne joue plus. Les M-16 tressautent. Le gros Hells recule sous les impacts et s'effondre. Passant au ralenti, Marie voit son sang se mélanger à la pluie. Les autres motards lèvent les mains pendant que les paras les fouillent au corps. Au moment où Marie les dépasse, un jeune sergent se retourne. Elle croise son regard sous son casque détrempé. Il est jeune, presque un môme. Comme le caporal de la Garde au sud de Jackson, il lève son talkie et alerte les barrages suivants.

Marie enclenche ses gyrophares dont les lueurs rouges et bleues éclaboussent son pare-chocs. La pluie redouble. Depuis que l'ouragan s'est désagrégé au-dessus de l'Alabama, l'arrière-garde des nuages s'est transformée en l'un des plus formidables orages que la région ait connus. Un bulletin météo annonce que si ça continue, la pluie risque de faire encore plus de dégâts que les vagues ou le vent. Des centaines de gens sont piégés dans leurs maisons. Des milliers d'autres dans le Superdôme encerclé par les marines. Des secours en retard qui se sont transformés en armée d'occupation et empêchent les gens de sortir. Le gouvernement a réquisitionné des dizaines de cars qui font la navette pour évacuer les réfugiés au compte-gouttes. Les marines refusent d'investir le Dôme. Ils se contentent de lâcher quelques tirs de sommation sur les silhouettes qui tentent d'escalader les grillages ou les murs. Marie prie silencieusement pour qu'ils n'entrent pas.

En se concentrant, elle parvient à sentir la présence d'Holly. Les sans-abri les ont repérés, déchaînant la colère du magicien et du chevalier. Cela fait plusieurs heures que la garde rapprochée de la fillette les tue silencieusement en faisant éclater leur cerveau avant de se déplacer pour brouiller les pistes. Mais chaque fois qu'un sans-abri disparaît, d'autres prennent le relais. Pas uniquement des clochards. D'autres gens dans la foule aussi. Des dizaines d'yeux qui scrutent les gradins à la recherche des fugitifs. Les Gardiens sont épuisés, leur pouvoir diminue.

Les yeux mi-clos, Marie est à la fois dans son pick-up et au milieu de la foule. Elle est entrée dans le corps d'Holly. L'elfe lui sourit, il sait qu'elle approche. Elle l'entend murmurer quelque chose au milieu du brouhaha. La vision se dilue. Marie sent son cœur rater un battement : elle vient d'apercevoir au loin des flashs à travers la pluie. Un barrage tenu par le 1er bataillon MSOB, les forces spéciales des marines tout juste rentrées d'Irak. Ils se croient encore à Bagdad. Marie freine à quelques mètres du barrage. Quatre M-16 et une mitrailleuse légère sont pointés sur elle. Un marine hurle quelque chose. Marie branche son haut-parleur et dit qu'elle est du FBI. Le gars lui ordonne de couper son moteur et de poser les mains bien en évidence sur le volant. Elle s'exécute.

L'homme approche sous le couvert des autres commandos. Son fusil d'assaut est pointé sur le visage de Parks. Il essuie ses yeux pour évacuer l'eau qui dégouline de son casque. Il sait que le dispositif ne tiendra pas dix minutes si le flot des réfugiés se rebelle. Tir chirurgical, voilà l'ordre qu'il a reçu. C'est un tueur. Il n'hésitera pas une seconde à ouvrir le feu au premier geste de trop. Marie demeure aussi immobile qu'une statue et ne le suit même pas du regard lorsqu'il contourne le véhicule. Une bourrasque de pluie fouette son visage quand elle baisse la vitre et plonge son regard dans les yeux métalliques du marine. Un lieutenant. Elle lit son nom sur sa poitrine : Kemper. Ses pupilles sont extrêmement dilatées. Il serre les mâchoires en permanence. Cela fait au moins trois jours qu'il n'a pas dormi et cet abruti se bourre d'amphétamines pour tenir le coup.

— Papiers.

Marie tend sa carte du FBI. Les lèvres du lieutenant Kemper se tordent de mépris. Un agent gouvernemental n'a aucune valeur à ses yeux. Rien ne compte que l'ordre d'étanchéité du dispositif qui accompagne le décret de loi martiale. Et la loi martiale, c'est lui. Lui et son flingue qu'il maintient pointé sur le visage de Marie en examinant la carte.

— Qu'est-ce que vous venez faire dans le secteur, agent spécial Parks ?

— Je viens récupérer un colis humain au Superdôme.

— Vous avez un ordre de mission ?

Marie tend à Kemper une feuille de route qu'elle a bricolée dans un motel avant de dépasser Jackson. Elle a dû piocher dans sa réserve de tampons officiels afin d'obtenir un document assez convaincant pour espérer franchir les barrages. L'ordre est à en-tête de la direction du FBI, signé Stuart Crossman et Connor Fogharty, secrétaire à la Défense.

— Personne ne va au Dôme, madame.

— Moi si. À moins que vous ne vouliez expliquer à Fogharty que sa fille est restée coincée là-dedans à cause de vous.

Le lieutenant a un mouvement de recul. Les amphétamines décuplent ses réactions. Marie va devoir le rassurer : rien n'est plus dangereux qu'un combattant qui a peur.

— Relax, Kemper. Mission de routine. On entre, on sécurise, on ressort avec la môme et je dis à Fogharty tout le bien que je pense de vous.

Marie se mord les lèvres tandis que le lieutenant lève son talkie pour vérifier les informations qu'elle vient de lui donner. Elle est sur le point de tenter le tout pour le tout lorsque les odeurs du Superdôme envahissent son esprit. Elle aperçoit à nouveau la foule massée sur les gradins. L'elfe lui sourit. Il se sert d'elle pour pénétrer l'esprit du lieutenant. Le regard de Kemper se trouble. Il laisse retomber son talkie.

— On entre et on ressort, vous dites ?

— Oui, lieutenant, c'est cool.

Les pupilles de l'officier se dilatent de plus en plus. Des veinules rouges sont en train d'apparaître dans le blanc de ses yeux. Il lutte contre le message mental de l'elfe. Il lève de nouveau son talkie et appelle les unités qui encerclent le Dôme pour leur annoncer qu'un agent du gouvernement se pointe afin de récupérer un colis prioritaire. Il leur ordonne de se mettre à sa disposition. Le 2e bataillon MSOB accuse réception. Le regard de Kemper se perd dans le vague. Il ne remarque même pas le filet de sang qui s'échappe de ses narines et se dilue dans les rafales de pluie. Il défait le laissez-passer plastifié qui pend à sa poitrine et l'accroche au rétroviseur de Marie.

— Vous avez deux heures. Passé ce délai, si vous ne vous êtes pas présentée au barrage suivant avec votre colis, le colis ce sera vous. Clair ?

— Clair, lieutenant.

Sur un signe de l'officier, Marie franchit lentement le barrage. Les canons des M-16 sont à présent pointés sur ses pneus. Elle jette un œil dans le rétroviseur : Kemper est immobile sous la pluie. Il regarde au loin. Il est en plein rebond mental.

77

Installé à l'arrière du taxi, Walls regarde la pluie dégouliner le long des vitres. Le chauffeur a coupé par les petites routes pour éviter le flot des réfugiés. Un vieux Noir très maigre. Il est né ici et connaît par cœur les raccourcis de la région. Malgré l'absence de panneaux et un GPS qui ne couvre pas le secteur, il pilote d'une main sa vieille Buick à travers champs, se dirigeant sans hésitation sur les chemins de terre. Il jette de temps à autre un coup d'œil dans le rétroviseur pour apercevoir le visage de ce curieux client qu'il a chargé deux heures plus tôt.

Coincé dans les embouteillages, Shelby rentrait chez lui quand quelqu'un avait frappé à sa vitre. Il s'était retourné et avait aperçu l'homme en question. Il avait l'air de débarquer de nulle part avec son vieux sac à dos et sa barbe de plusieurs jours. Une drôle de poussière rouge recouvrait ses vêtements. De la poussière du désert. Shelby avait passé ses dernières vacances à sillonner les routes de l'Utah. Quinze jours en camping-car avec sa femme Alice. Cette satanée poussière rouge… Il avait dit que sa journée était terminée. Le gars l'avait regardé avec des yeux étranges. Les yeux de quelqu'un qui a frôlé la mort. Shelby avait servi dans la Garde nationale du Mississippi. Il connaissait ce regard. C'était celui des gars qu'on ramenait à la vie in extremis. Il se souvenait en particulier de l'un d'eux, un homme d'une soixantaine d'années qui avait sauvé de la noyade une dizaine de plaisanciers, un jour de tornade. Les pompiers n'avaient pas compris comment un homme de cet âge avait pu effectuer autant d'allers-retours avant de s'effondrer sur la berge. Shelby s'était penché au-dessus du brancard et avait pris la main du type dans la sienne. C'est à ce moment-là qu'il avait ressenti une sorte de décharge électrique, comme si le blessé était en train d'aspirer toute son énergie. Ça avait fait plus que changer sa vie. Ça avait transformé le sens des choses. Voilà pourquoi le vieux Shelby avait demandé à l'inconnu où il allait.

Il avait répondu Crandall, près de la frontière avec l'Alabama. Shelby avait souri. Alice allait le tuer. Elle lui avait préparé des beignets de crevettes. Quand l'homme avait frappé à la vitre, elle venait juste d'appeler pour lui dire qu'elle mettait l'huile à bouillir. Les yeux dans le vague, l'inconnu avait ajouté qu'il n'avait pas un cent sur lui. Shelby avait éclaté de rire en déclenchant l'ouverture de la portière. Cette lueur dans son regard, mais pas seulement… Lorsqu'il s'était effondré sur la banquette, Shelby avait tenté d'entamer la conversation.

— Sale journée, pas ?

— Sale année.

Shelby avait souri.

— Vous allez retrouver les vôtres à Crandall ?

— Je vais récupérer mon grand-père dans sa maison de retraite.

— Lake View ?

— Non, l'autre.

L'autre, c'était Parchman, un mouroir réservé à ceux qui n'avaient pas de quoi se payer une couverture médicale. Shelby avait hoché la tête en quittant le flot de la circulation pour couper à travers champs. Alice avait rappelé une dizaine de fois. À la onzième, il avait coupé son portable.

Walls pose la tête contre la vitre. Il n'a jamais été aussi épuisé de toute sa vie. Quand il avait émergé de sa transe sur le parking de l'aéroport, la formidable décharge qui s'était échappée de son esprit s'était dissipée. Restaient une odeur de brûlé et une sorte de champ magnétique qui vibrait sourdement dans sa tête. Comme ces ondes qu'on perçoit en marchant sous une ligne à très haute tension. Il avait constaté que les phares de la berline avaient explosé et que le capot s'était gondolé sous le choc. Le pare-brise aussi dont il ne restait que des éclats de verre fondu. C'est lui qui avait amorti le trop-plein d'énergie quand la décharge avait traversé les hommes en noir. Ça leur avait cramé la cervelle et la peau du visage jusqu'aux épaules, laissant une odeur de viande grillée et de cheveux calcinés. De la fumée s'échappait encore de leurs narines et de leurs oreilles. Walls avait contemplé les traits de Prescott. On aurait dit que sa peau s'était momifiée et que son crâne avait rétréci. Le col de son manteau avait fondu et du cuir liquide s'était incrusté dans les boursouflures de son épiderme. La vibration avait fait grimper d'un seul coup leur thermostat interne. Ils étaient passés de 37,5 à 375 degrés en quelques secondes et leurs organes avaient été ratatinés comme une escalope de foie oubliée sur le feu.

Walls avait attrapé son sac à dos et avait descendu la rampe du parking jusqu'à l'Interstate 20 dont il avait observé un moment les embouteillages monstrueux. Il avait écouté les pensées des gens. La plupart arrivaient de La Nouvelle-Orléans où ils avaient tout perdu. Les autres essayaient de rentrer chez eux. Ils avaient peur, ils étaient en colère.

Walls avait braqué son attention sur les véhicules les plus proches. Les pensées les plus paisibles provenaient de ce vieux Noir, assis au volant de son taxi. Il allait s'en approcher lorsqu'il avait senti une brume glacée envahir son âme. Il avait tourné la tête vers la gauche et tenté de percer le rideau de pluie qui fouettait la file des voitures. Une berline approchait à contresens. Une Cadillac venant de l'est. Trois hommes se reposaient à l'arrière. Des tueurs de la Fondation. Celui qui conduisait s'appelait Sarkis. Cela faisait des heures qu'il roulait à tombeau ouvert sur la 20 en direction de Jackson. Sans nouvelles de Prescott, il était furieux. Une haine froide.

Tandis que le taxi quittait le flot de la circulation pour couper à travers champs, Walls avait posé sa nuque contre l'appuie-tête. La Cadillac venait de dépasser Brandon et Sarkis tentait une fois encore de joindre Prescott. Walls avait consulté sa montre dont les aiguilles brillaient faiblement dans l'obscurité. Minuit. Dans moins d'une heure, le temps que Sarkis retrouve les cadavres et répercute l'information à tous les services de la Fondation, l'alerte générale serait déclenchée.

— Crandall, terminus.

Walls sursaute. Le taxi vient de s'immobiliser sur le parking d'une pension aux murs lépreux. Parchman. À travers les portes vitrées, il aperçoit un vigile et un infirmier de nuit. Il examine les bâtiments en préfabriqué encadrant un jardin minable. Il sent les larmes lui brûler les yeux. C'est là que, depuis plus de vingt ans, son grand-père agonisait sans parvenir à mourir.

— Je suis sûr qu'il comprendra.

Walls se retourne vers le chauffeur qui le regarde dans le rétroviseur. Une drôle de lueur brille dans les yeux du vieux Noir. Il est heureux. Il est en train de se souvenir de ce qu'il est. Walls se racle la gorge.

— Ça vous ennuie si je vous demande de nous attendre ?

— Sûr qu'Alice va me faire frire dans l'huile bouillante…

Le vieux Shelby coupe le contact. Il sourit en regardant Walls s'éloigner.

78

De sa traversée de La Nouvelle-Orléans, Marie ne conserve que des flashs qu'elle se promet d'oublier au plus vite. Les dégâts du vent d'abord. Elle avait eu du mal à garder un œil sur la route en longeant l'aéroport : plusieurs avions, dont au moins deux gros-porteurs, avaient été soulevés comme des maquettes. Marie avait aperçu la carcasse froissée d'un 747. Le mastodonte avait été projeté dans les champs bordant la piste principale. Mais ce sont surtout les hangars qui avaient attiré son attention. Le vent s'était engouffré à l'intérieur et avait fait voler les tôles à des kilomètres à la ronde. On aurait dit une gigantesque casse au centre de laquelle un dément aurait fait exploser une tonne de dynamite. Puis Marie s'était engagée dans le quartier de Kenner. Jamais elle n'avait vu autant d'habitations éventrées et d'arbres fracassés. Certaines maisons avaient été littéralement pulvérisées par la puissance du vent. Des rues cimetières.

Louvoyant entre les gravats, elle avait vu partout des soldats en patrouille, des fauves de la 82e, M-16 armé et crosse dans la saignée du bras. La plupart des habitants avaient quitté les quartiers hauts et seuls quelques hommes robustes étaient restés sur place pour essayer de protéger leurs biens.

Il y avait tellement de cadavres dans les rues que Marie avait mis un certain temps à les distinguer clairement, comme si son esprit refusait de les faire entrer dans l'équation. Plus loin, elle avait dépassé un brasier où des marines jetaient des carcasses de chiens et de chats. Elle avait aussitôt enclenché le recyclage de la clim pour échapper aux odeurs d'essence et de poils brûlés. Au bout de Metairie Road, un vieil homme assis au bord d'un trottoir pleurait devant un corps qu'il avait recouvert d'une bâche. Le reste du quartier de Kenner était désert.

En roulant au pas sur la 10, Marie avait ensuite aperçu les contrebas de la ville. Un lac. C'est tout ce qu'il restait de la partie basse. Des rues englouties dont n'émergeaient que quelques pylônes, des toits à fleur d'eau ou le dernier étage des immeubles les plus élevés. Là, les Zodiac de la Navy patrouillaient en balayant les façades à l'aide de projecteurs. Marie avait refusé de voir le reste. Elle avait allumé une cigarette et s'était forcée à regarder droit devant elle.

Elle vient d'atteindre le dernier barrage bloquant l'accès au Superdôme. Au-delà, la file ininterrompue des cars chargeant les réfugiés au compte-gouttes. Marie baisse sa vitre et manque de défaillir en respirant la puanteur qui s'élève du Dôme. Elle tend son laissez-passer à un jeune sergent aux cheveux blonds et aux yeux très bleus. Il mâche une énorme boule de chewing-gum en tenant son pistolet-mitrailleur sur l'épaule. Il a de gros biceps dont il semble être très fier. De larges auréoles de sueur trempent sa veste de combat. Il a l'air à moitié fou. Un mélange de terreur et d'excitation. Marie connaît ces regards-là, elle en a même fait sa spécialité.

Le sergent lui rend son laissez-passer en faisant claquer son chewing-gum.

— C'est vous qui venez pour le colis ?

Marie acquiesce. Le sergent siffle entre ses doigts. Quatre hommes approchent.

— Je détache ces quatre-là à votre protection. Ce sont des bons.

— Inutile, sergent, je suis une grande fille.

— Ce n'était pas une question, mâ'âm.

Le sergent pointe le canon de son arme en direction du Superdôme d'où s'élève une rumeur continue de cris et de sanglots. Le genre de hurlements que seuls peuvent pousser des êtres sur le point de perdre la raison.

— Vous les entendez ? Ça fait cinq jours qu'ils sont enfermés. Les chiottes ont débordé le premier soir. Cinq jours qu'ils bouffent de l'herbe en se reniflant comme des loups. Il y a des meurtres là-dedans, mâ'âm. Des tas de meurtres, même. Des gars des quartiers riches qui se sont fait surprendre par la tempête et que les pauvres ont écharpés. Des sans-abri aussi. On en a compté une quinzaine pour le moment, balancés par-dessus le mur. Et puis, il y a eu des viols. Des femmes et des enfants. Des trucs moches. Alors, je m'en voudrais qu'il vous arrive quelque chose.

Nouveau claquement de chewing-gum. Le sergent ouvre la portière de Marie. Son regard flamboie. Il est à la limite, il ne va pas tarder à basculer.

— Vous êtes armée ?

— Oui.

— S'il y a un mouvement de foule et que vous devez tirer sur des civils, vous vous en sentez capable ?

— Rassurez-vous, sergent. Avec quatre grands gaillards autour de moi, je me sens capable de tout.

Le sergent fait signe à ses gars qui encadrent Marie. Ils avancent vers le Dôme et suivent un corridor en béton qui traverse la paroi de l'édifice. La puanteur se concentre. Le brouhaha devient assourdissant. Marie cligne des yeux en émergeant à la lumière. Les marines ont rétabli le courant à l'aide de groupes électrogènes reliés aux pylônes-projecteurs qui éclairent une forêt de visages et de bouches tordues. Au centre du Dôme, la pelouse a été transformée en camp de fortune : d'interminables rangées de lits de camp, des bâches, des tables en plastique, quelques chaises. C'est tout ce que l'armée a pu parachuter en arrivant. De l'eau aussi, mais pas de nourriture. Durant les premières heures, ils ont tenté un largage de rations de combat mais cette manne avait donné lieu à de telles scènes de violence que le haut commandement avait ordonné de cesser l'approvisionnement.

Marie se tient immobile dans la lumière aveuglante des projecteurs. Un imbécile a même eu l'idée de brancher l'écran géant relié à des caméras braquées sur la foule. Fascinée, Marie examine l'océan de fantômes qui remplit les gradins. On dirait des vagues humaines se levant pour applaudir un match d'un autre âge où les perdants ne ressortent pas vivants du stade. Rome. C'est à cela que pense Marie en scrutant les milliers de visages crasseux.

Elle sent des doigts musclés se refermer sur son bras, un souffle contre son oreille. Le caporal commandant le détachement. Son haleine sent le bonbon à la menthe.

— Quatre minutes avant réaction potentielle de la foule. À condition qu'on ne reste pas immobiles.

Marie acquiesce. Le visage de l'elfe flotte dans son esprit. Elle longe les gradins nord jusqu'à un escalier qui s'enfonce dans la cohue. Le caporal la rattrape :

— Vous allez où ?

— Je sais où ils sont. Ne me demandez pas comment. Je le sais, c'est tout.

Le caporal désigne la foule. Quelques visages sont en train de se tourner vers eux. Des doigts se tendent dans leur direction.

— Hors de question de m'engager dans ce mur humain, mâ'âm.

Avant que le marine ait eu le temps de réagir, Marie s'est glissée dans l'escalier et avance au milieu d'une forêt de bras, de corps et de jambes. Ça sent l'urine et les excréments. Juste avant de grimper les premières marches, elle s'est penchée pour ramasser une poignée de terre ramollie par la pluie dont elle s'est barbouillé le visage et les vêtements. Malgré cela, des regards s'attardent sur ses seins et sur son ventre. Des regards d'hommes. Ils ont faim. Ils ont régressé. Ils ne ressentent plus le poids des tabous. Marie sent une main se faufiler entre ses cuisses. Un craquement. Un cri. Les doigts brisés par sa prise disparaissent dans la foule. Elle avance, elle a atteint le sommet des gradins. Elle vient d'apercevoir l'elfe. Il tient dans ses bras la fillette qu'il a recouverte de son manteau. De temps à autre, il remue doucement les genoux pour la bercer. Marie cherche des yeux les deux autres manteaux blancs. Elle aperçoit Kano, qui lui fait signe d'avancer. L'elfe sourit.

— Si je ne me trompe pas, vous devez être Cyal, et lui, là-bas, c'est Kano. Où est Elikan ?

— Il est allé jeter le cadavre d'un de nos ennemis par-dessus le mur d'enceinte. Il était temps que vous arriviez.

— Pourquoi ?

Marie regarde dans la direction que lui indique Cyal. De l'autre côté, sur les gradins sud, une dizaine de sans-abri se fraient un passage dans la cohue. Ils soulèvent les têtes endormies, arrachent les couvertures sur des formes allongées. Plus bas, sur la pelouse, une douzaine d'autres clochards avancent entre les rangées de lits de camp. L'un d'eux se tient au centre du stade, les yeux fermés. On dirait qu'il renifle quelque chose.

— C'est vous qu'il cherche.

Marie s'apprête à répondre lorsque l'homme rouvre les yeux et la fixe à travers la foule. Il se tourne vers ses acolytes en pointant son bras en direction des gradins nord. Marie lève son talkie.

— Caporal ?

Un grésillement. La voix du sous-officier retentit au milieu des grondements qui s'élèvent des gradins.

— Qu'est-ce que vous foutez, nom de Dieu ! La foule est en train de se refermer !

— Les clochards qui approchent.

— Où ça ?

— Pile en face de vous. La menace, c'est eux.

— Les menaces, c'est mon boulot. Maniez-vous de rappliquer.

Marie se retourne vers Elikan qui vient de revenir du haut des gradins. Ses mains et ses avant-bras sont trempés de sang. Marie soupire :

— Vous êtes pénibles, les mecs. Vous ne pouvez pas continuer à massacrer les gens comme ça. On est aux États-Unis ici, pas dans le monde de Narnia.

Elikan baisse la tête en marmonnant. Marie sent un buisson de senteurs pénétrer son esprit. Des parfums de feuilles mortes et de ruisseau. La fillette vient d'ouvrir les yeux et la regarde. Marie s'agenouille auprès d'elle et lui caresse les cheveux.

— C'est toi, la coquine qui s'invite dans mes rêves et qui me fait traverser la moitié des États-Unis en confondant mon pick-up avec une voiture téléguidée ?

Holly hoche la tête. Marie sourit.

— Je m'appelle Marie. Marie Parks.

— Je sais.

— Évidemment.

Le regard d'Holly se trouble. Elle tend les mains vers Marie, entoure son cou et passe lentement des genoux de l'elfe dans ses bras. Cyal ressent une pointe de jalousie tandis qu'Holly s'échappe de son manteau. Marie enlace la fillette. Elle sent ses bras et ses jambes se serrer autour de son corps. La môme tremble, elle est à bout de forces. Sa voix se brise.

— Ma maman. Je veux ma maman.

Marie sent les larmes lui monter aux yeux. Elle berce Holly doucement et lui caresse les cheveux.

— Je suis là, maintenant, puce. Je suis là.

VIII

LES GARDIENS DES FLEUVES

79

Les portes vitrées de l'asile de Parchman laissent entrer des bourrasques de pluie et un tourbillon de feuilles mortes. Le vigile lève les yeux vers Walls. Il était en train de lire un porno dissimulé dans un magazine de mode. Il pense à son ex qui l'a plaqué six mois plus tôt. Il souffre énormément en l'imaginant dans les bras d'un autre. Buvant les pensées qui s'échappent de son esprit, Walls s'aperçoit que le gars est alcoolique. Il songe à se soigner mais pas tout de suite. Il commence à peine à souffrir de son mal. Il en est au stade où le verre du matin apaise les tremblements de la nuit. Il a aussi un cancer de la gorge mais il ne le sait pas encore.

Le vigile se replonge dans son magazine pendant que Walls se dirige vers l'accueil. L'infirmier de garde est en train de regarder un match de base-ball sur une télé portative sans prêter attention aux voyants reliés aux chambres qui clignotent derrière lui. Il s'appelle Glenn. Il adore la pêche à la ligne, les gros 4 × 4 et la masturbation. Il aime faire ça en reluquant les femmes en maillot de bain sur les catalogues de vente par correspondance. Walls se racle la gorge. L'infirmier lève les yeux.

— C’est pour quoi ?

— Je suis inspecteur chez Medicaid.

— La couverture maladie des clodos ? Vous tombez bien : on fait élevage.

Glenn remue dans son fauteuil. Il n’aime pas le regard de ce type.

— Si c’est pour nous contrôler, il faudra revenir demain. Vous demanderez le docteur Colman. Le patron de ce palace, c’est lui.

— Vous avez un pensionnaire qui s’appelle Chester Walls.

— Mathusalem ? Un vrai mystère, celui-là. Un type atrocement vieux en état de mort clinique depuis vingt ans. On a eu plusieurs coupures de courant mais ça ne l’a même pas tué. Alors, on est bien obligés de le garder et de passer de temps en temps pour changer sa perfusion et ses draps en attendant qu’il crève. C’est pour le débrancher que vous êtes là ?

— Quelle chambre ?

— La 27, deuxième étage, tout au bout du couloir. On l’a collé là car c’est la chambre la plus proche de la sortie de secours.

— En cas d’évacuation ?

— Ouais, sauf que cette porte ne fonctionne plus. Comme ça, si ça crame…

Le rire de Glenn s’arrête net. Il grimace en portant les mains à ses tempes. Depuis quelques secondes, une douleur lui vrille le cerveau. C’était supportable au début mais à présent, il a l’impression qu’une main invisible est en train de forer un tunnel sanglant dans ses méninges avec une mèche de douze. Walls relâche la pression au moment où le sang de Glenn se met à claquer à grosses gouttes sur le registre d’admission. L’infirmier s’essuie le nez et regarde la paume de sa main.

— La 27, c'est bien ça ?

— Ouais, butain, ouais, z'est za.

Walls entre dans l'ascenseur. Avant que la porte se referme, il voit Glenn pencher la tête en arrière et tamponner ses narines avec des kleenex. La cabine s'immobilise au deuxième. Walls avance à présent le long des couloirs déserts de Parchman. Il longe des chambres dont les portes entrebâillées laissent filtrer une odeur de formol et des ronflements. Tout au bout, la veilleuse d'une sortie de secours tremblote dans l'obscurité. Il pousse la porte de la 27 et laisse ses yeux s'habituer à la pénombre. Une armoire, un bureau et un lit. Les toilettes au fond, derrière une autre porte d'où s'échappent des effluves de désinfectant. Ses doigts tâtonnent à la recherche de l'interrupteur. Les néons s'allument, projetant leur lumière blafarde sur le vieillard endormi. Walls sent sa gorge se serrer. Depuis qu'il a quitté la Mesa, il a essayé d'imaginer cette scène mais il n'était pas préparé à ça. Son grand-père est si maigre que ses côtes saillent sous les draps. Deux avant-bras osseux émergent de sa veste de pyjama. Sa poitrine se soulève difficilement. Il lutte contre la machine qui l'aide à respirer. Il ne parvient pas à mourir. Cela fait vingt ans qu'il essaie mais son corps se régénère. Pourtant, il a l'air si vieux et usé, comme si son organisme avait été poussé à l'extrême limite et qu'on l'ait laissé là, telle une épave vivante livrée à une agonie sans fin.

Walls dévisage son grand-père à travers le masque à oxygène. Une petite tache de buée se forme sur le plastique. Il pose une main sur le front creusé de rides et capte des pensées lointaines. Des murmures. Des souvenirs. Il ferme les yeux. Il vient de comprendre ce qui s'était passé ce jour-là. Le jour où Gordon avait fêté ses neuf ans.

Son grand-père avait juré à sa belle-fille qu'il serait sage comme une image. Elle n'en avait pas cru un mot mais l'avait invité quand même car elle ne pouvait pas se résoudre à l'empêcher de voir son petit-fils. C'est ce qu'elle avait répondu à son mari quand celui-ci avait piqué une crise en apprenant la nouvelle. Papy s'était levé de bonne humeur, ce jour-là. Il avait enfilé son beau costume et s'était coiffé avec ses doigts. Il avait prévu de prendre le car pour aller acheter un cadeau à Gordon, avec un emballage tout neuf, un ruban et tout le bataclan. Papy avait eu une bouffée d'angoisse en montant dans le car à l'arrêt de Carthage. Il détestait par-dessus tout s'éloigner de sa maison perdue sur les bords de la rivière Pearl. Il savait que c'était dangereux et que ça l'affaiblissait. C'est pour cette raison qu'il ne partait jamais en voyage, sauf pour aller voir sa vieille amie Akima à Old Man River. Quand ça le prenait, il attrapait une musette et sa canne à pêche et se mettait en route en suivant les ruisseaux jusqu'à la rivière Big Black, puis d'autres encore jusqu'au fleuve Yazoo qui rejoignait le Père des Eaux à Vicksburg. Ensuite, il n'avait plus qu'à remonter le Mississippi jusqu'à la plantation de sa vieille copine. Un voyage d'une centaine de kilomètres à vol d'oiseau, qui lui prenait un peu plus de trois semaines durant lesquelles il s'arrêtait chaque jour pour pêcher la truite et faire la sieste. C'était ça, le secret des Gardiens : ne jamais s'éloigner des cours d'eau. L'ennui, c'est que les crétins de la ville avaient construit leur centre commercial loin de la rivière Pearl. C'est pour cette raison que Papy avait pris le car ce jour-là. Il portait un chapeau de paille et avait dissimulé ses yeux derrière des lunettes à verres fumés afin que les autres voyageurs ne s'aperçoivent pas qu'il vieillissait. Pas beaucoup mais quand même. Quelques rides en plus qui avaient creusé sa peau à mesure que les eaux scintillantes de la Pearl disparaissaient de son champ de vision.

Quand Papy avait débarqué au pied du centre commercial de Meridian, il s'était arrêté boire une bière dans une buvette, puis, prenant son courage à deux mains, il avait parcouru les rayons du plus grand magasin de jouets de la région. Il avait acheté une jolie maquette Heller, un grand et fier trois-mâts. Ressortant avec son cadeau sous le bras, il avait traversé le parking pour rejoindre l'arrêt de bus. Il pensait aux heures qu'il allait passer à assembler le navire avec Gordon. Toutes ces heures à enduire ces petites pièces de colle, à s'en mettre plein les doigts et à rigoler en sirotant du soda bien sucré. Il n'avait pas vu la fourgonnette quitter son stationnement au moment où un coup de vent soufflait son chapeau de paille. Le conducteur avait freiné de toutes ses forces pour essayer d'éviter le grand-père qui déboulait entre les voitures à la poursuite de son couvre-chef. Il y avait eu un sale bruit quand le pare-chocs lui avait brisé les fémurs. Il avait heurté l'asphalte en essayant de protéger le gros paquet-cadeau qu'il serrait contre lui. Les secours étaient arrivés très vite et avaient constaté que Papy était vivant, et que, bien qu'il soit dans le coma, il refusait obstinément de lâcher son paquet.

On l'avait d'abord emmené, sirènes hurlantes, jusqu'à l'hôpital de Meridian où l'on avait soigné ses blessures. Puis, tandis qu'il s'enfonçait dans un coma de plus en plus profond, on avait proposé à sa famille de le transférer à la maison de repos de Lake View. Feuilletant le dépliant sur papier glacé avec ses jolis bâtiments à colonnades et ses vieillards souriants, le père de Gordon avait demandé combien cette rigolade allait lui coûter.

Le médecin lui avait répondu et il avait déchiré le prospectus en exigeant un asile conventionné par Medicaid. Le transfert avait eu lieu le soir même et les ambulanciers ne s'étaient pas rendu compte à quel point le malade vieillissait sous son masque à oxygène à mesure que chaque tour de roue l'éloignait un peu plus de la rivière Pearl. Et c'est ainsi qu'une nuit, Papy avait atterri au mouroir de Parchman.

La main de Walls s'éloigne du front du vieil homme. Il vient de lire un dernier souvenir qui le fait sourire à travers ses larmes. Il s'agenouille et fouille sous le lit. Ses doigts se referment sur un gros paquet poussiéreux. Il déchire lentement le papier cadeau aux couleurs passées. Le logo Heller apparaît dans un coin. Le *Master of the Seas*, un beau trois-mâts du XVIIe siècle qui assurait la liaison entre Boston et Amsterdam. Walls ouvre l'enveloppe glissée dans l'emballage et en extrait une carte qu'il déplie. Un claquement le fait sursauter : un faux piège à souris en plastique vient de se refermer sur ses doigts. Walls éclate de rire. Tout à fait le genre de plaisanteries qui avaient le don de mettre sa mère en colère. À l'intérieur, quelques mots qu'il lit à voix haute :

Pour Gordon Chester Walls
De quoi occuper tes journées où t'iras pas à l'école.
Ton papy qui t'aime.

Les instruments de mesure s'emballent au moment où les doigts de Walls se referment sur la main du vieil homme. Ça sent la mousse et les embruns. Les bords de la rivière Pearl, la lumière du soleil filtrant à travers les feuillages. Walls ferme les yeux. La vision inonde son esprit. Il a huit ans. Il regarde ses orteils dépasser de ses baskets déchirées. Le clac-clac du moulinet, le wizz de la mouche qui danse au-dessus de la surface de la rivière.

— Gordon, t'en as mis du temps !

— Désolé, papy. Je…

— Tu n'as pas pissé dans les fleuves, au moins ?

— Si.

— Si ?

— Des milliers de fois, papy. Je suis allé à l'école aussi. Et puis à la fac. Et puis j'ai…

— Et de la truite sous cellophane ?

— J'en… j'en ai bouffé des tonnes.

— Du poisson pané aussi ?

— Ouais.

— Pas avec cette saleté de chapelure qu'ils fabriquent avec de la sciure de bois, quand même ?

— Si.

— Mon Dieu…

Gordon sent de grosses larmes rouler sur ses joues. La main de son grand-père se pose sur ses cheveux.

— C'est pas grave, bonhomme. Ça n'a plus d'importance maintenant. Je vais nous attraper une bonne truite pleine de jus qu'on va faire cuire sur une pierre chaude avant de la dévorer à pleines dents.

— Et on la mangera avec les doigts ?

— Bien sûr ! Avec quoi d'autre, de toute façon ? Ensuite on léchera les arêtes et on gobera les yeux. Et si tu es vraiment sage, Gordie-boy, je t'apprendrai à roter *When Johnny Comes Marching Home Again* sans respirer.

— Tu ferais ça, papy ?

— Parfaitement, bonhomme !

Gordon est sur le point d'ajouter quelque chose lorsqu'il sent la vision se flétrir. Son grand-père lève les yeux. De gros nuages noirs se rassemblent dans le ciel, étranglant les derniers rayons, se refermant sur eux.

— Qu'est-ce qui se passe, papy ?

— Les Révérendes. Elles sont en train de mourir, Gordon. Les truites attendront. Il faut se dépêcher maintenant.

Walls rouvre les yeux. Il sent l'emballage du *Master of the Seas* craquer sous ses doigts. Sur les écrans, les tracés sont redevenus normaux. Il repère un fauteuil roulant qu'il déplie à côté du lit, puis il débranche le vieil homme et le soulève dans ses bras. Son corps tout maigre est aussi léger que celui d'un enfant. Il le dépose doucement sur le fauteuil et recouvre ses jambes et son torse d'une couverture. Puis il sort de la chambre. Il veut tourner à gauche mais le fauteuil résiste. Un claquement derrière lui, un courant d'air. Il se retourne vers la porte de secours qui grince sur ses gonds. Il sent la pluie battre ses cheveux tandis qu'il descend la passerelle de béton qui mène au parking. Des appels de phare. Le taxi approche. Le chauffeur descend pour ranger le fauteuil dans le coffre tandis que Walls allonge son grand-père à l'arrière et lui boucle sa ceinture avant de s'installer à l'avant. La portière du vieux Shelby claque. Il est trempé.

— On va où ?

— Carthage, au bord de la rivière Pearl.

— Va pour Carthage.

Le taxi démarre en soulevant des gerbes d'eau. Walls se retourne. Les lumières de Crandall se diluent dans les trombes de pluie. Il regarde son grand-père dans la lueur du plafonnier. À mesure que le taxi avale les kilomètres, le visage du vieillard rajeunit, ses rides les plus profondes se comblent peu à peu, sa peau se raffermit. Il ouvre les yeux.

— Salut, Gordie.

— Salut, papy.

— On est où ?

— Dans un taxi. On rentre à la maison.

— On aurait pu prendre le car, Gordon : un sou, c'est un sou. Tu m'as acheté mon Doctor Pepper ?

— Désolé, papy. J'ai oublié.

Le grand-père lève les mains devant ses yeux. L'arthrose qui déformait ses doigts est en train de se résorber.

— Tu te rends compte, Gordie ?

— Quoi donc, papy ?

— Encore quelques kilomètres, et je vais pouvoir te flanquer une baffe.

La voix de Shelby retentit :

— Meridian dans six minutes.

Les yeux du grand-père s'arrondissent. Il tente de se redresser mais Walls le retient.

— Shelby Newton ? C'est bien toi, espèce de vieille crapule ?

Le taxi fait un écart. Shelby regarde dans son rétroviseur. Ses lèvres tremblent.

— Chester ? Chester Walls ?

Le regard de Gordon va de son grand-père à Shelby.

— Vous vous connaissez ?

— Un peu que je le connais ! C'est le vieux Shelby. C'est lui qui m'a sauvé la vie en me prenant la main sur les bords du Mississippi le jour où cette satanée tornade a failli avoir ma peau. Ça lui a un peu fusillé la mémoire parce que j'ai aspiré son jus pour me retaper, mais c'est bien lui. Tu m'en veux pas, au moins, Shelby ?

— Sûr que non, Chester. Sûr que non.

Shelby appuie sur l'accélérateur. Le compteur défile. Le vieillard se redresse et pose la main sur l'épaule du chauffeur. Le vieux Noir sourit : il sent quelque chose passer à travers sa peau. Il sait que Chester est en train de lui rendre ce qu'il lui avait pris ce jour-là.

80

L'hélicoptère du FBI vient de se poser sur l'aéroport de Jackson après avoir traversé la moitié des États-Unis à pleine vitesse. Stuart Crossman a la nausée. Il baisse la tête pour franchir le champ des pales qui frappent l'air au ralenti et il serre distraitement la main d'une armoire à glace irlandaise. L'homme lui hurle à l'oreille :

— Agent spécial Barnes, monsieur. Bureau de Jackson.

— C'est vous qui avez déclenché l'alerte de sécurité niveau 3 ?

— Affirmatif.

— Ça a mis la NSA et la CIA sur les dents. J'espère que c'était justifié.

— Ne vous faites pas de souci pour ça, monsieur : ça l'est.

La voix de l'agent baisse d'un cran à mesure qu'ils s'éloignent de l'hélico. Crossman plonge son regard dans les yeux de Barnes. Il a l'air nerveux.

— Quel âge avez-vous, Barnes ?

— Soixante-deux ans, monsieur.

— Combien de temps au service de la Nation ?

— Pourquoi ? Vous cherchez à savoir si j'ai une bonne raison d'avoir la trouille ?

— Quelque chose comme ça.

Barnes pivote sur lui-même et observe le directeur du FBI de ses grands yeux noisette frangés de cils roux. Son haleine sent le tabac.

— Monsieur, sauf votre respect, j'ai servi au Vietnam et j'ai participé à l'assaut contre la secte des davidiens de Waco. Ce que je veux dire, c'est que des trucs tordus j'en ai vu dans ma vie, mais aucun qui ressemble à ça.

Crossman force l'allure pour ne pas se laisser distancer par Barnes. Ils se dirigent vers les parkings qui bordent l'aéroport. Plusieurs 4 × 4 du FBI garés en travers bloquent les rampes d'accès. Au-delà, Crossman distingue les bâches opaques que des agents ont tendues pour encercler la scène du crime. Les coroners du comté de Rankin sont déjà sur place. Plusieurs équipes de journalistes aussi, dont les minivans hérissés d'antennes satellites tentent de retransmettre les images que les caméras tournent en boucle. Barnes ricane en désignant un camion de brouillage militaire appartenant à la Garde nationale :

— Ça fait trente minutes que ces abrutis se demandent pourquoi les images ne passent pas. Ça les occupe.

— Infraction au premier amendement de la Constitution sur la liberté de parole et le droit à l'information. Si ça se sait, ça va faire du vilain.

— Comme quoi, le progrès, ça a du bon : aujourd'hui on brouille, alors qu'hier le vieux Hoover aurait envoyé tous ces communistes moisir à Sing-Sing.

— Vous pensez qu'on a perdu au change ?

— Je ne pense pas, monsieur. J'obéis.

— En tout cas, vos journalistes savent à présent que je suis là. Ils ne seront pas longs à comprendre que c'est du sérieux.

Barnes hausse les épaules en soulevant le coin d'une bâche. Crossman s'immobilise.

— Alors, monsieur, qu'est-ce que je vous avais dit ?

Crossman ne répond pas. Il regarde les rangées de voitures dont les capots gondolés font penser à de larges gueules ouvertes. Ses yeux glissent sur le cercle d'asphalte qui encadre un lampadaire carbonisé. Là où le métal semble avoir fondu, quatre cadavres sont allongés sous des couvertures anti-feu. Un peu plus loin, les restes d'une Continental blindée fument encore. L'avant du véhicule est carbonisé. Crossman sent un frisson lui parcourir l'échine en apercevant des hommes équipés de combinaisons étanches fouiller le coffre de la Continental.

— Nos gars ont trouvé à l'arrière de cette caisse des fioles dissimulées dans un caisson blindé.

— Vides ?

— Toutes sauf une. Les gaz révélateurs que les chimistes ont injectés dans les flacons décachetés ont montré qu'ils ne contiennent plus aucun agent contaminant.

— Plutôt une mauvaise nouvelle.

— C'est aussi mon avis.

Crossman salue discrètement les coroners dont le chef soulève une des couvertures anti-feu. Son cœur rate un battement en découvrant le cadavre momifié. La peau est devenue tellement dure que les gars de la police scientifique sont obligés d'appuyer de toutes leurs forces pour enfoncer les sondes de température. C'est en apercevant leurs gants ignifugés que Crossman comprend l'origine de cette onde de chaleur qui sature l'atmosphère : elle provient des cadavres.

— On dirait une aiguille à gigot, pas vrai ?

Ignorant la réflexion de Barnes, Crossman observe le coroner. Après plusieurs tentatives, l'aiguille vient d'atteindre le foie du mort. Le scientifique regarde les chiffres défiler sur l'écran miniature relié à l'instrument et secoue la tête d'un air incrédule.

— Quel est le problème ?

— La température hépatique nous permet d'habitude de dater l'heure de la mort dans la mesure où le foie est un organe qui demeure chaud plus longtemps que le reste du corps. Or, là, le foie indique quatre-vingt-dix degrés et la température périphérique atteint soixante degrés.

— Une sacrée fièvre. Un rapport avec le risque bactériologique ?

— Non. Aucun organisme n'a la faculté de réguler sa température au-delà de quarante degrés. Quarante-deux degrés étant la limite maximale au-dessus de laquelle la chaleur entraîne des convulsions et la mort par arrêt cardiaque.

— Donc ?

— Donc, si j'en juge par l'état de leurs organes et si je me fie seulement à mes instruments, j'en arrive à la conclusion que la température interne des victimes a grimpé très vite au-delà de trois cents degrés avant de retomber lentement. Comme les cuves à lait que l'on pasteurise : un flash de chaleur ultrarapide destiné à détruire les bactéries. Sauf que là, c'est pas du lait.

— Un engin incendiaire ?

— C'est ce que nous avons cru au début, mais c'est exclu.

— Pourquoi ?

Le coroner se redresse lentement. Il semble épuisé. Il retire ses gants en désignant le lampadaire.

— On a analysé le revêtement extérieur du pylône ainsi que la carrosserie des voitures. Aucun atome superficiel n'a brûlé. Ce qui implique que la combustion a pris de l'intérieur. Exactement comme la température corporelle de nos cadavres. Ça a cramé les atomes métalliques profonds, puis ça s'est diffusé vers l'extérieur.

Le scientifique illustre ses propos en rassemblant ses paumes puis en les écartant comme pour mimer une explosion.

— Idem pour les traces de brûlé sur l'asphalte. On a creusé : dur en surface, brûlant et mou en dessous. Comme si la chose qui a fait ça s'était mise à accélérer les molécules en les agitant à toute vitesse et en faisant bouillir toutes les particules d'eau qu'elles contenaient.

— Vous voulez dire comme un gigantesque four à micro-ondes ?

— Quelque chose comme ça. Sauf qu'un micro-ondes ne cuit pas le métal ni la pierre.

— Vous en arrivez à quelle conclusion ?

— Aucune pour le moment. On va attendre l'autopsie.

— Tenez-moi au courant personnellement. C'est hautement prioritaire. Ils avaient des papiers sur eux ?

— Des armes. 9 mm automatique. Les cartouches ont éclaté dans les chargeurs.

— C'est quoi, ça ?

Crossman s'accroupit auprès du cadavre et écarte ce qui reste du manteau, dévoilant une plaque métallique fondue fixée à la ceinture. Il enfile un gant et récupère l'insigne. Les détails incrustés dans le métal ont pratiquement disparu.

— On dirait une plaque de flic.

— Agence gouvernementale. Reste à découvrir laquelle.

Crossman tend la plaque à Barnes qui la glisse dans un sachet en toile.

— Si ce sont bien des agents, leur véhicule appartient également au gouvernement. À vous de jouer, Barnes. Je veux savoir au plus vite qui sont ces types.

— Je m'en occupe, monsieur.

Pendant que Barnes décroche son portable, Crossman se dirige vers les hommes en combinaison étanche qui s'affairent autour de la Continental. Ils viennent d'ôter leur casque. Deux techniciens transpirent à grosses gouttes en transférant le caisson blindé dans leur van. Crossman salue celui qui approche.

— Agent spécial Flagg, monsieur.

— Je vous écoute.

— Véhicule blindé. Heureusement que le choc a fait sauter la serrure du coffre.

— Vous savez ce que les fioles contenaient ?

— On va analyser le dernier flacon. Il va falloir un peu de temps. On a aussi retrouvé quinze mille dollars en liquide, de nombreux passeports et des liasses entières de billets d'avion usagés.

Crossman feuillette les billets. Une liasse par inconnu. Des billets open qu'il fait défiler entre ses doigts. Le premier homme s'était offert quatre jours de sauts de puce en avion depuis Punta Arenas, au sud du Chili, jusqu'à Mexico : Buenos Aires, Porto Alegre, São Paulo, Rio de Janeiro, Salvador, Fortaleza, Belem et Caracas. Onze mille kilomètres sans souffler, de capitales en grandes villes. L'inconnu numéro deux avait fait le même déplacement en longeant la côte ouest du continent sud-américain : la Colombie, l'Équateur, le Chili, puis un vol retour direct pour Mexico. Les autres arrivaient d'Afrique du Sud et des grandes villes du continent australien. Ils ne s'étaient jamais arrêtés plus de trois heures à chaque étape et avaient calé leurs billets pour parcourir le plus de kilomètres possible en un minimum de temps. Puis ils s'étaient tous retrouvés au Mexique avant d'atterrir ici, à Jackson. Crossman sent sa gorge s'assécher.

Barnes raccroche son portable. Il a l'air soucieux.

— Alors ?

— Nos inconnus n'appartiennent à aucune agence recensée.

— Prenez leurs empreintes et continuez à chercher.

Crossman tend les liasses à Barnes.

— Comparez aussi ces billets avec les tampons des passeports. Si nos gars se sont effectivement offert un tour du monde en ouvrant leurs fioles dans chaque aéroport, nous avons un problème.

81

Burgh Kassam est épuisé. Il ne s'est accordé que quelques minutes de repos en trois jours. Depuis qu'il s'est injecté son booster immunitaire, il ne s'est pas fait la moindre piqûre. Pas même un fixe de Protocole pour suivre mentalement la traque de Walls dans le désert de Sonora : il avait eu besoin de toute sa concentration pour mettre la touche finale à la dissémination du Protocole Shiva.

À l'aube du premier jour, il avait expédié le message de propagation à ses agents dispersés à travers le monde, lesquels avaient récupéré les lots contaminés et s'étaient présentés aux comptoirs des aéroports internationaux de la planète. Ils avaient libéré les premières souches dans les terminaux de départ et d'arrivée, puis ils avaient embarqué sur des long-courriers. Burgh avait ensuite ordonné à d'autres agents de décoller à bord de jets privés qui avaient dispersé les souches dans les principaux courants aériens survolant le globe. Puis ses derniers convoyeurs s'étaient chargés de polluer les réservoirs d'alimentation en eau des grandes villes, ainsi que les systèmes d'aération des métros et des gares. D'après les supercalculateurs qui avaient travaillé durant des semaines sur les différents scénarios de propagation, celui que Burgh avait choisi assurait une contagion directe proche des quarante pour cent. Le caractère social et mobile des humains se chargerait de la contamination indirecte, laquelle approchait des soixante-dix pour cent. Le vent et l'eau feraient le reste.

Une heure plus tôt, ses écrans achevant de se couvrir de cette couleur ocre qui se propageait aux grands centres urbains, Kassam s'était rendu compte que ses cellules criaient famine et qu'elles exigeaient leur dose de drogue synthétique. Il avait fouillé dans sa pharmacie personnelle à la recherche d'une substance qui n'altérerait pas ses facultés mentales et avait fini par choisir le Protocole 17 dont il venait de se faire un micro-shoot dans le bras. Un millimètre cube dilué dans du sérum. Surtout pas plus : le Protocole 17 stimulait la région du cerveau chargée de l'élaboration des concepts.

Tandis que le produit se dilue dans son organisme, Burgh sent sa conscience se dilater et entrer en communion avec le souffle profond de l'univers. Il est à la fois un corps flottant dans les immensités silencieuses et un champ de molécules aussi vaste que le cosmos. Il peut à la fois focaliser sa conscience sur les différentes parties de l'espace et en envisager le tout. Il voyage à la vitesse de la lumière. Il est la lumière. Un trait d'énergie filant entre les étoiles, les planètes, les corps gazeux et les trous noirs. Il est la matière et l'antimatière. Il accélère de toutes ses forces tandis que le protocole se répand dans ses neurones. Il a le pouvoir de courber l'espace, de pointer n'importe quel corps stellaire et de s'élancer vers lui à la vitesse d'un vaisseau propulsé par un réacteur Hawking. Ça va tellement vite que Burgh ressent une légère nausée. Il est en train d'aspirer beaucoup trop d'énergie, de comprendre beaucoup trop de choses. Le goût métallique du sang sur ses lèvres. Il se concentre pour ralentir. Les réacteurs Hawking de son cerveau s'éteignent. Il glisse sur son erre. Il flotte dans les immensités. Il lui suffit de se concentrer un tout petit peu pour traverser la matière même du vide et envisager les secrets qu'il renferme. Il distingue au loin les bords de l'infini. Il est une molécule flottant dans le vide intersidéral. Une molécule pensante. Le général en chef du système immunitaire de l'univers.

Burgh grimace en entendant un sale son vriller ses tympans. On dirait une onde qui se propage dans le vide. Il s'efforce de comprendre la source de cette perturbation qui est en train de lézarder sa conscience. Lui qui a accès à tous les concepts secrets de l'univers, lui qui entend battre les planètes et se répondre les suprasignaux que les systèmes s'échangent à travers le néant, il ne parvient pas à comprendre d'où peut bien provenir cette… sonnerie ?

Burgh rouvre les yeux. Sous l'effet de la drogue, il a l'impression que les murs de son laboratoire palpitent. Il aperçoit les molécules complexes qui composent chaque chose. Il regarde le téléphone dont la sonnerie s'est interrompue avant de reprendre. Burgh tend une main immense dont il distingue à peine les contours. Il attrape avec peine un flacon de neutralisant et déverse une poignée de comprimés géants dans sa bouche. Il grimace en sentant l'amertume de la substance et surveille la rondeur des murs. Le neutraliseur commence à faire son effet. Nouvelle sonnerie. Burgh décroche. Il reconnaît la voix de Cabbott.

— Nom de Dieu, Kassam, qu'est-ce que vous foutiez ?

— …Vous croyez ?… Bosser… J'étais…

— Pardon ?

Burgh se rend compte que ses mots se mélangent et qu'il oublie d'en prononcer certains. Il croque deux autres comprimés et se concentre pour obliger ses neurones à se reconnecter.

— Je disais : qu'est-ce que vous croyez ? J'étais en train de bosser.

— Vous avez bu ?

Burgh consulte ses écrans : d'après les indices de propagation et la grosse tache ocre qui grossit démesurément au-dessus de l'Oregon, le personnel de la Fondation, et en particulier cet imbécile de Cabbott, ignorait que chaque fois que leurs poumons se remplissaient, c'était une mort certaine que leur sang transportait dans leurs artères. Une chose microscopique qui ne tarderait pas à fracturer la paroi de leurs cellules pour modifier leur ADN. Burgh s'éclaircit la gorge.

— Que se passe-t-il, Cabbott ?

— Nous venons de recevoir un appel d'une de nos équipes à l'aéroport de Jackson, Mississippi.

— Et alors ?

— Alors, nous avons quatre agents sur le carreau. L'équipe Prescott. Vos vampires, Kassam. Ils se sont fait dégommer comme des chiots.

— Qui est sur place ?

— Sarkis et ses gars, des agents à moi. D'après lui, Prescott et ses hommes se sont fait carboniser de l'intérieur. Ça s'est passé sur le parking de l'aéroport où ils étaient chargés d'intercepter votre archéologue.

— Si Prescott s'est fait avoir comme un bleu, vous pensez vraiment que le gros Sarkis va s'en sortir ?

— Ça suffit, Kassam ! J'ai été beaucoup trop faible avec vous ! Vous vous rendez compte du résultat ? Ça crame sur le sol américain maintenant. Et sur le parking d'un aéroport international, en plus !

— Calmez-vous, monsieur Cabbott. Que dit Sarkis ? Est-ce qu'il a remarqué autre chose ?

— Je crois que vous avez du mal à me suivre : il n'y a rien d'autre à voir que quatre dépouilles desséchées et des débris de verre fondu. Et des fédéraux, bien sûr. Ils sont arrivés les premiers. Résultat : Sarkis et son équipe ne peuvent même pas approcher pour récupérer les cadavres.

— Répondez à mes questions. Il y avait des voitures sur le parking ?

— Évidemment.

— Rien d'anormal ?

— Ne quittez pas, je demande.

Un silence. Burgh se lève et se prépare un shoot de Protocole 12. La voix de Cassandre retentit dans les haut-parleurs, annonçant que des résidus de la substance précédente sont encore présents dans ses cellules et que leur combinaison avec cette nouvelle injection risque de provoquer une hémorragie cérébrale massive. Kassam répond qu'il a compris. Il pousse sur le piston pour évacuer l'air et s'enfonce l'aiguille dans le biceps. Voix de Cabbott :

— Kassam ?

— Oui.

— D'après Sarkis, un témoin aurait repéré un homme correspondant au signalement de Walls. Il s'engouffrait dans un taxi à la sortie de l'aéroport. J'ai contacté la compagnie. Le taxi l'a conduit jusqu'à Crandall, à la frontière avec l'Alabama. Pas de nouvelles depuis.

— Et les voitures sur le parking de Jackson ?

— Sarkis dit que les capots sont tordus et que les pare-brise ont explosé dans un rayon de cinquante mètres. Qu'est-ce que ça signifie ?

— Ça signifie que Walls ne veut pas nous donner ce qu'il a trouvé dans la Mesa.

— Qu'est-ce que vous proposez ?

— On va le faire à ma manière.

— Vous délirez, Kassam. Je refuse que vous lâchiez de nouveau vos monstres dans la nature. J'ai déjà eu un mal fou à effacer les traces de ce qu'ils ont fait aux archéologues du dossier Idaho Falls.

— Qu'est-ce qui se passe, Cabbott ?

— Comment ça ?

— Votre voix. Elle devient pâteuse.

— J'ai mal à la tête. J'ai si mal.

— Ça peut s'arrêter si vous le voulez vraiment.

— Qu'est-ce que vous êtes en train de me faire ?

— Je suis en train de sauver votre peau, espèce de vieux débris. Mais j'ai d'abord besoin que vous me transmettiez les codes de commandement de la Fondation. Il me faut les pleins pouvoirs sur le sol américain.

— Jamais !

Burgh sait que Cabbott est en train de se vider. Il faut faire vite. Il le pousse encore un peu, juste au point de rupture. Un jappement de douleur s'échappe du combiné.

— Entrez les codes sur votre clavier et je vous garantis que vous ne sentirez plus rien.

Burgh entend pianoter les doigts du vieillard. Il regarde les données s'afficher simultanément sur son écran. Cabbott gémit :

— Voilà, c'est fait. Mais ça ne vous sera pas d'une grande utilité car vous êtes déjà mort. La Fondation est puissante et vous n'avez aucune chance contre nous. Vous m'avez entendu, Kassam ? Vous êtes un homme mort !

— Monsieur Cabbott ?

— Oui ?

— Appelez-moi Shiva.

Burgh se concentre. Un craquement sur la ligne, le bruit humide d'un geyser de sang et de matières molles atterrissant sur les dossiers. Cassandre avait raison : les deux protocoles s'accélèrent mutuellement. À tel point qu'il a à peine besoin de se concentrer pour retrouver la trace d'Ash. Il baisse un peu le volume et pénètre l'esprit de son meilleur agent. Des hublots, de larges fauteuils, une coupe de champagne. Le compartiment de première classe d'un long-courrier.

— Ash ?

— Monsieur ?

— Où êtes-vous ?

— Quelque part au-dessus de l'Atlantique. Je reviens de Tokyo via Hong-Kong, Bangkok et Singapour.

— C'était bien ?

— Des foules immenses, des plages bondées et plein de buildings climatisés.

— Vous êtes encore loin ?

— Je me pose à Miami dans une heure. J'avais prévu ensuite de faire escale à Mexico avant de remonter.

— Laissez tomber Mexico. Ça se répand déjà là-bas. Je vous réserve un vol intérieur pour Mobile.

— L'Alabama ? Je croyais que les courants aériens devaient s'en charger ?

— Walls est sorti de la Mesa. Il a retrouvé ses pouvoirs.

— Où est-il ?

— Il s'est fait conduire jusqu'à Crandall. Je pense que la gamine n'a toujours pas quitté le secteur de La Nouvelle-Orléans et que c'est ça qui l'attire. Il me la faut, Ash. Il me la faut à tout prix. Vous m'avez bien compris ?

— Parfaitement, monsieur.

Burgh se déconnecte de l'esprit d'Ash. Puis il se lève et vérifie les minuteurs reliés à de gros flacons opaques dissimulés derrière les grilles de la climatisation.

— Cassandre ?

— Monsieur ?

— Je quitte la base. Je voudrais que tu grimpes la clim au maximum en mon absence.

— Pour votre niveau seulement ou pour tout le complexe ?

— Pour tout le complexe.

— Ce sera fait, monsieur.

82

Marie vient de sortir du Dome. Elle tient Holly dans ses bras. Elle sent le cœur de la gamine cogner contre sa poitrine. Elle s'immobilise en apercevant les gyrophares bleus de quatre voitures du FBI garées en arc de cercle. Cerné par ses gorilles en costume sombre, Crossman l'attend sous la pluie. Elle rend la môme à l'elfe et leur dit de l'attendre dans le pick-up. Kano lui demande s'il peut conduire. Marie lui répond non. Elle avance vers Crossman. Elle est à cran. Ils avaient été obligés de coucher sept sans-abri de plus pour s'extraire du Dôme. Elle en avait personnellement abattu trois après avoir recouvert le visage d'Holly avec sa capuche pour l'empêcher de voir. Entre deux coups de feu, tandis que la môme se crispait dans ses bras comme un petit singe effrayé, elle s'était penchée pour lui murmurer des mots rassurants. Puis elle avait déplacé son flingue un poil à gauche pour aligner le suivant. Elle avait regardé les impacts secouer ces pauvres diables qui s'étaient effondrés sur l'herbe en se tenant le ventre. Elle avait haï Gardener pour ça. Tirer au ventre, c'est dégueulasse et presque toujours inutile.

« Oui, mais ça leur donne à réfléchir, à ces merdes. Regarde-les, Marie : ils hésitent. »

Ce n'était pas faux. N'empêche, tandis qu'elle serrait la fillette contre elle tout en reculant dans le corridor en béton sous les hurlements de la foule et les tirs nerveux des marines, Marie avait regardé cette jeune sans-abri abîmée par l'alcool qu'elle venait de stopper d'une balle dans le sternum. Des yeux emplis de haine quelques secondes plus tôt, cette stupeur dans le regard immédiatement après. Toute cette tristesse tandis qu'elle s'effondrait à genoux en vomissant du sang. Marie avait continué à reculer. Il y avait encore eu des coups de feu, des cris, les hurlements de la foule, puis le silence de la ville tandis qu'ils émergeaient du Dôme. Et Crossman qui l'attendait, appuyé contre sa limousine blindée.

Marie avance. Derrière elle, les Gardiens se disputent pour savoir qui va porter Holly mais la petite reste blottie dans les bras de l'elfe qui sourit de toutes ses dents. Marie se retourne :

— Vous savez, elle peut marcher aussi.

Sans répondre, l'elfe baisse les yeux vers Holly et lui demande mentalement si elle préfère marcher. La fillette acquiesce. Il jette un regard furieux à Marie, puis il pose l'enfant à terre. Holly glisse sa main dans la sienne. Marie hoche lentement la tête tandis que l'elfe la regarde avec des grands yeux de crétin. Elle allume une cigarette en soutenant le regard de Crossman. Il a sa tête des mauvais jours. Elle aussi.

— Qu'est-ce que tu fous ici ?

— On se tutoie, maintenant ?

— J'ai commencé à me souvenir de pas mal de choses. Ça crée des liens. Alors ?

— La Sécurité nationale m'a alerté qu'un de mes agents avait franchi les barrages de La Nouvelle-Orléans en prétextant devoir récupérer la fille de Fogharty dans le Dôme.

— Et alors ?

— Alors, Fogharty n'a pas d'enfant.

Marie contemple son propre reflet dans les lunettes noires de Crossman. Il a la tête tournée vers le Dôme mais elle sait que c'est elle qu'il regarde.

— Comment ça va, Marie ?

— À ton avis ?

— Il faut qu'on parle.

— Non.

— Ce n'était pas une question.

Marie désigne le pick-up où les Gardiens viennent de prendre place, Cyal et Elikan à l'arrière, Holly entre eux deux.

— Dis à tes dobermans de me suivre. On se retrouve à la sortie de la ville.

83

— Pourquoi ?

— Pourquoi quoi, Marie ?

Marie inspire une bouffée de fumée qui lui brûle les bronches. Elle regarde Crossman pianoter sur son ordinateur portable. Ils sont seuls dans un restoroute minable qui borde la 10 à l'est de Picayune. Ils ont roulé une petite heure au milieu des décombres pour arriver jusque-là. Marie se sent étrangement calme. Elle recrache la fumée après l'avoir gardée le plus longtemps possible pour saturer ses récepteurs de nicotine. Il faut à tout prix qu'elle empêche cette garce de Gardener de prendre le contrôle de la discussion. Crossman la sent pointer son nez. Il est inquiet. Il a raison.

— Pourquoi tu ne m'as rien dit, à l'époque ?

— Te dire quoi ? Que Gardener était ton père ? Il ne l'est pas. Pas depuis ce qu'il a fait à ta mère biologique. Encore moins après ce qu'il t'a fait subir à Seboomook. Ce n'est pas à toi que je vais apprendre la psychologie de ce genre de tueur. Il essaie de survivre à travers toi. Il essaie de continuer à tuer. Tu vas le laisser faire ?

Marie regarde le parking fouetté par la pluie. Les 4 × 4 du FBI et la limousine de Crossman sont rangés devant le pick-up. Cyal et Elikan sont descendus et se tiennent adossés aux portières. Ils dévisagent les agents en costume sombre et lunettes noires. Assis à l'arrière, Kano lit une histoire à Holly mais la fillette ne l'écoute pas. Elle a posé son visage contre la vitre et cherche le regard de Marie. Ses lèvres se courbent timidement. Elle se trémousse sur la banquette, elle a envie de faire pipi. Furieuse, Marie regarde Kano qui continue à lire son histoire.

— Marie ?

— Quoi ?

— Qui sont ces types ?

— Des amis. Des nouveaux, je veux dire. Mes anciens potes sont des salopards que je raye l'un après l'autre de mon répertoire. J'en suis à la lettre C.

— Je ne suis pas ton ami, Marie, je suis ton patron.

— Tu auras ma lettre de démission sur ton bureau demain à la première heure. Je ne bosse pas pour des fumiers.

Crossman sent le genou de Marie s'agiter sous la table. Il sait que ses agents ne feront pas le poids si Parks passe en mode Gardener. Il avale une gorgée de café.

— Et la môme ?

— Ses parents sont morts pendant la tempête. Je l'emmène vers le nord pour la déposer chez sa tante. Les types sont ses oncles.

— Et ensuite ?

— Quoi ensuite ?

— Tu songes à te recycler comme garde du corps pour morveuses ?

Crossman se mord les lèvres. Le dernier mot lui a échappé. La colère, les remords aussi. Il regarde les yeux de Parks. Gardener sourit, elle monte en pression. Crossman sait qu'aucun bon mot ne vaut le risque de réveiller cette chose froide et cruelle. Dans les minutes qui vont suivre, il va falloir éviter à tout prix que

Marie découvre que c'était lui qui l'avait conduite chez les Parks à sa sortie de la Crèche. Il se souvient encore de sa petite main entre ses doigts tandis qu'il franchissait le portail de Milwaukee Drive. Gardener l'observe en tirant sur la clope de Parks. Elle aussi commence à se souvenir.

— Marie ?

— Oui ?

— Tu avais rendez-vous hier à Boston pour un debriefing avec le psy. Tu connais le règlement. Le debriefing est toujours prioritaire après ce genre de mission.

— Encore un psy ? Pour quoi faire ?

— Pour empêcher le genre de rebond mental que tu commences à développer. Tu sais que ça va empirer.

— Sans déconner, Crossman ? Je viens d'apprendre que mon père était un monstre, que j'ai eu en tout trois mères massacrées par ses soins, que j'ai passé deux ans à dix mètres sous terre et que mon patron est une ordure qui se sert de moi depuis des années. À part ça, j'ai aussi une petite migraine mais ça va…

— Je ne me suis jamais servi de toi.

— Ça a commencé comment ?

— Quoi donc ?

— Ton idée tordue de faire de moi une chasseuse de vampires ? Ça a commencé avant ma sortie de l'asile ou après ? Juste après, j'imagine…

— Marie…

— Avant ?

Les narines de Marie s'arrondissent. Elle regarde Crossman de ses grands yeux gris et froids et respire le parfum qui s'échappe de son costume.

— Vétiver…

— Pardon ?

— Ton eau de toilette, c'est Vétiver, n'est-ce pas ? Cette odeur de fougère et de citron. Je la reconnais. Elle flotte dans la plupart de mes souvenirs. Des souvenirs qui commencent après la Crèche. C'est ce que je fais depuis ma sortie du coma : à défaut d'images, je recherche les odeurs qu'ont mes souvenirs.

— Je ne comprends pas.

— Non. Tu n'écoutes pas. Je suis en train de te dire que si un psy me demandait de choisir trois odeurs pour résumer les moments les plus importants de ma vie depuis la Crèche, je choisirais les cigares de Daddy, la barre de chocolat du docteur Moore à Green Plains et cette senteur boisée que tu trimballes partout. Tu trouves ça normal ?

— Je ne comprends toujours pas.

— Tu as tort de jouer à ça avec moi, Stuart.

Sans perdre Crossman des yeux, Marie écrase sa cigarette dans le cendrier.

— Au fait, je me suis renseignée. Tu veux savoir comment s'appelait le directeur du protocole de protection des témoins de l'État du Massachusetts, à l'époque ? C'est le même type qui m'a conduite dans ma deuxième famille d'accueil. Tu sais, ce grand monsieur en costume qui me tenait la main pendant que nous avancions dans l'allée et que les Parks venaient à notre rencontre pour me prendre dans leurs bras. Cette odeur de fougère qui flotte partout autour de moi. Autour de toi.

— Marie…

Les yeux de Marie se remplissent de larmes. Gardener sourit.

— Et quand j'ai craqué à la fac et que tu m'as expédiée à Green Plains. Ces yeux noirs qui me regardaient à travers le judas de la porte et cette odeur boisée qui flottait dans le couloir quand je sortais pour essayer de t'apercevoir. Quand je te galopais après pour savoir qui tu étais. Je restais des heures dans le couloir à respirer ta présence. Je te humais comme un chiot jusqu'aux portes vitrées que tu venais de franchir comme un voleur.

— Si j'avais su que ça te ferait tant de mal, je ne serais pas venu.

— Sale connard de mec. Tu n'as toujours pas compris ? J'étais persuadée que tu étais mon vrai père, Stu ! J'étais persuadée que tu étais mon père et que tu avais honte de moi, honte de ce squelette puant que j'étais devenue ! Tu te rends compte de ça ?

— Marie, s'il te plaît, essaie de te calmer.

— Sinon quoi ? Tu vas me mettre hors service ? Tu vas appeler tes caniches en costume et on va refaire Alamo à l'est de Picayune ? Appelle-les, Stu. Fais-moi plaisir, appelle-les. Ils nous observent déjà à travers la vitre. Ils guettent le geste de trop. C'est ça que tu leur as dit ? De me mettre hors service au premier geste de trop ?

— Ce n'est pas mon intention.

Marie écrase ses larmes d'un revers de la main. Elle regarde Crossman. Elle le renifle.

— Cette putain d'odeur… C'est elle qui m'a portée pendant mon séjour à Green Plains, c'est à elle que je me raccrochais. J'avais noté les jours où tu venais. Tu restais quelques minutes derrière la porte et tu repartais. Et tu sais quoi ? J'essayais de me faire belle ces jours-là. J'essayais de trouver la force de me laver et de me coiffer. J'essayais même d'avaler quelque chose. Je serrais les dents pour ne pas vomir ce que j'ingérais. Je me disais que si je n'étais pas trop moche quand tu regarderais par le judas, peut-être que tu entrerais. Mais, à chaque fois, tu restais derrière la porte sans bouger. Et quand je me décidais à me lever en titubant pour essayer de te rattraper, tu te barrais, sale fumier !

— Je suis entré plusieurs fois.

— Quand je dormais ? Cette odeur qui pénétrait mes rêves et flottait autour de moi à mon réveil, c'est parce que tu étais entré dans la chambre quand je dormais, c'est ça ?

— Oui.

— Et ce visage qui me scrutait à travers les vitres fumées de la limousine tandis que je traversais le campus de la fac ? Tu attendais que je sois prête, c'est ça ? Après mon diplôme, j'ai reçu une proposition du FBI, un rendez-vous pour une batterie de tests à Quantico. Tu te rends compte ? Là où les étudiants les plus brillants galèrent pendant des années pour intégrer le Bureau, moi c'est le Bureau qui m'a contactée. C'est fou, non ?

— Je ne me cachais pas, Marie.

— Ouais, c'est commode comme explication. C'est précisément ce dont je n'arrive pas à me souvenir. Tout ce qui s'est *vraiment* passé après la mort des Parks. Toute cette tranche de vie jusqu'à mon accident. Ce n'était pas prévu. Quel bol pour toi ! Un petit agent tout neuf avec un cerveau effacé comme un disque dur. Je n'arrive même pas à me rappeler à quoi ressemblaient mon mec et ma môme.

— Elle était aussi belle que toi.

— TA GUEULE ! Je t'interdis de dire ça, tu m'entends ? Je t'interdis de me parler de ma môme. Tu avais prévu quelque chose pour elle aussi ? Rebecca, la fille de la tueuse ?

— Tu es en plein rebond mental, Marie. C'est pour ça que tu es suivie par des psys. On attendait que tu commences à te souvenir pour tout te dire.

— Ça ne t'a pas empêché de me pousser vers le gouffre, ni de m'utiliser pour chasser les cross-killers.

— Non.

— Parce que tu as recruté la tueuse, pas l'agent.

— J'ai recruté les deux.

Un silence. Marie sourit à travers ses larmes.

— Pour attraper Daddy, c'est ça ?

— Pas seulement.

— La fille pour attraper le père. Tu as enfreint tous les tabous en faisant ça, Stu. C'est tellement monstrueux qu'il faudrait inventer un nom pour un crime de ce genre. Tu étais prêt à aller jusqu'où pour l'attraper, celui-là ?

— Je savais que tu étais la dernière sur sa liste. Je pense même qu'il n'avait pas prévu de te tuer.

— C'était vachement bien imité quand même, tu ne trouves pas ?

— On n'a jamais cessé d'enquêter sur Daddy. On n'a jamais réussi à l'attraper. Le trait d'union entre lui et nous, c'était toi. On n'avait pas d'autre solution.

— Sale fils de pute…

Un bruit métallique sous la table. Crossman lève un regard triste sur Marie. Il sait qu'il est en train de perdre la partie.

84

— Remets ton arme dans son étui, Marie. Si jamais mes hommes se rendent compte que tu as dégainé, on court droit au bain de sang.

Marie regarde Crossman. Elle souffre abominablement. Il a l'impression de se retrouver plusieurs années en arrière, quand il la regardait pleurer dans sa chambre de Green Plains. Il ne trouve pas les mots. Il sait qu'elle a relevé le chien de son automatique. C'est Gardener qui tient l'arme.

— Je veux juste que tu me dises pourquoi. J'en ai absolument besoin, tu piges ?

— Pourquoi quoi, Marie ? Pourquoi toi ?

— Accroche les wagons, fumier. Je veux que tu me dises pourquoi tu t'es acharné à ce point pour coincer Daddy. Des tueurs de son espèce, il y en avait d'autres, non ?

— Je peux te prendre une cigarette ?

— Va t'en acheter ! Et réponds à ma question ou je te jure que j'aurai vidé mon chargeur sous la table avant que tes gorilles aient compris d'où viennent les détonations.

Crossman se tourne vers le parking. Il regarde Holly approcher. Elle se dandine en tirant sur le bras de Kano pour le faire avancer plus vite.

— Ce serait dommage pour la petite.

— C'est une menace ?

— Non. Ce serait dommage, c'est tout.

— Elle, tu ne la toucheras pas, Crossman. Le premier qui la touche, je…

— Tu en parles comme si c'était ta propre fille. Tu te rends compte de ça ?

— Réponds à ma question. Pourquoi Daddy ?

— Parce qu'il a tué ma sœur.

— C'est des conneries…

— Je te jure que c'est vrai.

— Comment est-ce qu'elle s'appelait ?

— Meredith. Meredith Gardener.

— Je vais te tuer, Crossman.

— Tu peux vérifier.

Crossman retourne son ordinateur portable sous les yeux de Marie. La gorge sèche, elle pianote d'une main et se connecte à la base de données. Dossier Daddy. Classifié. Crossman lui dicte les codes. Plusieurs pages défilent sur l'écran. Elle s'arrête sur un cliché : la première victime de Gardener, sa femme Meredith dont on avait retrouvé le cadavre dans la jolie maison près de Phoenix. C'était une très belle jeune femme aux yeux gris et aux cheveux d'un noir profond. Marie passe un doigt sur l'écran. C'est la première fois qu'elle aperçoit le visage de sa vraie mère. Elle se rend compte qu'elle ne se souvient absolument pas d'elle, pas même de son odeur ou de sa voix. Elle lève la tête et regarde Crossman. Des larmes jaillissent de ses yeux. Sa voix se brise.

— Mais alors pourquoi…

— Calme-toi, Marie, s'il te plaît.

— Pourquoi tu ne m'as pas recueillie ?

— C'était incompatible avec le protocole de protection des témoins.

— Et après ?

— Quoi après ?

— C'est pour ça que tu m'as fait entrer au FBI ? Pour me dresser comme un chien de combat avant de me lâcher sur les traces de Daddy ?

Marie entend la porte du restoroute s'ouvrir. Kano et Holly viennent d'entrer. Elle relâche lentement la détente de son arme qu'elle range dans son holster. Elle se lève, prend Holly par la main et l'accompagne aux toilettes. Kano reste immobile sur le pas de la porte. Il fixe Crossman de ses grands yeux bleus. Le patron du FBI soutient son regard puis se racle la gorge :

— Vous êtes ?

— Kano.
— Kano comment ?
— Kano.
— Vous êtes l'oncle de cette fillette ?
— Son oncle ?
— Oui, vous savez ? Le frère de sa mère ou de son père.
— Oui.
— De sa mère ou de son père ?
— Son père ?
— Vous comprenez les questions que je vous pose ?
— Oui.

Crossman fronce les sourcils. Quelque chose ne va pas dans les yeux de cet homme. Le patron du FBI grimace en sentant une pointe de migraine vriller son crâne.

— Elle est très noire pour être votre nièce, vous ne trouvez pas ?

Kano vient de comprendre que l'homme en face de lui n'entend pas le message mental qu'il envoie en boucle. Alors il le prononce à voix haute :

— Je suis né en 1670 dans la colonie d'Old Haven, Maine. J'ai deux frères, Cyal et Elikan. Nous n'avons pas d'enfants. Nous sommes les serviteurs de l'Eau.

— Vous trouvez ça drôle ?

Kano s'apprête à jurer que non lorsque la porte des toilettes s'ouvre à la volée. Marie dit à Holly de bien se laver les mains, puis elle attrape Kano par la manche et lui murmure, furieuse :

— Kano ?
— Oui ?
— Passe encore quand vous faites le débile avec une môme de onze ans, mais là, c'est le patron du FBI. Il peut décider de confier Holly aux services sociaux

avant de vous enfermer à vie dans une cellule capitonnée. C'est ce que vous voulez ?

— Est-ce qu'il présente une menace pour l'enfant ?

— Potentiellement oui.

Marie voit Kano se concentrer.

— Qu'est-ce que vous faites ?

— J'essaie de comprendre.

— Très mauvaise idée. Ramenez Holly à la voiture. Je vous rejoins.

— Holly ?

— Kano, arrêtez de froncer les sourcils. Je sais que vous préparez une impulsion de neutralisation. Si vous commettez cette erreur, Holly est perdue. Vous saisissez ?

Les rides qui plissaient le front de Kano se détendent. Il prend la main d'Holly et rejoint Cyal et Elikan. Tandis que le magicien fait monter la gamine dans le pick-up, Marie remarque que les agents de Crossman s'agitent. Certains grimacent, d'autres se massent les tempes. Elle soupire. Ces abrutis en manteau blanc sont en train de titiller leurs méninges. Crossman la rejoint sur le parking.

— Marie, nous avons un autre problème.

— Je m'en contrefous.

— Nous avons retrouvé quatre inconnus carbonisés sur le parking de l'aéroport de Jackson. Ils transportaient un caisson blindé contenant des fioles vides et ils arrivaient des quatre coins du monde.

— Et alors ?

— Leur signalement correspond aux tueurs que certains témoins ont aperçus sur les lieux où les scientifiques du projet Idaho Falls ont été assassinés.

— Que contenaient les fioles ?

— S'ils ont pris la précaution d'utiliser un caisson hermétique, j'imagine que ce n'était pas pour transporter des échantillons de désodorisant révolutionnaire.

— Tu penses que les deux affaires sont liées ?

— C'est ce que je crains. C'est pour ça que je voudrais que tu poursuives l'enquête.

Crossman tend à Marie une enveloppe épaisse frappée du sigle du FBI.

— Tu trouveras à l'intérieur un topo complet ainsi qu'une liste de scientifiques ayant tous eu accès à des dossiers en rapport avec une momie découverte lors des essais nucléaires du projet Manhattan. La plupart d'entre eux sont morts dans des accidents bizarres. Les autres sont sous la protection du gouvernement. Cela fait des années qu'ils se cachent. Va les voir et ils te diront ce qui s'est passé.

— Tu as compris que j'avais l'intention de démissionner ?

— Marie ?

— Oui ?

— Laisse aussi ton portable allumé au cas où j'aurais besoin de te joindre.

— N'essaie même pas. C'est moi qui appellerai.

Marie monte dans sa voiture. Elle va ajouter quelque chose. Elle se ravise et met le contact. Crossman la regarde s'éloigner. Il aimerait qu'elle ressente ce qu'il ressent. Il espère qu'elle va jeter un coup d'œil dans son rétroviseur mais elle s'engage sur la 10 en direction du nord et accélère. Un agent s'approche du directeur et lui tend un téléphone portable.

— Crossman, j'écoute.

— Agent spécial Barnes, monsieur. Les nouvelles ne sont pas bonnes. J'ai vérifié les passeports des inconnus. Les tampons correspondent. J'ai aussi interrogé les grandes compagnies internationales. Je leur ai demandé s'ils avaient eu des réservations de ce genre ces derniers jours. Des billets à correspondance reliant plusieurs grandes villes dans des intervalles de temps restreints.

— Qu'est-ce que ça donne ?

— J'en ai retrouvé une trentaine.

— Mon Dieu, une trentaine ?

— Trente-cinq, pour être précis. On a recoupé les différentes destinations. Elles forment un maillage serré qui couvre la totalité des grands centres urbains de la planète. À chaque fois, les gars en question ne se sont arrêtés que quelques heures en attendant le prochain vol.

— Dites-moi qu'ils sont restés en zone de transit.

— Négatif, monsieur. Une limousine avec chauffeur les attendait à chaque étape. On a demandé les itinéraires aux compagnies de location. Ils se sont fait passer pour des hommes d'affaires qui n'avaient que quelques heures pour signer une flopée de contrats avant de rembarquer. Ils se sont payé un grand tour de chaque ville : les centres d'affaires, les lieux touristiques et les quartiers populaires comme les souks, les favelas ou les gigantesques bidonvilles encerclant les mégalopoles.

— On a les résultats pour la fiole ?

— Pas encore.

Un silence. Voix de Barnes :

— Qu'est-ce qu'on fait, monsieur ? On attend ?

— On a déjà beaucoup trop attendu.

Crossman rend le portable à son agent.

— Appelez de toute urgence Ackermann au cabinet de la Présidence. Dites-lui que nous sommes entrés en alerte terroriste de niveau 1. Dites-lui aussi que je décolle immédiatement pour Washington.

85

Installé à l'arrière de la limousine qui vient de s'immobiliser sur le parking de Parchman, Ash tente de se connecter à l'esprit de Kassam pour lui faire son rapport. Il cherche au huitième sous-sol de Puzzle Palace et capte un long grésillement, comme une bande radio vide. Il fouille le reste de la base à la recherche du premier esprit vivant : les militaires dans les premiers niveaux, les chercheurs dans les étages inférieurs réservés à la Fondation. Il fronce les sourcils. Pas le moindre cerveau en activité dans le complexe. Il finit par détecter une forme vivante et primitive qui se déplace dans les allées du niveau 7. Un rat. Ash se glisse dans son esprit. La gueule du rongeur s'ouvre et laisse échapper un long piaillement de douleur. Ash lui envoie des petites impulsions de relaxation, puis, ayant pris le contrôle de ses fonctions motrices, il lui ordonne d'emprunter les escaliers de secours pour patrouiller dans les différents étages.

Ash sent son cœur se glacer en découvrant les cadavres des chercheurs de la Fondation. La plupart sont effondrés sur leur paillasse au milieu des bocaux. D'autres ont été foudroyés dans les allées. Ils ont cette expression effrayée de ceux qui se sont vus mourir. Ils ont porté leurs mains à leur gorge, comme s'ils s'étaient brusquement mis à étouffer. Certains se sont profondément griffé le visage en essayant d'arracher leur propre peau. Quelques-uns encore semblent avoir été abattus par les soldats. Tous ont le cou et le visage enflés. Ash reconnaît les dégâts provoqués par la souche K, un neurotoxique qui fait éclater l'enveloppe des cellules et la paroi des artères.

Ash se détache de l'esprit du rongeur et réintègre son propre cerveau. Il élargit le champ de recherche et finit par retrouver la trace de Kassam à la roulette du casino *Four Queens* de Las Vegas au moment où celui-ci rafle la mise dans le bruit des machines à sous et le brouhaha des clients. Il frissonne en sentant la folie se répandre dans l'esprit de son patron : c'est lui qui a libéré le lot K.

Ash rouvre les yeux et examine encore une fois le parking désert de Parchman. Puis il descend de la limousine et se dirige vers les portes vitrées. Il adresse un sourire froid au vigile assis sur une banquette. Un filet de bave s'échappant de ses lèvres, l'homme relit en boucle la même page de son magazine porno. À l'accueil, l'infirmier de garde fixe sa télé portative. Les impulsions de Walls ont fusillé l'antenne mais le bonhomme ne quitte pas des yeux l'écran couvert de neige. Les poings d'Ash se crispent lorsqu'il croise le regard vide de l'infirmier. Il vient de détecter les débris de pensées que son esprit émet encore. Des bribes de mots et de souvenirs. Walls l'a poussé au maximum, comme une Cocotte-Minute abandonnée sur le feu. Sauf qu'il n'a pas éteint le feu en partant et que cela fait des heures que les neurones du type claquent les uns après les autres. La torture suprême, signe que Walls est devenu dangereux.

Ash fouille les souvenirs de l'infirmier. Des perfusions, des mourants, des poches en caoutchouc pleines de pisse, des photos de femmes en maillot de bain, des spasmes. Le visage de Walls. Un visage déformé, mal retransmis par les neurones abîmés. Walls se penche en demandant quelque chose. Un goût de sang éclate dans la bouche de l'infirmier. Walls le pousse. Il est furieux. Rien d'autre.

Neutralisant la vibration de rebond qui tente de se propager à ses propres neurones, Ash visualise la grosse veine qui palpite sous le crâne de l'infirmier. Il se concentre. La veine gonfle. Un claquement humide. Les yeux du mourant virent au rouge tandis que le sang noie ses méninges. Il a un drôle de sourire avant de s'effondrer.

Deuxième étage. Ash avance dans les couloirs en effleurant les portes sous la lumière des veilleuses. Il capte les pensées des pensionnaires. Tant de souffrance, de peur, de tristesse. Tellement de souvenirs. Des vieilles choses qui ne parviennent pas à mourir. Des algues.

Chambre 27. Ash pousse la porte et renifle l'air immobile. Le lit est défait. L'aiguille de la perfusion qui alimentait le patient est piquée dans l'oreiller sur lequel s'étend une tache laissée par le liquide. Ash compare le débit du goutte-à-goutte à la taille de la tache. Il sourit : Walls a moins d'avance qu'il ne le craignait. Un courant d'air agite des lambeaux de papier cadeau abandonnés sur le sol. Ash emprunte la sortie de secours. Le vent frais et les bourrasques de pluie fouettent son visage. Il descend la rampe en béton et s'immobilise au centre du parking. C'est là que se perd la trace de Walls et de son vieux. L'agent de la Fondation se concentre pour rattraper le taxi qui les a embarqués. Des flashs se répercutent dans son esprit. La pluie qui gifle un pare-brise. Le battement des essuie-glaces. Scotchée à côté de l'autoradio, la plaque matricule avec le nom du chauffeur : Shelby Newton. Le pinceau des phares éclaire fugitivement un panneau indicateur : Carthage, 3 miles.

Ash rouvre les yeux et expédie un message mental aux silhouettes en manteau sombre qui émergent de la brume. Il leur dit que la cible prioritaire est la gamine et qu'elle doit être effacée à tout prix. Les agents enfourchent de puissantes motos et se dispersent dans la nuit. Ash monte à l'arrière de la limousine et ordonne au chauffeur de prendre la direction de Carthage. Il interroge le compte à rebours qui défile sur sa montre-bracelet : trente heures avant le début de la contamination.

86

Une brise fraîche et salée. Marie se tient debout sur le pont de Bay Bridge et respire les effluves de San Francisco. Derrière elle, des centaines de voitures vides forment un gigantesque embouteillage. Pas le moindre bruit, hormis le vent qui siffle en s'enroulant autour des câbles. Marie s'engage sur le *skyway* qui descend en pente douce vers la ville. Elle écoute le claquement régulier de ses semelles résonner dans le silence. Aussi loin que porte son regard, rien ne bouge. Elle emprunte un échangeur et s'engage sur la 4e en direction du centre des affaires. Tout au bout, elle aperçoit le bloc bleu du megastore Apple. Derrière les baies vitrées du premier étage, d'innombrables cadavres sont effondrés sur leur clavier. Des dizaines d'autres corps gisent dans la rue ou dans les escaliers. Ils se sont effondrés sur place en attendant leur tour d'envoyer un dernier message à ceux qu'ils aimaient. C'est Internet qui avait tenu jusqu'au bout. Jusqu'à la dernière seconde, en fait.

Marie vient d'atteindre le quartier de Chinatown. Les boutiques sont restées ouvertes. Les passants se sont écroulés sur les étals d'épices, renversant les bacs de poudres colorées que la brise disperse. Elle passe à proximité du Pyramid Building et contemple les ascenseurs extérieurs arrêtés le long des façades des hôtels comme des bulles d'air. Debout derrière les parois vitrées, des cadavres semblent la fixer de leurs yeux morts : des hommes en costume et des femmes en tailleur foudroyés en quelques secondes. Marie marche à présent sur Columbus. Pas la moindre rumeur, hormis le cri des mouettes. De loin en loin, elle capte le grésillement d'une radio ou le ronronnement d'un appareil ménager dont les piles résistent encore.

Marie oblique vers Fisherman's Wharf en longeant les voitures à l'arrêt. On dirait que les feux de signalisation se sont éteints d'un seul coup tandis que le fléau s'abattait sur la ville. Certaines voitures se sont mises en travers, d'autres se sont embouties en pilant aux croisements. La plupart sont sagement alignées les unes derrière les autres, le conducteur effondré sur le volant. Des dizaines de visages grimaçants. Des femmes effrayées qui n'ont même pas eu le temps de lâcher leur portable quand elles se sont mises à vomir du sang noir. Des hommes qui se sont dévoré les lèvres tant la douleur était devenue insupportable. Des enfants aussi, sanglés sur leur réhausseur, dont les yeux desséchés semblent suivre Marie à mesure qu'elle avance. De la musique s'échappe des habitacles où les CD continuent à jouer en boucle jusqu'à épuisement des batteries. Les autoradios qui sont restés branchés sur les ondes crachotent dans le vide. La dernière station avait cessé d'émettre quelques heures plus tôt. KPFK à Los Angeles. Personne n'avait compris comment elle avait tenu aussi longtemps alors que c'est là que le premier cas mortel avait été recensé sur le sol américain : une femme enceinte de six mois qui rentrait de Sydney. Puis, au fil des jours, d'autres foyers avaient éclaté dans les grandes villes, les villes secondaires et les villages.

Au cours des dernières heures d'émission, les survivants de KPFK s'étaient relayés au micro. Ils étaient à bout de forces. Ils disaient que les chiens et les corbeaux avaient pris possession de la cité des Anges où plus rien ne bougeait. Pas même les hordes de flics enragés qui avaient jusque-là écumé les rues en exécutant les pillards et les sans-abri. Ils disaient que cela faisait près d'une semaine que plus personne ne ramassait les cadavres. Au tout début, on les avait entassés dans des ambulances qui sillonnaient la ville. Ensuite, c'étaient les camions de la voirie qui s'en étaient chargés, puis ceux de l'armée. Des fantômes en combinaison étanche qui avaient embarqué les cadavres vers les décharges situées à l'extérieur de la cité où on les jetait dans des brasiers. Les journalistes de KPFK racontaient qu'une épaisse fumée noire avait enveloppé la ville. Puis les feux s'étaient éteints et les corps putréfiés s'étaient amoncelés dans les rues, sur les balcons, sur les terrasses et dans les halls d'immeubles.

Marie continue à remonter la brise qui effleure son visage, abandonnant sur ses lèvres un goût de plus en plus salé à mesure qu'elle approche de la mer. Elle dépasse les quais déserts et avance jusqu'à une esplanade sur pilotis qui fait face à l'île d'Alcatraz. Au centre de la baie, un ferry chargé de cadavres dérive lentement vers le Golden Gate Bridge. Elle se fige : elle vient d'apercevoir un pêcheur au bout de la jetée, un vieillard. Il porte une chemise blanche et un chapeau de paille, et se tient courbé contre la rambarde. Elle s'approche de lui. Elle a défait l'agrafe de son holster et a posé la main sur la crosse de son arme. Le vieillard se retourne en souriant. Il a une bonne bouille de grand-père. Il toussote en actionnant son moulinet et en tirant sur sa cigarette roulée. Marie reconnaît l'odeur du tabac noir. Elle en salive presque. Une voix rocailleuse s'échappe de la gorge du vieillard :

— Bonjour, Marie. Je m'appelle Chester. Chester Walls.

Elle hausse les épaules.

— Vous pourriez tout aussi bien vous appeler Forrest Gump. Au point où on en est, on s'en fout.

Le sourire du pêcheur s'élargit. Marie remarque que sa cigarette tient toute seule, comme si elle était collée à sa lèvre. Elle se penche par-dessus la rambarde et regarde le bouchon qui danse au milieu des cadavres.

— Vous pensez attraper quoi ?

— C'est pêcher qui compte, pas ce qu'on pêche. Pas vrai ?

Marie hausse à nouveau les épaules. Curieusement, elle se sent bien. Elle entend le clac-clac du moulinet tandis que le vieux remonte sa ligne.

— Vous partez ?

— Faut bien.

— Pourquoi ?

— Parce qu'ils arrivent.

Le sourire du vieillard a disparu. Marie se tourne vers les hauteurs de la ville. Des hommes en noir descendent de Golden Gate Park et de Lombard Street en longeant les files de voitures. À mesure qu'ils effleurent les portières, celles-ci s'ouvrent en grinçant, laissant le passage à une armée de morts qui se relèvent. Marie se retourne vers le pêcheur dont la silhouette commence à se diluer.

— Ils ont gagné, n'est-ce pas ?

— Pas encore, Marie. Mais il faut faire vite.

Marie sursaute. Une légère migraine lui picote les tempes. Elle a l'impression d'avoir dormi durant des heures. Elle regarde les arbres qui défilent à travers la vitre du pick-up. Elle est assise à l'arrière et c'est Kano qui conduit. Les mains du magicien semblent avoir vieilli. Elikan se retourne. Lui aussi paraît plus âgé. Des pattes-d'oie se sont creusées autour de ses yeux et des rides sillonnent à présent son front. Marie se tourne vers Holly. La fillette l'observe de ses grands yeux tristes tandis que la voiture quitte la route principale et s'engage à pleine vitesse sur un chemin de terre.

— Qu'est-ce qui se passe, puce ? Qu'est-ce qu'ils ont ?

— Ils s'éloignent de l'eau.

Marie se tourne vers les bras de la rivière Pearl qui scintille à travers les arbres.

— Et ça, qu'est-ce que c'est ? du Schweppes ?

— Ce n'est pas leur eau. Mais depuis qu'on approche de la maison du vieux Gardien, ils vont mieux, parce que cette eau communique avec leur eau. Tu comprends ?

— Pas vraiment, ma chérie, mais ce n'est pas grave.

Le pick-up ralentit en franchissant un tunnel de glycine aussi épais que celui qui gardait l'entrée de la plantation d'Akima. Plus dense, en fait, à tel point que Kano est obligé d'allumer les phares. Assis à côté de la fillette, Cyal semble dormir. Marie passe sa main dans les cheveux d'Holly.

— Puce ?

— Oui ?

— Est-ce que tu sais où tu habites ?

— Où j'habitais, tu veux dire ? Non, je ne m'en souviens pas.

— Et tes parents ?

— Ils sont morts dans la tempête.

— Ça, tu n'en sais rien, puce.

— Si, je le sais.

— Tu te souviens de ton nom ?

— Je m'appelle Holly Amber Habscomb mais les autres m'appellent « Mère ».

— S'ils font la même chose avec moi, je leur pète la gueule.

Holly sourit dans la pénombre.

— Tu sais ce que je vais faire en arrivant ?

— Non.

— Je vais interroger la base de données du FBI sur mon ordinateur. Comme ça, en deux minutes, on saura où tu habites et on ira retrouver tes parents.

— Ils sont morts.

Marie s'apprête à répondre une banalité. Elle se tait et embrasse Holly sur les cheveux.

— Euh… puce ?

— Oui.

— La deuxième chose qu'on va faire, c'est prendre une douche : tu sens la biquette.

Holly éclate de rire. Marie se tourne vers Kano au moment où la voiture débouche du tunnel de glycine. Elle cligne des yeux dans la lueur du soleil. Au bout de l'allée se dresse une vieille maison de pêcheur sur pilotis. Un taxi est garé devant.

— Où sommes-nous, Kano ?

— La rivière Pearl. Le sanctuaire du vieux Chester.

— Le vieux qui ?

Elikan se retourne. Il sourit en désignant trois hommes qui pêchent à la mouche au bord de la rivière. Un vieux costaud, un Noir et un plus jeune. Le vieux porte un chapeau de paille. Il se retourne tandis que Kano freine souplement le long du ponton. Marie se raidit en reconnaissant le pêcheur de son rêve. Il tend sa canne au plus jeune et s'avance en boitant légèrement. Les Gardiens descendent et s'inclinent devant le vieil homme. Ils échangent des milliers de messages mentaux pleins de souvenirs, d'odeurs et de couleurs. Puis Kano rompt le silence en désignant Marie qui s'approche. Holly s'est assoupie dans ses bras.

— Père, laissez-moi vous présenter Marie Parks.

— Nous nous connaissons déjà.

— Et voici l'enfant.

— Elle se souvient ?

Le vieillard pose doucement ses mains sur les cheveux de la fillette endormie.

— Elle se souvient.

Levant les yeux vers Marie, il ajoute :

— Bienvenue au sanctuaire de Carthage, Marie Parks. Ici, vous allez pouvoir vous reposer avant la longue route qui vous attend pour sauver l'enfant.

— Je ne vais nulle part, papy. Juste le temps de savoir à qui appartient cette gamine, ensuite je la dépose chez ses parents et je rentre à Hattiesburg.

— Où ça ?

— Laissez tomber. Je me suis croqué la moitié des États-Unis pour récupérer cette puce. C'était le deal. J'ai fait ma part.

— Le deal ?

Le vieillard interroge Kano du regard. Il lui demande mentalement ce que signifie ce mot. Le magicien hausse les épaules. Le vieux se retourne vers Marie.

— Il n'y aura bientôt plus de Hattiesburg ni aucun autre lieu si nous ne sauvons pas l'enfant.

— N'essayez pas vos trucs de télépathe avec moi, Chester. Depuis que mon 4 × 4 a commencé à déconner sur la route, je ne comprends absolument rien à ce qui se passe. Tout ce que je sais, c'est qu'il a fallu que je franchisse plusieurs barrages de l'armée pour récupérer une gamine amnésique et trois archers elfiques occupés à massacrer des clochards dans un stade bondé. Alors, pour moi, ce sera juste un café, une cigarette et une bonne douche.

Marie est en colère mais elle ne sait même plus pourquoi. La main de Chester remonte des cheveux d'Holly vers les siens. Une délicieuse onde de paix l'envahit. Elle communie avec les pensées du vieillard. Elle sent sa bonté et sa puissance. Elle ferme les yeux. Elle vient de se souvenir de sa vraie maman. Elle est dans ses bras, elle a un an. Elle avance au milieu d'une foule colorée. Des sons et des odeurs, des manèges et de la musique, des bruits de fête foraine et des cris d'enfants. Marie glousse en reniflant les parfums de guimauve et de barbe à papa. Elle tente de retenir les doigts du vieillard qui s'écartent de ses cheveux.

87

Le Chalet, Unterägeri, canton de Zoug, Suisse.
Quartier général de la Fondation.

La trentaine de directeurs a pris place dans l'ancienne salle de réception du vieil hôtel. Les services de sécurité ont fait boucler le domaine à l'intérieur duquel patrouille une armée d'agents. Avant de rapatrier ces derniers en Suisse, les régulateurs avaient pris soin de leur faire subir des tests de détection de substances pour s'assurer qu'ils n'avaient pas basculé dans le camp de Kassam. Les mêmes contrôles avaient été imposés aux différents directeurs. Ils en avaient trouvé une dizaine d'infectés qu'ils avaient immédiatement fait abattre à la sortie de chez eux ou de leur bureau. C'est Mike Brannigan, patron de la sécurité de la Fondation, qui avait pris les choses en main après avoir découvert le cadavre de Cabbott.

Brannigan passe en revue les derniers résultats des tests tandis que les directeurs s'installent dans les fauteuils clubs en sirotant des pur malt hors de prix. Enfant du Sud – du mauvais côté du Sud –, Brannigan n'a jamais pu supporter ces blancs-becs en costume de soie. Il les dévisage les uns après les autres derrière ses lunettes à double foyer et passe la main sur son crâne chauve en toisant le dernier d'entre eux, Mitch Douwey, un quadragénaire bronzé comme un maître nageur qui avait pris la direction du bureau brésilien de la Fondation. S'il s'écoutait, il les ferait tous abattre et recommanderait aux actionnaires de recruter une nouvelle équipe. L'ennui, c'est que ça n'effacerait pas les copies des dossiers qui avaient disparu vingt ans auparavant. C'était ça, la priorité de Brannigan : retrouver les dossiers et supprimer ceux qui les avaient lus ainsi que ceux qui n'avaient fait qu'en entendre parler. Brannigan serre les dents. Voilà ce qu'il aurait fallu faire dès le début des années 1980, quand les premières fuites s'étaient produites. Au lieu de quoi, les actionnaires avaient attendu quelques mois de trop et les fuites s'étaient propagées. Le dernier nettoyage remontait au dossier Idaho Falls – la partie émergée de l'iceberg – alors qu'il aurait fallu agir tout de suite, dès le printemps 1981, en fait, quand le professeur Angus avait fichu le camp avec la moitié des dossiers sous le bras. Les molosses de la Fondation l'avaient pourchassé durant des mois à travers la planète. Ils l'avaient rattrapé sur une île déserte au large de la Thaïlande où Angus se terrait en se nourrissant de racines et en buvant de l'eau de pluie. Les régulateurs l'avaient cuisiné pendant une nuit et un jour entier, en faisant des pauses pour soigner ses hémorragies et soutenir son cœur. Brannigan n'était pas un fervent défenseur de la torture. C'était drôle un moment mais on tombait vite dans le syndrome du supplicié qui vous fait dire tout et n'importe quoi juste pour que la douleur s'arrête. La quête de la vérité par la souffrance était surtout valable pour les commandos entraînés à résister aux interrogatoires. Eux, c'était un bonheur de les briser à petit feu. Mais s'agissant d'un vieux scientifique qui pouvait vous claquer entre les doigts à n'importe quel moment en emportant ses secrets avec lui, il valait mieux privilégier la méthode douce.

Brannigan avait débarqué à la fin du jour avec plusieurs flacons de sérum de vérité et le vieux s'était mis à pépier comme un moineau. Il avait commencé par réciter en boucle des formules qu'il avait apprises par cœur, puis il avait fini par cracher une liste de noms : ceux d'une trentaine de scientifiques, d'archéologues et de journalistes ayant eu accès à une partie des dossiers qu'il avait postés aux quatre coins de la planète après les avoir photocopiés. Les documents en question contenaient principalement des rapports sur les inscriptions découvertes dans les grottes du projet Manhattan. Chargé de les décrypter, Angus avait découvert quelque chose qui lui avait fait perdre la raison. C'est pour ça qu'il s'était enfui avec les dossiers : pour alerter ses confrères et la presse. Mais les documents qu'il avait essayé de rendre publics contenaient aussi des rapports sur les expériences ultrasecrètes de la Fondation, ainsi qu'une partie de l'organigramme du groupe. C'était ça le plus grave.

Brannigan avait réussi à limiter les dégâts aux parutions locales. Quelques patelins paumés au fin fond des États-Unis où des reporters ratés avaient flairé le scoop. Ses agents les avaient cicatrisés mais le mal était fait et il continuait à se répandre. À tel point que la Fondation avait alloué un budget annuel de onze millions de dollars pour financer le département le plus secret du groupe : les régulateurs. C'étaient eux qui traquaient sans répit les métastases du cancer Angus et qui fouillaient Internet et les parutions quotidiennes afin d'éradiquer le mal quand il resurgissait. À l'aide d'ordinateurs programmés avec des centaines de mots-clés, les régulateurs surveillaient à peu près tout : les appels téléphoniques, les mails, les transmissions fax, les bases de données des bibliothèques, jusqu'aux thèses de fin d'études des étudiants en chimie et en archéologie. En arrangeant un peu moins d'une centaine d'accidents de la circulation, de suicides et de crises cardiaques en vingt ans, ils étaient parvenus à récupérer un millier de copies des dossiers Angus. Dieu seul savait combien il en restait à la surface du globe.

Brannigan commandait cette division fantôme avec un mélange de détermination et de fatalisme, comme un cancérologue qui sait qu'il pourra peut-être guérir un cancer mais pas le cancer. L'ennui, c'est qu'aucune alerte n'avait été aussi sensible que celle que les régulateurs avaient été obligés de déclencher après la mort de Cabbott. Là, c'étaient les codes de la Fondation qui s'étaient évaporés avec tous les algorithmes de chiffrage des dossiers ultrasensibles : les séquences ADN décodées par les ordinateurs à protéines, les formules des protocoles mis au point ces dernières années ainsi que les rapports top secrets sur les expériences humaines. Tout ce que les mémoires blindées contenaient.

Brannigan avait fait transférer en urgence les dossiers les plus brûlants mais cela ne réglait pas le problème : avec une organisation aussi puissante, il était impossible de tout déménager et de prendre le risque d'effacer des données essentielles à la survie du groupe. Heureusement, personne ne connaissait l'identité des actionnaires de la Fondation. Pas même lui.

Brannigan referme ses dossiers et dévisage les derniers directeurs qui viennent de prendre place dans la salle de conférences. Ils ignorent que le whisky japonais hors de prix qu'ils sirotent contient un picogramme de détecteur de substances neuro-contrôlantes. Une ultime précaution que Brannigan avait été obligé de prendre depuis que Kassam avait disparu et que la base de Puzzle Palace ne répondait plus. Il fait signe à ses régulateurs de verrouiller la salle et d'armer les détecteurs à ondes courtes. Puis il murmure à l'oreille de son assistant :

— Rien de ce qui va se dire ne doit sortir d'ici. À la première alerte, à la première vibration mentale anormale, vous localisez la source et vous la cicatrisez sur-le-champ.

88

Holly ravale péniblement ses larmes tandis que les Gardiens s'inclinent devant elle.

— Pourquoi vous ne restez pas ?

L'elfe passe ses doigts sur la joue de la fillette.

— Nous nous reverrons, jeune Mère. Chaque fois que vous serez en danger, il vous suffira de vous rapprocher du cours du Père des Eaux et nous serons là.

Les Gardiens du Fleuve échangent encore quelques messages mentaux avec Chester, puis ils embarquent sur un Zodiac. Holly les regarde s'éloigner. Leurs pensées se dissipent lentement dans son esprit tandis qu'ils disparaissent derrière un coude de la rivière. Marie pose une main sur son épaule.

— Chérie ? On file à la douche ?

— Pas maintenant.

— Si, puce. Maintenant.

Marie se tourne vers Chester.

— Il y a une douche au moins chez vous ?

— Dernière porte au fond du couloir. J'ai appelé cette pièce la salle de bains.

— Vas-y, chérie, j'arrive.

Tandis qu'Holly se dirige vers la maison en traînant des pieds, Marie rejoint les hommes qui se sont installés autour d'une vieille table en fer sur le ponton. Chester est en train de disposer une carafe de citronnade, une autre de thé glacé, et un saladier d'écrevisses que Gordon et le vieux Noir trempent dans de la sauce aigre-douce avant de les dévorer à belles dents.

— Marie, je vous présente mon vieil ami Shelby Newton et Gordon Walls, mon petit-fils. Un archéologue de renom. C'est lui qui va vous accompagner sur la route.

Marie salue le vieux Shelby et plonge son regard dans les yeux noirs de Walls. Elle sent une pointe de migraine au creux de ses méninges.

— C'est pas possible, vous êtes tous télépathes ou quoi ? Écoutez, on va mettre les choses au point une bonne fois pour toutes : ici, on est chez les humains, donc on parle humain. En d'autres termes, le prochain qui pénètre mon cerveau sans y avoir été autorisé prend une baffe.

Marie s'installe en reluquant Walls derrière ses lunettes noires. Un grand brun musclé avec une petite cicatrice à la Harry Potter à la base des cheveux. Tout à fait son genre de mec. Elle trempe les lèvres dans un verre de citronnade et allume une cigarette dont elle recrache nerveusement la fumée.

— Ok. Maintenant, j'aimerais qu'on m'explique. Pour commencer, qui êtes-vous et qui sont exactement les Révérendes ? Qu'est-il arrivé aux parents de cette gamine et quel est le but du jeu ?

— C'est tout sauf un jeu, mademoiselle Parks.

— J'avais compris, Gordie chéri.

Marie passe sa langue sur ses lèvres pour essuyer le sucre de la citronnade. Le vieux Chester achève de mâcher une écrevisse et se lèche les doigts.

— Les Révérendes et nous-mêmes sommes les descendants d'un clan très ancien. Elles sont là pour protéger l'humanité.

— De quoi ?

— D'elle-même.

— Et vous ?

— Nous sommes chargés de les protéger elles. Elles sont les détentrices du pouvoir de Terre-Mère. Nous servons ce pouvoir, en aucun cas les détentrices du pouvoir.

— Vous êtes nombreux ?

— Nous gardons une centaine de sanctuaires dispersés à travers le monde. Nous protégeons aussi les Révérendes lorsqu'elles doivent se regrouper pour passer leurs pouvoirs à d'autres Révérendes. C'est ce qui devait se passer à La Nouvelle-Orléans mais il y a eu un problème et l'une d'elles a été obligée de transférer ses pouvoirs à la jeune Holly. À présent, il n'en reste plus qu'une. Les Gardiens la veillent et tentent de la soigner. Avec elle, c'est le pouvoir de Gaïa qui risque de disparaître. C'est pour cette raison qu'il faut sauver Holly.

— Vieil homme, Holly a onze ans. Ce dont elle a besoin, c'est de retrouver ses parents.

— Les Habscomb sont morts. Ils font partie des victimes qui ont été prises au piège dans le centre commercial.

— Alors, sa place est auprès des services de Protection de l'enfance qui la prendront en charge avant de lui trouver une famille d'accueil.

— Sauf s'il n'y a plus aucune famille pour accueillir qui que ce soit. Quelque chose est en préparation, Marie. Quelque chose qui approche et que les Révérendes devaient arrêter à La Nouvelle-Orléans. C'est pour cela qu'elles avaient prévu de se transférer : pour regrouper les sept pouvoirs et neutraliser la menace.

— Un fléau ?

— Pourquoi dites-vous ça ?

— Le FBI et la Sécurité nationale ont intercepté des voyageurs qui transportaient des fioles vides dans un caisson plombé. Nous pensons qu'elles contenaient une souche virale particulièrement dangereuse.

Les trois hommes se regardent. Le vieux Chester hoche la tête.

— Le Grand Ravage.

— Le quoi ?

— Telle était la mission des Révérendes : avertir l'humanité de l'imminence de sa propre destruction et la préparer à y survivre.

— Vous êtes en train de me dire que rien ne peut arrêter votre Grand Ravage ?

— Pas d'après la Prophétie.

— Parce qu'il y a aussi une prophétie ?

Walls interrompt son grand-père.

— Il y a toujours une prophétie, Marie.

— Gordon ?

— Oui.

— Arrêtez de me regarder avec ces grands yeux quand vous me parlez. Ça me donne envie de me blottir dans vos bras.

Marie écrase sa cigarette dans le pot de sauce aigre-douce. Elle sent la colère l'envahir.

— Bon, ça suffit. J'ai tapé un pare-brise à pleine vitesse il y a quelques années et, depuis, je vois des choses que les autres ne voient pas. Je viens aussi d'avaler dix-sept ans de ma vie en l'espace de dix minutes et une espèce de mufle a osé insinuer que j'étais en plein rebond mental. Je ne suis pas folle, hein, attention ! Je suis simplement systématiquement perturbée par des visions que je pense être la réalité et qui, bien sûr, se révèlent toujours être la réalité. Ce qui fait que, parfois, je peux me balader dans la rue en parlant à un bonhomme mort depuis deux cents ans. C'est pénible quand on a une réputation à tenir. Donc stop !

Je vais fermer les yeux, je vais compter jusqu'à dix, et quand je les rouvrirai, je suis sûre que je me réveillerai sur ma terrasse à Hattiesburg.

Marie compte, puis elle rouvre lentement les paupières et soupire en croisant le regard de Walls.

— Ok. Admettons que tout ça soit vrai. Qu'est-ce que nous sommes censés faire pour protéger Holly ?

— Il faut que vous remontiez vers le nord en suivant le cours du Mississippi. C'est encore près du fleuve que nous sommes les plus puissants. Là se trouvent la plupart des sanctuaires. L'Ennemi ne peut pas y pénétrer. Vous y serez en sécurité mais vous ne pourrez jamais y rester longtemps.

— Et jusqu'où sommes-nous censées remonter le fleuve ?

— Grand Rapids, dans le Minnesota. Là, vous serez prises en charge par les Gardiens de la réserve indienne de Leech Lake qui vous conduiront au sanctuaire du lac Itasca, où le Mississippi prend sa source. La dernière Révérende vous attend là-bas. Il n'y a qu'elle qui peut sauver Holly. C'est là que tout a commencé et que tout doit s'achever. C'est ce que dit la Prophétie.

— Ah oui, la fameuse Prophétie… Donc pas de problème, tout est prévu. Moi, par exemple, je rentre à Hattiesburg.

— Vous confondez prophétie et prédiction, Marie. Une prophétie annonce quelque chose mais ne contient jamais l'aboutissement de cette chose.

— Pourquoi ?

— Parce que l'aboutissement d'une prophétie dépend uniquement de ce que vont en faire les humains.

— Gordon ?

— Oui ?

— J'étais sérieuse quand je vous disais d'arrêter de me regarder comme si j'étais Hermione Granger.

— Marie, vous êtes la mère de la Prophétie.

— Attention à ce que tu vas dire, mec.

— La protectrice, si vous préférez.

— Allez, soyez sympas, avouez que vous êtes tous partis en vrille. Vous étiez dans le même asile et vous avez sauté le mur ensemble. Voilà ce qu'on va faire : vous finissez vos citronnades et je vous ramène chez les zozos. Si vous êtes sages, je vous laisserai même conduire ma voiture. Je suis sûre que vous êtes d'excellents conducteurs.

Le vieux Chester soupire.

— Un autre point m'inquiète. À mesure que la dernière Révérende s'épuise, elle transfère instinctivement le reste de ses pouvoirs sur Holly. Ça la tue. C'est beaucoup trop puissant pour elle.

— Je ne comprends pas.

— Holly n'est pas une Révérende, c'est une enfant de onze ans qui n'aurait jamais dû recevoir de tels pouvoirs. Cela fait d'elle une aberration qui n'a aucune notion de la puissance qu'elle abrite. Ça la rend fragile et terriblement dangereuse. J'ai lu dans son esprit qu'elle est résistante, mais ça ne durera pas.

— Combien de temps ?

— Dix jours tout au plus. C'est pourquoi vous devez vous éloigner le moins possible des fleuves. Le Mississippi est le plus puissant d'entre tous et seuls ses Gardiens pourront soulager Holly quand le mal commencera à se développer. Mais il existe un autre moyen pour freiner sa progression : il faut interdire à la jeune Mère d'utiliser ses pouvoirs. Chaque fois qu'elle s'en servira, ses forces diminueront et l'ennemi la repérera aussi sûrement que si vous allumiez un projecteur en pleine nuit.

— Et si nous échouons ou si la dernière Révérende meurt ?

— Alors plus rien n'aura d'importance car plus rien ne pourra arrêter le Grand Ravage.

Chester s'apprête à ajouter quelque chose lorsque ses yeux se révulsent. Sa respiration s'accélère. Il vient de capter une vibration anormale. Holly ne s'en rend pas compte mais elle est en train de penser à ses parents tout en prenant sa douche. Elle essaie d'entrer en contact avec eux. Les yeux de Chester sont tout à fait blancs à présent. Il s'efforce de court-circuiter le message mental d'Holly mais elle est si puissante et lui est tellement affaibli. Il sent les mains de Gordon le secouer. Il entend la voix de son petit-fils flotter au loin. Il rouvre les yeux et regarde Marie.

— Arrêtez Holly avant qu'il ne soit trop tard.

— Qu'est-ce que vous dites ?

— Elle est sous la douche. Allez la rejoindre et dites-lui d'arrêter de penser.

— Dire ça à une gamine de onze ans ?

— Allez-y maintenant !

Marie sursaute en entendant la voix qui s'échappe de la gorge du vieillard. Il a vraiment l'air terrifié. Elle se précipite vers la maison.

89

Marie remonte le couloir et ouvre la porte de la salle de bains à toute volée. Holly pousse un cri perçant en couvrant sa poitrine de ses mains et en croisant les cuisses pour dissimuler son sexe. Marie attrape une serviette et l'enveloppe avant de la soulever, ruisselante, dans ses bras.

— Qu'est-ce qui se passe ?

— Il faut que tu arrêtes de penser, puce.

— Quoi ?

— Tu étais en train de penser, non ?

— Oui, je ne sais pas.

— À quoi ?

— À mes parents. J'essayais de me souvenir de mes parents. Je… je ne sais plus à quoi ils ressemblent.

— Chut, puce. Pardon, je t'ai fait peur.

Marie réprime un frisson. Holly grelotte de plus en plus fort entre ses bras, ses lèvres sont bleues. Une étrange vibration semble s'échapper d'elle et l'envelopper.

— Chérie, qu'est-ce qui se passe ?

L'enfant regarde Marie. Ses yeux n'expriment plus aucun sentiment. La jeune femme a réveillé quelque chose de froid et de dangereux en effrayant la fillette. Quelque chose qui est chargé de la protéger.

— Holly, tu m'entends ? C'est moi, Marie. Je ne voulais pas te faire peur.

Marie a l'impression que des doigts brûlants sont en train de s'enfoncer dans son cœur. On dirait que ses artères se dilatent et que son sang se déverse à toute vitesse dans ses veines. La chose qui s'échappe d'Holly est en train d'accélérer son métabolisme et de faire grimper sa température.

— Holly ? Mon Dieu, Holly, c'est toi qui fais ça ?

Marie suffoque. Elle regarde les yeux vides de la fillette.

— Holly, arrête immédiatement ! Tu es en train de me tuer, tu m'entends ? Tu es en train de tuer maman !

Holly sursaute. Son regard se trouble et semble se remplir à nouveau de petites lueurs lointaines. Lentement, la fillette détourne les yeux. Elle regarde le miroir de la salle de bains qui se met à fondre. Les ampoules éclatent au-dessus du lavabo en une fine pluie de verre brisé. Le rideau de douche fond à son tour comme du sirop dans la baignoire. Comprenant que c'est sa propre peur qui empêche Holly de désamorcer son système d'autodéfense, Marie la prend dans ses bras et lui murmure une chanson à l'oreille. L'enfant se calme. Elle regarde le gobelet qui contient les brosses à dents. La salle de bains se remplit d'une drôle d'odeur de plastique brûlé tandis que les brosses se tordent sur elles-mêmes et disparaissent lentement. La paroi du gobelet ramollit mais ne fond pas. Le mécanisme est en train de s'arrêter. Marie est trempée. Elle se redresse en serrant Holly dans ses bras. La gamine est à bout de forces. Marie quitte la salle de bains et remonte le couloir. Holly bredouille quelques mots à voix basse.

— Qu'est-ce que tu dis, puce ?

— Il ne faut pas sortir. Ils sont là.

— Qui ça ?

— Eux.

Marie respire la fraîcheur du dehors. Holly se crispe en regardant vers le ponton. Quelque chose ne tourne pas rond dans le comportement de Shelby. Walls lui hurle :

— Arrêtez-vous, Marie ! N'avancez pas ! Il ne faut surtout pas qu'il vous voie !

Marie vient de comprendre ce qui ne va pas. Avant de rejoindre Holly, elle a posé son holster sous son blouson et c'est son Glock que le vieux Noir pointe à présent sur le front de Chester. Ce n'est pas Shelby, c'est autre chose. Autre chose qui se tourne vers Holly en souriant.

— Alors, voilà la petite chérie qui nous donne tant de fil à retordre. Ta mère est morte. Elle s'est noyée comme un rat dans le centre commercial. Tu sais pourquoi, Holly ?

— Ne l'écoute pas, puce.

— Elle s'est noyée parce que tu as été méchante. Tu as fait un caprice et puis tu as disparu, et ils t'ont cherchée durant des heures au lieu de fuir. Voilà pourquoi. Pas vrai, Chester ?

Le vieillard se concentre et lit le nom de la chose qui a réussi à passer les barrières du Sanctuaire. Il rouvre les yeux et regarde son vieil ami Shelby tandis que le pouce du vieux Noir relève le chien du Glock. Il a l'air terrassé par le chagrin.

— Il faut que tu luttes, Shelby. Tu m'entends ? Tu peux le vaincre. Il n'est pas puissant. Il se sert de ta peur. N'est-ce pas, Ash ?

Les yeux du vieux Noir se troublent. Il ricane.

— Tu entends, Holly ? Ton père est mort en te cherchant. Il t'a détestée pour ça. Pendant que sa gorge se remplissait d'eau, il se disait à quel point il regrettait d'avoir tout sacrifié à une gamine capricieuse dans ton genre. Qu'est-ce que tu penses de ça, sale petite ingrate ?

Marie voit de grosses larmes rouler sur les joues de la fillette. Elle sent la même vibration envelopper le corps d'Holly. L'air commence à grésiller autour d'elle. Ash sourit.

— Vas-y, ma grande. Carbonise-moi.

Marie fixe Shelby. Le vieux Noir a le visage enflé. De gros filets de sang s'écoulent de ses narines. Il lutte autant qu'il peut mais il a beaucoup trop peur. Dans les yeux d'Holly, la lueur des sentiments est en train de s'éteindre. Marie la secoue.

— Non, Holly ! C'est exactement ce qu'il veut ! Il veut que tu te serves encore de ton pouvoir pour que ça tue Shelby et que ça attire les autres. Tu m'entends ?

Holly semble se réveiller d'une profonde torpeur. La vibration se disperse. Marie la sent passer sur son visage comme le souffle brûlant d'un sèche-cheveux. Elle dégaine le .38 qu'elle porte à la ceinture et le braque sur Shelby. Le vieux Noir lui adresse un sourire méprisant en apercevant la gueule du canon. Une pointe de migraine fait grimacer Marie tandis que l'esprit d'Ash pénètre le sien comme une lame et fouille ses pensées.

— Agent spécial Marie Parks. Médium, bisexuelle et alcoolique. Fille de tueur en série. Tueuse elle-même. A laissé mourir son frère cadet adoptif et sa propre fille. Dernière relation stable connue : Archibald, son ours en peluche qu'elle déchire avec les dents lors de son séjour à l'asile. Elle va faire la même chose avec toi, Holly. Elle va te câliner, puis, quand elle aura trop bu ou qu'elle en aura marre de tes caprices, elle se couchera sur toi et elle te déchirera avec les dents.

— Lâche ce flingue ou je te fume.

Marie surveille le doigt du vieux Noir posé sur la détente. Elle attend qu'il s'arrondisse pour tirer.

— Tu te rends compte de la chance que tu as, Holly chérie ? Ta nouvelle maman est une tueuse alcoolique. Dis, Chester, c'est ça ton armée de Gardiens ?

— Libère son esprit, Ash. Libère-le et prends le mien.

— Bien essayé, vieil homme, mais je ne suis pas assez fou pour violer ton sanctuaire mental et pour… Walls ? Qu'est-ce que tu fais, Walls ?

Marie se tourne vers Gordon. Un léger sourire étire ses lèvres. On dirait qu'il murmure. Il est en train de faire reculer l'esprit d'Ash juste ce qu'il faut pour que Shelby reprenne le contrôle. Impossible d'aller plus loin, le vieux Noir saigne et une impulsion puissante ferait éclater son cerveau.

— À toi, Shelby.

Le Glock s'écarte lentement du front de Chester. Shelby transpire énormément. Ses bras tremblent comme s'il portait un poids écrasant.

— Tu n'as aucune chance contre moi, Shelby.

La voix d'Ash siffle. Il a peur. Celle de Shelby est rauque.

— Tu l'as, Gordon ?

Walls hoche lentement la tête. Il vient de bloquer l'esprit d'Ash dans celui du vieux Noir qui lutte de toutes ses forces pour retourner l'arme contre lui-même. La gueule du canon approche de sa bouche. Il laisse échapper un sanglot. Des larmes de sang ruissellent sur ses joues tandis qu'Ash s'efforce de détruire son cerveau. L'arme de Marie oscille de Shelby à Walls. Le Glock franchit les lèvres du vieux Noir. Elle a à peine le temps de poser la main sur les yeux d'Holly. La détonation claque. Juste avant qu'il ne tire, Marie a vu la lueur de haine pure s'éteindre dans le regard de Shelby. Elle serre la fillette contre elle en regardant le vieux Chester.

— Je croyais que les sanctuaires étaient inviolables !

— Le pouvoir des Révérendes décroît. Vous devez partir à présent. Vous devez vous mettre en route sans perdre une minute.

90

Effondré à l'arrière de la limousine, Ash se redresse et vomit sur le plancher. Trop occupé à essayer d'atteindre Holly, il n'a pas détecté à temps la manœuvre de Walls. Les deux minutes les plus longues de sa vie.

Il s'efforce de ralentir son rythme cardiaque. Walls avait refermé toutes les portes, sauf une. Des milliards de portes verrouillées et une seule qui fonctionnait. Ash l'avait trouvée à la dernière seconde. À la dernière fraction de seconde, en fait, pile au moment où la balle de 9 mm quittait le canon pour défoncer le palais de Shelby. Ash grimace. Ça sent la poudre et les chairs carbonisées. Il a rapporté les sensations olfactives et la douleur. Un message nerveux massif qui s'est propagé à ses neurones. Une nanoseconde de plus et la vibration ravageait ses propres tissus cérébraux. Ash frissonne en y pensant. Il serait mort en même temps que Shelby. Une enveloppe vide à l'arrière d'une limousine de la Fondation.

Serrant un garrot autour de son bras, il s'injecte un protocole de réparation. La douleur commence à régresser. Reste l'odeur de chairs brûlées qui va encombrer ses sinus pendant des semaines. Il fait signe à son chauffeur de démarrer. Il ferme les yeux. Il est épuisé.

91

Le Chalet, quartier général de la Fondation.

Cela fait quinze minutes que Brannigan surveille l'assistance. Il module son débit, jouant imperceptiblement avec les fréquences en suivant rigoureusement ses notes. Vingt minutes d'un exercice périlleux avant de céder la place au nouveau président de la Fondation. Un discours anxiogène truffé de mots stimuli destinés à déclencher des réactions de stress impossible à gérer pour des cerveaux contaminés. Brannigan vient d'en prononcer plusieurs dans une même phrase. Il fait une pause en examinant les expressions de panique qui se lisent sur certains visages. Les regards se croisent, s'interrogent. Brannigan jubile. Ces abrutis arrogants ont enfin compris qu'ils étaient des patrons fantoches, des pions à un million de dollars par an avec voiture et logement de fonction. Ils ont compris que leurs bureaux luxueux implantés dans les plus belles capitales du monde ne sont qu'un décor, un bel aquarium pour des gros poissons bien dodus. Ils savent désormais que leurs maisons sont truffées de micros, ainsi que leurs yachts et que les appartements somptueux que la Fondation met à leur disposition dans les stations de sports d'hiver les plus huppées de la planète. Cela fait des années que les régulateurs les surveillent et savent tout d'eux : leurs péchés, leurs vices, les consommations qu'ils prennent dans leurs clubs privés, leurs fréquentations, leurs petites manies, leurs existences vides et leurs regrets.

Brannigan interroge ses régulateurs du regard. Rien à signaler pour le moment. Il passe aux mots déclencheurs correspondant aux Protocoles 15 à 17. Les plus dangereux. Il égrène les phrases une à une en rappelant les différents articles du règlement intérieur que les experts ont reformulés à leur sauce.

— Article 28 et suivants. Merci de vous reporter aux articles correspondants que vous avez signés avec votre sang.

Brannigan observe l'assistance. Certains directeurs sourient nerveusement à ce qu'ils croient être une plaisanterie de mauvais goût. La plupart se tortillent sur leur chaise en feuilletant les quatre cents pages du règlement. Pensant avoir repéré un mouvement anormal, un régulateur suspendu à son oreillette adresse un signe discret à Brannigan. Ce dernier reprend :

— Article 28. Les modifications sont les suivantes, le reste ne change pas : « Le personnel cadre de la Fondation est tenu au plus grand secret, tant dans sa sphère professionnelle sur la gestion des relations interservices que dans sa sphère privée où il lui est strictement interdit de communiquer avec ses proches sur quelque dossier que ce soit. Il lui est tout aussi interdit de se livrer à la boisson en public, de consommer des substances désinhibitrices, de nager au milieu des requins ou de manger du chien cru. »

Un signal sonore dans l'oreillette de Branningan. On lui confirme que la vibration mentale augmente dans le quart arrière gauche de la salle. Le chef de la sécurité lève les yeux en direction d'une dizaine de directeurs assis dans des fauteuils clubs le long d'un mur décoré par les photos des premiers dirigeants de la Fondation. Ils semblent calmes. La plupart prennent des notes. Certains écoutent religieusement.

— Article 29. Les modifications sont les suivantes, le reste ne change pas : « Les épouses et époux des personnels cadres de la Fondation sont eux aussi tenus au secret. La Fondation n'encourage pas le mariage et interdit formellement toute aventure extraconjugale. Les directeurs et directrices qui en éprouvent le besoin pourront se voir proposer les services de professionnels du sexe mais il leur est formellement interdit de lier une relation avec un ou une inconnue. Concernant un conjoint qui aurait surpris un secret du groupe, il est de la responsabilité d'un directeur ou d'une directrice de la Fondation de l'éventrer et de dévorer ses intestins. »

Relevant la tête, Brannigan surprend une expression de dégoût dans la plupart des regards. Quelques autres expriment de l'incompréhension, de la gêne ou une excitation morbide. Son attention se fixe au fond de la salle sur le visage d'une belle blonde d'une quarantaine d'années. Miranda Stern, directrice de la Fondation pour l'Indonésie. Elle sourit en buvant ses paroles. Un grésillement dans l'oreillette de Brannigan. Le régulateur confirme que c'est de ce secteur que provient la vibration.

— Articles 30 et 31. « Les enfants des personnels cadres de la Fondation sont eux aussi tenus au secret. S'ils n'ont pas l'âge de comprendre cette notion, il relève de la seule responsabilité de leurs parents de s'assurer que leur progéniture ne peut avoir accès aux dossiers sensibles. Si néanmoins un enfant y accède par un moyen ou par un autre, il pourra être noyé dans une baignoire, ou étouffé avec un sac plastique, ou encore démembré. »

Le chef de la sécurité lève les yeux vers Miranda. Du sang s'écoule des narines de la jolie blonde.

— Qu'en pensez-vous, madame Stern ?

— Oh, vous savez, c'est si difficile d'élever des enfants de nos jours.

Tous les regards convergent à présent vers la directrice pour l'Indonésie dont la voix se brise sur certains sons. Ses voisins s'agitent. Certains desserrent leurs cravates, d'autres s'épongent le front.

— Vous en avez vous-même ?

— Quoi donc ?

— Des enfants.

Miranda sourit étrangement.

— Oui, deux.

— Vous les aimez ?

— Non.

— Pourquoi ?

— C'est tellement sale, un enfant.

— Plus sale qu'un poisson rouge ?

— Plus sale qu'un sale caniche, vous voulez dire. Plus sale qu'un sale caniche plein de vers.

Les directeurs proches de Miranda se lèvent. Brannigan poursuit l'interrogatoire en répétant les questions que son spécialiste lui déverse dans l'oreillette. Il focalise l'attention de Miranda pendant que les régulateurs approchent dans son dos.

— Vous seriez prête à les tuer ?

— Qui ? Mes sales petits caniches ?

Le regard de la directrice Indonésie se trouble. On sent qu'elle lutte.

— J'en rêve toutes les nuits. Parfois, j'entre dans leurs chambres et je regarde leur gorge. Je rêve que je prends un couteau à gigot et que je leur tranche la gorge pendant qu'ils dorment.

Des cris horrifiés s'élèvent dans la salle tandis que les beaux cheveux blonds de Miranda commencent à blanchir. Son visage fond, sa peau s'étire et se met à couler comme de la cire. Un régulateur pose le canon de son arme contre sa nuque. Miranda se passe les mains dans les cheveux et regarde les mèches qui collent à ses paumes. Elle lève les yeux vers Brannigan. Sa voix tremble, se brise, devient de plus en plus rauque.

— Je… je ne comprends pas ce qui se passe, je vous l'assure.

— Vous n'êtes pas le bienvenu ici, monsieur Kassam.

Un drôle de sourire déforme les lèvres ridées de Miranda. Une voix humide s'échappe de sa gorge.

— Sacré Brannigan. J'en ai entendu suffisamment de toute façon.

Brannigan adresse un signe à son régulateur. La détonation claque. Puis il ordonne à son équipe d'évacuer le cadavre de Miranda Stern et demande à ses techniciens s'ils ont localisé la source de l'impulsion. Il écoute la réponse dans son oreillette et compose un numéro d'urgence sur son téléphone portable.

92

Burgh Kassam se raidit sur son lit et ouvre la bouche en grand pour aspirer l'air comme un noyé. Son cœur cogne dans sa poitrine. Il étouffe. Il faut à tout prix qu'il fasse redescendre son rythme cardiaque. Un torrent de douleur remonte le long de sa nuque et se déverse comme une toile d'araignée dans ses tempes et son front. Il a l'impression que chacun de ses nerfs est à vif, tendu comme une corde sur le point de se rompre. Kassam entrouvre les paupières et sent des flots de lumière blanche pénétrer ses globes oculaires comme des lames. Il passe ses doigts sur son visage. Hormis le trajet des nerfs qui lui arrache un couinement de douleur, tout le reste est insensible. Son sang se glace dans ses veines. Il vient de détecter des pulsations anormales à la surface de ses méninges : des dizaines d'anévrismes sont en train de se former le long de ses artères. Ça enfle comme des bulles de chewing-gum puis se dégonfle avant d'enfler à nouveau. Burgh comprend qu'il a rapporté le rebond Miranda avec lui et que c'est ça qui est en train de fusiller ses neurones. Il réprime un gémissement. Il sait qu'il n'aura jamais la force de se lever. Il sait aussi que les régulateurs ont repéré sa planque et qu'ils ne vont plus tarder. La fin de Kassam.

Il va se résoudre à pousser de toutes ses forces pour faire éclater ses propres méninges lorsqu'un bruit abominable attire son attention. Comme un coup de tonnerre en pleine montagne. On frappe à la porte. Le room-service. Au milieu des images de caniches éventrés et de mômes égorgés qui hantent sa mémoire, Kassam vient de se rappeler qu'il avait commandé du champagne, quelques minutes avant de se concentrer sur le Chalet. Le même bruit de tonnerre, beaucoup plus fort. Burgh réussit à articuler un mot qu'il espère être le bon. La porte s'ouvre en frottant contre la moquette. Ça fait autant de bruit qu'un rocher roulant sur du gravier. Burgh grimace. Chaque son lui arrache des larmes de douleur. Il faut à tout prix qu'il tienne le coup. Un autre roulement de tonnerre. Une voix, aussi puissante et lointaine que celle de Dieu. Le serveur vient de l'apercevoir, allongé sur le lit. Il pose le plateau sur la table et s'approche.

— Monsieur ?

Burgh s'efforce de ne pas bouger malgré l'écho destructeur qui se répercute dans son cerveau. Il entrouvre à nouveau les paupières et distingue un visage distordu qui lui paraît à la fois tout proche et à des milliers de kilomètres. Pas vraiment un visage, en fait, plutôt un amas de molécules dont l'ensemble forme un visage. Kassam se rend compte que la zone cérébrale commandant sa vision est en train de lâcher en même temps que celle de l'audition.

— Monsieur, vous êtes malade ?

Burgh s'efforce de comprendre les paroles du groom mais les sons ont perdu leur signification. Il se fie à son odorat qui fonctionne encore et hume l'haleine du type. Une odeur de hamburger et de bière. Il est tout près, à présent. Il se penche. Tel un scorpion, Burgh attend que sa proie soit à portée. Il sait qu'il n'aura droit qu'à un seul essai. Il enfonce ses doigts dans la gorge du bonhomme et le crochète à la trachée pour le neutraliser au plus vite. De son autre main, il tâte la nuque luisante de sueur. Le gars râle et cherche à se dégager. Il est beaucoup plus fort que le scientifique mais il gaspille son énergie à se débattre au lieu de se défendre. Déjà, le sang reflue de son cerveau. Kassam resserre sa prise. Il souffre tellement qu'il brûle d'envie de planter ses dents dans les cartilages et les tendons qui roulent sous ses doigts. Il se retient. Le gars râle. Il étouffe. Déjà ses lèvres virent au bleu et ses yeux se chargent de rouge. Son corps se crispe, puis, après un dernier gargouillis, il retombe, inerte.

Burgh relâche sa pression et se concentre de toutes ses forces pour transférer la totalité de ses données mentales dans le cerveau de sa victime. Une dernière impulsion tandis que les anévrismes lâchent les uns après les autres. Puis Burgh aperçoit son propre corps effondré sur le lit, son visage trempé de sang et ses yeux exorbités. Il se redresse et analyse les contours de sa nouvelle enveloppe. Il s'appelle Andrew Billings et habite 105, Durango Drive. Il a deux chats et vit avec sa mère. Il a rangé sa Lincoln rouge sur le parking du casino.

Attrapant la mallette contenant ses injections de protocoles, Burgh sort dans le couloir et se dirige vers l'ascenseur. La cabine s'ouvre. Une vieille dame à l'intérieur. Elle s'appelle Mlle Sweetle. Une habituée du *Four Queens*. Elle connaît bien Andrew. Elle demande qu'on lui serve à dîner dans sa suite. Burgh pose la main d'Andrew sur le front ridé de la vieille et lui fait claquer le cerveau en souriant. Puis il se mord les lèvres tandis que Mlle Sweetle s'effondre sur le plancher de l'ascenseur. Il faut à tout prix qu'il se calme, sinon il va se faire repérer. Il lève les yeux vers la caméra de surveillance en espérant que le vigile regardait ailleurs. N'empêche, son geste figure désormais sur les bandes du casino.

Burgh appuie sur le bouton du 14e étage et emprunte les couloirs pour changer d'ascenseur. Il sent des petites bulles se former à la surface du crâne d'Andrew. Il soupire : c'est toujours comme ça avec les cerveaux mal préparés, ça les accélère et ça les grille. Les portes s'ouvrent sur une belle blonde. Burgh aveugle la caméra de surveillance d'une main et attrape la jeune femme par le cou. Ses yeux se ferment lentement. Juste un souffle d'air, quelques pulsations. Là aussi, c'est plein d'images de caniches et de voitures de sport. La blonde s'appelle Sandy, elle est mannequin. Tandis que l'enveloppe d'Andrew reste adossée à la paroi de l'ascenseur, Burgh contemple son nouveau reflet dans le miroir. Il se recoiffe du bout des doigts tout en passant en revue les pensées de Sandy. Sa voiture est garée au bout de Freemont Street, près de la station de bus.

La cabine s'ouvre sur le brouhaha ininterrompu du casino. Burgh se raidit imperceptiblement en frôlant deux hommes en costume sombre et lunettes noires qui s'écartent pour le laisser descendre. Des régulateurs. Les portes se referment. Kassam se tord les chevilles en avançant sur ses hauts talons. Il se faufile entre les machines à sous en direction des portes vitrées qui donnent sur Freemont. Il se fige. Plusieurs berlines freinent dans un crissement de pneus et libèrent d'autres agents qui s'engouffrent dans le casino. L'un d'eux s'immobilise à la hauteur de Burgh et porte la main à son oreillette. Il hoche la tête, puis relaie l'information : les agents ont retrouvé le cadavre de Kassam mais ses affaires ont disparu. Il y avait un plateau du room-service sur la table basse et des traces de lutte. On recherche un certain Andrew, membre du personnel. Il est vêtu d'une veste rouge et d'un pantalon bleu marine. Un silence. La réponse ne va pas tarder. Les gars qui ont pris l'ascenseur vont forcément se souvenir de ce grand dadais, appuyé contre la paroi et faire le lien avec la blonde de tout à l'heure. L'agent s'éloigne.

Burgh essuie une perle de sang qui s'échappe de ses narines. Le cerveau de Sandy commence déjà à flancher. Il colle le téléphone portable de la blonde contre son oreille et passe devant les vigiles qui surveillent les portes vitrées au moment où le micro de l'un d'eux se met à grésiller. Message en provenance du poste de sécurité où le responsable de l'expédition est en train de visualiser les bandes vidéo des ascenseurs. Burgh serre les mâchoires. Le courant d'air glacé de la clim, la tiédeur de la rue, le bruit de l'asphalte sous ses talons. Il vient de franchir le barrage des limousines et avance aussi vite que possible en remontant Freemont Street. Des pas derrière lui. Le cœur de Sandy se met à battre la chamade. Burgh passe devant le casino Golden Nugget et avise un banc où un gros Noir prend le soleil. Il s'assied et fait mine de se masser les chevilles. Les régulateurs se sont mis à courir. Toujours penché, Burgh pose la main sur le bras du Noir et se concentre pour se transférer aussi vite que possible. Les pensées de Sandy se diluent. Il y a aussi les pensées d'Andrew. Des milliers d'images et de souvenirs qui risquent à tout moment de déclencher un rebond de surcharge.

Les pas se rapprochent. Burgh a fermé les yeux de Sandy en prenant garde à ne pas lui griller les neurones. Il se redresse dans le corps du gros Noir et tangue un peu, le temps de s'habituer à son nouveau centre de gravité. Il s'efforce de marcher normalement et de ne pas se retourner. Il sent dans son dos le regard des régulateurs qui encerclent la blonde et la secouent. Il coupe par le Golden Nugget et se perd dans la foule du casino avant d'emprunter l'autre sortie. Puis il se dirige vers la gare routière, monte dans un car et s'avachit à l'arrière tout en scrutant les environs à travers les vitres. Des berlines patrouillent dans les rues. Le car démarre. Burgh fouille ses poches. Onze dollars et un vieux chewing-gum. Il ne peut s'empêcher de sourire en pensant à la tête que va faire Brannigan.

93

Matt Hill, le nouveau président de la Fondation, souffle dans son micro pour s'assurer qu'il fonctionne normalement. Il a la gorge sèche et la bouche pâteuse à cause du décalage horaire et des molécules anti-protocoles qu'on lui a injectées sans lui demander son avis. Il a appris son élection dix heures plus tôt, alors qu'il se dorait la pilule sur son yacht quelque part au milieu de l'océan Indien : un simple texto sur son téléphone satellite, un message de félicitations ainsi qu'une convocation à une réunion au quartier général. *Présence obligatoire*. C'est ainsi que le SMS s'achevait. Des mots qui avaient douché la bonne humeur de Hill.

Un hélico chargé de régulateurs était passé le prendre pour l'embarquer jusqu'au premier aéroport où il avait décollé à bord d'un jet privé. Il avait tenté de joindre les autres directeurs de la Fondation pour éclaircir la situation mais les régulateurs avaient bloqué la communication et lui avaient confisqué son joujou. Et voilà comment, à quarante-six ans, Hill avait compris qu'il n'aurait jamais la chance de diriger le groupe dont on venait de lui confier la présidence.

— Ni le talent.

C'est ce que lui avait fait remarquer cet avorton de Brannigan, dès son arrivée au Chalet. Hill était monté sur ses grands chevaux avec cette arrogance qui avait fait sa réputation au sein du groupe.

— Comment osez-vous, Brannigan ?

Le patron des régulateurs avait ôté ses lunettes à double foyer et l'avait regardé comme s'il observait un poisson multicolore à travers les vitres d'un aquarium.

— Hill, vous êtes le directeur continent le plus stupide et le plus incompétent du groupe. Vous le savez et vous savez que je le sais. On vous a choisi parce que vous aimez le pognon et la tranquillité. Alors, laissez faire les pros et débitez votre speech. Quatre superviseurs sont dans la salle et en informeront directement les actionnaires.

— Justement, ces fameux actionnaires, il serait peut-être temps que je les rencontre, vous ne croyez pas ?

— Personne ne rencontre les actionnaires, hormis les superviseurs. Maintenant, fermez-la et écoutez-moi attentivement ou je vous fais réguler avant de nommer n'importe quel gardien de parking à votre place.

Hill avait blêmi sous son bronzage, puis, pendant qu'il quittait sa chemise à fleurs et son short de toile pour enfiler le costume de président qu'un assistant lui tendait, il avait écouté les consignes de Brannigan. À présent, suant dans son complet malgré la climatisation, il considère les directeurs du groupe avec une panique mal dissimulée.

— Estimés dirigeants de la Fondation, nous avons appris de source sûre qu'un virus génétique créé dans nos laboratoires a été libéré dans les grandes villes de la planète par des agents du département scientifique supervisé par le docteur Burgh Kassam. D'après ce que nous en savons, les premiers cas de contamination ne devraient plus tarder à se déclarer. Nous ignorons encore quelle molécule a été utilisée mais nous savons que c'est grave et que le groupe risque de ne pas survivre à cette crise si la nouvelle se répand que les souches proviennent de nos stocks. Je vous donne donc l'ordre de rejoindre immédiatement vos départements et de procéder à la destruction de la totalité de vos archives. Pendant ce temps, les équipes de M. Brannigan feront le maximum pour retrouver et intercepter les responsables de ce crime.

— Que se passera-t-il si la contamination se répand ? Ne faudrait-il pas alerter les autorités ?

— Les directives de nos actionnaires sont claires et sans appel : si la contamination est aussi grave que nous le craignons, nous avons l'ordre de mettre la totalité de la Fondation à la disposition des autorités internationales afin de combattre le fléau. Seule cette coopération pourra assurer la survie économique du groupe. Dès que nous aurons identifié la menace, toutes les divisions devront se mettre au travail pour trouver un antidote dont nous déposerons la composition avant de le diffuser à grande échelle. Avec une bonne campagne de communication et un peu de chance, nos laboratoires pharmaceutiques entreront dans l'Histoire comme ceux qui ont sauvé l'humanité du désastre.

— Et qu'arrivera-t-il si nous ne parvenons pas à circonscrire le fléau ?

— Nous avons derrière nous vingt ans de recherches sur l'ADN de la momie du projet Manhattan. Aucun laboratoire ne peut nous concurrencer dans ce domaine. Si nous ne trouvons pas, personne ne trouvera. Et cela signera la mort du groupe par la disparition de ses clients. Messieurs, vos jets privés vous attendent. Dès votre arrivée dans vos différents départements, verrouillez les buildings et basculez les dispositifs de climatisation sur circuit interne. Chaque siège, chaque usine, chaque laboratoire du groupe doit à présent s'isoler du monde extérieur afin de limiter les risques de contamination à nos cadres.

— Et nos familles ?

— Il vous est interdit de les alerter. Je laisse à M. Brannigan le soin de vous rappeler les risques qu'encourent ceux qui contreviendraient à cette mesure. Messieurs, je vous remercie.

Les derniers mots de Hill sont à peine audibles. Les régulateurs ont coupé les micros. Furieux, le directeur se tourne vers Brannigan mais le petit chauve ne le regarde même pas. Il est en communication avec ses équipes à Las Vegas. Les nouvelles semblent mauvaises.

94

— Ethan ? Appeler mon fils Ethan ? J'espère que tu plaisantes, Marvin ? Tu es black, je suis black, il est black. Il est donc hors de question que mon fils porte autre chose qu'un prénom afro-américain.

Abigail Hockney sourit aux passagers qui la laissent passer. Elle tourne son ventre rond pour se faufiler dans l'allée centrale de l'avion. Le voyage depuis Sydney l'a épuisée et ce n'est pas le petit monstre qui cogne à l'intérieur de son abdomen qui risque d'arranger les choses.

— Comment ça, « notre fils » ? Marv chéri, je me suis mal fait comprendre : ça fait six mois que je couve un alien qui s'amuse à me flanquer des nausées magistrales, des vertiges et des bouffées de chaleur. Alors, crois-moi quand je te dis que ce ne sera jamais autant ton fils que le mien.

Son portable toujours collé à l'oreille, Abby s'engage sur la passerelle. Elle écoute Marvin argumenter en faveur des prénoms protestants auxquels il a réfléchi pendant qu'elle effectuait son dernier déplacement professionnel avant son congé maternité. Abby le laisse faire. Elle sait qu'au bout du compte c'est elle qui aura le dernier mot. Marvin le sait aussi.

— Pourquoi pas Martin ou Luther ? Ou les deux ?

Abby vient d'atteindre le terminal des arrivées de l'aéroport de Los Angeles et se dirige vers les tapis roulants. Elle sourit.

— Mais non, je plaisante. Ou alors Malcolm… Quoi ? Ouais, très drôle.

Abby parle un peu trop fort. Elle est heureuse, non, mieux que ça : elle se sent merveilleusement bien. Ces derniers jours, outre les nausées et les vertiges, elle s'était sentie un peu patraque. Ça avait commencé le lendemain de son arrivée à Sydney : une forte fièvre et des courbatures épouvantables. Cet état fébrile n'avait cessé qu'à son embarquement sur le vol du retour. Depuis, malgré les coups de pied du bébé, elle a l'impression de flotter dans du coton.

Abby pense à Marvin pendant que celui-ci continue à égrener sa liste de prénoms. Elle pense à son corps, à son sexe dans sa main, à son sexe dans son ventre. Elle pouffe comme une gamine en chassant la scène particulièrement osée qui vient de se dessiner dans son esprit. Ses premières pensées érotiques depuis des semaines. Elle continue à avancer le long des tapis roulant. Elle ne voit pas les regards horrifiés qui se posent sur elle à mesure qu'elle dépasse les groupes de voyageurs. Abby commence à s'essouffler. Depuis quelques mètres, elle a l'impression de grimper une côte. Oui, c'est ça : elle est épuisée et essoufflée comme si elle était en train d'escalader une pente ou un escalier interminable. C'est bizarre, cette sensation de ralentir, ce tiraillement dans les muscles. Elle croise enfin les regards effrayés et se retourne pour voir qui les gens dévisagent de cette façon. Elle grimace. Son cou lui fait si mal. Personne derrière elle. Abby reporte son attention sur les voyageurs. Certains portent la main à leur bouche en l'apercevant, d'autres poussent des exclamations de surprise, la plupart se taisent et se contentent de la fixer avec une expression de terreur.

— C'est moi qu'ils matent comme ça, ces cons ?

— Abby ? Qu'est-ce que tu dis ?

— C'est bizarre, tout le monde me regarde comme si j'étais un kamikaze d'Al-Qaida avec une ceinture d'explosifs. Sérieusement, Marvin, est-ce qu'on peut confondre une belle panthère enceinte comme moi avec un de ces salauds de terroristes ?

— Qui est à l'appareil ? Abby ? C'est toi ?

— Évidemment c'est moi, qui veux-tu que…

Abigail s'est arrêtée. Elle n'en peut plus. Il faut qu'elle se repose. Elle porte les mains à son ventre et réprime un sanglot de terreur. Sa robe est trempée. Abby lève les mains et laisse échapper le gémissement qu'elle retenait. Ses doigts sont couverts de sang mais ce n'est pas ça qui ne va pas. Ce qui ne va pas, ce sont ses doigts. La peau de ses mains a perdu sa belle couleur ébène. On dirait des vieilles mains griffues en train de se déformer comme des serres. Abby lève les yeux au milieu des cris des voyageurs. Elle croise dans un miroir le reflet d'une très vieille femme noire dont les cheveux se détachent par poignées. La vieille dame regarde Abby. Comme elle, elle tend les bras vers la glace.

— Oh, Marv. Il y a quelque chose qui ne va pas. Je… Je ne me vois pas dans le miroir.

Abby est prise de spasmes en voyant du sang s'échapper des lèvres de la vieille Noire. Ça dégouline le long de son menton et de son cou. Elle passe une main sur sa gorge pleine de plis et de chairs molles. Alors Abby comprend que c'est elle-même qu'elle contemple dans le miroir, elle que les voyageurs désignent du doigt. Certains vomissent à présent ; d'autres s'évanouissent. Une petite fille laisse échapper un hurlement suraigu tandis que quelque chose se détache de la vieille dame et atterrit sur le sol avec un bruit mouillé. Abby fait encore quelques pas en direction du miroir et tombe lentement à genoux. Des infirmiers se précipitent vers la petite créature qui pousse des gémissements rauques en se tortillant.

Parvenu devant la flaque, l'infirmier le plus proche se courbe et vomit si violemment qu'il est obligé de s'appuyer sur ses mains pour ne pas tomber. L'autre se tient immobile au bord de la mare de sang. Il n'entend presque plus les hurlements des voyageurs. Fasciné, il observe la chose qui se débat. Ça devrait être un bébé. Ça aurait dû être un bébé. La respiration de la créature s'arrête lentement. Elle trouve encore la force de tendre son bras décharné. Les yeux de l'infirmier se remplissent de larmes. La petite main toute ridée se referme autour de son doigt. Il réprime un sanglot. Cette chose qui agonise, c'est un minuscule vieillard de six mois.

IX

DES FRELONS ET DES CHATS

95

Marie cligne des yeux dans la lueur des phares qui défilent sur la route de Clarksdale. Elle est assise derrière les voilages de la chambre d'un motel miteux et cela fait plus de deux heures qu'elle fume en surveillant la route. Elle ne sait pas vraiment ce qu'elle guette ni ce qui doit l'alerter. Elle se contente d'observer les environs et de noter machinalement les plaques des véhicules qui s'arrêtent sur le parking du motel, de vieilles berlines usées et des pick-up poussiéreux pour la plupart. Les rares limousines et voitures de sport qui circulent à cette heure de la nuit poursuivent leur chemin en direction de Clarksdale et des chaînes d'hôtels plus chic qui fleurissent à la périphérie. C'est une des règles de base quand on est en fuite : ne pas se faire remarquer, se fondre dans la masse des voyageurs de commerce et des petites gens.

Marie écrase sa cigarette et avale une gorgée de café en se demandant si la Fondation utilise aussi des voitures et des agents banalisés ou si elle peut recruter un de ces anonymes qu'elle entend ronfler dans les chambres voisines. Elle imagine que oui. C'est ce qu'elle ferait à leur place, diffuser leur signalement à grande échelle dans tous les motels pouilleux de la région.

C'est pour cette raison que Walls et Marie ont pris soin de modifier leur apparence avant de quitter Carthage. Des cheveux teints en blond platine, un blouson, des baskets et des lunettes de soleil de la Navy pour elle ; une combinaison OshKosh rembourrée sur le devant, le crâne rasé et des lunettes de myope pour lui. Pour Holly, ça avait été plus compliqué. Walls avait eu l'idée de la transformer en garçon en lui coupant les cheveux et en l'habillant comme un petit gars du Mississippi, mais la fillette avait commencé à retenir sa respiration. Elle avait dit qu'elle voulait un slim orange, un tee-shirt Hello Kitty et des Converse.

— Très discret comme tenue.

— Ou alors un déguisement.

— Tu veux dire une panoplie de Blanche-Neige ou de Cendrillon ?

— À onze ans ? T'es dingue ? Non, je pensais plutôt à une robe de mariée ou un truc dans le genre.

— Pourquoi pas un petit ensemble Prada et des escarpins taille naine ?

— Pourquoi pas ? C'est toujours mieux que de se fringuer comme toi, de toute façon.

— Ce n'est pas un jeu, puce. Les gens qui nous poursuivent sont très méchants, tu as compris ça ?

— Arrête de me parler comme à une débile. S'ils sont si méchants que ça, je les grillerai.

— Je ne te parle pas comme à une débile, Holly. Je te parle comme à une fillette de onze ans qui ne cherche même pas à comprendre ce que l'expression « passer inaperçu » veut dire.

— Toutes les filles de mon âge portent des déguisements.

— Pas à onze ans.

— Des robes de mariée, si.

Marie avait soupiré.

— Holly chérie, combien de temps penses-tu qu'on va tenir sans se faire repérer avec une petite nana black vêtue d'une robe de mariée ?

— Merde, tu es raciste en plus ?

— Ne dis pas « merde », Holly. Et non, je ne suis pas raciste, je suis fatiguée.

— C'est vrai que tu es bisexuelle ?

— Ça ne te regarde pas.

— Je suis sûre que c'est vrai. Ça veut dire quoi, au fait, bisexuelle ? Ça veut dire que tu as deux zizis ?

— Holly…

Walls avait passé la tête dans l'embrasure de la porte. Holly, qui était en culotte et en brassière, avait poussé un glapissement de souris en se jetant sous les draps. Walls avait fait signe à Marie qu'il fallait se dépêcher. Elle lui avait répondu par un regard excédé qui signifiait : « Vas-y, essaie, si tu penses faire mieux. » Puis elle avait caressé la tête d'Holly à travers le drap et lui avait dit :

— Puce ?

— Oui.

— Si tu es ok pour un déguisement de garçon, à Memphis je t'achèterai la plus belle robe de mariée de toute ta vie.

— Il y a des robes de mariée là-bas ?

— À Memphis ? T'es folle ? Ils ont les plus belles ! Et on pourra même investir dans un costume du King pour Gordon s'il n'arrête pas de me jeter des coups d'œil agacés comme si on était mariés depuis dix ans. Hein, Gordie ? Tu veux quoi ? Une scène de ménage ?

— Et après, vous niquerez sous les draps pour vous demander pardon, c'est ça ?

— Holly Amber Habscomb ! Qui t'a appris à parler comme ça ? Tu ne sais même pas ce que ça veut dire.

— Si. Ça veut dire s'embrasser sur la bouche en se frottant l'un contre l'autre. Alors, c'est vrai que tu as deux zizis ?

Marie sourit. La discussion avait encore duré quelques minutes, puis Holly avait accepté que Walls lui coupe les cheveux presque à ras. Elle avait ensuite enfilé un jean, un tee-shirt Gap et une casquette de base-ball avant d'éclater en sanglots devant le miroir de la chambre.

Marie consulte sa montre. C'était il y a six heures. Depuis, ils avaient roulé sans échanger plus de dix mots dans la vieille camionnette Ford que Chester leur avait donnée. Marie se souvient du regard que le vieux leur avait lancé lorsque le pick-up s'était éloigné en grinçant sur les chemins défoncés qui longeaient la Pearl. Il avait l'air infiniment triste. Curieusement, elle aussi.

Holly s'était endormie. Ils avaient roulé durant des heures en empruntant les petites routes et en essayant de maintenir un cap approximatif au nord-est. Ils avaient franchi les gués de la rivière Yockanookany et de la Big Black, puis ils avaient suivi la voie ferrée jusqu'aux environs de Clarksdale, où ils avaient dîné sur une aire de repos avant de s'arrêter dans le motel le plus lugubre du secteur. Ils avaient choisi une chambre avec vue sur la piscine vide et la voie ferrée. Un lit double et un couchage d'appoint pour Holly. C'est ce que Walls avait demandé au réceptionniste en remplissant la fiche et en payant deux nuits d'avance en liquide. Il avait exploré les pensées du bonhomme. Des images de base-ball, de bières entre potes et d'huissiers. L'homme était criblé de dettes. Il s'appelait Bruce. Il était stupide mais pas méchant. Walls l'avait poussé un peu pour passer en revue ses souvenirs récents. Aucune conversation suspecte, aucun coup de fil particulier ni d'agents en manteau noir brandissant leur plaque et des photos des fugitifs. Rassuré, il avait rejoint Marie et ils avaient attendu que la nuit tombe.

Parks écarte légèrement les voilages pour suivre du regard la Buick noire qui ralentit à proximité du motel. On dirait que le conducteur hésite à s'engager sur le parking. Le clignotant s'éteint. La Buick accélère. Un mouvement derrière Marie. Elle respire l'odeur de Walls.

— Holly s'est endormie.

— Keeney. Elle s'appelle Keeney maintenant. Il faut à tout prix lui donner son prénom de garçon, sinon on ne fera pas deux cents kilomètres sans attirer l'attention.

— Vous devriez aller vous reposer, Marie. Je prends le quart suivant.

— Cette chose qui a pris possession de l'esprit de Shelby, c'est ça qui nous poursuit ?

— Oui.

— Ils sont nombreux ?

— Aucune idée. Tout ce que je peux vous dire, c'est qu'ils sont puissants et que rien ne les arrêtera.

— Vous êtes capable de les repérer avant qu'ils approchent ?

— S'ils utilisent leur pouvoir avant de nous attaquer, c'est possible. Mais ils ne commettront pas cette erreur.

Marie allume une autre cigarette.

— Vous fumez trop.

— Si le fléau se déclenche et que vous vous mettez à vomir vos tripes avant moi, je saurai vous rappeler cette bonne vanne.

— Ça a déjà commencé.

Marie se retourne vers Walls. Les yeux de l'archéologue brillent faiblement dans la pénombre.

— Où ?

— Un peu partout dans le monde. Ce sont des cas isolés pour le moment mais ça va se répandre très vite. Ça a touché le sol américain il y a quelques heures.

— Ce qui nous ramène à la question précédente : que vient faire Holly au milieu de tout ça ?

— Elle est utile.

— Vous seriez prêt à utiliser une gamine pour parvenir à vos fins ?

— Allez vous reposer, Marie. Vous allez avoir besoin de toutes vos forces pour la suite.

Marie se lève et cède sa place à Walls. Il n'a même pas l'air fatigué.

— Au fait, Marie ?

— Oui ?

— Pourquoi Clarksdale ? Pourquoi pas Vicksburg ou directement Memphis ? Ça nous aurait fait gagner un temps précieux.

— Il faut que je voie quelqu'un dans le secteur. Un scientifique. Il est au courant de certaines choses sur la Fondation.

— C'est très risqué, vous en avez conscience ?

— Gordie chéri, aux dernières nouvelles, nous avons une armée de mutants au cul et un fléau qui se prépare à réduire l'humanité comme un fond de sauce. Donc, non, ce n'est pas risqué. C'est même très cool.

Marie s'allonge à côté d'Holly. La fillette respire paisiblement. Juste avant de fermer les yeux, Parks regarde une dernière fois Walls qui scrute la rue. L'espace d'une seconde, elle se demande jusqu'où elle peut faire confiance à un inconnu qui est lui-même une sorte de mutant. Elle ferme les yeux et s'enfonce doucement dans le sommeil.

96

Cela fait plusieurs minutes que Stuart Crossman suit le vol entêtant d'une guêpe qui se cogne contre les vitres du Bureau ovale. Les autres huiles installées dans des fauteuils attendent le boss en s'observant à la dérobée. Il y a là le directeur de la CIA, celui de la NSA et de la Sécurité nationale. Sur une autre rangée de fauteuils se côtoient les pontes du Pentagone, l'amiral Howard Preston, commandant les forces navales, ainsi que le général Douglas Hollander, patron des services secrets et des forces spéciales de l'armée. En face, le secrétaire national à la Défense et une poignée de conseillers de la Présidence relisent leurs notes. Hormis ces derniers, ils représentent tous le contre-pouvoir. Ils se détestent. Ils se sourient. Ils font tout pour ne pas paraître nerveux.

Crossman interroge sa montre. *Air Force One* a atterri quelques minutes plus tôt sur l'aéroport militaire de Washington. Il entend vrombir les pales de l'hélico présidentiel qui vient de se poser devant la Maison Blanche. Le boss sera là dans quelques secondes. Un bourdonnement. Crossman colle son portable contre son oreille et écoute le dernier rapport émanant de ses services. Il hoche plusieurs fois la tête et raccroche en faisant semblant de ne pas remarquer les regards haineux qui se posent sur lui. Les autres sont furieux que ce soit le patron du FBI qui ait déterré la menace. Crossman examine la grosse tête carrée du général Hollander, un ancien de la guerre froide taillé dans un bloc de marbre qui rêve toutes les nuits d'une pluie de missiles américains s'écrasant sur le sol russe, ou chinois, ou coréen, ou les trois. Un réflexe hérité de la crise de Cuba sous la présidence de Kennedy. Il était major à l'époque et faisait partie de ceux qui insistaient pour ouvrir le feu nucléaire sur Moscou et La Havane. Le vieux général regarde Crossman comme on considère un hot-dog juste avant de mordre dedans. Il s'apprête à aboyer quelque chose lorsque la porte du Bureau ovale s'ouvre sur le Président. Les huiles se lèvent. Le Président consulte la pendule qui trône sur une table basse.

— Messieurs, il est 15 heures. À 15 h 30 au plus tard, je veux avoir compris la situation.

Les huiles se regardent. Crossman a cloisonné l'information. Il en a dit le strict minimum, juste ce qu'il fallait pour déclencher cette réunion. C'est pour cette raison que les conseillers relisaient fébrilement leurs notes dans l'espoir de trouver la bonne formule à partir de ce que le patron du Bureau avait daigné leur révéler.

— Déjà 15 h 01 ?

Tous les regards convergent vers Crossman qui réprime un sourire. Jamais il ne s'est senti autant haï de toute sa vie. Il achève de retranscrire en codé les dernières informations qu'on vient de lui transmettre, puis il se racle la gorge.

— Monsieur le Président, mes services ont intercepté hier un caisson plombé contenant vingt-neuf fioles vides et une pleine. Ce caisson appartenait à quatre cadavres que nous avons retrouvés sur le parking de l'aéroport de Jackson et qui revenaient d'un long voyage à travers les continents sud-américain et australien. Nous avons également repéré une trentaine de déplacements identiques : des hommes d'affaires pressés qui se sont offert des escales dans la plupart des grands centres urbains de la planète.

— Que contenaient ces fioles ?

— L'analyse est toujours en cours mais les premiers résultats sont préoccupants. L'enveloppe correspond à un virus grippal de type H*x*N*x*, mais pas le codage ADN. Tout ce que nous savons, c'est qu'il s'agit sans doute d'un mutant.

— Un quoi ?

— Un virus génétique programmé pour causer un maximum de dégâts. Nous sommes en train d'en étudier les séquences pour essayer de comprendre la menace mais il va nous falloir un peu de temps.

— C'est précisément ce qui nous manque. Vous pensez à une souche militaire ?

— Non. Les réactions chimiques ne correspondent à aucun protocole expérimental en cours dans nos labos secrets.

— Arrêtons de perdre du temps, Crossman. C'est forcément un virus ennemi.

Crossman regarde les yeux bovins d'Hollander.

— Général, est-ce que vous connaissez un seul ennemi assez stupide pour décider de propager un de ses virus à l'échelle de la planète entière ?

— C'est sans doute un accident.

— Vous êtes sérieux ? Vous pensez vraiment que ces types ont parcouru plus de trois fois le tour de la Terre par accident ?

Le Président desserre le nœud de sa cravate et allume une cigarette.

— Monsieur Crossman, j'ai besoin d'une estimation précise du risque.

— C'est impossible tant qu'on n'a pas les résultats mais on peut essayer d'affiner en partant du postulat que nos cellules antiterroristes appellent le « paradoxe de contamination ».

— Je vous écoute.

— Le concept de guerre bactériologique repose sur quelques notions de base assez simples que l'on pourrait résumer de la façon suivante : comment exterminer un maximum d'ennemis, *primo* en un minimum de temps afin de limiter le danger de représailles, *secundo* sur un périmètre le plus vaste possible pour que ce soit stratégiquement rentable, *tertio* en réduisant les risques que la souche ne se retourne contre son maître.

— 15 h 08.

— En réalité, il n'existe aucun virus capable de résoudre cette équation car il y a une contradiction au niveau des contraintes stratégiques : si vous choisissez un virus particulièrement agressif, de type Ebola ou Hanta, vous remplissez les conditions 1 et 3, mais pas la 2. Ces virus-là sont tellement mortels qu'ils comportent leur propre faille : dans la mesure où ils ont une période d'incubation très rapide, le porteur n'a pas le temps de répandre la contamination. Il suffit de déployer un dispositif étanche autour du périmètre infecté et de cautériser la zone. Certains labos militaires ont alors planché sur des souches bactériennes ou virales moins agressives, mais ils se sont alors heurtés à la condition 1 dans la mesure où le système immunitaire humain risquait de limiter naturellement les dégâts. Dans les années 1980, nous sommes donc revenus à une logique de tests sur des souches ultra-agressives dont nous avons génétiquement allongé la période d'incubation afin de permettre une dissémination plus importante. Le problème étant que, dans ce cas, c'est la condition 3 qui n'était plus respectée. Le résultat s'est révélé catastrophique et nous nous retrouvons actuellement avec des stocks de souches ultrarésistantes qui extermineraient la moitié du globe si elles étaient libérées par accident.

— Vous craignez que ce soit ce type de virus que nous ayons à combattre dans les jours qui viennent ?

— Oui. Ce qui annule définitivement la thèse de l'agression militaire et nous ramène à celle de l'attentat terroriste à grande échelle. À cette nuance près que les cadavres retrouvés sur le parking de l'aéroport de Jackson portaient des plaques gouvernementales.

Un silence de mort accompagne les derniers mots de Crossman.

— Vous mesurez la gravité de ce que vous êtes en train de dire ?

— Ce n'est pas de gaieté de cœur, monsieur le Président, croyez-le bien.

— Quelle agence ?

— On a eu un peu de mal à les identifier car les plaques avaient partiellement fondu.

— 15 h 12.

— CIA, département Manhattan. C'est ce que mes services m'ont confirmé juste avant que vous n'arriviez.

— Calumet ? Vous avez une explication ou vous préférez qu'on vous laisse quelques minutes dans un bureau au calme avec un flingue chargé ?

Tous les visages se tournent vers le patron de la CIA qui lève le nez de ses notes en adressant un sourire embarrassé au Président.

— Monsieur, j'aurais répondu plus vite à cette question si le directeur Crossman avait daigné me faire part plus tôt de cette information.

— Calumet, si vous trouviez une plaque du FBI sur le cadavre d'un terroriste d'Al-Qaida, vous m'inviteriez à prendre un whisky ?

— Ça suffit, messieurs, vos petites guerres personnelles attendront. Vous n'êtes pas des politiciens mais des fonctionnaires au service de la Nation ! J'attends donc une collaboration maximale entre vos différents services. C'est clair ?

Le Président se tourne de nouveau vers le patron de la CIA.

— Calumet ?

— Monsieur ?

— Vous avez une préférence pour le calibre ?

— Sauf votre respect, le département Manhattan est classé hautement confidentiel.

Le Président a un drôle de sourire auquel ses conseillers n'osent pas répondre.

— Calumet, la question s'adresse aussi à vos collègues : à combien estimez-vous le nombre de dossiers que vos services instruisent en ce moment et que vous avez décrétés assez sensibles pour que même le Président des États-Unis n'en soit pas informé ?

Les narines du Président frémissent.

— Je connais cette odeur : c'est celle du complot. Vous savez ce qu'il peut vous en coûter pour atteinte à la sûreté nationale ?

Le patron de la CIA se racle la gorge. Il n'a plus le choix.

— Le département Manhattan est une branche scientifique de la CIA qui a été spécialement créée dans les années 1960 pour étudier une momie découverte lors de l'expérimentation nucléaire du même nom.

— Ah bon ? N'essayez pas de botter en touche, Calumet, ou je demande à mon cuisinier personnel de vous transformer en sushi.

— D'après les premières analyses, la momie en question avait vécu durant la préhistoire et présentait un ADN anormal sur lequel une armée d'ordinateurs à protéines travaillent depuis une quinzaine d'années. Pour le moment, nous avons découvert qu'elle présentait les gènes d'une longévité extrême, d'une immunité hors du commun et d'une activation de régions inconnues du cerveau qui lui conférait des capacités exceptionnelles.

— Un organisme extraterrestre ?

— Non, l'ADN en question est incontestablement humain mais, outre nos séquences déjà connues, il semble contenir une autre histoire qui se serait déroulée avant l'apparition de l'homme sur Terre. C'est sur cette théorie que nous travaillons depuis des années. Seuls quarante pour cent de ce nouveau génome ont été décodés pour le moment.

— Et… ?

— Comment dire… ?

— Essayez avec vos mots, Calumet…

— Ce genre de recherches coûte une fortune et le Congrès n'a jamais cessé de réduire nos budgets au profit de la NASA et des efforts de guerre.

— Donc… ?

— Donc, dans les années 1970, nous avons accepté l'offre d'une fondation privée qui nous proposait de financer la totalité des travaux en contrepartie d'un petit sacrifice commercial.

Le général Hollander se penche en avant et observe le front du patron de la CIA sur lequel perlent des gouttelettes de sueur.

— J'ai du mal à vous suivre, Calumet. Nos accords étaient pourtant clairs. Il était prévu que vous nous fournissiez en protocoles militaires expérimentaux et, depuis toutes ces années, vous utilisiez une de nos bases secrètes pour enrichir des milliardaires ?

— Allez vous faire foutre, Hollander. Depuis que Lyndon Johnson et vos petits gars du Pentagone ont fait flinguer Kennedy pour offrir la guerre du Vietnam à Bell Helicopter et aux consortiums de l'armement, je n'ai aucune leçon à recevoir de la part des nazis du renseignement militaire.

— 15 h 20 !

Calumet se passe nerveusement la main sur le front avant de poursuivre :

— Le deal était le suivant : les chercheurs de la Fondation nous fournissaient des protocoles chimiques à usage militaire mis au point à partir de l'ADN préhistorique, et nous leur cédions la part des recherches sur les séquences génétiques impliquées dans la longévité exceptionnelle de cette momie. Leur but était d'en extraire à terme une sorte de sérum à injecter à leurs clients les plus riches.

— Rien de particulièrement éthique.

— Pardon, monsieur ? J'ai peur d'avoir mal entendu. Vous avez dit « éthique » ?

— Laissez tomber. Ensuite ?

— Il y a quelques années, la Fondation a recruté un certain Burgh Kassam, un génie bardé de diplômes qui a fait décoller les recherches de façon exponentielle. C'est lui qui a réussi à synthétiser les premiers composés chimiques améliorés. Des accélérateurs mentaux dont nous pensons qu'il a fait un usage, disons… plus personnel.

— Essayez d'être plus précis.

— Dans les années 1980, la Fondation a déclenché une véritable chasse à l'homme à travers la planète pour récupérer des dossiers qu'un de ses chercheurs avait fait sortir de la base de Puzzle Palace.

— Pourquoi n'a-t-il pas été arrêté par vos services ?

— C'était un des points de la négociation avec les responsables de la Fondation : leurs hommes chargés de la sécurité devaient détenir le statut d'agents du gouvernement. De la CIA, pour être plus précis.

— Vous êtes devenu fou ?

— C'était une garantie supplémentaire pour nous : en les intégrant au sein de l'Agence, nous pensions que nous pourrions les contrôler plus facilement.

— Ils avaient l'autorisation de tuer ?

— Théoriquement non.

— Théoriquement ?

— Nous savons qu'il y a eu des dérapages lors de cette chasse à l'homme. Des neutralisations de journalistes, d'archéologues et d'immunologistes qui avaient eu accès de près ou de loin aux dossiers en question. Mais, rassurez-vous, personne n'en a jamais entendu parler.

— Je vous le confirme. Combien ?

— Combien de quoi ?

— De dérapages.

— Euh… une petite soixantaine en tout.

— Soixante-sept pour être plus précis, monsieur le Président, intervient Crossman. Nous protégeons les survivants qui ont eu accès à ces dossiers. Ils sont une quinzaine dispersés sur le territoire américain sous de fausses identités.

— Dois-je comprendre, Crossman, que vous étiez vous-même au courant de cette affaire et que vous n'en avez rien dit ?

— Je n'ai jamais eu accès au dossier Manhattan. Je me suis borné à récupérer des scientifiques terrorisés qui se sont placés spontanément sous ma protection. Je me suis vite rendu compte qu'ils n'étaient pas au courant de grand-chose, hormis de la momie et de l'existence de la base de Puzzle Palace. Insuffisant en tout cas pour monter un dossier contre la CIA. Et puis, vu la puissance de la Fondation, j'ai préféré prendre mon temps : je tiens à ma peau.

— Et ça vous empêchait de venir m'en parler ?

— Je tiens aussi à la vôtre, monsieur le Président.

Un silence accompagne la remarque de Crossman. Le Président se tourne à nouveau vers Calumet.

— Les archéologues du dossier Idaho Falls faisaient partie du programme de nettoyage ?

— Oui. Ce sont les agents de ce Burgh Kassam qui se sont chargés d'eux. Il a monté une sorte de milice gavée de protocoles chimiques. Nous pensons que ce sont quatre d'entre eux que les hommes de Crossman ont retrouvés à Jackson.

— Vous vous rendez compte de ce que ça signifie ?

— Oui, monsieur. Ça signifie que Kassam a perdu la raison et qu'il y a de fortes chances que ses agents aient dispersé la souche pathogène à travers le monde.

— Qu'en pense votre Fondation ?

— Ses instances sont actuellement réunies en conseil extraordinaire en Suisse. Elles m'ont d'ores et déjà assuré que leurs consortiums pharmaceutiques sont à notre entière disposition pour tenter d'enrayer le mal.

— Ben voyons. Faites-leur savoir que je leur donne huit heures pour venir me le dire en face. Dites-leur qu'ensuite je lâche mes dobermans.

— La Suisse, c'est à côté de la Russie, c'est ça ?

— Couché, Hollander. Vous mordrez quand je vous le demanderai.

Le Président se tourne vers Crossman.

— Monsieur le directeur du FBI, j'aurais besoin de toute urgence de savoir ce que contient cette souche. J'insiste pour que ce soient vos services qui se chargent de cette analyse et je vous demande de garder hautement secret l'endroit où vous avez stocké la dernière fiole.

— Je vais avoir besoin des meilleurs spécialistes.

— Vous les aurez. Calumet ?

— Monsieur ?

— Vous êtes pour le moment maintenu dans vos fonctions car vous êtes le seul à connaître à fond le dossier Manhattan. Vous êtes néanmoins sous le coup d'une accusation d'atteinte à la sûreté de l'État. À votre place, je ferais le maximum pour vous rattraper.

— Bien compris, monsieur. Quels sont vos ordres ?

— Contactez nos ambassades à travers le monde. J'ai besoin de savoir si la contamination a déjà commencé.

— L'ennui, c'est que nous ne savons même pas quels symptômes surveiller.

Un voyant s'allume sur le bureau du Président. Le conseiller Ackermann décroche la ligne protégée. Il hoche la tête plusieurs fois, puis raccroche.

— Monsieur, un cas de mort suspecte vient de nous être signalé. Une femme enceinte.

— Où ça ?

— Dans la zone internationale de l'aéroport de Los Angeles. Elle arrivait d'Australie. D'après les premières analyses, elle aurait succombé à un processus de vieillissement accéléré qui a fait exploser plusieurs dizaines de cancers dans son organisme. Elle a aussi subi un avortement réflexe déclenché par son système immunitaire qui a confondu son bébé avec une tumeur.

— Calumet ?

— Monsieur ?

— Vous les avez, vos foutus symptômes. Ackermann, faites boucler immédiatement le périmètre. Je veux la Garde nationale sur place dans vingt minutes.

— Je m'en occupe, monsieur.

— Hollander, vous expédiez vos meilleurs hommes sur la base de Puzzle Palace. Combinaison NBC et armement lourd-léger. J'insiste : ce n'est pas une partie de paintball. Si Kassam est encore là-bas, je le veux vivant.

Le Président se tourne vers la pendule.

— Messieurs, il est un peu plus de 15 h 30 ce vendredi 16 octobre. Nous entrons en alerte bactériologique de niveau 3. J'ordonne le blocage immédiat des aéroports américains et le placement en quarantaine de la totalité des voyageurs en transit. Immobilisez les avions au sol et déroutez les vols étrangers en approche. Ceux qui n'ont pas assez de carburant devront se poser sans ouvrir leurs portes et redécoller immédiatement après avoir fait le plein. Tous les voyageurs qui se trouveront dans les terminaux au moment de la mise en place du dispositif ne pourront plus sortir des zones aéroportuaires. Notez l'heure et le jour de la première contamination. Si le fléau qui approche est celui que nous craignons, nous devons commencer à laisser des traces écrites des jours qui viennent. Vous entrerez ces données et toutes les autres dans les mémoires blindées du bunker atomique de Patriot Hill. De cette façon, s'il y a des survivants, ils sauront.

— Je convoque une réunion de crise étendue ?

— Évidemment, Ackermann. Et vous contactez aussi les présidents alliés. Nous allons devoir faire front ensemble. Crossman ?

— Monsieur ?

— Je vais faire transférer la souche sur le campus du MIT, à Boston, que nous allons placer sous la protection de la 4e brigade antiterroriste des marines. Je vous alloue les services des meilleurs généticiens et immunologistes des États-Unis. C'est à vous de jouer. J'ai absolument besoin de savoir.

97

L'aube est proche. Marie le pressent aux odeurs de la chambre qui sont en train de changer et à la lumière qui filtre à travers les rideaux, aussi. Elle rêve toujours. Elle n'a jamais dormi aussi profondément que depuis qu'elle a tenu Holly dans ses bras pour la première fois. Comme si quelque chose était passé du corps de la fillette à son propre organisme. Une vibration.

Les mains de Marie se crispent et se relâchent. Elle fait le même rêve que lorsqu'elle s'était endormie à l'arrière du pick-up en approchant du Sanctuaire de la rivière Pearl. San Francisco déserte. Sauf que, dans ce rêve-ci, elle a du mal à reconnaître la ville. On dirait qu'elle a changé, ou plutôt qu'elle a grandi. Les buildings y sont beaucoup plus nombreux et tellement hauts que les collines ont presque disparu. Comme si l'ancienne San Francisco avait servi de fondations à la nouvelle.

Marie se tient au pied du Pyramid Building. Elle se rend compte que la flèche de l'immeuble n'est plus à présent qu'un des onze piliers d'un gratte-ciel si élevé que son sommet se perd au loin dans la brume. Elle tourne la tête et contemple la forêt de buildings argentés qui se renvoient la lueur aveuglante du soleil, l'emprisonnent et l'aspirent. Tous sont recouverts de gigantesques panneaux qui pompent l'énergie solaire et la digèrent afin d'actionner les fonctions vitales de la nouvelle San Francisco. Marie lève les yeux et cherche les oiseaux. Il y a bien un ciel au-dessus des buildings, mais quelque chose cloche dans ce bleu profond, presque synthétique. D'abord parce que tout ce bleu est entièrement vide, ensuite parce que ça ressemble à de la peinture liquide. Et puis surtout, à bien y regarder, Marie a l'impression que ça s'incurve comme une coupole à une altitude vertigineuse avant de s'interrompre d'un seul coup. Au-delà commence le véritable ciel : une couche de blanc juste avant le noir de la stratosphère. Le soleil brille tellement qu'on dirait qu'il essaie d'embraser le monde. Marie se raidit. Un petit point rocheux se désintègre en un minuscule éclair bleu en entrant au contact de la coupole. Un champ de forces. C'est ça qui défend la nouvelle mégalopole : un champ magnétique qui se nourrit des rayons meurtriers du soleil pour en protéger la ville. La mort atmosphérique.

Marie continue à avancer dans les rues désertes qui serpentent entre les gratte-ciel. Au loin, là où se dressaient les quais de San Francisco et l'île-prison d'Alcatraz, elle distingue une immense plate-forme flottante encombrée de hangars en matériaux composites et de vaisseaux spatiaux dont les coques luisent tels de monstrueux scarabées. Marie gémit. Il manque autre chose dans son rêve : les odeurs. Elle a beau renifler, aucun parfum de fleur, de nourriture ou de poubelles ne pénètre ses narines. Et puis il y a cette étrange lueur blanche qui grandit à mesure qu'elle commence à se réveiller.

Marie remonte peu à peu à la surface. Elle sent quelque chose se poser sur ses lèvres. C'est chaud, ça palpite, ça appuie doucement sur sa bouche. Elle essaie d'aspirer un peu d'air mais rien ne passe. Une main sur sa bouche, c'est ça qui l'empêche de respirer. Marie ouvre les yeux et sursaute en croisant le regard froid de Walls penché sur elle. Elle tente de se débattre mais la main de l'archéologue appuie encore plus fortement. Elle tâtonne sous la couette pour attraper son arme et se rend compte que son jean et son holster sont restés sur le sol. Elle ne se souvient même pas de s'être déshabillée en se couchant. Elle essaie de mordre la main de Walls et de se dégager. Elle s'immobilise : ses doigts viennent d'entrer en contact avec quelque chose de mou et de brûlant sous la couette. Marie s'aperçoit que la température s'est mise à grimper dans la chambre. Elle interroge Walls du regard et essaie de parler à travers le barrage de peau qui comprime ses lèvres.

— Chut, Marie. Taisez-vous et ne faites pas de gestes brusques. Vous m'avez compris ?

Walls désigne Holly, allongée sur le dos à côté d'elle. La fillette a chassé la couette avec ses pieds. Ses sous-vêtements sont trempés. Les yeux entrouverts, elle semble respirer à petites goulées rapides. Marie pose à nouveau le bout des doigts sur la peau d'Holly. Sa main s'en écarte brusquement. Elle est brûlante. Walls chuchote :

— Ok. Maintenant, regardez au-dessus de moi, Marie. N'ayez pas peur, je vous tiens.

La respiration de Marie ralentit tandis qu'elle lève les yeux au plafond. On dirait qu'il bouge et se gondole. Comme si quelqu'un l'avait recouvert pendant la nuit d'une épaisse couche de peinture ou de résine qui se serait mise à fondre sous l'effet de la chaleur. Non, ce n'est pas le plafond qui bouge, c'est autre chose. Marie fixe les murs. Son sang se glace dans ses veines en découvrant les grappes d'insectes qui grouillent sur le papier peint. Des frelons gros comme le pouce et des milliers de guêpes noires. Elle frissonne en écoutant le chuchotement de l'archéologue.

— Ils passent par la climatisation. Ça fait des heures qu'ils se faufilent dans les conduits.

Marie se tourne vers la grille de la ventilation dont les lamelles sont recouvertes d'insectes. Elle entrouvre les lèvres et laisse échapper un hurlement de terreur étouffé par la main de Walls.

— Ça y est ? Je peux vous lâcher ?

Marie acquiesce.

— Vous êtes sûre ? Parce que si vous hurlez à la seconde où j'enlève ma main, on y a droit.

Marie hoche la tête tandis que Walls écarte lentement les doigts. Elle s'apprête à se redresser lorsqu'un frelon se détache du plafond et passe devant son nez avant de rejoindre l'armée qui recouvre les murs. La main de Walls se repose brutalement sur sa bouche.

— Vous alliez crier ?

— Hon hon.

Walls enlève sa main.

— Si, Marie, vous alliez crier.

— Je déteste les frelons.

— Eux aussi. À présent, vous allez vous lever le plus lentement possible.

— Mais enfin, qu'est-ce qui se passe ?

— C’est Holly qui les attire. Elle fait un mauvais rêve. Elle est en colère. Il faut qu’on la réveille tout doucement, sinon son armée de gardes du corps nous fera la peau.

— Quoi ? Tu es en train de me dire que quand cette gamine rêve, elle attire les frelons, c’est ça ?

— Oui.

— Et si elle se tord la cheville, qu’est-ce qui va se passer ? Un séisme ?

Marie se tourne vers Holly. Les mâchoires de la fillette sont crispées, ses poings aussi. Elle gémit dans son sommeil. Marie pose le pouce et l’index sur sa cuisse qu’elle pince de plus en plus fort. Holly sursaute en lâchant une exclamation de douleur.

— Aïe, tu m’as fait mal !

— Holly, de quoi étais-tu en train de rêver ?

— Je ne sais plus.

— Fais un effort.

— Euh… Je crois que je rêvais de ma maîtresse. Elle me grondait et m’avait mise au coin. Pourquoi ?

— Tu étais furieuse ?

— Ben oui, je crois. Pourquoi ?

Marie pose la main sur les lèvres de l’enfant. Elle se rend compte que la fièvre a baissé.

— Maintenant, lève les yeux.

La fillette s’exécute. La main de Parks étouffe le hurlement de souris qu’elle pousse en apercevant les insectes.

— Je te présente tes gardes du corps. Quand tu rêves que ta maîtresse te met au coin, la moitié de ce que le Mississippi compte de frelons et de guêpes pointe son nez au-dessus de ton lit. Alors, à partir de maintenant, tu me fais penser à te lire une histoire avant de t’endormir, c’est compris ?

Holly hoche la tête.

— Et ne t'avise pas de crier quand je vais enlever ma main de ta bouche, sinon l'autre mutant dit que ces trucs vont nous tomber dessus. Marre de vous deux, ok ?

Marie se tourne vers Walls qui hoche la tête à son tour. Elle retire lentement sa main de la bouche d'Holly et attrape son jean et son tee-shirt qu'elle enfile sans gestes brusques.

— Qu'est-ce que vous faites ?

— À ton avis, Gordie ? Je vais chercher du pain pour le miel.

Marie habille la gamine pétrifiée et la soulève dans ses bras. La fillette se cramponne. Elle est glacée à présent.

— Holly ?

— Oui.

— Est-ce que tu peux déplanter tes ongles de mes bras, s'il te plaît ?

— Pardon.

— Pas de mal, puce, je ne voudrais surtout pas que tu te fâches.

Parks avance lentement sous l'épaisse couche de frelons. Holly se crispe dans ses bras en sentant une guêpe la frôler.

— C'est *vraiment* moi qui ai fait ça ?

— Oui, puce.

— Tu te rends compte des trucs que je peux faire ?

— Je suis drôlement fière de toi, ma chérie.

Marie a presque atteint la porte lorsqu'un cri de douleur s'élève d'une des chambres voisines. Elle pivote lentement vers Walls.

— Il y en a aussi dans les autres pièces ?

L'archéologue hausse les épaules. Les insectes sont de plus en plus nombreux à se détacher des murs et du plafond. Marie s'aventure dans le couloir où tournoient quelques frelons. Walls referme la porte derrière lui. D'autres hurlements résonnent dans les chambres qu'ils dépassent. Parks vient de franchir l'issue de secours et descend l'escalier en direction du parking. Elle bascule Holly sur un bras et fouille dans sa poche pour attraper les clés de la camionnette. Walls la rattrape au moment où elle installe la fillette à l'arrière.

— Marie, on ne peut pas filer comme des voleurs.

— Ah ? Et qu'est-ce que tu vas raconter au patron de cet établissement de luxe ? Que notre fils Keeney qui est en réalité une gamine télépathe a transformé sa chambre en ruche géante parce que sa maîtresse l'a mis au coin ?

— Ça veut dire quoi « télépathe » ? C'est une maladie qui nique les muscles, c'est ça ?

— Holly, ce n'est pas le moment.

Marie s'installe au volant et met le contact. Gordon grimpe à côté d'elle en faisant claquer sa portière. La camionnette démarre. Marie affiche son clignotant et s'engage sur la route déserte en direction de Clarksdale.

— N'empêche, ça va paraître louche.

— Louche ? Gordie, tu as de ces mots quand tu veux !

98

Burgh Kassam bâille en contemplant les contreforts des monts Wasatch à travers les vitres du car. Il est installé à l'avant, attablé devant un énorme sandwich

Big Whoop et un grand gobelet de Sprite qu'il sirote à la paille. Il se sent bien dans son nouveau corps. Un peu replet et serré à la ceinture, mais bien. Sa nouvelle enveloppe s'appelle Troy Chandler, un vendeur de salles de bains de Chicago qui a peur de l'avion et emprunte les lignes de cars intérieures pour parcourir l'Ouest à la rencontre de ses clients. Entre les voitures de location, le car et les motels, Troy a fait ses calculs. Troy calcule toujours tout. Il va même jusqu'à commander du Sprite sans glaçons parce que la glace diminue le volume de liquide. C'est pour cette raison que Kassam apprécie l'enveloppe de Troy. Il reste encore quelques souvenirs dans sa mémoire à demi fusillée par les protocoles chimiques : les images d'une assez jolie maison dans la banlieue de Chicago, celles de deux enfants trop gros et d'une balançoire en bois au milieu d'un jardin mal entretenu. Troy déteste jardiner. Il a posé des bandes de gazon artificiel et des massifs de fleurs en plastique, parce que c'est moins pénible à entretenir et que, même si le modèle de bégonias classe V garanti imputrescible coûte trois dollars cinquante le pied, en retranchant le prix des engrais et de l'arrosage, ça revient beaucoup moins cher.

Dans les souvenirs moribonds de Troy, il y a aussi une femme laide et grosse prénommée Wendy. Aussi loin que Troy se souvienne, elle a toujours été méchante, à cause de ses calculs rénaux et de la sciatique qui la fait souffrir depuis des années. Mais pas seulement à cause de ça. Wendy est méchante parce qu'elle est laide et grosse et parce qu'elle aurait aimé épouser quelqu'un d'autre que Troy. Quelqu'un de bien, comme Mel Gibson ou Robert Redford. Tout sauf un vendeur de salles de bains. Troy, lui, aime encore Wendy, mais comme on aime la pizza au pepperoni ou le désodorisant pour W.-C. à la lavande. Il l'aime par habitude, parce qu'elle fait partie de sa vie.

Chaque fois que Troy s'en va au loin, Wendy se demande s'il n'en profite pas pour se payer une pute mince avec des petits seins avec laquelle il pourrait faire toutes les saletés qu'elle lui refuse. Kassam sourit en se rendant compte à quel point Wendy connaît mal son époux. Troy, son truc à lui, ce sont les jeunes femmes enceintes. Non, c'est plus compliqué que ça : le truc de Troy, ce sont les jeunes femmes brunes, très belles et très minces, et enceintes d'au moins six mois. Un ventre rond sur un corps parfait, cela fait des années que Troy ne pense qu'à ça et qu'il cherche une amie répondant à ces critères. Il s'est même inscrit sous de faux noms sur les sites de futures mamans. Il n'a pas encore sauté le pas mais il a déjà franchi les stades intermédiaires vers l'aboutissement de son vice. Désormais, les lunettes noires ne lui suffisent plus, ni les magazines ou les sites de pornographie spécialisés. Troy sait que le FBI surveille tout, et surtout ce genre de sites. Il a même lu quelque part que les fédéraux vont jusqu'à mettre en ligne des sites pédophiles pour attirer les honnêtes gens et les faire tomber dans leurs filets. De toute façon, Troy n'aime pas les enfants. Il n'aime que les ventres ronds. Il a envie de les ouvrir et de les vider de leur contenu. C'est ça, le petit secret de Troy. Il a aussi franchi le stade de l'absolution : au début, ces images de ventres béants et de bébés morts au milieu des entrailles l'horrifiaient mais, depuis qu'il a lu toute la littérature des tueurs en série, il sait qu'il n'est pas le seul à ressentir de telles pulsions et ça le rassure. En fait, il est comme eux mais il ne l'admet pas encore. C'est pour cela qu'il n'a pas encore tué.

Kassam émerge de sa léthargie et mord dans son hamburger froid. Un filet d'huile dégouline le long de son menton. Décidément, ce pauvre Troy est un peu couillon et trouillard mais sympathique. Un homme habitué à mentir depuis des années, tout à fait le genre de cerveaux que les régulateurs ont un mal de chien à percer.

Kassam l'avait repéré dès que le car avait quitté Las Vegas en direction du sud. Il était toujours enfermé dans le corps du gros Noir qu'il avait capturé après avoir abandonné celui de Sandy aux régulateurs. Lorsque Troy était venu s'asseoir à côté de lui, Kassam avait posé son genou contre le sien et avait commencé à se transférer goutte à goutte pour ne pas abîmer son cerveau. Juste avant l'arrêt de Barstow, alors que le vendeur de salles de bains s'apprêtait à descendre du car, Kassam avait achevé de télécharger son empan mnésique en grillant ses derniers comprimés de protocoles. Si le cerveau de Troy claquait avant qu'il ait eu le temps de se faire un shoot dans les toilettes, Kassam se retrouverait à jamais coincé dans les décombres mentaux d'un ex-futur tueur en série recyclé en légume. De toute façon, Troy ou pas, Burgh savait qu'il ne pouvait pas rester dans le corps du gros Noir. D'abord parce que les caméras vidéo du casino Golden Nugget et de la gare routière avaient sans doute enregistré son image, ensuite parce qu'il n'avait pas eu le temps de stabiliser son cerveau et que ses neurones étaient en train d'éclater les uns après les autres.

Le corps du Noir était resté endormi sur son fauteuil tandis que Troy/Kassam descendait du car et se dirigeait vers un fast-food pour commander un soda et un hamburger. Après avoir acheté un billet, il avait tout naturellement embarqué dans un autre car Greyhound qui avait repris la route de Las Vegas.

Une demi-heure plus tard, les régulateurs se pointaient à l'arrêt de Barstow. Ils avaient gaspillé une heure de plus à se renseigner, puis ils avaient continué vers le sud et avaient rattrapé le car à une quarantaine de kilomètres de Los Angeles. À l'intérieur, ils avaient trouvé le cadavre du gros Noir dont le cerveau était déjà froid. Au moment où les régulateurs annonçaient à Brannigan qu'ils avaient perdu la trace du fugitif, le car qui transportait Kassam dépassait Mesquite et poursuivait vers le nord.

Kassam s'était isolé dans les toilettes et avait gorgé le cerveau de Troy avec une panoplie de protocoles. Depuis, admirant les Rocheuses qui défilaient derrière la vitre pendant que la drogue emplissait ses cellules, il rêvassait.

Un signal sonore s'élève du bracelet-montre qu'il a fixé au poignet de son nouvel ami. Burgh sourit en voyant les chiffres s'immobiliser sur une série de zéro. Fin du compte à rebours, début de la contamination. Kassam ferme les yeux et se concentre. Il est temps de retrouver Ash.

99

Ash inspecte le parking du motel de Clarksdale à travers les vitres fumées de sa limousine. Ils avaient roulé toute la nuit sur les routes défoncées qui longeaient le Mississippi en direction de Memphis. En vain. Lorsque son chauffeur l'avait réveillé, Ash s'était étiré et avait écouté le flash d'informations qui emplissait l'habitacle. Un journaliste local annonçait une invasion de frelons dans un motel pouilleux à l'entrée de Clarksdale. Des milliers d'insectes s'étaient faufilés par les conduits d'aération et regroupés dans une des chambres de l'établissement. Ash avait souri en tapant sur l'épaule du conducteur :

— C'est là qu'on va.

Ils avaient roulé à tombeau ouvert jusqu'au motel où la limousine venait de se ranger entre les vans de la télévision locale et les véhicules de secours. Ash examine de loin les clients amassés sur le parking. Ils gesticulent en expliquant pour la centième fois aux policiers comment l'invasion a commencé. Les blessés, une dizaine en tout, ont été évacués sur l'hôpital de Clarksdale. Un peu à l'écart, deux cadavres sont étendus sous des draps blancs. Ash assiste aux efforts des unités de désinsectisation qui ont choisi d'enfumer l'établissement et d'emprisonner les frelons dans des filets à mailles fines. La chambre d'où est partie l'invasion a été condamnée avec des planches. Ash regarde les exterminateurs injecter du poison à travers les grilles de la climatisation. Une longue spirale de frelons s'en échappe et retombe en pluie sur les pare-brise, déclenchant une vague de hurlements sur le parking. Les bestioles prises au piège dans la pièce achèvent de mourir dans un grondement assourdi. Ash étouffe un bâillement et fait signe à son chauffeur de laisser tourner le moteur. En descendant de la limousine, il envoie une impulsion mentale au groupe de clients en pyjama. Une pluie de pensées lui répond : des extraits d'émissions sur le câble, des étreintes gluantes, des jets d'urine atterrissant dans la cuvette des W.-C., un couple avec un enfant noir, les frelons…

Ash pousse la porte de la réception où le patron du motel achève de répondre à une interview en faisant de grands gestes.

Un esprit simple. Ash soupire. C'est toujours plus difficile avec les esprits simples. Le reporter sort. Ash referme la porte derrière lui en souriant au patron.

— Vous êtes journaliste ?

— Oui.

— Vous avez une drôle de tronche pour un journaliste. Une tronche de tueur à gages, j'dirais.

— Oui.

— Vous travaillez pour quel journal ?

Ash grimace. Il n'a plus l'habitude de parler à voix haute. Il expédie une brève impulsion mentale et voit quelques gouttes de sang gicler de la narine droite du bonhomme.

— Ben ça alors ! Voilà que je saigne du pif, maintenant !

— Oui.

Ash plonge son regard dans les yeux de l'abruti qui s'essuie du plat de la main.

— J'ai cinq questions à vous poser.

— Je vous écoute.

— Question n° 1 : dans quelle chambre a commencé l'invasion ?

— Ah, fallait voir ça ! Des milliers de ces sales bestioles dans mon établissement ! Vous y croyez, vous ?

Nouvelle giclée de sang.

— Budain de berde ! Bourguoi je zaigne gomme za ?

— C'est un jeu : vous répondez, vous ne saignez pas. Vous répondez à côté, vous saignez. Je vous répète la question n° 1 ?

— Non, non. Chambre 21A.

— Question n° 2 : qui a réservé cette chambre et quand ?

Le patron consulte son registre en faisant attention à ne pas tacher les pages.

— Monsieur Hicks.

— X ?

— Non, Hicks.

— C'est pareil. Quand ?

— Hier soir, à 21 heures.

— Question n° 3 : il était accompagné ?

— Oui. Il a demandé un lit double et un lit d'appoint pour enfant.

— Vous avez vu qui l'accompagnait ?

— Une femme et un gosse attendaient sur le parking.

— Un gosse ou une gosse ?

— Qu'est-ce que ça peut faire ? Ouille ! Allez, zoyez zymba, arrêdez de be vaire zaigner…

— Question n° 4 : ils sont encore là ?

— Avec les frelons, s'ils sont encore là, ils sont morts.

— Je reformule ma question : vous avez vérifié si leur voiture est encore là ?

— J'aurais dû ?

Ash sort trois clichés de sa poche qu'il étale sous les yeux du patron.

— Question n° 5 : est-ce qu'ils ressemblaient à ça ?

Le patron se penche sur les photos en fronçant les sourcils. Il ne semble même pas remarquer les étoiles de couleur vermillon qui éclatent sur les portraits des fugitifs. Ash relâche un peu la pression. C'est ça, le problème avec les idiots : il faut les pousser énormément.

— Laissez-moi faire. Je vais répondre à votre place.

— Ah ouais ?
— Ouais.

Ash ferme les yeux et pénètre l'esprit du patron qui laisse échapper un grognement de douleur. Il explore ses pensées et remonte ses souvenirs en accéléré. Des images de base-ball, de sacs de chips, de films pornographiques et de tatouages. Et les frelons. Ash freine le défilement et revient un poil en arrière. Les souvenirs de la veille au soir. Quelques clients, quelques réclamations, des pensées lubriques. Et les frelons. Ash grimace. Il manque un minuscule pan de mémoire qu'il ne parvient pas à lire. Plusieurs neurones du bonhomme claquent dans un bruit humide lorsque l'agent force le barrage mental. À travers une sorte de brume, Ash aperçoit la réception. Le soleil est couché. 21 h 30, un homme entre, vêtu d'une salopette OshKosh. Sa silhouette est floue. Il est gros et chauve, et porte des lunettes de myope. Rien à voir avec Walls. Pourtant, Ash continue à fouiller. Il ne comprend pas la raison de ce brouillage mental. Les veines du patron gonflent sous la pression. Il faut faire vite. Il passe en revue les dernières images. Le gros bonhomme en salopette signe le registre et empoche les clés de la chambre 21A. Avant de s'éloigner, il inspecte la mémoire du patron du motel. Ash sourit en rouvrant les yeux. La bouche du type laisse échapper un filet de bave mêlée de sang. Ses plombs ont sauté.

Ash regagne le parking et examine les véhicules en stationnement. Ainsi qu'il s'y attendait, aucun ne correspond au numéro d'immatriculation laissé par Walls sur le registre. Une fausse plaque sans doute. Un pompier se penche à la rambarde du deuxième étage. Il annonce à ses collègues que les frelons sont morts et que la chambre était vide. Ash regagne la limousine et se concentre pour expédier un message mental à sa meute. Il ordonne à ses agents de se rabattre sur Clarksdale et de verrouiller toutes les routes qui y conduisent. Il va se déconnecter lorsque la voix de Burgh résonne dans son esprit comme le tonnerre de Dieu.

— Ash ?

— Monsieur ?

— Où êtes-vous ?

— Clarksdale, Mississippi.

— Vous avez la gamine ?

— Non, monsieur, mais ça ne saurait tarder.

— Ash ?

— Oui, monsieur ?

— Expliquez-moi comment il est possible qu'une môme de onze ans puisse échapper à une trentaine d'agents drogués jusqu'aux sinus.

— C'est qu'elle n'est plus seule, monsieur. Elle est avec le docteur Walls et un agent du FBI. Une femme.

— Vous vous rendez compte de ce qui va se passer si la Fondation ou les fédéraux récupèrent cette gosse avant nous ?

— J'en ai conscience, monsieur. Mais elle est dans le coin. Je la sens. J'ai rameuté nos autres agents. Ils ne peuvent plus nous échapper.

— Je serai à Memphis après-demain. Retrouvez-moi là-bas. Comme au bon vieux temps, on s'installera à la terrasse d'un *Starbucks*. On commandera un cappuccino et des brownies. Je vous demanderai : « C'est fait ? » Vous me répondrez : « Oui. » Je vous demanderai : « Vous en êtes sûr ? » et vous me montrerez les clichés des trois cadavres que vous aurez pris avant de les incendier jusqu'à les réduire en poussière. Si ce n'est pas le cas, je coupe vos injections de protocoles et vous irez crever de manque sous les ponts, au milieu des clochards de Memphis. Ai-je été assez clair, Ash ?

— Oui, monsieur.

Tandis que la limousine démarre en direction de Clarksdale, Ash déplie un mouchoir et crache le caillot de sang qui obstrue sa gorge. Il interroge son bracelet-montre. Le compte à rebours indique deux heures et sept minutes après le début de la contamination.

100

— J'ai faim !

— Plus tard, puce.

— C'est maintenant que j'ai faim, pas plus tard.

— Pourquoi tu ne te fais pas apparaître un hamburger en claquant dans tes doigts ?

— Pffff...

Marie sourit à Holly dans le rétroviseur. Elle conduit d'une main en fumant de l'autre. Une heure plus tôt, elle s'était arrêtée chez un vendeur de véhicules d'occasion à la sortie de Clarksdale où elle avait réussi à fourguer la vieille camionnette de Chester. Elle avait dû ajouter quatre cents dollars en liquide pour devenir l'heureuse propriétaire de l'Impala rouillée, à l'intérieur de laquelle ils remontent à présent aussi vite que possible vers le nord. Ils viennent de dépasser Friars Point et empruntent les petites routes qui longent le Mississippi.

— Tu ne m'avais pas dit que l'hospice se trouvait à la sortie de Clarksdale ?

— Je t'ai dit ça parce que tu es un mutant, Gordon. Et qu'à chaque fois que tu penses, nos ennemis risquent de t'entendre.

— Alors, on va où ?

— À Chicago. Non, à Miami. Non, à Fairbanks, Alaska.

— Marie, ça ne marche pas comme ça.

— Ah bon ?

Marie se tourne vers Gordon.

— Chéri, je suis agent du FBI depuis un bout de temps et je sais reconnaître un con quand j'en vois un.

— Je ne comprends pas.

— Qu'est-ce que tu as dit au patron du motel ?

— Rien. J'ai rempli le registre sous un faux nom et j'ai pris les clés.

— C'est tout ? Ok, je repose la question différemment : qu'est-ce que tu as fait au patron du motel ?

— Marie, il fallait à tout prix que je m'assure que les souvenirs de ce type étaient clean !

— Tu n'as toujours pas compris que les vampires qui nous poursuivent ont le même pouvoir que toi ?

— Celui de lire dans les souvenirs ? Ce n'est pas un problème : j'étais déguisé.

— Tu es en train de me dire qu'ils ne sont pas capables de repérer la poussée que tu as envoyée à ce bonhomme ?

— Euh…

— C'est ce que je disais. Tu es vraiment un mutant con.

— Marie ?

— Oui ?

— Est-ce que tu pourrais arrêter de me traiter de mutant devant Holly ?

— Non. Hein, puce, c'est amusant comme mot, « mutant » ?

— C'est quoi une gamine télépathe ?

Marie soupire en faisant craquer la boîte de vitesses de l'Impala. Ils viennent d'entrer dans un patelin dénommé Gerald. Les flots du Mississippi à gauche, une vieille bâtisse victorienne entourée d'arbres à droite. Un panneau indique :

LES FEUILLES MORTES
Pension privée

Marie franchit le portail et s'engage dans l'allée de gravier qui serpente à travers le parc en direction de la bâtisse.

— Ok, mes chéris. À partir de maintenant, vous arrêtez de penser et vous faites une partie de Scrabble mental pour éviter d'envoyer des signaux dans toutes les directions. J'ai juste besoin de vingt minutes dans cette baraque. Ensuite, on file.

Marie freine souplement devant le perron et se tourne vers la fillette.

— Puce ?

— Oui ?

— Interdiction absolue de te servir de tes pouvoirs, sinon oncle Gordon pas content. D'accord ?

— Je peux venir avec toi ?

— Non, chérie.

— Pourquoi ?

— Parce que c'est plein de vieux qui sentent le pipi là-dedans et que si tu m'en grilles un, ça va faire de la paperasse.

— Je te jure que je ne l'ai pas fait exprès pour les frelons.

— Je le sais, puce, c'est pour ça que c'est non.
— Allez, Marie, s'il te plaît. Je serai sage.
— Qu'est-ce que tu fais, Holly ?
— Rien ! Je te jure !
— Tu es en colère ?
— Non. Je suis triste. Pourquoi ?
— Parce que la température est en train de monter.
— Je… je ne sais pas comment arrêter ça.

Les lèvres d'Holly tremblent, de grosses larmes roulent sur ses joues. Marie sent sa gorge se nouer. Elle se rend compte qu'elle n'a même pas pris le temps de consoler la fillette pour dissiper l'horreur de ce qui s'était passé dans la chambre.

— Viens là, ma belle.

Marie tend les bras vers Holly qui enjambe le levier de vitesses et se serre contre elle. Elle la berce en lui caressant doucement les cheveux.

— Je suis un monstre, c'est ça ?
— Je t'interdis de dire que tu es un monstre, tu m'entends ? Tu n'es pas un monstre, tu es juste une adorable petite chieuse.

Holly essaie de rire à travers ses larmes. Elle renifle.

— Qu'est-ce qui va se passer si je peux provoquer une inondation rien qu'en regardant un robinet, ou si je fais exploser tous les téléviseurs dans un supermarché uniquement parce que j'essaie de changer de chaîne avec ma tête ?
— On va t'apprendre à contrôler ça. Ce qu'il faut, c'est éviter le plus possible de faire les choses par la pensée. Tu dois continuer à te servir de tes mains. Tu comprends ?
— C'est vrai que je suis une chieuse ?
— Oui, puce, c'est vrai. Mais je t'aime comme ça.
— Marie ?
— Oui ?

— Je ne veux plus être un garçon.

Marie contemple le fin visage de la fillette sous sa casquette de base-ball à l'envers. Elle examine son jean trop ample et son tee-shirt Gap qui épouse ses formes naissantes. Elle remet la casquette dans le bon sens et embrasse Holly sur le nez.

— Ok. De toute façon, rien ne ressemble moins à un garçon qu'une jolie petite nana comme toi. Va m'attendre dehors maintenant.

Holly sèche ses larmes et descend de l'Impala. Marie allume une cigarette en attendant qu'elle s'éloigne, puis elle se tourne vers Gordon :

— J'ai senti, tu sais ?

— Quoi donc ?

— Tu viens d'impulser Holly pour qu'elle se calme.

— Juste un peu. Je ne voulais pas qu'elle attire les agents de la Fondation. C'est un émetteur, Marie. Un émetteur d'une puissance formidable. J'ai juste baissé un peu le volume. Et je trouve que tu es trop dure avec elle.

— Trop dure ? Moi, je trouve que tu es une vraie chiffe molle avec cette petite. Jamais une remarque, jamais une remontrance. Elle te manipule, Gordon.

— Elle me manipule ? C'est n'importe quoi !

— Ah oui ? Et ce collier en larme d'ambre sûrement hors de prix que tu lui as donné quand j'étais en train de négocier l'Impala ? Et hier, au restaurant, quand elle t'a demandé une bière et que tu l'as laissée tremper ses lèvres dans ton verre ? Et au motel, quand elle a exigé une crème glacée à 22 heures ? Dis-moi, Gordie, quand elle va réclamer une mygale ou un rail de coke, tu vas faire quoi ?

— Je ne sais pas, je ne connais rien aux enfants. Je suis archéologue. Je m'occupe de choses qui ont au minimum deux mille ans.

— Et quand elle pouffe de rire chaque fois que tu fronces les sourcils en la chatouillant mentalement sous les bras alors que je viens juste de l'engueuler ? Tu crois que tu as raison de passer pour son copain alors que je me farcis le sale boulot ?

— Justement, tu la grondes trop souvent.

— Je ne la gronde pas trop souvent, Gordon, je la cadre. Tu sais pourquoi ? Parce qu'elle a onze ans. Et qu'elle a la faculté d'allumer des feux, de griller des gens et d'attirer des frelons. Qu'est-ce qui va se passer quand elle se mettra vraiment en colère et qu'elle ne parviendra pas à se contrôler ? Tu feras quoi, Gordon, à ce moment-là ? Tu la chatouilleras sous les bras ?

Marie écrase son mégot dans le cendrier.

— Tu veux que je te dise ce qui cloche, Gordon ?

— Vas-y.

— Ce qui cloche, c'est qu'on fait tout à l'envers. On ne se connaît pas, tu ne m'as jamais offert de fleurs, on n'a même pas couché ensemble une seule fois, et on se retrouve à faire la route avec une môme atomique sous le bras. Je sais qu'il faut que je sois patiente mais, de ton côté, *please*, arrête de faire ton mec qui regarde un aspirateur en se demandant où on met le filtre à café !

— Ok.

— Ok ?

— Ok.

— C'est tout ?

— Qu'est-ce que tu veux que je te dise ?

— Tu fais vraiment chier, Gordon !

Marie foudroie l'archéologue du regard et sort en claquant la portière. Elle prend la main d'Holly et monte les marches du perron. Gordon la regarde franchir la porte de l'établissement. Elle est vraiment très belle quand elle est en colère. Il sait qu'il n'a aucun intérêt à tomber amoureux d'elle mais il n'y peut rien. Il pose la nuque contre l'appuie-tête et laisse son esprit se remplir peu à peu du brouhaha des pensées des gens. Il élargit le plus possible son rayon de détection, réduisant les signaux à des murmures. Comme un pêcheur qui vient de lancer sa ligne, il attend, il guette la touche, le premier signal anormal. Il ferme les yeux. Il est prêt.

101

— Beurk, c'est vrai que ça sent le pipi.

— Holly !

— Ben quoi, c'est vrai.

Marie et Holly avancent le long d'un couloir recouvert de boiseries à la peinture écaillée. Elles viennent d'atteindre la salle d'attente, meublée d'une dizaine de fauteuils et de tables basses encombrées de vieux magazines. Marie avise une infirmière d'une cinquantaine d'années qui feuillette *Vanity Fair* derrière le comptoir de l'accueil.

— Bonjour. Je viens voir un de vos pensionnaires. Il s'appelle Casey Finch.

L'infirmière pianote sur son clavier.

— Je n'ai personne de ce nom-là.

— Ce n'est pas la réponse convenue.

— Pardon ?

Marie sort sa plaque du FBI qu'elle colle contre la vitre.

— D'après la procédure, lorsque quelqu'un se présente et demande à parler à Casey Finch, vous êtes tenue de poser une liste de questions. En théorie, ça doit clignoter sur votre écran. En cas de mauvaise réponse, vous devez dire que M. Finch a été transféré en urgence à l'hôpital de Memphis pour un problème cardiaque, puis vous devez alerter le médecin de garde qui répercute au FBI, lequel FBI, moi en l'occurrence, se rabat sur zone pour interpeller le suspect. C'est à ça que sert une procédure, vous comprenez ?

— Posez les bonnes questions ou je vous grille comme un toast.

— Holly !

L'infirmière se penche et regarde Holly par-dessus ses lunettes à double foyer.

— Elle est très mal élevée, cette enfant.

— Excusez-la, c'est une chieu… euh, une chipie. Bon, on reprend à zéro ?

— Inutile, la procédure a changé il y a quinze jours et vous avez parfaitement répondu.

Marie fusille du regard Holly qui pouffe de rire.

— Quel étage ?

— Deuxième, salle commune n° 3. Vous le reconnaîtrez facilement : il porte toujours une robe de chambre orange.

Marie tire par la main la fillette qui se retourne vers l'infirmière.

— Pardon, madame, c'est quoi « télépathe » ? C'est une maladie qui nique les muscles, c'est ça ?

— Non, ma grande, la télépathie est une faculté imaginaire qui permet aux superhéros de communiquer par la pensée.

— La vache, je suis un superhéros, alors ?

— Ne faites pas attention à ce qu'elle dit : elle est complètement givrée. Depuis qu'elle est tombée sur une pile de Marvel à la maison, elle pousse des cris de chauve-souris dans son sommeil.

— Oui, et même que quand je fais ça, j'ai plein de frelons qui viennent se poser sur moi. Et bisexuelle, c'est quand on a deux zizis, c'est ça ?

— Qu'est-ce qu'elle a dit ?

Marie pose la main sur la bouche d'Holly. L'infirmière les regarde s'éloigner en direction de l'escalier. Une fois hors de sa vue, Marie chuchote, furieuse :

— Holly, tu ne peux pas demander des trucs comme ça au premier venu ! Tu veux qu'on se tape un signalement aux services de l'enfance, c'est ça ? Heureusement que tu m'as dit que tu serais sage !

Marie monte l'escalier en tirant Holly à bout de bras.

— Je veux retourner avec oncle Gordon.

— Non, Holly. Tu ne veux pas retourner avec oncle Gordon. Tu es seulement en train de vérifier jusqu'où tu peux aller dans tes caprices. Regarde-moi bien. Si tu continues à faire l'andouille deux minutes de plus, je te déculotte devant tout le monde et je te flanque une fessée si grosse que tu ne pourras plus t'asseoir pendant un moment !

— Ça peut coûter la chaise électrique de donner une fessée à un enfant américain, tu sais ça ?

Marie s'arrête au milieu de l'escalier et s'accroupit devant la fillette.

— Holly, est-ce que tu te rends compte que je vais être obligée de demander à oncle Gordon de nettoyer la mémoire de cette infirmière avant qu'on parte ? Est-ce que tu te rends compte que, sinon, les vrais méchants vont venir et lire tes bêtises dans ses souvenirs ? Tu crois vraiment que je n'ai que ça à faire ?

— Pardon.

— Non, Holly, je ne veux pas que tu t'excuses sans arrêt et que tu te mettes à pleurer chaque fois que je te gronde. Ça ne peut pas fonctionner comme ça. Avec ce grand con de Gordon oui, mais pas avec moi.

— Gordon n'est pas un con. C'est un Gardien. Il est puissant. Son autre nom, c'est Eko.

— Eko ?

— Oui. C'était le nom d'un puissant chasseur qui a sauvé une Révérende de la préhistoire.

— Holly ?

— Oui ?

— Pendant que j'y pense, il faut aussi que tu arrêtes ces délires de gamine attardée. Grandis un peu, quoi !

Holly essuie ses larmes et regarde Marie. Elle est en colère mais elle se contrôle.

— Pourquoi tu es tout le temps furieuse contre moi ?

— Puce, je n'essaie pas de te faire plaisir. J'essaie simplement de te sauver la vie. Tu peux comprendre ça ?

— N'empêche que tu es méchante, Marie Gardener.

— Comment tu m'as appelée ?

— C'est le vieux Chester qui l'a senti. Gardener, c'est celle que tu es quand tu deviens méchante. C'est pour ça aussi que je m'amuse à t'agacer : pour la faire venir.

— Je te déconseille d'essayer.

— Pourquoi ?

— Parce qu'il n'y a pas de place pour toi dans le cœur de Gardener.

— Je suis sûre que si.

Holly tend les bras vers Marie et pose la tête sur son épaule. Elle lui chuchote à l'oreille, si bas que Parks se demande si la fillette est bien en train de parler :

— Quand les méchants viendront, parce que je t'assure qu'ils viendront, il faudra que tu la laisses sortir. Elle est puissante, Marie. C'est elle qui peut me protéger, pas toi.

Marie lève la tête et contemple les grands yeux noirs d'Holly. Pour la première fois, elle mesure à quel point le regard de la fillette est en train de vieillir.

102

Holly et Marie viennent de déboucher dans un couloir inondé par la lumière que laissent passer de larges fenêtres. Tout au bout, Marie pousse une porte et pénètre dans une vaste salle où sont installés une cinquantaine de vieillards. La plupart sont réunis autour d'une table recouverte d'une toile cirée, sur laquelle une infirmière leur fait faire des activités d'entretien de la mémoire. Un gâteau d'anniversaire à peine entamé trône au milieu d'assiettes en carton et de gobelets en plastique encore pleins. À l'autre bout de la pièce, d'autres vieux regroupés autour d'une télé regardent une émission de *Jeopardy*. Tous ont le regard perdu dans le vague et paraissent aussi immobiles que des morts.

— Et en plus il y en a qui bavent. Regarde ! Putain, mais regarde !

— Holly, arrête de dire des gros mots !

— Qu'est-ce que je fais alors ?

— Tu vas t'asseoir sur un fauteuil et tu regardes la télé.

— T'es folle ? Si je m'assieds à côté d'eux, je vais me mettre à vieillir !

— Ne dis pas ça ! Ne dis jamais ça !

Holly sursaute. Elle regarde l'éclair qui flamboie dans les yeux de Marie et passe doucement ses doigts entre les siens comme si elle cherchait à la réconforter.

— N'aie pas peur, Gardener.

La fillette va s'asseoir à côté d'une vieille dame endormie en se pinçant le nez et en se retournant le temps de tirer la langue à Marie qui lui fait les gros yeux. Puis elle pose son menton dans ses mains et se plonge dans l'émission.

Marie se dirige vers un dernier groupe de pensionnaires qui jouent aux échecs en sirotant du thé glacé. Une partie vient de s'achever. Le perdant renverse son roi et se lève. Marie s'installe en face du vieillard en robe de chambre orange qui lui sourit.

— Nouvelle infirmière ? Mat en trois coups, je dirais. Si je gagne, on couche ensemble. Ça vous va ?

— Avec vos quatre-vingt-cinq piges, on n'aura jamais assez de la nuit. De toute façon, il faudrait être stupide pour jouer aux échecs contre l'inventeur de la théorie aléatoire de Melkior, n'est-ce pas, professeur Mosberg ?

Les mains du vieillard, qui virevoltaient au-dessus du plateau pour replacer les pièces, s'immobilisent et se mettent à trembler.

— Je m'appelle Casey Finch, fonctionnaire de la Navy en retraite. Je suis de Detroit. J'étais commandant en second de l'*USS Essex*.

— De l'*USS Alabama*.

— Euh… Oui… Misère, je connais les cinq cents pages de mon dossier dans les moindres détails, sauf le nom de ce rafiot que je n'arrive jamais à retenir.

Mosberg lève les yeux vers Marie.

— J'ai perdu, hein ?

— Vous êtes nul.

— Vous êtes ici pour me tuer ?

— Si c'était le cas, vous seriez déjà mort.

— Vous ne travaillez pas pour la Fondation ?

— FBI.

— Montrez-moi votre plaque.

— Pas ici. Trop de gens peuvent nous voir.

— Si vous parlez des croulants qui me servent de compagnons d'infortune, vous pouvez être tranquille : même en s'y mettant tous ensemble, ils seraient incapables de remplir une grille de mots croisés.

— Écoutez-moi attentivement, Mosberg. Je suis votre nièce Deborah qui arrive de Grand Junction. Je ne vous ai pas vu depuis des années. Vous avez du mal à me reconnaître mais c'est bien moi. Je suis venue vous annoncer que mon fils Sean est en prison à cause d'une erreur de jeunesse et que j'ai besoin de votre aide pour lui payer un bon avocat. Vous, de votre côté, vous allez tout faire pour que la pleurnicheuse que je suis reparte sans un sou. Vous pigez ?

— Non.

— Pas grave. À présent, je voudrais que vous répétiez mentalement plusieurs fois ce que je viens de vous dire en respectant un intervalle de dix secondes. Vous pouvez faire ça ?

— Nom de Dieu, les agents de la Fondation ! Ils vous recherchent, c'est ça ?

— Vous posez trop de questions, Mosberg. Vous commencez déjà à émettre des messages mentaux inconscients.

Sans cesser de regarder Marie, le vieillard se repasse la phrase en boucle. Ses lèvres tremblent tellement qu'on dirait qu'il prie.

— Ça y est ?

Mosberg désigne Holly du menton.

— C'est à vous, cette gamine ?

— Ne la regardez pas ! Ne pensez surtout pas à elle ! Vous m'avez compris ?

— Ne me dites pas que c'est elle qu'ils recherchent…

— Vous voulez mourir, Mosberg ?

— Mais bon sang, si c'est elle qu'ils veulent, pourquoi prenez-vous le risque de les attirer jusqu'ici ?

— Parce qu'elle est en danger.

— Qu'est-ce que vous voulez que ça me fasse ?

— Mosberg ?

— Oui ?

— Vous êtes planqué depuis des années aux frais du contribuable. D'après ce que j'ai lu de votre dossier, à l'époque où ça a commencé à chauffer pour vos fesses, vous étiez déjà un salaud. C'est pour ça que la Fondation vous traque, parce que vous étiez un des leurs et que vous avez accidentellement eu accès à des dossiers ultrasensibles, je me trompe ?

— Et alors ?

— Alors, je vous offre le luxe de vous racheter en m'aidant à sauver une gamine. Une demi-heure d'héroïsme au milieu de l'océan de vos petites lâchetés personnelles, vous en pensez quoi ?

— Que votre logique est émotionnelle, en aucun cas mathématique.

— Mon flingue aussi.

— Vous n'êtes pas censée me protéger ?

— Ne vous y trompez surtout pas. Si je vous tenais dans une main et la petite dans l'autre au-dessus d'un précipice, et s'il fallait que j'en sacrifie un pour sauver l'autre, vous vous écraseriez sur les rochers comme une fiente. Nous ferons une pause toutes les cinq minutes afin que vous répétiez mentalement les consignes que je vous ai transmises au début. Nous avons peu de temps. Je propose que nous commencions tout de suite.

— Je vous écoute.

— D'après votre dossier, vous avez fait partie de l'expédition qui a découvert la momie du projet Manhattan en 1945. Vous étiez un jeune chercheur plein d'avenir.

— J'avais vingt-huit ans à l'époque. Je participais au programme en temps que statisticien.

— La théorie de Melkior appliquée au premier véritable projet de destruction massive. Un petit calcul pour vous, un grand boum pour l'humanité. Qu'avez-vous découvert au fond du cratère ? À part la momie, je veux dire.

— Une grotte-sanctuaire avec des inscriptions étranges.

— Des inscriptions de ce genre ?

Mosberg chausse ses lunettes et examine les clichés du dossier Crossman que Marie vient de poser sur l'échiquier.

— Comment avez-vous eu ça ?

— De ce genre-là ou pas ?

— Ce n'est pas moi qui étais chargé de les étudier mais, en tout cas, ça y ressemble.

— Que s'est-il passé ensuite ?

— J'ai quitté l'armée et le projet Manhattan. Après Nagasaki, j'avais refusé de continuer sur la voie ouverte par Oppenheimer. J'ai intégré la NASA et j'ai participé au programme Apollo. C'est à cette époque que ceux qui avaient découvert la momie ont commencé à mourir dans des circonstances étranges. Plus tard, j'ai appris qu'il s'agissait de la première vague de liquidations ordonnée par la Fondation.

— Pourquoi n'avez-vous pas fait partie de cette fournée ?

— Ils avaient besoin de moi. Ils m'ont approché pendant un déplacement en Amérique du Sud, au bar d'un hôtel de Buenos Aires où j'étais descendu dans le cadre d'un congrès. Ils avaient découvert quelque chose dans l'ADN préhistorique. Ils m'ont proposé un deal assez simple : soit j'intégrais les équipes de recherche, soit je rejoignais la momie dans sa chambre froide.

— En quoi consistait votre travail ?

— La théorie de Melkior appliquée à des calculs de probabilités sur des lectures de séquences génétiques. C'est très technique. En tout cas, je n'ai jamais approché la momie et je me suis toujours arrangé pour n'être au courant d'aucun secret dangereux.

— Pourquoi cherchent-ils à vous tuer, alors ?

— Dans les années 1980, un de mes collègues est parvenu à s'échapper en embarquant des dossiers.

— Le professeur Angus ?

— Il était responsable du département chargé de décrypter les inscriptions retrouvées dans la grotte. J'étais en Asie quand il a pris la fuite. À mon retour, j'ai reçu un colis contenant une centaine de pages que ce fumier m'avait expédiées en me demandant de les diffuser à grande échelle. Je n'aurais jamais dû commencer à les lire.

— Qu'est-ce qu'elles contenaient ?

— Beaucoup de diagrammes et de formules. Des équations chimiques aussi, ainsi que des kilomètres de notes sur les inscriptions retrouvées dans la grotte. Je n'ai pas pris le temps de les étudier mais je suis persuadé qu'Angus était tombé sur quelque chose en les déchiffrant. Quelque chose de suffisamment terrifiant pour qu'il décide de signer son arrêt de mort en essayant de répandre la nouvelle.

— Quoi d'autre ?

— À la fin du dossier, il y avait des rapports ultra-secrets de la Fondation concernant des protocoles chimiques expérimentaux qu'ils avaient testés sur des organismes vivants. Si je me souviens bien, ils avaient ouvert une clinique vétérinaire dans une petite ville de l'Arkansas où ils avaient injecté leurs saloperies à des animaux de compagnie. Les premiers incidents n'ont pas tardé à se produire.

— Quel genre d'incidents ?

— Des enfants dévorés vivants par des chiens et des vieilles dames déchiquetées par des meutes de chats. Ça avait défrayé la chronique locale, et puis les choses avaient fini par se tasser quand les animaux contaminés étaient morts après avoir développé des tumeurs foudroyantes.

— Quoi d'autre ?

Le vieillard couvre son visage de ses mains.

— Je ne me souviens pas.

— Faites un effort, Mosberg. Il y avait un autre rapport, c'est ça ?

— Oui. Un test grandeur nature. Sur des humains.

— Mon Dieu…

— La Fondation avait choisi un village esquimau au nord de l'Alaska. Je crois que le patelin s'appelait Unetak. Ils voulaient tester un nouveau protocole obtenu à partir de l'ADN de la momie. Le E-17, une variante d'accélérateur cérébral que des médecins avaient injectée aux cobayes en le mélangeant à un vaccin contre la grippe. Quatre jours plus tard, les Esquimaux d'Unetak ont commencé à péter les plombs. Ça a d'abord touché les enfants que les mères allaitent parfois jusqu'à l'âge de douze ans dans ce genre de tribu. Certains ont mordu le sein qui les nourrissait.

Mosberg grimace en se souvenant des photos qui accompagnaient le dossier. « Mordu » n'était pas le mot qui convenait.

— Ensuite ?

— Les adolescents ont commencé à se transformer et à développer des pouvoirs mentaux. Ils sont devenus… autre chose. Ils ont éventré leurs parents et massacré les chiens, puis ils se sont eux-mêmes organisés en meute. Il y a eu des viols collectifs et des assassinats rituels. Puis, quand les mômes se sont mis à aboyer, les régulateurs ont ordonné la cautérisation. Ils ont lâché quatre sections de choc équipées de scanners thermiques. La chasse au loup humain a duré près de quatre jours. Ils résistaient. Aux balles, je veux dire. Il a fallu les achever au lance-flammes.

— Qu'est devenu le dossier ?

— Je l'ai expédié le jour même à la Fondation. J'ai essayé de leur faire croire que je n'avais rien lu mais ils ne m'ont pas cru. Deux jours plus tard, les régulateurs ont débarqué chez moi. J'étais parti me planquer dans l'Ohio. J'avais demandé à une amie de venir nourrir mon chat. Ils l'ont torturée durant des heures.

— Le chat ?

— Je n'aime pas votre humour.

— Ce n'est pas moi qui ai utilisé une amie pour vérifier si les tueurs étaient à mes trousses. Elle a parlé ?

— Elle ne savait rien.

— Si vous lui aviez donné l'adresse d'une fausse planque, elle serait morte plus rapidement, vous ne pensez pas ?

— Elle avait un cancer de toute façon.

— *No comment*. Qu'avez-vous fait ensuite ?

— Je savais que les régulateurs ne mettraient pas longtemps à me retrouver. J'avais un contact au FBI, je l'ai appelé. Je leur ai donné des noms en échange d'une nouvelle identité et d'une nouvelle vie.

— Ok, on fait une pause. Je vous laisse répéter vos consignes. Vous êtes exaspéré par cette petite dinde de Deborah qui est en train de geindre sur ses malheurs. Vous faites semblant de l'écouter. Vous regardez ses seins à la dérobée. Vous avez toujours été sexuellement attiré par votre nièce. Si vous aviez dix ans de moins, vous lui demanderiez volontiers une petite gâterie en échange.

— C'est vraiment utile ?

— Quoi donc ?

— Cette dernière précision.

— Les fantasmes sexuels sont des parasites mentaux puissants. Et puis, je suis persuadée que vous en seriez capable.

Pendant que Mosberg ferme les yeux et se répète plusieurs fois les nouvelles instructions, Marie se tourne vers Holly. La fillette est absorbée par le jeu télévisé. Elle s'amuse à répondre aux questions avant les candidats pour embêter les pensionnaires. Elle piaille de joie chaque fois qu'elle tombe juste. Elle frappe dans ses mains, réveillant en sursaut une charmante petite vieille assise à ses côtés. La dame fouille dans son sac à main à la recherche d'une friandise. Elle sourit en exhumant un gros paquet de bonbons qu'elle tend à Holly.

103

Installé au deuxième rang d'un vieux cinéma de Clarksdale, Ash pioche dans un gigantesque pot de pop-corn en regardant pensivement la version restaurée d'*Autant en emporte le vent*. Les bottes nonchalamment croisées sur le dossier du siège avant, il se fourre dans la bouche de grosses poignées de pop-corn qu'il mâche en essayant de mettre de l'ordre dans ses émotions. D'aussi loin qu'il se souvienne, il avait toujours détesté cette petite garce de Scarlett et approuvait pleinement ce bon vieux Rhett quand il la remettait à sa place comme une gamine capricieuse.

Ash est tellement absorbé par le film qu'il se rend à peine compte qu'une dizaine de ses agents viennent d'entrer dans la salle et se dispersent à travers les rangées. Des grincements de strapontins. L'un d'eux fouille fébrilement ses poches pour attraper son portable qui s'est mis à sonner. Ash se retourne et le fusille du regard. Un autre s'apprête à lui envoyer un message mental mais son chef s'est déjà replongé dans le film et il sait qu'il ne fait pas bon le déranger quand il est ému. Ash attend la fin de la scène où le fils de Scarlett meurt, puis il s'essuie les yeux et expédie une vibration à l'ensemble de ses agents pour leur demander s'ils ont retrouvé la trace de la fillette. Les hommes se regardent dans la pénombre. Le responsable hésite un moment puis répond qu'ils ont retourné la ville en vain. Il a à peine achevé sa phrase qu'un bouillon de sang s'échappe de ses lèvres et qu'il s'effondre sur les fauteuils. Ash relâche la pression et se concentre sur les pensées de Clarksdale. Un flot de voix résonne dans son esprit. Il élargit le cercle de détection à une dizaine de kilomètres autour de la ville. Il écoute. Il guette les mots déclencheurs. Il se focalise sur les souvenirs récents concernant une petite fille habillée en garçon. Le bruit se réduit mais il subsiste encore trop de voix. Il sélectionne les images ayant trait à une fillette habillée en garçon qui n'est pas de la région et qui a la peau noire. Un grésillement… Tous les signaux se sont éteints d'un seul coup. Un garçon étranger et noir. Des centaines de pensées recommencent à battre. Ash soupire : une chaîne locale est en train de diffuser un vieil épisode d'Arnold et Willy. Il recherche à présent les souvenirs concernant une fillette noire qui vient d'arriver dans la région et qui serait accompagnée d'un couple de Blancs. Les pensées s'éteignent l'une après l'autre. Ash sourit. Il n'en reste qu'une. Elle provient d'une femme d'une cinquantaine d'années employée dans un hospice. Ash feuillette avec elle les pages de *Vanity Fair*. Dans un recoin de son esprit, il vient de retrouver le bon souvenir. Il se repasse les images et prononce à haute voix le nom du pensionnaire que Marie et Holly sont venues voir : Casey Finch. Une robe de chambre orange.

Ash renverse le pot de pop-corn vide pour gober les miettes. Il annonce à ses agents que les fugitifs sont à Gerald, sur les bords du Mississippi. Il précise qu'il veut tuer l'enfant de ses propres mains. Les agents quittent la salle.

Ash se concentre à nouveau. Il vient de capter des pensées étranges en provenance du deuxième étage de l'hospice. Les piaillements d'une gamine qui joue à *Jeopardy*. Elle a bien compris le principe de l'émission : écouter des réponses et donner les questions correspondantes. À cette nuance près que la fillette ne s'est pas rendu compte qu'elle s'est mise à trouver les questions avant même que le présentateur ne formule les réponses. Ash se projette dans l'esprit d'une petite vieille que les éclats de rire de l'enfant viennent de réveiller. Il tourne son regard vers la fillette qui sautille en tapant dans ses mains et en répétant qu'elle est la meilleure. C'est vrai : après un « Oh purée, fastoche ! », elle vient de répondre « Qui est Jason Giambi ? » à la proposition du présentateur qui est : « Diplômé du lycée South Hills à West Covina où il avait pour coéquipier son frère Jeremy et ses amis Cory Liddle et Aaron Small, il joue comme frappeur de première base chez les Yankees. » Sauf que le présentateur n'avait même pas commencé à parler quand la gamine a répondu. La vieille dame se tourne vers l'agent du FBI en train de discuter avec Casey Finch. Puis elle reporte son attention sur la fillette qui tape une nouvelle fois dans ses mains.

— Eh bien, tu es drôlement douée pour une petite fille.

— Merci, m'dam'. Mais c'est facile : je suis télépathe.

— Tout de même. Tu as quel âge ?

— Onze ans.

— Et tu t'appelles ?

— Holly. Holly Amber Habscomb.

— Tu veux un bonbon ?

— Oups, pardon, je m'appelle Keeney. Holly, c'était le nom de ma petite sœur qui est morte dans la tempête de La Nouvelle-Orléans.

Holly a posé sa main sur sa bouche. La vieille dame lui sourit en secouant son paquet de bonbons.

— Tu veux quand même un bonbon, Holly chérie ?

104

— Ok, Mosberg, reprenons. Il nous reste très peu de temps.

Le visage du vieillard est toujours caché au creux de ses mains. Il respire difficilement.

— Je vous ai dit tout ce que je savais.

— À part vous, à qui le professeur Angus a-t-il expédié des copies du dossier ?

— Qu'est-ce que ça peut faire à présent ? Ils sont tous morts.

— Pas tous. Vous êtes encore une quinzaine à être protégés par nos services. Qui d'autre était au courant pour les inscriptions ?

— Qu'est-ce que vous cherchez exactement ?

— J'essaie de savoir qui sont ces Révérendes et ces gars en manteau blanc qui les protègent. Je pense, non, je suis sûre que la réponse se trouve derrière les signes retrouvés dans ces grottes-sanctuaires. C'est à cause de ces inscriptions que les archéologues d'Idaho Falls ont été assassinés. Ça fait beaucoup de coïncidences, vous ne trouvez pas ?

— Montrez-moi les noms et je vous dirai si ça m'évoque quelque chose.

Marie pose un autre feuillet sur l'échiquier. Le vieillard écarte les doigts et lit le document.

— Terence Merrit ? Il est encore vivant, cet imbécile ? Laissez tomber, il n'est au courant de rien. Il n'a jamais rien compris, de toute façon.

— Qui a compris ?

Mosberg achève de parcourir la liste et referme ses doigts sur ses yeux.

— Allez voir le professeur Ashcroft. C'était le bras droit d'Angus.

— Si c'était son bras droit, comment se fait-il que la Fondation ne l'ait pas exécuté en priorité quand Angus a disparu ?

— Qui ça ?

— Angus.

— Non. Finch. Je m'appelle Casey Finch. J'étais second sur l'*Essex*.

— Mosberg ?

Marie se tourne vers Holly. La fillette a posé ses mains sur sa bouche. Elle est très pâle. À côté d'elle, la petite vieille semble s'être rendormie. Sauf que sa tête est inclinée sur le côté et qu'elle dessine un angle bizarre avec le reste de son corps. Marie se tourne de nouveau vers le scientifique.

— Nom de Dieu, Mosberg, à quoi êtes-vous en train de…

Les derniers mots meurent sur ses lèvres. Elle vient de croiser les yeux du vieillard. Il la regarde en souriant. Il saigne du nez.

— Chat !

Marie frémit en reconnaissant la voix jeune et grave qui s'échappe de la bouche du scientifique. Elle essaie de se lever mais les mains de Mosberg fendent l'air et attrapent ses poignets.

— Sale petite tricheuse ! J'ai dit chat !

— Miaou, connard.

Parks attrape à son tour les poignets du vieillard qu'elle brise d'un coup sec. Le hurlement de Mosberg réveille les autres pensionnaires. On dirait qu'il feule. Il a les yeux révulsés et sa mâchoire remue en émettant des bruits humides. Marie comprend qu'il est en train de dévorer sa propre langue. Elle recule.

Une infirmière assise à la table d'éveil s'apprête à se lever pour intervenir lorsque les ciseaux que manipule une petite vieille assise à ses côtés se détournent et plongent dans sa gorge. Portant la main à sa carotide l'infirmière fixe la vieillarde de ses grands yeux surpris. Un jet de sang a atteint la vieille Irma sous le menton. Juste avant de s'effondrer, l'infirmière constate avec horreur qu'Irma est en train d'essuyer le sang qui glisse sur son cou et qu'elle se lèche à présent les doigts en gloussant comme une gamine. Elle aussi se met à feuler tandis que les autres pensionnaires renversent la table et marchent vers Marie. Un grondement sourd s'échappe de leur gorge. Comme celui des clochards de La Nouvelle-Orléans, leur regard est vide. Marie dégaine son automatique et tire quatre balles rapprochées dans le plafond. Une pluie de plâtre dégouline sur les cheveux des vieillards qui marquent un temps d'hésitation avant de reprendre leur progression. La plupart serrent dans leurs mains des coupe-papier ou de grands crayons à la pointe acérée. La vieille Irma a arraché les ciseaux de la gorge de l'infirmière. D'autres brandissent des fourchettes en inox. Celui qui semble être le chef a récupéré le grand couteau ayant servi à découper le gâteau d'anniversaire. C'est lui que Marie vise à la tête, après avoir jeté un coup d'œil vers Mosberg effondré sur l'échiquier. Son doigt s'arrondit sur la détente. Elle vient de reconnaître la lueur de folie qui danse dans les yeux du vieillard au couteau. La même qui brillait dans les yeux de Shelby.

— Ash ? Faites encore un pas et je vous grille le cerveau à bout portant.

Les pensionnaires feulent et crachent en entendant le nom de la chose qui les possède. Le vieillard sourit, dévoilant des gencives roses.

— Vous n'allez tout de même pas tirer sur un vieil homme, agent spécial Marie Parks ?

Marie sursaute en entendant Holly hurler. Les petits vieux qui se gavaient de *Jeopardy* se sont levés et tentent de l'encercler. Une vieille s'empare d'une aiguille à tricoter piquée dans une pelote de laine rouge vif et marche vers l'enfant que la terreur cloue sur sa chaise. Holly éclate en sanglots tandis que la vieille l'étrangle en brandissant l'aiguille pour lui percer les yeux.

— Tire, Gardener ! Tire !

Deux coups claquent sèchement dans la pièce. La vieille s'effondre à genoux. Holly se lève, les jambes tremblantes. Les autres sont en train d'achever leur manœuvre d'encerclement.

— Pas le moment de rester paralysée comme un lapin dans la lueur des phares. Ne les regarde pas. Écoute juste ma voix et cours aussi vite que tu le peux.

L'enfant évite de justesse les mains qui tentent de se refermer sur elle. Elle se précipite dans les bras de Marie qui pointe de nouveau son arme sur le vieux au couteau. Un sourire déforme les lèvres de la jeune femme :

— Qu'est-ce que tu disais, Ash ?

Le vieillard semble hésiter. Une lueur de souffrance flotte dans ses yeux. On dirait qu'il supplie Marie de ne pas tirer.

— Lâche cette pelle à tarte.

Surpris, Ash baisse la tête pour s'assurer que le vieil abruti ne s'est pas trompé d'ustensile. Un choc à la tempe. La manchette de Marie a atteint son but. Juste avant que le vieillard ne s'effondre, Ash se transfère dans l'esprit d'Irma qui se jette sur Parks en essayant de la poignarder avec les ciseaux. Marie esquive de justesse et l'assomme d'un coup de crosse. Irma s'effondre, agitée de soubresauts. Elle s'est embrochée sur les ciseaux dont la pointe dépasse de sa hanche. Marie grimace en voyant la flaque de sang qui s'élargit sous sa chemise de nuit.

Avançant en serrant Holly, elle braque son Glock sur les visages ridés qui approchent. Elle cherche le prochain porteur. Les vieux se retournent. La porte de la salle commune vient de s'ouvrir sur un gros infirmier noir. Immobile sur le seuil, il ne comprend pas ce qui se passe. Son regard se trouble. Son menton tombe sur sa poitrine, puis sa tête se redresse lentement. Il sourit en regardant Marie. Holly murmure :

— Oh mon Dieu, c'est un troll…

L'infirmier a croisé les bras. Obéissant à son ordre silencieux, les petits vieux s'apprêtent à se jeter sur leurs proies quand soudain, leurs yeux se révulsent. Ils ne feulent plus. Ils miaulent à fendre l'âme en lâchant leurs armes qui rebondissent sur le sol. Marie sent une vibration emplir la pièce : ça grésille, ça sent le brûlé.

— Puce ? C'est toi qui fais ça ?

— Non, Marie, cette fois-ci, je te jure que c'est pas moi !

L'infirmier aussi a détecté l'autre vibration. Il a l'air furieux. Une dizaine de vieillards s'effondrent en vomissant du sang, les autres s'arrachent les cheveux. Holly se blottit contre Marie.

— Gordon. C'est lui qui est en train de nous aider. Vas-y, Gardener. Bute-moi ce sale troll.

Marie pose une main sur les yeux d'Holly et vise l'infirmier comme à l'entraînement.

— Ash ?

Surprise en pleine poussée, la chose tourne un regard chargé de haine vers la jeune femme. Ses yeux se rétrécissent en apercevant la gueule noire du Glock.

— On ferme !

Deux coups de feu rapprochés font éclater le crâne de l'infirmier. Marie se faufile entre les vieux qui s'effondrent les uns après les autres.

— Je confirme, puce : ce n'était pas un troll.

— Tu es sûre ? J'aurais juré, pourtant.

La porte de la salle commune s'est refermée. Marie dévale l'escalier en tirant la fillette par le poignet.

— Tu peux entrer en contact avec Gordon ?

— Évidemment. C'est fastoche même.

— Vas-y.

Holly se concentre. Un couinement s'échappe de ses lèvres. Elle rouvre les yeux.

— Qu'est-ce qui se passe ?

— Je ne peux pas déranger ton amoureux. Pas maintenant, en tout cas. Il est en colère.

— Contre moi ?

— Non, contre les méchants.

— Tu veux dire les hommes d'Ash, c'est ça ?

— Oui. Ils viennent d'arriver sur des motos. C'est très chaud autour de Gordon. Ça brûle.

Marie atteint l'accueil. Elle pose à nouveau la main sur les yeux d'Holly : elle vient d'apercevoir la vieille infirmière effondrée sur le comptoir. Du sang s'écoule lentement de ses orbites sur le papier glacé de *Vanity Fair*. On dirait des larmes.

À bout de souffle, Parks remonte le couloir et émerge dans la lumière aveuglante du soleil. Une vibration brûlante comme la gueule d'un four l'immobilise au sommet du perron. Ça pue l'essence, la chair brûlée et le métal fondu. Ça commence à peine à se dissiper. Marie regarde la scène en laissant échapper un sifflement admiratif. Gordon est adossé à l'Impala. Il se tient au bord d'un vaste cercle d'herbe roussie et de terre calcinée. Au centre, une dizaine de carcasses de motos sont couchées sur leur guidon. Les réservoirs ont explosé, libérant des litres de carburant qui achèvent de carboniser les cadavres étendus sur le sol.

Marie s'approche de Gordon en tenant son Glock à bout de bras. Elle regarde les corps.

— Gordon, fais-moi un truc pareil pendant une scène de ménage et tout est fini entre nous.

Walls relève la tête. Il est épuisé. Il sourit à Holly qui se jette dans ses bras.

— Eh ben nous, on a tué un troll !

La fillette a à peine achevé sa phrase qu'elle éclate en sanglots et se met à hurler. Gordon la serre contre lui en passant une main brûlante dans ses cheveux.

— *Hussshhh Holly. Husshhh an lak. Eko slalom. Eko em Holly.*

L'enfant se détend un peu mais elle ne parvient pas à contenir ses larmes. La voix brisée, elle désigne les cadavres :

— *Lekek mork, Eko ?*

— *Ak, Holly. Lekek mork.*

X

COMPTE À REBOURS

105

— Apte au service, doc ?

— À condition de fumer un peu moins et de vous reposer quelques heures de temps en temps, ça devrait aller.

Tandis que son médecin personnel remballe son tensiomètre et son stéthoscope, le Président reboutonne sa chemise et considère l'armée d'officiers et de conseillers qui ont pris place dans la salle de conférences. Située dans les sous-sols de la Maison Blanche, la pièce jouxte les bunkers où des super-ordinateurs directement reliés à la NSA espionnent discrètement le monde. Les parois sont équipées de brouilleurs contre les micros et les téléphones portables. Seule une ligne sécurisée communique avec le reste des installations. De l'autre côté de la porte, deux marines bâtis comme des armoires n'attendent qu'un signal des services secrets pour évacuer le patron par l'issue de secours située au fond de la pièce.

Le Président scrute ses conseillers. Il ne les a jamais sentis aussi désarmés. Sous l'œil désapprobateur de son médecin, un serveur lui verse une tasse de café qu'il allonge d'un trait de sucre en poudre en allumant une cigarette.

— C'est quand vous voulez, Hollander.

Le vieux général enfile un casque-micro dans lequel il chuchote une volée d'ordres. Tous les yeux convergent vers un gigantesque écran plasma sur lequel un paysage désertique vient d'apparaître. La caméra fixée sur le casque du chef de section zoome sur une falaise percée d'une large ouverture. La lumière blanche décroît au fur et à mesure que les unités des forces spéciales s'enfoncent dans le boyau. L'écran se subdivise en une vingtaine d'images correspondant à ce que chaque commando regarde. Au centre, celle du chef de section occupe un espace plus important. Les ordres qu'il chuchote à ses hommes résonnent dans les micros. Son nom clignote sous l'image que renvoie sa caméra portative : Hax, un jeune lieutenant, frais émoulu de West Point.

Les commandos ont atteint la porte blindée du complexe de Puzzle Palace. Des flashs rouges éclaboussent les parois du tunnel. Tendant l'oreille à travers les mètres de béton qui les séparent de la menace, ils perçoivent le beuglement des sirènes : le sas s'est verrouillé automatiquement à la seconde où la base basculait en alerte contamination.

Hax adresse un signe à ses hommes qui escaladent les murs pour atteindre le plafond situé à sept mètres au-dessus d'eux. Progressant à l'aide de crampons, ils déploient une bâche en plastique épais que les commandos au sol gonflent à l'aide d'un compresseur afin de former un mur étanche entre le sas et la sortie du tunnel. Une fois le dispositif en place, Hax introduit une carte plastifiée dans une fente et tape un code à onze chiffres sur un clavier qui vient d'apparaître derrière une trappe blindée. Un claquement. Au loin, les sirènes viennent de s'interrompre.

Le sas pivote lentement sur ses gonds et la lampe frontale d'Hax éclaire une rampe bétonnée qui descend en pente douce jusqu'au premier niveau sous la surface. Quelques néons de secours dispensent une lueur fantomatique sur les hommes qui avancent en soufflant sous le poids de leur combinaison NBC. Rendue métallique par le filtre nasal à travers lequel il respire, la voix d'Hax retentit dans les haut-parleurs de la salle de conférences.

— Task One est entré dans la base. Aucun signe de vie pour le moment.

— Continuez, Hax. Nous ne vous perdons pas de vue.

— À vos ordres, mon général.

Les hommes prennent leurs distances en se surveillant du coin de l'œil. Juste avant de mourir, un chercheur de la base avait eu le temps d'expédier un message sur la ligne d'urgence : il s'était réfugié dans un bunker de commandement et disait que l'alerte s'était déclenchée une demi-heure plus tôt, bloquant le personnel dans les derniers niveaux sous la surface. Il avait tenté de court-circuiter l'ordinateur de contrôle mais celui-ci avait répondu que la base venait d'entrer en alerte bactériologique maximale et qu'aucune décision humaine ne pouvait enrayer la procédure. Le chercheur avait demandé une analyse de la menace. La voix synthétique avait répondu qu'un neurotoxique militaire avait été libéré, un modificateur de comportement qui agissait en quelques minutes, attaquant les cellules nerveuses avant de s'en prendre à tout l'organisme. La voix avait ajouté que ça se déplaçait dans les conduits d'aération et qu'elle avait été obligée de couper l'alimentation en air pour interdire à la chose de sortir du complexe. Le chercheur avait sursauté en entendant des rafales d'armes automatiques claquer dans les profondeurs de la base. Rendus fous par les symptômes nerveux, les militaires s'offraient un ball-trap sur les scientifiques qu'ils prenaient pour des espions.

Le chercheur avait alors expédié son dernier message en détaillant ce qu'il voyait sur les écrans de contrôle reliés aux caméras du complexe.

Les militaires venaient d'atteindre le sixième niveau sous la surface où s'étaient réfugiés la plupart des scientifiques. Contaminés à leur tour par la chose, certains chercheurs avaient réussi à récupérer des armes sur les cadavres de soldats que le mal avait terrassés dans les couloirs. Le visage et les bras gonflés, ils tiraient sur tout ce qui bougeait. La voix du scientifique réfugié dans la salle de contrôle s'était réduite à un filet tandis qu'il décrivait ce qui se passait au septième niveau où une quarantaine d'hommes et de femmes en blouse blanche s'étaient barricadés. Le mal était passé par les grilles de ventilation avant que l'ordinateur n'ait eu le temps de couper l'alimentation. Le chercheur disait que les malheureux s'étaient mis à enfler et qu'ils se jetaient les uns sur les autres en essayant de se mordre. Il s'était interrompu alors que des coups sourds résonnaient contre la porte du local où il se trouvait. Il avait interrogé ses écrans. Des militaires étaient en train de bricoler le coupe-circuit pour essayer d'entrer. Et puis sa voix avait commencé se transformer tandis que le mal se propageait dans son organisme. Sa vue s'était troublée et sa respiration s'était accélérée. Il avait dit qu'il lui restait encore un peu de conscience et qu'il refusait de régresser comme les choses qu'il avait vues s'entre-dévorer au septième sous-sol. Ensuite, il s'était emparé d'un pistolet réglementaire qu'il avait armé avant de se tirer une balle dans la bouche. L'enregistrement avait continué, relayant les hurlements et les tirs dans les différents niveaux souterrains. Et puis, vingt minutes plus tard, le silence était retombé sur la base.

106

— Hax, vous entrez dans la zone où la contamination a fait le plus de dégâts. Soyez vigilant.

— Bien reçu, mon général.

La section vient d'atteindre les quartiers de la Fondation. La caméra d'Hax effectue plusieurs plans fixes sur les cadavres dont le visage déformé semble grimacer dans la lueur blafarde des néons. Certains se sont griffé les joues jusqu'au sang, d'autres se sont arraché des morceaux de chair avec les dents pour essayer d'échapper à la formidable douleur qui leur vrillait le crâne.

Hax et ses hommes avancent. Dans la salle de conférences de la Maison Blanche, un groupe de médecins surveille attentivement les paramètres vitaux qui s'affichent sous les images correspondant à chaque commando. L'un d'eux fronce les sourcils : cela fait quelques secondes que les indicateurs du sergent Shepard sont en train de se modifier. Le médecin bascule sur l'écouteur personnel du sous-officier afin de ne pas inquiéter le reste de la section.

— Sergent Shepard, est-ce que tout va bien ?

Un grésillement. Le souffle du sous-officier emplit les haut-parleurs de la salle de conférences. On dirait qu'il a du mal à respirer.

— Shepard, vous me recevez ? Vous devez réduire votre rythme cardiaque. Vous consommez trop d'oxygène.

Le général Hollander s'approche de la console et scrute les paramètres. Shepard est en train de flipper. Ça se voit aux images que transmet sa caméra portative. Des plans rapides zoomant en sauts de puce sur les visages grimaçants. Hollander fronce les sourcils. Il a sélectionné lui-même les hommes pour cette mission. Des durs. Pas le genre à paniquer pour quelques cadavres.

— Shepard, ici Hollander. Qu'est-ce que vous foutez ?

— Nom de Dieu, tous ces morts. Ils se sont dévorés. Certains ont encore des morceaux de viande coincés dans la bouche. Oh, Seigneur, ils étaient en train de mâcher des morceaux de cadavres quand ils sont morts.

— Calmez-vous, Shepard. Vous devez vous concentrer sur la mission.

— Que je me calme ? Ouais, mec, je vais me calmer. Mais ce que je me demande, c'est qu'est-ce qu'il faut avoir respiré comme saloperie pour essayer de mordre son voisin alors que vous êtes vous-même en train de crever ? Tu crois ça, toi, Red ?

Hollander se tourne vers un de ses conseillers qui consulte fébrilement le dossier de Shepard. Red était le nom de son coéquipier, tombé deux mois auparavant lors d'une opération d'infiltration. Il était mort entre les bras de Shepard. Hollander lève les yeux vers les paramètres du sergent. Son rythme cardiaque vient de passer au-dessus des cent pulsations. Sa température grimpe.

— Shepard ? Red est tombé. Il est mort. Vous confirmez ?

— Ouais, je sais, mec, je viens de te voir dans le couloir. Mais jamais tu m'aurais bouffé si j'étais mort avant toi, hein ? T'aurais récupéré ma plaque mais tu ne m'aurais pas ouvert le ventre pour m'arracher les tripes, je me trompe ?

— Non, Shep. Tu le sais bien.

— Hé, Red ?

— Je t'écoute.

— Il faut que je sorte de cette tombe.

— Pourquoi tu dois sortir, Shep ?

— Parce que ça pue la charogne là-dedans. Nom de Dieu, si tu savais à quel point ça sent la mort dans ce boyau !

Hollander bascule sur l'écouteur personnel de l'officier commandant la section.

— Hax ?

— Mon général ?

— Ne réagissez pas à ce que je vais dire. Vous m'avez compris ?

Hollander regarde la silhouette d'Hax qui s'avance dans le champ de la caméra du commando qui le précède. Les muscles de l'officier se sont à peine crispés. Il continue à progresser comme si de rien n'était. Pourtant, ses gestes ont imperceptiblement ralenti. Il est prêt.

— Shepard part en vrille. Ses paramètres grimpent en flèche. Nom de Dieu, Hax ! Ne vous retournez pas !

La caméra du lieutenant revient dans l'enfilade du couloir.

— Symptômes ?

— Il parvient à sentir les odeurs. Il dit que ça pue la charogne.

— Ça signifie que sa combinaison n'est plus étanche.

— Vous réagissez trop, Hax. Ralentissez votre rythme cardiaque. Ok, à présent retournez-vous comme si vous donniez un ordre à vos hommes. J'ai besoin d'une confirmation visuelle.

La caméra d'Hax pivote. La section apparaît dans son champ de vision. On dirait un groupe de cosmonautes inspectant un vaisseau spatial à la dérive. Hax scrute ses hommes derrière les visières étanches. Les yeux de Shepard brillent d'effroi. La caméra d'Hax zoome sur sa combinaison. Mise au point. Il vient de repérer un accroc au niveau du genou. Une petite déchirure qui laisse échapper un serpentin d'oxygène coloré. Ses yeux remontent lentement jusqu'à la visière. Il se fige. Il n'y a plus aucune peur dans le regard de Shepard, juste une lueur de folie meurtrière. Un bruit métallique fait sursauter Hax qui baisse à nouveau les yeux. Shepard vient de dégoupiller une grenade thermique. Une petite chose meurtrière qui scintille dans son gant. Il sourit. Ses doigts s'écartent. Hax a juste le temps de pousser un de ses hommes dans un réduit avant que les écrans de la salle de conférences ne s'emplissent d'une flaque de lumière blanche.

107

— Hax, vous me recevez ?

Hollander s'éponge le front. Tous les écrans de la salle de conférences se sont éteints. Les courbes des paramètres vitaux des membres de la section sont plates. Le Président s'entretient à voix basse avec ses conseillers. La voix d'Hollander rompt à nouveau le silence.

— Hax, est-ce que vous me recevez ?

Un grésillement. Des coups résonnent dans les haut-parleurs. On dirait que quelqu'un tape du plat de la main contre quelque chose. Un autre grésillement, d'autres coups. Une voix lointaine.

— Saloperie de bordel de matériel communiste de merde !

Tous les conseillers lèvent les yeux au moment où l'écran correspondant à Hax clignote et se rallume. Plan fixe sur un alignement d'ordinateurs. L'image est trouble. La main gantée de l'officier passe dans le champ.

— Hax ?

Nouveau crachotement. La caméra d'Hax se tourne lentement vers un corps effondré au fond de la pièce. Le caporal Mills. Il a l'air sonné.

— Mills, tu es vivant ?

— Affirmatif, mon lieutenant.

— Ta bécane ?

Mills tapote sa caméra portative. Bruit de métal et de verre brisé.

— HS.

— La mienne aussi.

— Comment on va faire pour communiquer avec les planqués, mon lieutenant ?

— J'y travaille.

Hax vérifie les câbles de sa batterie. Un signal sonore. Ses paramètres vitaux viennent de réapparaître. Pouls rapide et stable. Tension artérielle basse.

— Maison Blanche, ici Puzzle. Task One a des survivants. À vous.

— Les planqués vous reçoivent, Hax.

Le pouls du lieutenant grimpe d'un cran en captant la réponse d'Hollander.

— Heureux de vous entendre, mon général.

— Estimation des dégâts ?

— Mills et Hax opérationnels. Nous avons réussi à nous jeter dans une pièce blindée avant l'explosion. On s'est fait un poil blaster juste avant que la porte ne se referme mais on est ok.

— Vos combinaisons ?

— Pas eu le temps de vérifier mais si on pique une grosse colère, on vous fera signe.

— Votre localisateur est HS. Quelle est votre position ?

— Niveau – 6. Une salle de contrôle informatique.

L'écran d'Hax s'élargit tandis qu'il tourne la tête vers un cadavre en blouse blanche effondré sur les consoles. L'homme tient encore l'arme avec laquelle il s'est fait sauter le crâne.

— Je pense qu'on a retrouvé le gars qui a émis le dernier message.

— Ok, Hax. Ça signifie que le local est contaminé et que vous devez d'abord réactiver l'ordinateur principal pour neutraliser la menace. J'ai besoin de savoir quelle saloperie a été libérée et par qui.

— Bien reçu. Bouge-toi, Mills.

Hax repousse le cadavre du chercheur et s'installe à la console principale. Ses doigts gantés pianotent maladroitement sur le clavier. Il vient d'atteindre les derniers rapports d'alerte. Son pouls grimpe en flèche.

— Que se passe-t-il, Hax ?

— Je confirme que le lot en question est un neurotoxique de classe Hydre.

Le général se tourne vers les médecins qui fouillent leurs écrans. L'un d'eux envoie la réponse sur la console d'Hollander.

— Hax ?

— Mon général ?

— L'antidote de l'Hydre est le lot 8, nom de code Argonaute.

— J'aurais préféré de la vitamine K.

— Pourquoi ?

— Parce que c'est Shepard qui avait les antidotes.

— Ok. Restez en ligne.

Hollander lit la réponse des spécialistes sur son écran. Il les regarde en pointant son index contre sa tempe. Les médecins lèvent les bras en signe d'impuissance. Hollander s'éclaircit la voix.

— Ok, Hax, on va procéder autrement. L'Hydre est un neurotoxique aérobie qui a besoin d'oxygène pour survivre. Vous allez donc ordonner à l'ordinateur de faire le vide.

— Avec nous dedans ?

— Vos réserves d'air sont presque à zéro. Si vous avez une meilleure idée, je suis preneur.

Sans prendre la peine de répondre, Hax réactive l'ordinateur central et lui ordonne de neutraliser l'oxygène à tous les niveaux. La voix synthétique de Cassandre résonne dans les haut-parleurs :

— Deux organismes programmeurs ont été repérés par les scanners au niveau – 6.

— Je sais, c'est nous. D'autres survivants ?

— Négatif, mais le recyclage va tuer les organismes que les scanners ont repérés au niveau – 6.

— C'est bien noté.

— Il m'est impossible de déclencher une procédure mettant en danger la vie de deux organismes programmeurs.

Hax entre un code de chiffres et de lettres pour forcer le programme à exécuter l'ordre. La voix de Cassandre retentit à nouveau :

— Le code de nécessité absolue a été validé. Les deux organismes ont été estimés secondaires. La neutralisation commence maintenant.

Les flashs rouges clignotent de plus en plus vite à mesure qu'un gaz blanc et froid s'échappe des grilles de la climatisation. Hax retient instinctivement sa respiration. Il sait que Cassandre est en train de libérer les réserves d'hydrogène dans tous les compartiments de la base. Des flaques d'eau commencent à se former sur le sol tandis que le gaz s'associe aux molécules d'oxygène. On dirait qu'il pleut sur les combinaisons des militaires. Voix de Cassandre :

— Alerte critique : le taux d'oxygène vient de passer sous les trente pour cent.

— Hax ?

— Mon général ?

— N'oubliez pas de respirer. C'est aussi valable pour Mills.

— Bien reçu.

Les médecins observent les paramètres des soldats redescendre à mesure que leur respiration se stabilise. Leurs réserves sont à onze pour cent. Trop de stress. Posant une main sur son micro, Hollander se tourne vers l'un d'eux.

— Combien de temps pour remplir ?

— Sous pression, onze minutes.

— Et si on pompe l'air extérieur pour accélérer ?

— Ma réponse tient déjà compte de ce paramètre.

La voix de Cassandre retentit à nouveau dans les haut-parleurs.

— Le taux d'oxygène est passé à présent sous la barre des deux pour cent.

Hollander lève les yeux vers les écrans. Les combinaisons des militaires sont trempées. Il ôte sa main du micro.

— Hax, c'est bon pour le neurotoxique, mais on est courts en réserves. Vous allez cloisonner les niveaux 6 à 8 et ordonner la réoxygénation prioritaire de ce périmètre. On rechargera le reste plus tard.

— Bien reçu, mon général.

Hax pianote sur son clavier. Le flux d'hydrogène s'interrompt, immédiatement remplacé par le sifflement de l'oxygène sous pression. Le lieutenant surveille le curseur qui remonte lentement. Il continue à examiner les rapports d'alerte émis par le système au moment de la contamination. D'après les détecteurs, le lot a été libéré par un déclencheur à retardement placé dans les conduits de climatisation au huitième niveau, celui qui abrite le laboratoire personnel de Burgh Kassam.

— Ordinateur central ?

— Oui ?

— Est-ce que Kassam figure parmi les cadavres ?

— Négatif. L'organisme demandé a quitté la base deux heures et sept minutes avant le début de la contamination.

La caméra d'Hax zoome sur le curseur qui vient d'atteindre la zone verte. Immédiatement imité par Mills, il ôte son casque et inspire l'air glacé à pleins poumons.

— Mon général, nous allons progresser vers les derniers niveaux. Je vous recontacte dès que la zone est sous contrôle.

— Bien reçu, Hax. Nous vous suivons sur les écrans.

Hollander observe ses hommes qui quittent le local de contrôle. Hax n'a pas un regard pour ce qui reste de sa section. Ils descendent au niveau – 7 et traversent les laboratoires de la Fondation. La caméra d'Hax zoome sur les écrans brisés et les armoires renversées. Des cages remplies de rats morts, des monceaux de papiers dispersés sur le sol détrempé. Une dizaine de cadavres sont rassemblés autour de gigantesques flacons crevés qui ont laissé échapper le liquide épais qu'ils contenaient. Hax s'immobilise et effectue un plan fixe sur les câbles qui reliaient les flacons à des alignements d'écrans réduits en miettes.

— Nous avons retrouvé les ordinateurs à protéines de la Fondation. Ils sont HS.

Ayant repéré un écran intact, le lieutenant pianote sur un clavier.

— C'est bizarre…

— Quoi donc ?

— On dirait que les mémoires centrales ont été vidées. Comme si quelqu'un avait détruit toutes les données avant le début de la contamination.

— Continuez.

— Bien reçu.

Hax et Mills empruntent un dernier escalier métallique. Ils viennent d'atteindre la porte blindée qui garde le laboratoire privé de Kassam. Pas de poignée, juste une plate-forme de pesée située devant la porte.

— Dispositif de détection morphologique.

— Quand la technologie vous lâche, il faut savoir revenir aux fondamentaux.

Hax regarde le caporal disposer des charges de Semtex le long des points névralgiques de la porte. Voix d'Hollander :

— C'est une idée à la con, Mills.

— Merci, mon général.

Tandis que, sur les écrans, les commandos se mettent à l'abri, un conseiller ramasse une pile de fax et se penche à l'oreille du Président qui lui murmure quelques ordres en retour. Le conseiller hoche la tête et décroche une autre ligne. Le Président parcourt les fax qu'il annote. Puis il lève les yeux vers les écrans au moment où la déflagration fait grésiller les haut-parleurs. Une pluie de débris. Hax et Mills se redressent. Une faille se dessine dans la porte. Les deux hommes débouchent dans une vaste salle rectangulaire où se trouvent alignées des dizaines d'ordinateurs à protéines dont les écrans affichent des arabesques colorées. À côté des carafes remplies de liquide intracellulaire, des imprimantes crachent des kilomètres de listings qui s'empilent sur le sol. Hax et Mills avancent entre les rangées d'ordinateurs.

— Hax ?

— Mon général ?

— Mes spécialistes vous demandent de vous rapprocher de l'écran 12.

Hax s'immobilise devant un écran plasma géant sur lequel défilent des milliards de séquences.

— On dirait des lignes de combinaisons, mon général, comme si la bécane essayait de fracturer un code secret.

— Non, c'est autre chose. Vous pouvez zoomer et envoyer les images en léger différé et au ralenti ?

Hax s'exécute. Sur les écrans de la salle de conférences, les séquences commencent à défiler plus lentement. Les spécialistes pianotent sur leurs claviers. Le Président soupire :

— Alors ?

Un chercheur en blouse blanche s'éclaircit la gorge.

— Ce sont des codes quaternaires, monsieur.

— Soyez gentil, faites comme si vous parliez à un idiot.

— Les seuls codages de ce type sont les codages génétiques. Ceux qui défilent sont très nombreux et particulièrement complexes.

— Vous êtes en train de me dire que ce Kassam a réussi à percer l'ADN de la momie ?

— Vu les symptômes de vieillissement accéléré qui frappent les victimes, on peut même penser qu'il s'en est servi pour programmer son virus.

Le Président fait signe de couper les écrans.

— Messieurs, on oublie le MIT. Je fais transférer immédiatement les meilleurs scientifiques ainsi que le virus dans la base de Puzzle Palace. Question : combien de temps faut-il pour que vous m'épluchiez ces codes ?

— Au moins quatre jours.

Le Président considère la blouse blanche qui vient de hasarder cette réponse. Il se tourne vers Ackermann :

— D'autres cas de contamination chez nous ?

— Six en tout, monsieur.

— Quels sont les secteurs touchés ?

— Las Vegas, New York et Chicago. Un dernier cas est en cours d'analyse à Seattle. Nous aurons la réponse dans les minutes qui viennent.

Le Président s'empare de la pile de fax qu'il a annotés et s'adresse aux spécialistes :

— Ces messages proviennent d'une trentaine de nos ambassades à travers le monde. La contamination a déjà commencé en Asie et en Europe. Nous recensons actuellement quarante cas de mort par vieillissement accéléré dont la plupart se sont produits dans des aéroports, des immeubles de bureaux ou en pleine rue. Nous ne parviendrons pas longtemps à contenir les mouvements de panique. Je répète ma question : combien de temps ?

Les scientifiques s'entretiennent quelques secondes à voix basse, puis la blouse blanche se tourne à nouveau vers le Président.

— Si nous nous bornons à rechercher le code génétique du virus dans l'ADN de la momie, dans la mesure où le séquençage est déjà en cours, je dirais au plus six heures. À quoi il faudra ajouter l'examen du sang des victimes pour essayer de comprendre comment le virus s'attaque à l'organisme.

— Combien ?

— Quarante-huit heures. Impossible de faire moins.

— Je vous en donne quarante.

108

Les huiles du gouvernement ont quitté la salle de conférences pour entrer en cellule de crise. Crossman s'apprête à les rejoindre lorsque son portable bourdonne. Le numéro de Stanley Emmerson, le directeur adjoint du FBI, s'affiche à l'écran.

— Salut, Stan. Qu'est-ce qui se passe ?

— Je t'appelle de Quantico. Nous avons un nouveau lot de cadavres carbonisés sur les bras. Même scénario qu'à l'aéroport de Jackson. Ça s'est passé à Gerald, Mississippi. Une de nos équipes est sur place. Ne quitte pas, je t'expédie les premiers clichés.

Un signal sonore. Crossman fait défiler les photos. Le parc d'une grande demeure, un perron, un cercle d'herbe roussie, des motos incendiées, neuf cadavres étendus. Le patron du FBI serre les mâchoires.

— C'est tout ?

— Non. La baraque en question est une maison de retraite spécialisée. Outre les petits vieux qui semblent avoir perdu la boule, notre équipe a relevé six morts à l'intérieur : trois pensionnaires et trois soignants. Un des vieillards était sur la liste du protocole de protection des témoins. Je t'envoie un extrait de la vidéo de surveillance. Ce que tu vas voir a été enregistré dans une salle commune une heure avant l'arrivée de nos hommes.

Nouveau signal sonore. La vidéo s'enclenche sur Parks en conversation avec un vieillard en robe de chambre orange. Un mouvement dans la salle. Marie se lève et dégaine son arme. Un premier coup de feu. Un deuxième. Une vieille dame tombe à genoux. Crossman effectue un arrêt sur image. Parks tient une gamine dans ses bras et braque son arme en direction d'un infirmier. L'homme n'est ni armé ni menaçant. Elle ne prononce aucune sommation et tire deux autres coups rapprochés. L'infirmier s'effondre. Crossman zoome sur le visage de la fillette que Marie serre contre elle. Il reprend la communication.

— Quoi d'autre ?

— Sur une autre bande vidéo, juste avant le carnage, Parks montre un document à notre témoin : une liste officielle frappée du sigle de la boîte. Tu as quelque chose à me dire à ce propos ?

— C'est quoi ça ? un interrogatoire ?

— Stuart, je ne suis pas seulement ton adjoint, je suis aussi ton ami. Je sais que tu t'es rendu à La Nouvelle-Orléans après Jackson. Je sais aussi que tu as parlé avec Parks et que tu lui as remis un document. Je te repose donc la question : c'était quoi, cette liste ?

— Celle des scientifiques de la Fondation que nous protégeons depuis les années 1980. C'est en rapport direct avec l'enquête qu'elle mène.

— Ok. Comment expliques-tu ce qui s'est passé ?

— Je ne l'explique pas.

— Tu veux qu'on diffuse le signalement de Marie ?

— Non, on va faire ça en interne. Je veux que nos équipes la localisent au plus vite. Dès que ce sera fait, vous ne bougez pas et vous m'appelez. J'ai aussi besoin de savoir qui est l'enfant qu'elle tient dans ses bras sur la vidéo. Je veux comprendre le rapport entre cette môme et les cadavres carbonisés.

— Entre elle et la contamination, tu veux dire ?

— C'est lié, de toute façon. Il nous reste très peu de temps. Le pays va bientôt entrer en alerte générale et on risque de perdre sa trace.

— Et pour les autres scientifiques de la Fondation, on fait quoi ? On les déplace ?

— Surtout pas. On resserre la surveillance autour d'eux et on attend que Parks se manifeste.

— Ok.

— Et, Stan…

— Oui ?

— Dis-leur d'y aller mollo.

— Ne t'en fais pas. Marie est un de nos meilleurs agents et les hommes l'adorent. De toute façon, ça m'aurait fait mal au ventre qu'on la traque comme un animal enragé.

— Ce n'est pas seulement à ça que je faisais allusion.

— Je t'écoute.

— La dernière mission de Parks a été particulièrement éprouvante et je pense qu'elle est devenue dangereuse.

— Jusqu'à tirer sur des collègues ?

— Je ne sais pas. C'est la gamine qui m'inquiète. J'ai l'impression que Marie est en train de reproduire sa propre histoire et qu'elle va chercher à la protéger jusqu'au bout.

— D'accord. J'alerte les équipes sur le terrain. Je ne sais pas encore ce que je vais leur dire mais je trouverai.

— J'en suis sûr.

— Stuart ?

— Oui.

— Je suis désolé.

— Moi aussi, Stan.

Crossman coupe la communication et regarde encore une fois le visage de Marie au moment où elle ouvre le feu sur l'infirmier. Il examine la flamme de jubilation haineuse qui danse dans ses yeux. Il connaît cette lueur. Avant de rejoindre la salle où se tient la réunion de crise, il compose le numéro de Parks. Une sonnerie, deux. Une voix.

— Ouais ?

— Marie ? C'est Crossman. Tu vas bien ?

— Ouais.

— Nos équipes sont à Gerald. Ils sont en train de ramasser les bouts de vieux que tu as incrustés dans le papier peint.

— Ah ouais ?

— Ça ne peut pas continuer comme ça. Il faut que tu te rendes et qu'on en discute tous les deux. Tu es d'accord ?

— Ouais, ouais.

109

Marie regarde fixement la route qui se découpe dans le pinceau des phares. Elle entend à peine la voix de Crossman dans l'écouteur.

— Marie, je sais que tu ne vas pas bien et que tu m'en veux à mort. Je pense même que tu as d'excellentes raisons de me détester. Ce que je voudrais, c'est que tu comprennes que tu as besoin d'aide et qu'il faut que tu t'arrêtes maintenant avant qu'il ne soit trop tard. Sinon, ils vont être obligés de te tuer, Marie. À un moment ou un autre, ils vont essayer de te stopper, et comme tu ne les laisseras pas faire, ils seront obligés de te tuer. C'est ça que tu veux ?

— Ouais.

— Écoute, puce.

La respiration de Marie se brise. Elle mord sa main pour étouffer les sanglots qui escaladent sa gorge.

— Ne m'appelle pas puce, ordure ! Je t'interdis formellement de m'appeler puce, tu piges ?

— Marie…

Marie baisse la vitre. Le vent soulève ses cheveux tandis qu'elle balance son portable par la fenêtre. Un claquement au loin. Elle écrase ses larmes du plat de la main et jette un coup d'œil dans le rétroviseur. Holly serrée dans ses bras, Gordon dort à l'arrière. Les larmes de Marie redoublent. Elle les laisse couler pour évacuer la pression. Elle vient de se souvenir d'une autre scène de son enfance. Juste après la mort des Parks, Crossman l'attendait devant le portail de Milwaukee Drive. Elle avait jailli de la voiture du shérif et s'était jetée dans ses bras.

Il sentait merveilleusement bon le vétiver et le tabac. Elle avait sangloté longuement contre lui pendant qu'il la berçait maladroitement en répétant :

— Là, là, puce, on va s'en sortir. Je te promets qu'on va s'en sortir.

Crossman l'aimait. Il l'avait toujours aimée. Et maintenant qu'il essayait enfin de le lui dire, il était trop tard.

Marie s'efforce de se concentrer sur la route. Cela fait quatre heures qu'elle roule sur les chemins gravillonnés qui longent le Mississippi. Les suspensions grincent dans les nids-de-poule. Elle est désormais l'heureuse propriétaire d'une vieille Buick Skylark dont les pare-chocs ne tiennent que grâce à des tendeurs entortillés autour de la calandre.

Après le carnage de la maison de retraite, ils avaient quitté Gerald et s'étaient arrêtés pour pousser la vieille Impala dans un étang aux berges encombrées de ronces et de taillis. Holly toujours agrippée à ses bras, Walls avait regardé la vieille bagnole sombrer dans un bouillon de bulles et de vase. Ils avaient ensuite marché sans échanger un mot jusqu'à une grange qui semblait abandonnée.

— Là.

— Quoi, là ?

Marie avait levé la main pour indiquer à Walls les traces de pneus qui remontaient le sentier et s'interrompaient devant la grange. Elle avait fait sauter le cadenas rouillé d'un coup de crosse et avait écarté les pans de bois qui s'étaient ouverts en grinçant. À l'intérieur, ça sentait la paille. Tirant une bâche, Marie avait dévoilé une vieille Buick dont le capot était encore tiède. Elle avait bricolé les circuits de démarrage, puis, Walls tenant Holly dans ses bras sur la banquette arrière, elle avait reculé dans un nuage de poussière et pris la direction de l'ouest.

Marie jette sa cigarette par la fenêtre et regarde à la dérobée le visage d'Holly dans le rétroviseur. Les traits tirés dans la lueur du plafonnier, la fillette a ouvert les yeux et contemple la nuit de son regard fixe. Marie sent une pointe de tristesse mordre son cœur.

Deux heures plus tôt, ils s'étaient arrêtés dans un restoroute désert où ils avaient commandé des hamburgers et des milk-shakes qu'ils avaient avalés en silence. Marie avait regardé Holly chipoter une frite avant d'aspirer un peu de vanille glacée avec sa paille. Puis la môme s'était de nouveau blottie contre l'épaule de Walls qui avait adressé un sourire gêné à Parks.

Marie tend le bras pour éteindre le plafonnier. Elle voudrait qu'Holly se rendorme et que Gordon se réveille. Elle chuchote :

— Ça va, puce ?

Holly ne répond pas. Elle a refermé les yeux. Elle écoute ce que Gordon lui murmure mentalement. Lui non plus ne dort pas. Leurs cœurs battent presque au même rythme à présent.

Ça avait commencé après le restoroute, alors que la nuit tombait et que Marie avait repris la direction du nord en effectuant de larges détours. Gordon lui avait indiqué un itinéraire à emprunter pour se rapprocher d'un Sanctuaire situé au bord du Père des Eaux. Puis il avait fermé les yeux en berçant Holly. La fillette n'allait pas bien. Elle n'était pas seulement triste ou effrayée. Malgré le talisman de Neera, elle était en train de changer, de vieillir, de se vider comme une batterie. Ce qui signifiait que le pouvoir était sur le point de mourir et qu'il fallait faire vite avant que celle qui agonisait dans le Sanctuaire de la source ne s'éteigne à son tour.

Walls s'était concentré et avait détecté les premières tumeurs dans l'organisme de la fillette. Ce n'étaient encore que des nodules mais ils grossissaient. Et puis, surtout, Holly était en train de renoncer. Au cours de ces derniers jours, depuis qu'elle s'était retrouvée coincée dans le Dôme à regarder les eaux monter et à entendre les hurlements des femmes que la foule violait dans l'obscurité, elle s'était efforcée de ne pas penser à ce qu'elle était avant, juste avant de fausser compagnie à ses parents dans le centre commercial de La Nouvelle-Orléans. Elle aurait voulu mourir avec eux. Elle voulait mourir maintenant. Depuis Gerald, elle se crispait et restait figée quelques instants avant de se détendre d'un seul coup et de se remettre à pleurer. C'est en sentant son rythme cardiaque s'accélérer que Gordon avait compris qu'elle essayait de retenir sa respiration pour mourir. Au début, elle gonflait ses poumons et se forçait à tenir jusqu'à sentir le goût métallique du sang dans sa bouche. À présent, constatant que cela ne suffisait pas, elle vidait tout son air et serrait les poings pour se donner du courage. Lorsque Marie avait jeté son portable, Walls avait posé les doigts sur la main de la fillette et lui avait murmuré d'arrêter. Elle ne l'avait pas écouté. Elle était toute tendue dans ses bras. Déjà sa vue se brouillait. Elle allait réussir. Walls lui avait alors envoyé une légère impulsion et avait calé les battements de son cœur sur les siens. Depuis, il en abaissait lentement le rythme pour le ramener à la normale.

Marie vient d'éteindre le plafonnier. Holly ouvre la bouche pour aspirer un peu d'air. Elle est furieuse. Elle chuchote à l'oreille de Walls :

— Laisse-moi tranquille, sale mutant ! Tu n'as pas le droit de m'en empêcher !

— Je ne peux pas te laisser faire ça, puce.

— Ne m'appelle pas comme ça. Puce, c'est pour Marie.

— Je peux quand même te poser une question ?

— J'aurai le droit de ne pas y répondre ?

— Oui.

— Alors d'accord.

— Pourquoi veux-tu mourir ?

— Je ne veux pas mourir, je veux faire comme les fourmis. Comme quand elles sont prises au piège et qu'elles savent qu'elles ne vont pas s'en sortir.

— Qu'est-ce qu'elles font à ce moment-là ?

— Elles peuvent arrêter les battements de leur cœur. Il suffit qu'elles le décident, et ça s'arrête. Mais moi…

— Chuut, Holly, chuut, je suis là.

— Mais moi, je n'y arrive pas. À chaque fois que je retiens ma respiration, ça accélère dans ma poitrine.

— C'est parce que tu n'es pas une fourmi.

— Oui, je sais. Moi, je suis un monstre.

— Non, chérie, tu n'es pas un monstre.

— Si, c'est Ash qui l'a dit. Je suis une sale méchante petite fille qui ne sait même plus comment s'appelait son papa. Parfois, je me rappelle que son prénom commençait par un L ou un M, mais je n'arrive pas à me souvenir de la suite.

— Tu n'es pas un monstre ni une méchante fille. Tu es autre chose. Tu m'entends ?

La fillette a recommencé à retenir sa respiration. De grosses larmes roulent sur ses joues. Walls se concentre pour récupérer doucement son rythme cardiaque et la forcer à respirer. La bouche d'Holly s'ouvre de nouveau comme celle d'un poisson. Elle plante ses ongles dans l'avant-bras de Walls qui se mord les lèvres pour ne pas crier.

— Holly, tu me fais mal.

— Et toi, tu me fais chier !

— Chérie, tu veux que je te dise ce que tu es vraiment ?

— Non. Je veux que tu me transformes en fourmi.

— Je ne peux pas faire ça.

Holly passe sa main sur la joue de Gordon. Elle le supplie à voix basse :

— Pourquoi, oncle Gordon ? Pourquoi tu ne pourrais pas faire ça ? Allez, s'il te plaît. Je resterai dans ta main et je ralentirai mon cœur et après…

— Holly…

— Tu es à mes ordres, de toute façon ! T'es qu'un sale petit Gardien et moi je suis une Révérende. Alors, si je te demande de me transformer en fourmi, fais-le, sinon je vais le dire à Chester et il te grillera le cerveau.

— Je peux te dire ce que tu es vraiment.

— Qu'est-ce que je suis, oncle Gordon ?

— Tu es une adorable petite fille complètement dépassée par ce qui lui arrive.

— Je n'ai pas besoin d'être consolée, j'ai besoin de comprendre.

— Alors il faut que tu fermes les yeux et que tu détendes. Il faut que tu me laisses faire. Il ne faut pas que tu aies peur.

— Ça va être un truc dégueulasse dans le genre de ce qu'on voit à la télé ? Si c'est ça, je te préviens, mon père m'a appris à mettre des coups de pied aux sales types qui demandent aux petites filles de monter dans leur voiture.

Walls sourit dans l'obscurité.

— Rien de tout ça, puce.

— Promis ?

— Promis.

— Ça va me faire mal ?

— Non, mais ça risque de te faire peur. C'est pour cela qu'il faut que tu me fasses confiance. On va se concentrer tous les deux et on va se retrouver ailleurs.

— Ailleurs ? Et Marie ?

— Ne t'inquiète pas : nos corps vont rester dans la voiture. Elle pensera qu'on est profondément endormis, mais on sera ailleurs.

— Et on va revenir ?

— Bien sûr. C'est comme un tour de manège. On s'en va et on revient.

— Oncle Gordon, je t'adore mais c'est quand même pas si simple. Il ne suffit pas de fermer les yeux et de s'envoler comme dans une BD de Spider-Man, si ?

— Si.

— Et c'est tout ?

— Non. Il faut aussi que tu prennes le pendentif que je t'ai donné et que tu le serres très fort dans ta main.

— Ça, c'est cool, je peux le faire. Et après ?

— Après, il faut que tu fermes les yeux et que tu te concentres avec moi.

— Et quand je les rouvrirai, je serai ailleurs et je comprendrai qui je suis vraiment, c'est ça ?

— Oui.

— Ça alors, jamais mes copines ne me croiront. De toute façon, je ne me souviens même pas d'elles…

Walls essuie doucement les larmes d'Holly. Elle serre le pendentif qui s'est mis à luire faiblement dans sa main.

— *Ak säy ?*

— *Ak säy, Eko.*

Holly ferme les yeux. Un autre cœur s'est mis à battre dans sa poitrine en même temps que le sien. Des battements minuscules au début, puis de plus en plus forts à mesure que son propre cœur ralentit et s'arrête. Les mouvements et les bruits de la voiture s'éloignent. La respiration d'Eko emplit l'univers. Holly se concentre. Elle a l'impression que ses jambes et ses bras s'allongent, que ses hanches s'élargissent et que sa poitrine s'est mise à pousser. Les senteurs de cuir et de cigarette qui emplissaient le véhicule ont laissé place à des odeurs de terre mouillée et d'air pur. La jeune femme qu'elle est en train de devenir est très puissante. Holly sent une pointe de jalousie percer son cœur. C'est elle qu'Eko aime.

La fillette grimace en découvrant les amants enlacés sous des fourrures au milieu d'une vaste forêt. Ils sont allongés près d'un feu qui éclaire faiblement les branches basses. Holly se mord les lèvres. Elle vient de lire d'autres images dans l'esprit de la jeune femme : des souvenirs de loups et de sang. La pluie, le vent, les odeurs de ronces et de terre mouillée. La conscience de la fillette se dilue dans celle de la jeune femme. Elle sent le cœur d'Eko accélérer sous sa main. Il vient de retrouver celle qu'il aime. Ensemble, ils se souviennent de ce qui s'était passé bien des siècles plus tôt, quand ils avaient échappé aux fauves de la forêt de Kaïrn.

110

Neera est assise en tailleur à l'abri des ronciers géants qui recouvrent les contreforts de la colline-sanctuaire. À perte de vue, les grandes plaines ondulent sous la lune. Une large bande d'herbes couchées zèbre la prairie comme une crevasse. C'est par là que Neera est arrivée avec Eko et les autres chasseurs de sa garde rapprochée, mêlant comme eux ses pas et son odeur à ceux du troupeau de bisons qui avait ouvert cette brèche dans la plaine. Ils avaient marché courbés dans cette passe pendant le dernier jour et la dernière nuit de leur fuite, jusqu'à apercevoir au loin les contreforts rocailleux de la colline-sanctuaire. La peau de Terre-Mère. C'est ainsi qu'ils avaient pu approcher sans être vus.

Neera lève les yeux et regarde le ciel à travers les branches épineuses. L'aube est proche. La jeune femme le sent à la tiédeur de la terre sous ses paumes et aux bruissements des insectes dans les herbes. Elle le sait aussi à son estomac qui gargouille. Depuis quatre jours, elle n'a mangé qu'une poignée de baies acides et mâché des racines au goût terreux. Ça et quelques gorgées d'eau avalée la veille au bord d'un ruisseau, une eau si froide que Neera avait été obligée de rompre la mince pellicule de givre qui la recouvrait. L'eau de Terre-Mère. C'est ainsi que les chasseurs du clan se dirigeaient sans peine dans l'obscurité : en interrogeant les étoiles lorsque le ciel était clair et en buvant l'eau des ruisseaux lorsqu'il était chargé de nuages. Mais, à présent que Neera et sa garde ont atteint le Sanctuaire, les odeurs qui tapissaient la crevasse herbeuse semblent s'évaporer. Elles deviennent grises et froides, comme des odeurs de peau laissées par des pieds nus sur des galets. L'agonie de Terre-Mère.

Les mains posées à plat sur le sol, Neera sent les vibrations qui agitent la terre. Il s'est passé quelque chose d'encore plus grave que la révolte des insectes ou le massacre de sa tribu. Quelque chose qui a profondément perturbé le pouvoir de Gaïa. On dirait que toutes les forces de Terre-Mère sont en train de s'évanouir. Neera les sent s'écouler sous ses doigts comme de minces filets d'eau. Elles arrivent de partout, serpentant à travers les herbes, voyageant sous la terre et dans l'air. Des millions de petites vibrations qui escaladent les pentes de la colline-sanctuaire.

Les yeux fermés, Neera interroge les ondes qui circulent sous ses doigts. Elle capte des bribes d'images, des taches rouge sang, des arbres abattus, des ruisseaux taris, des cours d'eau chargés de mousse et des fleuves charriant des carcasses d'animaux et des cadavres humains. Très loin vers le couchant, elle aperçoit un épais brouillard noir comme de l'encre, qui roule sur la plaine et dévore tout sur son passage. Elle comprend enfin pourquoi la forêt de Kaïrn était aussi déserte et silencieuse. Le grand vide. Le dévoreur de substance. L'Ennemi. C'est à cette brume de cendre que les restes du pouvoir de Gaïa tentent d'échapper en serpentant vers la colline-sanctuaire.

Neera tourne sa conscience dans la direction d'où vient la menace. Ça s'est passé de l'autre côté des grandes plaines, au milieu des montagnes recouvertes d'eau glacée. Là où il fait si froid que seules les détentrices du pouvoir de Terre-Mère peuvent survivre. L'autre Sanctuaire, celui de la grande montagne Inmach, celui des Révérendes Mères. Ce sont elles qui protègent les sept tribus de la Lune : les gardiennes du pouvoir de Gaïa. Elles s'étaient réunies là pour le Transfert et l'Ennemi avait retrouvé leur trace.

Neera essaie de recomposer les vibrations qui lui parviennent, de leur donner une cohérence. D'autres images s'élargissent dans son esprit. Elle voit le Sanctuaire perdu sur les hauteurs imprenables de la grande montagne Imnach et la lourde table de granit où les Révérendes ont pris place. Chacune d'elles est assise, le dos courbé, leurs vieux visages ridés dissimulés sous une capuche. Derrière se tiennent les Aïkans des sept tribus de la Lune. Les Révérendes vont mourir pour mieux renaître. Le même cycle tous les quatre cents ans.

Les dernières vibrations faiblissent. Les images qu'elles contiennent deviennent de plus en plus floues. Neera aperçoit dans sa vision la vieille Alya Peau-de-Pierre, la Révérende Mère de sa tribu. Elle serre les poings en découvrant le visage de l'Aïkan qui se tient derrière la vénérable. Mélia, une voyante de quatre ans son aînée. Elle est belle mais pas autant que Neera. Elle est très grande et élancée sous la houppelande qui la protège des vents mordants d'Inmach mais, quoi qu'elle fasse, elle ne sera jamais aussi puissante que Neera.

La vision s'arrête. Soufflant dans ses mains pour les réchauffer, Neera regarde les filets de condensation qui s'élèvent dans l'air glacé et se perdent dans la brume. Au-dessus, à mesure que l'aube dessine les contours du paysage, les nuages se referment peu à peu comme un couvercle. Neera contemple le lac aux eaux sombres qui borde la colline-sanctuaire. C'est là que Meka Teka prend sa source. Le Père des Eaux. Un ruisseau d'abord, puis un torrent et enfin un fleuve. C'est ici qu'il entame sa lente traversée de Terre-Mère, ici que tout commence et que tout s'achève.

Un cri haut dans le ciel. Neera baisse la tête sous les ronciers. Accroupis à ses côtés, les chasseurs surveillent le groupe de vautours géants qui survolent le lac. Les serviteurs de l'Ennemi dont les yeux acérés fouillent les taillis et les amas rocheux à la recherche des survivants de la Lune. Son esprit s'élevant au-delà des ronciers et des hautes herbes, Neera les rattrape au bord de l'horizon. Elle sent le vent glacé s'engouffrer dans leur plumage. Les muscles de leurs ailes claquent sous leur peau mince et dure. Elle sait que les grands vautours sont des volatiles cruels et intelligents et qu'elle ne peut pas demeurer longtemps dans leur esprit. Elle scrute la plaine et le cours sinueux du Père des Eaux. Elle fouille les berges et les buissons. Au loin se découpe la ligne noire de la forêt où ils ont échappé de justesse aux loups. Au-delà, le fleuve oblique vers le levant avant de prendre la direction de la lointaine mer pour y jeter ses eaux limoneuses.

Neera le Vautour bande ses muscles et prend de l'altitude. Elle écarquille les yeux pour percer la brume gelée qui enveloppe le sol. Des fumerolles noires s'élèvent des berges où les siens vivaient depuis des siècles. Neera laisse échapper un long cri de douleur et de haine qui résonne dans la gorge du vautour. Elle sait à présent que les sept tribus du clan de la Lune ont été exterminées. Partout où se pose l'œil perçant du charognard, elle n'aperçoit plus qu'une lointaine ligne de brume noire qui avance le long des grandes plaines. L'Ennemi recherche Alya Peau-de-Pierre, la seule Révérende ayant échappé au massacre. Elle s'est réfugiée dans la grotte au sommet de la colline-sanctuaire. Elle est blessée, elle est si vieille. Déjà les battements de son cœur ralentissent. C'est pour cette raison que les vibrations qui parcourent Terre-Mère étaient si faibles sous les paumes de Neera. Elles cherchent à rejoindre la vieille Alya mais le feu intérieur qui les attire est en train de s'éteindre. Si la dernière Révérende disparaît avant d'avoir pu transférer ses pouvoirs, c'est la substance même de Gaïa qui disparaîtra à jamais avec elle.

L'esprit de Neera se détache brusquement du vol de charognards et remonte à toute vitesse le cours brillant du Père des Eaux. La tranchée dans les hautes herbes, la colline-sanctuaire, les ronciers…

Sentant la main d'Eko se refermer sur son épaule, Neera aspire une gorgée d'air glacé. Elle la sent brûler sa gorge et descendre dans ses bronches. Ça devrait sentir la tourbe et l'écorce. Les odeurs du matin. Pourtant, Neera a beau respirer, ça ne sent plus rien. Pas même la roche, pas même la glace ou l'eau. Elle rouvre les yeux. Il n'y a plus une seconde à perdre.

111

Neera a pris place entre les bras d'Eko. Elle est allongée sur ses genoux comme une enfant. Il lui parle doucement et la rassure. Elle va avoir besoin qu'il la protège et la soutienne. Elle ne peut pas monter physiquement au sommet de la colline. C'est beaucoup trop dangereux sous la lumière de Père, et impensable au cœur des ténèbres.

Les doigts de Neera se referment autour de son pendentif en perle d'ambre. Le bijou luit étrangement au creux de sa paume. Une lueur froide et pulsatile, tantôt faible, tantôt puissante.

Neera se concentre. Une simple poussée… pas trop forte pour ne pas créer de remous à la surface du pouvoir. C'est cela que l'Ennemi repère avant tout : les remous.

Ça y est. Neera sent son esprit s'échapper comme un soupir entre ses lèvres. À mesure qu'elle s'élève, elle sent les mains chaudes et rassurantes du chasseur contre sa peau et, en même temps, elle regarde s'éloigner son propre corps comme si elle était en train de mourir.

La substance de Neera vient de franchir l'entrée de la grotte. Il fait froid. Ça sent le feu, le cuir et la fleur d'ombre. Mais, là aussi, ces odeurs primordiales ne sont déjà plus que de minces filaments dont la toile de plus en plus lâche garde à peine l'entrée du Sanctuaire.

L'esprit de Neera effleure le sol sablonneux. Elle aperçoit une silhouette assise en tailleur au fond de la grotte. Elle est penchée en avant, comme effondrée. Plusieurs lignes de bougies disposées en forme d'étoile dispensent un parfum graisseux qui se répand dans l'atmosphère. Leur lueur éclabousse l'épaisse chevelure grise qui recouvre le visage d'Alya. La Révérende semble dormir. Elle est si maigre qu'on dirait que ses chairs et ses os ont fondu à la chaleur des bougies.

Le souffle de Neera soulève les cheveux de la Révérende qui retombent mollement sur ses épaules. La jeune Aïkan se concentre. Il faut à présent qu'elle ralentisse les battements de son propre cœur. Qu'elle les arrête. Ou plutôt qu'elle se serve du cœur d'Eko pour entraîner le sien car elle va avoir besoin de toute son énergie pour entrer en contact avec la mourante.

Eko tressaille en sentant la peau de Neera se refroidir sous ses doigts. Son cœur vient de s'éteindre. Il regarde le mince filet de vapeur blanche qui s'échappe encore de sa bouche. Puis le rose qui recouvrait les lèvres de la jeune femme se dilue, son menton tremble un peu et se fige. Eko ferme les yeux et serre le corps de Neera contre sa poitrine.

112

Coupé de son enveloppe, l'esprit de Neera flotte dans la caverne. Elle sait que le moindre courant d'air peut le disperser et que la brume que composent ses pensées et ses souvenirs peut se déchirer à tout moment. À mesure que sa substance charnelle la rejoint, elle sent son corps se matérialiser. Ce n'est qu'une projection de ses sensations mais, déjà, le sol sablonneux s'arrondit autour de ses genoux et les contours de ses membres se reforment.

Agenouillée aux pieds de la Révérende, Neera est nue. Elle a froid. Une Aïkan n'est jamais aussi vulnérable que lorsque son cœur s'est arrêté et que sa substance a quitté son corps. Le Ghan-Tek, la projection suprême, une technique mentale ultime que seules les Révérendes Mères sont autorisées à utiliser en cas d'urgence.

Neera entend au loin la voix d'Eko crier dans son esprit. Beaucoup trop d'énergie. Beaucoup trop de temps depuis que son cœur a cessé de battre. Entre les bras du chasseur, le corps de la jeune femme est en train de se raidir. Il a peur. Il est triste. Elle n'y peut rien. Elle est entrée dans les mondes mentaux qui gardent l'esprit d'Alya et doit à présent se faire reconnaître au plus vite, au risque que la Révérende ne la confonde avec l'Ennemi et ne la tue d'une seule pensée. La voix de la jeune Aïkan résonne dans le silence :

— Terre-Mère, je suis Neera Ekm Gila, la dernière Aïkan de la septième tribu du clan de la Lune. Gel, glace, falaises et brume sont mon cercle de protection. Pourtant, je me présente devant toi nue et sans armes. J'en appelle à toi, Terre-Mère. Par l'ambre que je porte, je te supplie de me reconnaître comme substance de toi-même et humble morceau du tout qui te constitue. Qu'est la falaise sans la roche ? Qu'est l'arbre sans l'écorce et la feuille ? Que reste-t-il de l'eau, de l'air et du feu, si l'eau, l'air et le feu oublient ce qui les constitue ? Entends mes mots, Terre-Mère ! J'en appelle à vous aussi, Père lumineux et Mère Lune. Je me tiens nue devant vous et je ne ressens nulle peur car je suis Neera Ekm Gila, la dernière et plus jeune de vos servantes.

Pas de réponse. Neera sent les battements d'Eko ralentir. Il faut qu'elle franchisse maintenant les barrages mentaux d'Alya. Il faut à tout prix qu'elle trouve le moyen d'entrer en contact avec cette partie de son esprit encore intacte. La jeune femme cherche dans sa mémoire un souvenir commun qu'elles seules peuvent connaître. Elle revoit les grandes forêts au cœur desquelles Alya et elle se promenaient lorsque Neera n'était encore qu'une enfant. Elle se souvient du contact rugueux de la paume de la vieille enveloppant sa petite main tandis qu'elles avançaient au milieu des fougères et des arbres géants. Elle se souvient que des odeurs de feuilles mortes flottaient dans la brise. Ça et le bourdonnement des insectes virevoltant l'été dans l'air chaud et immobile de la forêt. Ça et les odeurs de pluie, de glace et de pierre gelée qui rampaient à la surface du sol les jours d'hiver où le vent gerçait les lèvres et rougissait les visages.

Fermant les yeux, Neera revoit ce jour où elle avait éclaté en sanglots après s'être tordu la cheville contre une racine. Lui murmurant des mots rassurants, Alya la vieille avait dénoué les lacets de ses souliers de peau et avait passé un doigt usé et râpeux sur sa cheville enflée. Elle avait bravement ravalé ses sanglots tandis que le doigt d'Alya passait et repassait sur sa blessure, abandonnant une étrange sensation de chaleur qui s'était diffusée dans son articulation. Puis la vieille avait suspendu son geste et la douleur avait à nouveau jailli comme un animal. De grosses larmes débordant de ses yeux, Neera avait regardé Alya déterrer quelques racines secrètes qu'elle avait longuement écrasées dans un bol en terre cuite. Elle se souvient de l'odeur qui s'en était échappée à mesure que les plantes se mélangeaient à la salive de la vieille. Un parfum de menthe, de roche et de sucre. Puis Alya avait étalé la pâte verdâtre sur un linge de peau avec lequel elle avait délicatement enveloppé la cheville de l'enfant et la douleur avait immédiatement recommencé à céder du terrain. Elle avait ensuite posé sur sa blessure un autre bandage plus serré et, avant de se mettre en marche, elle avait soulevé Neera dans ses bras avec une force surprenante. Une force douce et mesurée. Une force d'homme.

Elles étaient restées un long moment silencieuses tandis que, lovée dans les bras noueux de la vieille, Neera contemplait la cime des arbres. Le pas de la Révérende était lent et sûr, adoptant le bon rythme pour ne pas aggraver la douleur de l'enfant. Sa cheville la lançant à travers le cataplasme tandis que l'onguent pénétrait sa peau, Neera avait demandé à Alya pourquoi elle n'avait pas continué à se servir du pouvoir de Gaïa pour soigner sa blessure.

— Allons, Ekm Gila, vous n'avez toujours pas compris ?

— Quoi donc, Mère ?

— Tout est le pouvoir. Les arbres, les rochers, les plantes. Chaque pincée de l'air que vous respirez. Toute chose invisible et toute chose aperçue. Tout est Gaïa.

— Votre doigt sur ma peau aussi, n'est-ce pas ?

— Non. Ça, ce n'est pas le pouvoir mais l'instrument du pouvoir.

— Je ne comprends pas.

— Je le sais, Ekm Gila, et cela m'attriste. Vous écoutez votre douleur et vous suppliez Gaïa de vous en soulager. Bientôt, vous soulager vous-même par la pensée sera facile, mais alors qu'aurez-vous appris sinon à détourner le pouvoir de Gaïa à vos propres desseins ?

— Pourquoi utiliserais-je la foudre du ciel pour allumer un feu de bois, ou l'eau de tout un océan pour l'éteindre, c'est ça ?

— Oui, Enfant, c'est ça. En moi est Gaïa, l'Éternelle est Gaïa mais je ne suis pas Gaïa. Je ne suis que son instrument. Le bâton du marcheur mais pas le marcheur. La feuille qui frissonne au sommet de l'arbre mais pas l'arbre. La goutte d'eau qui compose l'océan mais pas l'océan. Il faut vous en souvenir. Sinon, si vous détournez le pouvoir de Gaïa en l'utilisant tout entier alors qu'un simple fragment de ce pouvoir suffit, le feu du ciel vous brûlera et l'eau de l'océan vous engloutira.

— Car je ne suis pas Gaïa mais son humble servante.

Alya avait souri dans l'ombre de sa capuche et ses bras noueux s'étaient resserrés un peu plus autour de Neera. Elle avait senti ses vieilles mains caresser ses cheveux.

— C'est cela, Ekm Gila. Ce n'est que cela. Les plantes dont j'ai fait un pansement autour de votre blessure sont l'exacte quantité du pouvoir de Gaïa dont j'avais besoin pour soulager votre douleur. Le temps fera le reste. Le temps et la patience.

— Comprendre le temps qu'il faut à toute chose pour être, pour devenir et pour ne plus être.

Neera avait murmuré ces mots en s'endormant peu à peu dans les bras d'Alya Peau-de-Pierre. Elle avait senti les battements de son cœur entrer en harmonie avec les siens. Un instant, juste avant de s'endormir, elle avait aperçu l'insondable connaissance de la Révérende. Ses milliards de souvenirs et ses milliards de pensées qui composaient l'immensité de son savoir. L'espace d'un instant, elle avait compris qu'Alya n'était pas seulement Alya mais qu'elle était aussi toutes les autres Révérendes qui s'étaient transférées jusqu'à elle depuis la naissance du monde. Tous les savoirs, toute la sagesse et la force de toutes les servantes de la lignée de Terre-Mère. Ainsi Neera avait-elle aperçu en demi-songe l'immense océan gelé et immobile du pouvoir de Gaïa. Toute la création, tout l'avant et l'après, tout ce qui avait été, tout ce qui était et qui serait. Juste avant de s'endormir entre les bras de la vieille Révérende, elle était devenue elle, marchant comme elle, chantonnant comme elle, serrant comme elle dans ses bras une enfant endormie. Une enfant qui contenait à elle seule tout le pouvoir à venir de Gaïa. Le danger et le refuge. La question et la solution. La fin et le recommencement. Alya Ekm Gila.

113

Neera est épuisée. Cela fait beaucoup trop longtemps que sa substance charnelle s'est détachée de son enveloppe. Elle n'entend presque plus les battements du cœur d'Eko. Il ne reste que le silence et le parfum de roche qui emplit l'air immobile de la caverne.

Ce jour-là, lorsque Neera s'était réveillée entre les bras d'Alya Peau-de-Pierre, elle s'était rendu compte qu'elles approchaient des grottes de la septième tribu et que le crépuscule embrasait les falaises. Beaucoup de choses semblaient avoir changé. La lumière, le paysage lunaire des ravins, le parfum des choses. Le ciel aussi. Puis, les contours de son corps se dessinant peu à peu dans son esprit, Neera avait compris que ce n'étaient pas les choses qui avaient changé mais elle. Elle s'était sentie beaucoup plus lourde dans les bras de la Révérende. Pourtant, Alya marchait du même pas et fredonnait toujours comme si les heures qui s'étaient écoulées depuis que Neera s'était endormie n'avaient eu aucune emprise sur elle. Ou plutôt comme si ces heures n'avaient duré que quelques secondes. C'est à ce moment que Neera s'était aperçue que ses jambes et ses bras s'étaient allongés, que son corps avait grandi, que ses hanches s'étaient élargies et que sa taille semblait s'être resserrée. Ses cheveux étaient plus longs aussi et sa poitrine tendait la toile de son habit. En s'endormant entre les bras d'Alya, Neera avait six ans. Elle en avait presque douze lorsqu'elle avait repris conscience aux abords des grottes de Neg. La vieille Révérende s'était arrêtée à quelques mètres de l'entrée et avait murmuré :

— Je suis fatiguée à présent, Ekm Gila. Je vais vous laisser marcher sur votre propre chemin. N'ayez aucune crainte car désormais Gaïa est en vous.

Puis Peau-de-Pierre avait déposé tendrement l'adolescente sur le sol et Neera avait entendu ses vieilles articulations craquer tandis qu'elle se redressait. Là, debout dans la lumière ocre et crémeuse du crépuscule qui baignait son visage, Neera avait compris que son apprentissage était terminé et qu'Alya l'avait ramenée à sa tribu avant de repartir seule vers son Sanctuaire. Elles étaient restées un moment sans échanger un mot. Puis, ayant embrassé Neera sur le front, Alya lui avait passé autour du cou une larme d'ambre retenue par un lacet de cuir. Sentant la chaleur du bijou contre sa peau, l'adolescente avait murmuré à travers ses sanglots :

— Pardon, Mère.

— Pardon de quoi, mon enfant ?

— Pardon de pleurer. D'être si faible.

— Il est normal que vous ayez de la peine, Ekm Gila. Vous pensez perdre votre mère mais vous comprendrez bientôt que jamais je ne serai plus présente que lorsque je serai partie. Car désormais vous êtes moi et je suis vous.

Juste avant que la Révérende s'éloigne, Neera avait senti ses vieux doigts osseux essuyer les larmes qui baignaient ses joues. Les mêmes doigts qui effleurent à présent son visage tandis que, agenouillée dans la grotte, elle finit de revivre ce souvenir. Elle rouvre les yeux. Alya Peau-de-Pierre la contemple. Son regard est si triste, si profond. Elle aussi se souvient.

Les mains de Neera rejoignent celles de la Révérende et se referment sur les doigts qui caressent son visage. La vieille femme se raidit quand l'énergie de l'Aïkan s'engouffre dans son esprit. Elle est devenue si puissante. Presque invulnérable. C'est pour ça que Gaïa l'a choisie. Pour prononcer la fin et le recommencement.

— Ne m'oubliez pas quand je ne serai plus, Ekm Gila.

— Je vous le promets, Mère.

La Révérende renverse la tête en arrière et laisse tomber les ultimes barrages mentaux qui gardent son esprit. Elle sent Neera fouiller sa mémoire. La jeune femme sait ce qu'elle cherche. Elle a atteint cette partie du pouvoir qui détient la sombre vue. La conscience suprême. Elle sait à présent que des survivants de la

Lune ont échappé au massacre. Elle les voit avancer par petits groupes sous le couvert des arbres. Elle sourit en reconnaissant le visage de sept très jeunes filles emmaillotées dans des linges de peaux, portées à même le dos par des Gardiens. La dernière lignée qu'ils ont arrachée des pouponnières juste avant que les serviteurs de l'Ennemi ne les tuent. Ils marchent la nuit et se terrent le jour. Ils ont emporté assez de lait dans des outres pour nourrir les fillettes. Ils fouillent la terre afin de récolter des racines de klek dont ils font une bouillie hyper-nourrissante qui va accélérer leur maturation. Déjà, leur esprit se structure, leurs yeux bleuissent et leurs pouvoirs grandissent. Les Gardiens suivent les ruisseaux. Ils boivent l'eau des rivières pour se repérer. Ils se dirigent vers les territoires interdits et les grands marécages sans fond qui marquent l'embouchure du Père des Eaux. C'est là que Gaïa leur enjoint de se rendre. L'ultime Sanctuaire de ceux de la Lune.

À mesure qu'elle lit ces images dans l'esprit de la vieille Révérende, Neera les aspire pour qu'elles ne tombent pas entre les mains de l'Ennemi. Alya la contemple. Elle est apaisée. Elle sait que la fin est proche. Elle prononce elle-même les premiers mots du Transfert, sa voix rocailleuse bientôt rejointe par celle, claire et forte, de Neera, qui achève chaque phrase de la grande incantation.

« L'Éternelle est Gaïa. En moi est l'Éternelle. En Gaïa rien jamais ne meurt ni ne se termine. Car en Gaïa toute mort donne vie. Toute fin n'est que l'achèvement de ce qui précède. Tout achèvement, le commencement de ce qui suit. »

À mesure que les deux voix s'unissent et que celle de Neera devient de plus en plus rauque, la jeune femme sent les doigts d'Alya se briser comme du verre dans ses paumes. Sa peau se réduit en poudre dans la sienne. La Révérende s'est tue. Seule Neera parle à présent, achevant l'incantation de sa voix chevrotante. Ses cheveux blanchissent et s'allongent. Sa peau se relâche et ses rides se creusent. Ses mâchoires se crispent tandis que le jet brûlant du pouvoir de Gaïa envahit son esprit. Elle le sent se distendre à mesure que les mondes mentaux des sept Révérendes se surajoutent au sien. Elle aperçoit des milliers d'anciens mondes, des milliards d'images et de souvenirs qui se télescopent. Elle entend le murmure des milliers de Révérendes qui se sont succédé dans la lignée de Gaïa. Elle aspire leurs souvenirs, leur conscience et la profondeur insondable de leur savoir. Elle entrevoit d'autres mondes lointains, des étoiles aux confins de l'univers. Des cités merveilleuses et de gigantesques vaisseaux-colonies avançant à la vitesse de la lumière.

Tandis qu'Alya se dessèche, Neera a l'impression de devenir un immense océan gelé et sans fond. Elle entrevoit le grand commencement ainsi que toutes les fins et tous les recommencements qui se sont enchaînés depuis la naissance du monde. Et puis, brusquement, elle comprend. Elle voit. Elle sait. Elle est l'océan. Elle avance au sein de l'océan. Elle est Gaïa.

114

Le clapot des pagaies, le hululement des oiseaux de nuit. Les parfums du monde ont changé. Ça sent la décomposition, la pourriture noble et les algues. Neera vient de se réveiller. Elle est assise à l'arrière d'une barque. L'eau frotte sous la coque. À travers la fente de ses paupières, elle aperçoit la surface lisse du Père des Eaux que le crépuscule embrase. On dirait un miroir liquide, un miroir rouge sang.

Les eaux ralentissent. Neera ouvre les yeux. Les feux du crépuscule lui arrachent quelques larmes qui se perdent sur son visage ridé. Elle contemple ses mains osseuses et ses poignets squelettiques. Sa peau est si fine et ridée qu'on dirait celle d'un reptile. Neera observe les chasseurs qui s'agenouillent dans l'embarcation et lui rendent hommage. La plus vieille et la plus puissante des Révérendes de la Lune n'a plus que quelques heures à vivre. Elle sait qu'Eko est mort en la tenant dans ses bras. Elle sait qu'il s'est mis à vieillir et à se dessécher en même temps qu'elle, à mesure que le Ghan-Tek aspirait sa substance. Elle lit dans le regard des chasseurs qu'il a refusé jusqu'au bout de la lâcher. S'il l'avait fait, s'il s'était écarté d'elle, son vieillissement se serait arrêté. Au lieu de cela, ses lèvres se gerçant et son visage se flétrissant, il a serré jusqu'au bout le corps de Neera. Jusqu'au bout il lui a donné sa substance, son énergie et sa vie.

Neera regarde les grands arbres noueux qui bordent les rives. Plongeant leurs racines géantes dans les eaux verdâtres, ils séparent peu à peu le fleuve en une infinité de méandres qui ne tarderont plus à se transformer en marais. Neera écoute le bourdonnement des nuées de moustiques qui escortent la barque. Cela fait plus de trois semaines que la dernière Révérende endormie descend le cours du Père des Eaux vers son embouchure. Des grumeaux de vase éclosent à la surface. La barque a atteint les Terres molles. Les sept fillettes sont en sécurité dans le dernier Sanctuaire. Les chasseurs ont continué à les nourrir avec du klek et du lait d'arbre. Elles sont prêtes.

Neera effleure la larme d'ambre qui orne son cou. Le bijou brille entre ses doigts. C'est chaud, lourd et plein. Là est enfermée l'essence même du pouvoir de Gaïa qu'elle va transférer aux petites avant de mourir. Le recommencement de Terre-Mère.

115

Le fleuve s'est immobilisé. Il n'est plus désormais qu'un gigantesque marécage. Les Gardiens attendent Neera sur la berge. Ils la portent jusqu'au campement où les survivants de la Lune se rassemblent depuis des semaines. Ils arrivent par petits groupes, se reconnaissent, se jettent dans les bras les uns des autres. Ils pleurent les morts. Ils accompagnent leur souvenir. Ils sentent leurs esprits converger avec les vivants vers le Sanctuaire.

Au centre du campement, les Gardiens ont dressé une vaste hutte circulaire. C'est là que sont enfermées les Aïkans. Là qu'ils les nourrissent et les protègent. Malgré leur très jeune âge, elles parlent couramment la langue de ceux de la Lune et maîtrisent déjà la connaissance. Elles sont très blondes, très belles, très tristes. Elles savent que la Mère des Mères approche et qu'elle vient à elles pour mourir.

Les Gardiens ont soutenu Neera jusqu'à l'entrée de la hutte. Le pouvoir dévore ses dernières forces. Les jeunes Aïkans se prosternent devant elle. Leurs yeux se remplissent de larmes en contemplant son visage ravagé par la vieillesse. Devant elles se tient Gaïa, la Terre-Mère. Elles sentent la chaleur qui s'échappe de ce corps. C'est brûlant et terriblement dangereux. Neera se concentre. Elle est devenue tellement puissante qu'elle pourrait détourner le cours du Père des Eaux rien qu'en étendant les bras au-dessus de sa surface. Rien qu'en y pensant. Elle regarde une à une les Aïkans. Elle les appelle par leur nom. Elle leur dit que l'heure est venue pour le clan de se disperser et que les temps approchent où ce qui s'est déjà produit va se reproduire. Elle leur parle du Grand Ravage que Terre-Mère a perçu dans les milliers de siècles à venir. Elle leur révèle le nom de celui par qui le malheur s'abattra sur le monde. Elle leur dit de ne pas désespérer et de transmettre le pouvoir aux Aïkans suivantes pour que l'ordre des Révérendes Mères survive.

Neera a fini de parler. Elle est épuisée. Elle pose les mains sur le front des fillettes agenouillées. À chacune elle remet un des sept pouvoirs de Gaïa. À mesure qu'elle se vide de cette énergie qui la consume, les fillettes grandissent et commencent à vieillir. Elles posent leurs mains sur leurs visages et se concentrent sur le pouvoir qui emplit leur esprit. Le processus de vieillissement s'est arrêté. Sept magnifiques vieillardes aux yeux bleus et aux cheveux blancs contemplent à présent le corps momifié de la Mère des Mères. Neera a cessé de vivre. Les yeux d'un bleu profond la suivent tandis que les Gardiens l'emportent vers son dernier Sanctuaire.

Dehors, les survivants de la Lune se sont séparés en huit groupes. Les amis se sont salués une dernière fois. Les enfants se sont pris dans les bras. Les femmes se sont embrassées. Puis les nouvelles tribus ont pris chacune une direction différente. À leur tête marchent les Gardiens et la Révérende chargée de les protéger.

Le huitième groupe a attendu que les autres s'éloignent pour se mettre en route. Les derniers Gardiens et les derniers survivants de la Lune. Ils ont marché durant des semaines à travers les Terres molles. Puis, lorsque le sol est redevenu dur sous leurs pieds, ils ont continué à descendre vers le sud en suivant les nombreux fleuves qui serpentent le long des plaines. Ils ont marché la nuit et se sont terrés le jour. Ils ont atteint le grand désert et les Terres sacrées. Une Mesa perdue dans les entrailles de laquelle se jette un des nombreux enfants secrets du Père des Eaux. Ils ont descendu la Mère des Mères au fond d'un gouffre et se sont installés dans des grottes profondes creusées par le temps. Ils ont enfermé Neera dans un monolithe de glace et ont vécu là durant une dizaine d'années. Et puis, un jour, ils ont reçu les messages mentaux des sept Révérendes de la lignée de Neera. Elles annonçaient qu'elles avaient traversé les océans et franchi les montagnes les plus hautes. Elles avaient atteint les extrémités du monde et avaient trouvé de beaux endroits pour installer les leurs. Elles disaient que les premiers bébés étaient nés et que certains portaient déjà la marque de Celles qui voient. Puis, conformément aux consignes de Neera, les sept Révérendes s'étaient tues et les Gardiens avaient quitté la Mesa pour rejoindre les fleuves. Afin d'être sûrs que l'Ennemi ne détecterait jamais leurs pensées, les derniers serviteurs de la Mère des Mères avaient bu le poison des plantes et s'étaient endormis dans leurs alcôves de pierre. Depuis, le silence et le froid avaient veillé sur Neera, et seule la larme d'ambre scintillant à son cou avait empêché les ténèbres de se refermer.

116

Holly sursaute en se cramponnant aux bras de Walls. La voiture vient de s'engager sur un chemin de terre à peine visible au milieu des fougères. Holly regarde le ciel à travers la vitre. La nuit commence à blanchir. Elle sent Gordon respirer doucement contre elle. Il s'est endormi. Elle sourit en repensant à Neera. Elle sait à présent où Eko l'emmène. Vers le Sanctuaire où tout a commencé. Elle sait aussi qui elle est. C'est difficile à comprendre pour une fillette de onze ans mais elle a perçu qu'elle est une toute petite partie du grand Tout et ça lui suffit. Elle a aussi la certitude que la puissance de Neera s'est réveillée et que son cœur bat encore dans sa poitrine. Holly n'a plus peur. Elle a l'impression que les couleurs sont en train de changer à mesure que la voiture avance. Pas seulement les couleurs. L'air aussi. Et les arbres.

Holly se redresse et passe ses bras autour du cou de Marie. La jeune femme lui adresse un clin d'œil dans le rétroviseur. Il y a quelque chose de différent dans le regard que la fillette lui renvoie. Quelque chose de plus mûr, de plus apaisé. Marie embrasse les mains d'Holly.

— Une bonne nuit, puce ?

— Je t'aime.

Marie sent sa gorge se serrer.

— Moi aussi, ma belle.

— Même quand tu m'énerves, je veux dire.

— Je te remercie.

— De rien. Quand tu as besoin que je te le répète, tu me le dis.

— Quoi donc ?

— Que je t'aime.

— Ah, cool, ok.

La vieille Buick vient de déboucher sur une clairière à proximité d'un bras du Mississippi. Une maison de pêcheur, quelques très vieux arbres et un ponton.

— On est où ?

— Bonne question. Tu réveilles le four à micro-ondes qui nous sert de mec ?

Holly secoue Gordon qui grogne dans son sommeil. Il ouvre les yeux. Son regard à lui aussi a changé. La fillette éclate de rire tandis qu'il l'embrasse sur la joue en la chatouillant sous les bras.

— Ça y est, c'est reparti. Il ne manquerait plus qu'elle te fasse pipi dessus à force de rire et la fusion serait totale. Tu m'entends, Gordon ? Gooordon ?

Walls se redresse et regarde la clairière.

— On est arrivés.

— Oui, mais où ?

— Le Sanctuaire de Lagrange. Un bon endroit. On va rester ici le temps qu'Holly se repose et que ceux qui nous poursuivent perdent notre trace.

Le sourire de Walls s'élargit. Il vient d'apercevoir la vieille balançoire sur laquelle il s'amusait quand il était enfant. Un pneu de tracteur retenu par une corde à la branche d'un vieil orme.

— Qu'est-ce qu'on fait maintenant ?

— On fait comme toutes les familles américaines : on s'installe et on prépare le barbecue.

Walls descend de voiture et rattrape Holly qui galope déjà vers le fleuve. Penchant la tête à travers la vitre, Marie hurle :

— Je ne veux pas qu'Holly se baigne maintenant.

Sans cesser de courir, Walls se retourne et met ses mains en porte-voix :

— Pourquoi ?

— Parce que je veux d'abord qu'elle avale quelque chose, après on…

Un plouf retentit au loin. Marie se tourne vers le ponton désert.

— Nom de Dieu ! Holly !

Marie jaillit de la voiture et court à toutes jambes vers le fleuve. Les cercles que le plongeon de la fillette a dessinés sont en train de s'estomper.

— HOOOLLY !

Marie a rattrapé Walls. Elle court en balançant les bras comme une sprinteuse. Et puis, brusquement, elle ralentit. Elle vient de voir le visage de la fillette émerger à la surface du fleuve. Holly a entendu ses cris. Elle se tourne vers Marie.

— Ben quoi ?

Marie ne répond pas. Elle essaie d'être furieuse mais elle a eu beaucoup trop peur pour y parvenir. Holly hausse les épaules et se met à nager comme une loutre.

— Holly, ne va pas trop loin ! Holly, tu m'entends ?

Walls a rattrapé Marie. Il pose une main sur son épaule.

— Marie, si je te dis : « Je suis une enfant du Mississippi, j'attrape des poissons-chats à l'épuisette et je nage comme eux depuis l'âge de deux ans. Si j'avais pu, j'aurais même nagé plus tôt en m'entraînant dans les flaques de pluie avec les têtards », tu me réponds qui ?

— Euh, Nelly Olson ?

Tandis qu'Holly pousse un cri perçant immédiatement suivi d'un long éclat de rire, Marie s'agenouille dans l'herbe humide de rosée. Son cœur galope dans sa gorge. Elle ferme les yeux. Elle se sent stupide.

XI

LE FLÉAU

117

Crossman bâille à s'en décrocher la mâchoire. Cela fait trente heures qu'il n'a pas pris une seconde de repos et il lui faut quelques instants pour que le voile qui danse devant ses yeux se dissipe. Il vient de quitter la salle de crise pour s'isoler dans un bureau de la Maison Blanche. Il est inquiet. Les nouvelles en provenance de la base de Puzzle Palace ne sont pas bonnes. Trente heures plus tôt, il avait envoyé deux de ses meilleurs agents sur place pour être ses oreilles et ses yeux. Un ballet d'hélicos venait de déposer la crème des scientifiques, ainsi que les étudiants les plus brillants que l'on avait arrachés à leur sommeil dans les dortoirs des meilleurs campus des États-Unis. On avait aussi transféré d'autres chercheurs que la Fondation avait expédiés de Suisse. Ces derniers avaient essayé de résumer vingt ans de recherches secrètes aux généticiens du gouvernement. Puis cette armée de blouses blanches avait trouvé refuge au huitième niveau sous la surface où elle s'était mise au travail sur les ordinateurs à protéines de Burgh Kassam. Depuis, les scientifiques décodaient, séquençaient, comparaient. Il ne restait plus que deux heures sur le compte à rebours fixé par le Président. Déjà, certains commençaient à rédiger leurs premiers rapports. Rien qu'à voir leurs mines épuisées et effrayées sur les écrans, Crossman sait qu'ils ont perdu la bataille.

Le patron du FBI décroche une ligne protégée et compose le numéro de son vieil ami Willy Newcomb, commissaire principal à La Nouvelle-Orléans. Les fonctionnaires débordés le cherchent dans les locaux. Le gros homme vient de rentrer de patrouille dans les rues inondées de la ville. Crossman réprime un sourire en entendant résonner sa voix à décoller les papiers peints. La porte de son bureau claque. Willy braille dans le combiné.

— Newcomb. Vous avez cinq minutes. Sauf si c'est le Président. Lui, c'est cinq secondes.

— Will, c'est Crossman.

— Stuart Crossman ? Bonté divine, tu ne pouvais pas choisir pire moment pour un coup de fil de courtoisie ! Qu'est-ce que tu veux ?

— J'ai besoin que tu me rendes un service.

— Et moi, j'ai besoin de couvertures, de tentes de secours, de nourriture et de médicaments. Au lieu de ça, le gouvernement m'envoie des marines qui s'entraînent au tir à balles réelles sur de pauvres gars affamés sous prétexte qu'ils fracturent quelques magasins pour trouver de quoi bouffer. Au fait, rappelle-moi pour qui tu travailles ?

— C'est grave, Will. C'est la sécurité nationale qui est en jeu.

— La sécurité nationale ? Stu, fais-moi plaisir et viens dire ça aux mômes des quartiers pauvres qui barbotent jusqu'aux lèvres dans la flotte.

— J'ai quatre containers de première urgence stationnés sur l'aéroport de Baton Rouge. Aide-moi et je te les expédie en priorité.

— T'es vraiment la plus belle ordure en costume que j'aie vue de toute ma vie, Crossman.

— Merci.

— Je t'écoute.

— Est-ce que tu as eu des signalements de disparition d'enfants juste avant que la tempête ne frappe la ville ?

— Stu, tu as bu ou quoi ? Mes hommes sont sur le pont vingt heures sur vingt-quatre depuis cinq jours. Des disparitions, on en comptabilise actuellement un peu moins de quatre mille, rien que sur l'agglomération de La Nouvelle-Orléans. Ça te va comme point de départ ou tu veux que j'élargisse le périmètre jusqu'à Fort Lauderdale ?

— Je recherche une gamine qui aurait disparu juste avant la tempête. J'ai besoin que tu fouilles tes archives pour voir si quelqu'un n'aurait pas fait un rapport là-dessus. La môme en question doit avoir dans les onze ans.

— Dix.

— Non, onze.

— Ok, va pour onze containers et je te trouve ce que tu cherches.

— Ok.

— Ne quitte pas.

Crossman allume une cigarette en écoutant les gueulantes que Will pousse sur ses hommes épuisés. Dans tous les bureaux, les téléphones n'arrêtent pas de sonner. Le directeur du FBI en est à se demander s'il ne l'a pas oublié lorsque sa voix se rapproche à nouveau du combiné. Un de ses hommes vient de lui apporter une pile de rapports couvrant les vingt-quatre heures précédant la tempête. Des bruits de paperasses.

— Tu as dit qu'elle s'appelait comment, ta môme ?

— Holly.

— Holly comment ? Holly Christmas ?

— Je n'ai que son prénom.

— Ne quitte pas.

D'autres bruits de paperasses. Puis la voix du gros Will retentit à nouveau dans l'écouteur.

— J'ai quatre enfants disparus vingt heures avant le cyclone. Des garçons. Une fillette aussi. Tu as le cul bordé de nouilles, mon salaud ! Holly Amber Habscomb, elle s'appelle. Un agent d'un centre commercial a signalé sa disparition une heure avant les premières vagues. Elle avait échappé à la surveillance de ses parents. La sécurité a fait passer des annonces en boucle dans les haut-parleurs.

— Et puis ?

— Et puis, la tempête.

— Tu as les enregistrements vidéo du centre commercial entre le moment où la môme échappe à ses parents et celui où la tempête arrive ?

— Oui, je dois pouvoir te trouver ça sous deux mètres de flotte.

— J'en ai vraiment besoin, Will.

— Ok. Le système vidéo est couplé à un central de stockage installé dans un quartier qui a échappé à l'inondation. Je te branche dessus et je te laisse t'amuser. Tu ne devrais pas avoir trop de difficultés à repérer ta Holly sur les enregistrements dans la mesure où les opérateurs du centre ont dû se mettre automatiquement à la chercher dans la foule à tous les niveaux du complexe. C'est la procédure standard quand un mineur disparaît. Et n'oublie pas mes containers, Stu, sinon je balance à la presse nos années d'opium à Saïgon.

— T'es un amour, Will.

Un dernier hurlement du commissaire à ses hommes. Un clic. Crossman raccroche et pianote sur son ordinateur portable qui vient de se connecter sur le central de stockage vidéo de La Nouvelle-Orléans. Il entre les mots-clés correspondant au signalement de la fillette. Le système compile les enregistrements des différentes caméras et projette les premières images sur l'écran. Crossman s'adosse à son fauteuil. Il n'y a plus qu'à attendre.

118

Gardée par l'élite des marines, la salle de crise de la Maison Blanche ne désemplit pas. Certaines huiles, épuisées, se reposent sur les banquettes prévues à cet effet. D'autres sont penchées sur des consoles pour suivre la propagation du mal pendant que les conseillers du Président épluchent les dépêches qui tombent en permanence. Ils ont le portable collé à l'oreille et surlignent à la volée des dizaines de passages. Cela fait deux heures que le Congrès et le Conseil de sécurité des Nations-Unies sont réunis en séance plénière pour tenter de gérer la crise qui se répand comme un feu de broussailles. Un lieutenant-colonel des forces de l'OTAN résume au Président les derniers rapports en provenance du réseau des ambassades :

— Monsieur, voici la situation actualisée à une heure. Nous comptons en tout soixante et onze foyers à travers le monde. Tous les continents sont touchés. Il s'agit pour la plupart de cas isolés qui sont sous contrôle pour le moment mais nous savons que ça ne va pas durer. Les cinq principales villes d'Australie ont été contaminées dans les premières heures de la propagation et le gouvernement de Canberra fait le maximum pour limiter les déplacements et interdire aux avions de décoller. En raison de sa forte densité de population, l'Asie, et en particulier l'Inde et le Pakistan, totalise à elle seule soixante pour cent des cas. Peu de mesures à attendre de ces secteurs, hormis de la Chine et de la Russie. Idem pour le continent sud-américain où des premiers cas ont été repérés dans les quartiers pauvres des grandes métropoles. L'Europe annonce ses onze premières quarantaines à Londres, Paris, Berlin et Varsovie. Essentiellement des passagers en transit dans les aéroports internationaux. Les capitales du golfe Arabo-Persique sont elles aussi entrées en alerte contamination. On déplore pour le moment seize cas répartis dans les grands centres d'affaires.

— Transmettez ces informations à notre ambassadeur au Conseil de sécurité.

Un autre officier tend au Président une liasse de rapports en provenance des bases de la Garde nationale et des gouvernements des différents États de l'Union. Il effectue les pointages correspondants sur une carte géante.

— À l'heure où nous parlons, la situation se dégrade dans les aéroports bloqués par l'armée. Les gens sont coincés dans les terminaux où la sécurité a coupé la climatisation pour empêcher tout risque de contamination. On signale les premiers cas de rébellion dans les terminaux de Boise et de Chicago. L'armée a été obligée d'ouvrir le feu à Seattle et à Denver où des groupes de passagers tentaient de passer en force. On a aussi dû abattre une dizaine d'avions de tourisme qui essayaient de franchir les blocus aériens en rase-mottes.

— Où en est-on avec le premier foyer de contamination ?

— La Garde a verrouillé l'aéroport de Los Angeles et bloqué tous les voyageurs en transit. Six autres passagers du vol en provenance de Sydney ont succombé au mal. Tous avaient été isolés au préalable dans des cellules stériles, ainsi que les infirmiers qui se sont trop approchés de la chose dont le premier cas a accouché.

— Pourquoi des cellules, nom de Dieu ! Pourquoi pas des cages, pendant que vous y êtes ?

— Monsieur, les scientifiques qui travaillent sur place pensent que c'est au moment où ils se mettent à vieillir en développant des grappes de tumeurs cutanées que les malades sont les plus contagieux. Comme si les tumeurs en question contenaient une charge virale maximale qu'elles libéraient dans l'atmosphère en éclatant. Il semble aussi qu'une douleur extrême accompagne les stades ultimes du mal, comme en témoignent les blessures que les mourants s'infligent au visage et à la gorge.

— Quoi d'autre ? Et soyez un peu respectueux ! Ce sont des citoyens américains que l'on parle, pas des rats de laboratoire !

— Avant que la zone de Lax devienne étanche, quatre passagers ont embarqué sur des vols intérieurs à destination de Phoenix et de San Francisco.

— Ils ont eu le temps d'atterrir ?

— Négatif. Les vols United sont toujours en l'air. Ils se sont posés deux fois pour ravitailler avec ordre de redécoller immédiatement, mais les pilotes sont épuisés.

— Des cas à bord ?

— Deux suspicions de contamination sur le vol Ted de Phoenix.

— Ensuite ?

— Un vol Delta s'est écrasé il y a quatorze minutes dans le désert du Nevada. Le dernier message a été expédié par le copilote. Il disait que le commandant de bord avait commencé à vieillir et que lui-même avait la vue qui se troublait.

— Combien de morts ?

— Quatre-vingt-sept, monsieur.

— Combien de vols intérieurs bloqués là-haut ?

— Huit en tout, pour un total de deux cent soixante passagers qui vont bientôt manquer de nourriture et d'eau. Il faudrait les laisser se poser, monsieur.

— Impossible. Quoi d'autre ?

— Les autres foyers ont éclaté dans la plupart des grandes villes. New York est la plus touchée pour le moment. Douze cas dans le Bronx. On a isolé les pâtés de maisons concernés mais la foule commence à bouger. On déplore onze autres cas à New Haven et Stamford, dans le Connecticut. Des quartiers riches, villas de millionnaires et de cadres supérieurs. On a envoyé un régiment de marines pour boucler la zone. Ils ont été obligés d'ouvrir le feu sur une colonne de voitures de luxe qui essayait de remonter la côte vers Boston. Des gosses et des femmes. Plutôt moche.

— Ensuite ?

— Sept autres foyers disséminés à travers le territoire. Des cas isolés. La Garde réagit en isolant les secteurs.

— C'est tout ?

— Non.

L'officier se racle la gorge en déchiffrant le dernier message. Il est pâle.

— Nous recevons une alerte du PC d'Albuquerque. Un cas vient de se déclarer dans une école.

— Combien ?

— De quoi ?

— Combien d'élèves, abruti !

— Soixante-deux, monsieur.

— Qui est l'officier commandant la Garde du secteur ?

— Un certain Sapperstein. Son fils est scolarisé dans le collège touché.

— C'était la question suivante. Donc ?

— Euh…

— Donc relevez immédiatement Sapperstein de ses fonctions et collez-moi à la place un célibataire endurci. Je ne vais tout de même pas balancer les marines sur une école !

— Une dernière chose, monsieur. Qu'est-ce qu'on fait pour les médias ?

— Organisez une conférence de presse à diffusion nationale. On va leur dire qu'on a une présomption de grippe aviaire sur les bras. Convoquez-moi aussi une réunion avec les patrons de tous les quotidiens afin qu'ils collaborent avec nous pour ne pas affoler les populations.

— Et s'ils apprennent la vérité ?

— Encore faudrait-il qu'on la connaisse nous-mêmes. Au besoin, j'étendrai la loi martiale au black-out de la presse.

— Ce serait la fin de tout, monsieur.

— J'aime entendre ce genre de plaidoyer dans la bouche d'un militaire. Hollander ?

— Monsieur ?

— Si le mal s'étend et que la presse s'en empare en répandant la panique dans la population, vous préconisez quoi ?

— Dans la mesure où je ne peux pas éteindre le mal, j'éteins la presse.

— Soit, mais les gens ont le droit de savoir, non ?

— De savoir quoi ? Qu'ils vont crever ? Ils le sauront bien assez tôt, de toute façon.

— Merci pour cette petite leçon de cynisme, Hollander.

— À votre service, monsieur.

Le Président se tourne vers Ackermann qui approche en s'épongeant le front et en tendant une autre feuille.

— Votre main tremble, Ackermann.

— Je suis épuisé, monsieur.

— J'en ai les larmes aux yeux, mon grand. Vous voulez que je fasse chauffer *Air Force One* pour qu'on vous envoie faire trempette à Hawaii, histoire de vous détendre ?

— Désolé, monsieur, ça ne se reproduira pas.

Le Président regarde la feuille qu'Ackermann lui tend toujours. Les tremblements s'estompent.

— Qu'est-ce que c'est ?

— Un ultimatum du gouvernement chinois. L'épidémie se répand très vite chez eux. Surtout dans les grandes villes. Ils pensent que nous sommes derrière cette propagation et ils nous accordent quarante-huit heures pour leur transmettre l'antidote.

— « S'il doit y avoir la guerre, qu'elle ait lieu de mon temps, afin que mon enfant puisse connaître la paix. »

— Pardon ?

— C'est une citation de Thomas Paine. Relisez vos classiques, mon vieux. Et appelez-moi le STRATCOM ainsi que les états-majors de toutes les régions militaires.

— Sauf votre respect, monsieur, vous ne pensez pas que c'est prématuré ?

Le Président lève des yeux fatigués sur Ackermann. Le conseiller a l'impression que son patron a vieilli.

— Je vous branche directement sur l'intercom ?

— Bonne idée. Ça évitera peut-être aux autres de me poser des questions aussi stupides que la vôtre.

Le Président parcourt la nouvelle liasse de rapports que le général Hollander a tenu à lui remettre personnellement. Les yeux du militaire pétillent.

— L'armée de l'air chinoise est entrée en préalerte. Aucun mouvement de troupes aux frontières mais les missiles français et britanniques sont déjà en cours de pointage vers Shanghai, Hangzhou et Wuhan.

— Dites-leur de lever le pied. Des nouvelles du Kremlin ?

— Les Russkoffs se tiennent tranquilles pour le moment. Leur ambassadeur à l'ONU vient de rejoindre le Conseil de sécurité.

— Et l'ambassadeur chinois ?

— Il siège toujours.

— Faites-moi signe s'il fait mine de rompre les discussions.

— Bien, monsieur.

— Et… Hollander ?

— Oui ?

— Retirez ce sourire imbécile de vos lèvres : si le virus continue à se répandre, le seul coup de feu que vous aurez l'occasion de tirer sera pour vous faire sauter la tête.

Ackermann souffle dans un micro et réclame le silence dans la salle de crise. Le brouhaha s'estompe. Un grésillement. La voix métallique du général Stanford Gallager résonne dans les haut-parleurs.

— Le STRATCOM.

— Général Gallager, ici le Président.

Le Président observe une pause, le temps que les identificateurs vocaux reliés à la ligne sécurisée affichent leur réponse sur les écrans du STRATCOM.

— Je vous écoute, monsieur.

— Nous entrons à présent en risque de guerre. Je vous donne l'ordre de passer la totalité de nos forces armées en alerte Defcon 3.

— Bien reçu, monsieur. Je verrouille la ligne et reste à l'écoute. Je me permets de vous rappeler que, sauf en cas d'alerte missile confirmée, le passage aux niveaux Defcon supérieurs exigera aussi les signatures vocales du vice-président et du président de la Chambre.

— J'ai pris note de votre rappel. Le vice-président est déjà là. Je convoque immédiatement le patron du Congrès. Je veux que nos forces aériennes soient sur le pied de guerre et que notre flotte se prépare à appareiller. Aucun mouvement pour le moment. Vous attendez mes ordres.

Le Président fait signe à Ackermann de mettre l'intercom en veille. Puis, décrochant la ligne reliée à la base de Puzzle Palace, il s'adresse directement aux chercheurs.

— Messieurs, je vous écoute.

La voix épuisée de Samuel Brooks, un éminent professeur du Caltech, retentit dans les haut-parleurs.

— Nous venons d'achever le séquençage du virus. Nous commençons la comparaison.

— Je vous rappelle dans une heure.

— Non ! C'est impossible ! Il nous faut plus de temps !

— Combien ?

— Au moins trois heures. Vous devez comprendre que chacune de ces manipulations est très délicate.

— J'ai compris, Brooks. À dans une heure.

Le Président coupe la communication et se lève.

— Messieurs, il faut impérativement que je me repose quelques minutes. Je ne veux pas prendre le risque de…

Le Président s'interrompt. Il vient de croiser le regard du patron des forces aériennes. Le jeune général raccroche sa ligne sécurisée.

— Monsieur, nous avons un problème.

119

Crossman se frotte les yeux. Cela fait une heure qu'il scrute l'écran de son ordinateur sur lequel défilent plusieurs vidéos simultanées correspondant aux enregistrements des systèmes de surveillance de chaque étage du centre commercial. Il vient de repérer Holly contre la baie vitrée du troisième niveau. Une vieille dame se tient juste derrière elle. Il n'en est pas sûr mais il a l'impression qu'elle a posé les mains sur les épaules de la gamine et qu'elle lui murmure quelque chose à l'oreille. Holly se raidit. On dirait qu'elle a mal. Elle est effrayée. Crossman fronce les sourcils. Son cœur se met à cogner dans sa gorge. La vieille femme qui tient la fillette est en train de se dessécher. Non, de se momifier. Puis ses mains lâchent les épaules d'Holly tandis qu'elle s'effondre lentement sur le sol.

Coup d'œil sur les autres écrans : un groupe de sans-abri vient d'atteindre le troisième niveau. Un autre dévale l'escalator qui descend du quatrième. Celui qui semble être leur chef désigne la baie vitrée. Crossman étouffe un juron en constatant qu'Holly a disparu. Il ne reste que la vieille dame recroquevillée sur le sol. Les sans-abri se penchent au-dessus de son cadavre, le hument, le secouent. Puis leur chef se redresse et tourne la tête en direction des portes qui donnent sur les parkings aériens. Il tend la main et hurle quelque chose. Crossman aperçoit la silhouette d'Holly qui franchit les portes vitrées et se jette dans les bras d'un homme en manteau blanc. Les sans-abri galopent dans le couloir. Caméras extérieures. Plans fixes sur les parkings. Holly et les hommes en blanc s'engouffrent dans une puissante voiture qui démarre en trombe au moment où les sans-abri jaillissent du centre commercial. Le chef de la meute se place sur la trajectoire de la voiture qui accélère et le fauche sous les genoux. Crossman immobilise un des enregistrements. Une caméra dans l'axe du bolide au moment du choc a immortalisé le visage du conducteur. Les yeux du gars brillent dans la pénombre. Kano.

Crossman referme son ordinateur. Il va rejoindre la salle de crise lorsque son portable bourdonne. Un des agents qu'il a expédiés à la base de Puzzle Palace.

— Je vous écoute, Caparzo.

— En attendant les résultats des scientifiques, Al et moi, on a eu l'idée de titiller un peu l'ordinateur central de la base pour analyser les coups de fil qui ont été passés ces dernières heures.

— Sans vouloir vous brusquer, Caparzo, j'ai une extinction de l'espèce humaine sur le feu.

— En fouillant, on est tombés sur deux appels que votre savant fou a reçus dans les heures qui ont précédé la contamination. Ça parle d'un archéologue et d'une gamine. Pas tout compris mais bon… On jette ou on garde ?

— Allez-y, Caparzo, envoyez.

— C'est parti, monsieur.

Un clic à l'autre bout de la ligne. Un grésillement. La voix de Cabbott emplit l'oreille de Crossman. Il a l'air furieux contre Kassam. Crossman prend des notes à la volée et passe à l'appel suivant en provenance du Mexique. Il écoute attentivement ce que Kassam explique à son agent à propos d'un certain antidote appelé Holly Amber Habscomb. Il sourit.

— Merci, Caparzo.

— À votre service, monsieur.

Crossman raccroche et se précipite vers la salle de crise. Il ouvre la porte et s'immobilise tandis que le Président lui fait signe de ne plus bouger.

120

Le silence à l'intérieur de la salle est palpable. Les visages sont fermés, concentrés. Sur le gigantesque écran plasma fixé au mur, la côte est de la Floride. Un point clignote au-dessus de l'océan, à trois cents kilomètres au large de Miami. Un 747. Il vient de passer à la verticale des Bahamas et semble poursuivre sa route tout droit. Le Président fait signe à Crossman de prendre place. Les haut-parleurs grésillent.

— Lufthansa 5067, ici le contrôle de Miami. Je vous répète qu'aucun appareil n'est autorisé à se poser sur le sol américain ni même à le survoler. Vos réserves en carburant suffisent pour vous dérouter sur le

Mexique. L'aéroport militaire d'Hacienda Tetillas, dans le désert de l'Anahuac, est ok pour vous recevoir.

— Miami, ici Lufthansa. À mon tour de répéter : j'ai deux cent cinquante-sept passagers à bord dont onze malades qui se sont mis brutalement à vieillir et dont l'état exige des soins immédiats. La panique est en train de se répandre. Je n'ai pas d'autre choix que de me poser sur l'aéroport le plus proche. Et, que vous le vouliez ou non, le plus proche, c'est vous.

— Bien reçu, Lufthansa, mais je confirme : aucun appareil ne peut se poser sur le sol de l'Union. Votre nouveau cap pour Hacienda Tetillas est unité neuf zéro. Vous serez pris en charge par la chasse mexicaine dès que vous aurez atteint leurs eaux territoriales.

— Allez vous faire foutre, Miami ! J'affiche à présent le cap 232 en direction de vos installations pour m'aligner en finale longue sur la 24.

— Ok, Lufthansa, vous l'aurez voulu : je passe le relais aux autorités Air Force.

— Nom de Dieu, Miami, vous êtes tous devenus fous ou quoi ?

Un grésillement. Trois points en triangle viennent d'apparaître sur l'écran. Ils scintillent au large de Grand Bahama. Une autre voix prend le relais. Une voix froide de militaire.

— Lufthansa, ici le capitaine Clive Baker de la Navy. Les points brillants qui approchent à grande vitesse dans vos six heures sont trois F-18 détachés du porte-avions nucléaire *USS Lincoln*. Je pilote l'appareil de tête. Mon indicatif est Lonewolf. Je vais balancer à droite pour vous confirmer que c'est bien moi.

Sur l'écran, l'un des points brillants qui se rapprochent du gros-porteur fait un crochet dans la direction indiquée avant de revenir en formation. La voix de Lonewolf résonne à nouveau dans les haut-parleurs :

— Lufthansa, vous confirmez visuel ?

— Je confirme que je vous emmerde, Lonewolf.

— Ok, Lufthansa. Ainsi que Miami vous l'a répété à trois reprises, l'espace aérien des États-Unis est fermé et nous avons ordre de vous abattre si vous ne vous déroutez pas immédiatement. Je vous laisse deux minutes pour changer de cap.

— Lonewolf, j'ai un début d'hystérie à bord. Je ne tiendrai jamais jusqu'au Mexique.

— Une minute cinquante, Lufthansa.

— Seigneur, est-ce que vous allez m'écouter ? Vous avez sûrement une femme et des enfants ? Moi, j'en ai des dizaines à bord. Qu'est-ce que vous allez raconter aux vôtres quand vous reviendrez à la maison ?

— Une minute trente, Lufthansa. Il est encore temps. Faites un mouvement de balancier avec vos ailes si vous avez compris, et changez de cap maintenant.

— Négatif, Baker. Je bascule sur le canal international. Jamais vous n'oserez shooter un appareil commercial en direct.

La voix du pilote allemand retentit sur la fréquence commune.

— Attention, à tous les vols en approche des côtes américaines, je suis menacé par une escadrille de…

Un long grésillement s'élève des haut-parleurs de la salle de crise tandis que le brouillage NSA verrouille la fréquence. Le Président se tourne vers son premier conseiller.

— Ackermann ?

— Monsieur ?

— Branchez-moi sur la fréquence des chasseurs.

— Vous y êtes.

Le Président se penche sur le micro posé devant lui.

— Capitaine Baker, ici le Président des États-Unis.

— Je vous reçois 5 sur 5, monsieur le Président.

— Est-ce que le 747 est en train de changer de cap ?

— Négatif. Il poursuit inchangé sur Miami.

— Je vous donne l'ordre d'ouvrir le feu.

— Pouvez-vous confirmer, monsieur ? Vous m'avez demandé d'éteindre l'écho du commercial, c'est correct ?

— Je confirme, mon garçon : abattez-le.

— Bien reçu.

Les huiles du Pentagone contemplent les échos radars qui clignotent sur les écrans. Le 747 à l'avant. Le triangle des chasseurs dans ses six heures. Ils sont à portée de tir. Deux spots ultrarapides se détachent du chasseur de tête et se ruent sur le gros-porteur dont le signal clignote et s'éteint. Les F-18 rompent la formation. Voix du capitaine Baker, à peine brouillée par l'émotion :

— Ici Lonewolf. Le commercial est tombé au large de Great Isaac Island. Deux coups au but. Cible embrasée avant de toucher l'eau. Je répète : le commercial est tombé. Pas de survivants.

Le Président ferme les yeux un moment. Puis il décroche la ligne sécurisée :

— Puzzle Palace, ici le Président. Je dois savoir maintenant.

Les écrans de la salle de crise relaient les images en provenance du labo personnel de Kassam. La plupart des scientifiques sont toujours penchés sur les ordinateurs à protéines. Les autres sont réunis en arc de cercle derrière le professeur Brooks :

— Nous sommes prêts, monsieur.

— Je vous écoute.

121

Brooks s'éclaircit la gorge :

— J'ai une bonne et plusieurs mauvaises nouvelles. Je commence par quoi ?

— Brooks, je viens de faire abattre un 747 plein à craquer au-dessus des Bahamas. Alors, pour tout vous dire, ça m'est égal.

Brooks se tourne vers la série d'écrans reliés aux ordinateurs à protéines de Kassam. Sur un dernier écran installé par les scientifiques du gouvernement, une double hélice ADN pivote sur elle-même.

— Ok, hum… la bonne nouvelle, c'est que nous avons réussi à séquencer le virus.

— Et… ?

— Les séquences proviennent bien de l'ADN de la momie du projet Manhattan. Nous sommes sûrs à présent que ce fou furieux est parvenu à isoler les gènes impliqués dans ce que nous appelons le facteur mort.

— Vous aussi, Brooks, faites semblant de parler à un idiot, ça va nous faire gagner un temps précieux.

— Je vais essayer de faire simple, monsieur : dès la naissance, dès les derniers mois de la vie utérine en fait, le bébé commence à vieillir. La mort fait partie de la vie dans la mesure où ces deux processus ne sont pas seulement liés mais complémentaires. Toutes les fonctions organiques marchent de la même façon : un système qui détruit et un système qui répare. Ce n'est que l'équilibre entre ces différents systèmes qui assure le bon fonctionnement de l'ensemble. C'est ça que notre ADN contient, entre autres milliards de choses : des séquences génétiques impliquées dans les processus de vieillissement, et d'autres impliquées dans les processus inverses.

— Des processus de rajeunissement ?

— Plutôt des processus de réparation et de croissance. Ce sont ces enzymes qui sont de moins en moins sécrétées à mesure que nous vieillissons.

— Vous aviez dit que vous alliez essayer de faire simple.

— Ok. Revenons à notre bébé. Chaque atome d'air qu'il va aspirer dès son premier cri va oxyder ses organes et détruire ses cellules. Mais, jusqu'à l'âge adulte, tout se passe comme si les processus de vieillissement étaient moins puissants que les processus de croissance. Ce qui signifie que ces milliards de cellules oxydées sont très rapidement remplacées par des milliards d'autres. Après, à mesure que l'adulte grandit, ce processus s'inverse. Lentement mais il s'inverse. Il est ensuite aggravé ou non par des facteurs extérieurs comme la pollution ou l'alimentation, mais il est en fait remarquablement stable jusqu'à la fin de la vie. Ce qui veut dire que si, dès sa naissance, vous placiez un organisme humain dans un environnement ultraprotégé avec des injections régulières d'antioxydants pour contrer les ravages de l'oxygène, cet organisme vivrait au moins trois cents ans en vieillissant lentement jusqu'à cet âge limite prévu par le facteur mort. Pour la suite de notre explication, et même si ce n'est pas scientifiquement correct, nous appellerons « facteur vie » les séquences chargées de lutter contre ce facteur mort.

— Venez-en au fait, Brooks.

— Mais j'y suis, monsieur. Ce que je suis en train d'essayer de vous expliquer, c'est que Kassam a réussi à isoler ces deux facteurs dans l'ADN de la momie du projet Manhattan. Sauf que, dans cet ADN-là, ces deux facteurs sont beaucoup plus puissants que dans l'ADN humain habituel. C'est pour ça que ces êtres sont dotés d'une longévité très au-delà de la normale.

— Ok, si j'ai bien compris, Kassam a isolé le superfacteur mort de notre momie et l'a injecté dans son virus pour anéantir l'humanité, c'est ça ?

— Sauf votre respect, monsieur, c'est exactement l'inverse. Il a programmé son virus avec le superfacteur mort et le superfacteur vie pour que ces deux superfacteurs remplacent les nôtres.

— Je ne comprends plus rien, Brooks : vous êtes en train de nous expliquer qu'il a voulu condamner l'humanité à une extrême longévité ?

— Oui.

— C'est plutôt une bonne nouvelle.

Brooks échange un regard anxieux avec ses scientifiques.

— Quoi, Brooks ? C'est une bonne nouvelle, non ?

— Hélas, monsieur, j'ai bien peur que ce soit au contraire la pire des nouvelles que nous puissions vous annoncer. C'est ce que nous appelons les extinctions malthusiennes. Nous condamner à la longévité extrême, c'est nous vouer au tarissement génétique, à la fin de l'adaptation et de l'évolution de notre espèce, et donc à la disparition de notre statut d'êtres sexués. L'allongement de la vie a toujours été le point faible des êtres vivants car la vie a fondamentalement besoin de la mort pour se renouveler. C'est d'ailleurs assez simple à constater en analysant ce qui est déjà en train d'arriver à nos sociétés modernes : à force de vivre dans l'opulence et de refuser l'idée même de mourir, à force de repousser les limites de la mort et de nous gaver de médicaments, nos populations vieillissent et se reproduisent de moins en moins. Nous stérilisons notre environnement, et, ce faisant, nous multiplions les allergies, les bactéries résistantes et les infections mortelles. Nous avons déjà commencé à limiter le facteur mort. La première conséquence est, pour les plus riches d'entre nous, une augmentation notable de l'espérance de vie. L'autre conséquence, c'est l'appauvrissement de notre transmission et donc de la résistance des générations futures aux moindres modifications environnementales : une armée d'immortels terrassée par un simple rhume.

Le vieil homme boit de longues gorgées d'eau. Il a l'air épuisé.

— Brooks ?

— Monsieur ?

— Si votre démonstration tient la route, pourquoi est-ce que les gens infectés meurent de vieillissement ?

— C'est l'autre mauvaise nouvelle, monsieur. Pour que son plan aboutisse, Kassam avait besoin de provoquer une évolution à l'échelle non pas de plusieurs générations mais d'une seule. Une mutation forcée en quelque sorte. Face à ce dérèglement génétique, les cellules développent des réponses anormales. Des dizaines de cancers qui évoluent à toute vitesse sous l'impulsion du superfacteur mort. C'est ça qui nous tue. D'après les estimations que nous avons retrouvées dans les ordinateurs de Kassam, 99,8 pour cent de l'humanité succombera à cette mutation. Les autres, le 0,2 pour cent qui survivra en intégrant les deux superfacteurs, ceux-là ne vieilliront pratiquement plus et le processus de tarissement génétique sera enclenché de façon irréversible. Si je pouvais choisir, j'aimerais faire partie de ceux qui vont mourir.

— Ce qui nous ramène à l'équation précédente : comment arrêter cette chose qui se répand ?

— Empiriquement, il nous suffirait de créer un autre virus dont les séquences annuleraient celui de Kassam, puis de propager ce virus à l'ensemble de la planète, exactement comme il l'a fait avec sa souche.

— Où est le problème ? Nous avons la crème des scientifiques et les meilleurs labos au monde.

— Le problème, monsieur le Président, c'est que si Kassam nous a laissé ses notes, il a pris soin de détruire la totalité des échantillons ADN de la momie du projet Manhattan. Ça veut dire que nous allons être obligés de créer un nouvel ADN de synthèse à partir des données stockées dans la mémoire des ordinateurs à protéines. Ce qui, en l'état actuel de nos connaissances, nous prendra un peu moins de six mois.

Le Président allume pensivement une cigarette.

— Donc c'est foutu.

— Il reste peut-être une solution.

— Laquelle ?

— Attendre la fin de l'épidémie. D'après les estimations de Kassam, le virus va mettre environ huit mois à tuer un peu plus de six milliards et demi d'individus. Il restera alors treize millions de survivants répartis à travers la planète. En admettant qu'ils parviennent à contrôler les infrastructures sensibles comme les centrales nucléaires, et qu'il subsiste dans cette population suffisamment d'hommes et de femmes, il nous suffirait d'enfermer dans un bunker souterrain le codage du virus de Kassam ainsi que la formule de l'antidote qu'ils n'auraient plus qu'à fabriquer, en espérant là aussi que suffisamment de savants auront survécu à l'épidémie. L'ennui, c'est que le virus Kassam ayant déjà contaminé l'ADN humain, il s'agira non plus de le neutraliser mais de provoquer une autre mutation, inverse celle-ci, laquelle condamnera à son tour 99,8 pour cent des survivants à une mort certaine.

Au fur et à mesure que Brooks développe son idée en gribouillant des lignes de chiffres et des courbes de propagation sur son tableau, sa voix est de moins en moins assurée.

— Toujours d'après nos calculs, au terme de cette nouvelle mutation, il subsistera un peu moins de vingt-six mille survivants dont l'ADN contiendra à nouveau le facteur mort initial. Il faudra alors espérer que la répartition hommes et femmes soit viable et que les survivantes n'aient pas été rendues stériles par la double mutation.

— Brooks ?

— Monsieur ?

— Donc c'est foutu.

— Je suis désolé, monsieur.

— Il n'y a pas de quoi, Brooks. Il n'y a vraiment pas de quoi.

Le Président est sur le point d'interrompre la communication avec Puzzle Palace lorsque la voix de Crossman rompt le silence.

— Brooks, c'est le directeur du FBI qui parle.

— Je vous écoute.

— Admettons que nous parvenions à vous fournir de l'ADN identique à celui de la momie du projet Manhattan. Combien de temps faudrait-il pour isoler votre antidote et le produire en quantité suffisante ?

— Isoler l'antidote ne prendrait que quelques heures. Avec les labos de la Fondation et les nôtres, produire des souches à très grande échelle réclamerait à peine quelques jours, mais…

— Il faudrait ensuite trois à quatre jours de plus pour répandre l'antidote à travers la planète. C'est jouable, non ?

— Monsieur Crossman, pardonnez-moi d'insister mais vous oubliez les six mois nécessaires pour produire l'ADN en question.

— Oui, mais si nous vous fournissons cet ADN ?

— Alors oui, c'est jouable, mais je ne vois pas comment vous allez vous y prendre alors qu'il a fallu dix ans de travaux acharnés à Kassam pour déchiffrer ce nouveau génome.

— Monsieur le Président ?

— Oui ?

— J'ai peut-être une solution. Elle est complètement dingue mais ça peut marcher.

— Brooks ?

— Monsieur ?

— Je vous rappelle.

Le Président coupe l'interphone relié à la base de Puzzle Palace. Puis il pose son menton dans ses mains.

— Je vous écoute, Crossman.

Crossman se lève et tend au Président le dossier de quelques pages que vient de lui remettre un de ses agents. Sur la chemise bleue, quelqu'un a écrit trois mots au marqueur : Holly Amber Habscomb.

122

Assise sur le ponton qui avance sur le Mississippi, Marie regarde ses pieds agiter la surface du fleuve. Elle est vêtue d'un simple maillot de bain et d'un gilet dont le tissu épouse ses seins nus. Elle a tout de même laissé son holster à portée de main et savoure la caresse de l'eau tiède contre sa peau. Au-dessus d'elle, la voûte étoilée ressemble à celle d'un film de science-fiction. Marie aspire doucement les odeurs d'herbe et de pierre chaude qui s'élèvent des berges. Elle ne s'est jamais sentie aussi bien depuis des années. Presque heureuse, en fait. Comme si la vie s'était arrêtée là, près de cette cabane de pêcheur au bord du Mississippi. Comme si le monde à l'extérieur du Sanctuaire avait disparu et que plus rien d'autre ne comptait.

Laissant ses pieds clapoter, Marie s'allonge sur le ponton et regarde le ciel. Elle se surprend à se mordiller les lèvres comme une gamine en espérant surprendre le vol d'une étoile filante. Si elle avait un vœu à formuler, ce serait de rester ici sans plus jamais repartir. La magie des sanctuaires. Holly, Gordon et elle venaient de passer les deux journées les plus simples et les plus délicieuses qui soient. Deux jours à se baigner, à manger et à dormir à l'ombre du vieil orme. Deux jours à pêcher des kilos de truites que Gordon avaient fait cuire sur un lit de pierres chaudes sous les yeux pétillants d'Holly. Deux jours à se chamailler, à rêvasser, à oublier.

Peu à peu, la tristesse qui avait envahi le regard d'Holly avait laissé place à un peu de bleu. Marie avait senti sa gorge se serrer en entendant son rire clair soulever des nichées d'oiseaux dans les taillis. Elle s'était demandé comment une gamine qui avait vécu tant d'horreurs pouvait encore trouver la force de rire. Et puis, elle aussi s'était laissé gagner par le charme du Sanctuaire. On aurait dit que c'était vivant et qu'il suffisait de respirer l'arôme des fleurs qui poussaient là pour que le chagrin et la colère s'évanouissent.

À mesure que les souvenirs de Gardener devenaient moins brûlants, Marie avait senti son cœur se remplir de souvenirs simples et doux. Des odeurs de craie et de tableau noir. Des parfums de colle blanche, d'encre et de papier buvard. Et puis surtout, peu à peu, les regards qu'elle échangeait avec Gordon étaient devenus plus longs, plus soutenus et plus fréquents.

La veille, alors qu'ils étaient enfin parvenus à coucher Holly après avoir passé une heure à la regarder sauter sur son lit de camp, Walls avait soufflé la lampe-tempête et retrouvé Marie sur le pas de la porte. Leurs lèvres s'étaient rejointes et, tandis que Walls effleurait doucement le dos de Marie dont la respiration commençait à se raccourcir, ils avaient entendu une petite voix résonner dans la pénombre :

— Je vous vois, hein, ok ? C'est beurk, votre truc. Quand je pense que vous vous êtes même pas lavé les dents.

Après cela, ils avaient mis deux heures de plus à coucher la fillette et à essayer de ne pas répondre à ses questions, puis, épuisés eux-mêmes, ils s'étaient endormis.

Marie est sur le point de s'assoupir lorsqu'elle sent les planches du ponton vibrer légèrement sous les pas de Gordon. Elle se redresse pendant qu'il s'installe à côté d'elle et trempe ses pieds près des siens. Comme la veille au soir, le cœur de Marie s'emballe à mesure que leurs orteils s'effleurent. Walls est vêtu d'un simple short. Marie sait qu'il est nu dessous. Elle contemple les muscles de son torse à la dérobée en faisant semblant de changer de position pour se rapprocher imperceptiblement de lui. Juste ce qu'il faut pour que leurs épaules se frôlent. Ça y est, une délicieuse sensation de chaleur inonde son ventre. Elle s'éclaircit la voix.

— Elle dort ?

— Oui.

— Vraiment ?

— Je lui ai raconté quatre fois la même histoire de James et la pêche géante. Elle s'est endormie à la troisième. À la quatrième, j'ai fait exprès de modifier les passages qu'elle préfère en introduisant des animaux comme des araignées et des vers de terre, et elle n'a pas bronché.

— Tu lui as laissé de la lumière ?

— Oui, maman.

— Et si elle se réveille quand même ?

— C'est une fille, Marie. Si elle se réveille, elle se cognera dans les portes et s'arrêtera sur la terrasse en appelant de toutes ses forces pour qu'on vienne la chercher. Tu n'imagines tout de même pas qu'une gamine de cet âge marcherait pieds nus dans l'herbe en pleine nuit, si ?

— T'es un gros macho, en fait ?

— C'est pour mieux te croquer, mon enfant.

Les mots magiques. Gordon a répondu ça d'une belle voix grave. Marie soupire. Depuis quelques secondes, la pointe de ses seins durcit et les muscles de son ventre se crispent. Elle repense à Hezel et à son prince charmant. Le sien est à la fois un archéologue et un guerrier préhistorique. Marie sent les muscles de Walls contre son épaule. Elle respire son odeur en approchant son visage de son cou. Une odeur d'homme. Leurs lèvres se rejoignent. Elle laisse échapper un soupir en sentant la main de Walls se poser entre ses cuisses et caresser son sexe à travers son maillot de bain. Marie n'en revient pas. Ce salaud n'a même pas essayé de l'embrasser dans le cou ou de s'occuper de ses seins. Il n'a pas pris le temps de lui dire qu'elle est belle ou de caresser son ventre plat et musclé. Il s'agace en essayant de faire sauter les boutons du gilet. Marie sourit. Tout à fait le genre de type pour qui une agrafe de soutien-gorge restera à jamais un mystère. Elle défait elle-même les derniers obstacles tandis que les lèvres de Walls se posent enfin sur ses seins et que sa main s'engouffre sous l'élastique de son maillot. Elle gémit en sentant ses doigts entrer en elle. Cramponnée à son avant-bras, elle donne de petits coups de bassin. Il ralentit. Il se retire. Ce mec est un mufle. Il l'allonge sur le ponton et lui arrache son maillot. Les ongles de Marie griffent le bois tandis que la langue de Walls explore son sexe. Elle pose ses mains sur ses cheveux. Il fait ça doucement. Il monte un peu plus haut avant de redescendre. Marie se crispe. Elle adore ça. À regret, elle sent la langue de Walls glisser le long de son ventre et remonter jusqu'à ses seins qu'il mordille. Puis il se redresse et déboutonne son short. Sa langue revenant à la charge, Marie se mord le poignet en poussant des petits cris de plaisir et de colère tandis que l'orgasme qu'elle essayait de contenir lui dévore le ventre. Elle laisse les spasmes incendier ses cuisses et rayonner vers ses seins. Elle tente de reprendre le contrôle mais Walls a déjà posé ses mains sur ses hanches.

Elle le laisse faire. Il croit que c'est lui qui domine mais c'est elle qui le guide en restant immobile. Qui le guide et qui l'excite. La respiration du chasseur s'affole. Il se cramponne pour la pénétrer le plus loin possible. Et puis, tandis qu'elle jouit à nouveau en s'en voulant de céder aussi vite, elle entend Gordon pousser de drôles de grognements, comme des râles de douleur. Elle est bien les yeux fermés. Ça l'empêche d'apercevoir le visage de son Cro-Magnon tandis qu'il jouit. C'est toujours la même chose avec les hommes : on dirait qu'ils ont mal quand ils font ça.

Walls s'allonge à côté d'elle et embrasse doucement ses épaules. Marie regarde la lune. Elle se sent bien. Elle allume une cigarette qu'elle va tendre à Walls lorsqu'il se tourne vers elle et lui murmure :

— Je t'aime.

Marie sursaute comme si elle avait été piquée par une guêpe. Elle se redresse sur ses coudes et regarde l'être gluant allongé à ses côtés. Tous ses fantasmes de bergère viennent de se déchirer d'un seul coup comme le ciel un soir d'orage.

— Gordon, je n'arrive pas à croire que tu aies dit ça !

— Quoi ?

— C'est LE truc à ne pas dire, Walls ! Tu veux que je réponde quoi à un truc aussi con ? Tu veux que je ronronne comme une chatte en me frottant contre toi ? Pourquoi tu ne te penches pas carrément à mon oreille pour me susurrer « Alors, heureuse ? » pendant que tu y es ?

Walls attrape la cigarette de Marie et pose ses lèvres contre les siennes.

— Un confeil, Wallf, enlève ta boufe maintenant ou ve te mords.

Walls pousse un cri en sentant les dents de Marie percer la peau de ses lèvres. Elle se relève en s'époussetant les fesses.

— Tu fais vraiment chier, Gordon !

Marie ramasse son holster qu'elle fixe à son épaule. Elle va s'éloigner lorsqu'un craquement résonne dans les broussailles qui bordent la cabane. La jeune femme s'accroupit et dégaine son Glock.

— Quoi ? Qu'est-ce que j'ai encore fait ?
— Habille-toi, on a de la visite.

123

Installé à la terrasse du *Starbucks* de Memphis sous les lampadaires de Peabody Place, Ash regarde la foule des passants. D'ordinaire chargés de touristes jusqu'aux balustrades, les antiques bateaux à aubes sont restés à quai toute la journée. Leurs coques gémissent contre le béton. Les eaux du Mississippi sont sur le point de déborder. À cause de la tempête qui a frappé La Nouvelle-Orléans et de la pluie qui s'abat sans relâche sur la ville martyre, son débit ne s'évacue plus. Alors il gonfle. Il se met en colère. C'est ça que ressent la foule. Le fleuve qui enfle et le ciel qui se charge de nuages noirs comme des présages. Ça et les rumeurs relayées par la télévision et les journaux. Partout, dans chaque restaurant, dans chaque hôtel, dans chaque maison, des télés allumées passent en boucle des flashs d'informations qui s'échappent aussi de presque toutes les voitures coincées dans les embouteillages. Quelque chose serait en train de remonter du sud. Quelque chose qui se répand. Un fléau. C'est de cela que les gens attablés à côté d'Ash sont en train de parler à voix basse. Ils le font comme les passants dont les yeux terrifiés se croisent, s'accrochent un moment puis se libèrent. Des flammèches de terreur et de suspicion. Ash réprime difficilement un sourire en voyant un gros Elvis remonter la place en suant sous le poids de son étui à guitare. La bruine qui s'est mise à tomber trempe sa banane mal faite. On dirait un clown triste en train de se démaquiller après un spectacle raté.

Ash se concentre sur ce qui se dit à la table voisine. Un homme raconte que le premier cas a été repéré à Los Angeles et que, depuis, la ville est bouclée. Un autre explique que sa cousine Rose, qui vit à New York, l'a appelé tout à l'heure et que ça se répand aussi dans le Bronx. D'après la télé, les cas se multiplient à travers le monde. On prétend même qu'un avion de ligne aurait été abattu par l'armée au large de Miami. Certains disent que ce sont les islamistes qui ont disséminé une souche bactériologique. Un autre hasarde que ce sont surtout les nègres qui sont touchés. Sirotant sa bière, il conclut sur le ton de la confidence :

— Les pédés et les nègres, c'est toujours comme ça que ça commence.

Ash réprime une sourde envie de pousser le type pour le faire saigner dans sa bière. Il a toujours détesté les cons en général et les racistes en particulier. Il les trouve primaires, même s'il admet leur utilité dans l'aggravation du fléau qui approche. Le genre de bonhomme qui doit astiquer son fusil et entasser des réserves de sucre et de café dans l'abri antiatomique qu'il s'est fait construire à crédit au fond de son jardin. L'armée des imbéciles. D'ici quelques jours, ce sont les mecs comme lui qui vont souffler sur les flammes en se livrant aux premiers lynchages et en déclenchant des émeutes et des incendies. Après quoi, l'armée commencera à boucler les villes et à tirer sur les fuyards. C'est ça que Memphis pressent à mesure que les eaux du Mississippi enflent : la fin.

Ash lève les yeux sur les files interminables qui s'étirent devant les magasins d'alimentation et les stations-service encore ouvertes. Certains quittent déjà la ville. D'autres clouent des planches sur leurs fenêtres. Quelques-uns ont dévalisé les drugstores et arborent des masques de protection. Ils se méfient de l'air qu'ils respirent. Ils ont raison.

— Vous avez du feu ?

Ash se tourne vers le bonhomme insipide qui vient de s'asseoir à la table de droite. Une cigarette tressaute entre ses lèvres. Un voyageur de commerce. On dirait qu'il a passé la nuit dans sa valise. Il a l'air épuisé mais pas effrayé. Ash fait claquer le couvercle de son Zippo et tend la flamme vers le type qui se penche en souriant. Il recrache un nuage de fumée et sirote à grands bruits son café frappé à la paille. Ash consulte sa montre. Le compte à rebours indique quarante-deux heures après le début de la contamination. Il soupire. Deux jours plus tôt, il avait failli mourir en plein générique de fin d'*Autant en emporte le vent* dans le vieux cinéma de Clarksdale. Ça s'était joué à quelques secondes. Plongé dans sa transe, il avait aperçu la gueule noire de l'arme que Parks pointait dans sa direction et avait fermé les yeux au moment où le crâne de l'infirmier éclatait comme une coquille d'œuf. Il s'était penché pour vomir entre les sièges du cinéma. Il était en train de pousser les petits vieux quand la vibration de Walls avait empli son esprit. C'est ça qui l'avait déconcentré. Ça et les cerveaux en bouillie des pensionnaires de la maison de retraite. Ash détestait pousser les vieux. C'était lent et incapable de se concentrer plus de trente secondes.

Ash frissonne en repensant aux hurlements mentaux qui avaient retenti au moment où ses agents avaient pris feu dans le parc de la maison de retraite. Il s'était rabattu aussi vite que possible sur Gerald. Les doigts cramponnés aux accoudoirs de sa limousine, il s'était concentré de toutes ses forces pour suivre la vibration des fugitifs. Ça s'éloignait vers le nord. C'était de plus en plus faible. Et puis le signal s'était interrompu d'un seul coup.

— C'est fait ?

Ash se tourne vers le voyageur de commerce qui a fini son café.

— Pardon ?

— Je vous demande si c'est fait ?

— Quoi donc ?

— Ce n'est pas la réponse que j'attendais, Ash.

Ash réprime un frisson en plongeant son regard dans les yeux de Burgh Kassam.

— Pardonnez-moi, monsieur, je ne vous avais pas reconnu.

— Je vous repose la question ?

— Inutile : vous connaissez la réponse.

— Ash, mon ami, vous me faites beaucoup de peine. Où sont nos équipes ?

— Elles patrouillent le long du Mississippi. Nous avons perdu le contact avec les fugitifs.

— Qu'est-ce que cette sale petite fouineuse de Parks est venue chercher à l'hospice de Gerald ?

— Elle s'entretenait avec un vieillard du nom de Mosberg.

— Ce cher vieux Mosberg…

Les doigts de Kassam se crispent autour de son gobelet en carton.

— Si elle a retrouvé ce vieux fou, ça signifie qu'elle dispose de la liste des scientifiques protégés par le gouvernement. J'y vois une formidable occasion d'achever le travail entamé par les régulateurs de Brannigan.

— Encore faudrait-il savoir où elle va aller maintenant.

— Elle va faire ce que tous les humains font quand ils sont tiraillés par des sentiments contradictoires. Elle va commettre de plus en plus d'erreurs.

— C'est-à-dire ?

— Elle va vouloir sauver Holly et comprendre pourquoi il faut sauver Holly. C'est beaucoup trop pour une femme seule.

— Vous oubliez le docteur Walls.

— Lui, je m'en occupe. Concentrez-vous sur la gamine. Elle a peur. Elle a mal. Elle ne va pas tarder à émettre de nouveau. Quand ce sera le cas, vous m'appelez. Ok, Ash ? Vous ne prenez plus aucune initiative et vous m'appelez.

— Et si elle n'émet plus ?

Burgh ferme les yeux tandis que le gobelet en carton se tord entre ses doigts.

— Elle est déjà en train de le faire.

Ash regarde son patron. Il semble en transe. Il ferme les yeux à son tour et le rejoint. Autour d'eux, la terrasse du *Starbucks* et les rumeurs de la foule se diluent. Une vision se matérialise à la place. Non, un songe. Celui d'Holly. Elle rêve qu'elle est en train de se balancer dans le jardin de ses parents. Elle est assise sur un vieux pneu retenu par une corde au milieu de la boue et des branches arrachées par la tempête. Elle chantonne. Elle est triste. Burgh sourit.

— Vous sentez ce que je sens, Ash ?

— Oui, monsieur : ses parents lui manquent.

— Eh oui, c'est comme ça les petites filles : ça chiale pour un rien.

Ash regarde la vision s'élargir et se colorer sous ses yeux. La maison d'Holly vient d'apparaître. Les quartiers pauvres de La Nouvelle-Orléans.

— Vous êtes prêt, Ash ?
— Oui, monsieur.
— Ok. Vous faites le papa et moi la maman.

124

Walls enfile son short d'un tour de reins et se tient accroupi sur le ponton à côté de Marie qui braque à présent son arme en direction des broussailles.

— C'est sûrement un animal.

Nouveaux craquements. Marie relève le chien de son Glock.

— Un animal ne fait jamais deux fois le même bruit.

— Nous sommes dans un Sanctuaire, Marie. Rien ne peut approcher.

— Comme chez Chester, tu veux dire ? Nom de Dieu ! Holly !

— Marie, non !

Walls agrippe le maillot de Marie au moment où celle-ci s'apprête à bondir vers la cabane. La jeune femme laisse échapper un couinement de surprise en retenant sa culotte qui glisse le long de ses fesses.

— Lâche-moi !

— Chut, Marie, ne bouge pas.

Elle se tourne vers Walls. Il a fermé les yeux. Il essaie de détecter ce qui approche. Nouveaux craquements tout près de la cabane. Marie sursaute en entendant une voix résonner dans la nuit.

— Eko ? Amilak nek an shteh ?

Gordon sourit. Il vient de reconnaître les trois manteaux blancs qui émergent des broussailles et marchent vers le ponton comme s'ils flottaient au-dessus de l'herbe. Il se lève et fait signe à Kano. Derrière lui marchent Cyal et Elikan.

— *Salom Eko ! Kan gak Marie sias epok morkan ?*

— Qu'est-ce qu'ils disent ?

— Ils te demandent si tu peux baisser ton… euh… *epok*.

— Mon quoi ?

— C'est difficile à traduire. En gros, ça désigne une arme qui fait beaucoup de bruit et qui ne sert absolument à rien.

— Un truc de frimeur ?

— Voilà, *epok*, c'est exactement ça.

Kano donne l'accolade à Gordon puis, se retournant vers Marie, il dit avec un sourire dans les yeux :

— *Sabilak nek soy, Walls. Eko em Marie. Sias kessen oy amilak.*

Marie entend Cyal et Elikan pouffer.

— Qu'est-ce qu'ils disent ?

— Ils trouvent que tu cries beaucoup pendant le *sabilak*. Ils pensent que c'est bien qu'on ait fait ça parce que ça renforce le Sanctuaire et ça affaiblit l'Ennemi.

— Tu veux dire qu'ils nous ont matés pendant que… ?

— Non, ils nous ont sentis, c'est tout.

— Gordon, ce sont des mutants ! Sentir ou voir, c'est la même chose !

— Pas faux.

— C'est horriblement humiliant.

— Pas pour nous. C'est une chose très naturelle. Et puis Eko était un grand guerrier. Avant Neera, il a eu beaucoup de femmes.

— Ton discours d'homme des cavernes me va droit au cœur, mon poussin. Tu veux que je te serve une petite bière pendant que vous vous racontez des histoires de cul avec tes potes ?

Walls s'apprête à répondre lorsqu'un grincement s'élève dans le silence. Cyal se retourne et plisse les yeux vers une forme en chemise de nuit qui se balance lentement sous l'orme.

— La jeune Mère devrait dormir à cette heure. Elle va avoir besoin de forces.

— Qu'est-ce que tu racontes, espèce d'elfe ? Holly est couchée depuis deux heures. Elle dort à poings fermés.

Marie regarde dans la direction que désigne Cyal. Elle plisse les yeux à son tour. Le visage d'Holly semble briller sous la lune.

— Eh bien, je connais une jeune Révérende qui va passer un sale quart d'heure.

Les Gardiens dans son sillage, Marie remonte le ponton.

— *Eko, Marie nak kan skoy Holly*.

— Marie, ils disent que personne n'a le droit de punir une Révérende.

— Ah oui ? Ils parient combien ?

Marie vient d'atteindre la clairière. Elle avance de plus en plus vite vers la fillette qui se balance.

— Holly ? Holly, je suis furieuse ! Lève-toi immédiatement de cette balançoire et file te remettre au lit !

Marie a presque atteint l'herbe qui entoure le vieil orme lorsque Holly tourne la tête vers elle. La jeune femme s'immobilise en apercevant le visage de la fillette. Un sourire étrange courbe ses lèvres. Elle a les yeux fermés et respire paisiblement.

— Holly ?

Marie sent quelque chose de chaud sous ses pieds. Tout autour de l'arbre, l'herbe s'est mise à fumer. Elle va s'approcher quand elle sent la main de Kano se refermer autour de son bras.

— Lâche-moi ou je hurle.

Kano se penche à son oreille.

— Chut, Marie.

Marie lève les yeux. Les feuilles se sont mises à bouger dans l'air immobile. Certaines craquent et commencent à se racornir sous l'effet de la chaleur.

— Seigneur, elle va brûler !

— Ne bougez pas, Marie. L'Ennemi est dans le rêve d'Holly. Elle rêve qu'elle fait de la balançoire et l'Ennemi essaie de l'attirer en dehors du Sanctuaire pour pouvoir s'emparer de son esprit.

Marie se tourne vers les Gardiens qui se regroupent. Les yeux de Cyal et d'Elikan sont déjà en train de virer au blanc. Gordon se concentre à son tour.

— Gordon, qu'est-ce que vous faites ?

— On va chercher Holly. Toi, tu restes là et, quoi qu'il arrive, tu ne t'approches pas d'elle. Si tu la touches dans cet état, elle te tuera.

La fillette chantonne en se balançant doucement. Ses doigts se crispent autour du caoutchouc. Le pneu s'immobilise. Elle tourne la tête vers la forêt. On dirait qu'elle a entendu quelque chose. Marie frissonne. Elle vient d'entendre Holly dire :

— Maman ?

125

Holly rêve. Elle écoute le grincement de la corde contre la branche de l'orme. De grosses gouttes de pluie claquent contre ses épaules. C'est bizarre, les rêves. Tout à l'heure encore, elle était allongée sur son lit de camp dans la cabane du Sanctuaire.

Elle se souvient qu'après avoir dîné avec Marie et Gordon, elle voulait encore faire de la balançoire. C'est pour ça qu'elle a commencé à faire ce rêve. Le contact du pneu dans ses paumes. Les grincements de la corde.

Holly ouvre les yeux. Elle sourit. Elle vient de se réveiller dans le jardin de sa maison, à La Nouvelle-Orléans. La pluie est en train de se calmer. Les nuages se déchirent, laissant apparaître de grands pans de ciel bleu. La tempête est passée. Holly regarde son jardin. Le gazon a été arraché et il ne reste qu'une grande plaque de boue encadrant la maison. C'est une jolie maison. Une maison pauvre mais jolie quand même. Elle a perdu des rangées de tuiles et un peu de toile goudronnée mais Holly sait que son papa arrangera ça en un tournemain. Elle regarde les vitres brisées par les grosses branches que le vent a arrachées. On dirait des crayons plantés dans les yeux de la maison. La maison a mal. Holly le sent.

À mesure que sa vision s'élargit et que la brume se dissipe, elle regarde par-dessus la haie dévastée. Elle aperçoit à présent les jardins voisins et un bout de rue. Des pylônes électriques sont tombés, trempant leurs câbles dans les flaques. À côté de l'une d'elles, Holly distingue une forme allongée. Une vieille dame dont le visage noirci par l'électricité semble la scruter. Les oiseaux se sont remis à chanter. La ville se remplit de bruits et de rumeurs tandis que la brume recule. Des coups de marteau, des voix, de la musique qui s'échappe des transistors. Ça fume de partout. On dirait que l'eau reflue. Comme si le soleil qui vient d'apparaître à travers les nuages commençait déjà à assécher les mares.

Holly se balance. Elle aperçoit monsieur Webster de l'autre côté de la haie. Il sarcle les débris qui encombrent sa pelouse. Le vieux porte un chapeau de paille et chantonne un air du Sud. Il tourne vers Holly son visage décomposé. Quelque chose a emporté la moitié de sa tête et la fillette croit distinguer sa langue qui s'agite entre ses dents cassées.

— Sacrée tempête, Holly, hein ?

— Pour sûr, monsieur Webster. Désolée que vous soyez mort, en tout cas.

— Pas grave, puce. Ce sont des putain de choses qui arrivent de toute façon, pas vrai ?

— Monsieur Webster, il ne faut jamais dire « putain », c'est mal.

Le vieux Web a posé une main terreuse sur ce qui reste de sa bouche. Il sourit.

— Désolé, mam'zelle. Ça reste entre nous ?

— Pour sûr. De toute façon je l'ai dit aussi, alors on est quittes.

Le vieux Web continue à sarcler sa pelouse. Ses pieds effleurant la boue qui recommence à se couvrir de gazon, Holly se balance. Elle est heureuse. Aujourd'hui, c'est son anniversaire. C'est pour ça qu'elle était allée au centre commercial avec ses parents. Pour se faire offrir plein de cadeaux. Elle est heureuse aussi car elle a invité ses meilleures amies pour le goûter. Elle se demande ce qu'elles font. Elle se tourne vers la vieille dame électrocutée qui est en train de se relever en lissant sa robe brûlée.

— Pas de mal au moins, madame Galloway ?

La vieille dame adresse un sourire gêné à Holly.

— Non, mais regarde un peu dans quel état je me suis mise ! Je suis tombée dans toute cette eau et ma robe est bonne à jeter à présent.

— Je vous en achèterai une encore plus belle, madame Galloway. Une avec des fleurs sur le devant comme vous les aimez. J'en ai repéré une au centre commercial. Elle vous ira à ravir.

Un large sourire déforme le visage de la vieille femme.

— Tu es une bonne petite, Holly Amber Habscomb.

— Merci, madame.

La vieille s'éloigne. Holly se tourne vers la maison. Elle fronce les sourcils. C'est bizarre mais on dirait que le toit est intact et que les vitres viennent tout juste d'être changées. Holly hausse les épaules. Elle se balance. Elle pense à ses cadeaux. Elle ne se souvient plus de ce que sa maman lui a acheté. Elle sourit. Elle ne peut pas le savoir puisque c'est une surprise.

Un grincement. Holly cligne des yeux dans la lueur brûlante du soleil. Une grosse dame en robe jaune vient de pousser la moustiquaire et se tient au sommet du perron. Sa robe est déchirée et une partie de ses cheveux a été arrachée.

— Maman, c'est toi ?

La grosse dame sursaute et semble apercevoir Holly sur sa balançoire. Elle sourit.

— Bien sûr que c'est moi, ma chérie. Qui veux-tu que ce soit ?

— Je croyais que tu étais morte dans la tempête.

— Voyons, chérie, une maman ça ne meurt jamais. Pas vrai, Irv ?

La grosse dame se retourne vers une forme en salopette qui sort de la maison. La gorge de la chose est très abîmée et son visage est recouvert de grosses croûtes de sang séché.

— Salut, p'pa. Tu vas bien ?

— Pas mal, grenouille.

— Superforme ?

— Superforme.

Le grincement de la corde contre la branche de l'orme. L'herbe commence à roussir autour d'Holly qui se balance.

— Dis, p'pa ?

— Oui ?

— Comment tu fais pour respirer avec ta gorge comme une pastèque ?

— Je ne respire plus, puce. Je n'en ai plus besoin à présent. C'est génial, non ?

— C'est cool, tu veux dire.

— Oui, c'est cool. Tu viens manger ton gâteau ?

— Non.

— Pourquoi ?

— J'attends mes amies.

La grosse dame en jaune sourit en repoussant gentiment mais fermement la forme en salopette.

— Ça fait déjà une heure qu'elles sont arrivées. Elles se demandent même ce que tu es en train de fabriquer toute seule sur cette balançoire.

Holly lève les yeux vers les fenêtres d'où s'échappent à présent des éclats de rire et de la musique à la mode. Elle fronce les sourcils.

— Jessica est là aussi ?

— Bien sûr. Vous étiez en train de jouer à vous maquiller quand elle a renversé un peu de rouge à ongles sur la moquette de ta chambre. Ça t'a mise en colère et tu es partie bouder, mais maintenant ça va mieux, n'est-ce pas, chérie ?

Holly regarde les visages qui viennent d'apparaître contre la vitre de sa chambre. Il y a Jessica avec sa large estafilade sanglante ouverte jusqu'au menton, il y a Amber qui essaie de recoiffer ses cheveux sur la moitié de son crâne où elle en a encore, il y a aussi cette petite peste de Megan dont la belle robe blanche est trempée de sang et dont les yeux crevés la fixent en souriant. Toutes ses amies sont là. Holly va se lever lorsque les visages se mettent à feuler et à griffer la vitre tandis que le portail du jardin s'ouvre en grinçant. Quatre jeunes garçons très beaux viennent d'entrer. Les trois qui marchent en tête ont les cheveux très blonds et les yeux très bleus. Celui qui se tient un peu en retrait est vêtu d'un simple short et a les cheveux noirs. Holly sent son cœur cogner dans sa poitrine tandis qu'il lui adresse un sourire. Elle a recommencé à se balancer. Elle demande aux enfants blonds qui se sont immobilisés au bord du cercle d'herbe roussie :

— Vous êtes qui ?

— Moi, je m'appelle Kano. Lui, c'est Elikan et l'autre, c'est mon cousin Cyal.

— Et lui ?

— Lui, c'est Gordon. Il est un peu timide.

— Holly ? Chérie ? À qui est-ce que tu parles ?

— Moi, je m'appelle Holly, Holly Amber Habscomb.

— Bonjour, Holly Amber Habscomb !

— On se connaît ?

— Oui.

— Pourtant, c'est sûr, vous n'êtes pas dans la classe de mademoiselle Banks.

— Non.

— Vous allez où à l'école ?

— Nous n'allons pas à l'école.

— Oh ? C'est possible de faire ça ?

— Bien sûr. Nous passons nos journées au bord des fleuves. C'est beaucoup plus drôle. Tu voudrais venir jouer avec nous au bord des fleuves, Holly ?

— J'adorerais mais ma mère me tuera si je fais ça.

— Ce n'est pas ta mère, Holly. Ta mère est morte, tu te souviens ?

— Non, c'est faux !

Les feuilles de l'orme frissonnent. Certaines s'embrasent et se détachent en tournoyant dans l'air froid. Kano se mord les lèvres.

— Pardon, Holly. Je ne voulais pas te blesser. Alors, tu viens jouer ?

— Holly ? Est-ce que tu vas me dire enfin qui est là ?

La fillette se tourne vers le perron où la grosse dame en robe jaune plisse les yeux pour essayer d'apercevoir les formes qui viennent d'entrer.

— Ce sont des garçons, maman ! Ils ont l'air drôles !

— Des garçons ? C'est mal, les garçons, Holly ! Ça a des méchantes pensées et c'est sale !

— Pas eux, maman. Eux, ils sont gentils, je le sens.

— Dis-leur de s'approcher, je veux les voir !

— Ils n'osent pas. Ils sont timides. Hein que vous êtes timides ?

Les quatre garçons font oui de la tête. Gordon a un beau sourire triste qui fait fondre le cœur de la fillette. La voix de la grosse dame retentit à nouveau dans le silence. Elle semble inquiète.

— Demande leur nom. Je veux savoir comment ils s'appellent.

— Kano, Cyal et Elikan. Et Gordon. C'est ça ?

Gordon fait oui en rougissant.

— Est-ce qu'ils peuvent venir manger le gâteau avec nous ? Dis, tu veux bien ?

La grosse dame glapit. Elle a l'air effrayée.

— C'est tout à fait hors de question, Holly ! À présent, ça suffit ! Je veux que tu dises à ces sales petits animaux de partir et que tu rejoignes tes amies pour le gâteau. Tu m'entends, chérie ? Fais plaisir à maman ou maman sera tellement furieuse que…

— Que quoi ?

La grosse dame va répondre lorsque la fenêtre s'ouvre à l'étage. La chose Jessica se penche. Des grognements de chat s'échappent de sa gorge.

— Holly ? Viens jouer avec nous, Holly. On va te coiffer et après on jouera avec les chiens du quartier. On jouera à leur crever les yeux.

Holly se tourne vers Kano.

— Elle aussi, elle est morte, c'est ça ?

Le petit magicien lui sourit.

— Je suis désolé, Holly.

— Ok pour mes amies, mais ma maman n'est pas morte. Les mamans, ça ne meurt pas. C'est elle qui me l'a dit.

— Alors, demande-lui de te rejoindre.

— Pour quoi faire ?

— Pour voir si elle est vraiment vivante.

La voix de la grosse dame retentit à nouveau. Holly frémit. Il y a quelque chose de gluant dans cette voix. Comme si elle mâchait de la bouillie en parlant.

— Holly chérie, je veux que tu obéisses à maman et que tu rentres à la maison tout de suite.

Holly se tourne vers le perron. La forme qui se tient à côté de la grosse dame se gratte le visage, arrachant des croûtes qui libèrent des serpentins de sang frais.

— Au fait, maman ?

— Oui ?

— Pourquoi tu m'appelles « chérie » ?

— Comment tu veux que je t'appelle ?

— Ben, « princesse », comme tu le fais toujours.

Le sourire de la grosse dame se tord en une sorte de moue.

— Si tu préfères que je t'appelle « princesse », c'est ok pour moi, princesse. Ou même « reine » si tu veux.

— Non.

— Pourquoi ?

— Parce que « reine », ça fait pute.

— Ah ? Bon. Comme tu veux, princesse.

Holly se balance. Elle fronce à nouveau les sourcils.

— Maman ?

— Oui, princesse ?

— Tu as entendu ce que j'ai dit ?

— Non. Qu'est-ce que tu as dit ?

— J'ai dit « pute ».

— Ouh, ça c'est pas bien !

— Eh ouais, mais je l'ai dit quand même.

— Ok, princesse, mais ce n'est pas grave : aujourd'hui c'est ton anniversaire, alors on peut tout dire, même des gros mots.

— N'empêche, d'habitude, quand je dis un mot comme ça, tu hurles mes deux prénoms et mon nom et tu m'emmènes dans la cuisine en me tirant par les cheveux pour me laver la bouche avec du savon de chez Wal-Mart.

— Tu es sûre de ça ?

— Ah oui, sûre. C'est tellement dégueu comme savon que je te jure que je m'en souviens.

— Si tu veux, je peux te crier dessus et te traîner jusqu'à la cuisine pour te laver la bouche au savon. Tu veux vraiment que je fasse ça devant tes amies ?

— Oui.

— Pourquoi ?

— Parce que c'est comme ça que ça marche d'habitude, et c'est comme ça que je veux que ça marche aujourd'hui aussi.

— Calme-toi, chérie.

— Pas « chérie » : « princesse ». Alors, tu viens me tirer par les cheveux ou pas ?

— Je ne peux pas.

— Pourquoi ?

— Parce que je me suis fait mal à la hanche en te cherchant dans le centre commercial et maintenant je peux à peine marcher.

Holly se tourne vers Kano. L'enfant lui sourit en secouant lentement la tête.

— Maman ?

— Oui ?

— Si tu as si mal que ça, pourquoi tu ne demandes pas à papa de venir me chercher ?

— Il t'attend, ma chérie. Il t'attend pour te flanquer une bonne raclée.

— Maman ?

— Oui, princesse ?

— Papa ne me frappe jamais. Il ne m'a jamais frappée. Même pas une petite gifle.

— Allons, chérie, tu es triste à cause de la tempête. Tu ne sais plus ce que tu dis. Tu ne te souviens pas de la dernière fois, quand tu avais chipé des bonbons au supermarché ? Tu ne te souviens pas quand papa t'a emmenée dans la grange et qu'il a failli te casser les reins en te donnant une bonne grosse fessée avec une pelle ?

— Quelle grange, maman ?

— Quoi ?

— On n'a pas de grange…

Holly plisse les yeux à travers ses larmes. Elle voit la grosse dame se pencher au-dessus de la chose qui ressemble à son papa. Ils murmurent. Puis la grosse dame se redresse et glapit à nouveau :

— C'est parfait comme ça. Papa et moi, on va manger le gâteau sans toi. C'est bien ce que tu veux ?

Holly sanglote à présent.

— Tu es morte, maman, c'est ça ?

— Oh, ma chérie, je te jure que ce n'est pas vrai. Maman est là. Maman t'aime. Viens vite faire un gros câlin à ta maman qui t'aime, Holly chérie.

La grosse dame a ouvert les bras. Son émotion a l'air tellement vraie que la fillette se lève et marche vers elle. La voix de Kano claque dans le silence.

— Holly ! Ne fais pas ça ! Dis-lui de descendre les escaliers et de venir te prendre dans ses bras !

Les lèvres de la grosse dame se tordent de colère tandis qu'Holly s'immobilise sur l'herbe roussie. La fillette renifle ses larmes.

— Maman ?

— Oui ?

— Si tu es vivante et si tu m'aimes vraiment, est-ce que tu veux bien venir me chercher pour me prendre dans tes bras ? Allez, s'il te plaît. Si tu m'aimes vraiment…

À l'étage, les choses-filles griffent la vitre. La grosse dame se redresse en se tenant les reins. Elle ne joue plus.

— Si je t'aime vraiment ? Comment oses-tu en douter, sale petite ingrate ?

— Oh, maman, s'il te plaît, fais que tu ne sois pas morte…

— Comment oses-tu douter que je t'aime, moi qui t'ai cherchée dans les décombres du centre commercial jusqu'à en crever ! J'étais en train d'essayer de sauver papa quand la poutre est tombée sur moi et que les vagues se sont engouffrées dans les magasins. Ma gorge s'est remplie de toute cette eau alors que toi, tu te cachais Dieu sait où.

— Oh, maman, si tu savais comme tu me manques.

— Pas toi, méchante ! Toi tu ne me manques pas. Je te déteste, tu m'entends ? Je te hais !

Secouée de sanglots, Holly est tombée à genoux. Elle sent la vibration brûlante s'échapper d'elle. Ça l'enveloppe.

Ça grandit. Elle est sur le point de se relever et de marcher vers la chose en robe jaune lorsque le portail s'ouvre à nouveau en grinçant. Elle se retourne. Une grande et belle femme brune vient de s'immobiliser au bord du cercle d'herbe roussie.

— Holly ? Viens, puce. Je suis là maintenant.

— Marie, ne faites pas ça.

Kano a attrapé le bras de la dame qui se dégage doucement et pose son pied à l'intérieur du cercle brûlé.

— Non ! Marie !

La dame grimace de douleur en avançant sur l'herbe fumante. Elle a tellement mal que des larmes s'échappent de ses yeux. Holly la regarde.

— Vous êtes qui ?

— Je suis Marie. Marie Megan Parks. Tu te souviens de moi, puce ?

— Non, mais j'aime quand vous m'appelez « puce ».

Holly se retourne vers la maison qui est en train de disparaître.

La brume enveloppe la haie. La pluie s'est remise à tomber.

— Qu'est-ce qui se passe ?

— Il faut que tu te réveilles maintenant. Il faut que tu éteignes le feu, sinon tout va brûler.

Holly regarde les feuilles incandescentes qui tourbillonnent autour d'elle.

— C'est moi qui fais ça ?

— Oui. Tu dois t'arrêter de rêver.

— Je ne sais pas comment on fait…

— Il faut que tu me laisses te prendre dans mes bras et je te réveillerai. Tu es d'accord ?

Holly se tourne vers la dame. Ses pieds doivent lui faire affreusement mal mais elle tient bon. Elle tient bon parce qu'elle l'aime. La fillette fait oui de la tête. Elle se raidit en sentant les bras de la dame se refermer autour d'elle. Ses larmes redoublent en sentant ses lèvres se poser sur son front. Elle rouvre les yeux. Le jardin de sa maison a disparu. Au-dessus d'elle, l'orme du Sanctuaire frissonne. Ça sent le roussi. Ça se calme. Holly pose sa joue brûlante contre le bras de Marie qui la serre contre elle. Elle regarde les Gardiens immobiles au bord du cercle d'herbe calcinée. Elle ressent la douleur de Marie. Elle regarde ses pieds.

— Pardon, Marie.

— Pardon de quoi, puce ?

— Pardon de t'avoir fait du mal.

— Chut, puce, chut. La seule chose qui me ferait vraiment mal, c'est si je te perdais.

XII

CHAOS

126

Abandonnant la gestion de la salle de crise au secrétaire à la Défense, le Président a réuni ses conseillers les plus proches dans un petit salon qui jouxte le Bureau ovale. Sur les murs recouverts de boiseries, des peintures représentent les Pères fondateurs de la nation ainsi que les grandes batailles qui l'ont constituée : Lexington et Concord, Yorktown, Shiloh, Bull Run, Gettysburg et le siège de Washington. Assis dans un fauteuil sous le portrait de Thomas Jefferson, le Président feuillette le dossier Holly en sirotant un vieux malt. Il lève les yeux vers Crossman en désignant son verre en cristal lourd où tintent deux glaçons.

— Vous en voulez, Stuart ?

— Avec plaisir, monsieur.

— Sec ? trempé ?

— Sec.

— C'est vous qui avez raison, Crossman, c'est indéniable.

Le Président adresse un signe à son maître d'hôtel qui débouche un vieux flacon et verse religieusement un trait de liquide ambré.

— Ce que vous allez boire est un malt qui date de l'année de la Déclaration d'indépendance. Les puristes comme vous le boivent sec, en trempant leurs lèvres et en pensant à l'Histoire. Moi, je suis un gars du Sud. C'est pour ça que mon cher vieil Harold râle quand je lui demande d'allonger l'Histoire avec de l'eau de Seltz et deux glaçons. Pas vrai, Harold ?

— Heureusement que Monsieur a d'autres qualités.

— N'empêche, que peut-on raisonnablement attendre d'un Président massacrant un malt qui régala jadis le palais de nos vieux Fondateurs ?

— La prudence de ceux qui veulent garder la tête froide ?

— Sacré Harold !

Le maître d'hôtel sourit dignement en tendant son verre à Crossman. Le patron du FBI jette un coup d'œil au Président qui s'est replongé dans la lecture du dossier. Il boit une gorgée en se demandant si un tel nectar se sirote effectivement, s'il faut le faire rouler en bouche comme un bon vin ou s'il est concevable de l'avaler comme ça. Sans relever les yeux, le Président dit :

— Comme un verre d'eau, Crossman.

— Pardon, monsieur ?

— Si vous continuez à faire rouler ce truc en bouche, vous serez incapable de faire la différence entre une omelette et un steak au poivre pendant quinze jours. Pas vrai, Harold ?

— Monsieur a raison. Ça se hume et ça se boit à petites gorgées. Monsieur veut peut-être que j'allonge finalement le sien ?

— Non, merci.

— Monsieur veut mais Monsieur n'ose pas, Harold. Il pense encore qu'on juge un homme à la façon dont il boit, alors que c'est à la façon dont il mange qu'on sait qui il est. Un homme mange comme il vit et comme il fait l'amour aux femmes. Il picore ou il dévore. N'est-ce pas, Ackermann ? Vous qui êtes végétarien, vous avez sûrement un avis sur la question ?

Ackermann ne répond pas. Il sait que le Président est toujours comme ça quand il réfléchit : il parle bourbon, livres et parties de chasse. Mais, en même temps, il réfléchit.

Crossman adresse un hochement de tête à Harold qui s'approche avec la pince et le seau à glace. Les glaçons tintent dans le verre. Harold s'éloigne. Le silence. Crossman passe en revue les visages austères des Fondateurs : des favoris, des cols amidonnés, quelques monocles et des redingotes. Il écoute le Président tourner les pages.

Juste avant de rejoindre le petit salon, il a encore tenté de joindre Marie. Elle n'a pas répondu. Il a alors demandé à son adjoint d'essayer de localiser son portable mais, la dernière fois qu'elle s'en était servie, c'était à Richmond, en Virginie. Ce qui signifiait qu'à présent elle pouvait être n'importe où entre Gerald et l'océan.

Le Président referme le dossier. Il a fini de lire. Il soupire.

— Donc, si je vous suis, je vais devoir appeler mes homologues à travers le monde pour leur dire que, *primo*, la contamination vient bien de chez nous et que, *secundo*, le seul moyen de l'arrêter est peut-être contenu dans le sang d'une fillette de onze ans.

— Ce n'est qu'une théorie mais ça vaut le coup d'essayer. En revanche, ce qui m'inquiète, c'est que nous ignorons si cette Holly n'est pas en train de devenir une sorte de monstre que nous aurions du mal à contrôler. Quelque chose de dangereux.

— Plus dangereux qu'un virus ?

— Reprenons la thèse de Brooks : nous savons que toute modification génétique est irréversible. La question est donc la suivante : que se passera-t-il si une partie des pouvoirs dont semble disposer cette fillette est inoculée avec l'antidote dans l'ADN de l'humanité ?

— Des OGM humains, vous voulez dire ?

— Qui peut savoir ?

— Personne.

Le Président vide son verre et le dépose sur le plateau que lui tend Harold.

— Messieurs, j'ai pris ma décision. Je ne peux pas me permettre de laisser à ce virus la moindre chance de se répandre. J'ordonne donc l'extension de la loi martiale à tout le territoire, le temps que les fédéraux mettent la main sur cette gamine.

— Même si on doit la tuer pour ça ?

— Une prise de sang n'a jamais tué personne, si ?

— Il se peut qu'elle ne se laisse pas faire. Ou plutôt que ceux qui la protègent ne nous laissent pas approcher. Nous ne savons rien d'eux et je déteste ne rien savoir de l'ennemi que je me prépare à affronter.

— Si je comprends bien, Stuart, vous êtes en train de me demander si je suis prêt à tuer ou à laisser tuer une môme pour sauver l'humanité ?

— Quelque chose comme ça, monsieur le Président.

— Vous devriez boire un autre whisky, mon vieux.

— Sans doute.

— Combien de temps vous faut-il pour la localiser ?

— Je vais mettre tous mes agents sur le coup. Ça ne devrait pas être long.

Crossman se lève pour prendre congé. Il a presque atteint la porte du salon lorsque la voix du Président l'arrête.

— Et vous, Crossman ?

— Quoi, moi ?

— Est-ce que vous seriez prêt à sacrifier votre Marie Parks si elle se mettait en travers de votre route ? Est-ce que vous seriez prêt à la perdre pour sauver Holly ?

— J'ai bien peur de l'avoir déjà perdue, monsieur.

127

Marie se pince le bras pour ne pas s'endormir. Cela fait plus de quatre heures qu'elle roule sur la 55 en remontant le cours du Mississippi vers le nord. L'aube blanchit les premiers panneaux annonçant la banlieue de Saint Louis. Elle sent son pied la brûler tandis qu'elle maintient l'accélérateur enfoncé à mi-course. Avant de quitter le Sanctuaire, Cyal avait soigné ses plaies. Elle s'était attendue qu'il lui impose les mains en marmonnant des formules magiques mais l'elfe avait utilisé une pâte de couleur bleue qui sentait très fort la roche et la fougère. Elle avait immédiatement senti la douleur refluer.

À ses côtés, Kano et Elikan s'étaient occupés d'Holly. Épuisée par le combat mental qu'elle avait mené, la fillette s'était rendormie. Les Gardiens étaient inquiets. Ils disaient que les tumeurs progressaient et qu'elle ne devait plus s'éloigner du fleuve. Ils avaient ajouté qu'il fallait à présent remonter au plus vite vers la source du Père des Eaux où les Gardiens du premier Sanctuaire pourraient peut-être la sauver. Alors Marie et Gordon avaient enveloppé la fillette dans des couvertures et s'étaient remis en route. Depuis, Parks conduisait et, comme d'habitude, Gordon dormait à l'arrière en serrant la puce contre lui.

Marie réprime un bâillement. Elle allume une cigarette et regarde les voitures qui se succèdent dans l'autre sens. Outre les véhicules civils de plus en plus nombreux à mesure que l'aube pointe, cela fait un peu plus d'une heure qu'elle croise d'innombrables camions de la Garde nationale dont les pneus renforcés soulèvent des gerbes de pluie. Quelques blindés légers aussi. Au début, Marie avait essayé d'adresser des signes de la main aux hommes installés sur les banquettes des véhicules de transport de troupes. Des visages fermés et des regards morts. C'est à ce moment-là qu'elle avait compris qu'ils n'étaient plus là pour protéger la population mais pour empêcher la contamination de se répandre.

Les radios locales disaient que la Garde était en train de prendre position sur les ponts du Mississippi et qu'elle s'apprêtait à verrouiller les villes. Un découpage par périmètres de sécurité avec interdiction absolue à quiconque de franchir les barrages. Sous peine de mort. C'est ce qu'un journaliste d'une station de Nashville avait cru bon de préciser. Il avait reçu des centaines d'appels de gens terrifiés qui prétendaient que les marines arrivaient en renfort et que c'étaient eux qui allaient se charger des villes. Certains témoins affirmaient que les routes secondaires étaient déjà coupées et que l'armée aiguillait les voitures vers les grands axes qu'il suffirait ensuite de bloquer en héliportant de gigantesques blocs de béton.

Regardant les camions descendre vers le sud et le front de l'épidémie, Marie avait continué à écouter les voix qui se relayaient à l'antenne de la station de Nashville. Le présentateur était épuisé mais il tenait à rester à son poste. D'autres témoins racontaient que des foyers de résistance commençaient à s'organiser. Et puis la petite voix d'une vieille dame avait retenti. Elle disait qu'elle s'appelait Margareth et qu'elle habitait un patelin à cinquante kilomètres de Nashville. D'après elle, cinq familles avaient essayé de quitter le village à bord de gros 4 × 4 qui avaient été interceptés au sommet d'une colline par des soldats américains. Un père de famille était descendu avec un drapeau blanc. Il avait essayé de parlementer mais les militaires n'avaient rien voulu savoir. Alors il était remonté dans sa voiture et avait fait signe aux autres 4 × 4 de déborder le barrage en coupant par les champs. Des larmes dans la voix, Margareth disait qu'il y avait eu des bruits d'armes automatiques et qu'elle avait vu de drôles de boules de feu frapper les véhicules qui avaient explosé. Pendant un court moment, il n'y avait plus eu que les sanglots de Margareth sur les ondes, puis le journaliste avait dit :

— Et après ça, Maggie ?

— Après ça ? Rien.

Le journaliste allait ajouter quelque chose lorsque la radio de Marie s'était mise à grésiller. Elle avait essayé de changer de station mais le même grésillement se répandait sur les ondes. En approchant de Saint Louis, elle avait croisé les premiers camions de brouillage avec leurs grosses antennes paraboliques.

Un mouvement à l'arrière. Marie jette un coup d'œil dans le rétroviseur. Gordon vient d'ouvrir les yeux et contemple le fleuve dont les eaux grises scintillent faiblement sur la droite.

— Marie ?

— Chéri ?

— On est où ?

— On approche de Durness, à la pointe nord de l'Écosse. Tu entends les mouettes ?

— Très drôle.

Marie regarde le reflet de Walls. Il a l'air soucieux.

— Tu sens quelque chose ?

— Qu'est-ce que ça peut faire puisque, de toute façon, tu as déjà pris ta décision ?

— Ne cherche pas à comprendre les filles, poussin, balance.

— Ils sont sur notre trace, Marie. Ils ont été sonnés par la puissance du Sanctuaire mais ils se réorganisent déjà. Ils ont prévu de nous coincer un peu plus au nord. Ils vont mettre toutes leurs forces dans la bataille. C'est pour ça qu'il faut qu'on remonte vers la source sans perdre une seconde.

— On a déjà eu cette discussion.

— Oui, et tu es une fichue tête de mule, hein ?

— Gordon, vers le nord à partir d'ici, ce sont les pires petites routes jusqu'à Minneapolis. Ils savent qu'on va passer par là. C'est donc là-bas qu'ils vont regrouper leurs forces.

— Je te rappelle que le Gardien, ici, c'est moi.

— Justement, tu raisonnes comme eux.

— Alors, tu veux qu'on passe par où ?

— À Durness, il y a un ferry pour la Norvège.

— Ça suffit, Marie.

— Ne compte pas sur moi pour te le dire, *baby*. Et je ne veux pas non plus que la puce le sache. C'est trop compliqué quand elle se met à penser.

— Donc, tu vas t'éloigner du fleuve.

— C'est possible.

— Enfin, Marie ! Les Gardiens ont dit qu'il ne fallait surtout plus s'éloigner du fleuve ! Ça va tuer Holly si on fait ça, tu te souviens ?

— Vas-y, Gordon, réveille-la carrément en lui criant dans les oreilles. Je ne suis pas certaine qu'elle t'ait entendu.

— Ça fait un bout de temps que je fais semblant de dormir, de toute façon.

— Désolé, ma belle, je ne voulais pas que tu entendes ça.

— Si tu crois que je ne le savais pas, c'est que t'es vraiment trop bête, oncle Gordon.

— C'est ce que je me tue à lui dire, puce.

— C'est Marie qui a raison : les méchants ne comprennent pas comment elle pense parce que c'est Gardener qui garde l'entrée de son esprit. Chaque fois qu'ils tentent le coup, ils se crament.

— Je repose ma question : on va où ?

— On s'arrête dans le coin pour la nuit.

— Pour la nuit ? On n'est même pas le matin !

— J'ai une dernière personne à voir.

— Encore un de tes scientifiques, c'est ça ?

— Tu poses trop de questions, Gordon.

— Tu te souviens de ce qui s'est passé à Gerald ?

— Vaguement. Pourquoi ?

— Parce qu'il y a de fortes chances que ça recommence.

— Non. Cette fois-ci vous allez m'attendre à l'hôtel. Vous vous mettrez un film de guerre ou un dessin animé, mais pas *Jeopardy* ou n'importe quel autre jeu télévisé, ok, puce ?

— Promis. *Jeopardy*, c'est fini pour moi.

Marie vient de s'engager dans la circulation de Saint Louis. Plusieurs voitures de police sont rangées sur le bas-côté. Leurs gyrophares éclaboussent l'asphalte. Marie affiche son clignotant et emprunte l'échangeur de la 270 en direction de Sunset Hills.

— Marie ?

— Oui, chou ?

— Pourquoi est-ce que tu veux absolument rencontrer ce type ?

— Au risque de me répéter, je suis agent au FBI. À ce titre, je mène des enquêtes en essayant de savoir pourquoi des méchants tuent des gentils. C'est mon job. C'est comme ça que je gagne ma vie. Vous autres, les elfes et les nains, vous avez une quête à remplir. Je trouve ça très cool, mais moi, j'ai un vrai métier.

Gordon se penche en avant et parle à voix basse pour qu'Holly ne l'entende pas.

— Je te rappelle tout de même que la seule chose qui compte, c'est de sauver Holly.

— Mais j'y travaille, Gordon chéri. J'y travaille.

— Et comment, je te prie ?

— Hmmm. Je connais ce sifflement qui commence à emplir mes oreilles. Tu devrais me reposer ta question d'une façon un tout petit peu moins agressive ou tu vas dormir sur le canapé.

— Ok. En quoi est-ce que le fait d'aller voir un vieux scientifique pourrait sauver Holly ?

— C'est précisément ce que j'essaie de découvrir. Mais il y a autre chose qui semble t'échapper.

— Quoi ?

— Dans la mesure où tu es toi-même un mutant, tu fais une confiance aveugle à trois types en manteau blanc qui ne tiendraient pas trente secondes devant une commission d'expertise psychiatrique. Moi, j'échafaude des théories et je tente de les vérifier. Et il est hors de question que je plonge tête baissée sans savoir exactement quel est le rôle d'Holly dans cette histoire.

— Autrement dit ?

— Autrement dit, il est exclu que je confie ma fille à des super Gardiens d'un super Sanctuaire sans m'être assurée au préalable que c'est bien Holly qu'ils veulent sauver et pas seulement le pouvoir qu'elle abrite.

— Ta fille ?

— Qu'est-ce que j'ai dit ?

— Tu as dit qu'Holly était ta fille.

— Et alors ?

— Rien.

— Walls, j'ai marché sur des braises pour la sauver. Ça fait d'elle ma fille.

Marie quitte la 270 et s'engage dans la zone pavillonnaire de Dorsett Road. La circulation se dilue. Elle accélère en direction d'un écrin de verdure qui se profile au milieu de tout ce gris.

— Et moi, je suis quoi là-dedans ?

— Toi, tu es Flash Gordon. Les filles adorent Flash Gordon.

— Pour toi, je veux dire.

— Ça va se compliquer, c'est ça ?

— À toi de voir.

— Gordon, pour moi, tu es un mec adorable qui baise comme une équipe de foot, mais si tu le veux bien, on va se laisser encore un peu de temps pour essayer de se connaître.

— Sauver Holly mais pas Gordon, c'est ça ?

— J'ai l'impression d'entendre un gosse de douze ans dire à sa maman qu'il est jaloux parce qu'elle achète plein de cadeaux à sa sœur et rien pour lui.

— Tu m'as très bien compris, Marie.

— Bien sûr. Et je te retourne la question : sauver Marie, tu crois que c'est quelque chose qui préoccupe tes trois chevaliers blancs ? Je ne suis qu'un outil pour eux. Et éventuellement un obstacle. Tu penses vraiment qu'ils hésiteront à me griller si je ne fais pas leurs quatre volontés ?

— Pourquoi prends-tu ce risque alors ?

— Parce que c'est une manie chez moi : je déteste qu'on essaie de me faire entrer dans un jeu auquel je n'ai pas envie de jouer. Je vais donc essayer de savoir qui sont exactement ces grands blonds. Et si j'en arrive à la conclusion qu'ils présentent le moindre danger pour Holly, je me chargerai de vérifier si leurs manteaux blancs arrêtent aussi les balles de 9 mm.

— En attendant, elle va mourir.

— Elle est déjà en train de mourir, Gordon.

— Qu'est-ce que vous vous murmurez comme ça depuis cinq minutes ?

— Rien, chérie. On fait comme tous les couples : on s'engueule.

Marie vient d'atteindre le buisson d'arbres qui borde la route. Elle quitte Dorsett Road et freine devant la réception d'un motel *La Quinta*.

— Il y a une piscine au moins ?

— Non, puce. Mais il y a un golf.

— Pfff, c'est nul.

128

19 heures. Marie range sa vieille Buick cabossée sur le parking du Christian Hospital de Saint Louis et

coupe le contact. Elle avait passé le reste de la journée à se reposer et à raconter des histoires à Holly pour occuper son esprit. Elles avaient pris un bain ensemble, elles s'étaient éclaboussées, elles avaient ri. Puis Holly s'était endormie sur l'un des lits doubles devant les chaînes de dessins animés du câble et Marie avait pris un autre bain avec Gordon qui venait de se réveiller. Il avait joui doucement en elle, puis ils s'étaient allongés côte à côte sur l'autre lit et avaient regardé Holly dormir. Quand la respiration de Walls était devenue plus régulière et plus profonde, Marie s'était levée sur la pointe des pieds et s'était enfermée dans la salle de bains pour enfiler les frusques qu'elle avait dénichées quelques heures plus tôt. Elle avait choisi une robe à fleurs, des sandales et un fichu de vieille dame. Elle était ensuite passée au drugstore pour acheter des lunettes loupes et une canne qui allait avec sa tenue.

Ayant enfilé sa panoplie, Marie était sortie de la salle de bains et avait de nouveau adressé un regard à Holly qui dormait. Walls ronflait doucement. Elle avait fermé la porte et quitté le motel par une issue de secours dont elle avait pris soin de débrancher l'alarme. Elle avait encore pris le temps de cueillir quelques tulipes dans un massif qui ornait la route, puis elle avait démarré en direction du nord en effectuant de nombreux détours pour s'assurer que personne ne la suivait. La ville était presque déserte, comme si les gens se terraient ou s'étaient déjà enfuis. Elle avait tout de même croisé quelques voitures de police ainsi que des fourgonnettes et des camping-cars chargés de familles épuisées qui tentaient de quitter Saint Louis. Quelques taxis vides aussi. Elle était ensuite passée devant l'université dont les pelouses étaient couvertes d'étudiants assis sous des banderoles bricolées en toute hâte sur lesquelles on pouvait lire « NAZIS GO HOME », « GIVE ME LIBERTY OR GIVE ME DEATH » ou encore « WE THE PEOPLE ». Les premiers mots de la Constitution. Lorgnant les pancartes, un cordon de marines verrouillait l'accès au campus. L'un d'eux avait fait signe à Marie d'accélérer alors qu'elle longeait l'université au ralenti. S'exécutant, elle s'était souvenue des reportages sur les grandes contestations contre la guerre du Vietnam et avait lu dans les yeux du marine que le détachement n'hésiterait pas à ouvrir le feu sur les étudiants si ceux-ci faisaient mine de se lever. Elle n'en doutait pas. Eux non plus. C'est pour ça qu'ils restaient assis en silence sous leurs banderoles mal faites.

Marie avait poursuivi en direction du Christian Hospital. Le meilleur centre de cancérologie de la région. C'est là que le professeur Milton Ashcroft avait été transféré deux mois plus tôt pour y agoniser d'un cancer avancé du poumon. L'adjoint du professeur Angus, dont il devait rester un peu moins de cinquante kilos de chair et à peine quelques grammes d'espoir.

Marie jette un dernier coup d'œil dans son rétroviseur pour enfiler ses lunettes loupes et arranger son fichu. Personne derrière. Aucun obstacle devant. Elle vérifie le chargeur de son Glock ainsi que le barillet du .32 qu'elle a fixé sous sa robe à l'aide d'une bande Velcro. Elle claque la portière de la Buick et se dirige vers l'accueil en s'appuyant sur sa canne. La brise sent le cyclamen et les buissons d'herbes aromatiques qui parsèment les massifs. Marie pousse les portes à double battant. L'air climatisé enveloppe son visage.

Elle lorgne vers l'accueil. Personne. Elle remonte les couloirs du service d'oncologie en osant à peine regarder à travers les portes vitrées. Elle écoute le bruit de ses pas sur le sol en plastique. Ça sent le formol, le désinfectant et la peinture fraîche. Certains patients râlent sur leur lit. La plupart semblent endormis.

Marie vient d'atteindre le service des soins intensifs et avise une jeune infirmière assise derrière le comptoir de l'accueil. Elle s'approche en accentuant son boitement et en appuyant sur sa canne. De son autre main, elle tient son pauvre bouquet de tulipes. Elle rend son sourire à l'infirmière en vieillissant sa voix.

— Je viens voir Mitch Caine, c'est un de vos pensionnaires.

Marie vient de choisir ce nom au hasard sur le tableau accroché derrière l'infirmière afin de ne pas amorcer la procédure de protection des témoins. Après le carnage de Gerald, elle sait que le FBI doit avoir resserré la surveillance auprès des autres scientifiques. Elle repère aussi le nom d'emprunt d'Ashcroft qu'elle a lu sur la liste de Crossman : Merrick Browman, chambre 414. Marie pose ses yeux déformés par les verres grossissants sur la jeune infirmière qui a pris un air ennuyé.

— Je suis désolée, madame, mais les visites sont bientôt terminées.

— *Mademoiselle*. Je ne suis toujours pas mariée.

— Pardonnez-moi.

— Il n'y a pas de mal, ma jolie.

Les joues de la jeune femme ont rosi. Une stagiaire. Elle bredouille :

— Comme je vous le disais, le service va fermer et nos patients ont besoin de calme.

Marie pose son bouquet de tulipes sur le comptoir en prenant un air affligé.

— Écoutez-moi, ma toute belle, je suis une vieille dame qui vient d'endurer quatre heures de car depuis Kansas City pour voir une dernière fois un cher mourant. Mon car de retour ne part qu'à 23 heures et je n'ai pas de quoi me payer une chambre d'hôtel en attendant celui de demain. J'allais même vous demander si je pouvais rester ici une petite heure après avoir vu Mitch afin de ne pas attendre dans le froid.

— Vous allez me faire gronder, mademoiselle... Mademoiselle... ?

— Granger. C'est mon nom.

Le front de la stagiaire se plisse.

— Vous n'êtes pas de la famille ? Je me permets de vous demander ça parce que les visites en soins intensifs sont exclusivement réservées aux familles.

— J'en suis, ma belle. Sa vieille cousine de Kansas City. J'espère qu'il se souviendra de moi.

— J'en suis sûre. Écoutez, voilà ce que je vous propose : je vous laisse passer et vous vous faites toute petite en ressortant, c'est d'accord ?

Marie sourit en approchant son index de son pouce.

— Je me ferais aussi minuscule qu'une vieille souris.

— Vous n'êtes pas si vieille que ça, mademoiselle Granger.

— Vous êtes un amour, ma chérie.

Parks s'éloigne en s'appuyant ostensiblement sur sa canne. Elle se cogne dans un fauteuil à cause de ces satanées lunettes loupes, puis elle franchit les portes vitrées qui se referment derrière elle. Le sourire de la stagiaire se fige sur ses lèvres tandis qu'elle pioche une pochette en plastique dans la doublure de sa blouse. Elle en déplie la partie adhésive qu'elle applique sur le comptoir à l'endroit où Mlle Granger a posé les doigts. Puis elle décolle soigneusement le film transparent et scanne les empreintes sur un ordinateur portable. L'écran affiche la réponse. La stagiaire compose un numéro sur son téléphone. Une sonnerie. Deux. Une voix.

— Emmerson, j'écoute.

— Ici l'agent Jones, monsieur. J'ai localisé Parks.

— Vous êtes où ?

— Au Christian Hospital de Saint Louis.

— Ne bougez pas. Ne tentez rien. Une équipe arrive.

129

Marie avance dans le mouroir du Christian Hospital. C'est ici qu'on cache les carcasses agonisantes qui se tordent de douleur parce qu'elles sont devenues résistantes à la morphine. Elle allonge le pas pour fuir les gémissements qui s'échappent des portes entrebâillées. Il faut des doses de cheval pour les shooter, et même là, ils grognent et tirent sur les sangles qu'on leur a fixées aux articulations afin qu'ils ne se blessent pas. Tout au bout du couloir, Marie distingue les portes des soins palliatifs. Là, les mourants que l'on a renoncé à soigner attendent la délivrance avec calme. Eux ont droit à tous les shoots de la terre. Des océans de morphine pour leurs pauvres veines.

Chambre 414. Marie se hisse sur la pointe des pieds et regarde le corps ravagé d'Ashcroft étendu sur le lit. Il semble dormir. Il est si blanc et maigre qu'on dirait que quelqu'un a fait couler une mince pellicule de cire sur son visage. Marie pousse la porte. Sa gorge se serre en sentant l'odeur qui flotte dans la chambre. Les stores sont baissés. La télé dispense un documentaire en sourdine. Marie frissonne en apercevant les sangles qui retiennent ses poignets squelettiques. Elle jette un coup d'œil rapide sur le dossier médical accroché au pied de son lit. Elle se mord les lèvres : morphino-résistant.

— Qui est là ?

Le dossier claque contre les barreaux. Marie croise le regard bleu pâle d'Ashcroft. De grands yeux brûlants de fièvre où brille autre chose. Un peu de colère. Un peu de haine. Beaucoup de folie aussi. Elle pose sa canne et ôte son fichu. Un nouveau râle s'échappe des lèvres du mourant.

— Qui êtes-vous ?

— Agent spécial Parks.

Un rire asthmatique agite la gorge d'Ashcroft.

— Le FBI ? Ça tombe foutrement bien. Je veux que le protocole de protection des témoins cesse sur-le-champ et que vous publiiez ma photo dans les journaux pour que les tueurs de la Fondation me retrouvent et me… et me…

— « Et me tuent », c'est ça que vous vouliez dire entre deux quintes de toux ?

— Oui.

— Écoutez, Ashcroft, on va essayer d'éviter les phrases longues. J'ai quelques questions à vous poser, ensuite je m'en irai.

Ashcroft contemple la molette de la pompe à morphine que l'infirmière de garde a placée sur la table de nuit. À des kilomètres de ses poignets sanglés. On dirait qu'il salive en la regardant.

— Ces salauds. Ils veulent que je crève à petit feu. Ils me refilent des doses trop faibles et ils me laissent crever à petit feu.

— Vous êtes résistant à la morphine, Ashcroft. Ça veut dire que la dose qui vous soulagerait vous tuerait. Vous êtes prêt à entendre mes questions ?

— À propos de quoi ?

— De la Fondation.

— Qu'est-ce que vous voulez savoir ?

— Tout à propos du dossier d'Angus et des signes retrouvés dans les grottes du projet Manhattan.

— Ce cher vieil Angus…

— Qu'est-ce que vous avez découvert en déchiffrant les inscriptions ?

— Qu'est-ce qu'Angus a découvert, vous voulez dire ? C'est lui qui a décroché la timbale une nuit où il était resté seul à bosser dans son labo de Puzzle Palace. Le fameux eurêka d'un soir d'orage. Sauf que ça lui a fait sauter le cerveau une bonne fois pour toutes. J'étais en déplacement au Guatemala quand il s'est enfui avec les dossiers sous le bras. Il venait de déchiffrer les dernières inscriptions. Celles qui donnaient un sens à toutes les autres.

Ashcroft est pris d'une longue quinte de toux qui éclabousse de sang son menton. Il a le réflexe de vouloir s'essuyer. Les sangles claquent contre les montants du lit.

— Quelles dernières inscriptions ?

— Je vous propose un deal, agent spécial Parks.

— Je vous écoute.

— Si je réponds à vos questions, vous me refilez la commande de la pompe à morphine et à moi le grand saut dans les profondeurs de l'univers.

— Je n'aide pas les gens à mourir. Je les tue éventuellement, mais je ne les aide pas à mourir.

— Ma belle, j'ai un carcinome épidermoïde doublé d'un angor de Prinzmetal qui me fait cracher mes poumons par morceaux. Vous n'avez rien d'autre à m'offrir qui puisse m'intéresser.

— Ok.

— Vous me prenez pour un con ?

— Non, pourquoi ?

— Donnez-moi la pompe maintenant.

Marie s'approche de l'instrument qu'elle pose sur la poitrine d'Ashcroft.

— Dans ma main, Parks. Mettez-la dans ma main.

— Pour que vous vous envoyiez votre shoot sous mon nez ? À moi de me marrer, Ashcroft. Je la mettrai dans votre main quand vous aurez répondu à mes questions.

— Ça ne marche pas comme ça ! Ça ne peut pas marcher comme ça !

Les yeux d'Ashcroft se brouillent de larmes. Ses lèvres tremblent. Marie sent une immense tristesse envahir son cœur.

— C'est pas cool, Ashcroft. Jusque-là, je trouvais que vous étiez un mourant plutôt sympa, juste assez méchant pour qu'on oublie que vous êtes mourant.

— Passez-moi la pompe.

— Répondez d'abord à mes questions.

— Pourquoi voulez-vous savoir ? Pourquoi après tant d'années ?

— Parce qu'un virus se répand. Une souche mutante libérée par Burgh Kassam que nous devons essayer d'arrêter au plus vite.

— Ce n'est pas la vraie raison. Pas la seule en tout cas.

— Si.

— Parks, je suis mourant. Un mourant sait quand on lui ment.

— Ma fille n'a plus que quelques jours à vivre et vous pouvez peut-être la sauver.

— Votre fille ? À votre tour d'être hors jeu. Au début, je vous trouvais cynique à souhait. Pas comme toutes ces idiotes qui viennent vous voir avec des larmes plein les yeux. Votre fille peut crever, Parks. Qu'elle crève, vous m'entendez !

— Vous crèverez avant elle.

— Où allez-vous ? Parks ! PAAARKS !

Marie revient lentement vers le lit. La tête du vieux professeur retombe sur son oreiller. Il ruisselle de sueur.

— Vous vous rendez compte, ma belle ?

— De quoi, mon beau ?

— J'ai passé vingt-cinq ans à me terrer pour essayer de vivre une journée de plus, et maintenant que je vais me mettre à table, aucun tueur de la Fondation ne va se pointer pour me faire sauter la cervelle.

— Je vous écoute.

Ashcroft grimace sous le coup d'une poussée de douleur qui bande ses maigres muscles tandis qu'il tire sur ses sangles. Il se relâche lentement. Sa voix essoufflée s'élève dans la pénombre.

— Cela faisait des années qu'Angus travaillait sur ces foutues inscriptions. C'était devenu une véritable obsession chez lui. À tel point que même son appartement à la base était tapissé de milliers de signes et de reproductions de fresques. Il les avait assemblés selon toutes les combinaisons possibles. Il avait étudié des dizaines d'ouvrages de sémantique, de cryptologie et de linguistique sur les langages les plus anciens. Un gigantesque puzzle qui l'avait fait revenir aux origines de la pensée humaine. Je pense que, peu à peu, il a réussi à raisonner comme les êtres qui avaient tracé ces signes. C'est comme ça qu'il a compris.

— Qu'il a compris quoi ?

— Au tout début des années 1980, le département de décryptage de la Fondation avait déchiffré les trois quarts du code. Nous savions que ces signes racontaient une histoire mais tout était très imagé et difficile à cerner. Nous avions aussi découvert qu'une partie du message ressemblait à un avertissement, quelque chose qui était censé mettre en garde l'humanité contre un événement qui s'était déjà produit et qui allait se répéter. Une grande extinction.

— Vous voulez dire, comme pour les dinosaures ?

— Non, les cataclysmes qui ont frappé les dinosaures ou les océans du Cambrien étaient d'origine naturelle : des météorites, des éruptions volcaniques massives ou des modifications climatiques. Là, c'était autre chose. Un ravage provoqué par l'homme.

— Une épidémie ?

— C'est ce que nous pensions au début mais Angus a fini par découvrir que ce message dissimulait quelque chose de beaucoup plus grave. Quelque chose qui ne mettait pas seulement en danger l'humanité mais l'univers tout entier. C'était derrière les autres signes. Il suffisait de les assembler.

— Quels autres signes ?

— En 1980, Angus a commencé à s'intéresser aux signes géants que l'humanité avait découverts au XXe siècle grâce à l'invention de l'aviation. Comme si ceux qui les avaient tracés avaient voulu qu'on ne les aperçoive que lorsque nous aurions atteint le degré d'évolution qui nous permettrait de les comprendre. Des signes tellement grands que certains ne sont visibles que sur des clichés satellites. Ces symboles, dispersés à travers le monde, comme ceux laissés par les Indiens Mound Builders ou les Nazcas, sont encore des mystères pour les scientifiques. On sait seulement qu'ils ont été tracés en des temps immémoriaux par des civilisations qui ont brusquement disparu sans laisser d'autres traces derrière elles. Des civilisations si évoluées qu'elles avaient prévu que nous allions inventer l'aviation. Vous rendez-vous compte de ça, Parks ? Est-ce que vous vous rendez compte de ce que ça signifie ?

— Calmez-vous, Ashcroft.

La respiration du vieillard siffle dans l'obscurité.

— Angus avait fini par repérer des reproductions miniatures de ces signes parmi les inscriptions des grottes-sanctuaires. Ça lui crevait les yeux depuis des années. Alors il en a étudié la dispersion géographique et il s'est rendu compte que l'ensemble donnait brusquement un sens aux inscriptions. Ceux qui les avaient gravées disaient qu'un ennemi avait failli les détruire presque entièrement. À l'époque, ils formaient sept tribus protégées par sept vieilles femmes qu'ils appelaient des Révérendes. Après la dernière grande attaque de la préhistoire, toutes les Révérendes avaient été tuées par l'Ennemi, à l'exception d'une seule. D'après les inscriptions, une femme très jeune avait elle aussi survécu, une élue répondant au nom de Neera qui avait récupéré les pouvoirs des Révérendes avant que les survivants ne se séparent à nouveau en sept tribus qui avaient pris sept directions différentes. Ce sont les descendants de ces sept tribus qui ont érigé les signes géants à travers la planète, avant de s'éteindre ou de disparaître peu à peu dans la masse des êtres humains. Angus s'était rendu compte que tous ces signes formaient une sorte de code dans le code. Je crois que c'est à ce moment-là qu'il a compris que les inscriptions laissées dans les grottes n'étaient peut-être pas un avertissement adressé à l'humanité, mais plutôt un message secret destiné aux autres tribus. Une sorte de prophétie.

— C'est ça que contenait le dossier d'Angus ?

— Ça et autre chose.

— Quoi donc ?

— Donnez-moi à boire.

Parks s'empare d'un verre en plastique muni d'une paille qu'elle glisse entre les lèvres d'Ashcroft. Le scientifique aspire lentement quelques gorgées de liquide vitaminé avant de retomber sur ses oreillers. Un râle s'échappe de sa gorge.

— Quoi d'autre, Ashcroft ? Qu'est-ce que contenait ce foutu dossier ?

— La faute de Dieu, agent spécial Parks.

— Rien que ça ?

— Savez-vous pourquoi, d'après les Écritures, les Archanges se sont révoltés ? Pourquoi le plus beau et le plus puissant d'entre eux est devenu Satan ?

— Par orgueil ?

— Non, Parks. Par jalousie. Comme des grands frères furieux que le petit dernier reçoive tous les cadeaux qu'ils n'ont pas eus. C'était ça, les Archanges : des grands frères. Ils ont aidé Dieu dans sa Création. Au début, ils l'ont même certainement trouvée touchante. Un peu comme une famille d'ingénieurs surdoués dont le grand-père se mettrait brusquement en tête de fabriquer une maquette grossière et si peu à la mesure de son talent. C'est ça qui s'est passé lors de la création du monde : quelque chose de profondément imparfait que le vieux a appelé Homme et qu'il aurait dû détruire. Au lieu de ça, il a commis la grande faute, celle que tout créateur doit s'interdire de commettre : il est tombé amoureux de sa création.

Vous comprenez ? Il est devenu comme le vieux Gepetto : un vieillard aigri qui se fabrique des jouets pour ne plus être seul. Alors, les Archanges se sont révoltés. Et ils ont eu raison, Parks ! Foutre Dieu, ils ont eu raison !

— Qu'est-ce qu'il y avait d'autre dans le dossier d'Angus ?

— L'humain, la sombre conséquence de la faute de Dieu.

— C'est-à-dire ?

Une nouvelle vague de douleur crispe les muscles d'Ashcroft. Il gémit.

— L'humain est le seul être vivant qui force son milieu à s'adapter à lui. Il n'a pas sa place ni son utilité dans la chaîne de la vie. Tout se passe comme si la nature avait commis une erreur dramatique qui lui aurait échappé. Une sorte de monstre. Une impasse. Une aberration de l'évolution qui aurait dû disparaître avec les grandes extinctions mais qui a continué à proliférer et à se répandre. Angus avait compris que le Grand Ravage qui allait détruire l'humanité était inévitable parce qu'il allait naître de l'humanité elle-même. Il avait découvert que ceux qui avaient laissé ces inscriptions savaient qu'une poignée d'humains échapperaient à la catastrophe et qu'ils auraient atteint un niveau d'évolution suffisant pour répandre le mal ailleurs.

— Le mal ? Mais de quel mal parlez-vous ?

— Je parle des humains, Parks. Je parle des cellules malades de l'univers. C'est ça qu'Angus avait compris en déchiffrant ce foutu code : le fait que le mal c'était nous, et que ce mal allait continuer à se répandre si on ne l'arrêtait pas.

— Vous voulez dire que le virus de Kassam ne serait pas le ravage annoncé ?

— Je dirais même qu'il est le seul antidote possible au véritable Grand Ravage. L'expiation du crime de Dieu. L'anéantissement de l'humanité pour protéger l'univers du cancer qui le menace. C'était ça, le fameux ennemi des Révérendes dont les inscriptions parlaient : le système immunitaire de l'univers.

— Vous êtes complètement cinglé.

— Et vous, vous êtes naïve, Parks. L'humain est le prédateur absolu. Hormis quelques requins et quelques maladies, il n'est la proie que de lui-même. C'est pour ça que nous avons inventé les guerres, les meurtres et la famine. Pour réguler la masse monstrueuse des humains. Malheureusement, depuis qu'Oppenheimer a inventé ses jouets mortels, les nations qui détiennent l'arme atomique n'osent pas s'en servir car elles savent que le feu nucléaire s'abattra sur elles à la seconde où elles le déclencheront. L'annulation du facteur guerre. Depuis, ça se répand. Des milliards de virus qui se multiplient sans cesse et qui épuisent l'organisme qu'ils contaminent, en l'occurrence la Terre. À ceci près qu'à la différence des autres virus, l'homme a conscience qu'il dépend de l'organisme qu'il tue. C'est pour ça que nous commençons à penser à la nécessité de coloniser d'autres planètes. Regardez ce qui arrive, Parks. Nous voyageons déjà en direction de Mars, nous recherchons d'autres mondes habitables, nous raisonnons en termes d'infini. Dans l'inconscient collectif, nous nous amusons à nous faire peur en imaginant de méchants extraterrestres ultraévolués qui nous surveilleraient de là-haut en attendant le meilleur moment pour nous envahir. Mais ce sont les extraterrestres que je plains, car, quand nous mettrons la main sur eux, nous leur montrerons ce qu'un vrai virus sait faire.

— Vous voulez dire que le cancer humain se serait déjà produit ailleurs et qu'il serait en train de se reproduire ici ?

— Pourquoi pas ? Comment expliquer, sinon, cet ADN si complexe que nous avons découvert dans la momie du projet Manhattan ? Comment expliquer le degré d'évolution de cette espèce qui est censée nous protéger ?

— D'après Angus, elle aurait donc épuisé l'organisme précédent et nous regarderait épuiser le suivant en se fixant pour mission de nous aider à survivre afin de contaminer le prochain, c'est ça ?

— Ou alors elle a elle-même subi la mutation génétique que nous nous préparons à subir et nous sommes en quelque sorte ce qu'ils étaient avant d'être contaminés. Les enfants de Dieu. Pourquoi pas ? Nous n'avons aucune preuve de cela, aucune réponse, juste des questions.

— Vous êtes encore plus siphonné que je ne le pensais.

— Allons, Parks, vous avez juste à faire le choix de Dieu. Parlez-moi de cette fillette que vous prétendez vouloir sauver. Ce n'est pas votre fille, n'est-ce pas ?

— Non. Ses parents sont morts dans l'ouragan qui a ravagé La Nouvelle-Orléans. Elle a été sauvée par des êtres dotés d'étranges pouvoirs mentaux.

— Est-ce qu'ils l'appellent « Mère » ou « Révérende » ?

— Oui.

— Est-ce qu'elle a été touchée par une vieille femme qui serait morte juste après ?

— Oui.

— Est-ce qu'elle a elle-même commencé à développer des pouvoirs anormaux ?

— Comment le savez-vous ?

— Parce que tout est contenu dans les signes qu'Angus a déchiffrés. Parce que l'histoire recommence. On croit que c'est terminé, mais ça recommence. Les Gardiens savent que le sang de cette chose contient le seul antidote du virus que Kassam a mis au point. C'est pour cela qu'ils la protègent. D'où ma question, agent spécial Parks : allez-vous commettre le crime de Dieu ? Allez-vous sauver l'humanité ou allez-vous sauver l'univers ?

— Qu'est-ce que vous feriez à ma place ?

— À votre place ?

Un sourire déforme les lèvres d'Ashcroft.

— À votre place, je retournerais vite auprès de cette abomination que vous appelez votre fille, je poserais un coussin sur sa tête et j'appuierais dessus jusqu'à ce qu'elle cesse de respirer.

— Je crois que j'en ai assez entendu pour aujourd'hui.

Marie s'est levée. Elle a posé la pompe à morphine dans la main d'Ashcroft. Elle recule vers la porte. Elle étouffe. Il faut qu'elle sorte au plus vite de cette chambre. Il faut qu'elle cesse de respirer ces odeurs de mort. Elle se bouche les oreilles pour ne plus entendre les quintes de rire qui s'échappent de la gorge d'Ashcroft. Le scientifique s'est redressé le plus possible en tirant sur ses sangles. Ses yeux se révulsent tandis que son corps décharné se tend à en faire craquer ses articulations.

— Regardez-moi, agent spécial Parks ! Je suis à la fois le cancer qui ronge l'univers et l'univers rongé par le cancer ! Vous devez tuer cette chose avant qu'il ne soit trop tard, vous m'entendez ? Vous devez laver le crime de Dieu dans le sang de cette aberration !

Marie a atteint la porte. Elle voit la main d'Ashcroft écraser la molette de la pompe à morphine. Il s'injecte la totalité du flacon. Il grimace. Il rit. Il étouffe, se crispe une dernière fois, puis se détend. Il a les yeux grands ouverts. De grands yeux vitreux qui fixent Marie dans la pénombre. Des yeux morts qui contemplent l'univers.

130

Marie titube dans le couloir. Elle a la nausée. Elle se rend compte qu'elle a oublié sa canne. Elle replace son fichu sur ses cheveux, rechausse ses lunettes et se force à boiter en franchissant les portes vitrées qui donnent sur la salle d'attente. La stagiaire lui sourit en la voyant approcher.

— Tout s'est bien passé, mademoiselle Granger ?

— À la perfection, chérie.

— Est-ce que vous voulez que je vous rapproche deux fauteuils pour que vous puissiez vous reposer en attendant votre car ?

— Je crois que je vais d'abord sortir prendre l'air un moment. Je ne me sens pas très bien.

— Je comprends. Ça fait souvent cet effet-là. Vous voulez que je vous accompagne ?

Marie regarde le visage de la stagiaire par-dessus ses lunettes. Elle a l'air tendue.

— Un problème, chérie ?

— Pardon ?

— Je vous sens préoccupée.

— C'est ce service qui m'épuise.

— Non, c'est autre chose.

Marie fixe les yeux de la jeune femme. Elle surveille ses pupilles et les ailes de son nez. La stagiaire se force à respirer lentement.

— Un problème de cœur, à mon avis. Je me trompe ?

La tension musculaire de la stagiaire se relâche. Elle esquisse un sourire.

— On ne peut rien vous cacher, mademoiselle.

— On ne peut rien cacher à une vieille dame.

— C'est à cause de Brett, mon amoureux.

— Il vous trompe ?

— Il veut coucher avec moi.

— Et vous ne voulez pas, c'est ça ?

— Pas maintenant. Pas tout de suite. Vous comprenez, je suis très croyante et j'ai promis devant ma communauté de rester vierge jusqu'au mariage.

Marie vient de poser les mains sur le comptoir de l'accueil. Elle sent sous ses doigts quelque chose de collant. Un reste d'adhésif. Elle relève les yeux et croise le regard tendu de la stagiaire.

— Vous avez déjà essayé de coucher avec une fille ?

— Pardon ?

La stagiaire a à peine sursauté en entendant les mots de la vieille dame. Ses pupilles restent stables.

— Vous y avez déjà pensé au moins, agent Pinocchio ?

La stagiaire n'a pas le temps de dégainer son arme que le .32 de Marie appuie sur son front.

— Parks, ne faites pas de conneries.

— Comment vous appelez-vous ?

— Jones.

— Trop lent, agent Jones. Beaucoup trop lent. Pour le déguisement de vierge effarouchée par contre, rien à dire. Combien de temps avant qu'ils n'arrivent ?

— Je viens tout juste de les appeler.

La respiration de Jones se raccourcit tandis que le pouce de Parks relève le chien de son arme.

— C'est très vilain de mentir à une vieille dame.

— Ils… ils sont là.

— Combien ?

— Cinq.

— Où ?

— Trois sur le parking. Un à l'accueil. Et moi.

— Qui ?

— Mulligan, Kintch, Alonso et Chen.

— Chen ? Connais pas.

— Elle travaille pour le Bureau de Saint Louis.

— Ça va en faire des enterrements…

Le doigt de Marie s'arrondit sur la détente. Elle regarde Jones. Elle est si jeune, si inexpérimentée.

— Je vous en supplie, Parks.

— Chut, chérie. Je réfléchis.

— Il est encore temps. Ils sont juste là pour vous arrêter. Il n'est pas trop tard.

— J'ai dit chuuut…

Jones se mord les lèvres. Elle vient de comprendre que Marie n'a pas l'intention de se rendre. Parks lui fait signe de la rejoindre. Elle longe le comptoir, se retourne et sent le canon du .32 se poser contre ses reins.

— Quel est le signal convenu ?

— J'étais censée leur annoncer par radio quand vous alliez sortir.

— Dites-leur que ça traîne et demandez-leur des instructions.

— Pardon ?

— Faites-le.

Jones lève le micro-émetteur planqué dans sa manche.

— Dispositif, ici Jones. L'objectif n'est toujours pas sorti. Instructions ?

Un grésillement. Marie a récupéré l'oreillette de Jones pour identifier la voix qui répond :

— Bien reçu, Jones. Toutes les issues sont surveillées. Ne bougez pas. Laissez venir l'objectif.

Jones relâche le bouton d'émission. Marie a eu le temps de reconnaître l'agent spécial Mulligan. Un de ses vieux potes. Un bon.

— À présent, donnez-moi votre blouse.

Jones enlève sa blouse et ses sandales d'hôpital.

— Votre petite robe bleue aussi.

Jones déboutonne lentement sa robe qu'elle laisse glisser sur le sol. Marie se penche pour la récupérer. Puis, se redressant, elle dégaine son Glock et cogne la nuque de Jones d'un coup sec avant de la retenir tandis qu'elle s'effondre. Elle la traîne derrière le comptoir, la bâillonne et la menotte. Puis elle se débarrasse de ses frusques et enfile la robe bleue et la blouse. Elle pioche une paire de lunettes noires dans le sac de Jones et vérifie le chargeur de son Glock qu'elle glisse sous son manteau passé par-dessus son bras. Elle a la main autour de la crosse. Elle remonte le couloir et adresse un signe de tête aux infirmières derrière les vitres de l'accueil. Une vieille et une plus jeune. Une Asiatique. Elle regarde passer Parks avant de baisser à nouveau les yeux. Ses lèvres remuent. Un grésillement. Sa voix retentit dans l'oreillette de Marie.

— Dispositif, ici accueil. Une infirmière s'apprête à sortir. Aucun signe de l'objectif pour le moment.

— Bien reçu, Chen. Restez sur vos gardes.

Les portes vitrées s'ouvrent sur les odeurs de citronnelle et de thym. Parks s'avance dans l'allée. Elle sent son cœur battre dans sa gorge. Un homme approche. Il porte une blouse et un badge bleu de chirurgien. Marie analyse ses gestes. Il fait semblant de compulser ses notes mais il se déplace comme un pro en remontant l'allée dans le bon axe pour pouvoir dégainer facilement et allumer l'objectif au moindre mouvement suspect. Grésillements dans l'oreillette de Parks. Voix de Mulligan :

— Brad, tu confirmes visuel. Rien d'autre.

Brad ne répond pas. Il avance. Son regard glisse sur les chevilles de Parks et remonte. Il analyse la démarche, la position des mains et des épaules. Il ralentit un peu au moment où il la croise. Elle lui sourit derrière ses lunettes noires. Brad Kintch. Un agent de la vieille école. Un flingueur. Kintch lui rend son sourire et continue à avancer en compulsant ses notes. Grésillements.

— Mulligan, ici Brad. C'est Parks. Je répète : c'est Parks.

— Tu es sûr ?

— Positif à quatre-vingts pour cent.

— Rabats-toi sur Jones pour confirmation.

Marie vient de repérer les deux gros 4 × 4 du FBI de part et d'autre du parking. Mulligan dans celui de droite, Alonso dans celui de gauche. Un autre grésillement. Voix de Mulligan :

— Jones, ici dispositif, tu me reçois ?

Marie avance au milieu des voitures. Elle n'a pas un regard pour sa vieille Buick.

— Nom de Dieu, Jones, qu'est-ce que tu fous ?

Nouveau grésillement. Voix de Kintch :

— Ici Brad. Jones est au sol.

— Morte ?

— Assommée. L'objectif lui a aussi pris sa robe et sa blouse.

— Ok. À tous, le dispositif se resserre sur l'objectif. Chen et Kintch, vous vous rabattez en seconde ligne sur nous.

Voix de Kintch :

— On a un problème, chef.

— Lequel ?

— L'oreillette de Jones a disparu.

— Et merde…

— Qu'est-ce qu'on fait ?

— Si elle n'a pas tué Jones, c'est qu'elle est encore récupérable. C'est bien ça que tu veux nous faire comprendre, Marie ?

131

Marie continue à avancer dans le parking. Le gros 4 × 4 noir de Mulligan remonte lentement l'allée vers elle. Celui d'Alonso vient de démarrer dans son dos.

— Marie, je sais que tu m'entends. C'est à toi de décider. Dis-moi ce que tu veux qu'on fasse.

Marie ne répond pas. Elle marche. Elle cherche son angle. Elle va avoir besoin de bouger vite.

— Marie, on est là pour te ramener à la maison mais on n'hésitera pas à te stopper s'il le faut. Ça peut bien se passer. Ou pas. À toi de voir.

Marie ralentit. Une Mustang et une vieille Caddy à droite, un muret à hauteur d'homme à gauche. La Cadillac est rangée de biais. De la bonne carrosserie américaine. Pas de quoi arrêter des balles perforantes mais il y a peu de risques que Mulligan ait pensé à embarquer du matériel antiprotection. Marie s'immobilise. Les 4 × 4 se rangent en travers contre les voitures en stationnement. Marie leur tourne le dos. Elle entend les portières s'ouvrir. Craquements de semelles. Mulligan et Alonso progressent vers elle. D'autres bruits de pas. Marie se retourne. Kintch et Chen ont pris position en serre-file derrière les 4 × 4. Elle adresse un sourire à Mulligan qui s'approche en braquant son arme sur elle. Il se demande si elle porte un gilet.

— Je veux voir tes mains, Marie.

Alonso et Mulligan se sont immobilisés à quelques mètres de Parks. Ils la tiennent dans leur angle de tir. Derrière les tout-terrain, Kintch et Chen l'alignent dans l'embrasure des portières. Ils la visent au torse. Ils ont compris qu'elle ne porte aucune protection. Beaucoup trop de gestes en si peu de temps. La fin du match à la première balle lui perforant un organe vital. Marie pense à Holly. Elle revoit la fillette endormie sur le grand lit. Elle sait qu'elle a perdu. Voix de Mulligan :

— Tu connais la procédure, Marie. Je voudrais que tu lâches ce manteau et que tu te mettes à genoux en posant lentement ta main droite derrière la nuque.

— T'as toujours été un sacré pervers, Mully. Je me demande ce que ta femme dirait de tout ça. Comment va-t-elle, au fait ? Elle sait que tu te sers de ta plaque pour arrêter les copines ?

— Jenny est morte d'un cancer l'année dernière. Tu te souviens ?

Le regard de Marie se trouble. Sa voix se brise.

— Oh, Mully, pardon. Je… je ne savais pas.

— Bien sûr que si, Marie. Jenny était ta meilleure amie. Tu étais à l'enterrement. Tu m'as même serré dans tes bras et j'ai pleuré sur ton épaule comme un gosse.

— Tu sais que c'est faux, Mully. Je t'en supplie, dis-moi que c'est faux.

Marie s'est adossée à la Cadillac. Son menton tremble. Des larmes glissent sur ses joues derrière ses lunettes.

— Marie, Crossman nous a dit pour Rio. On sait que tu ne vas pas bien et que tu es en plein rebond mental. Il faut que tu t'arrêtes maintenant.

— C'est trop tard, Mully.

— Non, Marie. C'est après qu'il sera trop tard. Il faut que je voie tes mains maintenant. S'il te plaît. Pour Jenny.

— Mull ?

— Oui ?

— Je suis armée.

— Ok, Marie. C'est sous ton manteau ?

— Oui.

La voix de Mulligan enfle. Il s'adresse aux autres agents.

— Marie va laisser tomber son manteau. Il y a une arme dessous. Personne ne bouge, pigé ?

Marie regarde les agents à travers ses lunettes noires. Les mains de Kintch et de Chen se crispent sur leurs crosses. Ils sont nerveux. Voix de Mulligan :

— Maintenant, tu vas libérer ton chargeur, puis tu vas sortir la main qui tient la crosse de ton arme et laisser tomber ton manteau. Ok, Marie ?

— J'ai la trouille, Mully.

— Je sais. On est là. N'aie pas peur.

— Vous êtes là pour me mettre hors circuit, c'est ça ?

La voix de Marie se brise un peu plus. Jamais Mulligan ne l'a sentie aussi fragile. Il n'avait pas cru Crossman quand il lui avait dit qu'elle était cassée. À présent, il n'a aucun mal à l'admettre.

— Marie, je te jure que c'est faux.

— Dis-le-moi maintenant, Mully. Je mérite au moins ça, non ?

— Si on était là pour t'abattre, ce serait déjà fait.

— Arrête de te foutre de ma gueule, espèce d'enfoiré ! Vous n'avez pas encore de raisons légales de le faire, mais quand vous verrez mon arme, vous aurez le droit de tirer. Tu le sais, Mully. Et tu sais que je le sais.

— Marie, personne n'est là pour te tuer. Tu vas mal. Tu es au bout du rouleau. C'est pour ça que tu vois des ennemis partout.

— J'ai assassiné des enfants, Mully. J'ai laissé des mômes crever de faim dans les saloirs de Seboomook et j'en ai découpé d'autres avant de jeter leurs ossements dans le lac. Si je tenais quelqu'un comme moi au bout de mon flingue, j'attendrais le premier geste de trop.

— Marie…

— Mais je n'ai pas fait que ça, hein, Mully ? J'ai aussi sauvé des vies, non ? Alors, je ne veux pas mourir comme ça, tu comprends ?

— Marie, ce n'est pas toi qui as tué les enfants de Seboomook. Tu le sais, n'est-ce pas ?

— À Rio aussi, c'était moi. Cette gamine qui est morte dans mes bras. Tous ces enfants morts. Oh, mon Dieu, Mully, si tu avais vu leur visage !

— Marie, il faut absolument que tu te calmes. Je vais me placer entre toi et les autres et tu vas laisser tomber ton manteau pour que je puisse m'approcher et te désarmer.

Les épaules de Marie se sont mises à trembler. D'une voix hachée de sanglots, elle demande :

— Mull ?

— Oui ?

— Est-ce que tu veux bien que je laisse tomber mon manteau et que je lève très lentement mon arme contre mon corps ?

— Pour quoi faire, Marie ?

— C'est juste pour…

— Marie, s'il te plaît, essaie de te calmer.

— C'est juste pour que je place le canon de mon flingue sous mon menton. Tu peux faire ça pour moi ?

— Non, Marie. Tu sais bien que non.

— J'ai une balle dans la culasse. Je peux laisser tomber mon chargeur avant si tu préfères. Une seule balle, Mully. C'est tout ce que je te demande.

— Tu as besoin d'aide, Marie. Il faut que tu me laisses t'aider. Je te jure que tu n'as rien à craindre.

— C'est pas ça, Mully. Je veux juste que ça s'arrête, maintenant.

— Je te promets que ça va s'arrêter, mais je refuse que ça s'arrête comme ça.

— Je t'en supplie…

— Non, Marie. Ne me demande pas ça. Ne me demande pas de vivre le restant de mes jours avec cette image. Tu n'en as pas le droit !

Voix de Kintch. Il vient de baisser son talkie-walkie :

— Mulligan, c'est Crossman. Il veut te parler.

Mulligan regarde Marie.

— Tu ne bouges pas, ok ? Je vais demander à Kintch de m'apporter ce talkie. Je ne te quitte pas des yeux. Je veux que tu me regardes aussi et que tu ne me quittes pas des yeux, pigé ?

Marie hoche la tête. Kintch s'approche. Il passe dans l'axe de tir de Chen. Il tend le talkie à Mulligan et s'adresse à Marie.

— Parks, on ne se connaît pas aussi bien que tu connais Mully mais je sais ce que tu as fait pour le Bureau. Je suis d'accord avec lui. On ne peut pas te laisser faire ça.

— Je t'emmerde, Kintch, tu m'entends ? Tu as raison quand tu dis qu'on ne se connaît pas. Tu es là pour me flinguer mais je te jure que je te fumerai avant.

— Marie, c'est Mully. Tu as cessé de me regarder. Je veux que tu arrêtes de regarder Kintch et que tu essayes de te calmer.

Le regard de Marie revient lentement sur Mulligan. Tout son corps s'est raidi. Elle a du mal à respirer. Elle n'en peut plus. Mulligan sait mieux que quiconque qu'une machine à tuer comme elle est encore plus dangereuse quand elle est acculée.

— Kintch, tu recules maintenant.

— Je suis désolé, chef.

— Tu la fermes et tu recules. D'accord, Marie ? Kintch va reculer maintenant.

Sans se retourner, Kintch met un pied derrière l'autre et rejoint lentement son poste. Un grésillement s'échappe du talkie. Voix de Crossman :

— Que se passe-t-il, Mulligan ?

— Rien de bon, monsieur. Elle est persuadée qu'on est là pour la tuer. Elle me demande de la laisser se suicider.

— Passez-la-moi.

Mulligan tend le talkie à Marie.

— Il veut te parler.

— Je vais laisser tomber mon chargeur maintenant, Mully. Et après je ferai glisser mon arme vers le haut. Ok ?

— Non, Marie.

Un claquement. Le chargeur du Glock rebondit sur le sol. Lentement, Marie laisse glisser son manteau, dévoilant la carcasse scintillante de son arme. Elle écrase ses larmes sur ses joues puis elle fait remonter tout doucement son automatique vers son visage.

— Ne fais pas ça, Marie ! Tu dois lui parler d'abord. Tu lui dois bien ça.

— Je ne lui dois rien.

— Fais-le pour moi, alors. Fais au moins ça pour moi.

Marie a posé le canon de son Glock sous son menton. Mulligan lui tend le talkie. La voix de Crossman grésille.

— Marie ?

— Je n'ai rien à te dire, Stu.

— Qu'est-ce que je fais de la gosse après ? Je la confie à l'assistance publique, c'est ça ? Remarque, j'ai l'habitude d'emmener des gamines dans des familles d'accueil. Mais avant, je voulais savoir si c'est vraiment ça que tu veux. Je voulais aussi savoir ce que tu voulais que je dise à Holly quand elle me demandera pourquoi tu l'as laissée seule.

— C'est cuit pour moi, Stu. Après ce que j'ai fait, je vais aller en taule un sacré bout de temps.

— Il va y avoir une enquête, Marie. On va essayer de comprendre. Tu ne peux pas lui faire ça, en tout cas.

— Tu es dégueulasse de te servir d'elle comme ça.

— Pour essayer de te sauver ? Ça me va. Je voudrais que tu donnes ton arme à Mulligan maintenant. Tu peux faire ça pour Holly ?

— Pour Holly ?

— Oui.

La gorge agitée de sanglots, Marie décolle lentement le canon de son arme. Elle a appuyé tellement fort que l'acier a laissé une marque circulaire sur sa peau. Voix de Mulligan :

— C'est bien, Marie. Maintenant, je voudrais que tu enlèves ton doigt de la détente. Ok. À présent, je vais m'approcher doucement et je vais te désarmer. C'est bon pour toi ?

— C'est bon pour moi, Mully.

— Pas de bêtises, hein ?

— Pas de bêtises.

Marie a les yeux perdus dans le vague. Elle regarde Mulligan s'approcher à travers ses larmes. Il avance en bloquant les axes de tir des autres agents. Il lui sourit. Elle ferme les yeux. Elle sent ses doigts se refermer autour de son arme. Elle la lâche et se blottit contre Mulligan en rentrant les épaules pour ne pas laisser dépasser un seul morceau de son corps. Elle plonge son visage contre la chemise de son ami. Il pue la sueur et le tabac. Elle sent sa grosse main caresser ses cheveux.

— Là, là, ça y est, Marie. On va s'occuper de toi, maintenant.

La voix de Mulligan enfle à nouveau.

— J'ai Marie. Vous baissez vos armes. On va faire mouvement vers mon 4 × 4. Pas de conneries.

Marie se crispe dans les bras de Mulligan. Sa voix est redevenue douce. Elle flotte tout près de son oreille.

— Voilà, c'est fini. Tu restes contre moi et tu me laisses t'emmener, ok ?

Mulligan s'interrompt tandis qu'un grésillement emplit son oreillette. Une voix féminine.

— Dispositif, ici Jones. L'objectif m'a assommée avant de sortir. Pour info, elle a un calibre .32 fixé à la cuisse. Je répète : Parks a un .32.

Mulligan se raidit en sentant les bras de Parks l'envelopper.

Toujours blottie contre lui, elle effectue deux gestes ultrarapides en même temps : elle colle son .32 contre la tempe de son vieux copain et elle dégaine l'arme qu'il a remise dans son holster et la braque sur les trois autres agents qui se sont rapprochés en relâchant leur surveillance.

— Vous lâchez vos flingues tout de suite. Ne m'obligez pas à me répéter.

Surpris par la manœuvre, Kintch et Alonso tentent un geste. Parks tire deux coups de feu rapprochés. La première balle atteint Alonso à la cuisse et le courbe en deux. La seconde casse la hanche de Kintch qui s'effondre dans un hurlement. Mulligan entend le bruit de leurs armes sur le sol. Voix de Parks :

— Chen, tu poses ton arme. Ensuite tu retournes Alonso et tu lui serres sa ceinture autour de la cuisse.

— Je quoi ?

— Faites ce qu'elle vous dit, Chen !

— C'est bien, Mully.

Tandis que Chen s'exécute, Marie écoute la respiration de Mulligan contre son épaule. Elle s'en sert comme d'un rempart. Il est furieux. Furieux et triste.

— Ok, Chen. Maintenant, vous appelez Jones. Je veux qu'elle…

Un claquement. Mulligan grimace. La balle que Jones vient de tirer depuis les portes coulissantes l'a atteint sous l'omoplate. Il commence à s'effondrer dans les bras de Parks tandis qu'elle fait pivoter son arme et allume Jones qui porte ses mains à son ventre et s'écroule dans un massif de fleurs. Parks ramène son bras en direction de Chen qui tente de récupérer son automatique. L'Asiatique suspend son geste et se redresse. Marie sourit.

— Vous vous souviendrez, Chen ?

— De quoi ?

— Il faut se mettre sur le dos et serrer la ceinture en haut de la cuisse.

Le coup de feu claque. Chen tombe à genoux en laissant échapper un couinement de surprise. Parks adosse Mulligan contre la Cadillac. Il grimace de douleur.

— Marie…

— Tais-toi, Mully. Tu as un poumon touché, donc il faut que tu restes en position haute, sinon tu vas te noyer. Les autres n'ont aucun organe vital abîmé. Vous allez pouvoir rester au lit pendant un mois.

Mulligan s'apprête à répondre. Marie pose un doigt sur ses lèvres et l'embrasse sur la joue.

— Désolée de m'être servie de Jenny. Elle me manque.

Puis elle se redresse et ramasse le talkie et son Glock en s'éloignant vers la Buick. Les portes coulissantes de l'hôpital laissent échapper une volée d'infirmières et de brancardiers. Un médecin est déjà penché sur Jones. Parks a atteint la voiture. Elle démarre et franchit la sortie avant de prendre la direction de l'autoroute. Elle croise les premières voitures de police qui déboulent, sirènes hurlantes. Elle lève son talkie.

— Stu, tu es toujours là ?

— Je t'écoute.

— Tes petits soldats vont s'en sortir. Mais autant t'avertir tout de suite : les prochains, je les fume comme des jambons.

Crossman répond quelque chose que Marie n'entend pas. Elle a jeté le talkie dans les broussailles qui longent l'autoroute. Elle accélère.

132

Deux heures du matin. Marie est épuisée. Lorsqu'elle était revenue au motel, elle avait secoué Gordon. Ensemble ils avaient réveillé Holly et l'avaient enveloppée dans une couverture. Puis ils étaient repassés par l'issue de secours et avaient repris la route vers le nord avant que les premiers barrages ne soient installés. Marie avait récupéré le scanner de Mulligan qu'elle avait réglé sur la fréquence de la police pour éviter les portions d'autoroute surveillées. D'après les flics, les agents du FBI retrouvés sur le parking du Christian Hospital étaient au bloc opératoire mais leurs jours n'étaient pas en danger. Un policier avait même ajouté que la femme qui les avait abattus savait fichtrement bien tirer.

Gordon avait posé sa main sur celle de Marie. Il avait dit :

— Je suis désolé.

Elle n'avait rien répondu. Ses yeux étaient restés fixés sur la route. Gordon avait ajouté :

— Holly ne va pas bien.

Marie s'était retournée et avait posé la main sur son front. Elle était brûlante. Quand ils étaient sortis de Saint Louis, Marie avait allumé une cigarette et avait commencé à se détendre. Après un long silence, Gordon avait repris :

— Ils vont nous traquer, c'est ça ?

Marie avait hoché la tête.

— Tu as appris quelque chose au moins ?

— Je n'ai pas envie d'en parler.

Ils n'avaient plus échangé un seul mot durant les deux heures suivantes. Peu après minuit, ils avaient franchi la frontière de l'Iowa et s'étaient arrêtés dans un motel minable à la sortie de Keokuk. C'est Gordon qui était allé réserver la chambre pour deux nuits sans signaler la présence d'Holly. Puis Marie avait couché la fillette dans le grand lit. Elle ne s'était même pas réveillée depuis Saint Louis. Curieusement, elle semblait aller mieux. En les rejoignant, Gordon lui avait expliqué que c'était grâce à la proximité de Keokuk, où se rejoignaient le Mississippi et la rivière Des Moines. Un sanctuaire naturel particulièrement puissant. Pas suffisamment pour repousser l'Ennemi mais assez pour freiner la progression du mal qui rongeait Holly. Après un silence, il avait ajouté qu'il allait dormir par terre sur des couvertures afin de les laisser se reposer toutes les deux. Marie l'avait remercié, puis elle s'était enfermée à double tour dans la salle de bains et avait éclaté en sanglots sous la douche.

Cela fait plusieurs minutes qu'elle pleure ainsi en se mordant les lèvres et en laissant ses larmes se mélanger à l'eau. Ça va mieux à présent. Elle ferme le robinet et regarde l'eau s'échapper entre ses pieds. Elle se souvient des dernières paroles d'Ashcroft. De ses cris de dément tandis qu'il tirait sur ses sangles à s'en faire sauter les articulations. Marie s'enveloppe dans une serviette et considère son reflet dans la glace piquetée de rouille. Le regard de Gardener flotte dans le miroir. Elle ne frime plus. Elle est apaisée. Elle sait que la fin de la route est toute proche.

Marie sort de la pièce. Gordon a allumé la télévision sans le son au cas où Holly se réveillerait. Il dort par terre en chien de fusil. Marie se dit un instant qu'avec lui aussi c'était bien. Elle se surprend à penser que ça aurait sans doute été encore mieux si ça avait pu continuer. Elle sourit en regardant Holly. Comme à son habitude, elle a repoussé les draps avec ses pieds. Marie effleure la peau de la fillette. Elle est de nouveau brûlante.

« *Vous devez tuer cette chose avant qu'il ne soit trop tard, vous m'entendez ? Vous devez laver le crime de Dieu dans le sang de cette aberration !* »

Marie secoue la tête pour chasser le souvenir de la voix folle d'Ashcroft. Elle n'aurait jamais dû le regarder au moment où il actionnait la pompe à morphine. Cette vision allait la poursuivre longtemps. Elle s'allonge à côté d'Holly et pose ses poings fermés contre les siens. Elle sourit. Les mains de la puce ont l'air tellement minuscules. Elle chuchote :

— Je ne veux plus jamais que tu aies peur, tu m'entends ? Maman est là maintenant.

Marie va fermer les yeux lorsque les doigts d'Holly se referment doucement sur les siens. Elle regarde la fillette profondément endormie. Elle sent ses paupières s'alourdir. Elle essaie de lutter mais elle n'y peut rien. Une vibration se répand dans son corps. Ça vient des doigts d'Holly. C'est chaud. On dirait que c'est vivant. Marie ferme les yeux. Les odeurs de poussière et de désinfectant qui flottaient dans la chambre sont en train de se diluer. Un mouvement. Une lueur très blanche au loin.

Marie respire un air stérile, sans aucune odeur. Elle avance dans les rues vides de la nouvelle San Francisco et lève les yeux vers l'immense coupole bleue qui enveloppe la ville. De plus en plus de météorites frappent le bouclier atmosphérique. Des milliers de minuscules éclairs bleus qui zèbrent le champ magnétique très loin au-dessus des buildings vides.

Marie s'est immobilisée sur les hauteurs dominant le vieux pont du Golden Gate. Il n'a pas beaucoup changé au fil des siècles, si ce n'est que ses piliers ont été renforcés à l'aide de plusieurs couches d'uranium et qu'ils trempent à présent dans une eau d'un bleu corrosif d'où s'échappent des fumerolles et des serpentins de gaz turquoise.

Marie considère la plate-forme qui soutient les hangars et les vaisseaux géants. On dirait qu'elle remplace la mer, ne laissant que quelques plaques d'eau phosphorescente entre les immenses dalles de béton qui se succèdent à perte de vue. Les derniers transports ont atterri. Leurs passerelles ouvertes déversent quelques milliers d'humains qui convergent vers les vaisseaux coloniaux dont les monstrueux réacteurs Hawking se préparent à courber l'espace. Les derniers survivants de Terre-Mère.

À travers les brumes de la coupole, Marie aperçoit des points qui clignotent dans les profondeurs de l'espace. Les premiers vaisseaux-colonies ont décollé six mois plus tôt mais ils sont si grands que l'on devine encore la trace vaporeuse de leur sillage. Ils ne se sont pas encore propulsés dans les profondeurs invisibles de l'univers. Cela fait des mois qu'ils avalent l'énergie du soleil, qu'ils l'emmagasinent dans leurs milliards de cellules en attendant de déclencher leurs réacteurs à antimatière. Ils emportent avec eux les restes de l'humanité : des couples fertiles, des scientifiques, des ingénieurs et des milliers d'enfants qui vont grandir pendant le voyage. Ils vont se marier et vieillir. Ils vont regarder mourir leurs parents et grandir leurs propres enfants qui en auront d'autres à leur tour, en attendant d'atteindre les nouveaux mondes. Des vaisseaux géants qui transportent dans leurs entrailles les métastases du grand cancer.

Marie avance sur la plate-forme. Les files d'humains la regardent passer en souriant. Elle est si proche à présent que les parois des vaisseaux-colonies emplissent entièrement son champ de vision. On dirait de gigantesques murailles de carbone et d'acier.

Marie se dirige vers une très vieille femme noire qui se tient au pied du vaisseau le plus proche. Elle est penchée sur une sorte de crosse en ivoire et porte un pendentif en larme d'ambre qui brille de mille feux. Les humains s'inclinent devant elle avant de disparaître dans les entrailles du vaisseau. Marie s'immobilise. La vieille dame lève les yeux et la regarde. Une Révérende Mère. Les autres sont déjà parties sur les premiers transports. Elle est encore là. Elle est la matrice. Celle qui a redivisé le pouvoir. Son visage est infiniment vieux. Son regard aussi. Elle scrute les yeux de Marie.

— Qui êtes-vous ?

— Allons, Marie, tu ne me reconnais pas ?

— Holly ? Mon Dieu, Holly, c'est toi ?

La vieille dame fronce les sourcils. On dirait qu'elle essaie de se souvenir de l'époque où elle s'appelait encore comme ça. Elle sourit.

— Il faut te réveiller à présent, Marie la Moche.

Marie se réveille en sursaut et plonge son regard dans celui d'Holly. Un sourire étrange flotte sur les lèvres de la fillette. Elle chuchote :

— N'aie pas peur, Marie, nous sommes là pour vous protéger.

Marie serre Holly contre elle. Elle sent la main de la fillette caresser son épaule. Étrangement, elle n'a plus peur de rien.

133

Six heures du matin. Les vans noirs s'immobilisent sans bruit à quelques mètres du motel. Les portes coulissantes rebondissent sur les amortisseurs en caoutchouc, libérant une trentaine d'hommes des sections d'intervention du FBI. Ils portent des casques et des cuirasses et sont armés de pistolets-mitrailleurs H & K et de fusils à pompe pour le tir rapproché. Ils ont apporté tout l'équipement nécessaire. Les béliers, les caméras à fibre optique et des cartouches de gaz paralysant à injecter directement dans les climatiseurs.

Leur chef s'appelle Geko. Un être sec, spécialiste de la libération des otages dans les camps retranchés tenus par les sectes. Il fait signe à ses hommes de progresser le long des broussailles. Ils avancent lentement. Ils ne prennent aucun risque. Ils ont le temps. Ils n'ont même pas cherché à prévenir le patron du motel. Rien ne doit alerter la cible. C'est une tueuse et ils le savent.

Geko divise son commando en deux unités de douze hommes. La première passe par la réception du motel, la seconde emprunte l'escalier de secours en balayant les marches avec des scanners à impulsions pour s'assurer que Parks n'a pas installé de détecteurs de mouvement. Les derniers restent en position dans les broussailles qui bordent le motel. Des snipers équipés de lunettes thermiques. Eux ont ordre de coucher les objectifs sans sommation et de récupérer la fillette si les autres lignes n'ont pas tenu.

Un grésillement. La deuxième équipe a atteint l'issue de secours desservant les étages. L'équipe 1 est en train de la rejoindre par l'escalier. Ils ont bloqué les ascenseurs au rez-de-chaussée et placé des hommes devant chaque issue. Ils progressent en introduisant des cartes magnétiques dans les portes qu'ils dépassent. Un voyant rouge s'allume sur chaque cadran : les portes se verrouillent automatiquement, interdisant aux autres clients du motel de quitter leurs chambres.

Les hommes de Geko balaient le couloir de leurs lunettes infrarouges. Les veilleuses clignotent. Grésillement.

— Rien à signaler.

Chambre 311. Les deux équipes d'intervention viennent de se rejoindre. Les commandos se tiennent à présent de part et d'autre de la porte. Ils respirent lentement en mesurant chacun de leurs gestes. Geko fait signe à un de ses hommes qui introduit une caméra à fibre optique sous la porte. Il interroge son écran. La moquette. La salle de bains à gauche. Une vieille robe à fleurs et un imperméable abandonnés sur le sol. Le rideau de la douche est ouvert. Personne à l'intérieur. La caméra revient dans la pièce principale. Une télévision allumée sans le son projette une lueur fantomatique sur le papier peint. La climatisation est coupée. La caméra se fige. Elle vient de repérer des formes allongées sur un lit double. L'opérateur se tourne vers Geko qui lui fait signe que ça suffit. La caméra recule et repasse sous la porte. Un autre agent se penche à l'oreille de Geko.

— Gaz ?

— Négatif. Ils n'ont pas allumé la clim.

Geko fait signe à ses hommes de se tenir prêts. Il introduit la carte magnétique dans la fente. Un voyant vert s'allume. Un claquement. Il appuie doucement sur la poignée pour s'assurer que Parks n'a pas verrouillé la porte de l'intérieur. Il la pousse de quelques millimètres et murmure dans son oreillette :

— À tous. Go !

Geko est le premier à bondir dans la chambre. Six agents le suivent en sécurisant les axes de tir. Geko effectue un roulé avant et se redresse en braquant son pistolet-mitrailleur sur le lit. Il appuie sur les formes à l'aide du canon de son arme. C'est mou. Il laisse échapper un soupir en tirant les draps qui recouvrent les oreillers et les polochons que Parks a disposés avant de quitter le motel. Il lève son talkie.

— Ici Geko. Les suspects se sont enfuis.

— Ça vous étonne ?

— Pas vraiment, monsieur.

Crossman coupe son émetteur et allume une cigarette. Le couvercle de son briquet claque. Le patron du FBI aspire une bouffée de tabac brun en se demandant comment Marie peut fumer une saleté pareille. Il regarde Emmerson faire les cent pas sur le parking du Christian Hospital. Son adjoint a l'air déçu.

— Tu pensais vraiment qu'elle serait assez stupide pour rester dans le même motel après sa partie de ball-trap ?

— Ça aurait été plus simple.

— Rien ne va être simple dans les heures qui viennent. Il nous faut la gosse de toute urgence et on doit arrêter Parks avant qu'elle fasse vraiment une connerie.

— Tu en as de bien bonnes, Stu ! On a un nouveau scientifique dans la sciure et cinq agents inaptes au service pendant plusieurs semaines. Qu'est-ce qu'il te faut de plus ?

— C'est une chance énorme qu'ils ne soient pas immobilisés pour beaucoup plus longtemps que ça, tu ne trouves pas ?

— Qu'est-ce que tu veux dire ?

— Que Parks aurait pu les tuer sans aucun problème. Et pourtant, elle ne l'a pas fait. Pourquoi ?

— À ton avis ?

— Elle nous adresse un signal. Elle nous demande de laisser filer la ligne. Elle est sur une piste et elle a besoin de temps pour la remonter jusqu'au bout.

— Ne me dis pas que tu comptes la laisser faire !

— Nous n'avons que deux options, Stan : la première, c'est de la traquer comme un tigre avec tous les risques que cela comporte. La seconde, c'est de la désamorcer et d'essayer de prévoir où elle va aller, puis de la récupérer en douceur.

— Tu te souviens que tu as toi-même un patron à qui tu dois rendre des comptes ? C'est le Président des États-Unis. Il a appelé il y a cinq minutes. Il est furax.

— J'ai besoin de vingt-quatre heures.

— En pleine alerte bactériologique ? Tu ne manques pas d'air ! Le Président t'en accorde dix. Passé ce délai, je serai obligé de diffuser le signalement de Marie aux barrages militaires qui se mettent en place un peu partout. En attendant, je triple la surveillance auprès des autres scientifiques de la liste. Si c'est moi qui l'attrape, ce sera négociation zéro.

— Je comprends.

Crossman écrase sa cigarette et regarde Emmerson s'éloigner. Son adjoint se retourne.

— Une dernière chose, Stu ?

— Je t'écoute.

— Marie a pété les plombs. Ta douceur, elle va t'en filer une rafale modèle 9 mm réglementaire.

— Pas si c'est moi qui m'y colle.

— Sauf ton respect, boss, elle te hait.

— C'est plus compliqué que ça, Stan. Elle a besoin de m'entendre dire des choses que je n'arrive pas à lui dire.

— Comme quoi ?

— Que je l'aime et que je suis désolé.

XIII

L'APOCALYPSE SELON MARIE

134

Neuf heures du matin. Le *MacDonald's* de Keokuk sur Main Street vient juste d'ouvrir. Marie dépose Gordon et Holly avant de garer la Buick quelques mètres plus loin. Elle les regarde disparaître dans le fast-food. Une heure plus tôt, elle lavait les cheveux de la fillette dans la salle de bains et lui avait demandé si elle se souvenait d'avoir fait un drôle de rêve cette nuit. Holly avait répondu d'une petite voix triste :

— Je ne rêve plus, Marie. J'ai trop peur que ça attire les frelons.

Elle était restée un moment silencieuse, puis, posant sa joue contre le bras de Marie, elle avait ajouté :

— Tu étais où, hier soir ?

— J'avais quelque chose à faire.

— Quelque chose de mal, c'est ça ?

— Oui, Holly. J'ai été obligée de faire quelque chose de mal.

— À cause de moi ?

— Non, puce, à cause des autres. À cause des grands. Ce que je veux dire, c'est que ce qui s'est passé ne peut en aucun cas être reproché à une petite fille de onze ans. C'est extrêmement important que tu admettes ça, Holly.

— Pourquoi ?

— Parce que tu ne peux pas tout porter. Sinon, si tu continues à croire que tout est ta faute, tu ne tiendras jamais le coup. Tu comprends, puce ?

— N'empêche, si je ne m'étais pas cachée ce jour-là dans le centre commercial, alors…

— Alors tu serais morte avec tes parents.

Holly s'était mise à pleurer tandis que Marie lui rinçait les cheveux.

— C'est ça qui te fait peur, puce ? L'idée que tu aurais pu mourir avec tes parents ?

— Non, j'aurais voulu mourir avec eux. Rien de tout ça n'aurait existé si j'étais morte dans la tempête. Ce n'est pas ma place, tu comprends ? Ma place à moi, c'est sous l'eau, au milieu des morts.

— Non, chérie. Ta place pour le moment, c'est ici et maintenant.

— Et après ?

— Après c'est après, Holly. Tu as onze ans. « Après » n'a aucun sens pour une gamine de onze ans.

— Si je ne meurs pas, est-ce que…

— Tu ne mourras pas, chérie.

— Ça, tu n'en sais rien, Marie, hein ?

— Pardon, puce. Vas-y, je t'écoute.

— Si jamais je ne meurs pas, qu'est-ce qui va se passer après ?

— Tu veux dire, pour toi et moi ?

— Oui.

— Tu voudrais rester avec moi pour toujours ?

Holly avait hoché la tête.

— Alors, c'est comme si c'était fait, puce.

— Sauf s'ils t'attrapent.

— Ils vont essayer en tout cas.

Marie avait fini de rincer les cheveux de la fillette puis elle avait fermé le robinet.

— Marie ?

— Oui ?

— Tu as tué quelqu'un, cette nuit ?

— Non, j'ai visé là où il fallait pour ne tuer personne.

— Juré ?

— Juré.

Marie avait enveloppé les cheveux d'Holly dans une serviette. Puis elle avait ajouté :

— Puce ? Si j'avais tué quelqu'un cette nuit, est-ce que tu m'aimerais encore ?

— Hou là, c'est super angoissant comme question !

— Tu n'es pas obligée de répondre, si tu ne veux pas.

— Tu veux dire tuer quelqu'un pour me sauver ?

— Oui.

— Alors ce serait mal et en même temps ce serait bien, non ?

— Quelque chose comme ça, chérie.

— Moi, en tout cas, si quelqu'un voulait te faire du mal, je le tuerais. Et tu m'aimerais encore, hein, dis ?

— Évidemment, mais ce n'est pas tout à fait la même chose.

— Bien sûr que si.

Marie coupe le contact et regarde la foule qui se presse sur Main Street. Les passants ont l'air effrayés. Certains désignent un convoi de jeeps militaires qui remontent l'avenue en direction du nord. Ils ont compris que la situation est grave. Marie claque la portière de la Buick. Elle enfile des lunettes de soleil à verres miroirs et une vieille casquette Ralph Lauren qu'un client du motel avait oubliée dans la chambre. Puis elle remonte le col de sa veste et pousse la porte du *MacDonald's*. Elle est immédiatement assaillie par les odeurs de friture. Curieusement, les banquettes du fast-food sont presque toutes occupées. Des familles entières mâchonnent des sandwichs en regardant l'écran plasma qui diffuse en boucle des flashs de CNN. Marie frissonne en découvrant les images prises par un vidéaste amateur depuis une plage des Bahamas. L'objectif tressaute mais on aperçoit assez distinctement la carlingue scintillante d'un avion de ligne, ainsi que trois autres fuselages beaucoup plus petits qui se rapprochent à grande vitesse. Le caméraman amateur réussit un plan fixe sur ce qui semble être trois F-18 au moment où l'appareil de tête tire deux missiles. Sous les hurlements des vacanciers, il repasse en plan large et parvient à suivre les ogives qui se ruent sur l'avion. Le 747 tente une manœuvre d'urgence, présentant son flanc aux missiles qui le frappent de plein fouet. Une boule de feu embrase l'objectif qui suit la chute des débris. Le sifflement lointain des chasseurs qui disparaissent à l'horizon. Marie regarde les familles mastiquer leurs burgers. Elle remercie silencieusement Gordon d'avoir installé Holly dos à la télévision. Elle s'assoit à côté de la fillette et s'efforce de prendre un ton enjoué en désignant les plateaux.

— Vous avez commandé quoi ?

— Un menu Big-Mutant pour moi. Des ailes de chauve-souris pour la petite et un MacArthur bien saignant pour toi.

— Très drôle, Gordon. Au fait, puce ? Tu sais que les poulets dont tu es en train de manger les ailes ne voient jamais le jour et que c'est pour ça que leurs os sont aussi mous que leur chair ?

— Ouais, je sais. Il paraît même que, comme ils sont aveugles, on mélange leurs yeux avec la sauce.

— Cool. Je n'ai plus faim, moi. Gordon ? Un Bacon après ton Big Mac ? C'est que ça doit manger un Gardien pour… Gordon ? Gordon, ça ne va pas ?

Holly cesse de mâcher et relève les yeux. Gordon a posé la tête contre la banquette. On dirait qu'il respire difficilement.

— Tu les as sentis toi aussi, oncle Gordon ?

Gordon se redresse. Il est pâle. Son front est couvert de sueur. Il fait oui avec la tête.

— Oui quoi ?

— Rien, Marie.

— Tu te fiches de moi, Gordon ?

Holly a recommencé à mordre dans une aile de poulet.

— Ce qu'oncle Gordon n'ose pas te dire, c'est que les méchants approchent. Ils sont encore loin mais ils approchent. Et ils sont très nombreux.

— Beaucoup trop nombreux, en fait.

— Combien de temps ?

— Une heure. Deux au maximum.

— Ils savent où nous sommes ?

— Ils ne peuvent pas nous repérer à cause des fleuves mais ils savent que nous ne pouvons être que dans le triangle de Keokuk. C'est pour cela qu'ils sont si nombreux. Ils ne vont prendre aucun risque.

Holly a posé son aile de poulet. Elle trace des cercles de gras sur la vitre en regardant les passants.

— Holly, qu'est-ce qui se passe ?

— Ça fait mal, oncle Gordon.

— Quoi donc, chérie ?

— Mon pendentif.

— Il te brûle, c'est ça ?

— Oui. Je peux l'enlever, dis ?

— Surtout pas, Holly ! Tu m'entends ? Tu ne dois en aucun cas l'enlever !

— Ok, ok. Pas la peine de t'énerver. Tu dis juste non et c'est ok.

Marie se raidit. Elle vient de capter un mouvement étrange derrière elle. Les gens attablés dans le restaurant sont en train de s'agiter. Le son de la télé est différent. Il change tout le temps en fait. Marie se tourne vers l'écran et constate que les chaînes se sont mises à défiler toutes seules. Lentement au début, puis de plus en plus vite. Des petits cris s'élèvent à présent dans la salle. Un employé s'approche pour essayer de régler le problème. Un éclair bleu s'échappe du clapet qu'il vient d'ouvrir. L'employé sursaute. Les images défilent. Des flashs, des présentateurs épuisés, des reportages, des *breaknews*. Toutes les chaînes parlent du 747 abattu et du fléau qui se répand. Pas une seule ne propose un débat de société, une émission de téléachat ou un feuilleton. Marie se tourne vers la fillette qui regarde toujours à travers la vitre. Elle semble parfaitement calme.

— Holly, c'est toi qui fais ça ?

— Oui.

— Pourquoi ?

— J'en ai marre de ces images. Je veux un dessin animé.

— Il faut que tu t'arrêtes maintenant. Il faut que tu t'arrêtes avant que ça n'attire les méchants.

— Il faut même que tu t'arrêtes tout de suite, chérie.

— Pourquoi, oncle Gordon ?

— Regarde les gens, puce. Regarde la foule.

Les yeux d'Holly s'arrondissent. Comme Gordon, elle vient de repérer des sans-abri sur Main Street.

Quelques secondes plus tôt, ils étaient occupés à fouiller les poubelles ou à tendre la main aux passants, mais leur comportement est en train de changer. Certains pivotent sur eux-mêmes. D'autres reniflent l'air comme des chiens. D'autres encore se tournent vers les vitrines des restaurants qui bordent la rue. Holly serre les poings et se concentre de toutes ses forces. Derrière Marie, les images commencent à ralentir. Le brouhaha des voix s'estompe. L'écran plasma revient sur CNN. Holly ouvre les yeux. Les clochards sur Main Street semblent s'apaiser. La plupart reprennent leurs occupations en saignant du nez. Leurs gestes sont maladroits. D'autres restent les bras ballants sur le trottoir. On dirait qu'ils essaient de se souvenir de quelque chose. Holly se tourne vers Marie.

— Je peux avoir un autre milk-shake si je finis toutes mes ailes de poulet ?

135

Holly dissimulée à l'arrière sous des couvertures, la Buick descend lentement Main Street. Quelques clochards lèvent la tête et la regardent passer en reniflant. Marie s'efforce de ne pas accélérer. Elle surveille les passants du coin de l'œil. Le mal qui contamine les sans-abri est en train de se répandre : de plus en plus de gens lèvent le nez et hument l'air. Ils ne savent pas encore ce qu'ils cherchent mais, déjà, ils cherchent. Les mains de Marie se crispent sur le volant. Elle vient d'apercevoir une voiture de police rangée à un embranchement. Le fonctionnaire les regarde approcher. On dirait qu'il lit la plaque minéralogique. Il pianote sur le clavier de son ordinateur de bord en passant sa main sous son nez. Marie le dépasse et jette un coup d'œil dans le rétroviseur à travers ses lunettes noires. Le flic s'est retourné. Il contrôle la plaque arrière.

Marie se tourne vers Gordon dont les yeux se sont révulsés. Il écoute les pensées des gens de Keokuk. Leur brouhaha s'estompe comme si leurs intellects commençaient à se fondre en un seul et même esprit. Ils se questionnent, se répondent, s'interpellent. Toutes les pensées se tournent peu à peu vers Holly. Ça bat comme un gigantesque cœur au centre de la ville. Plus loin, les messages mentaux des agents de Kassam se rapprochent. Des pensées noires et furieuses. Les yeux de Gordon redeviennent normaux. Comme à chaque fois, Marie a l'impression qu'il émerge d'un profond sommeil.

— Alors ?

— Ils tiennent Montrose et Summitville sur le Mississippi, ainsi qu'Alexandria et toutes les intersections en direction de Des Moines. Ils sont en train de refermer la nasse sur le Sanctuaire.

— Combien ?

— Une trentaine. Ash et Kassam sont là. Ils vont d'abord soulever la foule contre nous. Ils contrôlent déjà le flic qu'on vient de dépasser, ainsi que tous les policiers de Keokuk et des environs. Ce sont eux qui sont en train de refermer les barrages avec ordre de tirer à vue.

— Il faut qu'on s'arrête, Gordon. Je vais appeler le FBI et ils vont venir nous chercher.

— Eux aussi, ils peuvent les forcer à nous descendre. Ce ne sera pas difficile à obtenir après ce qui s'est passé à Saint Louis. Ou alors ils peuvent soulever les flics du coin et faire abattre les fédéraux quand ils se présenteront aux barrages.

— Qu'est-ce qu'on fait alors ?

— Prends à gauche.

— Ensuite ?

— Ensuite tout droit. Il y a une gare de fret. Des trains de marchandises partent toutes les demi-heures pour Des Moines. Avec un peu de chance, le vôtre démarrera dès que vous serez montées dedans.

— Tu ne viens pas avec nous ?

— Il faut les arrêter maintenant, Marie. Sinon, ils ne nous lâcheront plus.

— Tu vas faire ça tout seul ?

— Tu oublies les fleuves.

— Eh oui, évidemment. C'est du suicide, Gordie, tu en as conscience ?

— Marie, quand tu parles FBI, je t'écoute, quand je parle des fleuves, tu m'écoutes. Ici, j'ai une chance de les vaincre. Ailleurs, ce sera beaucoup plus difficile. Mais pour que je puisse vraiment les combattre, il faut que tu t'éloignes avec Holly.

— Pourquoi ?

— Parce que c'est elle qu'ils veulent, et aussi parce que la puissance que je vais être obligé de libérer vous tuera en même temps qu'eux si vous restez avec moi.

— Et toi ?

— Quoi moi ?

— Est-ce que tu as une chance de t'en sortir ?

— Prends à droite. C'est là.

Parks s'exécute. Holly s'est rendormie. Marie se tourne à nouveau vers Gordon.

— Tu vas essayer d'arrêter Kassam ?

— Oui. Même s'il semble disposer de facultés que je ne comprends pas, ses protocoles synthétiques ne vaudront jamais les pouvoirs d'un Gardien. D'autant que je ne serai pas seul.

— Les trois grands blonds ?

— Oui. Eux aussi approchent. Mais ça, Kassam ne le sait pas.

Marie vient d'immobiliser la Buick à quelques mètres des voies ferrées. Derrière eux s'étend la gare de triage. Devant, les rails disparaissent en direction de Des Moines. Gordon repère un convoi en partance. Il soulève doucement Holly et aide Marie à l'installer à l'intérieur d'un wagon de marchandises. Des feux clignotants viennent de s'allumer. Une sonnerie automatique. Gordon embrasse Marie sur le front puis il saute du wagon et se tourne vers la jeune femme qui le regarde dans la pénombre.

— J'ai été content de te connaître.

— Ne crois pas que tu vas te débarrasser de moi aussi facilement, Flash Gordon.

Walls referme la porte du wagon. Marie entend ses pas crisser sur le ballast. Une nouvelle sonnerie. Le convoi s'ébranle par à-coups. Ça tape contre les aiguillages. Ça grince. Ça accélère. Marie serre Holly contre elle et ferme les yeux.

136

Walls regarde le convoi s'éloigner. Les derniers wagons disparaissent dans un virage. Il soupire. Il a toujours détesté les trains qui s'en vont. La Buick démarre dans un nuage de poussière. Il effectue plusieurs détours avant de se ranger tout au bout de la route qui borde le Mississippi. Il ferme la voiture à clé et s'enfonce sous les arbres. Il écoute les feuilles mortes craquer sous ses pas. Il approche du Sanctuaire des deux fleuves. Il a l'impression que les branches remuent et que les feuilles frissonnent dans l'air immobile. Les arbres le reconnaissent, ils savent que c'est un Gardien qui avance. Autrefois, c'était une grande et vieille forêt. À présent, ce n'est plus qu'une bande d'une cinquantaine de mètres d'épaisseur. Pas de quoi arrêter ceux qui approchent.

Walls vient de déboucher à la lueur du jour. La lumière est plus douce et les couleurs plus vives, comme après un orage. Il a atteint une clairière à la jonction exacte du Mississippi et de la rivière Des Moines. Il s'assied sur une pierre plate et contemple les eaux brunes qui se rejoignent et s'enlacent. Une barge passe sur le Mississippi et serre à droite pour attraper le courant qui s'y engouffre. « L'autoroute de Saint Louis », c'est comme ça que les marins appellent cette portion du fleuve qui accélère brutalement sous la poussée de l'affluent du Père des Eaux.

Walls ferme les yeux et savoure les vibrations qui s'échappent du sol en remontant jusqu'à lui à travers la pierre. Un pouvoir très ancien sommeille ici. Un pouvoir qu'il est en train de réveiller. Il s'insinue lentement par tous les pores de sa peau. Ça l'apaise et le renforce. Il n'a même plus besoin de se concentrer pour sentir qu'une ligne de motos vient de se ranger à côté de la vieille Buick. Kassam marche en tête, Ash le suit. Derrière eux progressent une trentaine d'agents en manteau noir. Ils avancent sous les branches qui s'agitent en laissant tomber une pluie de feuilles. Le Sanctuaire de Keokuk n'est plus une forteresse. C'est un vieux lieu chargé d'histoire et de magie, mais, comme tous les vieux lieux, il est lent à se souvenir.

Walls écoute les craquements résonner sous les arbres. Il adresse un signe aux trois manteaux blancs qui viennent de prendre pied sur la berge. Kano, Cyal et Elikan ont l'air plus jeunes. Plus puissants aussi. Ils sourient comme des gamins sur le point de faire une bonne blague.

Les quatre Gardiens s'asseyent côte à côte sur la pierre plate. Sans prêter attention aux craquements qui se rapprochent, ils échangent des souvenirs mentaux, des odeurs et des histoires. Ils parlent du vieux Chester. De ce qu'il était il y a très longtemps. Ça remonte tellement loin que Cyal a un trou de mémoire. Les autres se moquent gentiment de lui. Et puis, tandis que les craquements s'interrompent, Walls lève les yeux vers la ligne d'agents qui viennent de s'immobiliser à l'orée des arbres. Kassam et Ash avancent encore de quelques pas et s'arrêtent à leur tour.

Kano se penche pour caresser l'herbe du plat de la main. Walls rend son sourire à Kassam. Ash est impassible. Les autres agents ont les yeux qui brillent sous l'effet des doses massives de protocoles qu'ils se sont injectées. Ils ne remarquent pas que l'herbe a commencé à se racornir sous leurs bottes depuis que Kano l'effleure. À se racornir et à se dessécher. Le sourire de Kassam s'efface doucement. Lui a senti quelque chose. Il examine les bords de la clairière comme s'il commençait à se rendre compte qu'il ne s'est pas aventuré au bon endroit.

— *Kimla nak an tech nah jawad !*

À ces mots prononcés par Cyal, la forêt semble se refermer derrière les agents. Kano est furieux.

— Cyal ! On avait dit que c'était moi qui prononçais la formule ! Ça fait des siècles que j'attends une occasion de la dire, celle-là !

— Moi aussi je te signale. Et puis, tu as déjà fait le coup de l'herbe sans prévenir personne.

Gordon regarde Kassam. Il frémit en sentant le pouvoir qui commence à s'échapper du petit homme en costume.

— Où est la garce ?

— Soyez plus précis.

— Et plus poli, aussi pendant que vous y êtes.

— *Ush, Kano !*

— C'est vrai, quoi ! C'est de la jeune Mère qu'il parle comme ça, cet *ektan shek tah* ?

Kassam blêmit sous l'injure.

— Je répète ma question ?

— Vous êtes ici pour mourir. Ne vous embarrassez donc pas de questions inutiles. Elles sont loin, de toute façon.

Kano est sur le point d'ajouter quelque chose lorsqu'il sent les molécules qui composent son organisme commencer à se distendre.

— Laissez tomber, le *Hem Lak* ne fonctionne pas ici.

— C'est ce que vous croyez, Kano. Les Sanctuaires s'affaiblissent et, avant de venir, j'ai demandé à mes meilleurs loups de me rendre un petit service. Ça m'a coûté un joli paquet d'agents mais ça en valait la peine.

Kano contemple ses mains qui se sont mises à vieillir. Juste quelques rides à la surface de sa peau. Sur un signe de Kassam, Ash jette un ballot qui roule jusqu'aux pieds de Gordon. Le Gardien baisse les yeux et soulève le tissu du bout des doigts. À l'intérieur, une tête tranchée semble lui sourire. La vue de Walls se brouille. Cyal se penche et frémit en reconnaissant le visage du vieux Chester.

Gordon pense à Harold et à Jake. Il n'y a jamais pensé aussi fort. À ses côtés, les autres Gardiens lui emboîtent le pas. Ils ne jouent plus. Pour la première fois de leur longue vie, ils sentent un flot de haine les envahir. Une haine si puissante que la barge qui s'est engagée sur l'autoroute de Saint Louis commence à se mettre en travers sous la poussée du fleuve. Derrière Kassam et Ash, deux agents laissent échapper un formidable cri de souffrance qui s'éteint dans un gargouillis quand leur visage se met à fondre. Les cheveux de quatre autres agents viennent de prendre feu. Tandis que, la mort dans l'âme, les derniers se répartissent les Gardiens dont les molécules commencent à se distendre, Ash et Kassam visent l'esprit de Walls qui sursaute sous la puissance du choc. Concentré sur sa haine et sa douleur, il n'a pas vu venir le coup. La pierre vient de se fendre sous lui. Avant de s'effondrer, il a juste le temps d'envelopper son esprit d'une brume de protection.

Gordon est tombé dans l'herbe brûlée. Des hurlements. À travers la brume qui envahit ses yeux, il se tourne vers l'épais nuage de frelons que les Gardiens ont attirés et qui se jettent à présent sur les agents. On dirait un manteau vivant sur leurs chairs à vif. Les derniers hommes tombent à genoux tandis que les insectes s'engouffrent dans leur gorge. Ash et Kassam se tiennent à quelques mètres. Ensemble ils expédient une formidable vibration qui enveloppe les Gardiens. Le visage de Kano semble se fissurer. Il vieillit à toute vitesse. Il lève ses mains racornies vers Cyal et Elikan dont les traits se réduisent en poudre. Gordon a l'impression que leur corps s'écoule de leurs vêtements comme du sable. Il a le temps de capter leurs regards désolés et d'attraper au vol les bribes de pouvoir qu'ils lui transmettent avant de se dissoudre dans le vent qui balaie le Sanctuaire. Il regarde les lambeaux de manteaux blancs s'élever au-dessus du fleuve. Sa joue retombe dans l'herbe brûlée. Ses mains tremblent. La tête de son grand-père s'est échappée du ballot de cuir.

« Pense à Harold et Jake. »

Des pas. Gordon lève les yeux vers Ash et Kassam qui approchent. Il en appelle au pouvoir du Sanctuaire. Il regarde ses mains qui ont commencé à vieillir. La puissance du vieux Chester se répand dans ses veines. Il se redresse lentement sur ses genoux. Il sent la force des fleuves passer par ses reins et remonter le long de ses épaules. Il est Eko. Il est Chester. La vibration fait grésiller l'air autour de lui. Il la retient. Il la laisse monter. Il sait qu'il n'aura qu'un seul coup à tirer. Il regarde Kassam à travers ses yeux mi-clos. Il n'essaie même plus de contenir la haine qui l'envahit. Kassam est à vingt pas. Il s'avance doucement. Avec lui, c'est le néant qui approche. Gordon comprend enfin le pouvoir du scientifique. Ce ne sont pas seulement les protocoles, c'est autre chose. Une puissance qu'un Gardien n'a pas eu à affronter depuis des siècles. Le Destructeur des mondes. Il le laisse approcher. Il va avoir besoin de libérer sa vibration d'un seul coup. Il sait que ça risque de le tuer en même temps. De l'envelopper et de le carboniser.

Derrière Kassam, Ash s'est immobilisé. Il a senti quelque chose. Il essaie d'avertir mentalement Kassam mais Kassam n'est plus Kassam. Il est l'univers en marche. Le système immunitaire de l'univers qui se referme sur la tumeur Gordon. Il a posé la main sur le front du Gardien agenouillé. Il sourit. Il stérilise le pouvoir du Sanctuaire. Il l'anéantit.

Ash recule tandis que Walls redresse la tête. Derrière lui, le fleuve enfle et déborde. Le dernier Gardien est devenu infiniment vieux. Infiniment puissant aussi. Il enferme la main de Kassam dans les siennes. Les yeux du scientifique se troublent tandis que la puissance du Sanctuaire se retourne contre lui. Ça arrive de partout. Ça se propage à travers l'herbe et la terre. Ça passe par Gordon. Kassam essaie d'arracher ses doigts de la poigne du Gardien mais les vieilles mains qui le retiennent sont plus solides que la roche.

Gordon sourit. Ça explose en lui comme une nova. Ça éclate quelque part au centre de lui-même. Ça se répand silencieusement à la vitesse de la lumière. C'est comme une étoile qui meurt. C'est brûlant, aveuglant. Gordon renverse la tête en arrière tandis que la main de Kassam se ramollit dans les siennes. Le scientifique hurle de toutes ses forces. Il est comme un trou noir qui se referme. Il essaie désespérément d'aspirer la formidable énergie de l'étoile. Trop de matière, trop de puissance. Kassam sent le rebond se propager dans son cerveau. Il tente de refermer les portes mais la force des derniers Sanctuaires fait éclater ses neurones les uns après les autres. Une bouillie de sang dégouline le long de sa gorge. Il s'effondre.

Derrière lui, Ash recule à mesure que la terre se craquelle. Il a atteint la barrière des arbres que Walls a fendue. Il recule au milieu des troncs calcinés et des branches mortes. Il a encore le temps d'apercevoir Gordon agenouillé au-dessus de son maître. Le corps de Kassam s'est mis à fondre. Il supplie le Gardien mais le Gardien ne l'entend pas. Ash se fige. Il aurait dû s'enfuir. Il n'aurait pas dû gaspiller de précieuses secondes à regarder mourir son maître. Il vient de croiser le regard du Gardien. Il n'y a plus rien de bon dans ces yeux-là, plus aucune forme de pitié. Ash se retourne et se met à courir à toutes jambes. Ça le rattrape. Ça l'enveloppe. Ça fait fondre ses cheveux. Ça fait éclater la moitié de son esprit. Ash pousse un jappement en sentant la douleur qui se répand dans son cerveau. Il a atteint les motos. Il tombe à genoux. Il sait qu'il lui reste peu de temps. Il fait signe à son dernier agent resté en arrière. L'homme l'aide à grimper sur une grosse Silver Wing. Ash grimace. Juste avant que Gordon n'expédie sa vibration, il a pensé à la femme et à l'enfant. Ash a lu où elles vont. C'est là qu'il va aussi.

137

Les rues de Des Moines sont remplies de gens effrayés. La ville n'est plus qu'un gigantesque embouteillage. La rumeur prétend que la menace remonte à présent vers le Missouri et l'Iowa.

Marie avance en tenant Holly par la main. La fillette est épuisée. Cela fait des heures qu'elle ne parle plus. Elle avait éclaté en sanglots une première fois dans le train après avoir constaté que Gordon n'était plus là. Puis elle s'était rendormie assez vite. Une heure plus tard, elle s'était à nouveau crispée dans les bras de Marie et avait juste dit :

— C'est fini.

Depuis, elle n'avait plus prononcé un mot. À un moment, Marie en était sûre, la fillette dormait à poings fermés. Elle en était sûre parce que Holly n'avait pas réagi à ce qui s'était passé à quelques kilomètres de Des Moines. Parks s'était approchée de la porte qu'elle avait entrouverte pour prendre l'air. Le convoi avait dépassé Knoxville et franchissait un massif forestier quand elle avait vu deux Hummer de l'armée poursuivre quatre véhicules civils qui venaient de forcer un barrage. Ils avaient disparu quelques secondes de son champ de vision, puis, après une série d'explosions, une Ford avait réapparu au sommet du talus et était partie en tonneaux en direction de la voie ferrée.

Le capot d'un Hummer avait émergé des broussailles tandis que le véhicule s'immobilisait sur le toit à quelques mètres du convoi de marchandises. Un homme était parvenu à s'extraire de l'amas de tôles. Il avait essayé d'en sortir quelqu'un en tirant sur un bras ensanglanté dont le poignet était orné d'un bracelet féminin. Les soldats avaient épaulé et visé l'homme qui s'était mis à courir le long du convoi. Il venait de repérer un wagon dont la porte était entrouverte et avait allongé la foulée pour essayer de l'atteindre. Il n'y avait pas eu de sommations. Alors que les ongles de l'homme griffaient la poignée du wagon où se tenait Marie, quatre courtes rafales avaient claqué.

Assise dans la pénombre, Marie avait entendu l'homme s'effondrer sur le ballast. Elle n'avait rien tenté pour le sauver. Elle n'avait pensé qu'à Holly. Elle avait attendu quelques minutes avant de refermer la porte et de rejoindre la fillette. Une demi-heure plus tard, tandis que le convoi roulait au pas aux abords de Des Moines, elle était descendue en serrant la puce dans ses bras. Puis elle avait traversé les voies et s'était perdue dans la foule qui noircissait les rues.

Marie avance le long de Walnut Street. Holly se presse contre elle. La foule la terrifie. Marie la soulève en soupirant. Elle n'en peut plus. Depuis quelques minutes, elle sent ses forces l'abandonner. Sa respiration siffle. Elle a soif. Elle a la fièvre. Holly se crispe. On dirait qu'elle cherche à l'escalader pour échapper à la cohue.

— Holly, au-dessus c'est ma tête, tu ne peux pas aller plus haut.

— Pardon.

— Qu'est-ce qu'il t'arrive, puce ?

— Il va se passer quelque chose de grave.

Marie se fraie un passage au milieu des passants. Il y a de plus en plus de monde dans les rues, comme si tous les habitants avaient quitté leur logement et marchaient sans but précis. Certains échangent des saluts rapides et des poignées de main. D'autres, des sourires timides. La plupart ne se connaissent pas. Ils se bousculent, se donnent des coups d'épaule, se pressent.

— Puce ?

— Oui ?

— Tout à l'heure, dans le train, tu as dit que tout était fini.

— S'il te plaît, Marie, je n'ai pas envie d'en parler.

— J'ai besoin de savoir, chérie. Est-ce que les méchants sont morts ?

— Presque tous.

— Il en reste combien ?

— Des méchants-méchants, tu veux dire ?

— Oui.

— Un seul. Il est blessé et furieux. Il nous cherche. En fait, il sait déjà où nous sommes.

— Pourquoi est-ce que la foule ne se referme pas sur nous alors ?

— Oh, mon Dieu, Marie, tu ne les vois donc pas ?

Parks se retourne. Chaque fois qu'elles dépassent un groupe de passants, la plupart les suivent du regard en humant l'air. Elle force le pas.

— Comment est-ce qu'il a fait pour nous retrouver aussi vite ?

— Il a lu dans les pensées de Gordon. Il arrive. Il n'est pas encore là, mais il approche.

— Et Gordon, est-ce que…

— Je ne sais pas, Marie, je n'arrive plus à sentir sa présence. Je…

Marie sent Holly se raidir dans ses bras. La fillette pousse un cri perçant en pointant le doigt vers le trottoir d'en face. Marie vient d'apercevoir une autre enfant dans les bras de sa mère, une petite fille toute blonde suspendue au cou d'une belle jeune femme brune. Marie fronce les sourcils. Quelque chose ne va pas dans les cheveux de la gamine. Elle se souvient de les avoir vues approcher quelques secondes plus tôt et elle est persuadée qu'à ce moment-là les cheveux de l'enfant étaient aussi bruns que ceux de sa maman. La foule s'immobilise, piétine, se retourne. Des dizaines de visages contemplent la jeune mère qui serre sa fille dans les bras. Des dizaines d'yeux viennent d'apercevoir les petites mains ridées et griffues qui se cramponnent à ses épaules. La maman passe ses doigts dans les cheveux de sa fille. Des mèches blanches se détachent et virevoltent dans les courants d'air. L'enfant relève la tête. Sa mère la plaque de toutes ses forces contre son pull pour que la foule ne voie pas son visage défiguré par les rides. Mais la foule a vu. Elle gronde. Elle se rapproche. La jeune femme hurle :

— Ma fille a un cancer ! Elle sort de chimiothérapie et c'est pour ça qu'elle perd ses cheveux quand on les caresse ! Je ne voulais pas la laisser mourir à l'hôpital, vous comprenez ? On dit qu'ils brûlent les malades dans les hôpitaux. Je vous jure que c'est vrai ! Oh, mon Dieu, je vous jure que…

La voix de la jeune femme se brise tandis que ses propres cheveux commencent à blanchir. Son visage se froisse et se met à fondre comme de la cire. Un râle de surprise s'échappe de sa gorge ridée. Elle titube. Marie pose la main sur les yeux trempés d'Holly. Elle sait que la foule est en train de se transformer en quelque chose que la fillette ne doit surtout pas voir : elle est déjà en train de se refermer sur les deux vieillardes qui sont tombées à genoux. Elle ne pousse pas un seul cri. La fillette et sa maman non plus. Quand la marée reflue, il ne reste sur le bitume que deux formes enchevêtrées et méconnaissables.

138

Marie marche en direction de l'enseigne Wal-Mart qui clignote au bout de la rue. Elle sait qu'il lui reste peu de temps mais elle a absolument besoin de quelque chose qu'on ne trouve que dans un supermarché. Déconcentrée un moment par ce qui vient de se produire, la foule a repris son mouvement silencieux. Marie recommence à capter des formes qui se retournent, des yeux qui la suivent et des nez qui hument l'air. Les regards sont de plus en plus précis. Les sourires de plus en plus larges.

Marie traverse le parking du supermarché. Elle n'en peut plus. Elle pose Holly dans un caddie et franchit l'entrée. L'air climatisé lui fait du bien. Curieusement, le magasin est encore bondé malgré les rayonnages presque vides. Des employés épuisés réapprovisionnent en toute hâte les rayons de sucre, de coca et de boîtes de conserve. Une jeune femme vêtue d'un gilet bleu réglementaire essaie d'expliquer à un gros balèze en tee-shirt crasseux que cela fait longtemps qu'il n'y a plus de café. Le poing du gros s'écrase contre sa bouche, projetant une giclée de sang sur les derniers paquets de yaourt. Marie se mord les lèvres pour ne pas intervenir. Plus loin, elle aperçoit une mère de famille près d'une poussette de triplés au rayon des confitures et des aliments pour bébé. Marie l'entend s'exclamer d'une voix faussement fâchée :

— Brian chéri, si je te dis qu'il n'y a plus de petits plats à base de poulet et de haricots, tu peux croire maman, d'accord ? Comment ? Non, Cindy Lou, il n'y a plus de petits pots à la fraise non plus. Je sens que maman va nous faire une pizza et qu'on ira tous faire un gros dodo. C'est entendu, mes poussins ?

Marie s'approche. Ce n'est pas le fait que la mère parle à ses bébés comme à de grands enfants qui l'inquiète, mais plutôt le fait qu'aucun son ne lui réponde et qu'aucun mouvement n'agite la grosse poussette. Elle se penche en passant à côté et étouffe un cri de frayeur en découvrant les trois cadavres sanglés dans leur baquet. Bien que la mère ait baissé l'auvent et recouvert leur front avec des bonnets de laine, Marie a eu le temps d'apercevoir leurs visages ridés.

— Eh bien quoi ? Vous n'avez jamais vu trois sales petits animaux méchants qui refusent de manger de la pizza pour faire plaisir à leur maman ?

Marie se retourne vers la mère de famille qui a repéré son expression horrifiée.

— Oh, mais ne vous en faites pas, maman va quand même l'acheter, cette foutue pizza. Elle va même en prendre une à pâte qui lève dans le four. Et si vous continuez à bouder comme ça, mes mignons, vous irez lever dans le four avec !

Marie force le pas. Elle regarde Holly. Les yeux perdus dans le vague, la fillette suce son pouce.

— T'en fais pas, puce, on va s'en sortir.

— Je ne crois pas, Marie.

À l'autre bout du rayon, la maman aux triplés vient de faire pivoter sa poussette et marche à présent vers elle. Ses yeux sont révulsés et de minces filets de sang s'échappent de ses lèvres qu'elle mord depuis quelques secondes. Elle sourit comme une folle en traînant les pieds et en faisant grincer la poussette. Marie accélère. Elle dépasse le rayon des fromages et se dirige vers la droguerie. Le caddie cogne les manches à balai qui s'entrechoquent sur leur socle. Une voix retentit derrière les paquets de céréales. La maman aux triplés progresse le long du rayon voisin.

— Oui, Cindy Lou, tu as raison, c'est une sale bonne femme. Et la petite morveuse qu'elle traîne avec elle, c'est encore pire. C'est elle qu'on va faire cuire, mes bébés. Oh oui, c'est elle.

Marie allonge encore le pas. Il faut absolument qu'elle atteigne l'extrémité du rayon avant la folle. Elle fouille les présentoirs.

— Qu'est-ce que tu cherches ?

— Chut, puce, chut, je te le dirai après, c'est promis.

Au milieu des articles de camping, Marie pioche des gros tubes métalliques destinés à protéger les aliments de la pluie. Elle attrape aussi une boîte de diodes ainsi que du fil électrique et un gros rouleau de chatterton.

Plus loin, une boîte de mastic jaune qu'elle jette dans le caddie.

— Marie ? Ça va ?

— Oui, puce, ça va.

— Non, ça ne va pas. Qu'est-ce qu'il y a ?

— Je suis fatiguée, c'est tout.

Marie sent son cœur cogner dans sa gorge. Oui, elle est fatiguée, épuisée même. Mais il n'y a pas que ça. Sa respiration siffle de plus en plus fort et elle sent des crampes tirailler les muscles de ses mollets et de ses cuisses. Et puis, surtout, depuis quelques secondes, elle a l'impression de monter une côte interminable. Une de celles qui vous coupent la respiration et vous scient les jambes. Elle essaie d'accélérer mais son caddie ralentit de plus en plus. Elle entend le souffle de la folle de l'autre côté du rayon. Elle tourne à gauche et longe l'allée en direction de la boucherie. Elle se raidit en croisant le regard du commis qui affûte ses couteaux. Lui aussi saigne du nez, comme la vieille dame qui la regarde depuis le rayon des spiritueux, comme ce petit garçon qui lui tire la langue près du rayon des savons. Et comme ces sans-abri qui se faufilent entre les caisses sans que personne ne cherche à les arrêter. À mesure qu'ils remontent les files d'attente en poussant des grognements, les caissières se mettent à feuler et les clients se retournent en humant l'air et en grimaçant de drôles de sourires. Une voix s'élève des haut-parleurs du supermarché. La même qui annonçait, quelques secondes plus tôt, que les rayons de sucre et de farine avaient été réapprovisionnés et que les stocks étaient à présent épuisés. Sauf que le timbre de cette voix a changé. Le contenu du message aussi :

— Tout le personnel et les clients sont priés de retrouver une certaine Marie Parks ainsi qu'une sale petite garce du nom d'Holly Amber Habscomb et de les ramener vivantes au rayon boucherie.

Marie grelotte. Elle entend se rapprocher le couinement des roues de la poussette. Le hurlement de la folle retentit à quelques mètres derrière elle :

— Elles sont là ! Oh mon Dieu, elles sont là ! C'est moi qui ai repéré la petite garce la première. Je veux sa viande pour mes bébés !

Marie n'en peut plus. Elle vire d'un coup sec en accrochant délibérément une pyramide de boîtes de conserve qui s'effondre au milieu de l'allée.

— Holly…

— Oui ?

— Il faut que tu descendes du caddie. C'est trop lourd.

Holly obéit et aide Marie à pousser le chariot dans la direction d'un alignement de tentes de montagne en exposition. Marie récupère les articles qu'elle a pris dans les rayons, puis elle donne un coup de pied dans le caddie et pousse Holly à l'intérieur d'une tente igloo dont elle abaisse la fermeture Éclair. La fillette serrée dans ses bras, elle s'efforce d'atténuer le sifflement de sa respiration. Elle regarde les ombres passer devant la tente. La folle aux triplés hurle. Elle est toute proche.

— Mes bébés ! Oh, mon Dieu, mes bébés ! Cette sale bonne femme a fait tomber des piles de boîtes de conserve sur mes bébés et maintenant Cindy Lou a les dents toutes cassées !

Elle s'éloigne. Le couinement de sa poussette aussi. Des cris et des grognements au loin. Les poursuivants se répartissent les rayons. Marie fait claquer la culasse de son arme. Elle a prévu une balle pour Holly et une pour elle. Elle caresse la nuque de la fillette. Les yeux de l'enfant brillent dans la pénombre. Elle chuchote.

— Je sais qui c'est, moi.

— Qui ?

— Celui qui les mène.

— C'est Ash ? C'est lui qui a échappé à Gordon, c'est ça ?

— Oui.

— Tu sais dans quel corps il se trouve ?

— Tout à l'heure, il était dans la folle.

— Et maintenant ?

— Maintenant il est dans le boucher.

— Le type derrière son étal, tu veux dire ?

— Oui. J'ai vu la lueur dans ses yeux. Et toi aussi, Marie.

— Comment sais-tu qu'il ne va pas se remettre à bouger ?

— Il est blessé. Il a trop de gens à contrôler. Il se fatigue.

Marie tend l'oreille. Les grognements des clients s'éloignent.

Leur énergie se disperse.

— Je vais y aller, puce.

— Non. C'est à moi de le faire.

— Pourquoi ?

— Parce que tu commences à vieillir. C'est en toi. C'est en train de te tuer.

Marie passe une main sur son visage. Sa peau est plus molle. Ses rides se creusent.

— Oh mon Dieu…

— N'aie pas peur, Marie, je vais te soigner. Gordon m'a montré comment faire. Il faut que je serre très fort mon pendentif et que je me concentre.

— Non, Holly. Si tu fais ça, ils vont nous repérer.

— Mais alors tu vas mourir, Marie.

— Pas tout de suite.

— Mais…
— Chut, puce. Écoute-moi. Tu peux faire ça à Ash ?
— Quoi ?
— Ce que tu veux me faire. Tu peux le lui faire, mais en inversant le processus ?
— Le faire vieillir, tu veux dire ?
— Oui.
— Ouais, c'est fastoche.

Marie tente de retenir la fillette qui se faufile à l'extérieur de la tente mais ses gestes sont trop lents. Elle lui emboîte le pas en serrant son arme sous son blouson et en avançant aussi vite que possible. Les clochards et les caissières sont en train de fouiller les rayons de l'autre côté du magasin. L'une d'elles feule en apercevant la fillette qui se dirige vers le rayon boucherie. Le commis lève les yeux. Il saigne énormément. D'un regard, il attire l'attention de la folle aux triplés qui se rue sur Holly en poussant des couinements de rage. Marie l'aligne tout en continuant à marcher. Elle est de plus en plus faible. Elle tire deux coups de feu rapprochés qui atteignent la folle à la gorge. La malheureuse pivote sur elle-même sous la puissance des impacts. Elle presse sa main contre son cou. Des flots de sang giclent entre ses doigts. Elle regarde Marie sans comprendre. Elle fait encore quelques pas en direction d'Holly avant de s'effondrer sur ses bébés.

Les hurlements des sans-abri et des caissières se rapprochent. La plupart des clients sont tombés à genoux. Ash dévisage avec horreur la sale gamine qui vient de s'immobiliser devant le rayon boucherie et qui lui sourit bizarrement en serrant un pendentif entre ses doigts. Il grimace de douleur tandis que les rôtis et les gigots commencent à grésiller sur l'étal. Une écœurante odeur de chair grillée s'élève dans l'air froid. Des chapelets de saucisses enflent et éclatent. Des cercles de boudin se mettent à fondre dans leur graisse et des œufs frais explosent dans leurs boîtes en carton.

Ash se concentre de toutes ses forces pour diluer la vibration qui cloque la peau de ses bras. Il cherche désespérément un autre porteur mais les sans-abri et les caissières sont trop loin. Son propre corps est assis à l'arrière de la Silver Wing, sur le parking du supermarché, la moitié de ses neurones fusillée par Walls. Pourtant, il essaie. Il faut à tout prix qu'il retourne cette vibration contre la fillette qui lui sourit. Il est tellement absorbé par l'effort qu'il ne repère même pas la vieille dame qui s'approche en tendant les bras dans sa direction. On dirait qu'elle tient quelque chose. Une arme. Ash fronce les sourcils. Qu'est-ce qu'une cliente ferait avec une arme dans un supermarché ? Une série de détonations déchire le silence. Ash sent à peine les projectiles perforer ses poumons et son cœur. La vibration de l'enfant l'enveloppe, fait grésiller ses chairs, enflamme ses cheveux et liquéfie sa peau comme de la colle. Puis, un dernier projectile fait éclater son crâne et il s'effondre au milieu des viandes carbonisées.

139

Marie s'est allongée sur le dos. Elle écoute le brouhaha des clients qui viennent de reprendre leurs esprits et considèrent le carnage avec de grands yeux vides. Certains tiennent à la main des manches de pioche ou des couteaux qu'ils ont ramassés dans les rayons et qu'ils laissent à présent tomber par terre. Ils échangent des regards gênés. Ils se demandent ce qui leur est arrivé. Ils cherchent leurs chariots et reprennent leur place devant les caisses.

Marie observe le plafond. Partout autour d'elle, l'odeur de chair grillée se mêle au parfum des alcools renversés et des barils de lessive crevés. Sa vue commence à se brouiller. Ses chairs se ramollissent et sa peau se tanne comme du cuir. Elle sourit à Holly dont le visage vient d'apparaître dans son champ de vision. La fillette a le front trempé de sueur. Elle tient le coup. Elle serre les doigts autour de son pendentif et pose son autre main sur Marie. Sa paume est brûlante. Parks laisse échapper un sanglot rauque :

— Non, Holly. Ça va te tuer.

— Arrête de parler, Gardener, t'as une affreuse voix de vieille qui ferait peur à un corbeau.

Holly expédie son pouvoir dans l'organisme de Marie. Son cœur retrouve un rythme plus soutenu, ses forces reviennent dans ses bras et dans ses jambes. Un courant d'air semble agiter les cheveux de la fillette qui bascule de plus en plus profondément dans sa transe. Le pendentif scintille entre ses doigts. Marie palpe son visage. Sa peau est redevenue ferme et élastique. Ses seins remplissent à nouveau son soutien-gorge et ses cuisses ont retrouvé leur taille normale dans son jean. Holly sourit. Elle est très pâle. Elle lâche son pendentif, s'assied sur le ventre de Marie et dit d'une petite voix :

— Je m'arrête là. Tu es aussi moche qu'avant, maintenant.

— Merci, puce.

— De rien, ma vieille.

Marie a retrouvé sa voix habituelle. Elle va se redresser lorsqu'elle voit la fillette tomber lentement sur elle. Elle ne s'effondre pas, elle ne s'évanouit pas, on dirait qu'elle s'allonge, qu'elle se plie comme une poupée de chiffon dans les bras de Marie.

— Holly ?

Marie caresse le visage de la fillette. Sa peau est glacée.

— Holly, s'il te plaît, réponds-moi.

Holly gémit. Marie la soulève dans ses bras et remonte les rayons dévastés du supermarché. Elle sait que la police ne va pas plus tarder à débarquer. Elle sait aussi que les caméras de surveillance du magasin l'ont à nouveau immortalisée en train de tuer des civils. Elle récupère les articles de bricolage qu'elle avait laissés sous la tente et les fourre dans un sac à dos avant de franchir les portiques de sécurité qui se mettent à sonner. Aucune caissière ne réagit. Les yeux dans le vague, elles continuent à passer les articles devant les lecteurs de codes-barres. Elles sont en plein rebond.

Marie a atteint le parking du supermarché. Elle avise une Silver Wing penchée sur sa béquille. Le cadavre d'Ash est effondré sur le sol. Courbé sur le guidon, le dernier agent qui l'avait conduit jusqu'à Des Moines est mort à son poste. Marie l'allonge sur le bitume et récupère son casque dont elle coiffe maladroitement Holly. Elle a beau serrer la sangle autour de son menton, on dirait une tête de poussin dans un scaphandre de cosmonaute.

Marie dépose un baiser sur le nez de la fillette qu'elle a placée entre ses bras sur la selle, puis elle démarre lentement et se perd dans le flot de la circulation qui remonte vers le nord. Elle coupe par les petites rues désertes en direction du quartier de Norwood. Quelques enfants jouent aux soldats dans les jardins abandonnés. Les feux sont coupés aux intersections. Des conducteurs ont abandonné leurs voitures sans même éteindre le moteur. Ils savent que ça a atteint Des Moines.

Marie frôle au ralenti les voitures arrêtées. À travers les vitres entrouvertes, les autoradios grésillent. Elle entend des voix de présentateurs effrayés. D'après les dernières estimations, on compterait plus de onze mille morts à travers le monde. Les autorités de chaque pays limitent les déplacements au maximum. Il paraît même qu'en Allemagne et en France, l'armée aurait tiré sur la foule. Marie accélère. Elle vient d'atteindre la rampe d'accès à l'autoroute 35 et louvoie entre les voitures immobilisées. Celles-ci sont occupées. Des visages angoissés la regardent passer. Les conducteurs klaxonnent rageusement. Un cibiste annonce qu'un barrage vient d'être établi par la Garde nationale à quelques kilomètres de la sortie de la ville. Il dit qu'ils laissent les voitures passer au compte-gouttes après avoir vérifié qu'elles ne contenaient aucun cas de contamination. Marie n'en croit pas un mot. Elle sait que le barrage en question est tenu par des gars en combinaison NBC qui ont reçu l'ordre de tirer sans sommation. Ils déroutent le flot des voitures vers une déviation qui les ramène à Des Moines. C'est pour ça que la ville n'est plus qu'un gigantesque embouteillage.

Marie a atteint l'autoroute. Elle roule sur la bande d'arrêt d'urgence. Le barrage se profile au loin. Elle avise une sortie de secours réservée aux dépanneuses et commence à ralentir. Le corps d'Holly se raidit entre ses bras. On dirait que sa peau se réchauffe. Marie se penche vers elle.

— Tu veux que je continue vers le barrage, c'est ça, puce ?

La fillette se détend. Marie remet les gaz. Elle distingue à présent les combinaisons NBC que les militaires ont revêtues par-dessus leur treillis. Ils ont placé deux rangées de camions en travers de l'autoroute et déboulonné les rails de sécurité qui séparent les voies. Ils resserrent les voitures sur une seule file à laquelle ils font faire demi-tour. À deux cents mètres en sens inverse, un autre barrage oriente les véhicules vers une route secondaire. Des panneaux annoncent Minneapolis par Sioux Falls ou Madison. D'autres indiquent la direction de Chicago. Des mensonges lumineux pour une seule petite route qui ne mène plus nulle part.

Marie ralentit à proximité du barrage. La peau d'Holly est devenue brûlante. Elle répond d'un hochement de tête au militaire qui lui fait signe de quitter le flot de la circulation et de rouler jusqu'à lui. Elle s'immobilise en regardant l'homme s'approcher. Elle ne distingue que ses yeux à travers la visière de sa combinaison. La respiration d'Holly s'accélère. Son nez se pince. Le militaire se penche au-dessus de la fillette et examine ses traits sous le casque. On dirait qu'il sourit. Sa voix grésille à travers le filtre nasal :

— Vous allez où ?

— Minneapolis. Ils ont un bon hôpital là-bas.

— Pour sûr. Le meilleur même.

Holly commence à se détendre dans les bras de Marie. Le militaire lui caresse maladroitement la joue du bout de son gant. Il ajoute :

— J'ai une fille de son âge. Prenez bien soin d'elle, mâ'âm'. Les enfants, c'est l'avenir, pas vrai ?

Marie hoche lentement la tête tandis que l'homme fait avancer un camion pour libérer un passage étroit. Il fait signe à Parks d'avancer. Elle murmure :

— Est-ce qu'il faut que j'y aille, puce ?

La respiration d'Holly est redevenue normale. Marie tourne doucement la manette des gaz et se faufile le long de la glissière de sécurité. De l'autre côté, l'autoroute est vide. Elle entend le camion refermer le passage derrière elle. Elle accélère, doucement au début, puis de plus en plus fort. Le moteur de la Silver Wing rugit. L'aiguille du compteur tressaute au-dessus des 120 miles. Marie éclate de rire. Une autoroute pour elle toute seule et une moto qui en a dans le ventre. Son vieux rêve de garçon manqué.

140

Sanglé à l'arrière de l'hélicoptère du FBI qui remonte à toute vitesse vers le nord, Crossman visualise encore une fois la vidéo que vient de lui expédier une de ses équipes à Des Moines.

Après avoir quitté son adjoint sur le parking du Christian Hospital de Saint Louis, le directeur avait ordonné à ses hommes de contrôler tous les motels sur les rives du Mississippi et de l'alerter au moindre phénomène anormal. Présentant les photos des fugitifs à des centaines de personnes, ses agents avaient remonté leur piste jusqu'au *MacDonald's* de Keokuk.

Un quart d'heure plus tard, un message en provenance de la même équipe signalait qu'on venait de retrouver la Buick rangée à côté d'une armée de motos abandonnées sur une route déserte. Quelques minutes de plus et les agents découvraient une trentaine de cadavres dans un champ carbonisé, pile à l'endroit où le Mississippi et la rivière Des Moines se rejoignaient. Installé dans les locaux du FBI à Kansas City, Crossman avait déplié une carte.

— Des hommes en manteau noir ?

— Pour ce qu'il en reste. Il y a aussi un gars en costume mais il est tellement amoché qu'il ne ressemble plus à rien. Tout a brûlé ici, monsieur.

— Vous avez repéré des traces d'une fillette ou d'une femme parmi les morts ?

— Négatif.

— Ok. Si la Buick est toujours là, il n'y a que deux possibilités : soit ils ont pris une autre voiture, soit ils ont poursuivi en train à partir de la gare de fret. Avec tous les barrages établis sur les routes, on va opter pour la seconde solution : verrouillez-moi tous les terminus des lignes quittant Keokuk vers le nord.

— Ça nous donne Des Moines, Iowa City, Cedar Rapids, Lincoln et Sioux Falls.

— Vous me mettez ces destinations au frais, avec une préférence pour Des Moines et Cedar Rapids qui sont les plus proches.

Crossman avait raccroché et attendu en rongeant son frein. Pas longtemps. Il venait de recevoir un coup de fil d'un agent du bureau de Des Moines disant qu'un incident s'était produit dans un des Wal-Mart de la ville. Crossman avait fait signe à son pilote de faire chauffer l'hélico. Puis, il était monté à bord, et tandis que l'appareil décollait vers le nord, il avait pris connaissance de la vidéo que son agent avait récupérée dans le système de surveillance du supermarché.

À la fin de la bande, Crossman relève la plaque de la moto que Marie enfourche en serrant la gamine contre elle. Il appelle ses hommes sur place et leur demande de passer en revue toutes les vidéos de ce secteur à la recherche d'une Silver Wing pilotée par une jeune femme avec une fillette entre les bras.

— Ça va nous prendre un temps fou, monsieur. D'autant que la foule commence à bouger.

— Marie a pris la direction du nord. Logiquement, elle a dû emprunter la 35. Il me faut cette confirmation.

Dix minutes s'écoulent durant lesquelles Crossman regarde défiler le paysage. Il se rapproche de Marie, il le sent. Un grésillement dans son oreillette.

— Monsieur ?

— Annoncez-moi des bonnes nouvelles.

— Trois caméras ont repéré une Silver slalomant entre les voitures sur la rampe d'accès à la 35.

— Quoi d'autre ?

— Trente kilomètres plus loin, un radar fixe vient tout juste de flasher la bécane qui fonçait à plus de 200 en direction du nord. Dans la mesure où toutes les forces de police sont occupées, personne n'a cherché à l'intercepter.

Crossman sourit.

— Qu'est-ce qu'on fait, monsieur ? On établit d'autres barrages un peu plus loin et on la stoppe ?

— Surtout pas. Elle va à Minneapolis. Nous aussi. L'enfant qu'elle transporte est malade. Je veux des équipes dans tous les hôpitaux de la ville. Personne ne bouge avant que j'en donne l'ordre. On va la serrer en douceur.

— C'est ultrarisqué, monsieur.

— Plus que de tuer une gamine en tirant dans les pneus d'une moto qui fonce à 200 à l'heure ?

Sans attendre la réponse, Crossman coupe la communication et tape sur l'épaule de son pilote en lui indiquant le cap à suivre. L'appareil a repris de l'altitude à l'approche de Des Moines qu'il survole à pleine vitesse. La bande grise de la 35 se découpe au loin.

— Plus vite, nom de Dieu !

Le pilote s'exécute, les minutes s'écoulent. Il longe à présent la 35 à bonne distance, fonçant à pleines turbines vers le nord. Crossman braque ses jumelles sur l'autoroute vide. Il inspecte l'asphalte sur plusieurs kilomètres avant de revenir en arrière. Ses doigts se crispent légèrement sur les montants en caoutchouc. Il vient de repérer un point brillant qui remonte l'autoroute à toute vitesse sur la voie du milieu. Le système autofocus effectue la mise au point. Crossman reconnaît les cheveux de Marie volant au vent. Sa gorge se serre. Elle a l'air heureuse.

141

Marie vient d'atteindre les faubourgs de Minneapolis. Elle s'est arrêtée une seule fois sur une aire de repos après la frontière avec le Minnesota. Là, elle a déballé les tubes métalliques et le fil qu'elle a assemblés avant de fixer le tout autour de sa taille avec du chatterton. Elle a vérifié les diodes et les piles. Puis elle s'est remise en route.

Marie vient de dépasser l'embranchement de Prior Lake. Depuis quelques kilomètres, elle sent l'état d'Holly se dégrader. Les cancers dont elle souffre sont en train de se développer à une vitesse vertigineuse. Ses yeux se remplissent de larmes. Gordon lui manque. Elle commence à admettre qu'il est sans doute mort et qu'avec lui c'est tout le pouvoir qui est en train de disparaître à mesure qu'Holly entre en agonie.

Marie aperçoit les panneaux annonçant la 494 vers l'ouest. Saint Cloud, Fargo et les sources du Mississippi. Elle guette un signal d'Holly mais la fillette ne répond plus. Elle quitte alors l'autoroute et s'engage dans les rues en direction du Abbott Northwestern Hospital. Elle poursuit sur Chicago Avenue vers la clinique pour enfants de Minneapolis. Elle s'arrête un moment au bord du trottoir pour examiner les environs avant de s'engager sur le parking bondé. Une file ininterrompue de patients s'étire devant les urgences. Marie range sa moto dont elle coupe le contact. Elle sent à peine le cœur d'Holly sous sa main. Elle grimpe une volée de marches et passe les portes coulissantes de l'accueil. La salle d'attente est pleine à craquer.

Marie s'immobilise. Ses lèvres tremblent. Elle hurle qu'elle a besoin d'aide. Elle hurle que sa fille est en train de mourir. Les gens se retournent, la regardent. Des infirmiers et des médecins se précipitent. Elle les voit approcher à travers la brume de ses larmes. Des mains se referment sur celles de Marie, des voix lointaines lui murmurent qu'il faut qu'elle lâche l'enfant. Elle écarte les doigts. Elle sent la peau d'Holly se détacher d'elle. Elle voit des inconnus en blouse blanche déposer la fillette sur un brancard qui s'éloigne. Marie veut la rattraper. Elle supplie. Elle suffoque. Elle tombe à genoux. Des bras l'entourent. Des voix lui parlent. Elle n'entend pas ce qu'elles disent. Elle enfouit son visage dans ses mains et se laisse aller.

142

Marie se mord les lèvres pour ne pas se rendormir. Cela fait plus de deux heures qu'elle patiente. Sans s'en rendre compte, elle a rempli la fiche d'Holly en indiquant son nom de famille à elle, ainsi que son numéro de sécurité sociale et sa mutuelle. Elle réalise que le FBI risque de repérer la manœuvre mais à présent elle s'en moque. Comme tout le monde, elle attend. Un médecin est venu la voir une seule fois pour lui dire qu'on ne comprenait pas ce que sa fille avait. Elle consulte la pendule. Elle se dit que si cette saleté avait pris un coup chaque fois que des yeux s'étaient posés sur elle, il n'en resterait pas grand-chose. Elle s'apprête à se lever pour aller se chercher un café au distributeur lorsqu'elle remarque le mouvement ultrarapide qu'une jeune femme exécute à l'accueil pour récupérer le stylo qu'elle vient de laisser tomber. Un fouetté de la main précis et foudroyant. La jeune femme se redresse en regardant autour d'elle et en recommençant à remplir sa fiche. Marie se concentre. Peu de gens sont capables de tels gestes. C'est comme se déplacer au milieu d'une foule quand on est un agent secret ou un ancien combattant. On a beau faire, on réagit toujours quand quelqu'un vous frôle. Exactement comme ce beau mec en jogging qui vient d'éviter un chariot des urgences. Ou comme cet autre gars, en jean et baskets, qui traîne devant le distributeur de boissons et surveille la salle d'attente dans la glace. À force de promener discrètement son regard à travers ses lunettes noires, Marie repère de plus en plus de gens calmes au milieu des gens agités et anxieux. De plus en plus de gens entraînés au milieu des gens ordinaires.

Elle se lève et se dirige vers l'accueil. La jeune femme a fini de remplir sa fiche. Juste avant qu'elle ne s'écarte, Marie a noté le très léger raidissement de ses épaules tandis qu'elle approchait dans son dos. Elle récupère le stylo que la belle inconnue a oublié sur le comptoir. Elle l'interpelle et le lui lance en faisant exprès de viser trop haut. La jeune femme lève les bras et se dresse sur la pointe des pieds. Tandis que ses mains se referment en claquant et que son chemisier s'échappe de sa jupe, Marie a le temps d'admirer son joli ventre plat, le scintillement d'un piercing fiché dans son nombril et la crosse d'un 380 ultraplat. La jeune femme rempoche son stylo et s'éloigne.

L'infirmière de l'accueil n'a toujours pas de nouvelles d'Holly. Marie la remercie en feignant de ne pas remarquer le léger voile de transpiration qui couvre son front. Elle n'était pas là à son arrivée aux urgences. Pas plus que l'équipe qu'elle vient de repérer. Parks passe devant le distributeur de boissons et franchit les portes vitrées. Elle sait qu'elle prend un risque énorme en s'éloignant de la foule. Elle rejoint un groupe de malades qui grillent une cigarette assis sur un muret. Elle en allume une et repère assez facilement plusieurs berlines qui n'étaient pas là tout à l'heure. C'est ça qui est amusant avec les voitures banalisées du FBI : elles sont toujours rutilantes.

Marie détaille les visages des hommes qui patientent au volant. Eux ne se donnent même pas la peine de jouer aux maris anxieux ou aux papas dévorés d'inquiétude. Ils attendent le signal. L'un d'eux vient de la remarquer. Ses lèvres s'agitent. Il est temps de rentrer. Marie s'apprête à passer les portes vitrées lorsqu'elle se heurte à l'agent en jogging qui tient une cigarette à la main. Un sourire aux lèvres, il demande :

— Vous avez du feu ?

— J'en ai même un gros, mon poussin.

Marie lui place une manchette à la gorge et le plaque contre un renfoncement en lui enfonçant son Glock dans l'abdomen. L'homme râle.

— Agent comment ?

— Bragg.

— Vous voulez mourir aujourd'hui, agent Bragg ?

L'homme secoue la tête. Il a l'air furieux.

— Eh oui, garder ses distances. C'est toujours le même problème.

Marie désarme Bragg et glisse son arme dans sa ceinture. Puis elle le retourne et regagne lentement l'accueil en longeant le mur. Le premier à la repérer est l'agent près du distributeur.

Il se fige et pose la main sur la crosse de son arme. La balle que tire Parks l'atteint au-dessus du genou. Un craquement. L'homme s'effondre en hurlant. Des cris s'élèvent de la salle d'attente. Marie fait une pause dans un autre renfoncement.

— Bragg ?

— Oui ?

— Tu es branché ?

— Évidemment.

— Ok. Alors, je veux que tu préviennes tes petits copains que tu as un problème.

— Vous êtes sérieuse ?

— Oui.

— Qu'est-ce que je leur dis ?

— Tu me les passes.

Bragg lève le micro dissimulé sous la manche de son jogging. Marie attrape son poignet et s'éclaircit la voix.

— Allô, allô, ici l'agent spécial Marie Megan Parks. Je tiens Bragg. Je l'aime déjà de toutes mes forces, ce gros nounours. À tel point que je n'hésiterai pas à lui tirer une balle dans la tête si l'un de vous fait mine de bouger. Je voulais aussi vous annoncer que je transporte deux kilos de Semtex compressés dans des tubes métalliques dissimulés sous mon blouson. Juste ce qu'il faut pour expédier la moitié de la ville sur l'autre moitié. Allô, allô, vous me recevez ?

La respiration de Bragg s'accélère. Il lève son micro devant ses lèvres.

— Ici Bragg. Je confirme que Parks me tient et qu'elle est chargée avec ce qui ressemble à des tubes métalliques.

Un grésillement.

— Elle a une manette ou quelque chose comme ça dans la main ?

Bragg écoute la réponse que Marie lui chuchote à l'oreille.

— Cordon de mise à feu fixé à son poignet.

— C'est du bluff ?

— Pas son flingue en tout cas.

Marie est sur le point de pousser Bragg hors du renfoncement lorsque la jeune femme au stylo surgit de la salle d'attente, exécute un roulé-boulé et se redresse sur un genou en braquant un 380 et en hurlant :

— FBI ! Plus un geste !

Marie se penche à l'oreille de Bragg.

— Elle s'appelle comment ?

— Cathy March.

Marie attrape le poignet de Bragg et chuchote dans son micro.

— Cathy chérie, tu m'entends ?

L'agent agenouillé près de la machine à café fait oui de la tête.

— Tu as quoi comme angle de tir, là ?

Le flingue de March se ramollit dans sa main. Elle est en train d'admettre qu'elle a bondi un peu trop vite. Elle abaisse lentement son arme qu'elle dépose sur le sol.

— C'est bien, ma belle. Maintenant, tu retournes dans la salle d'attente.

Marie tire Bragg en longeant les murs. Il faut à tout prix qu'elle atteigne les portes à double battant par lesquelles les infirmiers ont emmené Holly.

— Moi j'étais partisan pour qu'on vous flingue.

— Ça veut donc dire que d'autres penchent plutôt pour la manière douce ?

— Le directeur Crossman.

— Il est ici ?

— Oui.

— Où ?

— Ici, Marie.

Marie se retourne vers la forme qui vient de franchir les portes vitrées. Elle sent une boule de colère et de tristesse enfler dans sa gorge. Elle essaie de sourire.

— Salut, Stu. Ça gaze ? Je suis un peu occupée là, alors pour un cinq à sept reviens plutôt à sept heures.

— C'est ici que ça s'arrête, Marie.

— Je vais juste récupérer Holly.

— Et ensuite ?

— Ensuite, on s'appelle et on déjeune, ça te va ?

Marie vient de se placer dans l'axe de la salle d'attente. Une trentaine d'agents braquent à présent leurs armes dans sa direction et suivent chacun de ses gestes. Elle calcule la distance qui la sépare des portes. Elle sent le corps de Bragg se tendre contre le sien.

— Bragg ?

— Monsieur ?

— On est en train de discuter, là.

— Pourquoi me dites-vous ça ?

— Parce que je sais à quoi vous êtes en train de penser en échangeant des coups d'œil avec l'agent Forrester qui se déplace doucement vers l'angle mort de Parks. Elle l'a vu et elle attend qu'il passe dans sa dernière ligne gauche pour le descendre. N'est-ce pas, Parks ?

Marie sourit. Un drôle de sifflement emplit ses oreilles. Elle est en train de passer en mode Gardener. Elle adresse un clin d'œil à Forrester.

— Dommage, Forrest, ce sera pour une prochaine fois. C'est pas bien de dévoiler mes trucs, Stu.

— Qu'est-ce que je suis censé faire, monsieur ?

— Je connais celle qui vous a pris en otage, agent Bragg. Elle n'hésitera pas une seconde à vous faire éclater la tempe avant de se faire sauter.

— Qu'elle aille se faire foutre, cette tueuse de flics.

Bragg laisse échapper un couinement de douleur tandis que Marie lui enfonce le canon de son .32 dans la bouche en lui brisant deux dents au passage. De son autre main, elle braque son Glock sur les tireurs.

— Au fait, pour information : j'ai toujours un .32 sur moi.

— Agent March ?

— Monsieur ?

— Je voudrais que vous alliez prendre la place de Bragg.

— Moi ?

— Oui. Bragg a dit une chose qu'il ne fallait pas dire. Et puis je sais qu'il meurt d'envie de tuer Parks. Vous non, je me trompe ?

— Non, monsieur. Si on peut trouver une autre solution, ça me va.

— C'est d'accord, Marie ?

— Il faut que j'aille vers cette porte pour récupérer ma fille, Stu !

— Non. Il faut d'abord que tu te calmes et qu'on fasse l'échange entre Bragg et March.

— Tu me prends pour une conne ?

— Pourquoi ?

— Parce que au moment où Bragg va s'écarter, ça va être chaud pour moi. Ils sont tous en train de me viser à la tête en pensant pouvoir me faire sauter la cervelle avant que je donne l'ordre à mon bras de tirer sur le cordon. C'est pas vrai, les mecs ?

— Je vais venir me placer devant toi pendant que March prendra la place de Bragg.

— Ça me va, Stu. De toute façon, il commençait à puer la transpiration.

— C'est bon pour vous, March ?

— Oui, monsieur.

Crossman vient se placer devant Parks sous les grondements des agents qui viennent de perdre leur angle de tir.

— Pas de bêtise, Bragg.

— Sauf votre respect, monsieur. C'est vous qui êtes en train d'en faire une. Et une grosse.

Marie serre à présent l'agent March contre elle. La jeune femme grimace. Parks relâche un peu la pression de son bras.

— Marie ?

— Oui ?

— Je vais m'écarter maintenant.

— Ok, Stu, c'est cool. Et tu vas en profiter pour m'ouvrir cette putain de porte avant que je me fâche vraiment.

— Comme tu voudras.

Crossman recule de quelques pas en direction de la porte. Il lève son émetteur :

— Attention, c'est le directeur Crossman qui va ouvrir.

Un grésillement.

— Bien reçu, monsieur.

— À qui tu parles, Stu ?

Crossman ouvre lentement les deux battants, dévoilant un long couloir encombré de tireurs des sections spéciales du FBI. Ils sont équipés de cuirasses et de casques à visière. Un genou posé au sol, ils se tiennent le long des murs et braquent Marie avec leurs pistolets-mitrailleurs. Une pluie de points rouges danse sur le tailleur de l'agent March. Parks adresse un sourire au tireur le plus proche :

— Salut, Geko.

— Salut, Marie.

— Tu vas bien ?

— Ça pourrait aller mieux.

— Ok. Maintenant, tu vas dire à tes hommes de dégager le passage.

— C'est impossible, Marie, et tu le sais.

Parks plisse les yeux. À l'autre extrémité du couloir, des infirmiers et des brancardiers vident les chambres.

— Vous êtes en train de faire évacuer l'hôpital ?

— C'est en cours.

— Combien de temps ?

— Un gros quart d'heure.

— Je sens que je commence à avoir une crampe au bras.

— Tu ne feras pas ça, Marie. Pas toi.

— Stu ?

— Oui ?

— Du monde dans la salle derrière moi ?

— Négatif.

— Tu sais que quoi qu'il arrive, j'aurai toujours le temps de tirer sur le cordon ?

— Je le sais, Marie. Derrière toi, c'est une salle de soins. Je te jure qu'il n'y a personne.

— On va entrer là-dedans, March. Ok ?

— Ok.

— Toi aussi, Stu.

— Non, Marie.

— Si. Il me faut aussi ma fille et le médecin de garde dans les cinq minutes. Passé ce délai, je ne réponds plus de rien.

— Prise d'otages. Blessures volontaires sur agents fédéraux. On en est à une petite centaine d'années de prison, Marie.

— Tu oublies les gens que j'ai été obligée de tuer.

— Ça peut s'arranger. On a lu les bandes. À Gerald, la petite vieille voulait percer Holly. Et à Des Moines, la femme à la poussette, c'était aussi de la légitime défense. Ça se plaide.

— Pour l'infirmier de la maison de retraite et pour le boucher du Wal-Mart, ça sera moins simple, tu ne crois pas ?

— Tu auras les meilleurs avocats du pays. Le Président est même disposé à intervenir personnellement, sauf s'il y a encore un seul coup de feu.

— Ce que je veux, c'est ma fille ! Elle a besoin de moi !

— Non. C'est toi qui as besoin d'elle. Elle, elle a seulement besoin de soins.

Un grésillement dans l'oreillette de Crossman. Un agent lui annonce que les prélèvements de sang sur la jeune Holly sont terminés et que trois hélicos viennent de décoller pour convoyer les lots dans les laboratoires de séquençage.

— Stu, j'entre dans la pièce avec March. Tu nous suis. Ou pas. À toi de voir.

— Tu entres mais sans March. Je me mets devant toi et tu entres sans elle.

— Je ne vous laisserai pas faire ça, monsieur.

— Taisez-vous, Geko.

— Vous êtes le directeur ! Vous n'avez pas le droit de vous exposer de cette façon !

— Vu la charge de Semtex que Parks trimballe, toute personne est exposée dans un rayon de trois kilomètres. C'est d'accord, Parks ?

— Laissez tomber, monsieur. Je viens avec vous.

— Vous êtes sûre, March ?

— Oui, monsieur. Marie est épuisée. Elle commence à trembler. Je reste avec elle. Ok, Marie ?

Des sanglots secouent la gorge de Marie.

— Je veux ma fille…

— On va aller la chercher mais en attendant on va reculer parce que les cow-boys de la salle d'attente commencent à envisager de me faire passer en dommage collatéral.

Les agents se crispent sur leurs flingues tandis que Parks recule en serrant March contre elle.

— Personne ne tire ! C'est un ordre !

Crossman entre dans la salle de soins dont la porte se referme. Parks a reculé jusqu'au mur du fond qu'elle cogne plusieurs fois du plat de la main pour en vérifier l'épaisseur. Elle connaît Geko. Ce ne serait pas la première fois qu'il descendrait un objectif à travers un mur avec un viseur thermique. Crossman s'est assis sur un coin de table. Il allume une cigarette dont il souffle la fumée sans quitter Parks des yeux.

— Tu fumes mes clopes maintenant ?

— Tu en veux une ?

— Avec un .32 et un Glock dans les mains ? Tu me prends pour un mille-pattes ?

— C'est ici que ça s'arrête, Marie.

— Pas avant qu'Holly ne soit là.

— Jamais Geko ne laissera les infirmiers la transporter jusqu'ici.

— Sauf si tu lui en donnes l'ordre.

— Il aurait le devoir de désobéir à cet ordre.

— Alors je vais tout faire sauter, Stu.

— J'ai analysé les bandes du supermarché. Ce que tu portes à la ceinture provient du rayon camping et bricolage. À moins que tu te sois fait livrer tes explosifs par Fedex entre Des Moines et Minneapolis, tu bluffes.

— Tu veux qu'on vérifie ?

— Je veux bien.

Marie sourit en tirant d'un coup sec sur le cordon. L'agent March se crispe puis se détend dans ses bras. Crossman écrase sa cigarette sous son talon.

— Tu fais chier, Stu, tu sais ça ?

— Je sais. Je voudrais que tu lâches l'agent March, à présent.

— Je veux Holly.

— Elle contient l'antidote, Marie.

— C'est ma fille, pas un médicament.

— Lâche March.

— J'ai perdu, c'est ça ?

— Tu nous auras quand même fait sacrément cavaler.

— Tu peux y aller, March.

Marie desserre son étreinte, puis elle écarte le .32 de la tempe de la jeune femme et le colle contre la sienne.

— Non, Marie ! Ne fais pas ça, ou c'est Daddy qui aura gagné. Il avait prévu depuis le début que ça se terminerait comme ça, que tu te tirerais une balle dans la tête sous la douche, dans une forêt isolée ou ici, dans la salle de soins d'un hôpital. C'est pour cette raison qu'il ne t'a pas tuée : il voulait que tu le fasses toi-même. Tu veux lui donner cette satisfaction, Marie ?

— J'ai dit : tu peux y aller, March.

— Je ne bouge pas, Marie. Je reste avec toi parce que, si je m'écarte, Geko va te fumer à travers la porte.

— On s'en fiche, chérie.

— Pas moi.

March se retourne lentement. Elle pose la main sur le ventre de Marie et défait le chatterton qui retient les tubes. Puis sa main remonte en effleurant sa taille, son épaule, son coude, son poignet. Marie sanglote à présent. Elle ferme les yeux. Elle est à bout de forces. Elle sent les doigts de March se refermer sur la crosse du .32. Elle sent ses lèvres se poser sur ses joues et picorer ses larmes. Puis la bouche de la jeune femme se referme sur la sienne. Marie rend son baiser à March. Elle écarte les doigts et abandonne le .32. Puis elle enfouit son visage dans le tee-shirt de la jeune femme qui l'enveloppe de son gilet pare-balles. Crossman lève son émetteur :

— À tous : Parks est neutralisée. On va faire mouvement. J'ordonne la levée immédiate du dispositif. J'ajoute que je n'hésiterai pas à abattre personnellement le premier qui braque encore une arme quand je sortirai.

143

La joue collée contre la vitre, Marie regarde le paysage défiler à toute vitesse. Menottée aux bras et aux jambes, elle a pris place dans le Dodge de Crossman qui fonce, sirènes hurlantes, au centre d'un convoi composé d'une dizaine de 4 × 4. Ses copains de Quantico. La crème, rien que pour elle. À côté d'elle, le directeur feuillette un dossier. Son portable collé à l'oreille, il écoute le conseiller Ackermann lui annoncer que les lots de sang ont bien été livrés et que le séquençage a commencé. Trois ou quatre jours de travail acharné avant que les forces armées des pays membres du Conseil de sécurité ne répandent le virus-antidote à grande échelle. Marie regarde l'agent March qui a pris place à l'avant. La jeune femme se retourne en lui adressant un sourire gêné.

— Désolée, Parks.

— Il n'y a vraiment pas de quoi. La dernière fois qu'une fille m'a embrassée aussi bien, c'était à la fac.

— Elle s'appelait comment ?

— Allison. Une pom-pom girl.

— Ah, les pom-pom girls…

Crossman remercie Ackermann et coupe son portable. Les 4 × 4 viennent d'atteindre l'embranchement de la 94. Les voitures de tête poursuivent vers le nord tandis que le Dodge de Crossman et quatre autres véhicules obliquent vers l'ouest.

— On va où ?

— Tu poses trop de questions, Marie.

Avant qu'elle ait eu le temps de répliquer, Crossman compose un nouveau numéro sur son portable. Il croit bon d'ajouter :

— J'appelle le Président. Donc, si vous recommencez à parler chiffons entre filles, merci de le faire à voix basse.

Les 4 × 4 ont atteint Enfield. Ils quittent la 94 et s'engagent sur les routes secondaires. Marie écoute distraitement Crossman exposer les derniers résultats au Président. Les deux hommes discutent durant de longues minutes, puis elle entend la voix du Président demander :

— Comment va la fillette ?

— Elle est morte, monsieur.

Marie se tourne vers Crossman. De grosses larmes débordent de ses yeux. Elle sent les doigts du directeur se serrer autour de sa main. La voix du Président résonne de nouveau :

— Et l'agent spécial Parks ?

— Je lui ai dit qu'elle pouvait compter sur votre appui.

— Vous avez eu raison. Les services de l'Attorney général sont déjà sur le dossier.

— Merci, monsieur.

— De rien, Crossman, c'était le deal et je n'ai qu'une parole.

Crossman raccroche. Marie a reposé son front contre la vitre. Elle laisse couler ses larmes. Le véhicule de tête ralentit et s'engage sur une petite route qui s'enfonce dans un massif forestier. Parks redresse la tête. Elle vient de repérer des gyrophares orange à un carrefour. Les 4 × 4 s'immobilisent auprès d'une ambulance et d'un gros pick-up aux larges pneus. Marie dévisage Crossman. Le directeur est en train de défaire ses menottes.

— Je ne comprends pas.

— Je te laisse quatre jours pour terminer ce que tu as à faire. Ensuite, je veux que tu te livres. Tu m'as bien compris ?

Marie lit dans les yeux de l'agent March qu'elle n'a rien à craindre. Elle descend du 4 × 4 dont la portière se referme. Un vieil homme vient de sortir du pick-up. Il a de longs cheveux blancs et des yeux d'un bleu profond. Marie sent sa gorge se serrer.

— Gordon ?

Le vieux Gardien sourit. Il porte un ballot de couvertures d'où dépasse une petite main noire.

— Gordon, c'est toi ?

— Ce qu'il en reste en tout cas.

Marie sanglote à présent. Elle défait les couvertures et serre Holly dans ses bras.

— Elle a tué Ash. Elle a tué Ash et elle m'a sauvée.

— Je sais.

— Et maintenant ?

— Quoi maintenant ?

— Elle va mourir ?

— C'est le pouvoir tout entier qui meurt, Marie. Le vieux Chester a été tué, ainsi que Kano, Cyal et Elikan. La dernière Révérende nous attend. Il faut qu'Holly lui transfère ses pouvoirs avant qu'il ne soit trop tard.

— Même si ça doit la tuer ?

— Elle est déjà en train de mourir, Marie.

Marie se tourne vers les 4 × 4 qui manœuvrent. Elle tente d'apercevoir le visage de Crossman à travers les vitres fumées. Elle regarde le convoi s'éloigner. Holly respire faiblement entre ses bras. Elle se penche pour sentir l'odeur de sa peau. La main de Gordon se pose sur son épaule.

— Il faut y aller maintenant.

144

Gordon conduit le pick-up sur les petites routes qui traversent les forêts du Minnesota. À perte de vue, les milliers de lacs remplis au fil des siècles par le Mississippi scintillent comme des flaques après une pluie diluvienne. Le fleuve a disparu. Il n'est plus qu'un torrent qui bondit de lac en lac. Il est redevenu jeune.

Ils viennent d'atteindre la limite de la réserve de Leech Lake et roulent à présent plein ouest vers le lac Istaca. La mince bande de bitume qui serpente en direction de la source traverse un des coins les plus sauvages du Minnesota.

— On est encore loin ?

— On approche.

Marie pose sa tête contre le front d'Holly et ferme les yeux. La fillette est en train de sombrer dans un coma de plus en plus profond.

— Réveille-toi, Marie. On y est.

Marie sursaute et se redresse. Dehors, le paysage est devenu aride. La route a disparu et Gordon avance à présent au ralenti pour ménager les essieux. Marie se frotte les yeux.

— J'ai dormi longtemps ?

— Un peu moins de deux heures.

— Où sommes-nous ?

Gordon désigne un vaste plan d'eau dont la surface parfaitement lisse reflète le paysage. À une centaine de mètres, là où le jeune Père des Eaux s'échappe du lac Istaca, Marie distingue une colline très ancienne dont le sommet est percé d'une caverne. Debout au pied du monticule, des vieillards en robe blanche forment une ligne. Gordon coupe le contact et ouvre la portière.

— Gordon ?

— Oui ?

— Est-ce que c'est vraiment toi ou est-ce que tu es aussi… autre chose ?

— Eko, tu veux dire ?

— Oui.

— C'est lui et moi.

— Et nous ?

— Quoi nous ?

Marie ne répond pas. Elle fixe un moment les grands yeux bleus de Gordon. Il ne reste presque plus rien de lui dans ce regard-là. Un regard si vieux, si profond et si triste. Elle descend du pick-up en serrant Holly dans ses bras et frissonne dans le vent mordant qui enveloppe son visage. Gordon s'incline devant les Gardiens de la Source qui s'écartent pour les laisser passer.

Ensemble, ils gravissent la colline et entrent dans la grotte. Ça sent la mousse et la graisse brûlée. Marie cligne des yeux dans la pénombre. Une très vieille femme est assise au fond sur une pierre plate entourée de bougies. Elle relève lentement la tête. Son visage ravagé par la vieillesse est encadré de longues mèches blanches. Elle respire difficilement.

— Approche, Marie. N'aie pas peur.

Marie se tourne vers Gordon qui s'est assis dans un coin de la caverne. Elle lui confie Holly. Le vieil homme serre maladroitement l'enfant dans ses bras. Il a l'air heureux. À mesure qu'elle s'approche du cercle de bougies, Marie sent les larmes lui brûler les yeux en reconnaissant Hezel. La vieille dame sourit.

— Assieds-toi devant moi, Marie. Assieds-toi dans la lueur des bougies pour que je voie enfin ton visage. Tu es encore plus belle que je ne l'imaginais.

— Vous êtes pas mal non plus…

La vieille dame pouffe dans sa main.

— C'est ce que j'ai toujours aimé chez toi, Marie. Ton impertinence. J'étais comme toi à l'époque. C'est pour ça que nous avons pu entrer en contact. Au fait, comment va mon Cayley ?

— Il est fou.

— Ce n'est pas nouveau.

— Sa Martha lui manque.

— C'est le prix à payer quand on tombe amoureux d'une mortelle. Au début, j'ai même été follement jalouse d'elle, tu te rends compte ? Mais je vais bientôt le retrouver. Et lui va retrouver sa Martha.

Les deux vieilles amies restent un moment silencieuses à se souvenir de leurs longues promenades en forêt. Elles sourient en repensant aux gens d'Old Haven et aux trois vauriens blonds qui jouaient torse nu, au bord de la fontaine. Les larmes que Marie retient depuis quelques minutes se mettent à couler librement.

— Pourquoi pleures-tu, Marie ?

— Parce que Holly va mourir.

— Mourir ?

— Oui, vous savez. Cesser de respirer. Se décomposer.

— Bien sûr qu'elle va mourir. Elle est porteuse du pouvoir et, comme le pouvoir va disparaître, il est dans l'ordre des choses qu'elle disparaisse aussi.

— À cette différence près que vous avez vécu un peu plus de quatre siècles et qu'elle n'a que onze ans.

— Elle est beaucoup plus âgée que tu ne l'imagines.

— Vous pouvez la sauver ou pas ?

— Pour quoi faire ? Elle ne va pas souffrir, tu sais. Là où je l'emmène, il y a des chats et des oiseaux. Des petites filles aussi. Et Cyal, Kano et Elikan. Est-ce que tu veux vraiment lui enlever ça ?

— Je ne veux pas qu'elle meure.

— Pourquoi ? Pour elle ou pour toi ?

— Qu'est-ce que ça change ?

— Ça change tout, Marie.

Marie essuie les larmes sur son visage.

— Je ne veux pas qu'elle me quitte. Je ne veux pas rester seule après tout ce que nous avons vécu.

— Marie, tu ne comprends pas bien. Holly n'est pas seulement une petite fille de onze ans. C'est aussi celle qui a sauvé le pouvoir. Sans elle et sans toi, nous aurions perdu la bataille. Cela fait d'elle la Mère des Mères, et de toi, une vénérable. À ce titre, tu peux obtenir ce que tu veux de nous. L'important est de savoir ce que tu veux vraiment.

— Je veux qu'Holly vive. Est-ce que vous pouvez la sauver ?

— Seul son Gardien le peut.

— Gordon ?

— Oui.

— Alors qu'est-ce qu'il attend ?

La vieille dame s'est tournée vers le vieil homme assis près de l'entrée. Ses yeux brillent de malice dans la pénombre. Il hoche lentement la tête.

— Il attend de savoir si tu es d'accord pour en payer le prix.

— Quel prix ?

— Je l'ignore, mais il y a toujours un prix.

— Vous voulez dire une malédiction ou quelque chose comme ça ?

— Non. Je veux dire qu'Holly est déjà presque morte et que la ramener de là où elle est la transformera forcément en quelque chose de différent.

— Est-ce qu'elle vivra ?

— Oui.

— Combien de temps ?

— Qui peut le dire ?

— Mais elle sera en bonne santé ?

— Qu'est-ce qui t'inquiète vraiment, Marie ? Qu'elle te déteste de l'avoir ramenée ? Qu'elle ne te reconnaisse plus ou qu'elle ait tellement changé que tu en viennes toi-même à ne plus l'aimer ?

— Non. Ça, c'est impossible.

La vieille dame sourit. Marie essuie à nouveau ses larmes.

— Et vous ?

— Quoi moi ?

— Les Révérendes, les Gardiens, le pouvoir, tout ça va disparaître ?

— Au contraire. À l'heure où nous parlons, les laboratoires de la planète commencent à synthétiser l'ADN d'Holly. Notre ADN. Ils vont neutraliser la menace en l'intégrant dans les gènes de l'humanité. La mutation va prendre du temps mais rien ne pourra l'arrêter. Nous disparaissons parce que notre mission est terminée. Parce que nous n'étions qu'une poignée et que demain nous serons à nouveau des milliards.

— Jusqu'au Grand Ravage qui en tuera presque autant, c'est ça.

— Oui.

— Ça n'a pas de sens.

— Ça n'a pas besoin d'en avoir. C'est ainsi depuis la nuit des temps : nous nous multiplions, nous déclenchons de terribles fléaux qui ravagent notre espèce, puis nous recommençons à nous multiplier ailleurs.

— Quand est-ce que cela aura lieu ?

— En son temps.

— Et moi ?

— Quoi toi ?

— Est-ce que je rêverai encore de vous ?

— Qui sait, Marie ?

La respiration de la vieille dame se met à siffler de plus en plus fort. Elle aspire le pouvoir d'Holly. Elle le réintègre au grand pouvoir qui se meurt. Sous les yeux de Marie, elle se dessèche lentement. Son visage retombe, ses doigts se relâchent.

Marie s'est levée. Elle s'approche de Gordon qui berce doucement Holly dans ses bras. Elle se penche et embrasse les cheveux du vieil homme. Elle dit :

— C'est ce que je veux.

Gordon hoche la tête. Il sourit.

— Au fait, Marie ?

— Oui ?

— Je suis désolé de t'avoir dit cette chose dans le Sanctuaire de Lagrange. Je ne peux pas la répéter maintenant parce que ça t'avait fichue dans une colère noire mais je tenais à ce que tu saches que c'était vrai.

— Quelle chose, Gordon ?

— Je t'aime.

Les lèvres de Marie effleurent les paupières du vieil homme et frôlent ses joues avant de se refermer doucement sur sa bouche.

— Ramène la puce, Flash Gordon, ok ?

— Promis.

Marie rejoint l'entrée de la grotte et regarde le lac. Les autres Gardiens ont disparu. Elle entend Gordon murmurer à l'oreille de la fillette dans sa langue étrange. Lentement, à mesure qu'Holly se réveille, il se dessèche. Il trouve encore la force de lui sourire tandis qu'elle ouvre les yeux.

— *Sielom Neera.*

— *Sielom Eko.*

La fillette tend la main et essuie les larmes qui glissent sur le visage du Gardien. Sa respiration ralentit. Il murmure.

— *Neera nak melk horm, ak säy ?*

— *Usssh Eko, ussssh. Neera nak mork. Neera em Eko.*

La fillette effleure les lèvres du vieil homme. Il a cessé de respirer. Elle se lève et se dirige vers l'entrée de la grotte. Elle passe sa main dans celle de la grande dame qui s'agenouille et plonge son regard dans le sien.

— Salut, puce.

— Salut, Marie la Moche.

Marie prend Holly dans ses bras. La fillette pose son menton sur son épaule et agite les doigts vers la caverne. Elle serre son pendentif qui brille contre sa peau. Elle sourit.

Épilogue

TERRE-MÈRE

Boston, un an plus tard.

Marie se glisse dans la baignoire. Elle s'est fait couler un bain de princesse avec huiles essentielles, bougies aromatiques et voix lancinante d'Aretha Franklin en sourdine. Ne manquent plus que quelques pétales de roses. Et Gordon.

Elle pose un linge humide sur ses yeux et essaie de se souvenir de ce qui s'était passé durant les jours qui avaient suivi la grande tempête. Elle revoit certaines scènes de leur fuite, mais le reste semble se diluer dans sa mémoire. Elle a besoin de se concentrer pour se souvenir d'Hezel. Le plus douloureux, c'est qu'elle a aussi besoin de temps pour reconstituer le visage de Gordon.

Après sa mort, Holly et elle avaient roulé en direction de l'est sans échanger un mot. Chicago, Cleveland, Boston et le Maine. Deux mille cinq cents kilomètres à travers la région des Grands Lacs à regarder les premiers flocons poudrer les routes. Elles s'étaient arrêtées dans des restoroutes déserts et des motels où elles avaient passé des nuits entières serrées l'une contre l'autre à écouter le silence. Marie avait évité de poser à Holly les innombrables questions qui lui brûlaient les lèvres. Parfois, la fillette se mettait à pleurer en regardant la route. Marie posait alors simplement sa main sur la sienne en attendant qu'elle se calme.

Lorsqu'elles avaient franchi la frontière du Maine, il s'était mis à neiger beaucoup plus fort. Elles avaient atteint la chaîne qui barrait l'accès à Milwaukee Drive un jeudi vers 17 heures. Marie était descendue pour ouvrir le cadenas mais elle ne s'était pas arrêtée pour replacer la chaîne. Elle avait roulé jusqu'au 12. On aurait dit que la maison l'attendait. Elle avait freiné sur l'épaisse couche de neige qui envahissait le jardin. Jusqu'au bout, elle avait espéré apercevoir des sacs de provisions avec un mot et un ticket de caisse agrafés sur les emballages. Mais la véranda était déserte et seule la balancelle rouillée oscillait dans les rafales de vent.

Marie avait allumé un feu dans la grande cheminée du salon et elles s'étaient allongées toutes les deux pour regarder les flammes dévorer les bûches. Elles étaient restées à Hattiesburg tout l'hiver, coincées par la neige et le froid. Elles avaient laissé passer le fléau qui régressait un peu partout. Il y avait eu des centaines de milliers de morts le temps que les laboratoires internationaux répandent l'antidote dans l'atmosphère, mais le mal était à présent sous contrôle et les derniers contaminés étaient directement traités par injections.

Au printemps, Marie avait poussé jusqu'à la ferme de Cayley. Elle était vide et parfaitement rangée. Sur la table, le vieux avait laissé deux bouteilles de gin et un mot sur lequel il avait griffonné :

Marie chérie,

Cette nuit, j'ai rêvé de Martha. Elle était très vieille et très belle. Elle me souriait. Je vais la rejoin-

dre. Je te laisse ma maison ainsi que mon cadenas et ma chaîne. Tu peux la louer si tu veux mais pas à des Témoins de Jéhovah ou je viendrai te croquer les orteils dans ton sommeil. Milwaukee est rien qu'à toi maintenant. Je sais que tu vas t'y sentir seule mais il faut que je retourne aux côtés de Martha. Prends bien soin de la puce.

Ton Cayley

P-S : Ross MacDougall est mort à la fin de l'été. Comme plus personne ne pourra aller pisser sur sa tombe maintenant que je m'en vais, est-ce que tu pourrais de temps en temps aller y déposer un vieux cadenas rouillé ? Il comprendra.

Marie avait essuyé deux petites larmes qui brillaient au coin de ses yeux, puis elle avait vidé les bouteilles de gin dans l'évier et avait remonté Milwaukee Drive jusque chez elle.

Holly l'attendait sur la balancelle. Elle avait préparé un sac et enfilé son manteau. Elle était très pâle. Marie lui avait demandé ce qui se passait. Holly avait murmuré :

— La maison ne veut pas que je reste. Elle m'a dit que je ferais des cauchemars affreux si je restais.

Marie n'avait pas répondu. Après avoir entassé quelques valises dans le pick-up, elle avait définitivement refermé le portail de Milwaukee Drive et avait pris la direction de Boston où elles s'étaient installées dans un joli appartement situé dans les vieux quartiers. Quelques semaines plus tard, sa grâce présidentielle lui ayant été accordée, Marie avait officiellement adopté Holly et repris son poste au FBI où elle s'était fait muter sur des dossiers moins exposés. Crossman et elle n'avaient pas reparlé de Daddy. C'était mieux comme ça. Et puis, lentement, les choses avaient repris leur cours. Marie avait inscrit Holly dans une école privée. Le week-end, elles faisaient leurs courses ensemble et se chamaillaient au sujet des destinations où elles prévoyaient de partir en vacances. Holly avait l'air d'aller bien. Sauf certains soirs où, attirée par ses gémissements, Marie la rejoignait dans sa chambre et se serrait contre elle sous les draps. La fillette était brûlante, puis, peu à peu, elle se calmait.

Marie tend la jambe pour ouvrir le robinet d'eau chaude. Elle soupire. Son portable vibre sur le rebord de la baignoire.

— Madame Parks, ici mademoiselle Holden, le professeur principal d'Holly.

— Que se passe-t-il ?

— Rassurez-vous, Holly va bien. Physiquement, je veux dire.

— Je ne comprends pas.

— Je pense qu'il vaudrait mieux que vous veniez maintenant. Il faut que nous parlions.

— J'arrive.

Marie se sèche en toute hâte et enfile un jean et un pull. Puis elle claque la porte et dévale l'escalier. Elle a pensé à prendre sa plaque et son arme pour essayer d'en imposer à ce vieux dragon de Mlle Holden. Elle grimpe dans son pick-up et roule à toute allure dans les rues de Boston. Elle repense au prix à payer. Cela fait des mois qu'elle attend. Des mois qu'elle tremble pour Holly. Elle se range devant le portail de l'école et trotte sur l'herbe en direction des classes. La puce est assise dans le couloir. Comme toutes les petites filles punies, elle a le nez baissé et regarde ses baskets se balancer sous sa chaise. Marie s'approche et l'embrasse sur le front.

— Qu'est-ce que tu as encore fait ?

— C'est pas ma faute.

Marie est sur le point de prendre Holly par la main et de filer comme une voleuse lorsque la porte de la classe s'ouvre sur la silhouette massive de Mlle Holden. Elle sursaute en entendant la voix du dragon lui demander d'entrer. La maîtresse referme la porte et lui indique la place d'Holly, au troisième rang. Marie s'y installe en relevant les genoux contre le pupitre. Elle se sent minuscule à côté du dragon, mais elle, au moins, elle est armée. Mlle Holden s'est installée derrière son bureau. Elle a joint les mains sous son menton.

— Madame Parks, je vous ai fait venir parce que je pense que nous n'allons pas pouvoir garder votre enfant.

— Parce qu'elle est noire, c'est ça ?

Marie se mord les lèvres.

— Je suis désolée.

— Ce n'est rien, chère madame. On m'avait prévenue que vous étiez quelqu'un de particulier. Une chasseuse de tueurs en série, c'est bien cela ?

— Dit de cette façon, ça fait un peu « Buffy contre les vampires » mais oui, cela résume assez bien mon job.

— C'est sans doute pour cette raison que votre fille ne va pas bien.

— C'est-à-dire ?

— Tout à l'heure, un peu avant la récréation, j'ai remarqué qu'elle était en train de dessiner au lieu de travailler. Je lui ai demandé de m'apporter son dessin mais elle a refusé. J'ai insisté et menacé de le lui arracher des mains, et savez-vous ce qu'elle m'a répondu ?

— Non.

— Elle m'a dit que si je faisais ça, elle allait me griller comme une tranche de lard.

Marie se mord les lèvres.

— Ça vous amuse ?

— Je vous jure que non !

— Elle a aussi ajouté que sa maman travaillait au FBI, qu'elle avait abattu une vieille dame et un troll dans une maison de retraite, et qu'un dragon obèse – ce sont les mots qu'elle a employés – ne ferait pas le poids.

— Je vois.

— Vous avez de la chance.

— Que s'est-il passé ensuite ?

— Je l'ai envoyée au coin dans le fond de la salle, près de cette étagère où nous rangeons les cahiers et où les élèves viennent nourrir à tour de rôle notre poisson rouge.

Marie se tourne et aperçoit un gros aquarium rempli d'une eau trouble. Elle se lève en même temps que Mlle Holden qui la rejoint près de l'étagère en désignant le gros poisson rouge qui flotte le ventre en l'air. Marie se penche et renifle l'aquarium. Elle grimace.

— Oui, madame Parks. Il est cuit. Pas seulement mort, voyez-vous ? Cuit à point.

— Je ne comprends pas.

— Moi non plus. Tout ce que je sais, c'est qu'Holly est allée au coin et que je l'ai vue poser les mains sur l'aquarium. Après ça, l'eau s'est mise à frémir et Bulle est remonté à la surface dans cet état.

— Bulle ?

— Ça vous fait rire ?

— Hon hon.

— Je l'espère car les enfants y étaient très attachés.

— Pardonnez-moi, mademoiselle, mais est-ce que vous êtes sérieusement en train de me dire que ma fille a fait bouillir votre poisson ?

— Pas bouillir, madame : frémir. Et ce n'est pas tout. Après la classe, j'ai vu Holly se diriger dans le couloir vers son casier métallique pour y ranger son dessin. Elle a mal refermé la porte et je me suis permis d'y jeter un coup d'œil.

— Sans commission rogatoire, ça peut vous coûter un maximum.

— Pardon ?

— Rien.

— Savez-vous ce que j'y ai découvert ?

— Non.

Mlle Holden tend à Marie une liasse de croquis qu'elle se met à feuilleter. Des armées de frelons rampant sur un plafond, des mutants faisant sauter des crânes à distance, une femme tenant dans ses bras une fillette qui s'est mise à vieillir, et un boucher affûtant ses couteaux pour découper des enfants dont les corps ressemblent à des rôtis. D'autres dessins représentent Gordon jeune et Gordon vieux, Gordon souriant et Gordon mort dans la caverne. Il y a aussi des esquisses d'une meute de loups entrant dans une forêt et de trois jeunes enfants blonds aux yeux très bleus jouant autour d'une fontaine. Le sang de Marie se glace en découvrant les derniers croquis : une ville sous une coupole bleue et des files d'humains avançant vers d'immenses vaisseaux. Elle rend les dessins à Mlle Holden.

— Alors ?

— Alors, je pense que le fléau nous a tous secoués et que nos enfants réagissent plus ou moins bien.

— Je crois, pour ma part, que votre fille va mal et qu'il faudrait qu'elle voie un médecin au plus vite.

— Je vais m'en occuper.

Marie serre la main molle du dragon et se dirige vers la porte.

— Madame Parks ?

— Oui ?

— Une dernière chose me revient à l'esprit. Il y a deux jours, au moment de la sortie des classes, un groupe d'élèves a été menacé par un gros chien errant qui faisait les poubelles. Ils étaient paralysés par la peur quand votre fille s'est approchée et a parlé à l'animal.

— Elle lui a parlé ?

— Oui. Ensuite, le chien a cessé de montrer les dents et il s'est mis à lui lécher les mains. Savez-vous ce qu'Holly a dit pour que cette bête se calme ?

— Comment voudriez-vous que je le sache ?

— Attendez, ne bougez pas, cela fait partie des documents que j'ai retrouvés dans son casier. Une phrase qui revient souvent et qu'elle écrit un peu partout. Ah, voilà : « Terre-Mère, je suis Neera Ekm Gila, dernière Aïkan de la septième tribu du clan de la Lune. Gel, glace, falaises et brume sont mon cercle. Pourtant, je me présente devant toi nue et sans armes et j'en appelle à toi, Terre-Mère. Par l'ambre que je porte, je te supplie de me reconnaître comme substance de toi-même et humble morceau du tout qui te constitue. »

La maîtresse repose le document et regarde Parks par-dessus ses lunettes.

— Vous avez une idée de ce que cela peut bien signifier ?

— Pas la moindre, mademoiselle Holden. Franchement, pas la moindre.

Marie a récupéré Holly. Elles avancent sur la pelouse de l'école en se tenant par la main. De l'autre côté de la rue, un groupe de collégiennes salue la fillette.

— Ce sont tes copines ?

Holly ne répond pas. Elle a ôté sa main de celle de Marie. Elles ont atteint le portail de l'école.

— Holly ?

— Oui ?

— Est-ce que je peux te poser une question ?

— Si j'ai le droit de pas y répondre, c'est ok.

Le feu est passé au rouge. Marie s'engage sur le passage protégé.

— Est-ce que tu es vraiment revenue ? Je veux dire, est-ce que c'est vraiment toi ?

Pas de réponse. Marie lève les yeux vers les fillettes qui la regardent en souriant. L'une d'elles jette un ballon sur la chaussée. Un crissement de pneus. La voiture qui allait percuter Marie fait une embardée et la frôle en lâchant un coup de klaxon rageur. Marie ramasse le ballon et regarde le feu. Il est vert. Elle se tourne vers Holly qui est restée sur le trottoir. La fillette la rejoint. Marie la serre contre elle.

— Oh, mon Dieu, puce, j'ai cru que tu m'avais suivie. J'ai cru que tu marchais à côté de moi et que…

— N'aie pas peur, Marie, nous sommes là pour te protéger.

Marie se fige. Elle fixe le visage d'Holly.

— Qu'est-ce que tu viens de dire ?

— Quoi donc ?

— Tu viens de dire que tu étais là pour me protéger.

— Ben quoi, c'est pas vrai ?

— Si, mais…

Holly pose un doigt sur les lèvres de Marie :

— Arrête de poser tout le temps des questions, maman. Je t'aime. C'est tout ce qui compte, non ?

Marie s'apprête à répondre lorsque Holly se détache d'elle et rejoint ses amies. Elles ont l'air de bien s'entendre. Elles se font des signes. Elles se sourient. Elles se comprennent. Elles ne prononcent pas un seul mot et pourtant elles se comprennent.

Table des matières

I. Daddy 13
II. La tempête 53
III. Marie 89
IV. Le Sanctuaire 139
V. Qui nous tue ? 189
VI. Puzzle Palace 223
VII. Holly 257
VIII. Les Gardiens des Fleuves 305
IX. Des frelons et des chats 391
X. Compte à rebours 457
XI. Le fléau 511
XII. Chaos 565
XIII. L'apocalypse selon Marie 621

Épilogue : Terre-Mère 683

E. GIACOMETTI & J. RAVENNE ▶
La Croix des Assassins

Ils font partie d'une loge sauvage de la franc-maçonnerie, la loge Kadosh Kaos. Ils sont l'élite ; ils ont abandonné toute humanité pour briguer le pouvoir suprême ; ils sont patrons de multinationales, hommes politiques ; ils ne connaissent plus la douleur, ni physique, ni morale. Ce sont des Assassins... Les héritiers d'une secte musulmane qui a disputé aux Templiers, dans le feu et le sang, un terrible secret. Pour les arrêter, Antoine Marcas va devoir suivre la Croix des Assassins...

Pocket n° 13760

◀ Steve BERRY
L'héritage des Templiers

Depuis sept siècles le trésor des Templiers éveille les convoitises. Mais Jacques de Molay, grand maître de l'Ordre, semble bien avoir emporté son secret dans sa tombe. Aujourd'hui le trésor est sûrement perdu, s'il a jamais existé... Mais Cotton Malone, expert en manuscrits et livres rares, est à l'aube d'une découverte étonnante qui va raviver les passions autour de l'héritage des Templiers...

Pocket n° 13273

Thierry CARMES
La complainte des arcanes

Le grand jeu continue et une nouvelle manche commence. À chaque mort, une nouvelle carte du tarot égyptien que Matthias a rapporté de son périple apparaît. La fin de la partie approche et Matthias commence à mesurer l'ampleur du danger. Au fur et à mesure de ses découvertes, une histoire particulière du tarot de Marseille se dessine. Persuadé qu'un groupe de riches actionnaires se cache derrière ces mises en scène macabres, il décide d'élucider le mystère. L'heure d'affronter le croupier a sonné.

Pocket n° 13539

Nicolas D'ESTIENNE D'ORVES
Les Orphelins du Mal

Quatre mains droites momifiées dans une mallette. Voilà ce qu'a reçu Vidkun Venner, riche collectionneur fasciné par l'art nazi. Pour découvrir qui a pu lui envoyer ce macabre colis, il fait appel à Anaïs, une jeune journaliste. Très vite, leur enquête les mène vers les Lebensborn, véritables haras humains où les scientifiques SS faisaient naître de petits aryens pour réaliser leur rêve dément d'une race pure. Une race qui continue, orpheline, à faire couler le sang et les larmes…

Pocket n° 13627

Pour en savoir plus : www.pocket.fr

Composé par Nord Compo
à Villeneuve-d'Ascq (Nord)

Imprimé en Espagne par
Litografia Rosés
à Gavá (Barcelone)
en décembre 2009

POCKET – 12, avenue d'Italie – 75627 Paris cedex 13

Dépôt légal : janvier 2010
S18429/01